「十三五」国家重点图书出版规划项目
「中国近代日记文献叙录、整理与研究」
（项目编号：18ZDA259）阶段性研究成果

中国近现代稀见史料丛刊【第六辑】

张剑 徐雁平 彭国忠 主编

江标日记（上）

江标 著

黄政 整理

本辑执行主编 彭国忠

凤凰出版社

图书在版编目（CIP）数据

江标日记 / 江标著 ; 黄政整理. -- 南京 : 凤凰出版社, 2019.6
（中国近现代稀见史料丛刊. 第六辑）
ISBN 978-7-5506-2959-2

Ⅰ. ①江… Ⅱ. ①江… ②黄… Ⅲ. ①日记—作品集—中国—清代 Ⅳ. ①I264.9

中国版本图书馆CIP数据核字(2019)第102075号

书名	江标日记
著者	江 标著 黄 政 整理
责任编辑	韩凤冉
装帧设计	姜 嵩
出版发行	凤凰出版社(原江苏古籍出版社) 发行部电话025-83223462
出版社地址	南京市中央路165号,邮编:210009
出版社网址	http://www.fhcbs.com
照排	南京凯建图文制作有限公司
印刷	江苏凤凰通达印刷有限公司 南京市六合区冶山镇,邮编:211523
开本	880×1230毫米 1/32
印张	22.375
字数	581千字
版次	2019年6月第1版 2019年6月第1次印刷
标准书号	ISBN 978-7-5506-2959-2
定价	125.00元(全二册)

(本书凡印装错误可向承印厂调换,电话:025-57572508)

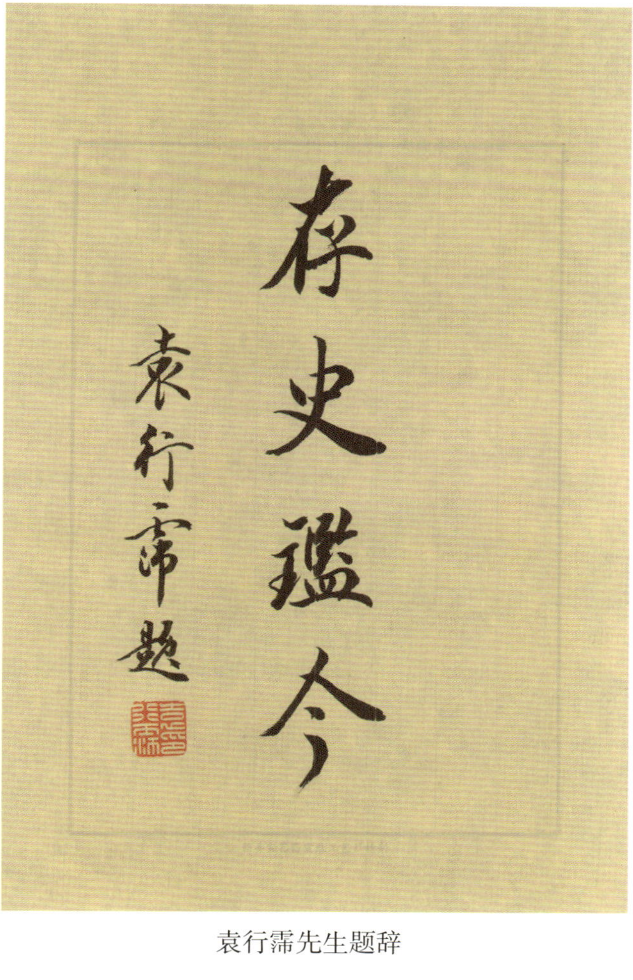

袁行霈先生题辞

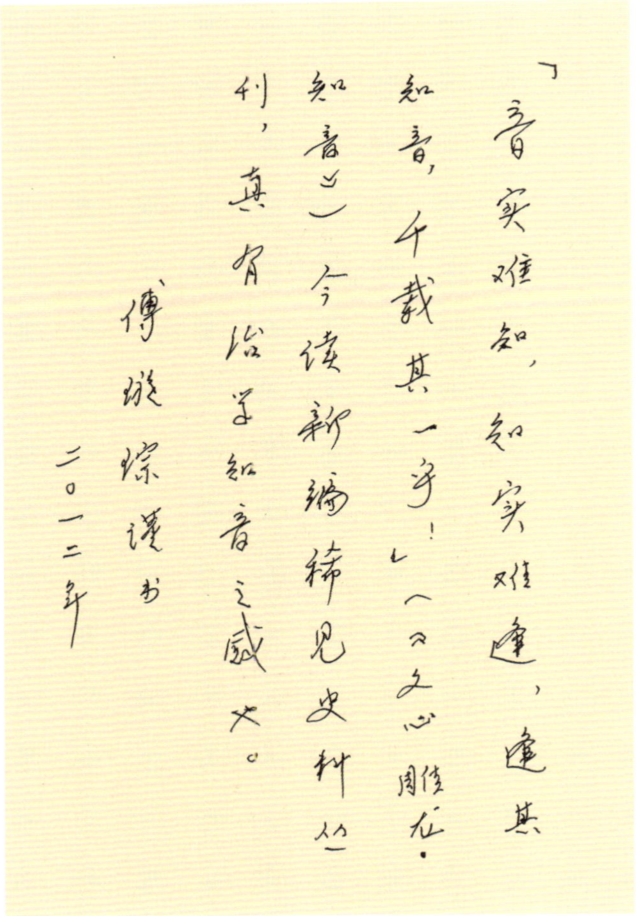

「音实难知，知实难逢，逢其知音，千载其一乎！」（《文心雕龙·知音》）今读新编稀见史料丛刊，真有治学知音之感矣。

傅璇琮谨书

二〇一二年

傅璇琮先生题辞

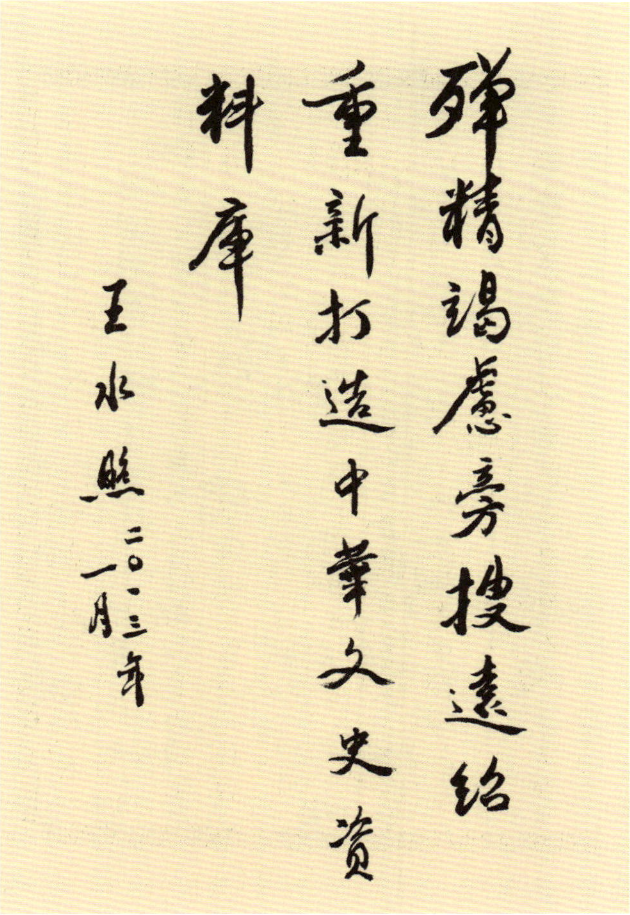

王水照先生题辞

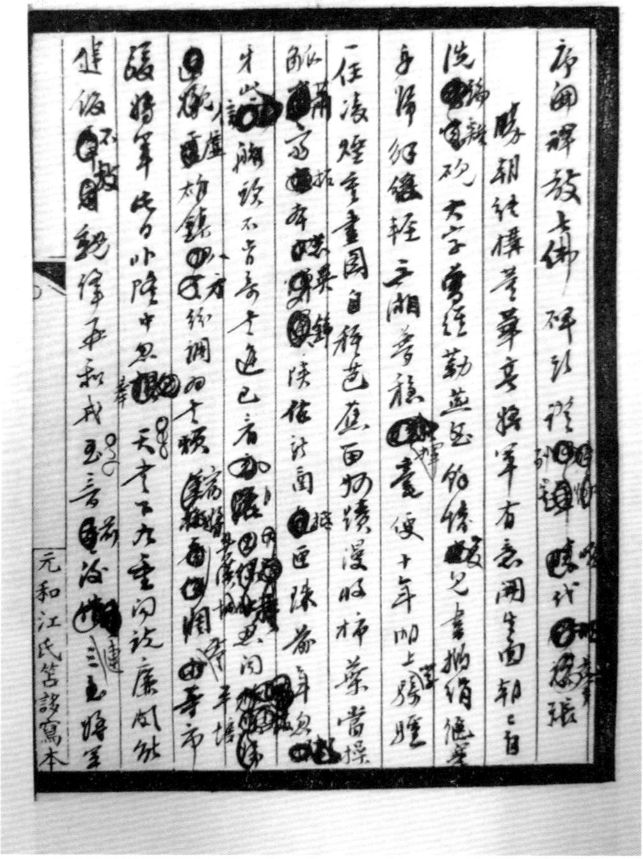

江标日记书影一

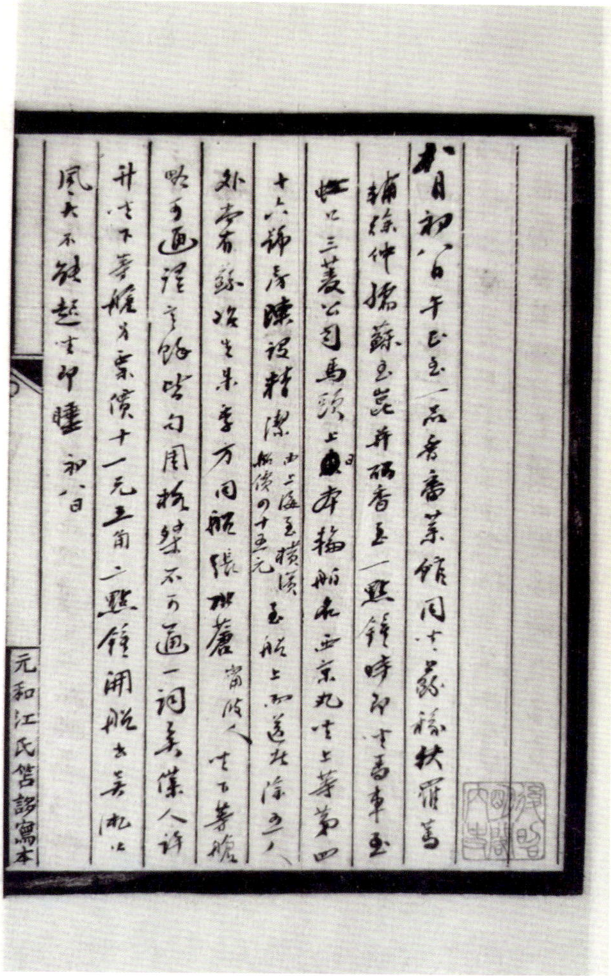

江标日记书影二

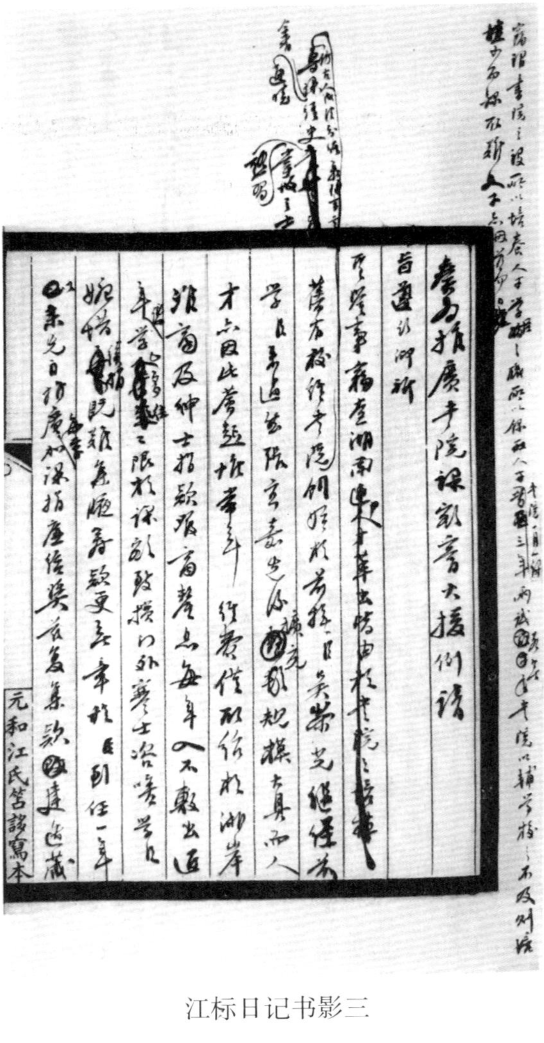
元和江氏笘誃寫本

江标日记书影三

《中国近现代稀见史料丛刊》总序

在世界所有的文明中，中华文明也许可说是“唯一从古代存留至今的文明”（罗素《中国问题》）。她绵延不绝、永葆生机的秘诀何在？袁行霈先生做过很好的总结：“和平、和谐、包容、开明、革新、开放，就是回顾中华文明史所得到的主要启示。凡是大体上处于这种状况的时候，文明就繁荣发展，而当与之背离的时候，文明就会减慢发展的速度甚至停滞不前。”（《中华文明的历史启示》，《北京大学学报》2007 年第 1 期）

但我们也要清醒看到，数千年的中华文明带给我们的并不全是积极遗产，其长时段积累而成的生活方式与价值观具有强大的稳定性，使她在应对挑战时所做的必要革新与转变，相比他者往往显得迟缓和沉重。即使是面对佛教这种柔性的文化进入，也是历经数百年之久才使之彻底完成中国化，成为中华文明的一部分；更不用说遭逢“数千年来未有之变局”、“数千年未有之强敌”（李鸿章《筹议海防折》），“数千年未有之巨劫奇变”（陈寅恪《王观堂先生挽词序》）的中国近现代。晚清至今虽历一百六十余年，但是，足以应对当今世界全方位挑战的新型中华文明还没能最终形成，变动和融合仍在进行。1998 年 6 月 17 日，美国三位前总统（布什、卡特、福特）和二十四位前国务卿、前财政部长、前国防部长、前国家安全顾问致信国会称：“中国注定要在 21 世纪中成为一个伟大的经济和政治强国。”（徐中约著《中国近代史》上册第六版英文版序，香港中文大学 2002 年版）即便如此，我们也不能盲目乐观，认为中华文明已经转型成功，相反，中华文明今天面对的挑战更为复杂和严峻。新型的中华文明到底会怎样呈现，又怎样具体表现或作用于政治、经济、文化等层面，人们还在不断探索。这个问题，我们这一代恐怕无法给出答案。但我们坚信，在历史上曾经灿烂辉煌的中华文明必将凤凰浴火，涅槃重生。这既是数千年已经存在的中华文明发展史告诉我们的经验事实，也是所有为中国文化所化之人应有的信念和责任。

不过，对于近现代这一涉及当代中国合法性的重要历史阶段，我们了解得还过于粗线条。她所遗存下来的史料范围广阔，内容复杂，且有数量庞大且富有价值的稀见史料未被发掘和利用，这不仅会影响到我们对这段历史的全面了解和规律性认识，也会影响到今天中国新型文明和现代化建设对它的科学借鉴。有一则印度谚语如是说："骑在树枝上锯树枝的时候，千万不要锯自己骑着的那一根。"那么，就让我们用自己的专业知识与能力，为承载和养育我们的中华文明做一点有益的事情——这是我们编纂这套《中国近现代稀见史料丛刊》的初衷。

书名中的"近现代"，主要指 1840—1949 年这一时段，但上限并非以一标志性的事件一刀切割，可以适当向前延展，然与所指较为宽泛的包含整个清朝的"近代中国"、"晚期中华帝国"又有所区分。将近现代连为一体，并有意淡化起始的界限，是想表达一种历史的整体观。我们观看社会发展变革的波澜，当然要回看波澜如何生，风从何处来；也要看波澜如何扩散，或为涟漪，或为浪涛。个人的生活记录，与大历史相比，更多地显现出生活的连续。变局中的个体，经历的可能是渐变。《丛刊》期望通过整合多种稀见史料，以个体陈述的方式，从生活、文化、风习、人情等多个层面，重现具有连续性的近现代中国社会。

书名中的"稀见"，只是相对而言。因为随着时代与科技的进步，越来越多的珍本秘籍经影印或数字化方式处理后，真身虽仍"稀见"，化身却成为"可见"。但是，高昂的定价、难辨的字迹、未经标点的文本，仍使其处于专业研究的小众阅读状态。况且尚有大量未被影印或数字化的文献，或流传较少，或未被整合，也造成阅读和利用的不便。因此，《丛刊》侧重选择未被纳入电子数据库的文献，尤欢迎整理那些辨识困难、断句费力、裒合不易或是其他具有难度和挑战性的文献，也欢迎整理那些确有价值但被人们习见思维与眼光所遮蔽的文献，在我们看来，这些文献都可属于“稀见”。

书名中的“史料”，不局限于严格意义上的历史学范畴，举凡日记、书信、奏牍、笔记、诗文集、诗话、词话乃至序跋汇编等，只要是某方面能够反映时代政治、经济、文化特色以及人物生平、思想、性情的文献，都在考虑之列。我们的目的，是想以切实的工作，促进处于秘藏、边缘、零散等状态的史料转化为新型的文献，通过一辑、二辑、三辑……这样的累积性整理，自然地呈现出一种规模与气象，与其他已经整理出版的文献相互关联，形成一个丰茂的文献群，从而揭示在宏大的中国近现代叙事背后，还有很多未被打量过的局部、日常与细节；在主流周边或更远处，还有富于变化的细小溪流；甚至在主流中，还有漩涡，在边缘，还有静止之水。近现代中国是大变革、大痛苦的时代，身处变局中的个体接物处事的伸屈、所思所想的起落，藉纸墨得以留存，这是一个时代的个人记录。此中有文学、文化、生活；也时有动乱、战争、革命。我们整理史料，是提供一种俯首细看的方式，或者一种贴近近现代社会和文化的文本。当然，对这些个人印记明显的史料，也要客观地看待其价值，需要与其他史料联系和比照阅读，减少因个人视角、立场或叙述体裁带来的偏差。

知识皆有其价值和魅力，知识分子也应具有价值关怀和理想追求。清人舒位诗云“名士十年无赖贼”（《金谷园故址》），我们警惕袖手空谈，傲慢指点江山；鲁迅先生诗云“我以我血荐轩辕”（《自题小像》），我们愿意埋头苦干，逐步趋近理想。我们没有奢望这套《丛刊》产生宏大的效果，只是盼望所做的一切，能融合于前贤时彦所做的贡献之中，共同为中华文明的成功转型，适当“缩短和减轻分娩的痛苦”（马克思《资本论》第一卷第一版序言）。

《丛刊》的编纂，得到了诸多前辈、时贤和出版社的大力扶植。袁行霈先生、傅璇琮先生、王水照先生题辞勖勉，周勋初先生来信鼓励，凤凰出版社姜小青总编辑赋予信任，刘跃进先生还慷慨同意将其列入"中华文学史史料学会"重大规划项目，学界其他友好也多有不同形式的帮助……这些，都增添了我们做好这套《丛刊》的信心。必须一提的是，《丛刊》原拟主编四人（张剑、张晖、徐雁平、彭国忠），每位主编负责一辑，周而复始，滚动发展，原计划由张晖负责第四辑，但他尚未正式投入工作即于2013年3月15日赍志而殁，令人抱恨终天，我们将以兢兢业业的工作表达对他的怀念。

《丛刊》的基本整理方式为简体横排和标点（鼓励必要的校释），以期更广泛地传播知识、更好地服务社会。希望我们的工作，得到更多朋友的理解和支持。

2013年4月15日

目 录

前　言

江标(1860—1899),字建霞,号师鄦,江苏元和(今苏州)人,光绪十四年(1888)乡试中式,次年连捷成进士。光绪二十年至二十三年(1894—1897)任湖南学政,在任期间改革考试科目,整顿长沙校经书院,创立校经学会,创办《湘学新报》,与湖南巡抚陈宝箴互相支持,大兴新学,开湖南维新风气。因政声卓著,光绪帝命以四品京堂候补在总署章京上行走。光绪二十四年(1898)八月,戊戌变法失败,江标被诬"庇护奸党,暗通消息"而革职永不叙用,并交地方官严加管束,次年因病而卒,章炳麟、郑孝胥、叶昌炽、唐才常等均撰有挽辞。著有《仓颉篇疏证》、《声类考逸》、《说文经字疏证》、《宋元本行格表》、《黄荛圃先生年谱》、《古泉拓存》、《甲午销夏册》、《红蕉词》等,译有《咸同以来中俄交涉记》,并刊行《许君年表》、《聊城杨氏海源阁藏书目》、《丰顺丁氏持静斋宋元校钞各本书目》、《常熟瞿氏铁琴铜剑楼藏宋元本书目》、《灵鹣阁丛书》、《龚礼部己亥杂诗》、《留沤唫馆词存》、《宋元名家词》、《唐人五十家小集》等书。

江标是清代著名官员、学者、诗人、藏书家、出版家、书画家,在晚清政治史、教育史、新闻出版史、金石学史、藏书史、诗歌史、书画篆刻史中均占有一席之地。其生前手不停披,勤于著述,但诸多文稿与收藏都毁于上海寓所火灾,幸而尚有《笘誃日记》传世,可借以考察其具体生平与创作。今存《笘誃日记》共 20 册,始于光绪十年(甲申,1884)四月下旬,终于二十二年(丙申,1896)十一月初,缺江标去世前三年的部分，江标之子、民国著名雕塑家江小鹣曾登报征求[①]，未见下文。其中偶尔失记，短则三五日，长则两三旬（如光绪十六年二月初三至闰二月十一日），最长有两次，均两月未记（光绪十五年八月十七至十月十九日，十六年六月初八至八月初八日）。其内容极其丰富，包含江标家世、交游、科举、宦途、书画结社、各类收藏、诗词文赋、读书笔记等诸多方面，其中尤堪重视者约有以下数端。

一是江标游日经历及其回国后与日本人的交往。光绪十六年(1890)，江标授翰林院编修不久，即请假赴日考察两月，据其《题张樵野侍郎〈运甓斋话别图〉》[②]自注，此行更拟东渡太平洋，因时间迫促而未果。尽管此时段所记篇幅不巨，但结合江标其他著述文字，可知此次游历对其职业规划、政治识见、学政施政、书画鉴识均有重大影响。此次游日是江标谋求外交职位的重要准备，得到黎庶昌大力提携，见过诸多日本政要。回国次年，黎氏为其致信薛福成，为谋二等参赞之职而未成[③]。又经黎氏引见，与日本驻华使馆诸人迅速熟稔，来往频繁。与使馆翻译中岛雄关系尤其密切，甚至中日甲午海战开战的消息，江标也是从中岛处得知。二人经常纵论时事，中岛雄《随使述作存稿》对此即有记录。《笘誃日记》记甲午战争爆发后，江标先后拟作对日本与朝鲜之策上呈座师李鸿藻，“高阳师（按，李鸿藻为直隶高阳人，故称）极言鄙说之善，又改写一分，呈翁师”，李鸿藻将条陈存于军机处，并嘱其“再拟一妥办之法”[④]，其中对日本的识见与分析

---

① 《申报》1933年7月16日第7版《江小鹣征集先德建霞先生讳标遗作启事》。

② 该诗底稿见《笘誃日记》，原图和江标正式题诗则见观唐皕権2017年迎春拍卖会预展。

③ 见《笘誃日记》所存江标致李文田札底稿。本札已经编者整理刊布，见《〈笘誃日记〉所见江标函稿七通考释》，《文献》2014年第1期。

④ 江标上呈李鸿藻的条陈之一今存中国社会科学院近代史研究所档案馆。

应当离不开游日见闻。与此同时，江标与中岛雄依然频繁过从，但此时日记中意外出现了对中岛的微词——“此人至正经事语语脱卸，其滑可知”，大约是指中岛不肯透露日方敏感信息。而此时江标作为与李鸿藻出谋划策的政府人士，却很可能无意中向中岛雄透露了清廷相关动向。《笘誃日记》甲午前一年还出现了江标与日本驻天津领事馆武官堤虎吉（真名泷川具和）交游的记录，日记中所见单独交往仅有堤虎吉赠与食品一则，另据《来蝶仙堂诗画册》，堤虎吉还曾为江标画册题诗。堤虎吉是甲午战争前后日方重要谍报人员，而江标各项活动又并非尽载于日记，故期间是否被探得重要政治情报尚不得而知。其与日本人的交往自甲午战起即引得翰林院内外流言纷纷，江标在日记中自解道：“闻人言交谪，谗口继起，不满于鄙人，大致为洞悉日本情事，与日人来往，即借此为题，实忌我得名于朝耳。自问行事正直，不惧人言，公道之明，久而自出。”但以今观之，其为锻炼外务、欲折冲樽俎而采取的主动接近之举，的确很可能无意中为日本使馆情报人员所利用。卸任学政后，江标在上海仍与日本政商界人士多有联系，如受邀参加日本驻上海领事小田切万寿之助等人组织的亚细亚协会筹备会议，参与日本邮船公司上海支部长永井久一郎的多次文宴，与之诗词唱和，去世前一个月尚在日本驻长沙领事馆前领事白岩龙平家小住，这部分信息虽不见于日记，但合而观之，可成为观察甲午至戊戌之间日本对中国政界人士具体影响的重要视角。

二是在湖南学政期间的具体施政。今人论述江标在湘政绩时，主要依据叶昌炽《江建霞事实》、唐才常《清前四品京堂湖南学政江君传》、赵炳麟《江京卿传》、胡思敬《江标传》、《沅湘通艺录》以及江标致汪康年、陈宝箴等人信札，论述重点在于经古场分列经学、史学、掌故、舆地、算学、词章六门试士，创建校经学会，支持谭嗣同等所请，将浏阳南台书院改作算学馆，以及创办《湘学新报》各事。《笘誃日记》则提供了更多更全面的信息，如日记所存致吴大澂信札底稿详言其对好讼之风的应对，所存公牍底稿展示了对教官、生童各项考试纪律的整顿，所存考试拟题底稿更有许多题目不见于《沅湘通艺录》。日记所存校经书院藏书楼章程底稿言及“书楼三大楹，上庋书籍，下储器皿及制造枪炮各件。器皿分电学、矿学、化学、声学、光学、水学、重学各器，每隔七日试验一类”，“枪炮则向军装局先借，每件一物，每月考察两次，如何装药，如何测角，如何打靶，如何装卸，惟不发机，使人人皆知何炮何名，何枪何名，式样之不同，轻重之各异，或宜于陆，或宜于水”，其中对试验尤其是枪炮实操的重视，与《湘学新报》第二期所刊《校经书院学会章程（附书楼章程）》风格迥异。光绪二十二年（1896）日记所存致湘抚陈宝箴信札底稿更揭表一件湮没已久的史实，即在校经书院创办报纸的计划中，《矿学报》远比《湘学新报》受重视。其中详言创立《矿学报》是鉴于在日本所见办报风气及其实效，并为之拟定内容领域与经费来源，提出“现在湘中之士民，仿佛一美国百年前之景象，新学之兴正在可信不可信之间，若不坚其识力，一见偶有挫顿处，必群起而非笑之，其事败矣”，表现出在新政领域的系统性规划与高远眼界。此外，日记所载江标给予优秀生童的诸多赠诗，也反映出其学政任上对当地隽秀的着意奖掖及与地方生童的融洽关系。

三是江标与上海新闻出版界的交往。江标中式举人之前即与沪上多家相关机构有人事交往，其表兄赵元益、友人徐建寅等在江南制造局翻译西学书籍，黄协埙等则为《申报》馆主笔，蔡尔康、李平书、苏绍柄等人为《字林沪报》主笔，《笘誃日记》表明其途经沪上时必至《申报》馆和《字林沪报》馆处坐谭，与诸君宴游，且信札往来频繁。这两种报纸既是其平时经常阅读的时政消息来源，也是江标发表诗文的重要途径。其少年所作《绮怀诗》、《禁烟私议》以及《清经世文编五集》所录署名江标的《格致源流说》、《富强策》均登载于《申报》。而循着日记中“作报论一首”等记载，笔者从《字林沪报》中发现了数篇江标所作而未署名的头版评论文章，如《山左治河议》、《拥书说》、《书王益吾大司成劝学琐言后》、《刊书议》等。这是旧有传记中从未提及的事实，不仅是了解与研究江标生平与学术的新资料，更对《申报》、《字林沪报》报论本身来源的探究提供了重要线索。在湖南学政任上，江标又与优贡同年、上海《时务报》主办者汪康年联系密切，虽然在日记中很少记录，但《汪康年友朋书札》所录二人书信尚有十馀通；同时大力推广蔡尔康所译《泰西新史揽要》、所作《中东战纪本末》，“称为新学之导师，湘中几家有其书”[①]。可以说，江标与上海新闻出版界的交往是晚清士人在学术成长、诗文创作、政治举措方面与沪上新闻出版机构互动关系的典型案例，对晚清政治史、新闻史研究的推进而言，都是值得重视与探究的对象。

四是其自少年至中年的收藏活动。江标是近代著名藏书家，其业师叶昌炽《藏书纪事诗》有专条记之，《缘督庐日记》也记载了二人频繁的藏书交往，惜江氏灵鹣阁藏书并无完整目录[②]。《笘誃日记》详载其自少以来藏书经历，成为今人全面了解其收藏情况的最佳途径。从中可知其藏品十分丰富，包括从日本携回的唐人写经百馀种，平日蒐集的宋元刻本、名家抄校本近百种。同时收藏活动也体现了其学识积累的过程。其校读《说文解字》时，自唐写本、宋刻本至清儒《说文》专著靡不毕集；校读《水经注》时，各种刻本与名家批校本等皆尽搜罗；所见宋元本必详记其行款，日积月累而成版本学名著《宋元本行格表》；搜集大量金石学专书，并将15种名家藏器目择其重器，略加考订，刻入《灵鹣阁丛书》。此种藏书与校读紧密结合的习惯，均见出学者本色，是其“藏书有雅有俗，读书有用有无用”之论[③]的生动

---

① 《江建霞京卿事实》所附蔡尔康跋，《万国公报》第132期，光绪二十五年(1899)。

② 今存《江氏灵鹣阁藏书残目》实际上是出售其宋元珍本的清单。见《中国著名藏书家书目汇刊·近代卷》，商务印书馆，2005年，第20册。

③ 江标《拥书说》，《字林沪报》光绪十一年十一月二十四日(1885年12月29日)第1版。

注解。其藏书交游均为一时名家，如华翼纶、叶昌炽、汪鸣銮、王颂蔚、吴大澂、李文田、盛昱、王懿荣、缪荃孙、赵元益、陆心源、黄国瑾等长辈，费念慈、蒋望曾、萧穆、王崇烈、李盛铎、章钰、曹元忠等同辈，日记对这些师长同侪藏书也多有记录，可与《缘督庐日记》、《万宜楼善本书目》等相参照。在山东游幕时，江氏还跟随学政汪鸣銮参观杨氏海源阁藏书，在日记中记载了不少黄丕烈跋本。金石书画方面，江标不仅为业师叶昌炽、妻堂兄汪鸣銮搜集大量碑拓，其自身收藏也可称宏富，日记中自言唐代墓志拓本即藏有600馀种，蔚为大观，其游历苏州、山东、广东、湖南各处时的访碑拓碑活动记录，以及对吴大澂等人收藏吉金的亲见记载都是研究清代金石学的重要史料。江标还醉心于宋元以来画作，所见名家墨迹颇多，并善于学习，分析笔墨技巧，摹绘印章，详记于日记，故其日记不仅可以录出灵鹣阁所藏书画目，还可录出费念慈等人所藏书画目录。

五是江标的诗歌创作。汪辟疆《光宣诗坛点将录》评点清末诗家，江标名列其中，称“诗工殊深，风致娟然”，易宗夔《新世说·文学》谓其诗“上掩玉溪、冬郎，次回《疑雨集》不足道也”，费行简《近代名人小传》直接点明其风格是“文学齐梁，诗多侧艳”，惜其举例仅零星数首。而《笘誃日记》所存江标诗歌多达近200首，在缱绻缠绵的侧艳之诗外，颇见歌咏乾嘉朴学名家、金石拓本以及感寓时势之作，如《咏国朝考证诸家》、《题潘笏庵铜器拓本册》、《题散氏盘》、《和顺德李侍郎师和林金石诗》、《示永州诸生六绝句》等。其中为人题新疆巡抚刘锦棠临怀素《圣教序》石刻有句云：“出师未捷武乡亡，一柱南天已陨地。忍教重见白旗降，更说书进鸭绿江。船坞早焚归棕晚，电函空寄出关忙。偿金借地思南宋，税船租马输邦贡。依样胡卢一纸书，汉唐翻本临摹痛。”直抒胸臆，拳拳之心溢于言表。《示永州诸生六绝句》其五曰：“东海翻波炮火红，区区文字已无功。自惭画阁连朝坐，看尽重开两石弓。”在反躬自省的同时，其实也在提醒生童关心时局。又予考生赠诗云：“经济先从考证求，烂翻掌故历朝搜。不知一物儒生耻，欲记寰瀛画地球。”高度概括了江标在湘期间的学术价值取向与训士导向，其融通乾嘉考据学、西学的主张与张之洞“中学为体，西学为用”之说异曲同工，为今人理解当时新旧中西学术的融合路径提供了新材料。故其日记所见诗歌是我们深入了解和探讨江标多样诗风与政学观念的重要基础，也是近代诗歌研究的新史料。

其他零散的重要信息亦复不少。如对康有为的评价，一则云：“康长素所著《新学伪经考》，可与廖季平同年所著述匹，拟古则近方植之诸家，然尚恐不如也。”一则曰：“至熙敬甫处小坐，见康长素《广艺舟双楫》，言钟鼎彝器皆出刘歆伪造，殊属可笑，人之好僻，一至于此。”均见出与康有为学术取向的不同。江标既崇尚乾嘉考据，又秉承公羊学通经致用的精神，讲求通权达变，任职后期则形成“汉宋分门太苦专，乾嘉诸老似成偏”的不主界限之说。康有为则在公羊学上走向极端，为托古改制，不惜厚诬刘歆作伪，偏执素王理论。而章太炎在《箴新党论》中列江标于康梁新党，给后人造成误导，实属失察。今有学者根据日本所存中岛雄著述直接证明了江标与康有为的政治主张判然有别：“江标云：康氏之新学，与鄙人颇有异同；康氏取其虚，而吾求其实。江氏又云：近日中国主张变法之人，论政者多，而论学者少。然而，政自学中来，倘舍学而言政，其实是舍本逐末。总之，目前办事各人，均无学。”[①]而《笘誃日记》所载正与此相印证。

又光绪十四年（1888）六月，江标自香港赴京，船上偶遇卢祖华（晚清第三批留美幼童），日记记曰：“见新会卢贻堂（祖华），曾为幼

① 原文见中岛雄《随使述作存稿》，日本外务省外交史料馆藏。转引自孔祥吉、村田雄二郎《一个日本书记官见到的康有为与戊戌维新——读中岛雄〈随使述作存稿〉与〈往复文信目录〉》，《广东社会科学》2009 年第 1 期，第 112—113 页。孔文又入中国近代思想史研究集刊第六辑《戊戌变法与晚清思想文化转型》，社会科学文献出版社，2010 年。

童，出赴美国，读书十年而归，后为武备学堂差事。年仅二十七，精三角数理，曾造鱼雷阵，为李傅相所赏，前年以母病回家。应美国领事之聘二年，不愿为外域所使，复将至天津焉。与若溪、范夫皆熟识。”而一般史料仅言其曾为京张铁路经理的后期经历，故此寥寥百字实为近代留学生研究的珍贵史料。又光绪十五年（1889）十二月，江标乘坐丁汝昌的定远舰，欲至台湾游历，但途遇大风而改至澎湖，日记对当时澎湖岛上镇守形势有所描述，且记曰：“与丁军门谭战事，阅历既深，见闻多不作门面语。书牍、公文、奏札皆亲笔立成，暇尚喜读史，极尊曾文正公，云其一生不尚气、不骄惰。”虽仅数语，对了解丁汝昌也颇有助益。其他如与华世芳、王同愈、曾广钧、盛宣怀等人的交往记录，对光绪帝大婚场景的描述，甲午年授学政后与光绪帝的长篇对话，对专人研究、近代史研究的价值更自不待言。

江标在日记中常记“竟日未为一事”，但事实上并不能全照字面理解，如光绪十八年诸多“未为一事”的记载中，忽然出现其译作《中俄交涉记》的自序底稿，序中自言翻译持续一年左右，而此前日记并无相关细节，说明其所用之功并非尽入日记，读者于此处尚须注意。

《笘誃日记》在江标去世后由其子江小鹣保存，小鹣曾有意刊刻，但抗战爆发不久即早逝于昆明。1940 年夏，为避免先人手迹毁于不测，小鹣遗孀征得小叔江中同意，托滕固赠予北平图书馆收藏，希望北图仿《越缦堂日记》故事，予以影印出版，北图当时也公开表示将随后印行，但迁延之下，并未实施①。直至 2015 年，《笘誃日记》终于被收入《国家图书馆藏抄稿本日记选编》而影印问世。只是一方面购藏该丛书的图书馆比较有限，另一方面日记本身潦草处甚多，读者了解与利用时尚多不便。今年适逢戊戌变法 120 周年，江标在湖南大开

① 《江建霞笘誃日记之印行》，《图书季刊》，1940 年新 2 卷第 3 期，第 519 页。

风气，为变法前奏，又因变法失败而遭革职，实为应当纪念之人物，故今将其日记点校出版，以慰英灵。由于日记所涉内容宏富，整理者水平有限，难免错讹，尚请读者不吝指正。

二〇一八年七月七日，黄政谨识于长安

凡　例

1.（　）号内为原稿双行小字之文。

2.［　］号内未加“按”字者，表示整理者补入的缺字。

3.［　］号内按语，或用以校正误字，或用以补入原稿天头所附相关内容。

4. 原稿空出字符位置及原标作□、圆圈者，今均作□。因涂抹过甚或墨迹过浓过淡导致无法识别之字，以■代之。

5. 原稿多江标读书所抄笔记，其照录出处原文者，均加引号，其删改、概括原文者，不加引号。

6. 江标自作诗词文赋均加引号。

7. 原稿中异体字，如晉、徧、飃等，均统一改为现今常用字形，姓名用字则保持原貌。

〔卷首观款：
二十八年四月后学宝山滕固谨通读一过，并籀其读书、交游、出处，为年系云。时与小鹣同客昆垣。
戊寅十一月后学嘉定潘文安旅滇盥读一过。
廿七年三月陈小蝶敬观，时与小鹣兄同客于昆明东寺街平安第。
丁丑三月同邑世侄陈子清、吴湖帆借读一过。
吴兴后学蒋祖诒拜读于海上。〕

笘誃日记第一册

甲申四月二十二日始，七月二十五日止

光绪十年甲申四月

前三日读《曾文正日记类钞》，如获奇宝，尽半宵力毕之，颇有所法。

两日来无事，取《仓颉篇》旧稿略加疏录，颇知上卷引书之谬，可见为学之功随日增深耳。

郎亭属书折扇，拉取随轺闻见之事，成《杂事诗》十六截句，郎亭为之点定，今日又属另录一分，寄顾缉庭观察于吉林。

余生平所见宋元名迹甚多，最上者为《关仝春溪垂钓》图，是纨扇面，六字为宋徽宗题，倪云林《断桥卧柳》幅纸白如新（皆藏舅氏藤花盦），米元章《海岳庵图卷》（藏顾艮庵家），皆为无上真品，馀皆世间所有，不必留记也。宋本书最精者，《通鉴详节》（藏甘露华氏）、《鬼遗方》（藏长洲蒋芗生家），字画如写，纸色如玉，《鬼遗方》尤精。惟此等书刓刻固佳，总以甲库之书为上，然眼福浅薄，余均未见也。［按，此条天头有王大纶题识：甘露华氏为纶亲，事甚□人诜卿，受业余门，客冬以谋双亲窀穸，觅此书售主，索资百二十元。余亦乏资，不能得，乃与介绍，售于湖州陆存斋观察处。是书旧有抄配，《爱日庐藏书目》已详志之矣。]

读《阮文达年谱》，十五岁出应试，二十一岁入学，标适与同。读《洪北江年谱》，早岁孤露，寄食外家，标适与同。读《黄仲则年谱》，二十四岁入安徽学使笥河先生幕，标去年应湖北学使高勉之（钊中）编修聘，事亦略同。自惟愚材何敢仰希先哲，然自幼即与诸先生颇所私淑，故记之以自勖。

今日梦梦，未成一事，殊可愧也。（四月二十二日灯下书）

昨日上午阅考拔头场，经解殊无精博之卷。午后为郎亭书信六函，皆连撰稿，又篆书折扇二柄。晚上成《上曲园师书》并杂事诗十六首。得王薇阁函，力劝归里已二次矣，迟迟未复，因其中有难言之隐耳。

今日晨起，书俞信正稿毕。阅新进覆试卷，得三十六人，中幼童一人赵汶（定陶人）。饭后始毕。

薇阁为王文勤公五子，文勤开府八闽，极荣极盛，而薇阁无一毫纨绔气。去岁以荫主事到部，分职农曹，不携眷属。年仅弱冠，好词章之学，豪于饮，为吕庭芷（耀斗）太史婿。

晚饭后，校考拔第二场卷，策题《两汉经学师承》，殊少详核之卷，时仅子初，已昏昏欲睡矣。数日来盼家书未得，殊念。（二十四日书于曹州使院之撷芳斋东室）

昨日得家书，殊喜，外封已被驿中拆开矣。即日覆函，有《上筱兄书》，封毕已十二点钟矣。终日匆匆，未成一事，可愧。酉初出门，得汉《张迁碑》、隋《曹子建碑》。

今日上午检拾行李，下午出门，无所得。购《梅花易数》二册，学占得例。（二十六日晚）

二十七日巳刻自曹州起程，车行六十里至沙土集宿。

二十八日辰刻，马行三十里，至龙堌集饭尖，为巨野地。午后，车行五十里至巨野城。游麟州书院（侧门书“麟川书院”，不(至)[知]其故），侧门内东有唐开元廿六年陀罗尼经石柱，字尚完好。书院之南临河有塔一，土封其门，不能上，见卧碑，知塔名“永丰”。

二十九日辰刻，马行三十馀里，马忽惊逸，几为之坠。五十九里至纸房集饭尖。毕，走六里，至武梁祠石室，观汉画像。室五楹，原为黄小松创建，屋将颓，光绪六年，嘉祥令长兴丁敬书重修，分石刻四处，置诸前后左右。中间正壁为黄小松捐钱刻石，东西离壁尺许，环列八石，一为《武班碑》，在中间之东石室屋。盖背作瓦式者大小五石，东西作△式者二，当为室之两旁。室中门内，左右有二石，高二尺许，作曲尺形，上平，摆二尺馀正方画像二石，为东武轩辕氏新搜得者。西室地一石，作长方形，亦系新搜得者，两面有画，已卧于地，郎亭命护勇起之。东室二石柱，长三四尺，阔尺，卧于地。祠门外三丈馀有双阙，南北对峙（以此定南北，上所记之东西当易为南北，室门东向），作方形，四面有画字。阙南有石七，俱埋于土，或全出，或露一角，皆有画。阙西有石如阶，上有出土尖角，一石有画。进二尺馀，有石出土一角，纹理细密，大约有字。再进丈馀，有尖角石二，有画。进丈馀，有石一，约六尺，正方，有画。祠之正南有卧碑，一作圭式，有孔，与《武班》《武荣》纵横尺寸如一，无字，一面有一正书“武”字。此碑当为《武梁》《武开明》二碑，以字已蚀，不能指定。然此皆黄小松、李铁桥之所未见者也，阅百年重见如此之多，甚为快事。走五十三里，至济宁宿。

三十日辰刻，随郎亭至济宁州学观汉碑。列于戟门之内者为《景君》《郑固》《鲁峻》三石，东壁西向。《景君》在外，作圭形，有孔，石滑如玉。中立者为《郑固》，石作⌂形，以二石柱夹之，有翁覃溪等题名。《鲁峻》在内，圭形。《范式》《郑季宣》《武荣》三石，西壁东向。《范式》在外，作⌂形，《郑季宣》在中，《武荣》在内，皆作圭形。大成殿之后为明伦堂（额朱子书），东壁南向为《郑固》残石。最东，《朱君长》。在其下,《胶东王君》残碑。偏西,孔子见老子画像。又偏西,东壁西向,新建五年刻石,以石作凹形,置汉石于中。偏南,有石高二尺许,上刻“宝元二年六月”六字,据云徐树人从他处移置者。出学,至南门市中,得汉镜一,见一铜印曰“刘憙私印”,以价贵未得。至太白楼,楼凭南城门偏东,北眺铁塔,南则一望无际,有元杨极篆书石,作正方形,刻于四面,在楼之后。六十里至兖州宿。寓左即颜子陋巷,有额(曲阜颜子祠旁亦有额,不知孰是)。

【光绪十年甲申五月】

今日为五月朔,辰刻车行,三十里至曲阜。午后翦贴《张迁碑》,一时许即毕。酉正无事,记此五日之游,亦一快事也。(子初一刻三分书毕)

午后为郎亭占《易数》,得《坤》,二爻变为《师》之九二,曰:“九二,在《师》中,吉,无咎,王三锡命。”《象》曰:“在《师》中,吉,承天宠也;王三锡命,怀万邦也。”郎亭大奇,盖未与余言占其官阶,而适合其数也。为汶民占得《离》之九三,曰:“日昃之离,不鼓缶而歌,则大耋之嗟,凶。”盖汶民占其婚姻,汶民已两断弦矣。晚饭后,作寄乙生、倚琴二书,附履新函中,并寄《杂事诗》二纸。子正睡。(二日)

晨起,注《仓颉篇》,以《一切经音义》校其卷次,孙氏原本有绝可笑者。如字体云云皆玄应说,而孙则为出于《仓颉》,此类甚多,拟删之。午饭后睡,至申正始醒。日来懒惰可见,急宜痛戒。酉初,阅生童诗古卷九十馀本,至亥正毕,荐八卷。(三日)

读王贯山《说文释例序》,谓桂氏《说文义证》征引虽富,脉络贯通,前说未尽,则以后说补苴之,前说有误,则以后说辨正之,凡所称引,皆有次第,取足达许说而止,故专胪古籍,不下己意也。读者乃视为类书,不已眯乎?惟是引据之典,时代失于限断,且泛及藻缋之词,而又未尽加校改,不皆如其初旨,则其蔽也。标年十六即得此书,读已九年矣,全书体例略知一二。大约此书以所校异文、逸文为最精,严氏《校议》所不可及，惟严氏引书多志卷数，桂多失志，是差于严也。称引故书，例写故书本文，桂则一概改易，不知原稿如此，抑后人校刊时易写？此亦一蔽。引书太杂，议桂之通说也。标曾藏有汪孟慈（喜荀）与陈硕夫（奂）书，言当时灵石杨氏初刻其书之时，孟慈欲删其注，为许印林（瀚）所阻，盖许为渔山书院山长，孟慈等皆在校勘之列，后以此事龃龉，校勘者皆中道而去，则此书引证之失，无容辩别也。王氏所说，或当时闻桂氏之论如此，若谓其书真有次第，吾未敢信。（四日午后）

四日午后，阅曲阜生卷可卅本，荐十四人。子初即睡。

五日卯刻起身，阅隔宿生卷六十本，巳正毕。午后注《仓颉篇》，知孙本于《一切经音义》脱引甚多。孙氏于此书最讲求，《仓颉篇》亦因此而成，犹有脱落，殊不可解矣。酉正，郎亭招饮，至亥初毕。连饮四觥未醉，殊不可解，岂日来于此事真有进境乎？（五日亥初记）

郎亭属访北宋本《说文》。此书藏于蔡氏（金匮人），不知已售去否，当询之于若溪。

《汉书·艺文志》小学类，录出以备遗忘："《史籀》十五篇（周宣王太史作《大篆》十五篇，建武时亡六篇矣。师古曰：籀音胄）。《八体六技》（韦昭曰：八体，一曰大篆，二曰小篆，三曰刻符，四曰虫书，五曰摹印，六曰署书，七曰殳书，八曰隶书）。《苍颉》一篇（上七章，秦丞相李斯作；《爰历》六章，车府令赵高作；《博学》七章，太史令胡毋敬作）。《凡将》一篇（司马相如作）。《急就》一篇（成帝时黄门令史游作）。《元尚》一篇（成帝时将作大匠李长作）。《训纂一篇》（扬雄作）。《别字》十三篇。《苍颉传》一篇。扬雄《苍颉训纂》一篇。杜林《苍颉训纂》一篇。《杜林苍颉故》一篇。凡小学十家，四十五篇（入扬雄、杜林二家三[按，江标误作二]篇）。"

武梁石室，日来嘉祥县南关张汉文斋拓售者为武梁祠三楮，前石室十四楮，后石室拾楮，左石室十楮，新出土石二楮，《祥瑞图》二楮，东西阙二楮，《武班碑》二楮，翁覃溪、陈昼卿等题字八楮，大约皆有字者，无字画石尚多，俱未拓入。

今日无事，酉初阅滕县、泗水童卷，至子初一刻毕。计二百四十卷，荐十八卷。（六日记）

利令智昏，骄致性易，惰则废事，佚则荡志。四者皆切于己，而不能痛改，危哉！

利非求利也，以应有之利，日谋其多少，则知已昏。骄非妄骄也，确有才胜于人，而仅偏于不如吾者，以较其短长，则性已易。惰非一事不为，一日不为一有益事，则事已废。佚非荡佚也，起居无节，言语无度，则志已荡。

九岁时在外家，六月中，外王母及母、两兄乘凉于庭，外王母以"萤火"命题，先成一诗，母及两兄皆相继成一绝，余仅知四声，亦成七言诗二句。此为生平诗学之始。外家值兵火之后，书籍零落，聚残缺者一箧于橱顶。余架几椅而上，窃窥之，得《唐诗别裁》不全本、明安氏摆板《百家唐诗》八册，狂喜，潜取之朝夕诵读，肆加圈志，字为之没。十一岁时，于惜字篓中得外从曾祖秋蘋先生昆仲所选六朝、唐赋刊本，始学为赋，辄呈诸于两兄及若溪表兄阅之。十二岁，从徐研春（之干）师读（金匮岁贡生）。师能画，工铁笔。师出，潜取其刀刓印，手碎如縻，不苦也。孙逖先（亮祖）世兄（无锡贡生）为研星师长子（绍洙，诸生，精小学），见余所刻印，谓余曰：字宜从《说文》为是。余是时不知《说文》为何书，《说文》为何人作也，惟有《六书通》一部，见第一字下辄曰《说文》，以意为之，当是古书，于是于书肆中及人家见有《说文》之名，必翻阅之。十六岁时，过察院场书肆，见有新刻桂未谷《说文义证》一书，索价甚昂，无钱得之。旧有陈祥道《礼书》一部，取与相易，得携之以归，大喜，如获至宝焉，此为得《说文》之始。后渐推渐广，至今日而《说文》之本几备之矣，皆孙世兄一语之力也，以志不忘。十五时，从吴菡青师（恩熙，长洲恩贡生）三日，师以"春水绿波"命题课赋，余赋中有"柳照水而风梳，凫浮波而雨浴"二句，先生颇爱之，谓韶秀天成。以上皆忆少时事记之，念自识字至今日，已二十年矣，仅博一衿，毫无成就，窃所自愧。

今日辰正即起，未读一卷书，未成一事，已半日矣。朽木难雕，鸡鸣同舞，安得有良师友勖之。

时有郁郁不得志之色，大约总不脱上所言“利骄惰佚”四字，急宜自戒。

日来诸事皆作退一步想，颇得淡静之意，惟于名心未死。自为诸事皆可后人，独学问一事，人欲争吾前者，必力制之。呜呼！不入于骄，即流于惰，宜日不忘此二字以自改。

少时喜阅格言书，尝忆有一人性甚褊急，有劝以一钱上写百“忍”字，后其人竟改其性。余生平于“忍”字颇所师法，然至今未能尽忍也，可见万事放则易，收则难。

余生二十四岁，未尝一日离母侧。自去岁正月至鄂，六月归里，已觉甚远。九月至山左，至今已九月矣，未尝一日忘也。饥驱寒迫，骨肉能离，痛哉！

才短者语多，学疏者文多。世间犯此二病者多矣，余亦不免焉，戒之哉！（七日子初三刻记）

武定试毕，出游至试院前半里一道院内（忆似城隍庙），后进殿中间，有元至顺五年铁缸，正书数行，字甚清。

母手谕曰：“慎起居，节饮食，亦卫身之要，不独忠于其事，为不误公已也。”（二月初五日手谕）“起居饮食，格外慎细，公事一切总以详慎谦和为贵。”（十二月廿三谕）“同幕须知和衷共济，待人宜谦和为贵，总之格外谨慎，一秉至公，不可怠忽。”（十月二十四谕）“谨慎小心，与同幕诸人亦要留心和气，不可受骗，不可结冤，吾不欺人，人自不能欺吾。”（十二月八日谕）

酉初，阅四氏学童卷二百七十本，至丑初毕，荐二十一卷。（八日丑初七分记）

有小得意而即形于面者，有大失意而不形于色者，此中有君子小人之分也。

人之善誉吾者，即善毁吾者也。人之忌吾者，其才必逊于吾者也。

九流谓道、儒、墨、名、法、阴阳、农、杂、纵横(《后汉》四十上《班固传》注)。

《班固传》曰："性宽和容众，不以才能高人。"读此以自警。

《太公阴谋》曰："武王衣之铭曰：桑蚕苦，女工难，得新捐故，后必寒。"镜铭曰："以镜自照者见形容，以人自照者见吉凶。"觞铭曰："乐极则悲，沉湎致非，社稷为危。"(《后汉》四十三《朱穆传》)此古格言也。

今日无事，辰初起床，只读《一切经音义》三卷，已酉正矣。

日来懒于用心，即欲作翰牍，亦不肯动笔，然意中所欲言者则不知凡几也。

乾嘉先辈少孤而能成立者，独心折北江先生，其文行皆所服膺者也。容夫先生文固为高矣，然为人嫌其似祢正平，虽不致杀身，然坎轲一生，亦足以报之矣。仲则，词人也，不自量其力，奔走以死，虽为饥驱，然亦不养其身，以致中年而殒，皆非为人子之道也，况为孤子乎？(九日)

今日只读《一切经音义》半卷，得庞端卿信，允于汉口分运书箱到沪，即作答书。(十日亥初三刻书)

今日为郎亭篆书二扇，作寄查租亭书、何二何三两先生书，至子正睡。终日未为一有用事，可愧。(十一日子正记)

晨起，阅新进覆试卷，得二十七人，四氏一学得孔姓十四人、颜三人、孟二人，曾氏无。午后寄湖北查租亭书(并《纪游诗》十六截句)，寄燕台何信、上海庞信。命张仆(金乡人，曾读五经，年尚弱冠)录曾袭侯与李中堂书，辞气激烈，令人钦仰。观《申报》议中外事，愤懑发指，殊抱杞忧也。晚饭后，阅报部曲阜生卷四册。(十二日记)

晨起，为祁子枞(肇麟，丙子举人，元和人)作山水画扇。午后出门，谒文庙，进东角门，翠柏参天，不可以数计。至同文门，观汉魏六朝石刻，分内外左右。至杏坛亭前，有白石香炉一，工巧无极，云为金大定间物。再进为大成门，登殿观钦赐法琅供器五（雍正二年），又汉陶太尊一。极东，牺尊。稍进，中为雷尊，西为象尊，极西为山尊，皆工巧无比。雷、牺、象三尊有字在口，阳文，馀皆未见。至圣迹殿，中为“万世师表”石刻四大字，内排立《圣迹图》二百二十石及圣象各石。出，至大成门观手植桧，仅存新枝，以石阑护之。奎文阁在门外，未登，诗礼、金丝二堂亦未到，拟明日再游。

郋亭有集《易林》对句曰：甘露醴泉，润洽为德；金城铁郭，坚固相亲。鸳凤游行，福祚之聚；驺虞悦喜，仁哲以兴。功德大隆，崔巍北岳；贵寿无极，游戏南山。砥德砺材，金玉为宝；增荣益誉，镃基逢时。处和履中，笃心自守；获誉受福，积善有征。礼乐所丰，恭谦自卫；德义洵美，文武以昌。麟游凤翔，辉光照国；鹊唤鸠舞，福善在门。居华山巅，条风制气；为王室辅，膏泽应时。幽人利贞，复归故里；康伯恺悌，长生乐乡。高原峻山，雷云集聚；深堂邃宇，鸾凤翱翔。绥德安家，千秋起舞；应聘辅国，四序允厘。贞良温柔，嘉我洁德；欢喜坚固，宜其美才。和璧隋珠，所求必得；金梁铁柱，相辅为强。明德上登，微诣北阙；长生无极，游戏南山。宫商既和，歌谣送喜；日月相照，光明见祥。宣时布和，为国藩辅；蒙庆受福，举家欢欣。家室相安，百条共母；官爵并至，一日九迁。拜位逢时，光荣于世；执义秉德，贞廉之师。茹芝饵黄，真人所在；握金怀玉，君子有光。东上泰山，南至嘉国；春多膏泽，夏长条枝。春至庆来/出和入明，迎福开户；伯歌叔/季舞，长乐行觞。柏桂栋梁，大夫执政；桃李华实，季女宜家。握德宰臣，四门雅肃；嘉乐君子，五福久长。道德神仙，寿算无极，圣贤配耦，福履齐长。崧高岱宗，德音孔博；春城夏国，和气所居。砥德砺材，为国藩辅；布政施惠，生我福仁。握斗运枢，四时顺节；销锋铸耜，千里蒙恩。握金怀玉，隆我福祉；茹芝饵黄，使君延年。居之宠昌，宜家富寿；得其欢乐，与君笑言。明允笃诚，所行造德；平康正直，以道立宗。克身洁己，赖其忠德；节用绥民，奏为肤功。万悦千欢，贵寿无极；五福四利，嘉庆大来。和璧隋珠，辉光照国；醴泉甘露，膏泽应时。道德神仙，增荣益誉；欣喜奭怿/福禄欢喜，常乐允康。举家欢欣，宜昌娶归；使君寿考，受福多孙。典册法言，德音孔博；五范四轨，动作有光。麟麑凤雏，多受福祉；鹊唤鸠舞，先知吉祥。南山多福，东邻蓼义；秋兰芬馥，春草萌生。善政得祥，遨游仁宇；颂声大作，征诣王庭。华灯百枝，明月照夜；鸣鸾四牡，春日载阳。达性任情，民悦以喜；含和建德，政仁且温。朝阳梧桐，德音孔博；南山松柏，福履齐长。含谟吐忠，行为士表；种德收福，世有令名。海阔天空，鸢飞鱼跃；山高月小，虎啸龙吟。海纳百川，有容乃大；壁立千仞，无欲则刚。（右二联似不出《易林》，俟查）

得四月十一第十一次母谕，曰："汝一切须谨慎，嫌疑之处，尤宜格外小心。人之多言，亦可畏也。惟慎之于先，庶无物议耳。"又得华筠如书，知尚未卸事。（十三日子正记）

今日辰刻起身，即至孔庙（庙即在使院西邻）。随郎亭至大殿，见世称吴道子画杏坛像者一轴，阔尺馀，高二尺馀，绢心旁款"枝隐吴彬敬写"六字，行书，在左角，实非道子也。东至诗礼堂，见唐槐，老枝横架已枯，孙枝直立，已高数丈。堂后观孔子故井及故壁。西至金丝堂，观诸乐器，皆乾隆年造。出诗礼堂，至奎文阁小坐，重至同文门观诸刻。又于奎文阁后西碑亭内访得唐修《孔子庙碑》，为李庭珪八分书，阴额读元至正元年颜□□等打碑题名墨迹（见《小沧浪笔谈》）。下一字皆为后拓者墨污，仅存形似，出门至卖碑所，得孔庙汉碑全拓四分、《竹叶碑》二分、《琅邪太守朱博颂德》残碑一分（藏尹彭寿家）、天保元年张龙伯造像一分、方端石砚一。午后至颜庙观陋巷井，遍访《竹叶碑》不得（据《山左金石志》云藏颜庙），询诸博士亦茫然，不知又移何所矣（或云在颜氏家中）。

秦刻《九成宫醴泉铭》末句"吉"字一行下，末格有石泐如米点，点及末行"奉"字，中柱作屈曲形者为真。

今日衍圣公来答拜郎亭，年仅十三，气宇轩昂，坐绿呢金顶大轿，

轿至二堂庭中而止。（十四日子初记）

辰初起身，至孔子林，进万古长春坊，两旁柏列成行，皆数百年物，怪奇诸态毕具。又进观楼，未得一登为憾。观《辇路碑》，车西行百步至洙水桥东下车。步过桥，桥有三，中为洙水，东西不知名。再进为墓门，甬道中立石兽四，[按，此处天头曰：兽在外者为文豹，在内者为角瑞。]石人二，华表二，考系宣和间物，云极工细，实则未必也。东行有亭，为楷亭，亭前石台高五尺许，即围子贡所植楷，植立已枯。稍北为高宗驻跸亭，又北为圣祖驻跸亭，再北为宋真宗驻跸亭，亭皆以黄瑠璃覆之。亭西即子思子墓，墓前有石人二，如甬道制（左笏右剑）。进北为至圣墓，墓碑皆明正统间篆书。圣墓之东为伯鱼墓，墓前访韩敕所立坛石，犹存。圣墓西即子贡庐墓处，有一碑，屋三楹。圣墓偏西，明立碑及坛石皆不居中，不知何故，殆所为马鬣欤？陵上树不一种，皆大几围，有新出杂树颇多，蓍草满地皆是。孔氏历代孙皆附葬两旁，不可以数计。出门东行，仍过观楼，里许至周公庙，庙址不甚宽，围以墙，内皆圮倒。有东野氏五经博士引观各处，皆无足观。又东行三里至少昊陵，头门已圮，殿为道光七年山东巡抚琦善重修。有一碑，八分书，在东室，仿汉制，列诸吏名及刻石人姓氏。林高如山，以白石方围层砌顶，有室中塑少昊象，年甚轻，两旁柏亦不如孔林之大。小坐出门，进东城关，归。

午后同洨民至同文门拓《居摄》、《坟坛》二刻，以软絮佳墨精拓二纸，点画尽显，去市中售者远甚。又拓五凤刻石一（前人多有讹作砖者，此仅见拓本故也。石高尺馀，广如之，长二尺馀，金德裔题字在右）。字字清明，可知并未模糊也。又以寸许阔条拓《礼器》、《史晨》、《百石卒史》，一石一纸，精拓存之，以较素称为佳拓者皆不如也。此法郎亭为余言，拟拓全石，以日晡而归，颇为惜之，题名于隋大业碑侧及《百石卒史》阴。（十五日）

今日大雨，车不能行，再同洨民至同文门。余拓《礼器碑》，洨民拓《史晨前》《后》。午后招拓碑人来，亲观其拓《礼器》，以纸轻，不肯用毡椎拓出，后虽较寻常为精，然不如余条拓之佳，还之。至日晡而归。郎亭贻孔庙钦颁彝器款识拓本六纸，又建康洗一纸，亦孔府物。同乡彭菊人（莪孙）来拜，以匆匆未答为歉。（十六日）

辰初起身，车行卅里，至兖州试院，紧贴北城，在旷野之中。余住签押房后进东室。（十七日）

晨起，封寄家书，附郎亭函中。

君子喜人善，小人喜人过。君子不自知其善而求人之善，小人不自知其过而求人之过。

午后手装自拓《礼器碑》。（十八）

午后阅生童古卷一百四十本，荐生九本、童五本。（十九日）

午后阅生正场卷六十本，即睡。晨起，刻小华小影于砚盖。（二十日）

辰初起身，阅生卷百四十本，至酉初始毕。寄第十八号家书。（二十一）得王薇阁书，即覆，未寄。

上午阅泺源书院卷，下午阅童正场卷二百六十，子正睡。（二十二日）

辰正起身，读《金石图》，为滋阳牛运震撰，说郃阳褚峻摹刻极精，中图《竹叶碑》磨灭之字，较余所得拓本反少，岂当时未得精拓邪？余拓本下层第八行为“■史曹文阳马琮”七字，牛《图》缺下二字。汶民谓“文阳马琮”名见《史晨后碑》，以此定为汉物，确不可易，不必观其碑形隶法，足知其为汉也。或此碑亦即孔庙中物，然无所据矣。（二十三日）

晨起，临《史晨后碑》一通。午后，阅童卷二百五十册。近数日未成一事，然终日无片刻闲，自亦不知其何事也。若溪书来，谓在南菁书院亦做不出工课来，其病失之繁，失之乱，终不能有优柔餍饫之致。余近日亦碻中此病，甚哉为学之难也！

余生二十五年，南游荆楚，北历鲁齐，所接文学之士虽不为广，然较诸伏处一室者已胜矣，而惟若溪一人为余之畏友。天地虽大，岂才有限乎？抑所见不广乎？且待十年。（二十四日丑初一刻记）[按，此条天头曰：此语已入于骄，急宜痛戒。]

辰正起床，阅泺源书院卷。午后，临《史晨碑》三纸、《醴泉铭》二纸，蛇神牛鬼，对之自惭。近日欲思定一常行功课而未能，盖心不静，志不专，其病乃失诸惰。

晚饭后，书寄若溪，言金石拓本，得四纸。

近日来，胸中所欲言而无人可与言者，必书此册中，以验己学力之进退、心地之邪正，亦稍畅胸中闷闷之气。古人虽曰“事无不可对人言”，然余此册不愿与人阅之。以渔语樵，以冶语弓，冰炭不投，何必欲人知哉！（二十五日）

今日晨起，阅泺源卷。午后阅滋阳童卷二百五十卷，至丑初二刻毕，荐十三人。阅邸抄，知有保举真才之谕。

忆曾文正《忮求诗》，人苟能熟读之，则一切声色货利皆不能夺其志矣。（二十六日）

阅书院卷，至午后毕事。今日提覆济宁、滋阳童，有济宁幼童诗文为通场之冠，举趾稳端，语言合体，尤为山左通省考试士子所不及，姓李，名本立，字道源。

乞子枞画班定远像于扇，自题一诗曰：“生入玉门关，死到酒泉郡。立功何必借文字，赋才史笔等馀烬。阴山雪花大如掌，臂鹰鞲脱马蹄响。晚来罢猎虎帐开，蛮姬低舞胡儿吭。何必困临邛，何必羞胯下。投笔从来事偶然，姓名一样麟编写。侯兮侯兮在何处，一千年后谁心许。我亦天家最少年，宝刀锦绔从侯去。”题《时妆仕女图》云：“春风吹透罗襟薄，俏立云屏为宛弱。江南江北离情多，自看新妆知约略。玉环容易金钗小，十五雏姬过秀削。我问卿愁惜太深，真真纸上应轻诺。”（二十七日）

今日得家书（第十二次），并左兄、梅汀、芝汀各函。晚饭后阅拔贡头场卷，经解中引郑本作△。

梅汀来书，云代付衣料洋一元五△三分，未缴。

王莔卿农部（颂蔚）与郎亭云，新得《大藏音义》（此书一百卷，余闻诸于陶子缜编修曾有是书，曲园师亦云日本已刊）、采龄《音义》（此书未知），珍为奇秘，闻余《仓颉篇》曾以《大藏音义》辑得一本，渠欲不辑。实则余并未见及此书，不知何人讹传。余盖从《史记》、《汉书》、《文选》、《列子音义》、《一切经音义》采补数十条，曾托查相亭代索陶子缜辑本，录一副，尚未有复。（二十八）

济宁拓工郭映晖来，送定拓汉石全套，精妙绝伦。郎亭赠余至精者一分，次者二分，其次者犹较寻常拓者远甚，为之狂喜。山左此行，真不负矣。

作家书并与二哥及芝汀、若溪书，漏已三下矣。（二十九日）

【光绪十年甲申闰五月】

滋阳新进幼童陈德谦出余房，文颇清顺，书法亦可。

为学之道，在乎博览群籍，始可以言学，然非钥不足以启其户也，则莫如通《七略》。仅知目录如老书贾，则亦非学也，其先明乎六书乎。六书之学，至今日已四通八达，形声义三者皆不可偏废也。然今之讲六书者皆仅知其形而已，欲求其知乎声义者，鲜矣，而于声则更茫然。推其源，不知其声者即不知其形也。盖今之所谓知其形者，徒知其饬文而已，于古人造字之义未求也；仅知其小篆而已，于大篆未习也。然于大篆仅明乎甲乙祖父，以奇字为上。盖大篆渻假合反之文，即可明小篆隶正草各体之源。学者识字，始可通文。《尉律》曰，讽九千字始得为史，今人识一二千字即可以博功名矣，然即求识一二千字者，使之逐字解之，则十不得一，始知为文者皆不识字之人也。昌黎以作诗而通小学，今之读韩诗者不知也（实则唐人皆通小学，昌黎尤显焉者）。即此至小之事，已为今人所难学，乌可以言学哉！

灯下阅二场拔贡卷，得济宁蒋祖仁卷，颇有功侯。策题《问西汉微言大义与东汉名物训诂流别奚若》、《士先器识论》。

仆人笨若牛、懒如猫，真不可以言极者。寻一物、检一箱必亲为

之,此皆在家时素未讲及此等事者。细思之,同侪中不如吾者多矣,则又息心静气,不敢作妄想矣。(闰月朔一日)

今日晨,李生道源进见,饭后去。午后出门,得白驹谷题字、青州齐碑、《任城孙夫人碑》、琅琊石刻、曲阜汉碑全套、六朝孔庙诸碑全套,又汉碑额一分,又鲁恭王墓二石人题字诸拓本。城大而荒,游毕即返。东城有一塔,制极奇,如式,未登,云在书院内。(朔二日)

三日午正起身,走三十里,至曲阜。再至孔庙,题名于《孔褒碑》侧,并手拓《汝南府君》额及《孔宙》、《百石卒史》、《史晨》各碑上下向来未拓之字。观汶民属拓工拓鲁相谒孔庙残碑阴侧,此从来金石家皆未著录,其阴帖木栅,拓者不能施纸墨,其侧为楷书,多模糊不可辨,属郭映晖拓汉石全分。(三日记)[按,此条天头曰:《山左金石志》已收入矣。其侧为唐贞元诸官题名,可识也。(十日记)以石志细,较新拓者多几字,可知阮氏所得本亦未甚精也。]

辰起,同汶民至曲阜学观二石人,至明伦堂不得。适副学出门,询之,遂由明伦堂后东进一小门,有荒地亩许,围以墙,二石人在东墙西向立。南者为府门之卒,背有阮文达题字。北者横卧草中,下截已断,面仍西向,拓者横拓,云即广亭长也。二石人相去二尺馀,其地即古矍相圃。有碑在南墙外,满地蒿莱,余与汶民披而入,草没其膝,旁观笑之,不顾也。车行二十五里至陶洛,为曲阜地。再走三十五里,至泗水,宿书院中。同程履翁出东门,谒仲子祠,半已圮废,神象犹存。祠旁即泗水,水清见底,石子作五色,徘徊刻许。进南门,归。履翁得一石,甚奇。(四日)

卯正起身,马行五十里,至泉林,为泗水县地。泉林有圣祖行宫,有水曲折从石罅出,相传即子在川上处。水中多赭石,细检之未得佳者。有仁庙、纯庙御制诗碑并圣祖《泉林记》。"子在川上处"五字为纯庙书。南有石桥,旁小碑一书"甘露泉",一书"甘露新泉",不知何人书。又有纯庙书"泗水之源"四字,石已断。泉南有元僧石塔三,制甚古,余与汶民访得之,惜未拓得也。午后,车行四十里,至平邑集

宿，为费县地。（守端午）

卯正起身，马行六十里，至地方集，山路荦确，车行无道，颠簸异常，微雨密云，天尚凉快耳。午后行三十五里，至费县宿。（六日）

寅正二刻起身，马行五十里，车行廿里，路稍平易，至义堂午饭（兰山地）。午初车行，三十里至沂州试院，在城■。屋不甚敞，居签押房后进西室。（七日）

得曲园师书，属访镳局搭客之事，并知阶青世兄冠郡曹，可望入泮。（八日）

覆曲园师书。

《东瀛诗纪》卷二曰：东国产铜之山，大者有三：豫之别子也，奥之南部也，羽之秋田也。而别子山实为之甲，有住友氏业别子开矿之法二百馀年。午后阅生童古卷百四十本，得莒州童生管象晋卷为最，闻年仅十一，美才也。灯下书寄曲园师书。（九日）

晨起已巳正，懒惰之性真不可收拾矣。梦中得句云“多情多忍即成仙”，醒后不解其作何语也。寄俞师函时已午正，已放头排，盖今日为生员正场也。

午后阅府学生卷百二十本，至酉初毕，戌正即睡。（十日）

卯正起身，阅蒙阴生卷七十本，至巳正毕。

生古第一秦志屏，第二段鸿恩。童古第一管象晋（廷俊子），第三管象颐（廷献子），皆出余房。余至山左，历阅九属，得生、童第一俱出余房者已三次矣，然终不若此次之盛也，颇为私喜。

今日午后睡至酉初始醒，一事未为，为韶光虚掷，又犯一惰字矣。

盛柚堂《尚书释天》手稿今在鞠裳师处。许印林手校桂《说文》今存济南府城尚志书院。孙渊如《尚书今古文注疏》，其初稿即书于自辑《尚书马郑注》上下方，今藏武进费杞怀主事（念慈）求古精舍。段楙堂手校《集韵》今藏新阳赵静涵表兄家（元益）。沈侠侯《绛云楼书目注》原稿今藏郎亭籀书宧中。《方舆纪要补》手稿今藏聊城杨氏。李云门《缉古算经考注》手稿仅存二三两册，已失其半也，藏余师许室中。又焦理堂手校《大戴礼》亦藏余家。

《说文义证》，篆文为丁少山（艮善）布衣书。（十一）

辰初二刻起床，篆书《易林》联句六纸，至午初毕。

午后阅郯城、日照童卷共二百六十本，酉正毕。

汪氏中曰："往者人之立言，其始欲摧我以求胜，其卒归乎毁方以媚于世。是适足以发吾之激昂耳。"

又曰："大抵为寡妇者必寿其子，苟成也，则家必昌，虽贫也，必孝，此天道之可知者。然当始孤之日，蒙稚无知，其亲血气坚壮，疾疢不作，而饥寒愁痛，斫削万端，使不得一日遂其性。洎其子成人授室，门户再造之日，方思从容颐养，以娱暮年，而精力奄亡，苶然槁木，参苓粱肉无补于既敝之身。是忧患之日，则其亲既当之，而以伤其生；安乐之日，则妻子仆妾皆得与享之，而亲转不能坚其命，岂非生人之至痛哉！是虽日用三牲之养，曾不若及其壮而日一再食之为美也。"（以上二则见《述学·别录》）

国朝小说家以蒲留仙之《聊斋志异》、曹雪芹之《红楼梦》为伯仲，尽有佳文，不能鼎足矣。少时每看此二书，《聊斋》一过，不欲再阅，惟《红楼梦》一书，反复观玩，至今已十五年矣，行箧中犹有此物。尝见前人评此书，以为聪明人不宜观，实则真聪明人始可以观此书也。世之因观此书而受病，皆钝根人误会此书之本义耳。此书写一"情"字，为自有文字以来开天辟地之作。盖自有天地以来即有一"情"字，"淫邪"二字不得为之情，今人皆误会此意，于是遂谓《红楼梦》为淫书矣，呜呼，冤哉！（十二日）

拟托子枞买书数种，姑记于此：壬午、癸卯《谕旨》二卷，《经籍籑诂》（石印价二元）一部，《西医五种》（扫叶山房可购，价一元二△），《曾侯日记》、《航海述奇》各一种，《沪上纪游图》一册，《申报》各图若干册。

王薇阁住宣武门外烂面胡同刑部汤宅，转同居。

午后为汶民篆书一楹帖，语曰："东上泰山，西至汃国；北涉汶泗，南游江淮。”盖集句纪其游踪也。又书篆四幅与陈祜，笔墨颇觉顺手也。

作家书，言十月之事，别无他信也，即日封。（十三日）

松竹斋有刮刀全付、墨敦全盒，折差进京可带也。

今日午后，我庚二伯及韩芝生先生到东。得十三次家书及鞠裳师书，并潘泉孙表叔书。（十四）

洨民以黄学使檄取优行之举，即欲归里，余亦拟归小住二三月，未知郎亭许吾否邪？

晚间与郎亭言归里之意，坚不许行，此亦数也。（十五）

今日作与稼秋书，并贻曲阜汉碑全拓，又与玉峰、善甫二书，并鞠裳师书，托购《滂憙斋[丛书]》，其款拟于碑帖上划算，附家书中。又与若溪言近事，并与芝汀、南轩各一书（附程履翁书）。

托孙得翁买孙《说文》、《经籍籑诂》，托祁子翁买《谕旨》、《曾侯日记》、《航海述奇》、《西俗》、《红楼梦图咏》、《西医五种》、杨咏春字册。[按，此条天头曰：《酒令丛钞》（二十）。芝香、玫瑰香（月中桂）香串，戴春林。《挥毫》、《自在》二集。]为子枞书楹联一，篆字。三代以下，无人不好名，昨日之不能回里者，皆为名累也。自知生平利不足以动我，势不足以压我，气不足以夺我，惟名足以笼我，是亦本性之使然。

尝谓酒色财气，无人不犯一二端，古人言此四字，当为过分者言之也。不饮过分之酒，不好过分之色，不谋过分之财，不动过分之气，斯可矣。如为人不宜丝毫犯之，此人与木石何异？我想古人必非此义也。（十六日亥正三刻九分）

午后作与筠如书，与叔朋书，酉刻寄二十次家书及筠如书，驿中专递。阅选拔头场卷，经解以庄余珍为首。（十七）

为郎亭篆书扇二十柄。晚阅总覆童卷三十二册。（十八日）

书家信并叔朋（送石人题字）、稼秋（借碑）、端卿各书。午后阅二场拔贡卷，以日照丁惟禔为首，丁精于小学者也。

衍圣公府大门一联云：“与国共休，安富尊荣公府第；同天并老，文章道德圣人家。”不知何人所撰也。

公府有《玉虹楼帖》尚可拓。

公府后门画象见《山左金石志》，今移在圣庙同文门外大门西间，四石无字，画极奇古，惟不敢定为真汉石耳。（十九）

晨起，为郎亭篆书扇二、中堂三幅毕，略检拾行李。午后出门，得洋刀一、指南针一、《牛马经》一函（此书专为医牛马而设，中具相马法，颇是，故得之）、琅琊石刻四纸、沂水县凤凰石刻一，又晋刘韬墓石拓本一。

午饭后无事，阅《红楼梦》第七十三回至七十五回，其中为贾氏极盛始衰之征。其描想衰象几至草木皆兵，真化工矣。余于此书独心折探春一人，眼明手辣，于凤姐尚有贤奸之别，其他可知也。（二十）

晨起，出门东行，未得一物即归。汶民从西城归，云访得六朝造像多种，午后同出门观之。先至一废寺中（名普光禅寺，不知是否即普照），庭中有大小石造像七，皆无字，然刻画极精，唐以前物也。出寺门南行数武，有破垣，内亦嵌一造像。再南行即琅琊书院，以名片拜山长，并述拓碑之意，遂启西室引观。室三楹，中供右军像，此即右军故宅，西有池，即养鹅处也。左室立三碑，西向，南为《造桥记》，年月已缺，玩其字形，亦六朝物（阴有“诸葛□□”四字）。中为隋开皇造像，上像已缺，文俱存阴，上二层有佛像，下层皆斋主姓氏。北亦造像一，有阴，南向立，宋景祐佗罗尼经石幢，字颇完善。西室南向，宋□□佗罗尼经石幢一，三面已模糊。西室东向者，最北为《伏生授经图》画像，石作形，似人家门外两旁者；次为宋元丰石幢二，一圆，一六角；又宋元祐六年石幢一，皆高不及尺。下横立一石，亦六朝物。再次为隋开皇四面造像一，高三四尺，宽尺许。极南为隋造像一，左侧有字。汶民拓普光寺僧拓一分，已日暮矣，归贻郎亭，以补续《山左金石志》。（二十一日）

巳正出门，车行十五里，至南曲坊，又十里鹅庄，又廿里伴城，地皆平坦。（二十二日）

车马四十五里，至青驼寺，有《皖北□和汪如海莱青敖阳题壁》，原韵云：“荣枯自古数难更，枉作长沙太息声。青眼几人邀特赏，白眉空自负虚名。蓬山有路终能到，沧海多遗太不情。愿与诸君争努力，垂天依旧奋鹏程。”饭后车行廿里，为双堠庄。又十二里，堠子庄。又十三里至垛庄。自双堠庄起，多大岭，然已为任筱沅中丞新开。题壁诗甚多，有江都史莲叔用许令芬世史韵云：“耿耿疏星夜色寒冷，征车初上思何堪。年来始信征尘苦，宦味如纱悟剑南。休言鹦鹉在前头，自是卢家有莫愁。一曲琵琶许心事，舞衫歌扇忆扬州。”又《辛巳清明后一日实甫题》（后志疑此为清河杨孝廉诗，陈伯屏题■■者，常熟杨实甫也）[按，此处天头曰：实甫，毛姓，名庆蕃，丰城人，见日观峰题壁始知之也（十年九月朔记）。日观峰题壁者，乃毛实君也，此当为易实甫。]：“我行淮徐间，田野无寸碧。闻自去年夏，不雨到春末。千求罕一应，官吏面常赤。高原行将龟，何处种二麦。岂独小农哀，水枯鱼亦泣。中宵妇叹声，径达帝阍侧。是日过沂州，云阴忽如墨。风沙从空来，欲走万岭石。天心信慈惠，土膏稍润泽。曩者天降祲，大旱遍东北。饥民念皇仁，皆不忍为逆。此邦民气劲，荣杰之所出。一旦使流离，求生恐负国。苍生人穷蹙，屡屡罹浩劫。所恃惟一天，更赖朝廷德。牧令本越秦，相视若无责。心力殚上官，皇暇举其侧。愿更施甘霖，潜补抚字拙。明朝万绿生，春气起蓬勃。拜谢云中君，诗成客衣湿。（沂州道中喜雨）”又《癸未新正京江淑许氏旅夜即事诗》云：“窗色皓欲曙，起为道路忙。开门瞻阴晴，满地明月光。四处寂无语，灯暗夜未央。僮仆魇不醒，睡味浓且长。我来当头喝，梦魂惊满床。童起痴相向，呼为速治装。仆夫整鞍马，奚奴配古裳。长揖谢主人，及早欣成行。振策出门去，我马爰腾骧。一鞭摇指处，安居期帝乡。”又《若耶渔人庚辰元宵感赋》云：“年来走笔遍天涯，策马他乡阅岁华。客里光阴惊爆竹，梦中心事上梅花。封侯未必龙韬熟，作赋愁难狗竖夸。薄醉旗亭增太息，会逢今节便思家。”又《小严丁丑二月二十七日由伴城至此题壁》云：“闻道青驼不易行，肃肃古寺喜重经。烟横树杪牵留影，石触轮蹄铁有声。历尽崎岖心自坦，洗除尘垢雨初晴。世途阴险尤堪畏，莫到登山叹不平。”

晚饭后自题一截于东壁云：“游子天涯兴太孤，江南回首路崎岖。宝刀骏马知谁似，一幅五陵侠少图。”又题句云：“乡思难凭壮志收，万山不隔一重愁。世途崄仄浑如梦，客路光阴又近秋。绝域功名思燕岭，廿年心事看吴钩。长途不尽低徊■，为补新诗破壁留。”履新和诗云：“东岱从游兴不孤，芜丛历尽路崎岖。他年著管寻鸿迹，须把今宵记入图。”又和云：“策马长征志不收，■凉旅社更源愁。豪情欲遣谁同醉，乡思萦怀不待秋。午夜新凉侵枕簟，半庭残月上帘钩。家山绝似蓬山远，聊写新诗到处留。”（二十三日）

寅正起身，车行十三里，至界牌，五里至柳山庄，五里至清泉桥，八里至桃墟集，十五里至公家城，五里至保德店，十里至蒙阴城外。午饭。二十里至西住佛，十三里至常路，十二里至嶅阳宿。途中山石荦确，越岭度溪，甚为辛苦，此处本有九岭十八河之名。店壁有某题四律极佳，匆匆未及一录为恨。（二十四日）[按，此条天头曰：桃墟集、保德店之间有明义桥，桥南有六朝造像一区，石高四尺，广二尺，上层作三佛，下为文，颇完善。]

寅正起身，二十里至新泰县，山岭高下如昨日。于城外盐店午饭，仅辰正也。饭毕，走二十五里，至翟家庄，十五里至浮邱，二十里至羊流店，道旁有羊太傅三世墓碑。题壁诗绝无佳者，惟平江余琴樵句云：“游子思归切，仓皇破晓行。断桥分柳色，乱石碎车声。世路多艰险，吾心自坦平。自怜还自笑，竟日数征程。”严师用余昨日原韵题羊流店壁韵云：“齐鲁青山一望渡，崎岖历尽敢言愁。纤云未起日添酷，急雨初过气逼秋。随手书宜排闷录，遣情酒是钓诗钩。前宵快读诸君句，聊和一篇壁上留。”（二十五日）

寅初起身，车行十五里，至官桥岭，二十里至花马湾，十里至池家庄，十三里至崔家庄。午饭毕，十五里至祝家庄，五里至邱家庄，十五里至十里河，十里至泰安府。午后车中看泰山，适值雷雨，倾刻间全山已失，至酉初后矬，遂同严师、程履翁至岱庙。庙在城北，规模宏丽。进头门，西有方石碑一，皆明人题名，有嘉庆间孙渊如等题字，篆仿李斯，颇精。进二门，观没字碑，如经幢，下座三层皆刻花，有牡丹纹绝似近时窗槅上所刻者，碑作八角形，上有一石丸盘在，亦不与碑石相连，制甚奇也。大殿阶下两旁有宋时巨铁桶二，皆纠资铸成者，惟观其文，似宋时各庙多有此物，不知近日何独存此二具也。殿西进门，南屋即环咏亭，室三间，宋元以来诸家题字，壁之前后左右皆满。宋元以来观李斯石刻题名，一石在西壁，东向，一石在东南壁，北向。[按，此处天头曰：有宋以来诸名人观款，二石为会真观诗题名也。]秦石即在室中东北壁，西向，翻二十九字，对嵌于西壁，馀为御题各诗，石皆嵌置壁间。亭北三间即藏经堂，藏皆残缺，仅存二书橱，皆明刻本。观乾隆御赐温凉玉圭，长三尺馀，广不及尺，下截温，上截凉，盖上截系玉，下截已为玉根，色近黑，故温也。又景泰窑花插二，法琅炉一，流金炉沉香狮子二，高七八寸，又陶尊一，云系新出土，土人供置庙中者，必唐以前物也。购李斯石刻及汉魏六朝各拓本。子初睡。（二十六日）

今日寅初二刻起身，再同郎亭及我庾、芝生二先生至岱庙一游，即出。马行三十里，至辛庄，易车，走二十里，至垫台。午饭后，马行十里，至长城，十里至万德店，十里至靳家庄。细石荦确，山水陡涨，颇不易行。易车，走十五里，至青杨树。十五里至张夏，壁间有壬午夏日方山子题诗云："男儿立志当殉国，上马纵横杀盗贼。君父深恩报答难，此心夜半常恻恻。昔我读书济南城，愧未扶摇朝帝京。荆郑诸公奋袂起，皆能一一成功名。锦城虽云还家好，拥妻抱子可娱老。一生欢乐无几时，岁月蹉跎何足道。我将慷慨学朱云，执笏叩阍求见君。我将涕泪学陈东，伏阙上书丹墀中。不然挂冠若梅福，飘然而去东海宿。又闻晋时有陶潜，归去来兮人中仙。嗟我所愿皆未能，劳劳车马奔风尘。越山泛海二十载，夜阑秉烛空伤神。今来此道忽颠簸（所修道路皆为雨水冲坏），怪石如人立道左。客子抱头如鼠窜，道旁

妇孺争笑我。半生郁郁不称意，故乡邱墓久相弃。料得墓门百草生，披衣南望长垂泪。”（二十七）

寅正起身，车行五十里，至黄山馆。午饭毕，走三十里，至省署，仅午正也。略检行李，仍居四照楼之西轩，即阮文达所谓“老槐书屋”也。（二十八日）

今日辰正起身。数日来少睡，颇觉神倦，今日始畅也。检书簏衣箱。午后偕芝生、我庾二先生及程履翁、严师、卞季贤（常州人，教读）同泛大明湖，至戌初始归。

数十日未读一卷书，终日碌碌，殊自愧也。（二十九日）

【光绪十年甲申六月】

晨起，已巳初矣。贺郎亭寿。午后至后宰门一游即返，无所得也。（六月初一日）

昨晚，郎亭以甬上董觉轩明府（沛）五古见读，极合古意，闻古文为能手。

今晨，郎亭示以王菉友先生未刻书数种，为先生孙（名彦佶，举人）送来。一《弊讼录》，为先生之父驾千先生（驭超）令皖时判牍。一为《菉友臆说》，只十馀页，古今体诗有其半，馀皆如小说，当为偶存之本。一为《菉友杂著》，多考据学，引古书而考证之，如《困学纪闻》、《日知录》之类，纸约五十馀番。一为《徐沟笔记》，首册仅五页，皆条引诸子，似未成之本，次册十馀页，皆记群书引经异文，如《荀子》、《说苑》、《大戴礼》、《白虎通》、《独断》、《孝传》、《越绝书》、《吴越春秋》、《孔丛子》、《新语》、《新书》、《新序》、《盐铁论》、《申鉴》、《论衡》、《潜夫论》、《风俗通》、《人物志》、《新论》、《荆楚岁时记》、《三辅黄图》、《竹谱》、《孟子》赵注等书，间杂以按语。一为《史记校》，乃以《汉书》校《史记》异文也，首有胡竹邨（培翚）一序（《史记》为张齐贤本，《汉书》为汲古阁本）。一为《说文韵谱校》，为道光十三年所成，后志一行云：“既校之后，覆阅原书，则其谬误尚多，遂手写一册，故‘考异’目中惟有所引据者存之，其馀一切删除。乙未五日朔记。”则似阅三年后又有定本也。盖此书分为挩文、羡文、重文、错见、考异五类，此书非手写之本，故不仅“考异”有说也。能求得手写本刻之，善矣。一为《检说文难字》，字论笔画，余已命张仆录存矣。

《易林·比之萃》曰：“团团白日，为月所食。”此正合近日所言地球影之说。菉友先生为未得之载籍，盖未见畴人家书也。（原说见《菉友臆说》）

阮文达《小沧浪笔谈》谓泰山石经峪《金刚经》仅存二百九十六字，前过泰安，见卖碑老人，云尚存八百多字，大相径庭，俟亲考之。

午后，郎亭招谭，并贻白金二十两，为销夏之费。自愧非孙、洪之亚，而实遇毕、阮诸公矣。（初二日）

晨起，未做一有用事，惰甚矣。午后出门，得万氏《经学五书》、秀野草堂本《韩诗》、《昌谷集》残本、《放翁诗集》及《脱影奇观》一书。此书专为照相而作，曾托人仿诸于京师，未得，一旦得之，亦缘也。得查柤亭书，知书箱可成，欲属购《玉函山房丛书》一种，当谋之也。（初三日）［按，此条天头曰：复书托买《曾文正家书》、《家训》。］

今日起床已巳正矣。午后为郎亭写报考折草，馀未为一事也，可愧。（初四日）

上午作答查柤亭书。下午，惕翁招观剧，有女伶年十六七，色艺俱佳，可知天地间无处无良材也。归途游历下亭、小沧浪，夕阳在山，荡桨而返。苇芦遍绿，荷风吹香，颇似南中也。（初五日）

上午观《脱影奇观》，颇知其法。饭后至明湖居观剧，酉初返院。东道主人为严师也。（初六日）

今日仅为郎亭书疏草三，馀一事未做也。（初七日）

上午书副奏一。午后与郎亭借读《曾文正公家训》二册、《家书》十册。尽半日之力读《家训》一过，书中与劼刚先生书言其举止太轻、言语太速，屡以说话迟钝、行路厚重为戒，此亦塙中余病，书以自警。

(此书于光绪已卯年刊于传忠书局，藏板黎家坡遐龄庵中，闻不刷印送人)(初八日)

曾文正以“有恒”二字、以“早起”二字屡戒其子，此却实犯余病，正宜痛自改悔也。

道光二十一年，曾文正与沅甫爵帅同住都中，文正已得编修，携眷赁居，沅甫尚未授室，盖从兄读书也。忽一日不读书，急欲言归，文正屡劝不从，而于兄嫂之间则敬礼如常，文正示以书一函，有二千馀字，诗一首，乃止不行。其诗曰：“松柏翳危岩，葛藟相钩带。兄弟匪他人，患难亦相赖。行酒烹肥羊，嘉宾填门外。丧乱一以闻，寂寞何人会？维鸟有鹣鹣，维兽有狼狈。兄弟审无猜，外侮将予奈。愿为同岑石，无谓水下濑。水急不可矶，石坚犹可礚。谁谓百年长，仓皇已老大。我迈而斯征，辛勤共粗粝。来世安可期，今生勿玩愒。”(见《家书》卷一)

文正与弟书曰：“子思朱子言，为学譬如熬肉，先须用猛火煮，然后用慢火温。余生平工夫，全未用猛火煮过，虽略有见识，乃是从悟境得来，偶用功亦不过悠游玩索已耳。如未沸之汤，遽用慢火温之，将愈煮愈不熟矣。”

文正与诸弟课程有“写日记”一条，曰：“须端楷，凡日间过恶——身过、心过、口过，皆记出，终身不间断。”又“日知其所亡”一条曰：“每日记茶馀偶谈一则(此名当文正自定)，分德行、学问、经济、艺术四门。”又“谨言”曰：“刻刻留心。”

灯下读文正古文九篇，并加圈识。拟日读数篇，终以毕此一书，再及他书，此文正之所谓“有恒”也，兹即以文正书始之。(初九日)

昨晚丑正始睡。大雨屋漏，几箧床席皆湿。至寅正即起，易床于屋之西，仅有此一片干净土也。读《家书》二册。午后读文正古文十一篇，每篇读二遍，圈识之，一覆读之，补其误，然句读误者恐尚多也。郎亭曾于此书亦圈点一过，待余毕事后，即假读一校，必有是正处也。

文正劝其弟平心和气以治军事，谓：语之激，固不可，不语而色形于面者，亦必招怨。至哉言乎！

又以一“傲”字、一“多言”二字戒其弟，吾适犯此二病。大哥书来，以“矜而不争、群而不党”为吾座右铭，其亦即“傲”与“多言”三字之意乎！

今日酉初即起，以郎亭招看封折也。至午正毕事。午后读曾文五篇，又读《家书》九、十两卷。

文正与沅弟曰：养生之法有五事，“一曰眠食有恒，二曰惩忿，三曰节欲，四曰每夜临睡洗脚，五曰每日两饭后各行三千步”。

文正述其祖星冈先生家训曰：“书蔬鱼猪，考早扫宝。”

文正与澄弟书曰：“戒傲以不大声骂仆从为首，戒惰以不晏起为首。”

文正勖儿辈曰：“一看生书宜求速，不多阅则太陋；一温旧书宜求熟，不背诵则易忘；一习字宜有恒，不善写则如身之无衣、山之无木；一作文宜苦思，不善作则如人之哑不能言、马之跛不能行。”（以上四则见文正《家书》卷十）

陈祜借《於越先贤传赞》一、笔船一。

午后寄查祖亭书并书箱面刊篆字样，及托渠抄陶辑《苍颉篇》。

今日从《列子释文》（燕禧堂本）中抄得《苍颉篇》三条、《三苍》一条。

《字林考逸》一书，始辑于兴化任氏，或曰系丁小雅所辑，任氏假名也。近日会稽章硕卿刻一本，系得丁小山、戴东原等各校补本，章君又益以段茂堂所注《说文》中有关于《字林》者补入，颇为详备。又刊《过庭录》、《尚书谱》等书，版存都中。

套料烟壶佳者值百金，余曾见之。其地有名曰“藕粉地”者，色通明，中有白星；有名为“粉皮地”者，则雪白而通明，无白星。其套各色，以五色为上，全红次之，有淡红、深红二色，套花以斩绝能以指甲撬之使起者为上。有“馨加皮”者，盖嘉道时有旗人姓馨者所制也，壶口有套色作圈者为贵。（十一日）

近数日来一事未为，即日记亦不能日记，惰甚矣，可畏！（十二日）

午后出门，与芝生、我庾二先生及严师三人至后宰门，遍观古玩铺，皆无所得。末至一家，见有旧书多种。贾人先以赵文敏手抄《杜工部集》二十卷示余，楠匣绫函，颇极精雅。观函里有王志融一跋，始知此书本为东昌守常州周翼庭所藏，盖此跋为孙汶民过东昌时借观、手录出者也。赵氏无题款，仅有数印，而有挖痕，一望而知为伪作，然钞本颇雅洁可爱。索值八十金，余不能得，亦不欲得之也。后又出《李太白诗集》，一见惊喜，盖为南宋麻沙本《李翰林歌诗》二十六卷全部，急询其价，索值京钱十二千（即合制钱六千），益喜极，以京钱九千得之。此为生平一快事。按《李翰林歌诗》传本极少，士礼居藏北宋蜀刊本行款与之同，即缪本之祖，然为三十卷而有文者也，今在皕宋楼，称为《李太白文集》是也。又有咸淳刊本，亦藏皕宋，亦三十卷，为二十行、二十字，有目连属正文，则与此本不同矣，陆氏题为《李翰林集》是也。余既以新得之本与此皆不同，遂检《思适斋集》，顾涧薲则曰"《翰林集》廿卷，今未见"，顾氏所云即此本乎？抑陆氏之本不可得而知也？余本后叙中"互有得失"作"牙有得失"，"太真妃"作"大真妃"，与各精本不同，是余之胜也。各本有文，此独无文，故只二十六卷，亦不知谁人所删。书中字皆不缺笔，纸系元纸元印，此逊于他本也。余疑此本为元坊间重椠之本，故有缺失处，如目录中应少二页，而页口次序不讹，可疑一也。十〇卷末一诗未完而至末行下去二格刻"卷终"二字阴文，此可疑二也。三卷末有曾子固序，缺上半篇，应有一页而页口次序不缺，此可决为俗手翻刻，不知缺失，妄为之也。然有极精处，为近日翻宋所不及者颇多，则亦可珍已。拟查《绛云》、《述古》各家书目，不知有二十六卷之本否。此书为东昌杨氏海源阁藏本，有图记，而查杨氏《宋存书室书目》无此书，不知何故也。（十三日）[按，此条天头曰：此书余决为元时坊间翻宋本。]

今日至后宰门，得观我生室本《割圆密率捷法》一书。（十四）

元宗文堂本《艺文类聚》卷一后有"至顺庚午宗文堂刊"木记，每叶二十八行，每行二十八字。十万卷楼有藏本，余亦有之，缺头末二册。

晨起，读《皕宋楼藏书志》。午后书估来，得旧本《石笥山房集》。晚饭后同郎亭、我庾、严师、惕生、履新泛大明湖。至小沧浪，坐庭中，明月时吐云间，大雨初晴，池水平岸，清风入衿，万籁几寂，微闻丝竹声，则游舫过历下亭者也。返棹至历下亭，明月如昼，苇洞一舫，灯红酒绿，莺语间关，循亭而过。虽为雅兴，恐不如我辈之乐。归途入门，已子初二刻。复阅泺源书院卷三十馀册，至丑初二刻，觉心荡，如人击之，精力不强，其怔忡之先声乎？颇以自危。（十五日）

晨起，阅卷。午后出门，至芙蓉街回拜卞君。[按，此处天头曰：名勋立，字伯文，武定钱谷。]后至最雅园小饮，有女录事蝶仙者，一见即指为在明湖居曾见面，盖前十馀日明湖居观剧，渠曾在湖舫中相识也，同人皆服其眼力之碻、记性之佳。实则此等事无他奇妙，司空见惯，余不为动，同人则又服余之坚定矣。亥初，得十五次家书并若溪、翼甫、鞠师三书。

亥初二刻，郎亭招泛大明湖，过历下亭，丝竹管弦之声不绝，至小沧浪，倏无一人，盖地近城北，游人罕至。提椅坐水木明瑟庭中，皓月当天，地如泼水。循廊至小沧浪亭（匾为觉罗崇恩所书，苏字极佳），有三人坐暗中，微吟低咏，皆绝妙小诗，始知清游之乐，犹有同心。郎亭有句云："一夜月明游未了，晓风又过小沧浪。"又句云："隐隐笙歌云外落，月明多处更无人。"皆精句也。丑正归棹，过历下汇泉，仅有三四舫。听一伎拨阮咸、歌秦声，凄哀欲绝；又一舫，抱琵琶、作齐讴者，颇不耐听。打桨而返，遂纪此游。（十六）

辰初二刻起床，校书院卷毕，同芝生、我庾二先生至趵突泉，日午始返。得《随园诗集》原刻本、吕子《交泰韵》《四礼翼》《四礼疑》《痘疹四书》。午后，郎亭招饮，为立秋之谯。上灯后，再泛大明湖。先至鹊华桥，喧颠如市，一步即返。至小沧浪，适有歌者四人奏曲于亭中，坐水木明瑟堂阶下听之，游人过此者不知吾辈为谁，饮者仍饮，歌者自歌，至亥正始散。月忽大明，笑谈至子初二刻始归。过历下亭，丝竹酒肉依然未散，南中反无此雅兴，亦不可解矣。（十七日）

得《李义山文集》四册一函。午后出拜吴子文（恩蕃）、徐柏如（廷栋）、施□□（鉴），在吴处小谈。至有容堂小坐，复访庄生，不得一见，怅然而返。同芝生、我庾、履新共泛明湖，诗料满胸，未成一诗，可愧也。（十八日）

午后再访庄生，适有泛湖之约，未见。（十九日）

午后约芝生、我庾、惕身、履新、严师同往湖山茶园观剧，日暮始返。为惕身招饮，至亥初始散。一日之中，仅晨起读曾文正文四篇而已，光阴虚掷，窃所自危。得闰月廿三十四次家书，知若溪已得选拔，为之喜甚，作贺外祖母喜禀。（二十）

晨起，未为一事。午后出门，至吴子文家一谭。同至西门大街环游而返。觉眼酸头重，喉痛身热，兼以泄泻，坐不能支。晚饭后自拟一方服之，至子正睡。（二十一）

今日晨起，觉喉痛已愈，微患头眩，服午时茶。书《说文》部目三纸，意懒神倦，惟昏昏思睡耳。体质薄弱，偶感风寒即已如此，颇自愧也。

若溪书来，允以其次女婚聪儿，为之一喜。

索祝子庵姻伯诊脉，开一方。

晚饭后作与洨民、鞠师二书。（二十二日）

《书目答问》书名之下详注某本者，乃从秦敦夫先生《石研斋书目》例也。《书目》余未得见，顾涧蘋先生《思适斋集》卷十二有序，始知之也。

元刻小字本《朱文公校昌黎先生文集》四十卷，《外集》十卷，《附集》传遗文遗诗，十二册二函，此东昌杨氏所藏之本也，余未见及。郎亭亦收得一本，无《外集》、《附集》，目录系影钞补入，每页□行、行□字。

又元《广音注唐许丁卯集》二卷，《续集》一卷，五册一函，亦东昌杨氏物。郎亭所得本无《续集》耳，系明刊明印。（二十三日）

梦中游虎邱，访王薇阁，曾有句云："最是晚来天不定，雨丝飘处夕阳多。"

上午阅书院卷，下午至湖边茶肆一游，即返。晚，得乙生、叔朋二书。灯下写《说文》建首，拟贻李生道源也。（二十四日）

数日来一事未为，殊不能自对，饮酒游湖，如是而已。

过汇泉寺，观后唐同光石幢，高仅尺馀，字尚清切，命拓工拓之。（二十五、六、七、八、九日）

今日已三十日。午后，郎亭招饮，首座为宗室谨善，字性畬，甲子举人，为崇方伯甥，人极谨饬，毫无世家子弟习气。次坐为蒋祖仁，字心泉，济宁人，即今岁拔贡也。（三十日亥刻记）

【光绪十年甲申七月】

晨起，阅书院卷。午后，郎亭招饮，至上灯始散。（初一日）

晨起，阅书院卷。午后睡，至申初起身。灯下作家书并外祖母、若溪、鞠师诸书，毕已钟十二响矣。（初二日）

晨起，阅卷。午后，知祝子庵姻伯已得清平县署缺。晚饭后，郎亭为余言已代索一乾馆，曾面允矣。灯下作寄乙生书，即同封家书中。（初三日）

晨起，买碑帖人来，得龙门造像一百种、《延光》残碑、《朱博颂》、《嵩高灵庙碑》拓本。午后阅卷。酉初同李道源、程履翁至湖边啜茗。灯下复阅卷，毕已三鼓矣。为郎亭书李雨苍（云麟，伊犁将军）诗序。（初四日）

海宁陈吁，字扬言[①]，号宋斋，少游黄梨洲之门，并传勾股之术，由岁贡生官温州教授，著有《勾股引蒙》二卷（见陈善味三《怡云仙馆

---

① 四库本《勾股引蒙》作"言扬"。

书目》）。

晨起，至祝子庵家贺任喜。午后约庄希堂、李道源、严师观剧，晡归。见海宁陈氏书目八巨册，郎亭示余，云陈氏在山左书犹有存者，拟售去也。祝子庵丈处借《仪顾堂集》及省城《坊巷图》，欲■书其小字也。（陈善，字味三，即藏书之人，为简庄征君子）（初五日）

上午送魏吉卿（丹书，曹州巨野生员，年十一岁）、李锡五（兆福，巨野附生，即丹书师）归巨野。下午，郎亭出示元刊书七种：一《辛稼轩词》，士礼居藏本，阔行，字如松雪，装潢皆黄氏旧物；一《东坡乐府》，亦荛父物；一《仪礼图》；一《三家诗考》；一《许丁卯集》，附《续集》；一《复古编》；一狭行《宋季三朝政要》。中以辛词为甲，许集次之，三则《乐府》也（此书似明印）。各书皆海源阁旧物，东昌同知周翼亭（名□□，常州人）从杨氏得之，转以示郎亭也。（初六日）［按，此条天头曰：寄二十四号家书，内有若溪、叶师、乙生、外祖母各书。］

吕叔简曰（《九儿入学，面语戒之》）："怠惰荒宁，放僻邪侈，此八字者望汝深戒。"（初七日）

晨得羊师书自江右来，即日覆（信面书"江苏即补府左堂"）。午后得十六次家书，并洨民书。（初八日）

晨起，作复洨民书四纸，说颇详，拟续荛圃题跋，先从《皕宋楼藏书志》摘录出之。（初九日）［按，此条天头曰：《皕宋楼志》已收入矣。］

见元本《尔雅》（海源阁物，郎亭借阅），半页十一行，行大字二十字，小字行二十一字不等，序首有"雪窗书院校正新刊"墨印一条。［按，此条天头曰：此书首页有"怡府图书"四字大印。］

宋本宋印，以罗纹阔帘而横印者为真。（初十日）

"朴学斋"、"归来草堂"图记皆叶石君物。"丛书堂"为吴匏庵钞书处。方山吴岫、冯已苍皆明钞旧本书家。"露凝书屋"为吴春生藏书处。吾郡城东五圣阁顾氏亦藏书家，名自修，字辉山。"开万楼"为汪某藏书处，大约是吴人，荛圃所藏旧钞《刘梦得文集》即渠家物也。周香岩住城外马铺桥，名芳椒书屋是也。悬桥巷李明古（鉴）多藏唐人小集，后归百宋一廛，有藏书图记。毛子晋有“晋”字小圆印印于书中。《水东日记》云：“宋时所刻书，其匡廓中折行上下不留黑牌，首则刻工私记本板字数，次书名，次卷第数目，其末刻工姓名以及字总数，余所见当时印本如此。浦宗源家有《司马公传家集》，行款皆然。又洁白厚纸所印，乃知古书籍不惟雕镌不苟，虽摹印亦不苟也。”（荛圃藏校宋本《姚少监文集》，陆西屏手写此条附后）周香岩又有“水月亭”图记。华阳桥顾听玉家亦藏宋元本书。桐乡金谔严家亦藏古书，宋本《唐求诗集》即他家物（荛圃藏本）。明赵清常道人（天启间人），藏书最著名者，《脉望馆书目》即其家所藏物也。王莲泾家《孝慈堂书目》即记所藏古书。“试饮堂”图记即钱罄室家（此亦有印记）。吴尺凫（焯）藏书处名“绣谷亭”，有图记。

希堂招观剧，日晡始返。灯下作叶子戏。（十一日）

张讱庵（绍仁）藏书极精，与荛圃同时。荛圃有《所见古书录》，待访。

王西庄侨居阊门外庞家衖。（十一日）

今日晨起，未作一事。郎亭招谈，知武梁祠新室可建，盖济宁守为郎亭许任其事也。

以元板《李太白诗集》命工制一木柗，精美极矣，喜甚。下午作竹林游。灯下继之，率作《新建武梁祠条规》。得薇阁书，知前所寄书未到，知已迁居前孙公园锡金会馆中。（十二日）

晨起，未为一事。下午出门，得冯鱼山中幅一、《直斋书录解题》一、阮刻郝《山海经》一、郭小华墨水仙扇头一、《戴氏遗书》残本一。又见旧墨五笏：一罗小华合欢墨，围径寸许，字在中心；一宋烟，轻如纸，围寸径，仅重四钱；一油烟，长三寸，上有“国香”二字，下有“长舌”一印，不知谁制也。又见旧钞宋人注《礼》三书，拟购之，未定也。（十三日）

宋人三《礼》书当为《通志》残钞本，非佳品也，拟还之。（十四）

午前送子庵行，并拜钱耕云。午后游大明湖，至三更始返。是日湖中游船更盛于平日也。湖中以李小湘(庆翱)开府自制船为最精,其联云"秋风不独如张翰,河内犹闻借寇恂",匾云"且住为佳"。(十五)

今日为郎亭招至泺口,同观王卿云(开运)大令自制挖河机器船,同行者为韩芝翁、陈冠生(冕)殿撰、许子乔(祺身,即子原兄)大令。先至药山观陈冠生所造流民厂,厂如号舍然,排列比次,共二百馀间,费千三百金,每间约制钱七千馀文(此法可仿为之,故特记其详),可谓广厦矣。自药山至泺口,皆走大堤,堤为新筑,远望一片汪洋,中有老树尚露其顶,轿夫指即泺口大街也。新堤近河排列木桩,亦不甚密,以秫秸阑之,内筑以土。三年之后,秫秸烂去,堤又溃矣,危哉!泺口镇之堤则以石,较坚也。王大令设局于河边,午后登船。船三层,形长方,中横一大轮,上有铁齿,两旁立两铁轮,上下各八人推其机具,则大轮旋展。船两头有两闸板,如将闸板起去,则不用人力,水激轮,轮即自转,至大溜尤速,尚为灵动,然于挖河恐无用也。畅观至日晡始归。(十六日)

今日外间哄传小钦使已至省中,密查历城令差干役,至各客店细访。实则系余与芝翁二人进城时皆坐轿而下帘,因雨过泥泞,泺口参将特差四亲兵护送进城,故人皆误会也。下午,郎亭以《黄河决口图》属临二本。晚饭后,作叶子戏。三更始睡。(十七)

晨起,画图,至午后仅成其一。游后宰门,见铜镜一(为六朝物)、汤雨生画一、赵仲穆画一。晚饭后,作叶子戏,大负。(十八)

晨起,画图。郎亭招观北宋小字本《说文》,为东昌杨氏物。有毛、季两家图印,又阮文达、顾千里等印,道光间为汪孟慈物,后归杨玉堂河帅,装潢颇精,后有山阳丁晏一跋。然此书虽为至宝,而印本颇有模糊,其纸系用高丽纸,余疑为元翻本。盖此书惟王述庵司寇家藏为真宋本,今归平湖陆存斋观察(心源)皕宋楼,有阮文达跋,云毛晋刻《说文》即据此本,则此书必有毛氏图书矣。然按《竹汀先生日记钞》,云王本行二十字,分注字疏密不匀,大约每行三十字,今陆氏《藏书志》云每行大十八字、小二十五字，则行款已有参差矣。[按，此处天头曰：毛氏藏宋元刊本之精者，则以“宋本”、“元本”椭圆式印别之，又以“甲”字印钤于首，今皆无之。两书行款一据首页，一据卷末，故各有参差，非两本也。二十日又记。]陆氏所藏果真本邪？黄荛圃亦有一本，行款皆同，惟有钞补，千里曾收入《百宋一廛赋》中，夸为希有，实则元翻。《竹汀日记》中所云黄荛圃出示宋小字本《说文》与述庵家无异，唯卷末多一行，有“十一月江浙等处儒学”字，黄本今不知归谁氏。今见之本卷末一行有挖补痕，印本亦不似宋板，精采毫无，余直言其为元刻明印本。“汲古阁收藏”一印，余曾藏有他书，亦有此印。今《说文》之印似系仿刻，即碻真是毛氏故物，亦宜有也，安见毛氏不收元刻乎？余又闻有金匮蔡氏亦有一本，未知即荛圃物否，俟访得之。大约宋本《说文》惟有此三部，然两部已见其伪，述庵之本吾亦不能信矣。（十九日）

晨起，画图，午后始毕事。陈冠生来辞行。（二十）

日来未为一实用事，即友人乞书画各件亦懒于动手，惟终日笑谭，此最害之事，为古人所痛戒。然自知之而不能改之，殊不可解也。王卿云来答拜，徐柏如、吴子文来小谭即去。同芝生、我庾二先生至贡院，号舍鳞次，不甚大，门作圆形，远望之若洋房然。聚奎堂之两旁即主司卧室，近因新简二钦使到东堂办事件，故布置极精也。灯下作叶子戏。（二十一日）

今日晨起，画扇。下午与芝翁往后宰门，得五铢钱百枚，烟壶壶一、料一。至灯下，作上叶师书，云目录金石之学。作叶子戏，大负。作与心渊书，言小学。（二十二日）

晨起，得薇阁书。午后，为郎亭书移曹州府文。灯下作叶子戏，小负。（二十三日）

元刊本《韵会举要》有“二年八月江浙等处儒学提举余谦补修”一行。[按，此条天头曰：寄二十五号家书，有叶师、心渊及大、二哥书。]

午后书对二付、屏四幅。日晡，同笠春至后宰门一步即归。灯下

作叶子戏，小胜。（二十四日）

上午阅观风卷。下午同诸友出门，见书摊有旧书一包，中有《斜川集》四册十卷，首页有“秀埜草堂藏书印”并“顾嗣立”、“侠君”二小方印，知为希有之物。索价京钱六千，适囊中无钱，同幕陆君爱余所用之烟壶，即以售之，爰往言价，以三千五百文得之。归检各家书目，维陆存斋《皕宋楼藏书志》有此书，仅八卷，系鲍以文手钞本，有太初吴长元一跋，云原集二十卷，世罕传本，即有售者，皆以刘过《龙州道人集》伪代之。桐乡甑山钱氏为竹垞之甥，有一藏本，首页即用贾秋壑半间堂事，其伪可知。此本乃从《永乐大典》中辑出，得诗文若干，编为六卷，又从东坡题跋、《渔陵丛话》、《书画考》、《词宗》、《词荃》、《赋汇》、《播芳大全》补辑若干首云云。则此本为世罕有，《直斋书录解题》载《斜川集》十卷，《四库存目》同，王弇州题跋言以刘集充《斜川》，自元季已然，不自近始（王弇州云云，亦吴跋中语）。余今所得之本，亦疑为刘集伪为者，惜无《龙州集》一校之耳，然以牛易马，亦不失所入也。（二十五日）

笘誃日记七月二十六日始，记于济南使院第贰册

甲申七月二十六日始，十二月二十九日止

【光绪十年甲申七月】

昨得《斜川集》塙以刘集伪为，然刘集十四卷只有明本，亦称希有。今得之，亦聊以解嘲耳。

今日午后，为徐、吴二公招观剧于明湖居，复小饮于同福楼，归来已二鼓矣。同坐者海宁许守之、荫之昆季，为子迈先生子、杉林先生孙也。

囊已告匮，而所见佳籍又不忍释手，结习使然，自为一笑。

昨日为人题照镜仕女图，诗曰："试把青鸾卜故欢，元宵消息得应难。分明一片相思影，莫当秦台照胆看。""欲向唐宫征故事，当眉人去笑声无。菱花谁主秋遍早，试拟开元避暑图。"盖全用镜字故典也。（二十五日亥正三刻）

上午祝庾翁、芝翁寿。下午，同乡吴县俞莲甫县尉（启元）来拜，郎亭招观汪竹坪（恭寿）画扇面册。竹坪为郎亭族祖，与王梦楼同时，书法绝似之。又观精刊图画各书，至晡乃止。启筵欢坐，酒酣兴阑，一枕游仙，不觉东方已白矣。（二十六日）[按，此条天头曰：又赵曾毅来拜，大约是常州同乡。]

今日郎亭示一《秦汉六朝碑目》，虽为估人以此作售拓本之部录，然于新出土各石详加年月地名，是亦好古者所必需，录存一本。（二十七日）

晨起，未为一事。午后访徐、吴二公，同至湖边。晚，公祝芝、庚二先生寿，筵散已二鼓矣。灯下录经义数条。（二十九日）（是日大明

湖游船络绎，箫鼓震天，盖为盂兰会也）

【光绪十年甲申八月】

晨起，录经义，至午未毕。午后写折一，复录经义二条始毕事。天雨，不能出门，又懒于读书，愧甚。（八月初一日）

亥正，得七月十一日第十七次家书并洨民书。

洨民云叔朋勇于刻书，《说文疑疑》已将刊成矣。又云新出沈西雍《说文古本考》颇精善，钮匪石《说文考异》书局中已付刊矣。新得钱梅溪手书诗稿数册。

万古斋主人云有新出土商盘一，约于明日辰刻往观。（初二）[按，此处天头曰：得十七次家书并洨民书。]

晨起，至后宰门观铜器，定为周时物，然系伪物，一笑去之。访祏老，小谭，并贻团墨一，招柏老同来午饭。毕，往六郎寓小谭，至申初始归。辰刻复二十五次家书并孙洨民书。（初三日）

估书人送来一书目，中有十卷本《韩文考异》、小字本《唐人万首绝句》、明本《山堂肆考》、元本《金佗粹编》，皆佳籍也，拟得之。（初四日）

晨起，招铜匠钉木柃极精，略收拾书籍。

宋刊宋印本《增广注释音辨唐柳先生集》，每叶二十六行，每行二十三字，小字双行，皕宋楼所藏为述古堂物，又有明郭云鹏刊本。[按，此条天头曰：查《书目答问》。]

《中吴纪闻》六卷，皕宋楼藏，何义门校宋本，有淳熙九年龚明之序，后有正德九年龚吉宏跋。[按，此页天头曰：有明刊、毛刊二本。]

元刊本《金佗粹编》二十八卷，《续编》三十卷，其前编后序"凡公议之所予"句下缺六字，后有会稽戴洙序。

《李长吉歌诗》四卷，《外集》一卷，宋西泉吴正子笺注，明刊本。又有影宋本，为荛圃藏本。又金刻本（每叶二十行，行二十字）。[按，此页天头曰：金本为碣石赵衍刊。]

《昌黎先生集》北宋刊本，半页十一行，行二十字。又《朱文公校昌黎先生文集》四十卷，《外集》十卷，《集传》一卷，《遗文》一卷，宋麻沙刊本，有宝庆三年王伯大后跋，每叶十六行，行二十三字，大黑口。此书明覆本甚多，行款皆同，不可不辨。又名东雅堂本《昌黎先生集》四十卷，《外集》一卷，《遗文》一卷，《集传》一卷。又明正统本卷同。又明成化本卷同。又明万历朱吾弼本卷同，据秀水王元启读记疑，云是本脱讹甚多。又宋方崧卿撰《韩集举正》四卷，只见抄本。

明重刊《嘉祐集》十六卷，后有嘉靖壬辰张镗跋。

明刊《万首唐人绝句》四十卷，目录二卷，后有万历丁未申时行序、万历丙午赵宧光序，又黄习远序。

宋刊残本《五百家注音辨唐柳先生文集》十一卷，今藏聊城杨氏。

灯下检《皕宋楼藏书志》及《荛圃题跋》，杂录数条如左，因近有人以书目见售，先检各家秘本，或有所遇也，俟明日书来证之：（初五日）

元刊大字本《白虎通德论》十卷，每叶十八行，行十七字，小黑口。

元泰定刊《困学纪闻》二十卷，每叶二十行，行十八字，大黑口。卷末有"孙厚孙宁孙校正，庆元路儒学正胡禾监刊"。

明正德刊本《齐东野语》二十卷，后有至元辛卯戴表元序、正德十年胡文璧跋、正德乙[亥]盛杲跋。（又一本，即商氏《稗海》刊本）

《北堂书钞》一名《大唐类要》，常熟陈禹谟删补，尽失其旧，其增加各条幸皆注明补字，犹有迹可求，惟其所删所改遂竟不可考。原本分甲乙十干为十册，卷一百卌九车总载篇、卷一百五十八至一百六十穴泥沙石四篇俱系大字，无注，与全书异。陈氏改从一例，立题分注，遂使原本面目不复可识。《四库全书总目》云有嘉禾旧本，不可得见（原本每页二十六行，行大字二十、小字二十五六不等。此书江浙间仅有《书钞》原本，王铁桥有校本）。

明刊《初学记》，一安国本，一陈大科本。

北宋本《白氏六帖类聚》三十卷，每叶二十六行，行二十六七字不等，小字双行，欧书，极精。每卷有目连属正文，"匡"、"敬"、"恒"皆缺笔，“贞”字不缺，盖宋仁宗时刊本也。版心分十二册。此书本为华九如表兄（鹤年）所藏，今归陆存斋。又南宋刊本，题曰《新雕白氏六帖事类添注书经》。又南宋刊《白孔六帖》残本三十八卷，每叶二十行，每行十九字，小字双行。又明刊本，有陵阳韩驹子苍序。

北宋刊《太平御览》，每叶□行，行□字。又明刊本，后有庆元五年蒲叔献重刊跋、李廷允跋（书中“胤”、“慎”、“殷”、“恒”、“贞”皆缺笔，“■”字不缺）。

北宋本《册府元龟》，每叶二十八行，行二十四字。

南宋本《事物纪元》，后有庆元丁巳建安余氏跋（又明成化刊本）。

南宋《百川学海》，每叶十四行，行二十八字，板心有“百川学海”四字。分二十卷，“廓”字注宁宗庙讳。又明刊本，每叶二十四行，行二十字，以十干分十集，板心无“百川学海”四事，《圣门事业图》居卷首，以《洞天福地》居末，宋本亦以《事业图》居首，以《竹谱》居末。国初刊本乃郭说所改，删削过半，不足观也。

晨起，检《皕宋楼藏书志》，录数条如右。

午后，为郎亭书屏。估书人送书来，检得十馀种，如《嘉祐集》、《尧峰文钞》、《精华录训纂》各书皆为可留之物，然约计其赀，极少须十金，又将谁出乎？为之怅怅。（初六日）

目录之书，粤雅堂刻有数本，又三长物斋有《皇朝经籍志》一书。（初七日）

数日来略检行李，并写屏幅，为郎亭命书之件。

灯下又懒于记日记，可愧。（初八日至十一日）

十二日晨起，马行三十里至黄山店，四十里至张夏宿，颇觉力乏。（十二日）

卯初起身，马行四十里至□□，四十里至辛庄宿。日来于骑颇得法，能押马小走，不致大跑，然觉腰疼腿酸。（十三日）

卯正起身，马行三十里至泰安。节署在城东北，与岱庙并列，中院为七柏一松轩，赵鹿泉学使所题，嵌石置壁。署中内外皆柏，甬道颇阔，规模亦大也。泰山正在署北，可望而见也。灯下阅观风卷十本，即睡。

今日为中秋之日，惜无月色。终日醉饱。灯下作二十七次家书并与稼秋函。（望）

宋麻沙本盖宋时麻沙镇水南刘仲吉宅所刊之本，大约在乾道之时。

午后阅生童古卷一百十二本，至子初三刻始毕，荐生五卷、童二卷，皆无佳者。时风起雨下，天甚凉，已穿绵袍矣。（十六日）[按，此页天头曰：寄二十七次家书。]

《唐音戊签》八百十七卷，义门先生评本，旧藏拜经楼吴氏。

赵孟奎《分类唐歌诗》百卷，世无传本，惟明唐宇昭字孔明家有之，毛斧季展转借之，未得也。拜经楼仅得影宋钞本四册。

下午阅生正场卷，为莱芜、东阿二县，未毕事，至十二点钟即睡。（十七）

晨起，阅卷，至亥正毕事。至希堂处笑谭一刻，中题诗十二截于唱酬诗册首页，颇有狂趣。（十八日）

诗云："此卷长留翰墨香，几回开诵几平章。若将一字一珠算，我欲从头取斛量。"（一题）"一斛真珠求本易，百篇诗卷得偏难。晚灯题句匆匆写，聊当僧寮挂食单。"（二题）"再从空处补新诗，搜索枯肠力不支。睡眼朦胧灯半黑，欲从东海寄相思（指书中小华事）。""东海遥遥梦不通，相思寄在有无中。会当写遍桃花纸，化作炉烟托晚风。""帘钩不动晚风微，香尽金猊梦亦稀。残烛半红人已倦，好将魂逐彩云飞。"（三题）"五首新诗成太速，漏声已过子初时。主人亦是工吟者，何不从头一和之。"（四题）"主人不和客将去，客有新诗自补圈。甘苦问谁能细味，主人当许吾争先。"（五题）"主人诗好不加圈，吾代圈之亦是缘。吾若再圈圈不了，两人同把好诗传。"（六题）"诗不能传偏好咏，主人笑吾太无聊。明当送与诸公看，句句须知是白描。"（七题）"白描本是画家言，借作诗评故事翻。吾有强词能夺理，诗中有画是来原。"(八题)"九首诗成数独单,再成一首好团栾。主人大有思归意,读我新诗去亦难。"(十题)"前题我已错多题,十二诗成数始齐。莫是黄莺初出谷,欲思求友几同啼。"(十一题)

常熟藏书与张月霄同时有陈子准。

又苏州顾步严[按,当作岩](名阶升)藏书最精富,为南雅先生之祖。

顾涧薲曰:世有汉学、宋学、俗学之分。"汉学者,正心诚意而读书者是也。宋学者,正心诚意而往往不读书者是也。俗学者,不正心诚意而尚读书者是也。"(十九日)

晨起,阅覆古卷。午后阅童正场卷三百三十馀册,至三点钟始睡,自阅山左卷以来为至多至迟矣。(二十日)

晨起,已过午矣。午后作与得之书及侯驼子书,为谋《然脂集》事,又与赵静涵表兄书,为谋局刻书单,至戌刻发。

读《思适斋集》,知嘉靖所刻《嘉祐集》尚为真本,后有邵仁泓所刻之本,则真面全失矣。余近收得之本即嘉靖本也。

余尝思以乾嘉时专讲目录之学者如黄荛圃、顾千里等合一年谱,大约系某年得某书、校某本、跋某刻、刻某籍,不及他事。先成条例如此。(二十一日)

午后阅莱芜童卷三百本,至丑正始毕事。(二十二日)

晨起,已午正。午后阅覆生卷,至申正毕。

《昭明太子事实》二卷,《直斋书录解题》收入卷七传记类,并云:"知池州赵彦博富文编,昭明庙食于池,颇著灵响,元祐始赐额曰文孝。"

《匡谬正俗》,宋避"匡"字作《纠谬正俗》,见《书录解题》。

《陆宣公奏议》又名《膀子集》,见《书录解题》。

灯下阅观风卷五十册。(二十三日)

晨起,阅观风卷。

宋本《释名》,临安陈道人书棚本,每页二十行,行二十字,序后有

"右《释名》八卷云云"六十字，嘉靖吕柟野刊本从此出。

游明，字大昇，正统九年举人，见《江西通志》，其所刊《史记》系《集解》《索隐》合本，每页二十八行，行二十五字，乃从元中统刊本翻雕者。世谓元椠，实则明初本耳。盖明成化以前刊本皆与元本款式相同。有大昇本《宋史全文》，亦即游刊也。

元板《新唐书》二百二十五卷，每页二十行，行十九字，首行大题在下，前有嘉祐五年曾公亮《进书表》，末列刊修、编修、提举、校勘各官衔名。

《五代会要》自宋迄今凡三刊，文潞公始刊于蜀，施元之复刊于徽，至本朝乾隆中而始有活字本，元明之际无刊本也。陆存斋藏有影宋钞本。

元本《明臣事略》每页二十六行，行二十四字，目后有"元统乙亥余志安刊于勤有书堂"十三字。

顾涧薲先生少孤，见李申耆《顾君墓志铭》。蒋生沐先生亦少孤，见《拜经楼藏书题跋》后跋。二公皆好校勘之学者也，然好书而少孤者不仅此二人，拟集出之。

顾涧薲曰，北宋刊经，必经注自经注，疏自疏，南宋初始有注疏，又其后始有附释音注疏，见《百宋一廛赋注》。

荛圃每得一秘书，必画一图，曰《得书图》。

午后阅泰安童卷二百七十馀册，至子初毕。（二十四日）

吾郡明初之藏书者有吴朱叔荣，字西崦，周香岩，名锡瓒。

属我翁求顾氏所藏袁随园手札。

《士礼居题跋》之《文苑英华纂要跋》有云，七寸板《嘉祐集》十四卷为明刊善本。按余今新得之《嘉祐集》为嘉靖本，作十五卷，黄氏当讹。盖明时善本只有此一种，无他本也。七寸之名甚奇，不知有[何]所据(此则余据顾氏说而言当讹)。

按《拜经楼题跋记》有十四卷本，跋云纸墨颇旧，惟无序及刊刻岁月，未能定为何本。据此则荛圃所说不讹，涧薲未知有十四卷本，吴兔床有此本而不知何时所刊，荛圃能知其为明刊且有七寸板之称，三人同好古书，同时所见已有广狭之别，然则目录之学终推士礼。[按，此条天头曰：按十四卷本见《天禄琳琅》、延令季氏二目，系仿宋巾箱本式而字体较大，东昌杨氏海源阁曾有一本，见《楹书隅录》。]

《书录解题》随斋批注考见《曝书杂记》中卷十页。

作寄叶师书。

午后读《士礼居题跋》一过，以海源阁中所藏者即以朱记于目录之上。

元大德本《后汉书》"征"、"竟"、"敬"、"慎"等字皆缺笔，据此则杨氏所藏北宋本小字《说文》决为元板无疑矣。（二十五）

灯下校选拔卷，专阅经解题，曰《宅西曰昧谷》，诸卷无一佳者。（二十六日）

晨起，阅未尽之卷。午后为郎亭书篆联。

惠氏《百岁堂藏书目》见《荛圃题跋》卷二十页。当有存本。（二十七日）又《聚乐堂艺文志》（见《东记》五十页）。

黄炳如（升然），婺源人，住常州靖江县西门外，黄义和染坊转交。

寄菊师、序宾、若溪、庭芝、篴舅、稼秋（有扇四）各书，均托我庾二伯带往。

阅拔科二场卷，得吕绍曾（科试正场首列，亦余定。莱芜）、房燕臣（东阿）。（二十八日）

午后出门，至岱庙一游即返。

《东湖丛记》古书目：《礼乐书序》，《九域志》，《明文衡》，《六艺之一录》，元本《四书总要》，元钞《诗经讲集说》，《续复古编》，《金史板刻说》，《群史姓纂韵谱》，《元遗山集》，《张右史集》，《朱文公大同集》，《续经义考》，《补经义考》，《类编长安志》——附得书纪录（《铁网珊瑚》《周益公集》），胡天岫诗集（名《寓庐集》），《西溪丛语》，《山志》，《吴渔山集》，《悦生近语》，《元文选》，《敬业堂文集》，《小学盦遗稿》，《分类补注李太白诗》，《也是园书目》——附陆梅谷藏书记，《西游纪》——附《温虞恭公碑》释文(有二千馀字)、附严修能购书(《春秋集传》),宋刊《资治通鉴》,高丽本《草堂诗笺》,顾校《荀子》,《享金簿》(国朝孔尚任撰,曲阜人,专记金石古玩),《孟蜀书范》,《滏水集》,《归田类稿》,卢氏《补金艺文志》,《先忧集》,《敬日草》——附马二槎藏书记,《文公家礼》,《宝祐四年会天历》,《两汉菁华》,《朱淑真诗集》,《诚斋集》(一百三十三卷本),《本草衍义》,《苏学士集》,《万卷堂艺文目》,宋本《后汉书志牒文》,元本《后汉书》,《韵会举要》,《酉阳杂俎》,元本李善注《文选》跋,元本《春秋左传句读直解》跋,《春秋内外传考证》,《黄太史精华录》,《酉阳杂俎续集》,通津草堂本《论衡》,《东莱书说》,《金石契言》,元本《春秋透天关》,《一角编》,《宋季三朝政要》,《玩□斋集》,《礼部韵略》,《集韵》段校本,《益斋乱稿》,《书城偶辑》,《再续名医类案》,《渔洋山人佚诗》,《丁隐君佚诗》,《苏仲平集》,黄鹤注《杜诗》,《春秋比事》,《续墨客挥犀》,《藏书印记》,《十二先生诗宗集韵》,《勿轩集》。(二十九日)

【光绪十年甲申九月】

三十日晨起,至岱庙一游即返,无所得也。午后偕郎亭、我庾、严师、程履翁上泰山。轿无底,下络以绳,前后以皮条,两人负于肩,行走颇速。行里许即横肩之,两人如挑物然,其行颇迟,其形如蟹之直上也,行至陡绝处,更迟矣。初出北门,路渐高,至红门。盖有门如城关,所垩皆红也。再行三里许,为斗母宫,女道士主之,结辫拖鞋,绝似男饰,颇有佳丽,盖以清净地作风月场也。再上五里,即回马岭,因策马至此而不能上也,至是而险矣。斗母宫之后,为石经峪,平石大数亩,刻经于上,存九百五十馀字,阮文达《山左金石志》作二百馀字,盖未拓其全也。有泉如雪,前人题字曰“水帘”。有三大字曰“暴经石”,不知何人所题。上即试剑石,题名累累,皆重叠刻之,前人题字稍模糊者,后人覆刻之,不可以数计,故唐宋题名绝少,皆为所没也。上回马岭,即十二连盘,过此即快活山,路平如常地也。再上即御帐屏瀑布，千丈直落，全山以此为最。再上即五大夫松，有松三枝，荫覆亩许，树顶若蒲团，皆可入画。稍上即独立大夫松，松已不存，上有对松亭。亭东向东山，山高千仞，虬松皆满，无一不可入画，佳境观止矣。再上即十八盘，路逾险，石逾奇。稍上，两旁皆以铁索，以便人攀之而上，实则自有石级以来，无需此物矣。两旁石壁如削，路转峰回，即南天门矣，过此皆平坦，已至轻也。是夕宿玉皇顶。下自回马岭起至南天门，题壁不可以数计，然一半为山灵所笑耳。戌刻即睡。至寅正二刻即起，上玉皇顶浴日亭观日出，室三间，正东。初至时弥满不见一物，忽有红灯二缓缓而行。吴惟初大令(士恺)曰，此神灯也。须臾无矣，稍停又见，如是者三四次。渐见东方作白色，稍停，作淡红，继而深红，启明星犹灿然也。渐红渐大，作黄金色，至是而人皆见鬓眉，红色亦渐过，忽于黑云中露金色一线，人皆曰，日出矣。于是渐黄，即见上半，顷刻而全见矣。光如金色而不耀目，忽见黑气一缕横亘日中，郎亭急以远镜窥之。见上又有二画，继而有一柱直贯，竟作“王”字，于是众人皆称奇观，须臾而隐矣。坐话片时，即同出门，观玉皇顶殿，殿中庭有石如几者罗列于中，即极顶也。门外有汉武帝无字碑，高二丈馀，厚五尺，广六尺，石作青色，质甚粗，旁立一碑，有万历时人名张铨者题句云：“莽荡天风万里吹，玉函金检至今疑。袖携五色如椽笔，来补秦王没字碑。”盖沿旧俗之讹也。稍下即《纪太山铭》线刻，摩崖高矗天际，拓者施架而用毡蜡。至碧霞宫午饭，即下山，至使院已未正矣。(九月初一日)

辰刻起身，马行七十里至万店。午饭后，行五十里至张夏宿。(初二日)得十八次家书并湛伯、季猷各书。

辰刻起身，马行五十里至黄山店。午饭毕，车行三十里至省。是日上午，马行至花马湾，适值大雨，无可避之所，飞走三里，衣襟尽湿，得以避于破屋中。(初三日)

上午得祁、孙二公所寄书籍，由东海关来也。又得稼秋书并《沪报》、《画报》等件，知罗少畊太守托买阿胶。

灯下作家书，至十二点钟，闻郎亭长女凶耗，悲惨之声令人酸鼻。至二点钟，和衣而睡。天微明，即至上房。见郎亭悲痛无极，略为解劝，亦无从为辞也。午后寄二十八次家书并覆湛伯书。又答拜沈云庄（廷翰），并托渠带湛伯致籽庵丈书。（初四日）

《齐东野语》八十八页嘲觅荐举条，为陈直斋事，当为《曝书杂记》中所无。

"松风书屋"为叶石君校书处。"续古草庐"为毛子晋校书处。"通津山房"为周香岩校书处。（初五日）［按，此条天头曰：明人又有"通津草堂"，刻书颇精。］

为希堂画《礼佛图》并题一词，为秉文篆扇头。终日笑谭，未为一事也。（初六日）

晨起，拟至曲水亭、趵突泉。适以郎亭招谭，故未及成。午后至后宰门，得汲古本《易林》，丰山陆钟手钞宋元人词六册，颇古雅，惟不知其爵里耳。

以《皕宋楼藏书志》各目校以《士礼居题跋》，如黄跋有者，以硃抹出之。

鲍绿饮又名通介叟。

姚古香，名瑚，钱塘人，藏书多秘册，与鲍以文友善，卒年仅三十馀。见陆氏《藏书志》九十三、十七页《古逸民集》跋（九十八卷十一页，《陈刚中集》跋"瑚"作"鋤"）。

"秋井"、"秋堂"，劳羼卿校书处。（又"玉参差阁卧室"，又"沤喜亭"）

赵怀玉，一字收庵叟。

翁栻又张，洞庭山人，康熙间多收藏旧本。

周荣起研农，江阴老儒，书学钟太傅，稍杂八分，多钞藏秘书，康熙间人。［按，此条天头曰：今岁七月见《江月秋风集》即翁君抄本，有荛翁跋，金匮蔡氏藏。丁亥十二月十日记。］

王闻远孝慈孝［按，当作堂］藏书，康熙时人。

海盐张皜亭藏书处曰“涉园”，一字瓯舫。[按，此条天头曰：瓯舫，朱竹垞亦有其字。《皕宋楼藏书志》卷六十二有《渑水燕谈录》，中有一跋云：“癸丑季春雨牕李北苑题于京邸之鸥舫。”则又一鸥舫也。]

《文心雕龙》各本皆无《隐秀篇》全文，惟宋刻有之。

“松影屋”为陆勅先校书处。（初七日）

晨起，同希堂至曲水亭观古书，无所得。即至尚志堂，以希堂招其同乡丁申甫也。堂即金泉精舍，中有金线泉，泉水清碧，花木颇佳。小坐即至趵突泉啜茗，至过午归。

于旧书摊得元刊明修《六经天文编》、《周易郑注》二书，盖即附刊《玉海》后之本也。每页二十行，行二十字，中嘉靖补刊十馀页，正德补刊一叶，板虽模糊，尚为真元刊。此书元刊元印本惟陆氏皕宋楼有之，馀皆未见也。

得筠如、得之、芝汀三书。复筠如书。（初八日）

晨起，观书院卷。午后为郎亭书赏对二十幅。灯下复阅卷。终日梦梦，如是而已，学术之荒，何可言哉！可愧。重阳也。

晨起，刻“建霞寄贻”四字印，仿鉨文，盖阳文粗边细篆者也。

午后，历城附生金邦孚来，字清如，并携谭天旧稿名《茵陈根》五大册。金公年已六十馀，自言于此道已讲求三十馀年，实则于西法未甚精密，故推步终嫌其隔膜。精于阴阳家言，此事余素未讲求，不敢妄断也。

日照优贡生（癸酉科）丁申甫（汝莔）手贻少山先生新刊《说文》一部，盖依北宋本刊行，异于孙刊之妄改。然其书面云据汲古阁藏本，当即聊城杨氏之物，则非真宋刊，乃元人翻本也。（初十日）[按，此条天头曰：书中伪[按，当作譌]字颇多，不如孙本之善。]

晨起，检拾行李。午后同希道出门，至同心园小饮，酉正始归。得匋器三十一件，得半两钱土范一件。（十一）

晨起，车行三十五里，至韩仓。午饭。行三十五里，至玉龙山镇宿。（十二日）

晨起，天雨。车行四十里，至章邱，泥拥轮轴，不能行，即宿。（十三日）

晨起，车行六十里，至邹平宿，日过午也。城外有陈仲子墓。（十四日）

晨起，马行三十里，至长山午饭。马行四十里，至张店宿。（十五日）

晨起，马行四十里，至金嶺镇午饭。道旁有售淄川砚者，《砚志》所云淄川金雀山石也，非良材，无所用之。午后，车行二十里，马行二十里，至淄河垫，河不没踝，阔仅二三丈。申正即宿。（十六日）

晨起，马行四十里，至益都，使院在城南。城有八旗城一座，行者进北门，出南门，至府城。城外二里许，有冯益都相国墓、齐礼公墓。午后略检行李。手拓匋器三十一纸，有绝精者。（十七日）

寄二十九次家书并与得之书。

酉初，得得之书、查翼甫书，属购郝遗书，再覆得之书，寄匋器拓本。（十八日）

“莪匪楼”，钱遵王藏书处。

《士礼居题跋》二陆游《南唐》第一跋有言校本《老学庵笔记》事。

午后手录《士礼居题跋》年月。上午覆查相亭书，并寄匋器拓本。（十八日）

上午拓匋器，装成一册，自刻一印曰“匋穴”。午后阅生童古卷二百八十本，至三点钟睡。（十九日）

上午阅未尽古卷。午后阅寿光、诸城、高苑生卷共三百八十册，至二点钟睡。（二十日）

晨起，阅未尽生卷终日，至子正始睡，犹未毕事，拟明日续阅矣。（二十一日）

匡、恒、貞、桓、構、慎、徵、樹、敦、廓、朗、徹、炅、鏡、竟、敬、胤、殷、頊、讓、貆、完、購（皆宋刊本缺笔）［按，此条天头曰：南宋本医书“丸”皆改避作“圆”，避钦宗名也。］

辰正即起，阅生卷，至午毕事。午后作与若溪书。酉初，阅童卷

(集安)三百四十二册,至子正始毕。丑初二刻睡。(二十二日)

辰起,以新购之表用卦占之,得《履》之六三,曰:"眇能视,跛能履。履,虎尾咥人,凶。武人为于大君。《象》曰:眇能视,不足以有明也。跛能履,不足以与行也。咥人之凶,位不当也。武人为大君,志刚也。"此数甚塙。盖余表能走而不能及时,非眇而能视、跛而能履乎?《本义》又曰:"必见伤害,如刚武之人得志而肆暴之象,如秦政、项籍,岂能久乎?"然则此表必早坏矣。卦以重金,或以修之而坏,或为金器所伤。占在秋末,其气尚旺,《离》为体卦,则坏于冬矣。(此卦已塙应,乙酉十一月初十日志)

安邱臧笏臣(廪生)工篆,写卷格中,绝似秦权,笔力尤佳,且浑厚。(二十三日)

宋本书皆白口或细黑口,惟《中兴馆阁录续录》有咸淳时补板,为阔墨口,宋本《新定续志》亦板口阔而黑。

陈简庄子名元箨。

荛圃又号秋清逸士。

江郑堂侨居吴县之绿水桥(见荛圃跋《桂林风土记》)。

辰起,读荛圃题跋。午后阅临淄童卷三百五十本,至子正二刻毕。(二十四日)

晨起,阅生古卷。午后未为一事,未读一书,可愧。(二十五)

昨晚,灯下作家书并与得之、叶师、若溪各书,至丑正睡。今日晨起,已午初矣。午后篆书二纸,即阅博山、昌乐童卷三百六十二本,至丑正毕。书《文心雕龙》四页,续午中所未完者。笔墨俱不顺手,殊觉恶俗。可知天下之事,处顺境易,处逆境难也。

古之学为己,今之学为人,至哉言乎!

日来颇思归里而势所不能,然未能释然也。此未能自制其心,病在不养其气乎?不读书乎?在于不读书。(二十六日)

荛圃所见古书,录以所藏者为正编,所见而未藏者为附编,悉载诸家藏书源流,见旧抄本《珩璜新论》跋,抄本现藏平湖陆氏。

晨起，已午正矣，即饭。午后书篆五纸。灯下作与梅汀、泉孙、庞端卿、得之（又我庾）四信，同三十次家书并发。又与叶师、若溪、叔朋、稼秋、梦畹五信，未发，时已子正矣。

制造局（上海）总办钟启祥。

台湾每年税银三百五十万。

斐礼，法外省大臣，其言曰，西贡已得统辖，真腊已称藩属，越南为之保护，东京渐可蒇事，暹罗筹一良法驻兵京中，琼州攻取甚易，基龙尽可挖煤。大言不惭，如此如此。外省统兵一万五千，法国内兵六千。

九月初十日，塞吴淞口，留二十五丈口门。（二十七日）

午前阅生覆试卷。午后为希堂篆书屏四幅，笔墨颇不顺手。酉初，阅旗学、寿光二属童卷三百六十四本，至丑初二刻毕。（二十八日）

日来毫无心得，惟于篆学似略有进境。郎亭嫌其不沉著，为运笔太速之故，其言甚是。（又）

晨起，已午初矣，为希堂篆书《说文序》十一纸，至酉初始毕。终日未为一他事也。

今之云篆，运膂略迟，用笔亦厚，惟终觉婢学夫人，但存形似，欲独创一格，虽不必突过前人，然亦不必为前人所拘束，以此书十年，或能成家也。

《关尹子》曰："善今者可以行古，善末者可以立本。"

宋邓肃之言曰："外夷之巧在文书简，简故速；中国之患在文书烦，烦故迟。"

呼虎殴狼，教猱升木。

法教名天主（主之者名神父），英教名耶稣（主之者名牧师），俄教名希腊（主之者名教长）。

理各雅，泰西名儒，尝来中国，谒孔林而归，主阿斯福书院讲席，广译五经四子之书，授其国人。

英相格兰斯顿著书力诋天主教。

斯巴尔克轮船被劫于珠江，英商门地请索偿于中国，外部德尔秘力斥之。

弱而不振，则忽而虐侮之；强而有事，则又畏惧而调停之。

光绪元年，意大利于昔昔里岛植茶，日本、印度、南洋群岛皆务植茶蚕桑之利。数十年后，外洋丝茶足以自给，中国必将坐困。

国初，通书日本，通使俄罗斯，皆不列其国于朝贡之班，深得萧望之所曰“让而不臣”之意。

火轮船，乾隆六十年塞明顿创造，嘉庆十年富拉登造成。火轮车（嘉庆五年德微的创造），道光七年斯提反笋父子造成。

俄人铁路自彼德罗堡（俄都）东北越多木斯科、痾木斯科，至恰克图，复规画黑龙江、伊犁等处。

英人铁路渐至印度、缅甸，达云南、两藏之外。

法人经营安南、暹罗，亦有开轮路达粤西之议。

各国文字不同，如俄罗斯、波兰、赖丁、哀斯脱、希白来、德意智、奥斯玛加、义大利、法兰西各有文字而大略相近，惟英字为宗，以二十六字母分拟诸音，合数音而成字（法字只二十四母）。英法之书大抵实义居前，而以虚字缀其后。中国以字隶音，谐声居六书一。外国一音隶字，音变则字从之而变。

法人于十馀年前侵占安南之嘉定省，英人亦侵占缅甸之朗谷，各设分埠。

同治季年，法人开苏尔士新河，至亚勒散得。光绪初，为英所购，专归英辖。由伦敦（英都）至天津，轮舟行四十日可到。

葡萄牙踞香港（即濠境），西班牙踞吕宋，荷兰踞西里百摩、鹿加、婆罗洲、噶留巴大亚齐诸岛，而巴布亚荒岛亦垦而辟之。

台湾明时为荷兰所踞，后为郑成功所夺。

汉元寿二年，耶稣生于罗马。既长，遂传天主教。历数百年，有保罗者别立希腊教，有路易者别立耶稣教，三教鼎峙，互相攻击，而皆宗天主。今俄罗斯额里士行希腊，英吉利、瑞典、那威、大尼荷兰行耶苏，法兰西、奥斯玛加、意大里亚、比利时、西班牙、葡萄牙行天主。惟天主教有教王，各国尊礼之。

嘉庆中，法王拏破仑第一灭荷兰，废西班牙，取葡萄牙，兼并意大里亚、瑞士、日尔曼，割普鲁士之半，夺奥地利亚藩属国嗹都，烧俄旧都。

嘉庆十六年，法人攻俄，兵溃于墨斯科，诸国合兵攻之。二十一年，法王为英所俘，流之荒岛，道光元年死。

嘉庆二十年，各国大会于维也纳，各反侵地，修好息民。

英议员烈奢得曰：一千八百十四年，英美定约于干特，以争财致衅，至三十三年，各遣使公议，其事遂息。三十五年，法土失和，就正于德国而解。六十三年，英与巴西不睦，而比国解之。六十八年，土希争属地而德国解之。皆不烦一兵，得使臣会议，片言而释。

汉诏求使绝国之才，至与将相并重。

英道光十七年，国立威廉第四卒，兄女维多利亚年十八，嗣位，即今之女主。赘日耳曼列侯之子阿里巴——一作博雅那——为壻，早卒。

法地方二千馀里，建八十六郡，近年为普鲁士所败，割蔑士城以西七城以讲[和]，火器之利冠泰西。嘉庆时，拏破伦第一善战而亡。同治中，拏破伦第三与普战，为普所虏。同治十二年，殁于英之雷塞思。德尔其大臣爸亚等与普和，改用米利坚之俗，不立君，以首领统治国事。同治十年，踢矮士（即爸亚）任首领。十二年，麦马韩代之。光绪元年，拏破伦第三之子鲁夷拏破伦与法前主波旁之庶子尚伴尔皆谋复立国。

同治十二年，法大帅安将军至安南，为安南将刘永福所擒，旋复求成于法。光绪元年，法已驻兵顺化（越南都城），扼富良江，复营埔于暹罗矣。

耶稣为洋教，即天主教；路德为西教，即耶稣教；保罗为希腊教。

晚近士大夫重利轻义，骨肉亲戚之间，一粟一帛，较算必精，耰锄德色，箕帚谇诟。而偶有赢馀，则好为博施振穷之善举，往往醵数万千百金之资，以赡夙不相识之鳏寡孤独，而其亲族故旧有不免于饥寒者。厚所薄而薄所厚，显背圣经，自蹈尧舜狂病之诮。举世方且奓然称之，以为好善乐施，呜呼，伤哉！

光绪初年，翻译中国书籍《诗》、《易》、四子诸经，英、法、德、瑞士各国儿童多能诵习。

■■子顿牟拾芥，顿牟即琥珀。

灯下阅《瀛海论》，集杂说如右。

法王挐破第三谓中国乃通商之国，非用兵之国。（二十九日）

晨起，为希堂书篆屏，系送丁亦康者（惟禔），至午后始毕，似较昨沉著矣。酉初阅益都童卷三百二十三册，至子初毕。复为希堂阅博兴童卷四十册。（三十日）

宋拓《华岳庙碑》，关中本明时在陕西东云驹肇商、云雏荫商兄弟所藏，后归武平郭允伯宗昌，允伯复贻华阴王山史宏撰。康熙初年入淮安张力臣弨家，甲申以后又在扬州周确斋仪处，展转至歙，为上海黄星槎广文文莲所得，癸巳即以赠朱竹君学使。道光丙申，梁茝林中丞章钜入京得之（当时有人以此事排其豪侈，登于弹章）。同治中，中丞公子敬叔太守（恭辰）质诸于上元宗湘文太守（源瀚），今仍在宗处未归也。此本较长垣本为瘦。

长垣本只剥泐十字，为最初拓之本，在明为王文荪鹏冲所藏，国初归商邱宋牧仲，继归同邑陈氏意庆，丁巳入成亲王府，后为诸城刘燕亭方伯所有，今不知仍在刘氏否，当询诸于诸城尹竹岩（彭寿）。

四明本明时出范氏天一阁，至本朝归阮文达。剥泐百馀字，与关中本同较长垣本为瘦，惟系整装，胜于二本，盖长垣、关中皆翦本也，今不知归何所。

杨叔恭残碑，南宋洪文惠诸家所未收，只见于《水经注》中。嘉庆二十一年，为鱼台马孝廉（邦玉）得于巨野昌邑，聚归其家，今以六十金售于海丰吴仲饴大令。

阳羡薛友琴善刻，阮文达福寿亭中器半为此老手笔，见二千石公侯寿贵砖阴，亦其所刻也。

方小东藏有麻笺米书《圣主得贤臣颂》卷墨迹。

【光绪十年甲申十月】

晨起，阅方小东《枕金堂金石题跋》。午后闲谭。取《李太白诗集》、《六经天文编》翻阅一过，二本皆元刻也。复取《荛圃题跋》，校数页。灯下为希堂写赏扇，不录陈语，皆以意为之，其语在庄列之间，至亥正毕，共书二十柄。（十月朔）

荛圃又名复见心翁。

荛圃之居又有名曰“学耕堂”。

余所得之《李翰林集》每页二十二行，行二十字，与皕宋楼所藏北宋蜀刊本正同，书中“朗”字、“恒”字缺笔，当为元人翻蜀本无疑。（叶师书来，云二十六卷本见《天禄琳琅》，元人坊板也，可见余所言之不讹。十一月初九日记）

“衎斋”为马寒中藏书处。

钱湘灵（陆璨）多手校书，每押以“明经别驾书经解元临济三十四彭祖九十七世”一印，又曰“陆终彭祖后人”，又自名曰“圆沙老书生”。

宋蔚如（宾王）多钞本书（起家市井，乾隆时人）。

钱遵王一号贯花道人。

顾亭[林]曰：“读书自考文始，考文自知音始。”

天发神谶碑，嘉庆十年乙丑毁于火。

元建安余氏勤有堂刊本《分类补注李太白诗》二十五卷（见临海洪筠轩（颐煊）《读书丛录》，与《藏书续志》同）。

平湖陆梅谷（烜）藏书甚富，刊有《奇晋斋丛书》，其侍儿虹屏工书，所藏宋元本书跋语皆其书，印以“梅谷掌书画史沈采虹屏印记”，有《晏公类要》后跋曰：“乾隆辛丑四月十二立夏日，是岁闰五月春事未阑，海棠、绣球、木笔、紫荆、蔷薇花尚繁盛，新妆初毕，御砑绫夹衣，晏坐花南水北亭，啜镜溪新茗，书。”

张叔未藏有蜀椠《韩文范》，反刻十六字，四字一行。

墨板始于唐末，板本《文选》，益州始有。

朱竹坨藏书处曰“潜采堂”。

马二槎上舍（瀛）有《吟香仙馆书目》，藏有天籁阁旧藏宋本《汉书》、《晋书》，故又名“汉晋斋”。

元板《纂图集注文公家礼》。

“红药山房”，竹坨藏书处。

《杨诚斋集》一百三十三卷。

瓯亭吴城多藏书（乾隆时人）。

绣谷吴焯尺凫所居为“瓶花斋”（康熙时人），多书。

《本草衍义》二十卷，宋刊本每半页十一行，行二十一字，卷首有札文。

明朱睦㮮一号东陂居士，有《聚乐堂艺文志》（《万卷堂艺文目》疑即此书）。管湘芝、蒋生沐均有抄本《万卷堂艺文目》八卷。

《古今韵会》三十卷。

“道古楼”，海昌马氏藏书处。

元本李注《文选》，每叶二十行，行二十一字，每卷首题“奉政大夫同知池州路总管府事张伯颜助率重刊”，明万历金台汪谅翻本同。

元本《春秋左传句读直解》七十卷，每叶二十二行，行二十一字。

宋任渊选《黄太史精华录》，弘治中有仿宋本，即山谷诗也，非渔洋始有此名。

《论衡》通行本以通津草堂本为胜，程荣本次之，然《累害篇》“汙为江河”下脱四百字，惟元刻十五卷本有之，《东湖丛记》六一页有录文。

《宋季三朝政要》，照旷阁就钞本付梓，多脱讹，守山阁本从赵晋斋（魏）校元刻本补郑清之条下千馀字，惟第五卷前与元本有讹脱二十字。

宋高宗御书《礼部韵宝》六册，刊于湖州，见《菉竹堂书目》，系行书。乾嘉时，吴江陈氏有此书，今不知犹有传本否。

汲古阁藏宋元精本则以椭圆式印别之，又以“甲”字方印钤于首。澹生堂藏书有四十二字印。千顷堂藏书则有“晋江黄氏父子藏书”一印。陈简庄孝廉有“得此书费辛苦后之人其鉴我”，又刻仲鱼图象钤于上（图作半身戴笠形）。王弇州藏书，每以“贞元”二字印钤之，又别以“伯雅”、“仲雅”、“季雅”三印。

《勿轩先生文集》，荛圃有跋，见《东湖丛记》六，三十一页。

晨起，未为一事。午后读《东湖丛记》六卷，至亥正毕，录杂语如右。

祁子枞孝廉自南中来，与余对室居。（初二日）

祁君述小华已归瀛岛，弱水三千，从今远隔，他年重过沪江，不禁有刘阮重来之叹矣。

晨起，阅拔贡头场经解七十七卷，至酉初毕。灯下阅石印王云阶《毓秀堂画传》，颇精。

见《申报》，知上海新北门外法租界马路东首还读楼《郡斋读书志》三元，仿宋《毛诗要义》四元，《中州金石记》一元。

灯下作与洨民书，托购《郡斋读书志》并托带《廿二史札记》。

今日郎亭手贻《竹邑侯张寿碑》一通，系新拓者，然尚清晰，以毡腊颇精也。（初三日）

晨起，拟对策。午后略检行李。即为郎亭书赏对扇二柄，对二十馀付，似较初写时稍有步位。灯下覆阅青州观风卷。（初四日）

子枞又示《茜窗小品》石印画一册，极精，价二元。《红楼梦图咏》四大册，虽系翻本，颇有神采也。子枞拟赠余，未敢应。

阅选拔二场卷十六册。（初五日）

晨起，检行李。午后出门，略置皮衣等件。至子初睡。（初六）

晨起，尹生彭寿同冯文毅八世孙临宜来拜郎亭，出冯文毅《万柳堂行乐图》索题，上有卢南石、杜石樵、阮芸台、刘瞻岩四题，郎亭书一观款，并书余与尹君同观姓名，亦一快事也。

午饭后，车走四十里，至谭家坊宿。（初七日）

晨起，车行三十里，至昌乐午饭。行五十里，至潍县宿。北门外此五十里，微有山路，进城小游，富强甲山左，房屋之精为他郡所无，并题一诗一词于壁。（初八日）

晨起，行三十里，至寒亭午饭。走五十里，昌邑宿。

晨起，车行五十里，至■河午饭。行五十里，至沙河宿，题四绝于壁，并画背面侍儿二，诗曰："十万貔貅令自严，笳声吹静出天山。书生第一平生愿，直斩楼兰唱凯还。""铜柱留名千古慕，紫光有像四夷知。柏公朝罢归来日，袍笏盈床鬓未丝。""坐湿黄莺啼未了，双钩阑外看钞书。牙签十万红妆护，陆倩香修恐不如。""朔风吹透鹔鹴寒，一载轺车兴未阑。此愿自然能画得，不妨先写个侬看。"沙河房屋甚精美，颇似南中，又同夷埠也。（十日）

卯初起身，车行六十里，至莱州，午饭在试院中。又行六十里，至朱桥宿。（十一日）

卯初，车行六十里，至黄山馆午饭。又行六十里，至黄县，宿于西城内凤鸣书院。黄县为烟台海埠出入货物要道，地极富饶。内母舅何珊枝先生（亨九）曾宰是邑，时在壬戌、癸亥间。时妻父避难，航海而北，亦寓署中，今署犹如故也。（十二日）

辰初起身，车行二十里，过河，至诸由观。以山路荦确，易骑，行四十里，至青州，皆山道也。学院在城东，构造极佳，余居东院。（十三日）

晨起，已日将午矣。午后观牟、刘二先生已、未刊遗著。灯下为郎亭篆扇头二，并寄沙河题壁四绝句与叔鹏。（十四日）

元本书有避宋讳者，旁加圈识之，如《论语注疏》本是也。

晨起，为郎亭书扇二。午后，郎亭示钞本郝户部《说文广诂》十四卷，盖始东终甲，从《韵谱》次也。其引证大约皆以不合解字本义，故曰广，于通假尤详。惟引书及《正字通》，引佚书不注引见某书，殊为疏忽。

灯下阅生童经古二百册，未及半而睡。（十五日）

晨起，阅古卷，至晚始毕。此次试经解者有四十馀册，算学十馀册，可见风气之转移矣。惟无一佳者。（十六日）

余生平虽喜谐谑，然偶有事谋及于余者，必为谋之。然往往不能见信于人，大约喜谐谑之报耳。

世有一等人，初见于余则多方以笼络之，余知其诈也，漫应以察之。笼络不可则多方以恐惧之，余知其诈也，漫应以察之。恐惧不可则多方以倾陷者，余知其诈也，漫应而察之。三者不可则无所策矣，爰盛气以侵之，阴嗾以诟之，余知其诈也，漫应以察之。呜呼，天下人皆如吾，则吾亦非吾矣，吾故诵古人之言曰阅历。

午后阅蓬莱、宁海生卷二百二十本，及半即睡。（十七）

晨起，阅卷，至戌刻始毕。有人以《秋闺夜怨图》索题，即书六截句，名士倾城，本多一例也。诗曰："独背银釭怨若何，总缘娇小宠偏多。蛾眉一例多谣诼，莫太含愁损翠螺。""长门一入昼沉沉，琼姊兰姨久绝音。间倚锦屏思往事，不知秋色为谁深。""绣函双护冷鸳鸯，压线年年夜转长。梅子含酸莲子苦，两般滋味却亲尝。""十里青溪黯落晖，西风帘卷袪罗衣。晚来自把青鸾照，莫是黄花比我肥。""衣篝香润人初倦，画阁凉深梦不惊。欲织回文翻旧锦，银荷镫小不胜明。""博山炉暖玉钗寒，约略柔情记亦难。吾本三生狂杜牧，不妨先展画图看。"

刘燕庭藏书见《竹汀日记》评语中。

旧钞本《巨鹿东观集》十卷。

钞本柳开《河东先生集》十五卷，附录一卷。

钞本李存《俟庵集》三十卷。

钞本李士瞻《经济文集》四卷。（以上二种皆系大兴朱氏旧藏）

百衲《史记》。

钞本徐夤《钓矶文集》十卷。

明刊本《叶文庄公奏草》三十卷(六世孙,九渊刊板)。

元板《辽史》全本(道光乙巳得)。

宋刊小字本《玉台新咏》(旧藏叶石君家)。

钞本《宋大诏令》二百四十卷(《四库》未经著录,汪小米钞本)。

明天顺中平湖沈琮刊本《宋方蛟峰集》。

钞天一阁本大全集一百九十六卷。

朱述之钞宋本《玉峰志》三卷。

元板《困学纪闻》(有钞补,道光丙戌得)。

宋淳祐椠《本朝诸臣奏议》(咸丰元年得,缺卷与爱日精庐同)。

文澜阁传钞本《九国志》。

朱述之钞本《重修琴川志》。

日本本《合类节用集大全》三卷(朱氏椒花吟舫旧藏)。

明正德重刻本张淏《会稽续志》八卷(道光戊申得)。

钞本《宾退录》十卷(系影宋睦亲坊陈宅经籍铺印本)。

蒋蜀瞻名继轼,号西圃,江南江都人,康熙癸巳进士,官编修。

吴全晋名泰来,江苏太仓州人,官内阁中书,其藏书处曰“璜川书屋”。(以上二则亦见燕庭评语)

晨起,观《竹汀日记》,摘语如右。午后阅莱阳、荣成童卷二百九十卷,至子正毕。作与薇阁书(并昨诗)、道源、徐吴二公合信,三函毕已丑正矣。(十九日)

今日忽欲写楷书,索希堂白摺,灯下写之,得七百馀字。希堂谓余未匀,一一指其谬处,盖余素矜为得意之笔也,噫嘻,危矣!(二十日)

晨起,写白摺,较昨稍匀。午后阅招远童卷二百八十册,至子初毕。再写白摺一页,睡已丑正三刻矣。(二十一日)

晨起,写白摺一开半,已过午矣。

灯下作三十一次家书,甚长,并若溪、叔鹏二书,托郎亭。

徐氏《含经堂书目》(见《士礼居题跋》三卷三十页)。

明人藏书家有曰学圃堂,不知谁家,俟考(见《士跋》,同前)。

荛圃又号长梧子,又号知非子,又名求古居主人,又曰复见心翁。

《图绘宝鉴》以五卷本附一卷名六卷本为最佳。

灯下读《荛圃题跋》三卷毕。

陆其清《佳趣堂书目》见《士跋》四二页。

《淮南子》一为二十一卷,出宋本;一为二十八卷,出道藏本;至二十卷本,俗本也。(二十二)

晨起,阅生覆卷。午后接阅宁海童卷二百玖十本。酉刻得家书,指庞彤士已于九月初七身故,为之潸然。彤士年仅弱冠,人极诚实,偶有事烦之,无不竭力设法,大非不寿之征。惟好谭风月,未免以此而伤耳。回忆去年九月十八日余由沪附轮舶至东,犹亲送至船,握手而别,孰知竟成长别,岂不痛哉!娶妇三年,未得一子女,父母年均半百,单此一线,更不知伤痛若何也。余订谱十人,自壬午五月丁菊生故后,仅存九人,于去年又与苏稼秋定交,十数始全,今折其一,岂数止夫九乎?亦奇事也。(二十三)作三十二次家书。

晨起,已午正矣,即饭。午后阅覆生卷毕,书白摺两页半,终觉未能匀净。(二十四日)

晨起,写白摺两开。午后阅栖霞童卷二百五十本,至亥初即毕。

郎亭出示栖霞刘立夫先生(曰义,嘉庆时人)未刊算稿:曰《面体算术》,曰《算学举隅》,盖从东原氏用策算法,即取《九章》旧题演之。曰《九章算式》,亦用旧题,于布草后略加论语。曰《元史日景算》,盖读《元史》验气篇,求郭太史作法之意,钞写原文,考其讹字,复细行列式,缀以浅语,期于易知而难忘也。后附《论日篇》,内言刻而不言分秒,盖删盈补朒,以就成数。犹经一围三则芟盈,围三经一则补朒,无妨其为古人之法也。若计其分秒,则不无参差同异。盖其故有二:一因日天有高卑,股高则勾短,股卑则勾长也;一因日行无同率,其所取之一率与三率非同理之比例也,此亦古疏今密之一端也。曰《读汉书律历志算草》二卷，专推天子生年月日。上卷用三统术，下卷用四分术。后附《书汉书律历志后》一篇，曰：班氏谓刘歆究微眇，推法密要，其误甚矣，彼所云吉凶灾祥百六阳九之说乃巫觋之习，此不足言也。太初历经洛下闳邓平等杂候以验之，布算以推之，三十六岁而是非坚定，成一代之制矣。歆乃强引《易》与《春秋》经传以神其说，平之法二十九日八十一分，日之四十三为一月，通分得二千三百九十二，此不烦言而解者。歆乃曰元始有象一也，《春秋》二也，《三统》三也，四时四也，合而为十，成五体；以五乘十，大衍之数也，而道据其一，其馀四十九，所当用也，故蓍（四十九）以为数，以象两两之（九十八），又以象三三之（二百九十四），又以象四四之（一千一百七十六），又归奇象闰十九及所据一加之（共一千一百九十六），因以再扐两之（二千三百九十二），是为月法之实，任意迂远以附会之，奚取乎哉！十九岁七闰，已然之迹也，乃云合天地终数为十九，《易》穷则变，故为闰法。一岁十二中气，至显之数也，乃云三统乘四时，何贵乎如斯之经义哉！孟子曰，所恶于智者，为其凿也。歆之说则凿而已矣。班氏盖震于经术之名，为其所欺，述之以欺后世，可乎哉？曰《小雅辛卯朔考》五卷，盖因《诗》“十月之交，朔日辛卯”，毛氏以为幽王时，郑氏以为厉王时，王基以为在共和前，孔氏兼存焉。其首卷用周历推之曰，按厉、宣、幽、平一百五十九年间，辛卯朔三十，在十月者二（一宣王五年，一平王五年），在十二月为夏正十月者一（平王四十一年）；二卷依史志算周幽王六年十月朔日干支，一三统术（辛卯为六月朔，与周历同，己丑为十月朔），二四分（辛卯为四月朔，戊子为十月朔），三乾象（辛卯为十月朔），四景初（辛卯为十月朔），五三纪（己卯为十月朔），六元嘉（辛卯为八月朔），七大明（癸未为十月朔），八张宾（戊辰为十月朔），九张胄元（辛卯为十月朔），十刘焯（辛卯为十月朔），十一傅仁均（辛卯为十月朔），十二李淳风（辛卯为十月朔），共计十月为辛卯朔者六，其僧一行以下未算；三卷遵《御制历象考成》，推周幽王六年十月之交朔日辛卯日有食之，京师食一分四十一秒，陕西不食；四卷算周桓王年间辛卯年辛酉朔在十月者，俱不入食限；五卷遵《御制数理精蕴》，考周幽王六年十月之交朔日辛卯得天正冬至，辛巳后第五辛卯日，日躔八宫四度，月离七宫二十八度，北纬一十四分，距交二度五十分，当入食限。曰《步日月算草》五卷，皆用御制用表推嘉庆十年、十一年、十二年日月食，自注山中不知漏刻，不睹仪器，约略言之，故稍有不符。曰《开方法》。曰《勾股图》。曰《开方无法论》。皆立夫殁后，其友同邑牟陌人先生（廷相，阮文达门人，亦知算）定之，其总序曰："笠夫每作算，排列四率，瞭如指画，易知而难忘，解剥数字，绘图数笔，而使人洞明其故，举凡市侩歌诀之浅俗，与泰西甲乙之繁杂，一扫空之，粹然儒者之艺。"［按，此条天头曰：歆之术统母之生多傅合《易》卦、钟律，《畴人传》已论其昧其本原矣。二十六日补志。］

牟陌人序刘氏遗著中有曰，郝兰皋精于经学而不知算，尝愿学焉，试以两筹习乘除，踰月不能而罢。

郎亭又示牟陌人《勾股重差图》稿本，亦未经刊刻者。首页有《自述》曰："刘徽序《九章算术》有云，徽寻九数有重差之名，凡望极高、测绝深而兼知其远者，必用重差，辄造重差，并为注解，以究古人之意，缀于勾股之下，度高者重表，测深者累矩，孤离者三望，离而又旁求者四望。据此则徽之书原自有注解，而《隋书·经籍志》有刘徽《重差图》一卷，则其书亦原自有图也，今皆不可得。独有李淳风注，又不详，庭骧故据术为之图，因参互以考其变，皆为之解，要得其三率比例之故焉。"［按，此条天头曰：又有自序一篇，甚精，拟钞出之。］

郎亭又示写本潍刘执经《三角钩沉》六卷，亦未刊者，其自序曰："《九章》勾股求直三角，后人衍之为旁要重差法，綦备矣。然三角之形复有锐有钝，非勾股所能尽。泰西三角法全用角度，所设八线不能驭和，较杂糅，盖所立为测圆之术，非求方之术也。暇日究心斯理，参稽诸家，发明三角之说，详辑是术，补《九章》之所未备，以济勾股之穷，其藉以入算者，专以天元为本，而复出入于借根代数之法，得矣。"

光绪元年春二月所序也。子汝侨，附生；汝俊，亦精算。（二十五日）

陈仲遵藏书处曰“西畇草堂”。

《合经堂书目》，徐立斋著（《士跋》四卷中）。[按，此条天头曰：“含”讹“合”，《士跋》亦讹。]

“执经堂”，张讱庵藏书处。

“红椒山馆”，黄荛圃藏书处。

皇山人姚舜咨，又名荼梦道人，明万历时人，善钞书，见《士礼居跋》（明人有柳大中、贡大章，皆爱钞书家，柳前于贡）。

《群书缀拾》（元明以来著述为目录之学，以续贵与《经籍考》。吴门周谢庵著。谢庵，香岩子也。不知有存本否，书名见《士跋》四卷）。

顾五痴即南雅先生。

晨起，午正，即饭。午后书白摺数开。灯下校《士礼居题跋》数十页。（二十六）

宋本书，临安府陈家刻书外，又有临安府太庙前尹家书籍铺刊行本书。

晨起，午正，即饭。午后作楷书。灯下校《荛圃题跋》四卷讫。（二十七日）

晨起，午初。阅拔贡头场经解卷九十五册，至酉正毕。灯下写白摺两开。晚饭后阅覆童卷四十一册。知孙汶民、钱南泉均已航海至烟[按，原稿误作“燕”。]台，明日可到登郡矣。（二十八日）

郎亭篆楹联一，余乞得之。

查相亭代做书箱十六只，架四只，箱每只一千四百文，架每只六百文，过江费四百文，刻字一千一百廿文，共结钱二十六千三百二十文。

《钱警石年谱》第三十八页有《修州志条例》，颇可采效之。

晨起，略检行李。午后书礼扇十五柄。灯下阅二场选拔贡卷二十册，为希堂草信稿二，已三更矣。（二十九日）

【光绪十年甲申十一月】

晨起，已午饭矣。午后写白摺一开。拔贡放榜，郝兰皋先生曾孙名国忠者得拔。酉初，孙汶民、钱南泉二先生自南来，知途中风雪，屡困于泥中，可见行路之难。

出门，得明本初印《状元图考》，即赠郎亭。又得明本《陆士衡集》、高校本《绝妙好词》、徐灵胎注《道德阴符经》。又《虞山小史》七册，皆有明一代上至公卿、下至释道小传类，初不知为谁何著述。携归灯下阅之，见程松圆小传，始知为牧翁稿，不禁狂喜。盖牧翁遗书如《有学》、《初学》等集尚不易觅，况此为素所未见之书邪？（十一月初一日）（鞠裳师言为即《列朝［按，原稿误作“传”］诗集小传》）

晨起，检行李。午后出门，得西医五种，又灰丽■统一。为郎亭以六金得秦诏版一。有《西清古鉴》一部，索价二百金，可谓贵矣。又明嘉靖时袁氏仿宋六臣注《文选》一部，索价二十四金。（初二日）

晨起，马行七十里，至黄县宿。途中冰积雪凝，颇难驰驱也。

辰正起身，行六十里，至黄山馆宿，仅过午也。（初四日）

辰正起身，车行六十里，至朱桥宿，室极小。（初五日）

寅正起身，车行六十里，至莱州，与南泉先生同宿一室。（初六日）

汶民来，携至各书——篴舅（有文集二部）、若溪、叔鹏、叶师、芝汀（送笺二匣，信封一匣）并我庾先生贻茶叶二瓶，又上海苏梦盦、邹翰飞二函。

作三十三次家书并大哥书，由驿专递。灯下写白摺半页。（初七日）

晨起，已午正矣。午后校《荛圃跋》数页。写白摺半开。酉初，阅生童古卷百三十五册，至二点钟毕。（初八日）

《韩文考异音释》（朱子考异，王伯大音释）四十卷，半页十三行，行二十七字，明初刊本（或曰宋本），今藏海宁查氏。

毛汲古孙名绥万。

荛圃所庐又名“求古居”。

晨起，写白摺一页。午后校《士礼居题跋》，至晚二点钟毕，未及一卷之半也。（初九日）

五柳居主人，字琅轩（见皕宋楼藏《止斋文集》周香岩校本跋中）。又有字蕴辉者，见《士跋》五，五十六页，不知即一人否。

晨起，已午正矣。午后阅平度、灵山生卷，至二点钟睡，未毕也。写白摺半页。（初十日）

晨起，九点钟，续校生卷，平度得白永修卷为首。白生老名士也，子白凤，取童古，亦出余房。灯下跋元板《李太白集》，写白摺一页。（十一日）

松江程氏《清绮堂书目》（见《士跋》五，六十九页）。

《荛圃题跋》五卷校毕，已四鼓矣。（十二日）

王闻远名声宏，字莲经。

明本书往往有以笺翰简帖印者，如《皇明诗选》、《侨吴集》皆如此，见《士礼居题跋》六。

宋元本书装潢有名旋风叶法，虞山也是翁创之，荛圃元本《丁鹤年集》即用此法装潢也。

午后阅昌邑、鳌山童卷一百九十馀本，至十点钟毕。校《士礼居题跋》六卷三之一。得何鲁生自青州来书。（十二日）

晨起，阅覆古卷六册，算学刘汝侨、田智良皆去年所取者。午后复何鲁生书，写白摺半页。（十三）

嘉庆己未时，阊门书业堂新翻汲古阁《十三经》，每部需钱十四两（按一两七百也）。见士礼居宋本《圣宋文选》跋（《题跋》卷六）。

嘉庆十三年戊辰，孙渊如观察欲取家藏宋刻书尽加涂抹（见士礼居《圣宋文选》跋），不知何故也。

西崦朱叔英多藏书，吴人。

“试饮堂”为钱罄室藏书处。

惠香阁,柳如是所居,见士礼居元本《阳春白雪》跋。

校《士礼居题跋》毕。《荛圃先生年谱》从此得其大凡矣,自喜无量。

《文子》徐灵府注,明道藏本名《通玄真经注》十二卷,见《未收书目》。

午后阅平度童正场卷一百册。申起酉毕,为看卷最速最快之日矣。灯下录士礼居校讹三纸,读《荔雨轩文》一过,系为篴秋舅氏新刊者。舅氏名翼纶,道光甲辰科举人,大挑知县,知江西永新县事,今年已七十三,精神奕奕,行步如飞。近新刊其自著古文八卷,去年秋命余篆书面,今文集篆首是也。近知余喜习骑,来书言习骑之事,云前在军中曾得长白巴君秘诀,谓人一身是气,气偏左则左,偏右则右,上马时气升于顶则上易,坐时气运于两股,则永无倾跌之患,此论甚碻,故记于此。(十四日)

晨起,已午正矣。书白摺半页。午后阅即墨童卷二百册,戌正毕事。知郎亭已得正詹,为之欣贺。(十五日)

大哥书来,言篴舅论习骑运气说甚塙,且戒余毋恃其气,盖余行事皆喜任气为之也,志之以佩不忘。

得上海赵静涵表兄书,并《制造局书目》二册,系从轮船文报局转递,仅十六日也。

晨起,阅生覆卷,至酉正毕。灯下写白摺两页。作报叶师、若兄二书,毕已二点半钟矣。(十二日)

晨起,午初,写白摺两页。午后阅潍、胶二县童卷二百十四册,戌正毕。(十七日)

张船山先生自莱州罢官,乔居苏州阊门外斟酌桥。尝言虎邱以珠翠眩目胜,秦淮以丝竹沸耳胜,平山堂以园林池馆称心胜,洪北江以为知言(见李苏邻鸿裔《怡园词序》)。按此说见《北江诗话》卷二,非船山说,李公不知何据。

黎莼斋在东瀛刻中国古书十馀种,名《古佚丛书》,请旨将刻板存江苏书局刷售，允可。

马贵与《经籍考》七十六卷单行本，明弘治中盱江何乔刊行，见《天一阁书目》。

晨起，午正，写白摺二页。午饭。午后阅掖县童卷二百十册，亥初毕。写白摺一页。

明徐兴公“红雨楼”为藏书之处，又有名“汗竹巢者”，见图记。［按，此条天头曰：“汗竹巢”为明初唐丹崖藏书处，见《丹崖集》卷五《汗竹巢记》。丹崖，会稽人，唐姓，肃名，处敬其字也。］

袁寿阶为贝简香（墉）之外舅。（十八日）

晨起，午初，写白摺二页。午后校翟文泉（云升，掖人）《说文辨异》五册（共十册，与洨民分校，系未刊本）。正讹字于上方，仆人张升写《皕宋楼书目》成，共计百馀页，颇工整。手校讹字，不多，而有讹者亦极通。如校本作抄本，手校作家藏等。虽墒系讹字，然非无知而妄作者。昔尝闻黄复翁有一门仆能影钞宋元本书，见《士礼居题跋》中，余今所为毋乃类是？晚灯后，至后院洨民室中长谭，至二点钟始出，皆言书籍事，亦可谓兴之佳矣。（十九日）

晨起，午正，即饭。为郎亭写摺稿四页，已上灯矣。晚饭后，以《皕宋楼藏书志》中叙明宋元本书行款用朱笔录于所抄本上方，尽三册，已子初矣。阅头场选拔卷。（二十日）

作答湛伯书并三十四次家书。午后看希堂写摺子。灯下为郎亭录摺稿，并阅童覆卷十四册，睡。（二十一日）

晨一点钟起身，看包摺，至午正毕。午后略检行李。灯下阅二场选拔卷，无一佳者。又写白摺一页，字稍小，不甚匀。（二十二日）

上午收拾行李。下午未为一事。以小事而大斥仆人，直蹈傲字之弊，然一时气愤不可止，事后思之终觉多事。此日来不读书之故也，志以自警。（二十三日）

晨起，出门无所得，购莱阳石篚四枝，直五百馀。由见郎亭得永平□年小造像一，高不及尺，字在石龛背，五行，字体如李仲璇《孔子庙碑》，诚佳品也。又见原本《新疆赋》，有“曾渡剩山”四字一印，盖即徐星伯自印也。又见翟文泉《汉隶字样》稿本十大册，朱墨烂然，索价一百二十金。又汲古阁原本前后《汉书》，索直六十千，皆太贵。又见上海制造局刻各书，[按，此页左侧曰：制造局书上皆有“荣泉藏书”一印，观其题签，为咸同间人也。]内有大家兄所译《算式集要》一书，中有夹签，卷首云此书于卷首原缺体例，如—、＝、×、()、⺁、⼆、⊥、丅、甲上加丿，或加＝，皆无明文(案此皆见代数术，故不载)。又第一卷第三页十行上帖有夹签云，三较如何连乘式中不明依法，下亦无较连乘之式。又见程孟阳画册，颇精，索值十金，皆以价贵未得。仅以二千五百钱得初印本《谈天》一书。又见初印本《积古斋钟鼎款识》，极精妙，郎亭以五金得之。(二十四日)

晨起，束装，巳正午饭。车行六十里，至沙河宿，见题壁诗尚存。灯下读《文选》乐府杂诗二卷。(二十五日)

晨起，行五十里，至新河午饭。又五十里至昌邑，宿于凤鸣书院。院南有城隍庙，颇大，东南有池塘，冰坚可行人。忆去年至此，冰尚不厚，以瓦片投之极远，清脆有声，忽忽已一载矣。今日至此，不知又几何时重经旧地也。(二十六日)

晨起，车行五十里，至寒亭，即寒浞故里。居人以画幅为生，如吾乡之虎邱，比屋皆是也。午饭后，行三十里至潍县，宿于北关外，时仅申初。即进城，至西门，再至南[按，原稿误作“知”]门，见一摊上有藏镜一枚，索价八百钱，以未携钱不能购归。复至东门，见一售骨董者出示汲古阁原本《说文》一部、李竹朋《古钱汇》一部、《大清通礼》一部，皆以值贵未得。见破镜及破戈数事，以千钱得之。又至县前十字街，见明刊本《五音韵谱》六册(值千五百，洨民得之)；明本《白孔六帖》四函，装潢极精，索价二十五千；初印未剜本汲古阁《说文》一函，索价八千；《洪武正韵》，索价七千；刘燕庭《金石苑》(即《三巴孴古志》)五册，索价十五千；浙刻聚珍板十函，索价三十千；通志堂本《三礼图》，索价六千；《初墨园吉金所见录》，索价八千。皆以价贵未得。

见铜小造像三区：一大齐武平二年邓寿昌造，最精；一弥勒像，字已模糊；一镌金藏佛。共索值百千。汉印六，又一为董贤私印，极精，有子印，锈不可出。汉镜一，有“□氏作竟”云云，索值二十金。一唐镜，有铭（郎亭以二金得之）。见匋器数件，皆非真品。齐刀，亦无多字者，皆以值贵或伪，未得。归，有人送来铜器各件，余得一小汉镜，极精，郎亭得汉镜及货泉、泉范、铜盘等，洨民手拓齐造象一纸赠余。（二十七日）

晨起，郎亭招观铜器。有铜鱼符极精者，已为郎亭所得，余得一古印，文作㬎，不可识，制极精。见董邦达泥金画扇，为大内物。刘文清行书扇，系赠侄婚者，一面有画，为汪时轩（承霈）手笔，即以赠文清者，共装一柗。郎亭许十金，未售也。怀素帖手卷，伪迹。文衡山《南苑十咏》卷，真迹也，价贵。崔青蚓《仕女晓妆图》轴，李复堂中堂蓝田叔小象，皆未得也。得王菉友《说文句读》一部，价二千馀，未能得。陈寿卿子（厚滋）贻郎亭刘文清墨迹小楷册十二页，为南昌万渊北所藏，精美无比。午饭后，行五十里至昌乐，已上灯矣。宿客店中，在城外。潍郭子嘉布衣（麐）贻郎亭齐字砖及井甃、汉石、周戈各拓本，郎亭贻板桥所书《文昌宫记》拓本一纸。（二十八日亥刻）

晨起，车行六十里，至懒柳树午饭。地隔青州府城十馀里。又行四十里，至淄河店宿。（二十九日）

晨起，行四十里，至金岭镇午饭。又行四十里，至张店宿。围子西门有隶书王文简公墓道碑，为翁覃溪题，阮文达书，两碑背列文皆如一，其墓不知在何所，所立者乃王氏之宅基也。（三十日）

【光绪十年甲申十二月】

晨起，行四十里，至长山午饭。三十里至邹平宿。（十二月初一日）

晨起，行六十里，至章邱午饭。四十里至龙山宿。围子西门内有一破庙，在道旁有四楞石幢卧于地，为野老憩息之物。观之，三面已蚀，无字，馀皆清朗，为皇庆二年住持□□所立。又南行，有太平禅寺（今讹题为平禅寺，余考康熙年间碑始定），中有钟楼，已塌。庭中有六角造象一，高不及二尺，字尚清楚，惟不知年月，然非唐以后物也。（初二日）

晨起，车行三十五里，至韩仓。又三十五里，至省署。略检行装，始得息此征程焉。作家书一纸，已亥正矣，即睡。（初三日）

晨起，阅观风卷。午后闲谭，未为一事。灯下，郋亭手贻初印《积古斋钟鼎款识》，价五金，于莱州新得；吴愙斋《说文古籀补》二册，乃新刊者，其中引字皆据真拓本摹刻，鼎彝之外兼及古匋器、古玺文，此为自来金石家所未知者，精美无比；又陈子惠先生时文二册，郋亭自云学时文得力于此，其意盖有所期余，并有所警余也，以志不忘。余百日而孤，先待诏公执友，所识者郋亭先生外，惟南泉先生。今皆得聚一堂，朝夕侍坐，并极承挚爱，期许深殷，先待诏公在天之灵当亦欣孤儿之得所也。（初四日）

晨起，阅观风卷。午后出门，得寿山图书三方，张雪鸿画猫长卷，又无款明人画卷，为极精之本，是纯从宋人粉本钩摹者，实为不可多得之品。灯下阅卷，两日仅毕十馀卷，可为懒矣。陈冠生来，投一简而去。沈子恩世铨亦投一刺。又袁福海（瀛仙）为随园侄孙，香亭孙。（初五日）

晨起，同南泉、洨民至趵突泉啜茗，至午而返。午后阅观风卷。灯下为郋亭书年信。（初六日）

晨起，写年信，终日仅得七封，大半笑谭所误也。写喜联一，赠吴子文。祝子安书来，并贻修三十五金，即答。（初七日）

晨起，写信。午后出门，答沈云庄，并贺吴子文喜，醉饱而返。灯下作年信毕，以二十金还郋亭，盖即去年所假之款也。（初七日）

晨起，写年信。午后闲谈。（初八日）

晨起，写年信。午后出门，取张云鸿卷。灯下与道源闲谈，至三鼓即与和衣同睡余榻。（初九日）

天明即起，送松年柩出城外三元殿（南门外）。毕，答拜丁寿臣（乃清），为经笙观察五世兄，在吴曾相识其弟菊生茂才（乃嘉，湖州籍），曾订同谱，已于壬午五月故矣。又拜张兰九并其文郎，同门芝翰，畅谈而返，已午饭矣。午后闲谈，未出门。于丁寿臣处见潘彬卿二世兄，号仲卓者。（初十日）

晨起，写年信，至午后四点钟始毕。共十六函，不及二千字也。出门至北渚楼小饮，为祁子枞主人，在坐者张兰九、陆惕身、孙洨民、庄秉文、严师及祁与余七人。过后宰门书摊，以五百钱得明嘉靖刻残本《古今说海》，颇精，共九册，尚有三十馀种也。

寄三十四号家书，由驿专递，并附上湛伯书。（十二月十一日亥刻）

晨起，略检书籍。午后同严师、祁子翁出门。先至南门，见海绿轩本《文选》，索值京钱五千，未得。严师以三千得明编《苏文忠集》，系活体刻本，极精，惜已蚀甚。明万历本《十三经注疏》，尚佳，惜已缺一册。又见初印本《博古图》并《考古[图]》《古玉图考》，非十金不售。至后宰门，得《洪武正韵》（值京钱一千一百），桃核杯，唐海马蒲桃鉴（共三千五百），《博古图》并《考古》《古玉图考》，值十千。又得一东瀛仕女照片，极佳。至上灯始归。得希堂所贻半两钱百枚，此钱为希堂家中园丁开地所得，共有数千，中间有杂宋时钱者，皆北宋年号，可知此钱为北宋时人所埋。又得一大半两，一三铢，为不可多得之品。（十二日）

终日写年信，未为一事也。（十三日）

晨起，写年信。午后检旧箧，并观石刻各种。贻洨民造象一种。寄薇阁书，托购烟壶、墨盒等件。（十四）

《文选》六臣注，南宋本每叶十八行，行十五字，分注每行二十字，每卷第二行起皆列各人姓名，每卷末列校对、校勘、覆校姓名，见《竹汀日记钞》。

午后出门，得原本海绿轩《文选》（直二千五百），见茶陵本《文

选》,仅存廿四卷,未得即归。(十五日)

晨起,阅观风卷。午后为庄希堂招饮北渚楼,同人均在坐中,至戌正始归。阅观风卷数十册,读《东都赋》一过。(十六日)

晨起,阅观风卷,终日犹未毕事。灯下写复书二函即睡。(十七日)

晨起,即至曲水亭,得玛瑙烟壶一、玉子三块、图书一方、残本《古今说海》五册。适足补前购之阙,然仍未全也。午后又出门,至后宰门,经西门大街而返,得东洋照相片三,颇精。(十八日)

《古欢堂经籍略》二卷,长洲吴翌凤撰,见《苏州府志》艺文类五。

晨起,写白摺,馀未为一事。(十九日)

见刘文清墨迹册,索值百金。(二十日)

终日未为一事。午后,郎亭招饮。(二十一日)

晨起,为希堂寄日照信。午后出门,见旧拓《史晨》前后碑(直二千五百),得之。又初印《津逮秘书》二十函(直六十金),红格抄本《东都事略》六函,有申耆先生图记(直十金),旧拓《汝帖》六册(三十千),皆以价贵未得,即归。(二十二日)

日前,观王云卿挖河机船之法,疑必有所本而成。今晚读茗生先生《鸥陂渔话》卷六,载有暹罗浚船之说,式与王制尽同,惟王制转轮以人之手力,旧制则以数人脚踏若水车,为稍异耳。茗翁并云此制为鄞人谢寄梅占壬得其法于外洋,思为图式,献之当事,以浚黄河之淤沙,既而不果。孰知数十年后竟得奏之于朝,惜未能真有所用耳。

晨起,未写一字。午后检旧藏书籍。灯下读《脱影奇观》、《茗生先生遗书》二种。

今日见枣木刻本《说文》一种,共十五册,为吴山子先生(育,吴江人)篆,应皖中汪君之属也。祁子枞云此物尚存于徽谢梅孙孝廉所,言谢山子先生之甥也。

茗生先生《吹网录》卷五附胡心耘先生读书校语条有吴晓钲钊森按语,曰《千顷堂书目》题撰人多附会,不足尽信。不知所据,俟考。

（二十三日）

晨起，丁寿臣来拜，稍谈即去。午后出门，至芙蓉街，得洋刀一柄，小游即归。见宋拓颖井《兰亭》及思古斋《兰亭》（《黄庭经》），同装一柗，有元明各题，皆伪。文休承一跋，真。覃溪一跋，未碻。为胡小琢旧藏，索值四百金。碧犀寿珠一挂，珠系黄，佛头系红，索值千七百金。黄石斋手书《沈君墓志铭》并撰文二千馀言，蔡夫人手书小楷《孝经》，合装一卷，夫人字玉卿。题首系六舟僧仿《天发神谶》，有何子贞、韩履卿各跋，索值百二十金，不贵也。

灯下读《水经注》，拟录一引书目出，先以朱笔抹出，再行誊写。灯下读三卷，已三鼓矣，即睡。（二十四日）

见《驻节听歌图》卷，为钱罄室画，乃贻无锡华从龙者。华君名灵，为嘉靖时人，避严分宜而归隐者。后题如文三桥、倪正□、周公瑕等十馀人，末后一跋为钱梅溪。前后有“钱泳曾观图书”，乃海源阁藏物，索值四十金。又一卷，乃冷金笺刘文清临宋明人各书，墨翠飞腾，有“希之珍玩”一印，索值五十金。又宋拓《玄秘塔碑》，极精，索百二十金。旧拓《皇甫君碑》，二十金。

岁暮之时，在家时虽无债台高筑之忧，然亦有俗事纷纭之苦。余出门二载矣，此等事皆可蠲免，转得以馀润略求所爱，以六金得《白孔六帖》，以一金馀得《史晨》前后碑，皆此数日内之事也。室人交谪，千里而遥，尚幸必无冻馁之忧，惟三月无家书，萦诸梦寐耳。

晨起，未为一事。午后出门，还碑值，过屠门而大嚼，空觉垂涎，自笑又自惜也。（二十五日）

阿井煮胶，见《水经注》卷五《河水》。

范蠡既雪会稽之耻，变姓名，寓于陶，为朱公，富致巨万，故言富者皆曰陶朱公，见《水经注》卷七。

趵突泉即《春秋》桓公十八年公会齐侯于泺之地，俗谓之娥姜水，见《水经注》八。

晨起，以新得《史晨》校近拓本，多十馀字，狂喜，盖不意真旧拓也。午后出门，见吴让之联，直五百，得之。将晚而归。又购东洋山水片二十页。灯下读《水经注》四卷，见中引京相璠《春秋土地名》甚多，可辑一书也。查《玉函山房》已有辑本。（二十六日）

晨起，至午未为一事。午后出门，至后宰门，取吴让之楹帖。至西门大街观旧拓《圣教序》（七佛本），至晚而归。灯下为郎亭刻"万有憙"印。郎亭极赏吴联为真，并及《史晨》之佳拓，谓余近日所得惟此二物惬心耳。与道源、希堂谭处世之道、读书之要，极畅快，至三鼓而别。配墨枱，写白摺半开，墨色甚淡也。

郎亭贻年敬银六两。（二十七日）

竹林七贤事，见《水经注·清水》篇。

比干墓铭，见《水经注》卷八《清水》篇。

晨起，未为一事，可愧。盖到省得闲，反不若出棚之能坐定也。午后同希堂出门，为希堂购吴山子写本《说文》（直十四金），晚归。郎亭手贻十金，为度岁之资。屡承格外，实所不安，然足见培植之深也，不可不志。灯下读《水经注》一卷。（二十八日）

《白孔六帖》一百卷，见《提要》。《简明目录》讹作一百六卷。《书目答问》、《皕宋楼藏书志》均与《简明》同数，讹也。或《简明》并其目录上下二卷而言，然亦只一百二卷，可知寻常所见之书皆一讹再讹，无人指出，其他可知矣。[按，此条天头曰：查《提要》，作百卷，是各书之讹也。]

宋乾道、淳熙间本书遇"构"字，小书太上御名，"慎"字，小书御名，若先代讳，但缺笔，《陆宣公集》即如此（《养新录》卷十四）。

自癸未年九月至山左，迄甲申除夕，共收银一百四十两〇二钱九分，钱二百二十七千四百四十文，共用银七十一两四钱四分，钱三百二十三千百五十五文。

晨起，检《养新录》士礼年谱一条。午后出门，无所得。灯下算至山左后用计簿，馀未为一事。一年又虚度矣。（二十九日）

得十一月十三、二十二次家书并庭老信一函。

晨起，略检拾书籍。午后写春联。借郎亭过临潘郑盦尚书校《积古斋钟鼎款识》，手录于校本格上，尽二卷。灯下与诸同人闲谭。以七百钱得镜一面，有一小影，颇佳。（大除夕）

鄙人自读《曾文正日记》后，遂发愤骰，此数月之中未间一日，今日适尽此第二册。读《老子》“为学日益”、《荀子》“为人戒有暇日”之语，不禁自愧。

笘誃日记乙酉正月初一日始，记于济南使院第叁册

乙酉正月一日始，六月廿九日止

【光绪十一年乙酉正月】

查此案前据范县梁令详称，武生王廷献咆哮公堂，详请斥革；嗣据该学申称，王廷献在县署冒犯堂规，被责小板各等情；又叠据武生王廷选、廪生张子桢等以收书殴衿、典史擅责、该县滥刑等情呈控到院。当于四月廿四日将县文、学文各一件及原呈四件饬发该府，提及全案人证，秉公究办。兹据该府讯拟具详，本院详加察核，未尽允洽，约有十端。本院饬查此案，以收书殴衿、典史擅责、该县滥刑为案中紧要关键。今该府详文所录刑书李凤冈供结，虽称并未索诈殴打，而采落王廷献发辫是实，原控所称房规京钱一百千、和息礼廿千及高廷海在毓和祥钱铺揭钱六十千等情，均未逐节讯供，而于该典史及该县擅责滥刑等情，并无一语及之，明系不欲深究，一也。王廷选等前在本院衙门控称，何典史在该县大堂将王廷献重责一百小板，梁令复重责二百小板，令王廷选、王廷献各供，何以未述前因，而王廷选供中有哥子被革责押等语，所责情形亦未分晰，殊属含混。如该县等实无擅责滥刑等情，即当坐王廷选等诬告官长之罪，二也。王廷献、王廷选等所控供中有何捕官撞遇弹压、并没听闻等语，该府详文亦称适值典史何炳麟撞遇弹压、王廷献未经听闻，既曰撞遇，则与该县原详典史方投弹压又有未符。典史身穿便衣，未戴顶帽，亦属不尽无因也。前据该学详称，三月十三日据县移，武生王廷献于十一日冒犯堂规，又据王廷献之叔武生王廷之城及廪生张子桢等具禀，王廷献于十一日被县官痛打小板等情，如该县并无滥刑，该学所在同城，岂有未悉原

委，冒昧具详？若果误听人言，袒庇武生，则该学既不能约束于前，辄复敢混朦于后。如此庸闇不职，该府亦应据实揭详，四也。若果如该学所详，则十一日既经笞责，十三日甫行移学，证之该县原详所称，当经移学查取入学年分示革惩等语，亦有未符。该县申详本院文册系三月廿二日，距所称移学之日所发已逾十日之久，且又迟至四月十一日始行到院，其如有心延宕，意在弥缝，可以概见，五也。王廷选所控李凤冈喝令耿全智等用木器殴伤王廷献，有陈化文、刘燦章闻知赶劝可证；王廷献被责严押后，又被吕星海诈去店钱八十五千，有岳邦财说合、宋金玉过付可证；又诈去下铐礼二十千，有说合、过付岳邦财可证。今仅据吕星海供称，并没索诈王廷选，又称饭钱八千五百，误闻八十五千，语多游移，而说合、过付之陈化文、刘燦章、岳邦财、宋金玉均未提讯，岂能遂为确据？六也。该令一县之主，出坐堂皇，两稿■早■没，原稿所称饬署中自■■，该武生即在地滚身使泼，追示革责惩，始服管押，如何责处，亦未明言。王廷献一武生耳，并非巨猾大盗、鸷衅过人，何至县署壮役干差不能近身制服？显系故甚其辞，以避滥刑之咎，七也。该县既称管押，又称监禁拟办，一禀之中，语多歧异。即所陈甚确凿，核其情节，该武生亦无应行监禁之条。该县任性妄为，即此可见，八也。文武生员即下[按，当作便]应须罢名，地方官照例先行叙详，呈请咨革，非书役人等可比，自出革条，即行晓示。前据王廷选控称，该县于未经移学之前，擅贴革令条，本院方以为言之过甚，理所必无，今据该县原禀，有“示革责惩”等语，则王廷选所控非虚，可证，九也。该县禀中所称本年二月二十五日扃门考试，三月十一日正在阅卷，未及查禁，即由何典史将该武生提至当堂训斥。该县开考之期及试竣之日，均未详报本院衙门，无从查核，事关书役与生监斗殴，该县并不立时讯问，辄令典史申理，虽在考试之时，究有不合，十也。凡此十端，均属不能无疑。该府仅以王廷献咆哮公堂，请照违制律杖一百，业已革去武生，请免发落，又以李凤冈采落王廷献发辫，合依拔发方寸以上笞五十律，笞五十，折责发落，免其革役。于王廷献既诘非直入衙门、挟制辱骂官长，并知其尚非事不■已，而滥刑一层，始终未与剖晰；于李凤冈既供称采落发辫，是实非可免其革役。揆之事理，尚待推求，本院未能遽行照准。查例载，生员有情符违禁、豪横不法、犯应除革者，地方官申详督抚学政批革，审讯定拟。又生员遇有过愆、应戒饬者，地方官会同教官在明伦堂扑责，如有任意呵叱、擅自责处，降二级留任。私罪至咆哮公堂，盖谓缘事到案之人不服问官训诫开导，逞刁狡展，肆口谩骂官长而言也。若与书役互相口角揪扭，地方官不问曲直，滥予严刑，以鸣冤呼惨之声，辄指为顶撞咆哮之据，欲加之罪，何患无辞！虽在齐民，尚难诬服，国家文武并重，武生亦列胶庠，若如所控，既被群殴，复遭官责，而谓能甘心顺受，噤不发声乎？倘查明该武生凭空遽肆咆哮，事后指使其弟以滥刑等词诬讦官长，如此嚣凌倾险，诚属法所难宽，自应于本罪之上加等重惩，以儆刁健而申法纪，岂能以业经详革，量予奉减？如其无辜被辱，叠受非刑，即疾痛迫切之时，即语言稍有未检，亦当略其小节，白此深冤，又岂能以业经详革，不为昭雪？该县与该典史如果有违例、擅责滥刑等情，具有专条，亦岂能以业经他事离任，遂可置之不问？况该县禀中所称亦革责惩，已属显有实据耶？总之，刁劣生监固当严惩，贪酷官吏更岂容曲恕？理必中于一是，法未可以两歧。该府尚宜虚衷访查，研求确实，提集全案人证，再行审讯明晰，详候核夺。[按，此附纸附于日记原稿第三册册首。范县在清代属山东曹州府，故本附纸疑是山东学政汪鸣銮对范县生员案的批示。其字体与江标书迹迥异，应当不是江标代汪鸣銮所作。]

十一月十三日，母寄谕曰："无炫己之长以没人之能，无自恃精明而与人驳辨，反是皆取怨之道。汝近年始知涉世之艰，此即阅历有得处。平日多读书，学也；出门交有功，养也。学以裕其才，养以平其气，二者不偏废，而汝进矣，尚其善持之。"(此谕于小除夕始至，谨录册首，用以自警)

晨起，至四照楼团拜，共十人。出门，至都城隍庙小游而归。午后又至庙中观剧，未毕即归。过临郑庵校本阮《钟鼎款识》，至上灯适毕，亦快事也。一月之中，惟此事为有益耳。

庄秉文孝廉出示家藏宋拓《瘗鹤铭》，字虽不多而精神炯炯，远出余所见各旧本上。又神龙本《兰亭》，旧为明肃藩藏物，有高竹窗二题，极珍爱。又《黄庭经》，似即思古斋本而无首题，墨色黯然，国朝无此拓本。皆不可多见之品也。（乙酉正月初一日）

晨起，已午初矣。稍谭即饭。午后，祁子翁邀观剧于南城外天齐庙，至晚而归。和程履新除夕、元旦二律。读《水经注》九、十两卷，已二鼓矣。（初二日）

磨笄事，见《水经注》十三《㶟水》篇。

晨起，写白摺半开。午后书大字三纸。郎亭出示蒋生沐重刻《英光》、《群玉》二帖，有郑盦尚书跋，言吴荷屋中丞有《帖镜》十卷，为讲求墨拓者不可不读之书，闻无刻本，尚俟访求也。灯下读《水经注》十二、十三两卷。（初三日）

王氏筠曰，同母者（三十六字）谓之双声，同部者（一东二冬之类）谓之迭韵。

王氏鄂宰四种：《夏小正正义》（集各本而纂之），《弟子职正音》（每韵用△），《毛诗重言》（皆取《诗》中双字），《毛诗双声迭韵说》（分人物各类录出）。

郎亭尝言，袁随园夜中读书，必尽一烛乃止，日日如此也。今读《小仓山房诗集》卷三十二《对书叹》一首云："我年十二三，爱书如爱命。每过书肆中，两脚先立定。苦无买书钱，梦中犹买归。至今所摘记，多半儿时为。官成恣所欲，广购书盈屋。老矣夜犹看，例秉一条烛。两儿似我年，见书殊漠然。此事非庭训，前生须夙缘。名将不两代，文人无世家。可怜袁伯业，对书空叹嗟。"

晨起，知庄希堂有归省之事，为之惘惘者经日。贻以石印《天下舆图》、石印《红楼梦图咏》及茶叶、食物，竭力劝其早来，似尚允可。

午后书白摺半页。灯下作三十四次家书，言日来思家之切。盖已不愿出门已二日矣。（初四日）

丈夫立身，当使我用天下人，不可使天下人用我。

晨起，送庄希堂归省后，即出拜客。见王开运（字卿云），即讲求机船、进呈现奉奏留山左者，其馀皆未见，至午归。午后至岳庙啜茗，见陈冠生，小谭，与祁子翁缓缓而归。得薇阁岁暮所寄书，灯下即复，极言捐外官之不宜，未识能允从否。两日未读书，终不脱一“惰”字而已。（初五日）

晨起，为郎亭写信。午后读《水经注》十四一卷。灯下又写信一函。读《脱影奇观》一册，此书专言泰西照相之法，明乎其事，似不甚难，维倾哥罗田于玻片须手法炼熟方好，甚非易事也。午前，王卿云答拜，谭半时始去。（初六日）

晨起，未为一事，即午饭。饭后至南门观剧，日晡始归。于城南旧书画摊遇海州孙星华明府（仪祖），作宰山左已卅年，收藏书画颇多。途中谭颇相得，即邀至渠寓，出示孙文清书《汲黯传》，极精，即明府族祖也。明府为何子贞先生弟子，书法钟、王，兼工篆隶，见△△跋文靖卷。余与明府本不相识，在途一遇，竟似旧识，亦一重翰墨缘也，特志之。（初七日）

晨起，为郎亭作书，午后始毕。申刻，祝籽庵姻丈来拜，稍谭即去。酉刻，得十一月廿八、廿三次家书，并大哥、岐臣（姓秦，名宝瓒，无锡廪生，为莴风先生子，工画能书，兼讲金石之学）二书。秦书灯下即复，至子正始毕。（初八日）

官私虾蟆事，见《水经注·谷水》篇。[①]

晨起，已午正，即饭。午后答拜祝籽庵丈，即同祁子翁至岳庙啜

---

① 按，《水经注·谷水》引《晋中州记》：“惠帝为太子，出闻虾蟇声，问人为是官虾蟇、私虾蟇？侍臣贾胤对曰：在官地为官虾蟇，在私地为私虾蟇。令曰：若官虾蟇，可给廪。先是，有谶云虾蟇当贵。”

茗，即返。至布政使街，复至后宰门而归。灯下读《水经注》二卷未毕而火已烬，即睡。孙星华贻翦裱《王偃墓志》一册、食物一包。（初九日）

晨起，观洨民所拓金类小品，乞其卫字空首币拓本，成《说文古籀补续补遗》，有十馀字，一即卫币，馀皆古匋器文也。读孤竹李云麟同安《旷游偶笔》二卷，皆纪游五岳事，极奇辟，固闻所未闻也。

灯下读《水经注》十五、十六、十七三卷毕，已子正矣。（初十日）

晨起，写信。午后画纨扇，作对镜仕女图，半日始毕。灯下写扇，作大篆，并题一词于画右。写寄希堂书，托购泰山刻石拓本。（十一日）

晨起，孙星华来拜，谭久始去。午后出门，至法国教堂一观。公请祝籽庵大令于北渚楼。灯下读《水经注》三卷，方尽其半也。知希堂已丁外艰，为之怆然。（十二日）

晨起，抄福建罗稷臣（丰禄）上李爵相书，请设译书章程，极精备，日晡始毕。酉正，郇亭招饮。灯下读罗稿一过，并上李爵相言请设海部衙门整顿水师事，实为不刊之论，读毕已三鼓矣。（十三日）

晨起，已午正矣，即饭。午后写折扇一，即出门至明湖居观剧，至晡始归。晚饭后复出门观灯，至西门大街，拥挤不能行，即归。至后宰门书肆，见《何大复集》，索值四千五百京蚨，许以三千，不售。见管夫人墨竹，伪品。香光堂幅，极精，索值三十金。回署，书纨扇一柄。读《水经注》一卷，已三鼓矣。

余自去年七月忏绮，至今已六月馀矣，两日来复破戒。然亦貌合神离，固不足以动鄙人一顾也。（十四日）

晨起，写白摺一页，已午饭矣。午后至芙蓉居观剧，毕，至西门大街观陈冠生隐语，与冠生小谭即返。晚饭后再至大街观灯，人颇拥挤，至二鼓始返。为郇亭写信一函，知镇南关失守，法兵已入内地，为之骇然。读《水经注》一卷。（十五日）

晨起，已午初，薙头。曹渊慕来小谭（名倜，阳湖诸生）。午后为郎亭作书。申正，张农苏招饮(有容堂主人)，至戌初始毕。同子枞复至西门大街观灯，步月而归，已亥初矣。灯下读《西青散记》，尝闻此书亦为劝善而设，然其命意运典毫不著迹，慧心人观之，当能体会也。随园谓梧冈深于禅理，信然。

读钱南泉先生《字附》三稿，诚可谓定本矣。此书取许书象形、指事之字，编成四言，其意盖便于初学，乃今之《苍颉》、《急就》也。拟从容郎亭刻之，以诏后学，使天下人皆识字也(今之称为文人，皆不识字之人也，读此方知造字之意。余尝有此论，见日记第二册)。(十六日子正)

修园先生夫人曰，奴婢贱者多拙，愚者善忤，宜徐徐诲之。被严威，益愦乱矣。(《西青散记》卷四，十一页)

赵闇叔曰，知所远而知所近矣。薄所厚者，不喜道人善、每言人短者，衔小怨者，多言而猜人言动者，不知是非甘苦、要言肆论者，信谗者，羞称贫贱孤寒、饰声价者，外恭内傲者，不能受规谏者，家茹藜藿、食糟糠而嫌人饮馔不知稼穑艰难者，忌讳多者，皆所当远也。(又卷四，七页)

柯山曰，聪明人可惜者三：妄讥议谓之薄，自炫奖谓之骄，怀愤激谓之躁。(又卷七，十三页)

晨起，写信。午后检书箧。灯下题李听雨先生芦雁卷，为乙生先生所征，诗曰："三十年来来珍重守，岂缘画稿得知音。无端一幅零星墨，总是词人寄意深。""瑟瑟秋风满纸寒，江皋芦荻木摧残。须知直此黄河岸，剩有平沙宿更难。"(十七日三鼓)

晨起，未为一事。午后作家书(三十五、三十六、三十七三次同)，并与岐臣、篴舅、若溪、叶师(经幢、校士礼居文)、我翁、芝翁等书，皆托乙生先生带回。至二鼓即睡。(十八日)

晨起，写信。午后，匹马独游千佛山。山在省城之南，出围子门行三十里，马不能上，舍马登千佛殿。以远镜窥城市，如雾如烟，岂即所云下界红尘与？访六朝造像，不得其门而入。见未谷《历山铭》，石已中断。山中有元僧缘绝塔四五座,皆有记文。加鞭归署,已上灯矣。魏吉卿(丹书,巨野邢家海人)来,乃郎亭所拔之幼童也。(十九日)

晨起,送乙生先生南归后,即检箱簏。午后,倪文渊大令(观澜,癸酉、甲戌连捷归班)来拜,小谭即去。同祁、孙、庄出门,至北渚楼,更约丁寿臣、吴子文、徐相如小酌,至戌刻始毕。复至蝶仙寓小谭,归时已三鼓矣。(二十日)

晨起,检行李,至午后始毕。尹明经竹年(鹏寿)来,畅谈。郎亭招与晚饭,出旧藏匋器示之,云多真品,惟一"书"字系伪造,塙论也。见匋器拓本,定𠦬字为"埜"字,[illegible]字即"鲁"字,皆有所见,并云"鲁"字者不易得。晚饭后,丁寿臣来,谭至十点钟始去。(二十一日)

晨起,行四十里,至齐河渡黄。齐河城薄黄岸,水稍大即可及城根,危哉!午后行二十五里,至晏城宿。西围子门外有一枯庙(三官殿),中有经幢二,一制甚古,当为元以前物,一乃国朝物也。(二十二日)

晨起,行四十五里,至禹城饭。午后马行三十五里,至梯子宋家茶尖。易车,行三十五里,至临邑,已夕阳在山矣。(二十三日)

晨起,行二十五里,至毛家寺午饭。午后行四十五里,至商河,宿城内黉宫西。隔半里即县署,署西为城隍庙,大殿西阶上有后周显德二年经幢,字甚完好,惜未具毡蜡,不能拓之也,此亦为《山左[金]石志》所未收。盖阮氏撰《金石志》仅据所见者录之,所缺犹多,不仅新出土者为所未收也。(二十四日)

晨起,行五十里,至沙河午饭。再行五十五里,至武定使院,宿于汲修堂东庑,即去年所居者,忽忽已一年矣。自检行李,即睡。(二十五日)

晨起,已午正矣,即饭。午后未为一事,写白摺半页而已。灯下略检时艺读之,终觉格不相入,忽忆紫阳三刻中秦佩鹤文极佳,归里拟购阅之。(二十六)

拟《释筹算》一题，惜无人能为之，略拟自成之，姑记其目。

晨起，写白摺。午阅生童古卷，未毕。戌初即睡。（二十七日）

晨起，阅古卷，至午后始毕。写白摺两页，读《水经注》两卷，已酉正矣。灯下读《学算笔谈》，手自布算，于乘除之法稍有会悟，已觉心烦意乱，此事余恐不能入门矣。

策重治河、海防二条。（《经世文编》、《瀛寰志略》、《玉海》、《瀛海论》）[按，此条天头曰：头场携陈仲鱼对策及他策。陈冕策，《汉魏音》，《书录解题》，《谥法考》或摘上卷，龚定庵，姚惜抱，李养一，陈仲鱼，钱竹汀（又《答问》），《史目表》，《传经表》，《石经考》，《两汉书》，《汉学师承记》。]

晨起，写白摺二开。午后阅滨州生正场卷一百二十册，至子初毕。读《水经注》一卷，已三鼓矣。（二十九日）

晨起，阅利津生卷六十馀册，至午后始毕。写白摺一页。灯下读《水经注》一卷。复拟为他事，而心烦意乱，皆不如志，作一函牍亦觉恍惚支离，殊所不解。拟刊《仪礼释例》，须泉一万，又不愿付手民矣。（三十日）

【光绪十一年乙酉二月】

晨起，戏拟灯。虎三一，王字（《四书》二句："参乎，吾道一以贯之"）。一一如一，二如一，二如一，一六如六，一四如四（韵目，十二文）。一百十一字（韵目，十二震）。午后写白摺一页。校乐陵、蒲台童卷二百册，至亥刻毕。读《脱影奇观》半册。校《宋存书目》一卷。（二月朔日）

《水经注》卷二十八《沔水》篇，蔡瑁冢前刻石为大鹿状，甚大，头高九尺，制作甚工。案，与琴亭夫人墓石刻鹿事同，盖汉制也。

晨起，阅覆古卷。午后写白摺二页，馀未为一事。（二日）

晨起，写白摺二页。午后校覆生卷十六册，校阳信童卷百八十册。读《水经注》三卷、《脱影奇观》一卷。校刘氏执经《三角钩沉》七

页。此书共六卷，命张仆影钞而自校之。作与履新书，托寄白摺。（三日）

晨起，写白摺一页。又为郎亭写信一函。午后读《学算笔谈》，布除法草数四而总未得其门径。读《水经注》一卷。灯下写白摺一页，写大卷一页。

郎亭出示海丰生员张树杰（字仲强）古今体诗两册，佳句颇多。书法学颜平原，间作六朝体，古拙可喜。为吴仲饴表弟。（初四日）[按，此条天头曰：忆有《山行》二句云："乾绿墙悬菜，团黄瓜挂门。"]

晨起，写白摺。午后阅海丰、滨州童卷。（初五日）[按，此条天头曰：寄三十八次家书，托汶民与大、二兄书并字。]

晨起，写大卷、白摺各一。午后揭童案，知昨所荐卷中有一奇文，即为吴庚生侍御（峋）世兄，名保铎，字□□。又一卷，为吴仲饴太守（重憙）世兄，名豳，字稼生。盖一为子苾先生孙，一为曾孙也。家学相承，固非寻常可比也。（卷批曰："文无俗气，字净。盖首题为'其揆一也'，后此于'揆一'二字皆用训诂。次题'一人匋则可乎'，曰不可，则博引匋字古语，为场中绝无仅有之作。"故特拔之也，字学六朝）灯下读曹寅谷先生文，颇有会心，手圈十五艺，毕已四鼓矣。寄希堂慰书。（初六日）

《水经注》卷三十五《江水》篇，昔孙权装大船名之曰"长安"，即近日沙船、轮船必取名之滥觞也。

《水经·涟水》篇注，石鱼山下多玄石，山高八十馀丈，广十里，石黑而理若云母，开发一重辄有鱼形，鳞鳍首尾宛如刻画，长数寸，鱼形备足，烧之作鱼膏腥，因以名之。标按，今山东莱州莱阳县山中出鱼儿石，悉如郦所云，惟未烧之耳。

"饼银"二字，见《水经注·溱水》篇。

《水经·来水》篇注，蔡洲西即蔡伦故宅，旁有蔡子池。伦，汉黄门，顺帝之世，捣破鱼网为纸，用代简素，自其始也。

呼龟曰"元绪"，见《水经·浙江水》注引刘敬叔《异苑》。

晨起，写白摺、大卷各半页。午后读《水经注》十卷，始毕事。盖自去冬月二十读始，四十馀日始毕此四十卷，可为惰矣。读《老子》“为学日益”、《荀子》“为人戒有暇日”二语，窃所自惭。

余寄王漱经冠服小影，戏以朱色著顶，王寄诗云：“披图敢笑名心重，到眼先惊素愿狂。争得功名成唾手，定教八座慰萱堂。”又以《鲁游杂事诗》寄之，王答诗云：“成竹在胸诗笔老，传抄十六鲁游词。谭经吾未窥崖岍，惭愧人间百不知。”（初七日）

晨起，写大卷。午后写摺二页。灯下读姚惜抱、吴梅邨诗。（初八日）

晨起，阅选拔头场经解卷三十六册，无一知家法者。午后为郎亭作书二函。灯下录《水经注》引书目，尽四卷。（初九日）

晨起，写白摺半页。午后读《水经注》一卷。灯下校选拔第二场卷十二册。读《汉魏音》前后叙说五篇。

夏月归里，拟专以经史子语集作策首，分门而列，较仓卒剿习者当有所异已。（初十日）

晨起，检拾行李。午后写白摺半页。即出门，得《爨龙颜墓志铭》、《吊比干文》、广固造象、鲁彦昌造像、天保二年/天统三年造象、舍利塔下铭、翻《皇甫君碑》、《百石神君碑》、《舍利碑》、□□造象，又翻小欧碑四种。见翻《九成宫铭》，似秦而非，颇佳，索值十五金。至城隍庙观元至顺三年铁缸，书“济南路总管”，盖武定元时称济南路也。（十一日）

晨起，检行李。午后出门，至试院北文昌阁下，有一义塾，塾师为李容轩，系惠民贡生，年已望六，谦抑有礼，弟子亦彬彬如也。小谈，适天雨，冒雨而归。得《敬使君碑》并阴拓本。又郎亭贻《曹真碑》拓本，为新拔门生张士杰所进者，云碑系新出土物，在陕西□□县，吴窸斋曾欲购之，以石巨不能携归。又知《杨叔恭碑》为吴仲饴以六十金购去，本为鱼台马氏物也。（十五日）（《杨叔恭碑》有阴有侧，余所得拓本无阴，郎亭所得有阴而无侧）［按，此条天头曰：检《东湖丛记》，知系道光时出土,魏时物也。]

晨起,行五十里,至沙河宿。小雨初过,微尘不起,车如行软絮中,真不减烟波一棹也。(十三日)

晨起,车行四十里,至商河午饭。见拓本唐石幢。商河,唐时作滴河,甚奇。午后车行七十里,至临邑,宿城外客店。有刘家,乃商邑绅士,堂舍甚精,为学使行辕,主人为廪生□□。堂中有屏十二,画《红楼梦》元妃归省图,精极,为道光时人墨笔也。(十四日)

晨起,行四十里,至流辛庄午饭。午后行四十里,至禹城桥宿。(十五日)

刘省三爵帅初不知书,忽作挽友联云:“天地不容才,呜呼大哭一声,吾来奠酒;书生多薄命,嗟乎高朋满座,君已先游。”后遂工吟咏。将军儒雅,自古希有。

晨起,马行四十里,至房京寺午饭,再行五十里,至高唐,宿于城内鸣山书院。(十六日)

晨起,行四十里,至新集午饭,为清平盼,见祝籽庵姻丈。午后马行六十里,至临清试院,在城外,余宿于文昌堂东室。(十七日)

晨起,略检行李,写白摺半页。郎亭贻新拓商河显德经幢。

汪孟慈子名延熙,见《楹书隅录》。

宋本《山谷刀笔》每半页十二行,行十九字。

朱笥河子名锡庚,字少河,好藏书。

瞿木夫宋本《汉书》附录札记序曰(见《楹书隅录》史部):“昔予友阳湖臧在东庸堂据殿本,采萧氏音为上中下三卷,刻于粤东,今就此残宋本八卷,中有殿本所无及不全者,多出三十馀条,皆其书所遗,惜在东久作古人,不及据以补入改正耳。”案,臧本余仅见抄本于羊辛楣师家。

何义门校《水经注》跋(见《楹书隅录》)云:“洪景伯《隶释》集善长所载汉魏诸碑为一卷。”

郎亭出示聊城杨彦合(绍和)《楹书隅录》四大册,分经史子集,专记家藏宋元校抄各本，或专载前人跋语，或加自志，并记行款、印记、册数。凤阿孝廉（保彝）拟付梓，索郎亭为之序。

读《水经注》三卷。（十八日）

瞿木夫（中溶）著有《奕载堂集》。

岳倦翁曰（《九经三传沿革例》）：“开元所书五经，往往以俗字易旧文，五季而后镂版传印，经籍之传虽广，而点画义训讹舛自若。”余尝校《一切经音义》，见所引《仓颉篇》多俗字，盖亦为唐人转易之文也。

朱叔英名良育，又字西崦，正德时人。

聊城杨侍郎得宋版《诗经》、《尚书》、《春秋》、《仪礼》、《史记》、《两汉书》、《三国志》，颜其室曰“四经四史之斋”（说见《冷庐杂识》）。杨绍和曰，先公所藏四经乃《毛诗》、三《礼》，为其皆郑氏笺注，《尚书》、《春秋》虽有宋椠，固别储之，陆君误也。

宋本《毛诗举要》二十卷，见查慎行跋，钱遵王作“《毛诗郑氏笺》廿卷”，咸丰辛酉藏杨氏华附庄陶南山馆，为寇毁，仅存十八至末三卷一册，每半页十三行，行二十四字。

宋本《周礼》十二卷，六册一函，旧藏汪容甫家，今在杨氏，每半页十三行，行大二十五字、小三十五字，为婺州本，见卷三后、卷四、卷十二后。

宋本《礼记》二十卷，六册一函，每半页十行，行大十六字、小二十四五字不等，为抚州本，有顾千里跋，旧藏传是楼。

宋本《史记》一百三十卷，三十册六函，为蔡梦弼本，每半页十二行，行大二十一字、小二十八字，《三皇本纪》后有“建溪蔡梦弼傅卿亲校刻梓于东塾，时岁乾道七月春王正上日”书两行，有抄配。杨玉堂河帅于辛亥岁以二百八十金得于吴门。

又一本百三十卷，二十四册四函，乃淳熙丙申广汉张杅守桐川时用蜀小字本重雕。河帅以三百金得于吴门，为四经四史斋之宋椠《史记》第二。每半页十二行，行二十三字，旧藏毛、季、徐诸家。

又元本百三十卷，三十二册四函，即中统本。每半页十四行，行二十五字。[按，此条天头曰：据原跋，宋椠有三本，今目中仅有二本，玩元本跋词意，似即与宋本为三者。]

宋本《汉书》一百二十卷，六十册六函，建安蔡琪纯父刻梓于家塾。每半页八行，行大十六字、小二十一字，目录前有木记。丁未以五百金得于河南，盖商邱宋氏物也。[按，此条天头曰：此即何小山所云建宁书铺恶本也。(《甘泉稿》十四)]

宋本《汉书》一百二十卷，三十册。每半页十三行，行二十三四字不等。目录后木记云："本家今将前后《汉书》精加校证，并写作大字锓版刊行，的无差错，收书英杰伏望炳察。钱唐王叔远谨咨。"

宋本《后汉书》百二十卷，四十册四函，行款与《前汉》同。

又，三十册，大约与昭文张氏大德元统补本同而稍前印耳。每页二十行，行十九字，注二十五字，盖不入四经四史斋中。

又，元本一百二十卷，百册十函，行款与前本同。景祐校正《后汉书》状后有大德木记，为书贾裁去，盖欲充宋本也。

宋本《三国志》六十五卷，三十三册四函。每半页十行，行大十八字、小二十三字。道光己酉，玉堂河帅以重值得之。

按，以上四经四史，查《宋存书目》及《楹书隅录》，惟《仪礼》无宋椠，抑已失邪？抑即影宋钞本《仪礼要义》五十卷十册本，因有顾以单疏本单勘，即充其数邪？俟至东昌询于主人。[按，此条天头曰：按，一经即《大戴礼记》。]

海源阁所藏元本《汉书》一百二十卷，三十册一函，每半页十行，行二十二字，有"兰陵萧江氏藏书记"。标按，此书为我家物无疑，惜无力得之。

朱氏锡庚曰(宋本《通鉴纪事本末》跋)：宋元刻书皆在书院，以山长主之。

杨玉堂于四经四史外，又得陶(北宋本陶集、南宋汤注陶集)、韦(宋书棚本集)、王(北宋蜀本)、孟(南宋初本)四家集，皆至精者。

南宋初刻唐人集每半页十二行、行二十一字之本，凡数十种，与北宋蜀本每半页十一行、行二十字唐人诸集并称，最为精善。

老泉《嘉祐集》在宋时凡四本，曾南丰撰《墓志》称二十卷，公武、直斋所载皆十五卷，徐氏传是楼藏绍兴十七年婺州刊本作十六卷，附录二卷，康熙间邵仁泓翻雕宋本亦十六卷。其十四卷者，惟《天禄琳琅书目》、延令季氏书目著录。按十四卷本，其版仿宋巾箱本式而字体较大，但称《老泉集》，明初翻刊则称《苏老泉嘉祐集》，十五卷本明翻则称《重刊嘉祐集》。

宋本《山谷刀笔》，海源阁所藏者乃道光庚戌日照许印林瀚为玉堂先生购于吴门。去岁，郎亭得一部，系明印者，亦为孙洨民代购于吴门。何前后如一辄邪？

彭文勤公《知圣道斋读书跋尾》极讲求版本之学。

钱功夫[按，即钱允治。]为罄室先生子。

“吾家业儒，辛勤置书，以遗子孙，其志何如。后人不读，将至于鬻，颓其家声，不如禽犊。苟归他室，当念斯言，取非其有，毋宁舍旃”一印，乃毛氏汲古阁印也。“笔研精良”一印同。

何义门子名煌，字仲子，又曰小山。[按，此条天头曰：小山为义门弟，见《汲古阁说文订》注。四月初三日下午自记于石芝书屋。]

晨起，读《楹书隅录》。午后校古学卷五十册。（十九日）

晨起，写信。午后读《脱影奇观》。灯下读《楹书隅录》，作道源、笠春、竹年书。（二十日）

晨起，裱《虞恭公墓志》，及半。午后阅生正场卷，邱县四十馀册，武城二十馀册。（二十一日）

晨起，已午饭矣。午后裱帖，至晡始毕。灯下读时艺数十篇，点《论语》四卷，《孟子》二卷。（二十二日）

晨起，未为一事。午后写大卷半页。阅夏津童卷百册。得二十四次家书，并我庾书，灯下即复。寄三十九次书，托郎亭。得笠春书。（二十三日）

晨起,已卧饭矣。午后写大卷一页,读六朝造象数通,馀未为一事。灯下阅生覆试卷十册。读《楹书隅录》,摘荛圃旧藏有跋者共百种——宋十二、元四、校宋本二十二、校抄本五十、旧刻十二,毛旧藏——宋十、元一、抄三,又黄无跋——宋六(仅见《楹书隅录》者,馀尚未见)。作四十次家书,言迁逡收拾书籍事,即递。(二十四日)

晨起,写白摺二页,午后始毕。校邱县、临清童卷百册。得薇阁都中书,并与祁瑞符书,托转寄者。薇阁已允不捐外任,尚幸余一纸书可用也。(二十五日)

泰西大炮弹重四百五十磅,即中四百〇三斤,能打二十里之远,火药入于枪炮筩中,每方寸有一万五千斤之力。弹丸与枪炮膛经适合为贵,如微有空隙,斯漏火泄气而力消矣。近有用尖头钻丸者,盖欲供火药热力爆开,使其丸胀满枪口,无漏泄之弊也。

(有来福线为炮管,无来福线为炮膛)凡厚二三寸之铁甲,须廿四磅(即中二百四十九两六钱)弹钢炮破之;厚七八寸之铁甲,须以新制廿四磅弹钢炮装十八磅薄饼破之。

后门快枪精练之技,目力能及一里。

后膛钢炮有开花弹,有钢铁炸弹,用药多寡不同,起表高下不同。药力不足,子路不一。

哈乞开斯后门步枪,呍啫士得立灭得后门马枪,克鹿卜后膛陆路轻炮,克鹿卜后膛过山炮,金陵机器局制两磅后膛钢炮。

普法之战,法以枪胜,普以炮胜。

《西俗杂志》,洋一角(上海新北门内穿心街文艺斋)。

格致书室专售各处所著各种格致书籍图画、器具材料,有书单及器料价目送人,在上海三马路《申报》馆西首。

《各省课艺汇海》。福瀛书局有铜版本《群书治要》,八元。

晨起,写白摺一页。午后未为一事。灯下阅《申报》。

《张李传》赞曰:“言九州山川,《尚书》近之矣,至《禹本纪》、《山[海]经》所有,放哉。”

“下帷发愤，潜心大业。”(《董仲舒传》赞)

“扬雄以为靡丽之赋，劝百而讽一。”(《司马相如传》赞)

“鸿渐之翼，困于并爵。”(《公孙弘传》赞)

“通达国体。使时见用，功化必盛。”(《贾谊传》赞)

秦汉以来，山东出相，山西出将。(《赵充国传》赞)

“山林之士往而不能反，朝廷之士入而不能出。”(王吉等传赞)

“学者蕃滋。礼文缺微，古今异制。”(《韦贤传》赞，彪曰)

“黜陟有序，众职修理。”(《魏相传》赞)

“缘饰儒雅。被轻媠之名(颜注谓走马拊马及画眉)。谲诡不经，好为大言。”(赵广汉等传赞)

“直而不挺，曲而不诎。”(《盖宽饶传》赞)

“熏以香自烧，膏以明自销。”(《龚胜龚宝传》)

“势陵于君，权隆于主。”(《梅福传》)

“尽平生之愚虑亡益。”(又)

“天下想闻其风采。”(《霍光传》)

“当断不断，反受其乱。”(又。二十六日)

晨起，已午正矣。郎亭示以选拔头场次题“来百工则财用足”二段，命以时事化入，先成一艺，竭半日之力，枯思力索得之，终觉生涩，盖不为时文已二载馀矣。求严师改之。

郎亭得某书，知陶子缜学使方琦以瘵亡，赵扮叔明府(之谦)亦卒。二公皆有奇才，余先知赵而后知陶。陶于去年即荐余于高勉之幕中，余曾于鄂中见，仅数面，曾贻余所辑《淮南许注异同诂》刻本，即子缜先生自辑者，于小学极深。收求吉金拓本，补《说文》古籀之缺，恐未能成稿也。赵则未见，其所撰《寰宇访碑录补》已刊行，有《续汉学师承记》一书，余曾求辛楣师代索其稿本而未许也。[按，本页天头曰:《大藏音义》者，中土间无此书。阮文达仅知其名而已。陶公首得于日本，数年来得者颇多，盖亡佚古书可采辑者不知凡几。陶公曾辑有《仓颉篇》，闻已刊入湖北书局，馀尚有数种，则未知其名。]不识后

人能刊之否。陶为人极恳挚，与余初见即视若子弟，规画一切，颇极周密。赵则余未知之也。（二十七日）

夏津新进郭岚州，文字颇佳，正场“好名之人”作三段文，批颇有笔气，覆文亦好，此人必贵，特记其名。

晨起，已午正矣，即饭。午后写单条一，题梅花仕女帐眉四绝句。句云：“约略清姿画本难，要将瘦骨比珊珊。何人写出湘妃影，一幅鲛绡卷薄寒。”“雪太飘零玉太矗，素娥例向月中孤。晓来残梦惺忪起，可有清音唤翠奴。”“宵残梦醒意如何，心事无端上翠螺。记得故乡铜井路，探花定有玉人过。”“新妆尽有如花侣，旧事何从问玉钩。知否唐宫南内女，明珠难慰十年愁。”灯下写白摺半页，校头场选拔卷二十馀册，解经无一通者。（二十八日）

晨起，略检行李。午后写白摺三页。灯下阅二场选拔卷。（二十九日）

【光绪十一年乙酉三月】

晨起，检拾行李。午后出门，买珠皮马挂统四（一百六），珠皮外套统一（三千五百），羊皮挂统一（五千二百五十），次等羊皮女褂统一（一千），女嵌肩一（四百），玄狐皮领一（三百），獭袖一（五百），共大钱十七千文，地毯一（大钱三千九百二十文，□尺大钱八十，此系七尺阔见方，共四十九尺）。汉魏六朝碑，共六百文，得承元□年造象四纸，云石在青州府城垣上，为《山左石志》所未收者。游大宁寺，于大殿上破书摊得抄本《韵法横图》二册，盖为初、二稿，实为讲音学入门之书，不知为何人所撰。（三月初一日）

晨起，出门至汶河边，过清源关，即临清关，河水如沟，正在挑挖。午后又至鳌头矶观运河，则已龟坼，人行如平地矣。欲进城一游，目路远而止。写白摺三页。（初二日）

晨起，车行十五里，至姚家湾，一大镇也。又行十五里，至魏家湾，宿清平殿外屋。邑令即祝子庵姻丈。饮馔极精。地沿运河，皆干

如平地。据云十月中水涸，至五六月始有水，盖借黄以助其流，年年如是也。有分司一人。（初三日）

晨起，马行三十五里，至梁家浅午饭，为堂邑地。午后行四十里，至东昌。试院在南城，光岳楼在北城，由省至东昌必进北门，大堂后进为冰雪斋，屋五楹，即学使所居斋。后屋五楹，即幕中校艺之地也。（初四日）

晨起，未为一事。午后看《申报》。灯下写白摺半页。如是而已。为人至此，其惰何如。因隔宿坐骑，尚觉腰痛无力。人生未壮之年而已觉精神过短，其自爱惜当何如邪。（初五日）

曹贞碑为道光癸卯西安南门外农民耕田所得，徐星伯太守辨为魏刻。石碑阴下列十八行文字，乃挖平而重刻，如孔宙碑阴兴字。（《东湖丛记》四，又朱述之《金石记》）

宋刻米书，《绍兴》、《群玉》、《英光》三本外，又有《松桂堂帖》，为海岳曾孙巨宊所刻。

《兰亭》褚笔有《神龙》、《渤海》、《郁冈》、《快雪》、《知止》（皆摹苏太简家本）、《戏鸿》、《馀清》、《秋碧》（皆摹张金界奴本），各摹本明时所出，《颍上》与各本同出一家笔，而最为精妙。原阙“在癸丑”、“稽山阴之兰亭”、“修”、“长”、“此”、“林修竹”、“又有清流激”、“之”、“类之”、“因”、“向之”、“痛”、“夫”、“文”二十九字。近日所见拓本中，“类之”二字不阙，盖后人所补也。颍本《黄庭》横画起处仰勒平收，有如大字，自“三关之间”，至“绛宫紫华”，凡三十六行，此前后独加腴泽。颍石至乾嘉间残石犹存，一面《黄庭》二十二行，一面《兰亭》十五行。《黄庭》存者，二十二行“怀至”字起，四十二行“伏天门”字止，而四十三行、四十四行正少三句二十一字。又有名镇海本者，即翻颍本也，一行落“门”字，真本旁注，翻本同；四行落“固”字，真本亦旁注，翻本亦同；四十行落“中”字；四十二行落“天”字；四十三、四十四行共少三句二十一字；四十九行落“转”字；五十三行“三”讹为“王”。真本共五十八行，真本十六行“使”字磔作八分。

仁和周晚菘（二学）辑其所得书画碑帖之目曰《一角编》。

黄荛圃曰，《后汉书》宋刻佳者，淳化不可得见，景祐本残者有之，此外如建安刘原起刊于家塾散室本，又有一大字本，皆名为宋而实则不及元明刊本。（以上皆见《东湖丛记》）

《释名》："狱死曰考竟，考得其情，竟其命于狱也。"

晨起，写白摺二页。午后阅生童古卷，未毕，至酉正即睡。（初六日）

晨起，阅昨未完卷。午后写信三百字，写白摺半页。（初七日）

晨起，写白摺。午后阅生正场卷百四十册，未毕即睡。（初八日）

晨起，接阅生卷，至午后毕。写白摺二页。灯下取《汉书》中隽句杂录于一册。（初九日）

晨起，写白摺、大卷各二页。午后阅童正场卷二百册，至亥初毕。写与薇阁信，并严师、附寄沈公信。

仙人好楼居，见《郊祀志》下。

晨起，写大卷二页。午后读《汉书》各志。灯下又写大卷二页，写白摺半页，阅生覆卷六册。（十一日）

晨起，写白摺、大卷各半页。午后校书院卷，未毕。校博平童卷二百册毕，已三鼓矣。作与南泉先生书。（十二日）

郑氏二老阁藏书亦在四明，见《曝书杂记》卷中。按，二老之名又见《天一阁书目》。

《尔雅》单注本，顾涧薲刊吴元恭本，陈雪峰刊马京兆本，臧镛堂刊雪窗本。又陈与郊本、元平水曹氏本，皆未经重刊者。陈、吴、马三本为明刊，雪窗、平水皆元刊也。（朱氏《读书志》卷一）

朱述之尝兼采诸说成《尔雅集释》一书，先列臧镛堂《尔雅汉注》，次以郭注、陆氏《释文》，邵、郝、严三家，附以己说。按，严本即归安严久能（元照）《尔雅匡名》二十卷，专以《说文》正体纠《尔雅》流传之俗字，仁和劳泾原刊之。此书余未见，朱本亦未见，想系未刊，恐已佚矣。（《读书志》一）［按，此条天头曰：严本于光绪十一年刊于吴兴陆氏，颇精核，朱本未见。]

上午阅书院卷，至午后始毕。检各家藏书目录，知海源阁有宋本《咸淳临安志》百卷全帙，当可谓希世之珍矣。闻丰润丁氏藏有宋本《说文系传》全帙，可与此匹敌矣。

《正谊堂丛书》子目见方小东文集，《谈瀛征实》目亦见文集中。

《曝书杂记》卷中十八页“西汉总类”条有读《汉书》法。

嘉庆戊戌五月，浙江学使、桐城姚公试四明毕，从范氏天一阁、郑氏二老阁抄书甚多。（《曝书杂记》卷中，十二页）

《明文授读》六十二卷，乃从《明文海》选辑者。（十三日）

晨起，检拾箱簏。午后得二月十三日二十五次家书，并芝汀、黄炳如二书。阅童卷二百册，戌正毕。作复黄君书，并与朱广文书，睡已四鼓矣。（十四）

晨起，写白摺二页，到东昌仅书翁宜泉《古泉诗》二百韵，今日始毕，为汶民攫去。午后略检书籍，复写白摺二页，系录《影梅盦忆语》。灯下又书一页，寄薇阁书、黄君书，代任与龄孝廉（景周，河南祥符人，丙子科，为郎亭门生）作寄祥符李星若（象辰）主事（兵部）书，索王廉所书祥符会馆碑文、冯氏《程夫人墓志》拓本。李公亦郎亭门下。（十五日）

陆存斋（心源）《仪顾堂文集》有《贾生从祀议》一篇。按，贾生唐开元中从祀两庑，明人黜之，使祀于乡。

博我于文，行己有耻（顾亭林《与人论学书》言，即经学、理学者，可书作楹帖。《仪顾堂集》卷三）。

明成化以前刊本与元本款式相仿。（《仪顾堂文集》卷九《书史记游明本后》）

常熟瞿氏藏书处名“恬裕斋”，主人字濬之，系茂才。

海盐马玉堂藏书处名“汉唐斋”。

《北堂书钞》自来无刊本，明人陈禹谟所刊羼改删削，名存实非，流传者仅有抄本。

宋本六臣注《文选》：一绍兴八年卢钦明州本，见张月霄《藏书志》；又咸淳甲戌北门裴宅广都本，见《天禄琳琅》。一赣州本，无年月，有赣州校刊各人姓名，见《皕宋楼藏书志》，卷首题“梁昭明太子撰”，次行“唐李善注”，次二行“唐陈吕延济、刘良、张铣、吕向、李周翰注”，每页十八行，行十五字，分注每行二十字，板心有刊工姓名。宋讳“殷”、“敬”、“竟”、“征”、“恒”皆缺笔，每卷末列校对、校刊、覆对诸人姓名，卷各不同。（所言行款皆赣州本，见《仪顾堂集》十二）

晨起，写白摺一页。午读《仪顾堂集》十二卷。得道源、笠春、象明三书。灯下即作与希堂函。（十六日）

晨起，发希堂函。午后写白摺，馀未为一事也。阅选拔头场卷及童覆卷共七十馀册。（十七日）

晨起，写白卷一页。午后未为一事。灯下得竹年函。题孙星华所藏张小蓬《九秋图》二律句云：“波起南湖柳罥丝，秋光萧瑟满天涯。已随秦女抛吴葛，又见刘郎和楚词。写意丹青宜画阁，赏心红紫胜琼枝。披图何限低徊感，一样东风总不时。”“玉屏风冷护新寒，写到轻绡次第看。瘦影未宜空饱眼，娇姿只合当饥餐。锦词东国人疑集，粉本南朝迹未干。莫叹胜情消未得，从来陶令亦居官。”（十八日）

晨起，写白摺，拟抄《尔雅》一部，为今日发卷之始，馀未为一事也。（十九日）

晨起出门，得旧抄《西魏书》。按此书为南康谢氏启昆所撰，有刻本，未见。《书目答问》作二十四卷，今得抄本作二十卷，不缺，似当为谢本之外另一撰本，容得刻本校之。又洪武、永乐《宝训》。永乐五卷，全；洪武存四、五、六三卷。初印本高厚《蒙求》。馀无所见也。（二十日）

晨起，检拾行笈。午后至杨海源阁观书。主人为凤阿中书（保彝，庚午孝廉），见宋元本书数十种，有荛圃跋者皆精，他如淳熙本《汉书》、《咸淳临安志》、《周易本义》等名为宋刊，实皆元明翻本也。惟校本七八十种皆荛翁手迹，实为天下至宝。见毛抄者，书格右上角有

"毛氏正本"楷书墨印。又明人红格抄本,仅以朱界一框,粗细皆匀。琳琅满目,不及睇示,仅翻首末页一过而已。在坐又有齐语璿(字小洲),系新拔贡生,年仅二十,素面画衣,如见卫叔宝;傅昉安(字岱峰),年十八,廪生。齐为清平人,傅系聊城人。

见元本《梅花百咏》,有至正杨铁夫序、于文传序、韦珪自序。每页十八行,行十六字,字大半寸许。前后有荛翁跋,见《士礼居题跋记》,兹不录。前后无一印记,册页装,外栮用香柟,犹黄氏旧物也。

又宋刻《唐求诗集》,有"季振宜字诜兮号沧苇"一印(方寸许,粗边),"危氏太朴"一印,"季振宜藏书"(即常用小印),"陶庐"椭圆一印,"顾湄之印"一。后有荛翁跋,见《士礼居题跋》,不录。又"广圻审定"一印,汪阆源各印。卷末有"泰兴季振宜沧苇氏珍藏"十字,犹墨迹也。半页十行,行十八字。

又周砚农手钞《衍极》,字扁而多杂隶意,有黄荛翁校语,上下方皆满,跋见《士礼居题跋》。印有"秘本"、"杨灏之印"、"选梁"、"荛圃手校"、"荛翁"、"荛翁手校"(半阴半阳)、"吴翌凤家藏文苑"(以上在卷首),"独树老人家"、"荛圃手校"、"枚庵流览所及"、"太平草木"、"以俟知者"、"丕烈"、"荛翁"、"学圃荛夫"各印。半页十二行,行二十四字。

又旧抄《汪水云诗》,有"眅章散管之年"、"不瘖道人收藏"、"博陵"、"思多"、"朗仙"、"春草闲房手定"、"迺昭印信"、"乐饥"、"俊明之印"、"牧翁蒙叟"、"钱印谦益"、"此君别馆"各印。前后有荛翁跋,见《士礼居题跋》。半页九行,行二十一字。

又旧抄《湖山类稿》,有荛翁跋,无一印记。

又旧抄《汪水云诗抄》,有"季妹氏"椭圆印、"叶寓"隶书印、"石君"、"朴学斋"、"李琳"、"李鉴之印"、"明古"各印,有叶石君跋,题"洞庭宋山谷道人"。

见宋拓《九成宫》,有成邸二跋,馀跋甚多,似非真宋拓,当为元明时拓本。

又宋拓颜《争坐位帖》，翁覃溪有大小二十馀跋，为平生未见之佳本。

见宋拓《十三行》，有柳公权跋，“嬉”字作“嬉”，“渊”字作“洲”，“弃”字作“棄”，跋语众多。

又宋拓《大观》残帖，存六、七、八三卷，用阔帘蝉翼拓，有祁文端跋并题签。

见旧抄本《石林居士建康集》，有陈仲遵“西畇草堂”图记及胡心耘“琳琅秘室”图记。幕中陆惕身以贱价得于东昌书肆，即赠郎亭。（二十一日）

晨起，行六十里，至茌平，宿南门外小双客店，为题壁一律，句云：“门巷东风瘦绿杨，薄寒轻暖细评量。自搴珠箔窥明月，羞抱银筝上画堂。西葛衫轻痕有晕，兜罗绵软握留香。何当为定鸳鸯牒，细写南宫十二章。”（二十二日）

晨起，行四十里，至潘家店午饭，长清界。午后马行二十里，车行二十里，至焦家庙宿，齐河界。（二十三日）

晨起，行四十里，至齐河。午饭在城中书院，极大。午后渡黄，风急水流，较正月中水已大涨。行五十里，惊沙扑面，寒冷殊甚。至未正到省署。（二十四日）

叶石君名万，又名树莲，见《建康集跋》。

见沈学子批校东雅堂《韩集》，朱墨烂然。每卷后记校读时日，可见先辈之勤。先生名大成，金山人，号沃田，学子其字也，贡生，有《学福斋集》。《蒲褐山房诗话》称其晚年偕惠征君寓官梅亭，以学业相砥砺，《三礼注疏》、杜氏《通典》皆手自校勘，丹黄皆满。［按，此条天头曰：用世綵堂本所校。］

见顾校本《国语》。

见惠校《楚词》。

又戈小莲校本《陶渊明集》，用宋本、毛刻本合校。

又明嘉靖时谢雍手抄《祝枝山集》，盖寿衡山先生者。首有何义门题语。以上二书皆郎亭藏本。

又毛抄《吕和叔集》，黑格，字体如周砚农。

又旧校抄《吕衡州集》，共见四本。

晨起，检旧藏各书。午后未为一事。灯下写白摺半页。光阴虚度，可愧可愧。

日来有人引吾心以邪僻，苟不自检，必致坠入道中。既自痛为人所轻视，又骇世事之离奇，危乎险哉！欲不结怨于人，又不欲自污其品，委屈安置，颇费心思，不识者旁而笑余之弱，其然岂其然乎！（二十五日）

龚自珍曰："目录之学始刘子政氏，嗣是而降有三支：一曰朝廷官簿，荀勖《中经》、宋《崇文总目》、《馆阁书目》、明《国史经籍志》是也。一曰私家著录，晁公武《郡斋读书志》、陈振孙《书录解题》以下是也。一曰史家著录，则《汉书·艺文志》、《隋书·经籍志》以下皆是也。三者其例不同，颇相资为用，不能以偏废。三者之中，其例又二，或惟载卷数，或兼条撮书旨。近世好事者，则又胪注某抄本、某椠本、某家藏本。"（《定盦文集》卷三）

《阮尚书年谱》第一序，龚自珍撰，用骈文。如撰寿文等事，颇可仿为之。见卷三。

陈瑑，字恬生，见《定盦续集》三《叙嘉定七生》（又字小莲，见《一灯精舍甲部稿·祁奚字黄羊解》。

晨起，写白摺半页。午后校《说文》。初以印校宋本，临于丁刻本上，又以海源阁所藏元刻本校之，元本谬讹实多，姑存之以见其真。灯下阅生童古卷二百册毕，已三鼓矣。（二十六日）

尤文简原刻《文选》有《李善五臣同异》一卷，凡四十一叶，不著作者名氏，附于后。胡刻、顾校皆未见此书，叶茗生曾见真本，影抄一部，见《吹网录》卷五。

尤、袁既刻《文选》，又各刊《昭明集》，然皆编辑而成，非原书也。原集宋已失传，劳平甫云。（《吹网录》五）

晨起,写白摺半页,已觉膂痛,遂止而不书。午后为郎亭刻二印,一曰"函雅堂",一曰"于荛轩",馀未为一事。光阴虚度,自愧。得廿六、七次家书并南泉先生书。(二十七日)

晨起,写白摺半页。午后刻一印曰"敏求",取好古之意也。阅新城生卷可十五册,又章邱生卷三十册,已三鼓矣。(二十九)

《水经注碑目》既有洪氏辑本,而明杨慎又有一本,见《四库存目》。

说十行本注疏源流,见《经籍跋文·礼记注疏跋》。

钱听默,名景开。

闽本《注疏》九行。

【光绪十一年乙酉四月】

晨起,阅隔宿未完生卷,至午始毕。午后写白摺半页。(四月初一)

晨起,写白摺半页,馀未为一事。午后阅禹城生卷七十五册、德平生卷六十三册,毕已三鼓矣。(初二日)

晨起,作与祝籽盦书,并作上篴舅言《荔雨轩文》讹字书,与查相亭言代刊陶子缜遗书书,上叶师言新得经幢及观海源阁各书书,与季友慰悼亡书,并四十二次家书,同寄。午后,以殷懋堂《汲古阁说文订》所据王兰泉、周漪塘二家藏宋本及叶石君抄宋本过临于丁刻本上,不见真宋本,亦聊以解嘲耳。《说文订》系鄂中重刊,讹字颇多,假郎亭所藏原刻本校之,并校鄂本讹字。贻郎亭戴氏书。(初三日)

《说文》小篆与籀文重出者,如宋小字本"娈",既曰籀文,"嫷"下又出"娈"篆,云慕也,如此者甚多。盖古篆与小篆同字而异义,是之谓古今字。汉人注经多云古今字,张揖作《古今字诂》,皆别之于义,非别之于形也。(《汲古阁说文订》"娈"篆)

涿州初拓《乐毅论》"济弱之仁","弱"字左旁作三点,翻本无。(《甘泉乡人稿》)

晨起,校《汲古阁说文订》毕,跋之。又取元本《说文》校三、四两

卷。校平原童卷二百馀册,毕已三鼓。(初四日)

《甘泉乡人稿》十四卷有记《两汉书》校本事。

钱氏泰吉《藏书述》曰:"聚书而粥诸市,不足充数年之粮,从容玩味,厌饫其大义,则道德之腴可以饱数世。"(《甘泉乡人稿》十七卷)

魏丹书,字吉卿,郎亭所拔幼童也。父润身,字德滋,住巨野城南三十五里邢家海(信义堂)。丹书师季锡五,名兆福,诸生,住巨野城南四十五里王家楼。

王氏鸣盛曰:"近日余萧客辑汉人经注之亡者为《钩沉》,有本系后人语、妄摭入者,有本是汉注、反割弃者,书不可乱读,必有识方可以有学,无识者观书虽多,仍不足以言学。"(《蛾术编》卷二,二十六页)

福建漳州府龙溪县人霏云居张燮协和氏景刻七十二家[集],至六朝止,中有《昭明太子集》十二卷,又新安汪氏汇编《汉魏六朝二十二家集》,金阊世裕堂梓行,当亦有《昭明集》。

迮氏鹤寿曰:"别俗异,言古雅殊语,必转注乃可知。"(《蛾术编》十五,三页)

王西庄好诋顾亭林、戴东原,往往屡见于《蛾术编》,然其说《水经注》则全袭戴氏之说而不称其名,为迮青崖(鹤寿)所指出,其他为迮氏所驳者甚多。盖西庄乃西河之流,当时以钱、王并称,实则竹汀胜于西庄多矣。《蛾术编》卷二诋余萧客之语,后人视之,实夫子自道也。

[按,此页有浮签:自青州至登州六百里。四十里,益都谭家坊宿。二十里,昌乐尖。五十里,潍县宿。三十里,潍县寒亭尖。五十里,昌邑宿。五十里,平度新河尖。五十里,掖县沙河宿。六十里,掖县尖。六十里,掖县朱桥宿。六十里,黄县黄山馆尖。六十里,黄县宿。二十里,黄县诸由观尖。四十里,蓬莱。]

晨起,读《龚定盦杂诗》一卷,用朱笔圈识,并题一跋、一绝句(存原书,不录)。午后读王西庄《蛾术编》十二卷。(初五日)

迮氏之语亦有极陋处,应删之。西庄之语亦有极陋处,应注之。

跋《宋存书室书目》后，于士礼校本颇能言其流派，拟呈郎亭跋之。

颜黄门曰(《家训》卷七)“巧者劳而智者忧”，常为人所役使，更觉为累。

《高贞碑》有“卡”字，考据家皆不能识，妄相测拟其谬，按《颜氏家训》卷七《杂艺篇》曰：“北朝丧乱之馀，书迹鄙陋，加以专辄造字，猥拙甚于江南，乃以百念为忧，言反为变，不用为罢，追来为归，更生为苏，先人为老，如此非一，遍满经传。”《高贞》之字当即上下为□之意也，惟不能定其究为何字耳。(卡，钱竹汀定为“年”，毕以田定为“弄”，似皆不合)

晨起，阅一等覆卷，未毕。读《定盦集》。午后阅长清、齐河童卷二百馀册，至三鼓毕。(初六日)

宋本《管子》后载张嵲巨山《读管子》，云：“凡《汉书》语之雅驯者，多本《管子》。《管子》，天下奇文也。”(宋氏《过庭录》卷十四《管子志误》)

各丛书所刻艺文各目：

《元史艺文志》四卷(《潜研堂丛书》本)

《读书敏求记》(文选楼本，海山仙馆本)

《汲古阁珍藏秘本书目》(士礼居本)

《季沧苇藏书目》(同上)

《藏书纪要》(同上)

《皇朝经籍志》六卷(三长物斋本)

《补后汉艺文志》四卷(侯康撰，《岭南遗书》本)

《补三国艺文志》四卷(同)

《国史经籍志》(粤雅堂本)

《绛云楼书目》(同上)

《述古堂书目》(同上)

《崇文总目》(同上，汗筠斋本)

《菉竹堂书目》(同上)

《通志堂经解目录》(同上)

《子略》四卷，目录一卷(《学津》本，《百川》本)

《文渊阁书目》二十卷(杨士奇，读画斋本)

《文瑞楼书目》十二卷(同上)

宋衢州本《郡斋读书志》二十卷(汪士钟校刊)

袁州本《读书志》(海宁陈氏刻)

《千顷堂书目》

《遂初堂书目》

《世善堂书目》

《传是楼书目》

《浙江采进遗书》

《爱日精庐藏书志》

《汉书·艺文志》

《隋书·经籍志》

《经典释文叙录》

旧新二《唐书》经籍志、艺文志

《宋》《明史》艺文志

《文献通考·经籍考》

阮孝绪《七录序目》(《广弘明集》内)

《文选注引书目》(《文选理学权舆》卷二)

《太平御览引用书目》

《三国志注引书目》(赵翼《廿二史札记》)

《水西书屋藏书目录》《借书园书目》(周永年，《济南府志》卷六十四《经籍门》)

晨起，校生覆卷，至午后始毕。刻一印曰“江某经眼”，尚精。灯下得庄希堂书(并毡)，检各目录目录及香一类书目。(初七日)

封龙子曰：孔子至于阿谷之隧，有处子佩瑱而浣，孔子曰：彼妇人其可与言矣。使子贡以觞、以琴、以絺绤三挑之。是古之称妇人，不尽据已嫁者而言之也。

晨起，未为一事。午后阅长山、齐东童卷二百馀册。（初八日）

晨起，取章刻字“杜丛逸”。校《仓颉篇》，补注若干条，至午后始毕。得庄希堂书，并虾米（李信），即覆，寄还榲帖、《文房肆考》一书。（初九日）

晨起，检书籍。午后得冠英书，道源贻《诸子詹詹录》，以朱圈别之。（初十日）

晨起，检旧藏各碑刻，每读一种，疏其通假异文及志铭之例，题曰《四照读碑记》。午后阅陵县、德平、章邱童卷二百馀册，三鼓毕。（十一日）

洪北江《东晋疆域志》、《十六国疆域志》，“疆域”初名“区宇”，见《晋书地理志新补正序》。

晨起，读碑数通，馀终日未为一事。灯下读《志铭广例》、《金石例补》二书，读《训子随笔抄》一书，见去秋所批所圈，皆若非己出，何善忘之若是，为之自愧。（十二日）

宫僚雅集杯，白金作沓，杯如梅花形，重二十八两有奇，外围各画以乌漆嵌之，内镌诸公姓氏名号爵里于底，亦嵌漆，故名之曰乌银梅花杯。以量之大小分属焉。每杯外有“宫僚雅集”四字。首汤潜庵（斌），河南睢州人；次沈绎堂（荃），江南华亭人；次□圃（六才），直隶清苑人；次王昊庐（泽安），湖北黄冈人；次耿逸庵，河南登封人；次田子湄（喜霄），山西代州人；次张敦复（英），安徽桐城人；此李山公（录学），顺天大兴人；次朱即山（阜），浙江山阴人；次王阮亭（士禛），山东新城人。共计十事。今藏杨凤阿家，据云曾以二十八金对易于山西人家。此日首座为郎亭，得汤杯；次孙洨民，得李；次余，得王阮亭。王杯最小，余素不饮，适得之，喜甚。［按，此条天头曰：大杯似即镌雅集图，小者则花卉山水俱有。第三，郭菜。耿逸庵先生名介。]①

晨起，画仕女扇一。午后读碑数通，校历城、济阳童卷二百馀册，二鼓毕。（十三日）

孙渊如尝撰《尔雅正俗字考》，又注《释诂》以下诸篇，依叔言及舍人之例，字以本义为释。（孙星衍《释地补注后序》。《湖海文传》二十一）

庶出之子谓其母曰所生母，继妻所生之子谓其母曰生母，见《会典·验封司》封赠篇注。

周永年藏书数千卷，成《水西书屋藏书目录》，仅二十五岁，示沈起元序之。沈序极言藏书不贵多而贵精，周于是专收经部。余谓沈公之说非通论也。沈公叙云，昌黎之学细大不捐，然自言学之二十馀年，始辨古书之正伪，白黑分矣，务去之乃有得焉。此盖由博返约之证，昌黎所以为大儒也。若专守一门而不旁及他类，自为足以胜人矣，实则不值通人一笑也。余尝谓一类必须万类而相辅，即子而至于小说家，集而至于词曲，若仅读此类之书而不旁及，决不能成一家言也。后之真读书者，当不以鄙人之言为河汉。

伶酒贺诗，死亡莫变。

"霜前斫脍，人敬其方；雨后折巾，世传其法。"（洪北江《与崔瘦生书》）

《颜氏家训》卷一《序致》曰："二十已后，大过稀焉，每常心共口敌，性与情竞，夜觉晓非，今悔昨失，自怜无教，以至于斯。"按，此数语皆与余墒合，故记之以自警。

晨起，读碑数通，馀未为一事。灯下读《湖海文传》数卷而已，为学之道，可愧可愧。（十四日）

凌氏廷堪曰："空疏者流，闻道已迟，向学无及，遂乃反唇集矢，谓工文章者不在读书，瀹性灵者无须考证，此与卧翳桑而侈言屏膏粱，

① 此条可与梁章钜《浪迹续谈》卷四《宫僚雅集杯》参看。

下蚕室而倡论薄女色者何异？不知容有拙于藻缋之儒林，必无昧于古今之文苑也。”（《答孙荇如书》，《湖海文传》四十三）

袁氏枚曰：“韩昌黎于十二郎，从子也，其祭文独不用韵，盖虽期功之丧，亦有不忍文之之意焉。”（《与某刺史书》）

戴氏震曰：“信古而愚，愈于不知而作。”（《与王编修凤喈书》）

洪氏亮吉曰：“钱献之注《尔雅》而必书‘雅’为‘疋’，遂致西安书手骤为‘亦匹’之呼；李生甫字许斋，而必书‘许’为‘鄦’，乃令近时《齿录》分镌‘無邑’之字。好古似微过也。”（《复钱少詹书》）

孙氏星衍曰：“少读《水经注》，称许氏字说专释于篆而[不]本古文，怪郦道元读书卤莽，并《说文叙》中所云‘今叙篆文，合以古籀’之言都未寓目。”（《与段若膺书》，《湖海文传》四十一）

又曰：“六甲、五龙，六甲即六十甲子，五龙即五行，《墨子》称北方黑龙，是五方之龙五色也。或即人六府、五藏。三说者不知有一当否。”（同上）

质气粗浮，学力浅薄。

江氏藩曰：“毛乾乾作试艺，文体奇古，学使不能句读，题其卷末云：生乎今之世，反古之道。乾乾见而笑曰：羽陵书生但知钱在纸里中耳。”（《毛乾乾传》）

晨起至晚，仅校童覆卷三十册，馀未读一卷书，未写一行字也。灯下读《湖海文传》数卷，至三鼓睡。（十五日）

万氏光泰曰：“周大瓠作《南华连珠》百首成，自比晬盘睎儿，随手所得，无不厌心。”（《说文凝锦录自序》）

《古今书刻》（此书未见，大约载南北监本书籍存亡，见《皕宋楼志》十一卷十八页）。

郎亭出示旧抄《竹崦盦金石目录》，为赵魏撰。

晨起，未为一事。午后，郎亭出示朱修伯宗丞（学勤）《结一庐书目》，中分宋板、元板、旧刻、抄本、通行本五门，手录其宋元各目。又万柘坡（光泰）《说文凝锦录》抄本云已刻过，乃以说解作对，分天地人、动植物、宫室、器、衣食、形体、气象事言十三类。又旧抄《淳化阁帖释文》，为思无邪室旧藏，乃顾南雅先生家藏本也。（十六日）

晨起，刻图章一。午后校童覆卷二十三册。假郎亭《金石粹编》读之。（十七日）

朱竹垞手跋《崇文总目》言，马氏《经籍考》载《崇文总目》皆有评论，今本无之，皆绍兴间去之也。拟从《通考》中所采别抄一本，未知成否。（《皕宋楼藏书志》三十七卷载原书原跋）

近日常熟木刻双钩《碣石颂》，金石家多疑其伪造。读《龚定庵集补续录·泰山刻石跋尾》，云于王侍郎（绍兰）斋中见北宋拓碣石秦刻文，与《史记》绝异，据此则此本人间尚有，双钩之刻非伪造可知矣。

晨起，为道源画聚头扇，得折枝九种，半不知其名也。午后未为一事。灯下校二场选拔卷二十册。读《一切经音义》，见《苍颉》、《三苍》、《埤苍》、《广苍》、《声类》、《音隐》，皆以朱抹出之，毕七卷。又读定公诗一过，再题一跋一诗（见原书，兹不录出）。（十八日）

晨起，阅报部卷十一册，午后始毕。发册后，至湖边汇源茶室小坐，同至后宰门。见吴琯校《水经注》，大题单题“水经”二字，中线亦然，明人读书，即此一端可见其不通。有王弇州、黄省曾二序，印本颇佳，索值五金。又汲古本《隋书》，索值四金。灯下读《一切经音义》六卷。（十九日）［按，此条天头曰：此事细考之，亦无以难之也。假如《汉书》必录颜注，何以单题曰“汉书”，不题曰“汉书注”？单曰“水经”，未始不可也。］

晨起，未为一事。午后出门，至小布政使街，得元板《礼记集说》。按各家书录：《四库》收十卷之本无论矣；《经籍跋尾》所收元刻本乃十六卷而二十二行，本卷同矣，而行款不合；《宋元本书经眼录》收明翻本，半页九行而三十卷，行款同矣，而卷数不合。且二家皆不云巾箱本。余以纸墨验之，定为元板元印。惜缺第五卷之半及第十六卷，为稍瑕耳。又得明华麟祥本《事类赋》，即贻郎亭。又大字本《欧阳文忠公外集》，又起鹏公《近思录补》，又《易义别录》、《易纬略例》二种，共

三千文。(二十日)

晨起,未为一事。午后出门,至小布政司街,得残本《盛明百家》。午后再至西门大街,以四千文得张氏泽存堂刻书三种,欢喜无量。还至后宰门,得白磁暗花鼻烟瓶一,值五千。酉刻,郎亭招饮四照楼,同坐者为陶君苇农(吴县人)、袁君瀛仙(福海,钱塘人,香亭先生曾孙)、彭君伯衡(虞孙)、栽之(培保)昆季,馀皆同幕诸友。晨得王漱经都中书。(二十一日)

晨起,不作一事。午后,日照丁亦康(惟禔)、象明(惟晋)昆季来小谭,初次识面,皆郎亭新拔选贡门生也。(二十二日)

晨起,作与薇阁书。午后为郎亭校摺,并阅封摺,至晚始毕。(二十三日)

晨起,已午初矣。午后出门拜客,见沈云庄,适有客,为华怡园明府(景禧),无锡人。后至丁亦康寓,并见德臣(惟普),出示许印林先生手校《六书音韵表》,又过临校本孙《说文》,假之而归。至芙蓉居观剧,后至蝶仙寓小饮,主人为陆惕身也,至二鼓归。(二十四日)

晨起,未为一事。午后出门,至蝶仙寓小谭。复至后宰门一观,无所得即归。(二十五日)

午后至蝶仙寓小谭。后至芙蓉居观剧,毕即归。(二十六日)

晨起,沈云庄来小谭。午后画扇一柄,并袖珍《经义述闻》,贻丁亦康。得复书,并贻道咸诸名贤与许印林先生札,有数十通。又明刻陶集一册,为印林旧藏,亦佳品也。

郎亭出示抄本《王著作集》、《倚松老人集》、朱述之辑校《蔡中郎集》(王弢卿部郎云,比丁本为佳)、《方言疏证》、王惕甫手批《公是集》、吴枚庵过临陈少章批《绛云楼书目》、明人手批《高青邱集》,皆佳品也。(二十七日)

晨起,写扇一柄。午后,丁寿臣来,即同出门,至蝶仙寓小坐,再至晓蘋寓。后至芙蓉居观剧,未毕即出。至后宰门,再往蝶仙寓,畅谭而归。丁亦康送示许校桂氏《说文》原本。(二十八日)

晨起，至四照楼为郎亭检石刻拓本，竟日未毕，灯下未为一事。（二十九日）

晨起，续检录石拓，至午始毕。郎亭手贻《琅琊》《泰山》二刻石，并杨咏春先生家《夏小正》拓本。午后，庄秉翁约至芙蓉居观剧，小坐，即坐蝶仙寓，略谭而归。

郎亭出示益都孙模山孝廉（文楷）匋器原拓一册，多字者四十一种，单字者二十九种，泥封者三种，大字者四种。又周铸子叔黑颐圜鼎拓本一分，周铸子叔黑颐簠盖器完者一分，周邿䊵遣圜鼎拓本一分，又《保铸斋印存》一册，三代玺十七种，秦官私印九种，汉官私印九十一种，《古泉鉴》五册。印用朱泥，泉以墨拓，皆有按语。印存一种，有陈簠斋志语。

《古泉鉴》中有临淄四朱泉，作正方形，甚奇，如上图。。又一种如两面印，中有穿孔，面阴文四铢二字，如次图。又五铢泥范拓本一种，甚精，有“容黼得来”印。又小泉砖范，有“小泉直一”四字。

灯下写扇四柄。得张叔鹏书。（三月廿九日书）

【光绪十一年乙酉五月】

晨起，画扇一柄，并题三绝句。午后出门，至莲喜堂观剧，未毕即归。

芝生先生出示宋匋尊一器，如上图，文曰“球琳之品，建炎四年春卢邨造”，光泽如铁，系人家求售者，索值百金。（五月初一日）

晨起，画扇六柄。午后，丁寿臣来，同至蝶仙寓晚酌，至二鼓归。

郎亭出示福山王莲生编修刊《天壤阁丛书》，首《夏小正正义》、《尔雅直音》、《弟子职笺释》、《急就篇直音》为一函，次《说文逸字》、《说文声读表》、《再续疑年录》，尚有数种记忆不真。又示康熙御赐绿端研，长三寸，宽寸半，厚半寸，背刻“康熙四十年正月二十八日睿赐翰林院编修臣查昇”。（初二日）

晨，丁亦康昆季来，适睡未起，及醒已去矣。午后至蝶仙寓小谭，

即赴兴东园沈云庄之招，在坐皆署中诸人，客惟金清如一人而已。饮毕，复至蝶仙寓，小坐即归。（初三日）

晨起，觉头重，揽镜视之，面发红疹，身亦觉热。午后，郎亭招饮。在坐为陶蔚农（重锦，苏州人）、张兰九（熙鸿）、周之渭（文斋，新拔贡生）三人，馀皆署中各友。又李体仁（心海，郓城人，新拔贡生，丁忧）未来。灯下索兰九诊之，云温邪，以清凉表剂发之，即睡。（初四日）

晨起，觉头热未退，身又发疹。即如南中所谓风痧，终日未敢出门。（初五日）

晨起，未为一事。午后出门，约徐柏如、丁寿臣及在署诸友芙蓉居观剧，毕，再至蝶仙寓小坐。灯下得王薇阁复书。（初六日）

晨起，画扇。午后闲谭。丁亦康昆季来。（初七日）

晨起，金清如来，小谭即去。午后至大明湖小游即归。（初八日）

晨起，略检行李。丁寿臣来，至午后始去。出门至曲水亭啜茗，由后宰门而归。（初九日）

晨起，检行李。祁瑞符县令来，畅谭。孙星华后至。午后出门，至小布政司街，后至大布政司街，再至将军庙街，后至娘娘庙后衖，归已上灯矣。（初十日）

晨起，略检行李。午后，知堰头镇北民埝冲坍，被灾甚重。郎亭属匹马往视，离城二十馀里，一时始至，被灾难民均坐埝上。询诸土人，据云一镇共三百馀家，俱成水国，有力者早已筑室山上，无力者尚不得安处。口门宽至十馀丈，一时不能垛塞。归仅半时，已酉初矣。即赴徐柏如之招，畅饮至二鼓归。（十一日）

晨起，检拾行李，已去其半。午后赴彭栽之（培保）席，招蝶仙侑觞，至二鼓归。（十二日）

晨起，即赴日照丁氏昆季之招。在坐者王泽山拔贡（咸昌，费县人）、丁申甫优贡（汝莅，日照人）、茅容黼廪生（雍熙，历城人），复招蝶仙侑觞。午后同容黼至蝶仙寓，见桂仙，畅谭而归。复应郎亭饯席，

饮至初更毕。（十三日）

晨起，至蝶仙寓见伯和，畅谭。午间小饮。饭后至明湖居观剧。酉初，韩芝翁、陆惕翁同饯于汇泉寺，畅饮。至二鼓，泛舟至鹊华桥，步至莲喜堂，遇雨，即行绕道。复至蝶仙寓，适已醉睡，小坐即归。得匋器四十品、天保八年小造像一种、《玉函山房丛书》一部，皆伯和所贻也。（十四日）

晨起，检拾行李。午后出门，至后宰门、芙蓉街、小布政司街，途遇丁申甫，小谭即别。归，适郎亭招饮，畅话至初更。郎亭贻书一函。（十五日）

晨起，检拾行李。午后上车，至泺口上船，同行者为孙洨民、程履新二君。泺口离省城只十二里，平路。（十六日）

晨起，因东南风大，船尚未解缆，见岸旁有小火轮一艘，即饬承差薛殿奎往询，云系抚院所置，随即作函与郎亭、与中丞商借。午后，风稍转北，船走十馀里，即宿。（十七日）

晨起，舟行七里，过李家岸，适值开口，水势异常汛急，船不能上。见河隄有策骑而呼者，乃郎亭使送复书人也。见书，知中丞已允，并托姚观察招致一切。惟闻管驾之人已去，新者恐未能习惯，尚需试之，能用与否未定也。即作复书云可不用。午饭后行十馀里，至齐河，又行七八里，宿。寄四十四次家书。（十八日）

丁氏昆季贻原本桂氏《说文义证》一部、许印林手校《六书音韵表》一部。

晨起，轮船管驾机器人来，言黄水泥多，不能作汽水，行十馀里，轮即胶黏，即辞以不用。风逆水大，舟不能上。一日行二十馀里即宿。灯下读《一切经音义》三卷。（十九日）

晨起，雨，舟行更迟。午后风转北，驾帆而行，至晚宿，离泺已百里矣。午后读《一切经音义》三卷。（二十日）

晨起，西北风大顺，快驶至傅家岸，午饭。午后再行至虞山，宿。计日行百十里，可为速矣。（二十一日）

辰初，船再开行，走四十里，误驶浅沙，竭力扛纤，始得启行，已过一时矣。走十八里，至十里堡（俗名铺）。探知漕艘正抵运口，连樯二十馀里，因运水高于黄水，恐卸尽船滞，故未启闸。运口用石如吴中之大桥，宽仅数丈，艘须啣尾而出，他舟亦不能入也。灯下作与郋亭书，托运河送陆。（二十二日）

晨起，知漕船已出口，每帮五十号。定例，日出两帮。水深时尚多，过午始尽一帮也。船悉如江船，至浅处则装米入袋，另运驳船，至深处重装，颇费事也。午后，寿张县知县文荃持片来拜。（二十三日）

龚氏自珍曰，商器文但象形、指事而已，周器文乃备六书（《定盦续集·商周彝器文录叙》），凡古文可以补今许慎书之阙，其韵可以补《雅》《颂》之隟，其事可以补《春秋》之隟，其礼可以补逸礼，其官位、氏族可以补《世本》之隟，其言可以补七十子大义之隟。（同上）

晨起，见漕艘出口，累坠异常，两岸需用纤夫五六十人方可移动。至日暮，探知已过七帮。（二十四日）

晨起，知漕艘已尽过，遂起椗进口，尚不致搁浅。行六十里，宿。（二十五日）

晨起开船，行四十里，至分水龙王庙。午后行三十里，至北柳林闸宿。（二十六日）

晨起，闸启版，水流汹急，船皆顺流而下，迅速过快马。五里至南旺，五里至南柳林闸（即南旺上闸），六里至孙邨，三里至小店，三里至寺前闸（为曾子故里，有碑），八里至大长沟，四里至小长沟，八里至白嘴铺（有晋阳山，传为张果老炼丹处），十里至通济闸，五里至草经桥（即曹井桥），五里至耐老坡，五里至安居镇，十里至十里亭（即十里铺），三里五里营，三里至草闸（无闸版），二里至济阳桥，一里至天井闸（即大闸口），二里至在城闸宿，即小闸口。作家书，并与我庾书，即托运道转递。（二十七日）

晨起，即至南门大街古玩铺，无所见，得孝义隽修罗碑拓本并阴。

午后途遇蒋心泉（祖仁，济宁人，乙酉拔贡，住城隍庙街），即同至船中小谈，并约至李家观书。（二十八日）

晨起，寄郎亭书，并刘益堂《三角钩沉》一部，又陆、韩、任、庄四君书。心泉来，即同至铁塔寺，访本善和尚，小谈。又至松竹园午饭，在坐有刘世珍（廷璋，济宁廪生）。饭毕，同至李家。主人名毓恒，字冬涵，济宁人（住铁塔寺东财神阁），■部员外。博通目录之学，藏书三代，富有万卷，书室九楹皆满，皆庋以橱。分四部，而集尤多，且专嗜国朝人，馀皆寻常刊本（《九通》一部尚佳）。不喜宋元旧刊及抄校各书，所见虽远逊东昌杨氏，然已不可多得。三子，长已入学，名□□，字□□，次、三尚幼。见沈小宛手校《元遗山集》、汲古阁抄本《太白阴经》、明抄本《测圜海镜》，欲购得之，托心泉转达，李君即慨然持赠，喜极携归。即复一书，并贻以旧刻《陶渊明集》，即丁君所贻者，又石印缩本篆字《九经》，共两种，即得复函。李贻庭来，出书单一纸，即李家物，为李欲购求者。（二十九日）

【光绪十一年乙酉六月】

晨起，作书与心泉，言需李单所开书，共择二十八种，即送去，照原值五扣。午后，心泉来，云非八扣不可。作一书与冬涵，并送银二两，奉易旧抄《东轩笔录》一种、元刻《静修先生遗集》一种。按书目多作三十卷及二十四卷，此独六卷，当为元刻无疑。冬涵又贻家刻《乐志书屋文集》三部，即分贻程、孙二公。（六月初一日）［按，此条天头曰：此书即永乐刻三十卷中之一种，惟书中语涉元帝皆跳行，未知果元刻否，抑明翻也?］

晨起，因闸水未涨，不能起行。午后至南门大街一行，得李铁桥隶书楹帖一付，值七百五十，馀无所见。（初二日）

晨起，船仍不能行。午后同孙、程二君至南门大街一行，无所得。灯下为李贻庭（直隶人，开宝森堂书坊，在琉璃厂）作书与蒋心泉，为李家书事。（初三日）

晨起，启在城闸板（在，本作任，今误在），二里至南马头，四里至赵邨闸，五里石佛闸（有闸官署），九里花家浅，九里新店闸，宿。（初四日）

晨起，行九里，至新闸，八里仲家浅（有闸官署，管新、仲、师三闸），八里师家庄闸（自天、在、赵、石、店、新、仲、师为上八闸），六鲁桥墩（有长沙大寺），六里枣林闸，七里鱼台、济宁界牌，五里南阳闸，宿。（初五日）[按，此条天头曰：枣、南、利、邢、珠、杨、夏、彭为中八闸。]

晨起，行四里，赵家庄，四里利建闸，六里邢庄闸（即桥头闸），六里石家口（自石至赵皆行湖，即独山，然两面皆菰），八里至马家口，十八里至徐家营房，十里珠梅闸（即宋家楼，今称宋家闸），宿。（初六日）

晨起，行十里至鲍鱼涎（即鲇鱼泉），六里陶阳寺，六里大王庙，十里杨左闸（即杨家楼），六里夏镇闸，宿。夏镇西岸属山东，东岸属江苏徐州府沛县界。（初七日）

晨起，七里至刘昌庄（即刘全庄，多小人），五里至西湾，四里至十字河，四里至彭口闸（即滕沛闸，有闸官）。向闻十字河水最浅，今过甚畅，盖下彭口、夏镇二闸蓄水所致，然须有力者方可为之，民船不能也。[按，此条天头曰：彭、得、石、万、丁、顿、候、台为下八闸。今行皆由彭口而自郗山入运，益以张阿、韩庄新闸、张庄为十一闸。]

甲戌冬孟，校旧抄《五代史补》。[按，此条天头曰：黄荛圃旧跋本。]

甲戌十一月二十九日，从坊间借传是楼黑格抄本《五代春秋》校新刊本。

壬申四月朔，校《周益公大全集》毕，以旧抄单行《思陵录》即雠之于周集所校本上，并跋。（三条俱见《皕宋楼藏书志》卷二十四原跋）

丁卯夏借陈简庄藏吴枚庵手抄本《三楚新录》，传录并校其误。（同上，二十八卷）

午后，十里至蒋家集，十里至郗山，十里至张阿闸。

晨起，十里至朱姬庄，八里至吴家桥，十里至韩庄闸，宿。（初八［按，当为初七］）

晨起，八里至八里沟，八里至三条湾（即得胜庄），八里至得胜闸（即新闸），六里至六■新闸，六里张庄闸（即锯梁桥），六里万年闸（闸官即管河厅），宿。（初八日）

晨起，六里至花石浅，六里丁庙闸（东岸内三里即马连屯，陆路要道），八里顿庄闸，四里大泛口（为三浅处），四里侯建闸，四里高庙（庙在东岸），八里台儿庄闸，宿（山东、江南交界）。（初九日）

晨起，十里至界牌，二里至黄庄，十里至黄道人桥，三里河清闸，十里迦沟，十里河定闸（即天王庙），十里滩儿上，宿（大镇）。（初十日）

晨起，十里至河成闸（即新河，又名■塘口），十里二郎庙（有三汊河可通黄河），十里至猫儿窝（大镇），宿。（十一日）

晨起，十里至汇泽闸（即马庄集，有查河巡检），五里至鱼头集，五里至万家庄，五里至刘家口，五里至窑湾，宿（大镇）。（十二日）

自台庄至猫儿窝，河多圆石，如鸡卵，两岸亦然。自猫儿窝至窑湾多沙滩，水只尺许，船屡搁浅。窑湾至清口亦多沙滩，船须曲折而行。

晨起，五里至牛头三湾，十里至马河店（即新店），五里至利运闸（即皂河闸溜，有闸官），十里至温家口，十里皂河口，十里支河口，十里董家沟，十里骆马湖口，十里五花桥（即行龙坝溜），十里至宿迁关（关在县东门大码头西岸，县署在西北二里许，进东南二门均可），宿已上灯矣。（十三）

晨起，命仆持帖至关上，片时即有二人到船壁帖索挂号，查舱钱，给以百五十文而去。关额大书“宿迁东关”四字。监督在淮安对岸，即仰化集，为进京大道。八里至亨济闸，十里至小河口，五里至孙家塘，五里至六家墩坝，五里至潆流闸（即三圣庙），五里至白洋河（有税务），五里沙姜嘴，五里马篷溜（即桃源县古城驿），十里九龙岗（即卜家渡），十里崔镇，十里俞家铺（即曹家嘴），宿。有马队陆营。

今日午后读曾文正文十馀篇，丹笔句读之。晚间上岸观月色，佳甚，天气凉爽，可御单袷。（十四日）

晨起，七里至半路溜，七里至上河头（即浦家湾），七里至众兴集（有厘卡），七里至七里沟，五里至张思仲，五里至黄家嘴，十里至三义坝，午饭。

三义坝临河有人家五六所，隄内尤多。沿隄绿柳三株，茶棚数筑，居民皆清美，无北方尘土气。有蔡姓者（另一驾驶之家丁姓），子女三人，探小舟为业，在窑湾唤其舟驳运书箱，即三义人也，其居即临河。

午后，十里至三岔，十里至豆板集，八里至双金坝，十里至许家渡，五里至杨家庄，宿。（十五日）

晨起，行十八里，至天飞闸，离闸二里名草坝口，宿。（十六日）

午后读定公诗一过。

"两年小寄明湖畔，正趁荷香归去。蓬饱东风，心随北雁，底是不留人住。含愁如许，恨听水听风，未携鸳侣。欲写回肠，香销灯炧不成谱。苦听画桥官鼓，喜无端见汝，添情千缕。"《辫拖鸦》。

"一笑谁分宾主。问卿何处，看瓠齿微颦，依然无语。他日重过，恐成肠断句。"调寄《台城路》。乙酉季夏中旬，舟过桃源道中，为填此阕，即龚定公所谓影事词也。

晨起，船行二里至闸口，水高二石半（即二尺五寸，盖以一石为一尺也），汹涌若喷雪。船至此须招闸夫两三人（赏钱七八百文），盖一把柁、一持船头，劈浪木刀须本地人为之较稳也。闻水至险时，相悬五石则至险矣。上水则两岸用盘车，每边约十车，则用夫颇多矣。离半里许则又一闸，水较平。再行半里又一闸，则较中闸强、头闸弱。过此三闸，行十五里，至清江大闸，水势与中闸等，即泊闸口。午后，吴仲山、徐松如来拜。二公皆系何氏外甥，与季友为中表兄弟，皆从吴门来，适相值也。知馥林先生凶耗。客去即答拜之。舟泊东门，在

大闸之外也。（十七日）

晨起，以千文得哈吧狗一。船行十五里，至淮关。关临河，规模颇佳，六十年前为一大关，系近则洋船往来于海，此处萧条若僧寺矣。有监督关，系查舱，检无应税违禁物，索挂号查舱钱，给以百文，不允，倍之始去。又行十五里，至淮安府，雉堞可见，城门有额曰“庆成”，门有一亭，外额曰“钓鱼台”，当即淮阴故迹也。城内一塔，五层，不知何时所建。又行里许，宿。（十八日）

晨起，行四里，至头涵洞（山阳界），风巨不可纤，即泊。堤有减水坝，因水势大涨，补筑培埝，暂将涵洞下放二日，正在动功也。（十九日）

晨起，行六十里，至宝应宿。宝应城临河修筑，颇佳，城外街衖颇热闹。舟泊南门外，临河高堤若黄河之大堤然。堤内街皆设石级，有至二十馀级者。（二十日）

晨起，行廿里至氾水，再行至界首，再行至六满闸，宿。为一镇，有七百馀家。剃头。（二十一日）

在氾水界，水运河道中望高邮湖，邈无边岸，运道仅中隔一芦墟耳。

晨起船行，至晚宿高邮城外，颇形热闹。（二十二日）

晨起开行至邵伯，仅巳初，即过湖（邵伯湖颇大，所行仅过一角）。北风大顺，快驶过飞马。午正至扬州，泊钞关门外，正值大水，街道尽没，走后街进城。至辕门桥，访醉经堂书肆，见旧籍百馀种。有元刻《分类补注李太白诗》，半页十二行，行二十字；《音辨注柳柳州集》，据云宋板，似元刻元印耳；又明刻小字本《韩柳合集》；元刻《礼乐书》全部，书贾云宋本，索值三百元；影元钞《新定金陵志》；天一阁钞本《意林》；钞本《肇域志》，仅应天一府。皆不能得，以百钱得湖海楼本《列子释文》而归。（二十三日）

晨起进城，过辕门桥，至左卫街，见有山堂书肆，有旧籍百馀种：《列朝诗集》，索值五十元（狭行细字）；见龙精舍本《文选》、通津草堂本《论衡》诸本，尚佳；又宋本《家语》一种，实仅明刻本也。至文运堂书肆，主人汤姓兄弟二人，长字柏和，次字容泉，皆精旧籍，乃弟仅二十许，尤精。见旧刻数百种，得焦里堂《学算记》手稿，计《释轮》、《释弧》、《释椭》三种，皆初、二两稿，《天元一术》仅清稿，首有李尚之序，犹手迹也。又勘倭本《郑注孝经议》并影写《孝经》合一卷，亦里堂先生手墨也。又得元刻《辅教编》，经毛子晋藏，有图记，为释家类而历来藏书家所未见，恐天下仅见矣。绩溪胡氏五石瓠斋手抄《嵇中散集》、《姜白石诗》，经人批校，有“八砖吟馆”、“文选楼”二图记。东雅堂《韩集》，《经进书目》集部，原本《积古斋钟鼎款识》，《说文发疑》。共书十一种，以旧抄《太白阴经》、《东轩笔录》、《刘静修集》、《经学五书》、《拜经楼藏书题跋记》五种易之。[按，此条天头曰：荛圃云，《列朝诗集》据金刻《中州集》式，见《士礼题跋》。]

主人赠《木部说文》一、《宋元本书经眼录》一，又见《攀古小庐文集》一种并《补遗》，为许印林撰，商城杨铎刊于扬州，皆讲求经小学者，闻版已毁。又李穆斋新刊《孙氏祠堂书目》二册，颇佳；《曾子注释》，为阮文达单刊本（非《文选楼丛书》中本），宽大尤非寻常可比。又初印江氏韵书三种（七元），旧抄朱性甫《铁网珊瑚》一种，初印《十驾斋养新录》一种。[按，此条天头曰：朱性甫手书《铁网珊瑚》，旧藏毛氏子晋，先生得此书时遍征题咏，传为盛事。宋牧仲、高江村等以善价求之，卒不可得。其子甫季病中需购人葠，遂付质库，得银二十四两，未及十之一也。丁亥七夕，纶记。]

左卫街古玩铺名宝晋斋，主人陈绥伯。

薄暮至小教场啜茗，两岸遍列，即至天宝茶社，小坐即归。（二十四日）

晨起开行，二十里至三汊河，二十里至瓜州口泊。（二十五日）

晨起过江，江阔仅数里，霎时即到镇江口，小泊。江行三十里，进丹徒口，泊大桥旁。船眠大桅，检理各件，至申正始开行。走十馀里，至新丰镇泊。（二十六日）

在文运堂见明刻刘补注《淮南子》，尚题许慎记，上即《百宋一廛赋》注中所云惠松崖极称之、荛圃以为原出道藏、不尽可据者也。嫌其缺十馀页，不欲得之，后思之，《淮南》本佳者绝少，以不得为憾事矣。

晨起开行，至常州泊。（二十七日）

晨起开行，至无锡宿。（二十八日）

晨起开行，过午仅至望亭，因风逆不能上水，即雇小舟。行二十馀里至山塘，再行三十馀里至阊门，已三鼓矣。城门已闭，即亲往讨之，即开。至家大儒巷，始知已迁居卫道观前，即至卫道观，已四鼓矣。（二十九日）

［按，以下为该册末页附录书单］

《香奁润色》一卷（《医经萃录》，《太素脉轩辕秘法》，《古本东垣十书》本）

《马记》（明郭子章，《艺圃搜奇续集》）

《香谱》二卷（洪刍，《百川》本，《唐宋丛书》本，《艺圃搜奇》原阙补本，《说郛》本，《学津》本）

《香谱》（乔福，《三续百川》本）

《黄熟香考》（万泰，檀几本）

《宜炉歌注》（冒襄，《昭代》本）

《蕉窗九录》（《闻香一录》，项元汴，《学海类编》本）

《香国》（毛晋，《山居小玩》本）

《非烟香法》（《国朝吴兴董说，《丰草巷杂志》）

《名香谱》（叶廷珪，《说郛》本）

《汉宫春芳》《香严三昧》（阙，《说郛》本）

笘誃日记第四册光绪十一年七月初一日始

乙酉七月初一日始，十二月除夕止

【光绪十一年乙酉七月】

初一日起至今日已二十二日矣，未能逐日条记，疏懒无恒，于此可见。略补数则，不能按时日也。

自朔日起至初六日，在家略检书簏，未出门，未见客。

初七日，同大、二兄、金康伯（曾烜，吴江县廪生）、吴如珪（笏庆，吴邑附生）五人至阊门下船，赴试金陵。十一日至镇江，征歌选色，极两日之乐。十四日抵金陵，泊水西门，进城，寓文德桥南堍攀桂轩，对门谢宅。

得明刻《文子》、惠半农《易说》（吴刻本）、摆板《河朔访古记》、《洛阳伽蓝记》兼《明书》三种，亦吴氏原本，《汉学师承记》、《大学古义》、旧抄焦氏《经籍志》，皆从东牌楼市肆所得者也。

见姚子袌（文枬，上海人，壬午优贡）小谭，询徐母江（保大，上海人），已游泮，因得咳血症，未赴试。徐年仅弱冠，小学之精，据子袌云为上海第一人，殊以不得一见未憾。

见苏冶生、砺生昆季（绍基、绍良，俱上海诸生）。冶生精于算学，兼及化学，为吴清卿钦使调赴吉林制造局，二君皆稼秋堂兄也。

康伯、若溪招游秦淮水阁，无可意者。（二十一日）

见张闻远（锡恭，松江娄人，乙酉拔贡），据若溪云精三礼之学。（二十二日）

见姚子梁（文栋，上海人，诸生），云自日本归，携有《慧琳音义》，求售。又汪季航（锡曾，上海人，乙酉拔贡）。

《经籍访古志》者，日本人所撰，皆记彼国所藏中刻旧籍，乃摆印之书，福瀛书局有售者，贾二元。（二十三日）

阮文达曰，沙门释道惠为《一切经音义》，宋《高僧传》云唐释慧琳为《大藏音义》一百卷，二书今皆不传。案，《慧琳音义》即今从日本所得之《一切经音义》也。尚有希龄《续音义》十卷，即附慧书之后。姚子梁云见高丽古寺藏旧刻《一切经音义》，字大逾寸，卷帙甚繁，惜只一本，能用石印照出甚佳。查翼甫云，乌程汪曰桢有笔记一种，中记有《道藏音义》一书，能蒐出之，当有古佚书在焉。

见查翼甫所藏元明刻本《玉篇》、《广韵》，共六种，云以六百元得之于杨新吾，杨君从日本蒐得者也。

又见元坊刻廿六卷本《李翰林集》，与余所收同出一刻，惟渠多一序、少一年谱耳，拟互钞之。

见曹叔彦（元弼，苏州吴县人，乙酉拔贡），谭经窓守高密，近拟从事于《小戴记》。曹君年未弱冠，专力治经，学极精博。

晨起，得《曾文正公家书》《家训》刻本。午后，苏冶生来，以扇索书画。（二十四日）

晨起，补考，题为《知所先后》，经题《乃亦有秋》，诗题《惊蝉也解求高树得高字》。未初即出场，至若溪寓小谭即归。晚饭毕，与康伯游，至三鼓归。（二十五日）

晨起，未出门。午后出门，至坊口大街观古玩铺，无佳物，得《二十一家易注》一部。

见宋宝祐本《通鉴纪事本末》，有抄补一本，系明印，索值百元。又江少微《通鉴节要》四十册，书贾指为元本，实东洋本也。宝祐本半页十一行，行十九字。东洋本半页十行，行十七字。

见乾隆拓本石鼓文，有汪孟慈跋，然不如今拓之精。

午后至若溪寓见孙虎峰，出新得宋榷场翻本《九成宫醴泉铭》，有王虚舟跋，云系宋拓，光字亦有外□。（二十六日）

晨起，未为一事。午后至若溪寓，为写楹帖、堂幅各一，申初归。

曹叔彦来，畅谈为学之道，获益颇多，假以《汉学师承记》、胡汪二先生与陈硕甫札抄本而去。（二十七日）

晨起，为叔彦写摺扇一，并画。午后出门，至叔彦寓畅谭，手贻金莲溪（谷元，盐城人，乙酉拔贡）说经书一册，刘我山（奉璋，宝应人，乙酉拔贡，为端临先生曾孙）贻《端临先生遗书》两册。

至稼秋寓见稼秋，畅谈，盖不见已二载矣。（二十八日）

晨起，画扇头。午后至稼秋寓，同至近淮园啜茗，至晚归。晚饭后，至扬州书坊醉经堂，见仪征吴次潇（丙湘），于目录之学极精，喜刊书，已刊有数种（内有《传是楼宋元书目》），虽素未见面而畅话颇洽，出示新得罗茗香《音纬》稿本上中下三卷。（二十九日）

晨起，未为一事。午后至稼秋寓，同至陈公祠啜茗。稼秋复招游秦淮，打桨听歌，尽欢极醉，至二鼓而归。同坐者为徐咏梅（上海人，母江之叔）、孙燕秋（诒，上海人）、王樨禅（上海人）及苏氏三昆季。（三十日）

【光绪十一年乙酉八月】

晨起，作扇头。午后，苏冶秋邀游秦淮，小饮，至二鼓归。（八月初一日）

晨起，孙燕秋（诒，上海诸生，住大东门内太平街）邀游玄武湖，联骑出太平门，至湖神庙，午饭。归已午后矣。（初二日）

晨起，出门答友即归。午后至若溪寓，见孙虎峰（祖烈，无锡人，诸生，住石塘湾），索篆楹帖并题榷场本《九成宫》签，又索题跋。灯下书楹帖并签。（初三日）

晨起，假若溪洋蚨三圆。至稼秋寓，为刻一图章，燕秋款也。午后邀稼秋、燕秋、冶生、侣生、樨禅、徐咏梅（上海诸生，母江叔），同饮问柳，至上灯归。（初四日）

读苏冶生《小沧浪亭杂著》，皆谭时事，大约合中西之法通行于天下，其言利弊颇墒，内有《治吉林六策》最精。又《小沧浪亭读书记》，以《考工记》语，用近日之西学疏之，皆塙合，亦杰作也。

晨起，出门买考具各件。午后至稼秋寓。（初五日）

晨起，若溪来小谭，稼秋、燕秋同来，即至陈公祠啜茗，观主试入闱。下午同舟游秦淮即归。（初六日）

晨起，检拾考具粗毕，终日未出门。（初七日）

晨起，知号灯已挂第六起，即饭，见第七次旗起，即进场。由中路直入，尚宽，东路则拥挤不堪矣。接卷，坐东文场云字号，略检考具，即睡。（初八日）

三鼓即传唤，题纸已下。先于号首帖一纸于墙，为监临新政也。至天明，首艺已毕，即誊。至午，次艺毕。薄暮，三艺全毕。即作诗并补稿。至二鼓全完，收拾书籍，略睡。四鼓即起，待开号门，卯正始出场，即睡。午后略换书籍，豫备明日入场。（初九、初十日）

晨起，午饭即进场，仍由中路而进，待于东路仪门。后接卷，坐西文场馀字八十三号，因近号底，移至第七号，暮又有人来，再移至第十六号始定，略定即睡。（十一日）

三鼓见题，天明毕首艺，午毕次、三两艺，至上灯时尽毕，惟剩末篇草稿。与同号闲谭，见扬州甘泉王子坚明经（希善），畅谭极合。王君出自刻时艺诗赋四册见贻，始知为甘泉名士，三鼓即睡。（十二日）

晨起即出场，至若溪寓小谭。张闻远索刻一图章，曰“张氏夬斋著录”，石甚巨，无利刀不能刻也。午后同稼秋、侣笙、西然、冶生至问渡品泉，归。往拜王子坚，小话即归，子坚同来，乃行答拜之礼也。（十二日）

晨起，午饭入场，天甚热。接卷，知坐姚家巷北增字号，为极远之号矣。适与仪征吴次潇同号，畅谭颇洽。知次潇为钱抡仙先生壻。稼秋、咏梅同来，小坐即去。（十四日）

夜半，题纸下。知大半皆所携之书有之。解经一问全见《经义述闻》，尤见孤陋。其他“补汉兵志”，“志”讹作“制”，尤甚焉者也。天明，首问正稿已完。至午，二三问毕。申刻，具毕。即检书簏，至酉正出场。（十五日）[按，此条天头曰："制"字之误，《通考》已如此，见《四库提要》，"制"字非讹文。]

晨起，天雨。至稼秋、若溪寓小谭。午后又至稼秋寓，为篆一扇，归。若溪招饮，即去，至戌正归。（十六日）

晨起，拜吴次潇，未见，归。冶生来，同至稼秋寓送行。午后与康伯出门，得《汉书引经异文录证》，滂憙斋刻丛书零种，归。同陈挹之（桂芬，溧阳人）、如珪、康伯策骑出南门，游雨花台品泉，上灯归。灯下书篆一幅，读潘尚书癸酉、壬申销夏诗。又假若溪洋一圆。（十七日）

晨起，王子坚来，约至得月楼啜茗。毕，至状元境，得《百缘语业》一种，归。即至歙县试馆赴程履翁之招，同坐者宋研畬、王颂熙（铭恩，歙人，住长春巷），醉归。拜吴次潇（丙湘，诸生，为文节公三子，住扬州徐凝门内大街朝东大门），次潇贻所刻《传研斋丛书》及《舆地隅说》，颇精。

叶师寄贻《铁华馆丛书》六册，系影宋精刻《文子》、《列子》、《新序》、《佩觿》、《字鉴》（《群经音辨》）等书。

管申季先生（礼耕）贻新印秦刻三唐人集。（十八日）

晨起，捡拾行李。午后出门，至三馀堂书铺，得《求阙斋文集》、翻木渎周本《毛郑诗》、抱经堂本贾谊《新书》三种。（十九日）

王子坚来，以所印《德邻轩杂著》托售，计五十部一箱，即寄存星三处十部，馀携归。午后出城，同康伯游莫愁湖，归至舟次。（二十日）

晨起，由水西门解缆，至暮抵镇江，宿。（二十一日）

晨解维，至丹阳泊。（二十二日）

晨解维，至午过常州，晚泊洛社桥镇。（二十三日）

晨起，知已抵无锡，船泊惠山之麓。上岸品泉，访黄公涧，因天不雨，无水。至漪澜堂见苏冶生、汪季航、夏蕉饮（曰琖，嘉定人，乙酉拔贡）昆季。午初返舟，即开，至望亭宿。（二十四日）又金西林（嘉定诸生）。

晨起解维，午初抵阊门，步行进城，至家已午后矣。（二十五日）

晨起，收拾书籍。午后，曹叔彦来，畅谭，假《说文释例》而去。（二十六日）

寄稼秋书并拓本、阿胶、帽沿刻刀等。又与冶生书并拓本，言谒铜井先生事。又寄拓本、阿胶与罗少畊、徐母江。

以阿胶、拓本贻张叔鹏。

晨起，检书籍。苏侣生来，同至玉楼春茶室，再至一阳楼。午饭毕，至护龙街游怡园，细雨湿衣，倏无他人，两人相对品泉，观鹤顶渐红，孔雀初羽方盛，衰柳残荷，景渐荒率。盖不游此地者已二载矣。未刻归，侣生别去。（二十七日）

李氏申耆曰（《庄珍艺传》，《养一集》十三）：珍艺为《连山》亡而尚存《夏小正》，《归藏》亡而尚有《仓颉》古文，略可稽求义类，著《古文甲乙篇》，就许氏偏旁条例，以干支别为序次，凡许书所存及见于金石文字者，分别部居，各就条理，然今稿系未成书。

《养一文集》卷十四有《汪心农传》。

《修凤台志条例》见《养一集》。

《养一》文卷十九有《石经刻数辨》一首，又《乐律考》，又《策问》。

晨起，检书籍，得叶师入都留别书一函，并胡新吾（之铭）书，言管申季邀谭事。午后即至管处，知为《古文甲乙篇》篆首事，约于明日送书来。

灯下复叶师书。

见胡绥之（玉缙，元和诸生，颇讲实学），出示江宁柳氏《谷梁大义述》。（二十八日）

晨起，申季送《说文古籀疏证》首卷底样来，即依样书之，日晡始毕一卷。

申季又示李尚之《观妙斋日记》二大册，大约专记友朋往来，无它语，不足取也。

与若溪书并《三角钩沉》，讬撰序文。（二十九日）

【光绪十一年乙酉九月】

晨起出门，至濂溪坊晤汪凤修（鸣[銮]内兄），为房屋事。午后得申季书并《古籀疏证》卷四底样，即篆之，未半，下楼检书籍。叔鹏使人来，为取严师箱簏事。灯下篆《古籀》四卷毕。（九月初一日）

晨起，未为一事。至大成坊巷书铺，见初印《汉书》（汲古本），甚精。得佳刻《礼部则例》二册。午后见康伯，同至二兄处，再至任蒋桥潘太姑母处，归。至从家巷查翼甫家，见蒋肖鳍（望曾，海宁诸生，寅昉先生子，生沐先生胞侄）。查公出示秦刻瘦本《九成宫》、翻本《化度寺碑》、明拓《麓山寺碑》（为张叔未藏物）。

肖鳍言家藏钟鼎拓本数百件，或有题款，或无。有精拓《散盘》，又有徐紫珊印。

明洪武初有翻张伯贤本《文选》（蒋君语）。

汪文盛本《汉书》板后为人购去，挖去汪名，改易他姓氏。

李善注《文选》十行本云系宋本，一[按，以下原缺]。

宋本《说苑》近有人出售，索值二百金，即拜经楼物。

乾嘉时，温州孙希旦撰《礼记集解》一书，卷帙甚富，先郑注，后及宋儒说止。莫偲老署检，见于查氏。

与查、蒋二君畅谭，即于查处晚餐，至二鼓归。（初二日）

晨起，收拾书室。午后出门，访蒋肖鳍，不值。（初三日）

秦刻《九成宫》有二本，一肥一瘦。瘦者秦氏自存之本，肥者乃刻工窃于灯下钩之，所谓夜钩本也（查翼甫语）。余见荡口华氏恒河沙馆藏本乃肥本，今查氏所藏乃瘦本，皆用旧纸佳墨精拓，系当日赝宋拓者。愙斋丈又谓秦本用泥刻而后烧成者。

晨起，未出门。午后晤孙洨民，知祁子枞自青浦来，即往拜之，适出门，未见。见华纫斋。（初四日）

晨起，未出门。午后，查翼甫来小谭，即同至濂溪坊观汪凤修屋。薄暮谒叶菊裳师，小谭即归。（初五日）

晨起，未出门。午后至萧家巷，见华虚斋、纫斋昆季，复往拜蒋漱云、张叔鹏、王菊生，均未见，即归。

从叔鹏处取到叶师所贻《功顺堂丛书》一部十二册。

午后篆《古籀》第二卷毕。（初六日）

晨起，寄王薇阁书。祝谦之携侄及侄孙四人来，小谭即去。午后，祝心渊来，畅谭。同出门至护龙街，得《张文昌集》八卷本，明刻。复至清嘉坊，薄暮始归。得苏冶生书，并贻《裴岑纪功碑》、《刘平国碑》拓本，二石皆在嘉峪关外，不易得者。苏公系从彼处来，故相贻也。并附致顾缉庭书。（初七日）

晨起，书《古籀》第五卷毕。午后未为一事。薄暮至护龙街，小游即归。得邹瘦鹤书，为谋山左学幕事。（初八日）

晨起，出门至菉葭巷候查檵亭，不值。至花桥巷见叶师，畅谭，午饭后始归。至大柳贞巷候蒋肖鳍，不值。薄暮至观前，过大成坊巷，复至玄妙观西雅叙茶室，见查、蒋二公，小谭，由大街归。

叶师出示新得《京本音注柳先生集》，半页十行，行二十四字，双线边。余定其为元刊元印，云以四元得之。

《文选》黑口本皆翻张伯颜本，即唐藩本也。

见沈小宛注《范石湖集》，用秀野草堂本，云原本在许鹤巢处，过本乃顾缉庭手临。（初九日）

晨起，写《说文古籀疏证》三卷毕。午后，张叔鹏、祝心渊来，同出门至玄妙观茶室畅谭。至观西绿润堂书铺，见旧抄本《衍极》，为翁覃溪手校本，旧抄《宣和北苑贡茶录》，旧抄陆游《南唐书》，即汲古本，有韩履卿先生藏印。三书以两元馀得之。与叔朋、心渊别，即归。蒋肖鳍来拜，适出门，未见。（初十日）

读《观妙斋日记》，嘉庆十四年己巳，尚之先生年四十二岁，二月十一日记云："法疆翁考一卷成，求戴金溪作序。"三月初一日记云："鄞县茂才包本慈，名祖冯，执挚来问算学。"四月初七日记云："纂《五代史司天考补注》二卷毕。"又嘉庆十年乙丑日记六月初三记云："汪孝婴自徽州来谈，见所著《简平仪》。”又十七日记云：“见宋板《启札会元》五十二卷。”闰七月初七：“校录《开方补记》毕。”初八、初九记：“校宋本《孙子》、《算经》毕。”二十二日：“见宋本《韩非子》廿卷。”丙寅九月十六：“写《勾股算术细草》成。”

晨起，蒋肖鳍来谭。午后答之。同至观前，取昨见各书归。

见明初拓《多宝塔》，与余所藏捋有钱警名先生诸家题语。见《兰亭诗》，乃柳字，云宋拓本，有“徐渤”、“兴公”二图记、王良常诸家跋，皆塙。宋拓《戏鱼堂帖》残本，涿拓《快雪堂帖》，别附未裱本《乐毅论》，强弱之“弱”右“弓”内尚做三点，字形颇细。见厌胜钱拓本六册，有翁氏父子、梁山舟、郭频伽、钱梅溪、张叔未、赵晋斋诸公题语，皆极精。元板《朱子纲目》，与余所见扬州本同。嘉靖汪谅翻京张伯颜本《文选》，十一行，行二十四字。又过临邵位西校《四库全书简明目录》。皆蒋氏物。

借肖鳍散盘精拓本、曶鼎精拓本，又张月霄《藏书志》十二册。

赵清常，名琦美（月霄《藏书志》卷二十三，八页）。

钱叔宝谷，子功甫（名允治。又卷三十六，页一）。

顾缉庭先生来拜，适出门，未见（肇熙，前吉林分巡道，博览群书，无物不刊）。即去年郎亭为寄《鲁游杂事诗》十六首与之者。

晨起，谒顾缉庭先生，小谭片刻。至泰伯庙桥下塘晤曹叔彦，见所藏书，有汲古本《吴郡志》，为惠定宇先生旧藏，有“红豆斋藏书”印记。再至西街见曹智涵，数语即别。至混堂巷谒何珊枝先生，未见即归。午后，智涵来，为视母病即去。薄暮出门，至查翼甫家小谭，见有《玉篇直音》一书两册，为明人撰本，颇不易见之书也。

骨董铺送来《吉金斋古铜印谱》六册，有程氏瑶田序，言古“鈢”字，可为最先之说矣（此序拟抄出）。《南邨帖考》四册，为枫泾程文荣撰，有杨龙石题语，犹遗墨也。

又铺送视《岳麓》、《云麾》各一，拓本尚旧，《云麾》“魏国夫人窦氏”六字尚清。

午后刻二印，一曰“顾肇熙印”，一曰“铜井”，即呈缉庭先生，并匋器拓本六十馀种。先生报书，贻吴窸斋先生大篆《孝经》一册，精美绝伦，系同文石印本也。

假曹叔彦《研六室文抄》四册、《黄学使札各学示》二册。

安麓邨，名郜，见宋拓《兰亭诗》(闻系明珠仆)。

“红蕙山房”为袁寿阶藏书处，有《红蕙山房诗集》、《渔隐录》、《金石所见书画记》三种，皆袁撰也。

王石臞先生为《广雅疏证》，日课疏三字，罔间寒暑，积十馀稔乃成。说见胡竹邨《研六室文抄》卷六《王石臞先生八十寿序》。

顾氏之《音学五书》分十部，江氏之《古韵标准》分十三部，段氏之《六书音韵表》分十七部，以考古音。

《读仪礼私记》为江氏筠撰(字震沧，长洲人，乾隆壬午举人。艮庭先生兄。《研六室文抄》六有《序》)。

陈平伯名兆熊，见同上卷八。

夏朗斋先生銮，字德音，当涂人，为徽州府训导，首次慎修先生著述行事，详之上官，请祀乡贤祠(《研六室文抄》卷十先生《墓志铭》)。

竹邨先生《仪礼正义》大约有四例，一曰补注，二曰申注，三曰附注，四曰订注。(十二日)

晨起，至花桥巷本家，同上船出齐门，至山塘祭孝子湘侯公祠，午后还家。知南闱已揭晓，长洲李□□(秉章)、吴县曹叔彦(元弼)、沈兰台(维骢)，元和无人，北闱则王申之(同愈)、张峥角(一麐)二人，共计五人，为近科最少之数。

寄郎亭山左书。

灯下读《尔雅》，手自句读，为今日始。(十三日)

澹生堂藏书不百年而散，后人有诗曰：“宣绫包角藏经笺，不抵当时装订钱。”见张月霄《藏书志》三十四卷淡生堂抄本《闻过斋集》余姚马瑗跋语。

晨起，未为一事。午后，曹智涵来诊母病，即去。(十四日)

晨起，写《古籀》数页。午后至悬桥祝氏，即归。蒋肖鳍来谭。（十五日）

晨起，写《古籀》。肖鳍赠笔一枝并书，来言查檵亭已中七十三名孝廉。午后往贺檵亭，未晤。至叶菊裳师处，并携新得元本旧抄校各书，叶师留置案头，至上灯归。（十六日）

晨起，叶师来，畅谈。午时出门，至吉由巷看屋。午后未为一事。出门候康伯，同至二兄处，略坐即出。至观前灵芬阁，见《浙江采进遗书目》，旧为陈仲鱼藏，印有"仲鱼过眼"、"仲鱼图象"、"得此书费辛苦后之人其鉴我"三印，拟得之。[按，此条天头曰：向从杨氏假得邵《尔雅》二十卷，系海宁陈仲鱼先生手校本，仲鱼戴笠小象后"得此书"十二字印外，又有"鳣读"、"海宁陈鳣观"、"陈仲鱼读书记"三印。惟上方注字处有"士佩"印，未知何人。此书亦为叶调生先生所藏，有"吴郡叶廷琯鉴藏经籍金石书画秘笈印"、"二十五匮藏书记"。另纸一页，调生有跋，决为仲鱼手毕。上方杂采竹汀、未谷诸家说，塙系精本，今犹梦寐系之。丙戌夏日大纶附志。]

见明本《太平御览》。

见元板明配本《玉海》。（十七）

晨起，祝心渊来谭，至午后始去。出门至大成坊巷书铺，得《孤儿编》一册，此书为汪孟慈撰，印本甚希见也。

得王薇阁书，即复，并与稼秋书。

假肖鳍邵位西注《简明目录》。（十八）

晨起，梅汀来谭即去。张辅之来，午饭后同出门即别。见钱南泉。至观前灵芬阁，见旧扇面百幅，大半皆明人书画，颇有佳者。见轴数十幅，有王雅宜书金粟牋立幅、钱舜居东坡小像、王麓堂立幅山水，皆佳。见祁子翁，同至玄妙观雅叙茶室，在坐者吴如珪、金康伯、孙洨民，共五人。子枞先行，与金、吴、孙同归，小谭始去。

《说文古籀谱》第六卷篆毕。（十九日）

晨起，张叔朋来谭，午后始去。往候祝谦之，小谭。候谢序宾，未见即归。

见东坡小象立幅四幅，一临本，三石拓，合昨日所见，共五图矣，何巧之若是也，拟尽得之。余与东坡学问气节皆不敢仰企，维先生出门必携字书，则与余同癖，此又众人之奉先生者皆念不到此者也。

查檵亭、何珊枝、孙得之三人来，故未晤。

见《大藏音义》一百卷，即辑出《苍颉》、《声类》二书，数日拟毕事也。（二十日）

晨起，辑《音义》。午后出门，至混堂巷拜珊枝先生，久谭，上灯始去。归，接辑《音义》，已毕四十四卷矣。（叔鹏借去书十馀种，有帐）

见珊枝先生藏宋板《近思录》，似有元补板，当元印也。（二十一日）

屠苏《小草盦诗钞·梅影轩图为黄饮鱼表兄作》句云："憔悴青衫直到今，梅花林下少知音。飞来太白楼头月，照著平生感旧情。"（自注：太白楼，令祖荛圃先生旧藏书处也）

释金文以多见为第一，考经为第二，证许为第三。有据者断之，无据者则桂氏《说文义证》案而不断之例为至，是不可徒博，愈引愈远而愈无当也。荟萃而不能断，只益芜杂恍惚，亦奚以为。此陈簠斋说也，见滂憙斋刻书中。

金器旧者，手摸即可知伪者，必不佯欺。伪者斑下无字，斑中更不能见字。

陕西张二铭工伪铜器古文，大至鼎钟，小极寸许铜造象，无字者皆能补镌。又有苏、薛二人则不知其名，其始于刘燕庭先生宦秦之时，一时好尚，人遂为此奇伎云。（说[见]鲍臆园康与潘伯寅尚书札，已刊《滂憙斋丛书》）

鲍臆园又曰：阮刻《款识》及《金石萃编》弊在贪多，不能不假手于人，遂留罅隙，然开山之功甚大，吾辈节取其长可耳。余见莫偲老《宋元旧本书经眼录》中云，朱竹石藏有朱建卿《释钟鼎款识》四大册，阮文达朱笔改，每逢朱某按处，即改为"元案"，可见阮氏之书竟非己作也。

刘燕庭《古钱苑》一百一卷，底稿在陈簠斋处，有图无说，且金银洋钱多至数卷。（同上）

刘燕庭又有《咏泉绝句》二百首，已刊，即毁。

陈簠斋《印举》一书共约六千方，藏印至四千馀，益以借印者并两面印、子母印合计之。

古泉之学，至嘉道时始有塙识，前人著录皆不足信。

晨起，谒曲园师，适已至杭，未见。拜曹叔彦、管申季，皆谭至午正始归。午后辑录《仓颉》、《声类》。薄暮，杨实甫来，携麓台画一幅而去。叔朋来。智涵来诊母病即去。灯下读《滂憙丛书》数种。

假叔彦《滂憙丛书》七册，叔朋携去《大藏音义》七册。（二十二日）

晨起，侯念椿来，小谭即去。侯老，书贾也，乃钱听默、陶五柳之流，道咸诸老尚多见及，于古书转辗之源流颇悉，宋元本装潢修补之法尚有传授。其云荷叶装一法，乃宋元本之极敝者，每页用纸直帖，如裱册页，浆糊乃于大锅中挠之使匀薄，然后宿三四旬，取出，以刀划之如腐方，用之。此等法，近日书铺中后起皆不知之矣。午后出门，至西花桥巷，叶师适出门，未见。至祥符寺巷王菊初家，同出门，由大街归。（二十三日）

与潘硕庭书并贻土范拓本、《史晨》二册，并索题语。孙星衍曰："著录金石之书有二，或就所得打本为之考证，或因前人所录而存其目，以俟搜访。观陈思《宝刻丛编》各条下引元书，则亦未见其碑。黄叔琳用其例以撰《中州金石考》。"按，先生《京畿金石考》亦即此例。

《稽瑞楼所藏书目》目：

《四库全书简明目录》十册

《四库全书存目》六册

《四库遗书目录》一册（抄）

《隋书经籍志考证》三册（抄）

《国史经籍志》五册（抄）

《内阁书目》三册(抄)
《天禄琳琅书目》五册(抄)
《浙江采集遗书目录》八册
《道藏目录详注》二册(抄)
《释藏目录》一册
《医藏目录》一册(抄)
《征刻书目》一册
《汇刻书目》十册
《百川书志》三册(抄)
《菉竹堂书目》一册(旧抄本)
《万卷堂书目》一册(抄)
《世善堂书目》一册(旧抄本)
《天一阁书目》十册
《述古堂书目》一册(吴枚庵阅本,抄)
《也是园书目》一册(抄)
《汲古阁书目》一册(抄)
《季沧苇书目》一册
《传是楼书目》六册(旧抄本)
《含经堂书目》二册(抄)
《培林堂书目》一册(抄)
《孝慈堂书目》五册(抄)
《孙氏祠堂书目》一册
《古今书刻》二册(抄)
《藏书纪要》一册
《校雠通议》一册
《读书敏求记》二册(士礼居校本)
《百宋一廛赋》一册
《崇文总目》五卷六册

《绍兴续编四库阙书目》二卷，抄一册

《遂初堂书目》一卷，旧抄；别本，附一册；又一册

《郡斋读书志》二十卷八册

《读书志附志》五卷，又《后志》附四册

《子略》四卷一册

《直斋书录解题》二十二卷十二册

《汉艺文志考证》十卷，旧刻二册

《文渊阁书目》二卷，旧抄二册

《宋史艺文志补》一卷，抄一册

《补元史艺文志》四卷一册

《出三藏记集》十七卷六册

《古今译经图记》四卷一册

《大典内典录》十卷三册

《元大藏法宝标目》十卷三册

晨起，祝心渊来，爰检石拓各种，同为检理。至午后同出门，至临声路经文堂书坊，得陈云伯《碧城仙馆诗集》一册八卷，即归。灯下书《说文古籀疏证》目。（二十五日）

钱舜居《东坡笠屐图》有"李氏珍藏"及"元垲珍赏"各印。考元垲字湘芷，屡见《碧城仙馆诗》中。

晨起，蒋潄云来，同至曹胡徐巷程处，小谭即归。午后出门，候潘硕庭，不值。叶师，不值，即归。薄暮出门，还世经堂书价一元。购鞋。逢蒋芝祥，同至玉楼春啜茗，小谭即别。灯下作与伯和书。（二十六日）

晨起，写《古籀》目半。祝心渊来，同出门，至白塔子巷即归。午后候蒋芝祥，同至白塔子桥从观单屋，尚佳，而价已巨矣。得稼秋书，并徐咏梅书。孙燕秋诒[按，当为贻]东洋玳瑁印色匣并牙章，甚精。灯下即复稼秋书，并与冶生函。（二十七日）

硕庭还索题《史晨》二册，并贻秦权拓本，甚精。又养豹军铜牌拓

本一纸。

晨起，洨民来，康伯、铸臣继至。午饭毕，与康伯同至玉楼春啜茗，逢如珪、韩毓庆（章铭），小谭即归。灯下写《古籀》五页。（二十八日）

晨起，南泉来谭，星三继至。午后写《古籀》三页，檠右写《说文古籀》目毕。

莲士送还《经解》百二十册，以《德邻轩集》四部与梅汀，寄稼秋函。

《说文古籀疏证》条例，大约分正字、阙文、演篆、辨误、复古五事。葆琛先生曰，此书以钟鼎校《说文》，非以《说文》校《说文》，然必以钟鼎校《说文》，始能以《说文》校《说文》耳。此论甚塙。

晨起，未为一事。午后，祝心渊来，为检《经解》卷次，至上灯始毕。胡绥之来谭，片时即去。（三十日）

【光绪十一年乙酉十月】

晨起，纫斋来，同至胡香思巷候蒋芝祥，不值。午后出门，至世经堂、赏奇斋小坐即归。灯下作与容黼书，与吴次潇书并《留沤词抄》、《蕙櫋笔记》。（十月朔日）

晨起，潘太姑母来。午后出门候蒋芝祥，同至大柳贞巷观屋。再至玉楼春茗话，逢康伯、大哥，小坐归，已上灯矣。灯下作与芝祥书，馀未为一事。晤祝心渊。（初二日）

晨起，至混堂巷看屋。午后至珊枝先生处长谭，至上灯归。遇赵椵亭，湖州人。灯下得薇阁、梦盦书。（初三日）

晨起，心渊来，同大、二哥、心渊至柳贞巷观屋，同至康伯处小谭，归。午后，康伯来谭。灯下拟《沪报》论一首。（初四日）

晨起，续著沪论。灯下又著一论，并手录稿，至三鼓未毕。（初五日）

晨，大哥房中侍婢失火，延及帐褥，急起视之，手为掩熄。惊定思痛，方知毛发尽焦，十指如灼，急取石灰水调油敷治，痛即去止。然起大泡，著衣吃饭，在在需人。虽已负痛，尚为大幸，故亦不知其苦也。（初六日）

属心渊代誊论说并写信，即寄稼秋。（初七日）

晨起，手如故，脚泡忽破，渐出血水，至跛不能行。午后，王薇阁来，即设榻留之畅谭。薇阁贻烟台一，墨匣二。（初八日）

黄静伯、朱俪山同来，并稼秋书、洋十圆，即送至孙得之处，回收王氏《说文》三种。

晨起，蒋漱芸、曹叔彦同来，畅谭竟日而去。（初九日）

晨起，脚腐不能下楼，终日静坐，亦未为一事。（初十日）

晨起，未为一事。午后下楼，见洨民、珊枝先生、菊初三君。得稼秋书，即复。灯下作论一首。郎亭寄贻《说文统系图》拓本。（十一日）

晨起，得硕庭书，即复，并贻半两范一、《说文统系图》拓本一纸。（十二日）

连日手渐平复，足忽溃肿，诸事皆懒动。十五寄吴次潇一函，十六寄稼秋一函并论二首，汇英洋二元。

得曹叔彦书，即复。

连日与薇阁清谭。薇阁足生小疖，亦不能步履，且腿又肿疼，乃平日服温药之故。（十三日至十七日止）

假叔彦《四库提要》。

晨起，与薇阁谭，并作小画八题、诗十六绝。午后得稼秋书，并日记一册，又扇面各种，皆乞书画社作者。灯下写《说文古籀疏证》目毕。

晨起，未为一事，午后，心渊来谭。（十九日）

晨起，未为一事。午后作论一首，得稼秋书。灯下钞清稿二首，并寄稼秋函。（许送篆文《心经》）

得叔彦书并还《汉学师承记》等书，言日来读《诗》《礼》颇有心得，

《系传》已看至第十卷。

晨起，得申季书，并示新装金文拓本二册。一为盂鼎拓，颇不精，然神采自佳。一颂鼎[按，当作敦]拓，佳，然审第八行字下，据《积古》本及敦文，皆作“女”，今篆作，不似“女”字之缺，馀字体亦软弱，殊觉可疑。项敦文二首拓恶俗，文多缪讹，若第二行“旦”字，大篆皆作，下象地，故大篆“才”亦做，今敦文作，破坏六书，伪器无疑。次拓稍佳，然与《积古》摹本不合，恐亦翻本。即作书复之，并还二册。

灯下续论一首，毕已三鼓矣，即睡。

胡绥之来谭（玉缙，元和诸生，同出严子万先生门），精于读书，能得其要领，惜家藏书不多，不能畅观耳。

吕孟文来候薇阁，小谭即去。吕为庭芷先生长子。（二十一日）

晨起，二哥来谭。午后与薇阁谭。申季复书，言“旦”字甚塙，《吹网录》中云亦有颂敦文，云已与阮刻不合。灯下作论一首，作与稼秋、燕秋、咏梅三书。（二十二日）

从珊枝先生借得《近思录》八册，云是宋刻，恐尚元刻元印耳。

张香涛云，元本书有一种黄色者，名之曰草苗纸，盖上有草筋未尽故，大约总狭帘。

晨起，寄稼秋书并论二首。（二十三、四日）

晨，脚指溃痛，不能下床，坐卧终日，闷甚。（二十五日）

晨，脚指仍痛，不能行。午后因事怒起，血破映袜，不顾也。与薇阁谭片时。得静涵先生书，言海军定后，译书当其起，觉与鄙见正同。（二十六日）

即复静涵书，言《仓颉》、译事（寄论）、儿茶各事。

寄吴次潇、王子坚二书。

《水经注》引《竹书》七十六条，皆以晋国纪年，与今《竹书》不同。（《提要》卷四十七，三页）

“抽替匣”三字见《癸辛杂注》。

叔彦书来，询足疾愈否，即答。

今日足溃依然，仍不能起床，稍以药末糁之，偶干又湿。室暗，床上午后已不能看书矣，闷甚。

汪孟慈《孤儿编》卷三《文字原跋》云："快士先生自序云，古之学者先识字然后读书，今之学者善读书方能识字。盖自天宝以后，楷字称便，北宋之初，剞劂盛行，经史子集俱有刊书，俱是楷字。人但知其为楷也，而不知楷之中有先秦以上之楷，俱有篆也，六义备焉，又有由楷[按，汪中原文作"汉"]以来因时制宜之楷，有谐声义理而无篆也。楷者，模楷[按，汪中原文作"楷模"]也。此二种谓之正书。复有一种似楷非楷、全无义理之俗书，人皆为其所惑而莫之辨，即辨之而亦莫能去，盖沿习既久，今古之学不同也。"

又曰："《说文》而上，虽有其书，亦如八索九邱，实无书传。《说文》而下，继之者纷然杂出，乱而无绪，莫知所综。"按，快士先生当顺治、康熙年间，已所言之如是。

"欲把名花俦使君，百绣久黯砑罗裙。何当绿酒红灯里，却借新词给寿文。

阿兄自笑酸寒甚，愧乏华筵寿使君。欲借新诗□□□[按，原缺]，近来词句太无文。"薇阁生日，作此寿之。

舆志之书出自官撰者，自唐《元和郡县志》始。（《提要》六十八卷，十二页）

寄郎亭书。

足渐平复，然尚未下床。（廿八日）

著书夹注之中又有夹注者，自姚宏补注《战国策》有此例，范成大《吴郡志》则继之。（《提要》卷六十八，十八页）

志书之特立"经籍"一门者，始于施《会稽志》、袁桷《四明志》。（同上，六十一页）

郝玉麟所辑《广东通志》独有"外番"一门，为他志所无，乃本《通典》述边防而兼及海外诸国之例也。（同上，六十五页）

赵清常，名开美。（《提要》七十八卷，十九页）

宋人官私书目存于今者四家，晁、陈二目有解题，尤袤《遂初堂书目》、《崇文总目》则无解题。按，《崇目》本有之，郑樵作《通志》，始谓其文繁无用，绍兴中遂从而去其序释，故晁、陈二目仅云一卷。（《提要》八十五卷，四页）

凡书目，一书而两刻皆工则并存之，始于《遂初堂书目》。（《提要》八十五卷，十七页）

凡书目，一版而两印皆精则并存之，犹汉秘书有副例也。（同上）

《明书·经籍志》（傅维鳞）、《明史艺文志稿》（尤侗）二书名见《提要》卷八十五，页二十。

古今金石之书，其备载全文者，在宋惟洪适之《隶释》、《隶续》，在明惟陶宗仪之《古刻丛钞》、朱珪之《名迹录》、都穆之《金薤琳琅》，在国朝惟顾炎武之《求古录》、陈奕禧之《金石遗文录》、叶万之《续金石录》、叶封之《嵩阳石刻集记》。（《提要》八十六卷，四十页）

终日不能行走，移步至小厢，较畅也。

昨晨，管申季来，并借存《测圜海镜》一部，欲借《刁遵墓志》等四分，即送去。

俞葆初来（元善），不能见，即去。

鞠裳师书来，示徐兴公《红雨楼书目》，系旧抄本，首有“注韩居郑氏”一印；陆其清《佳趣堂书目》，系其清手抄本，页首题“其清手抄书目”六字，蒋香生云系义门笔，有荛夫题字，云得于朱文游家。二书皆蒋香生所藏，拟抄其副也。（廿九日）

【光绪十一年乙酉十一月】

晨起，足渐痊，移步至楼下，与薇阁谭。午后得稼秋书，知《经籍访古志》已代购得，喜甚。（十一月初一日）

晨起，下楼与薇阁谭。午后，叔彦来谭，言读《仪礼·士冠礼》，《正义》有可疑处，颇塙，至上灯去。

吕庭芷先生木渎来，小谭即去，言《古籀疏证》稿本即渠携示潘尚书者，云此书与原目颇不合，盖葆琛先生子存与先生重定之本，稿本又为陆君重抄，恐多谬讹也。先生阳湖人，自云能知其渊源，他日当详询之。

祝心渊来，示场作，颇佳。（初二日）

晨起，未为一事。终日与薇阁谭。（初三日）

晨，足又溃，不能下床，闷坐竟日。（初四日）

晨起，已午正矣，足尚溃，午后下楼。

钱南泉先生来，言将有山左之行。

韩芝生先生来，盖从山左归，携有郎亭所贻《金石图》四册，任与龄孝廉书一函，并冯墓志。

得吴次潇邗上书，言所寄《蕙櫋笔记》已付手写样矣。

灯下为《山左治河议》一首。

薇阁贻《日本纪游诗》及《和日本杂事诗》，皆丹徒庄撷云（介祎）所撰。庄富家子，曾游历日本，故有是作也。

吴愙斋跋自书大篆《孝经》曰：自汉儒以隶书写经，而孔壁经文不可得而见，仅散见于许氏书中，许书所引经文，如“居”字作“凥”，“偯”字作“悘”，皆许所引《孝经》本文，即孔壁书，知许书正文不尽小篆也。标谓许氏当日虽在东汉时，然已通行隶书，小篆之存，恐不能全，故据山川鼎彝而补其未备。古籀之文散见于正文者，正不知凡几，故今日古金之文往往合于《说文》者甚多。近儒以为《说文》之不收古籀，皆因同于小篆者而删去之，不知古籀之散见于正文，正以小篆所未备而存之也。即据引经之证而知之焉。此说或不谬，暇当质诸通人。

朱文游（奂）藏书处名“滋兰堂”，侄秋崖（邦衡）藏书处名“静怡小筑”，同居白莲里，乾隆时人。（《述古堂书目》跋）

读抄本《苏台竹枝词》，皆记咸丰中年极盛之时，不知何人所撰，尚是稿本，只题“潜庵苏台竹枝词百首”，有“树臣”一印，当询诸故老。书为叔朋藏。

吴兔床子，字苏阁。（《士跋》二，八页）

枫江草堂宋氏,长兴人。(同上)

张青芝子,字充之。(同上,十页)青芝,名位。(四十七页)充子与枚庵友。(同上)

惠氏《百岁堂藏书目》。

吴方山(岫)、姑馀山人沈与文皆明嘉靖时吾郡藏书家。(同上,十六页)

茱萸山人席鉴。

瞿苌生(中溶)。

空居阁多抄本,不知何家。(同上,二十七页)

冯已苍(舒)。(同上,二十八页)

穴砚斋。(同上)

寿松堂孙氏,苏州人。(同上,三十六页)

瓶花斋,吴尺凫(焯)藏书处。(三十八)

顾雨时喜藏异书。孙听玉住华阳桥。(四十六)

江郑堂侨居阊门外之渌水桥,与枚庵为藏书友。(四十八页)

沈小宛有撰《王荆公文集注》。(四十九页)胡绥之云,游光福许鹤巢先生(赓飏)家(胡先生婿),见沈小宛校注书甚多,有《王荆公集注》,当时并未云诗与文也。鞠裳师言《王荆公诗注》今藏李香岩家,则此必文集矣。李已于今岁中秋归道山,遗书莫可借问。师拟刊入潘尚书《功顺丛书》中,李许而未与者也,方惋惜之。今若能取文集注刊行,岂非美事。容与叶师言之。

顾桐井,藏书家,住郡中东城,不知即华阳桥顾氏否。(五十页)顾大有亦吴中藏书家。

焦里堂作习礼格,绘宫室如弈棋,而人物为棊。(《东塾读书记》卷八,四页)

陈兰坡先生欲取《仪礼》经文,依吴中林《章句》分节写之,每一节后写张皋文之《图》,又以凌次仲《释例》分写于经文各句下,名曰《仪礼三书合钞》,有说而未成,见《东塾读书记》卷八,二页。

以汉儒经学之盛而不注《仪礼》者，自后苍《曲台记》之后，惟郑君一人，盖群儒无能为此者，马季长亦注《丧服》而已。至元时，敖善作《集说》，其自序言郑注多不合于经，此真不知量也。（同上）

晨起，未为一事。午后与薇阁谭。（初六日）

晨起，即午饭。午后与薇阁谭，祝心渊来，托作《孝经》、《性理》二论，仓卒答之。（初七日）

《韵石斋笔谭》有记明代藏书家姓氏颇详。得稼秋书，《经籍访古志》已送来。此书为日本涩江全善、森立之复撰，共六卷，附以《医类》一卷，共七卷，八册。大致仿《天禄琳琅》、《爱日精庐藏书志》例，向无刻本，为六合徐星使（承祖）属姚子梁（文栋）摆印者。所记有卷子本，皆七八百年前物，为中土书目中未见者也，馀皆同。

与叶师书。（初八日）

晨起，足稍痊，可下楼矣，与薇阁谭。（初九日）

晨起，送薇阁归木渎。薇阁交帐一纸，得金五两八钱，托代购各物者。

王阮亭曰："今予池北书库所藏虽不敢望四部《七录》之万一，然亦可以娱吾之老而忘吾之贫。"（《蚕尾集》卷九《跋世说侯鲭录》）

敬，宋翼祖讳；匡、胤，太祖讳；恒，真宗讳；竟，翼祖嫌名；炫，太祖嫌名（太祖旧名玄朗）；通，系章献明肃皇太后家讳（太后刘氏，天圣元年临朝称制，令天下皆避父讳，明道二年太后崩，复旧）。说见《经籍访古志》卷二，十三页。

午后，绿润堂书铺友来，付以装书洋一洋五百。

得稼秋书并寄还日记一册。

陈兰坡曰：西汉经学存于今者惟《毛诗》（《尚书大传》、《春秋繁露》皆非完书），段懋堂为《毛诗故训传定本考释》，云读毛而后可以读郑，是也。（《东塾读书记》六卷，四页）段氏又有《毛诗故训传微》，见阮文[达]《周礼汉读考序》。（同上）

又曰："《毛传》连以一字训一字者，惟于最后一训用'也'字。其上虽累至数十字，皆不用'也'字，此传例也。然有不尽然者。今考'也'字不合传例之处，其下皆有郑笺。此由昔人因笺缀传下，传无'也'字，则文势不断，故增'也'字以隔绝之，惟'何彼秾矣'传'肃敬雝和平正也''和'字下有笺而无'也'字，此昔人增加之未尽者。《颜氏家训·书证篇》云，俗学闻经传中时须有'也'字，辄以意加之，每不得所，益成可笑。然则《毛传》'也'字为俗学所加，无疑也。"（同上）

古金之文阴者为款，阳者为识。（初十日）

晨起，以大篆书《酒诰》一篇，竟日未成。（十一日）

晨起，续昨书《酒诰》文，至酉刻始毕。

与叔彦书，言大篆、《仪礼》之学颇详。（十二日）

严元照（《张之洞《国朝著述姓名略》），字久能（《竹汀日记》），又字修能（顾翰《拜石山房词》注），苕溪人（《曝书杂记》），人皆称之曰严九（《拜石山房》）。

严先生元照，字九能，又字久能，别号悔庵，浙江归安人也，以纳粟作上舍生。好读书，所居名芳椒堂，聚书数万卷，多宋元旧椠（《曝书杂记》卷下），与钱竹汀、鲍以文、顾千里、黄荛圃等友善，逸事具见于诸家集中。工词，斋名画扇斋（金匮杨夔生《真松阁词》注）。斋以画扇名者，先生娶于锡山嵇氏，嵇有媵婢张秋月。先生爱之，乃谋诸中闺而胖[按，当为牉]合焉，且援《十六观经》"戒香熏修"之句，字之曰香修。华秋槎司马、屠琴坞孝廉为写《秋江载月图》团扇贻之（无锡顾翰《拜石山房词》注作《西泠载月图》，未知孰是），因以画扇名斋，且遍乞题句为《簪花集》（《拜石词》注云："君姬人香修有簪花图，题者甚众。"）陈云伯为赋《香修诗》九绝句（见《碧城山馆诗录》卷六）。尤精小学，著《尔雅匡名》二十卷，专以《说文》正体纠《尔雅》流传之俗字，仁和劳泾元（《曝书杂记》"泾"作"经"）为锓之版（事见上元朱述之《读书志》卷一）。又著有《娱亲雅言》，钱竹汀宫詹为之序（《曝书杂记》下）。又《蕙櫋笔记》一卷，原稿存荻港章学柏明经家，叶茗生先生（廷琯）手录其副，并删去十馀条（见叶茗生先生原跋），新阳赵静涵先生

(元益)于章氏亦抄一本,则全稿也(赵先生说)。先生又工词,人皆称之曰严九(《拜石山房词集》卷三)。词集名《画扇斋□□》先生每见旧刻精抄,必印以"香修"小印(见《东湖丛记》录先生《铁网珊瑚跋》)。舅氏篴秋老人曰,先生为铁桥先生族子,贫病■愁,终年小住常在婿乡,■与杨、顾诸老辈提倡风雅。词稿甚富,■流落锡山,曾假读之,今已不知所往矣。舅氏与先生子粟夫友善,故知其详云。[按,此篇两页天头曰:不料张忆娘复有此韵事。吴榖人祭酒有《画扇斋题词序》。宋椠《陆鉴》亦有"香修"小印,今归存斋处矣。①]

晨起,得郎亭书。(十三日)

晨起,实秋来,小谭即去。

费屺怀(念慈,武进人)自都中归来谭,小坐即去。屺怀工书,善读书,为洪北江、孔巽轩一流。

灯下撰严悔庵先生事略,因吴次潇欲刊《惠櫋笔记》,索其事实也。(十四日)

晨起,录所撰严先生事略。午后未为一事。灯下复叔彦,言许书不尽大篆书。(十五日)

得薇阁书。

叶茗生《感游集》卷一《逐崃山馆诗钞(宝山李云栋楣生撰)跋》曰:"《汉巴郡太守樊敏碑》,世久失传,君于芦山访得之,拓数纸携归。"

晨起出门,至员峤祝氏观屋。午后复薇阁书。

书客徐敏甫携来明单刻《国语》,首韦昭序,次宋庠序,附《音训》数页,《撰注诸家姓氏》一页,目后有闽中王鎣跋,盖记□君属其校勘之事。书中字多改作古体,每页二十行,行二十字。又《文选删注》一种,首列五臣、李善二序,卷首有明人结衔二条,上列高头,则附旧注,

---

① 按,宋椠《陆鉴》指宋蔡氏家塾刻本《陆状元集百家注资治通鉴详节》,参陆心源《仪顾堂续跋》卷六。

下列音训，亦另空格，当为明中叶刻本，各家书目皆未收。（十六日）

晨起，得管申季书，贻江艮庭《恒星说》一卷（篆文），《艮庭小慧》一卷，则时文也。余尝闻艮庭生平不作楷书，今《小慧》一卷系先生自书正楷书也。

托吴次潇访《天禄琳琅书目》。（十七日）

晨起，与管申季书。午后撰沪论一首。（十八日）

晨起，续撰沪论，至午毕。午后，吴如圭来谭，即去。出门答何贻孙（承祐，一山先生曾孙），晚饭后归。

见贻生所藏拓本，惟秦刻《九成宫醴泉铭》为佳，系瘦本，与查翼甫藏本同。

以十一英饼属申季代购《古逸丛书》一部，典衣节食而为之。书之佳妙，固不待言。灯下检阅一过，见卷子本《玉篇》所引《苍颉》、《声类》颇多，《玉烛宝典》引许注《淮南》，皆自来无人征引者，为之欣快。《尚书音》亦引《声类》。

与筠如书，托贻孙致。（十九日）

晨起，拜曲园师，畅谭至午后。拜叔彦，至申初归。便道答屺怀，未见，归。得稼秋书。（二十日）

晨起，未为一事。午后出门，访查檵亭，知已迁至吉由巷，力弱腿酸，不能再往，即归。灯下录荛翁《年谱》。（二十一日）

晨起，未为一事。午后杂览各书。灯下作墨盒毕，录荛翁《年谱》一页。（二十二日）

晨起，未为一事。午后出门，至甫桥西街试院前一游，盖正值府试之期，书肆云集。适观无所得，即归。（二十三日）

元刻《通志》，每页十八行，行二十一字。（《拜经题跋》卷三）

元刻《管子注》二十四卷，半页九行，行二十字。（明刘绩本行款亦同）

又《管子》无注本，半页十行，行二十一字。郘亭云似元明间刻。

晨起，未为一事。午后书荛翁《年谱》二纸。灯下以月霄《藏书

志》校《艺芸精舍宋元本书目》，略加注语于下。（二十四日）

晨起已午初，稍候即午饭。午后出门，至试院西街观书肆，得明刻本《砚史》、《易说》、《诗说》、元刻本《辍耕录》（二十一至二十五卷）、明刻《礼记大全》（此明刻书，无用），取《曝书亭集》。

得《爱日精庐藏书志》一册，系子、集二部，系摆板，与十二卷本目同而少解题，且于每书下注得书何从。本虽不全，却少见之册。

得薇阁书，即复。

见蒋宾日（佐尧），为肖鳍兄，利叔先生婿也。（二十五日）

叔彦悬匾，以《禹贡古今注通释》、《碣石颂》、《六艺纲目》、《鄂辛》四种贺之。

晨起，未为一事。午后作沪论。（二十六日）

晨起，无所事。午后出门，至吉由巷拜查翼夫，未晤。同叔鹏至试院前，携《曝书亭集》、《砚谱》（明嘉靖本）归。（廿七日）

晨起，未为一事。午后出门拜叶师，未见。由大成坊巷迳观前至绿润堂书肆，见抄本马氏《经籍考》，颇精，《杜诗外集》，抄出携归。灯下覆薇阁、稼秋二书。（廿八日）

试卷领归，系出第十房，批曰“语少中肯”四字而已。

晨起，未为一事。午后出门，至观前世经堂书铺。同至嘉鱼坊观屋。出门至叔朋家，小坐即归。

见延享四年铜器，形如扁盒，中空，半开口，若今之木鱼而甚扁，一面中有花边，左刻年月，右刻官衔。按，延享为日本樱町院年号，为乾隆初年立，是器塙为东瀛之物，亦不易多见也。

见宋拓《阁帖》残本，索值四番，许以千钱，未售也。

于叔朋家见嘉靖翻本《证类本草》，缺六卷。叔朋见示所辑《历代史论萃编》三十大册，搜采颇备。（廿九日）

晨起，二哥来谭。午后以二番饼得《后汉书》一部。（卅日）

【光绪十一年乙酉十二月】

晨起，未为一事。午后出门，至试院前见正统本《韵府群玉》，卷书“新增说文韵府群玉”，书贾欲充元刻，将卷末木记挖去。此本仅见《经籍访古志》，盖东瀛有此一本也。索值十六番，还以五番，未允。（十二月初一日）

见韩毓泉、蒋漱云，同至观前玉楼春啜茗，至上灯始归。

晨起，叔彦来，小谭即去。至悬桥巷见祝心渊。午饭后同至试院前一看即归。（初二日）

稼秋书来，还日记一册，并修洋四元。

晨起，约俞葆初同至祝氏定屋事，即在祝处午饭。午后检拾书箱。灯下略理《申报》，拟作论也。

慑人以威，不若动人以情，盖威仅制一人，情则能感天下也，余当试之。偶事以威服者，仅即刻免从，过此则忘之矣，或恐我知而背为之矣。事以情感者，终身不忘，触处皆见，且能推广诸事，即我未见而亦不致改其故辄。天下之事大都如此，余故特记之。（初三）

晨起，观收拾房屋。灯下作论二首，并与稼秋书。（初四日）

晨起，至员峤观收拾房屋。午后至观前同冠云俟黄静伯，不值，后至万象春茶室，同叔朋等啜茗即归。（初五日）

数日收拾迁居各事，碌碌殊甚，亦无暇记事也。（初六至初八日）

晨起进屋，屋为祝氏产，赁十二舍，较旧居稍畅。

叶师来谭，并还元本《辅教编》，跋语甚详，极称为佳籍。（初九日）

晨起，检拾书籍。午后出门。（初十日）

晨起，未为一事。午后出门，得陆刻本《四声切韵表》、《欧阳文忠全集》（缺六卷）。（十一日）

晨起，未为一事。午后，客来甚多，皆作无益之谭也。

叔彦处送来王学使《中山疆域图》二册。

灯下与漱经书。（十二日）

晨起，何贻孙招赴街道观手谈，至亥初归。（十三日）

晨起，未为一事。午后出门。灯下作论二首。（十四日）

晨起，招心渊代录论二首。午后，蒋觉石来，同出门候王叔贻（绍任，归安人，诸生，工山水，为戴苏门弟子），不晤。至贡院前，又往观前茗谈即归。

得稼秋书，知徐母江已赴玉楼，为之怆然。母江闻名已三载矣，不得一见，何才人之多厄也。

得薇阁书。（十五日）

晨起，未为一事。午后出门，候叔彦，小谭即归。过味绿斋裱画店，携初印《篴渔小稿》等书而归。灯下作与郎亭书。（十六日）

晨起出门，候蒋漱云，即在蒋家午饭。午后同至九曲里武银珠家小坐。武家即戚氏旧居，五年前曾同吴澹庵一问桃源也。今澹庵已瘵死，戚氏已无家，不胜零落山邱之感，世间事大抵如此也。

灯下作复漱经书。（十七日）

两日未为一事，即日记亦未书一字，亦可愧也。（十八、九日）

晨起，略检书籍。午后成论一首。灯下续论，未毕。连日雨雪，阴寒殊甚。（二十日）

寿松堂蒋氏即邓巷蒋氏，详见《经眼录》卷一，页七。

晨起，序宾、如珪来谭。午后续论毕。（二十一日）

晨起，未为一事。午后，查翼甫来，畅谭，出图章三枚索刻。下午出门，至观前并至仁孝里见芝生先生，言郎亭得薇波榭钞本书六十九册，费值二百馀金，可为公价矣，又知得宋刻《荀子》一种，不知何本也。（二十二日）

自二十三日起，琐事猥集，终日不读一页书也。日惟以货利钱刀为玩，其手无一泉而挥霍如故，自痛又自悲也。一日中未记一行事，人而无恒，一至于此。

见元明间刻本《道园学古录》五十卷，有钞补。

候潘硕庭，出示古金拓本两大册，皆精美之品。滂憙、恒轩所藏之器居多，他如两櫑[按，当作罍]、养闲诸家，亦间有之，属题语于上，为考谬数事。

得东坡小像四轴。

得《恒轩所见所藏吉金录》刻本一册，精美无极，远出自来刊本之上。

笘誃日记第五册光绪十二年正月一日始

丙戌正月朔日始，五月晦日止

【光绪十二年丙戌正月】

晨起，出门贺岁，至砂皮巷顾莲士家午饭，及垂暮归，共至三十馀家。

叶鞠常师手贻盂鼎拓本，用墨不甚精湛，盖仆人偷拓者。郑盦宝若肤理，不肯传本，故人间希有藏者。（元旦）

晨起，大雨，不能出门。鞠常师以石印五命刻，尽日之力，刻得三印。（初二日）

晨起，续刻二印。午后，谒叶师，坐谭至晚灯归。

见国初藏书家王迺昭手抄《石田集》，有荛圃跋语；又曹彬侯校《新序》，旧为戴子高藏书；又抄本丁雨生所藏书目，极富。（初三日）

晨起，钱琯云招饮，即至西小桥，同坐五人。至午后同琯云昆季至玄妙观，拥挤殊甚，啜茗至晡归。（初四日）

借琯云藏旧抄天顺本《唐丹崖集》八卷一册，为玄妙观啜茗，上灯归。（初五日）

为钱琯瀛题旧拓雁足灯卷子，杨龙石、徐学珊皆有诗，余题曰："蠲扁磨挲一卷馀，沧桑换后几欷歔。浦江秋冷铜仙泪，不照徐陵读汉书（龚定公《题雁足镫拓本》诗云：'金灯出土苔花碧，又照徐陵读汉书。'）""考订乾嘉仅足凭，书生结习更搜征。此灯有足分明在，说解何从问李登（慧琳《一切经音义》屡引《声类》'有足曰锭，无足曰镫'，此器制适与相反，殊不可解）。"

晨起，查檵亭招饮，即至吉由巷，同坐一郭姓，一万姓。观檵亭新得玉刚印一，长寸许，广五分许，四觚俱有字，共三十二字，余拓一本而归。案头适有新得残元本《辍耕录》廿一至廿五卷，检第廿四卷有刚印一条，考证甚详。今日所见之刚印即南邨所云并真楷书，皆似近代制作也。嘉定钱师征撰有《汉玉刚印考》一卷，未见。（六日）

晨起，未为一事。午后出门，至观前啜茗即归。得薇阁二次书。（七日）

晨起，约叶鞠裳师、管申季、查翼甫、潘硕庭、曹叔彦、张叔鹏、钱冠英小饮。潘、钱未至，馀共四人，畅谭至上灯始去。（八日）

晨起，写篆屏。午后出门访张叔鹏，畅谭所藏书。归，逢胡锐之，小步回舍。

叔鹏借其邵批《简明目》、莫氏《目录》、《曝书杂记》及日记首册，还《秋雨庵随笔》、《金石粹编》。［按，此条天头曰：《通甫类稿》、《汉学师承记》、王《说文》（二册）、《曾文正集》、《曝书亭文集》（八册）、《养一文集》］

王漱经自木渎来。（九日）

晨起，招叔鹏、漱经、左兄、心渊、薇阁午饭，毕，至玄妙观啜茗，即归。（十日）

晨起，同心渊、薇阁出门，至玄妙观前，午正归。

叔彦来谭，半日始去。

鞠常师贻荥阳所赠白金十两，即谢复，并送旧书数种，属题语。（十一日）

晨起出门，与薇阁偕。午后未为一事。姚子让来拜。

于经文堂书铺见旧抄《唐先生集》残本，自十至二十终，标题“唐先生文集卷第△”，次行低二格题“文类”等字，三行低三格录题。半页十一行，行二十字。第十卷首有“秀水朱氏潜采堂图书”、“衎斋”葫卢印、“衎斋师友传遗之物”、“永以为好”等印。卷十一首有“马印思赞”、“寒中”二印。按，四库本作二十四卷，各家书目藏抄本皆作三十卷，维《直斋书录解题》作二十卷，此本当从影宋本出，虽为残帙，然犹

存二十卷本面目，可珍也，拟购得之。又按，《述古堂书目》有七卷本。（十二日）

晨起出门，拜曲园师，未见。拜吕庭芷先生，畅谭。复至元和学署谒唐佑惺师，小谭即归。午后出门，至元和县署拜姚子衣（文枏）孝廉，畅谭，适叔彦来共谭，余即先行。归后复至玄妙观，过怀德堂书肆，得《滂憙斋丛书》一部、平津原刻《说文》一部，共价洋四元五角。

为张闻远刻一印，曰“张氏夬斋著录”，石巨而柔，不易奏刀也。

见徐华岳《诗故考异》一书，中引古书引《诗》异文甚备，索值过巨，不可得也。（十三日）

昔尝怪许书重文所写大篆与今日所见古金文拓本不同，思欲以拓本补重文，似为可据。十年以来稍稍藏集，未富也。前年见窓斋世丈所撰《说文古籀补》，补辑之愿益深。去冬为郑盦先生书刻阳湖庄氏述祖《说文古籀疏证》，又恨庄氏说解颇精而篆文缪讹不可指数，摹写日促，未及一一校正为憾，且校亦大非易事也。今笏盦姻丈出此册见示，收集之多，深愧莫及。此中之器，大半皆郑盦、窓斋二先生所藏，姻丈审考尤塙，它日补辑私愿如成，拟再乞此册为鸿宝。姻丈其许我乎？

此笏盦姻丈集古金拓本第二册，恒轩、两櫑之藏居其大半。窃尝谓毕阮诸家收集金石，椎轮大辂之功，故《山左金石志》以元记作虎节，《积古款识》取宋造为周文。近日此学益精，由此而南，得塙证于二千年之后，岂非奇事！前年游山左，见陈寿卿先生，观其收获，■为此学之冠。南方土薄，金器不多见，吴窓斋世丈收藏考证，独能开南学之渐，吾知他日必有代兴者。姻丈此藏亦足为南学之宗矣。

四日未记，懒惰极矣，兹姑约略书之：

为笏盦题古金拓本。

成沪论一首。（十七日）

晨起，写对二福，作沪论一首。午后同薇阁、心渊出阁至怡园，上灯归。

还硕庭吉金拓本二册。

俞曲园师来，未见。（十八日）

十九、二十两日，未为一事。

晨起，赴曲园席，同坐为王君梦薇（原名光熊，廷■）及薇阁三人而已。曲园师出示新为王君撰《月令动植小笺叙》，此书即王君新著者。午后归。（二十一日）

晨起，送薇阁归木渎。午后书篆屏。（二十二日）

晨起，书篆屏毕，即与叔彦，并托寄若溪书（有图章）、郎亭信。（二十三日）

晨起，作论一首。午后出门，得《尔雅匡名》一部，系湖州陆氏翻刻本也。灯下寄稼秋书并扇、石善夫信、薇阁信（附图章）。（二十四日）

晨起，至临顿桥下船，赴荡口谒外祖母。酉刻到荡。（二十五日）

晨起，谒篴秋从舅。三年不见，喜怀可知。出示新得恽南田摹古八帧，册巨而无损伤，绢素如雪，真希世宝也。又石谷设色山水二轴，一仿黄鹤山樵，一仿大痴。仿痴翁幅，推其月日，先生之亡止隔二十馀日，而犹沉雄若此，可称绝笔矣。又翁覃谿、姚伯昂隶书楹帖二福，翁联纪乾隆甲午，当苏斋四十岁时笔也。

午后读《荔雨轩诗稿》十二卷，写定未刊。

又见黄侍郎《江左校士录》，佳作颇多。

灯下作与赵静涵表兄书，闻近日刻一丛书，已得一十三种。（二十六日）

晨起，未为一事，出门见鲁星、雅同、幼■三表兄。午后至荔雨轩小谭，出示一古印，方广二寸许，高寸馀，纽刻一水族，不可识，文鸟篆八，若秦玺文而非，其字无一可识者也。

灯下作叶子戏。（二十七日）

晨起，鲁星、应榴二表兄来谭。午饭后，芝汀来谭，贻董、仇合璧幅二，出石章三属刻，即奏刀应之。（二十八日）

晨起，未为一事，午后画扇三。

晚灯，婢辈戏请紫姑仙。以饭箩覆之，边插一骨簪，箩底环一兜，插通草花二，案前设香一、烛二，案铺香灰，人各以一指扶箩边，箩动，簪画灰作圈无数。一老妪问以年岁，箩即叩五十六，适符其岁。余甚异之，遂问以余年，亦叩二十七，复问以所生之月，则作三叩，历历不爽，亦奇事也。叩毕复画圈无数，余不信，疑婢辈自动，遂自扶之，其画圈如故，忽大忽小，真非人力所能者，物理之不可解如是，岂真有鬼凭乎？故特记之，以待博物之君子解其理。盖余生平于扶笥等事极口诋之，以为人力之所主，今观此，亦可信不尽人力矣。（二十九日）

晨起，至新宅谒三舅母、四舅母即归。画扇四。午后，应榴招啜茗，同坐五人。

晚灯，王竹林携来前人札五通，装潢颇精，以六百文得之。（三十日）

【光绪十二年丙戌二月】

晨起，舟子辞以雾重，不能行，再停一日。抄昨作二论毕，寄浦江。画扇一，书扇二。（初一日）

晨起上船，风逆不可上，至戌正始至家。（初二日）

此日未为一事。（初三日）

晨送曲园师行，一腿两茶而已。（初四日）

至试院前一游，以学使将至也。（初五日）

午后至试院前，宿小寓。（初六日）

晨起，进古学场，考诗古经解二卷，赋题《金布令甲赋（以金布者令篇名也为韵）》，经解五题，仅成一题，为《日月为易也》。观风案出，列阖属第三。（初七日）

晨起，未为一事。午后至试院前，宿小寓。适古学案出，列阖属第七，经、赋并取，元和则第一也。（初八日）

三鼓起身入场。文题"不得其酱不食肉虽多不可胜食气"，经题

“积樵”。薄暮出场。（初九日）

晨起，至叶师家小谭。午后至试院前，住小寓。（初十日）

天明入场，题为“司马君实独乐园赋（以题为韵）”，经解五题，仅成“鸟鼠同穴考”、“梦帝与我九龄解”二题而已。出场已上灯矣。

见正场古卷批：“体貌充然，具征腹笥。诗有切句，以后宜敛材就范为望。”经解卷批：“搞宗六书，具见心得，小篆佳。”

正场出案，列第一名。（十一日）

晨起，至花桥巷，叶师适出门，未见。午后至试院前住寓。（十二日）

晨起入场，题为“父子主思君臣主敬”二句。午时覆古案发，降第九，批：“龙文百斛，鼎笔力能独扛，解亦佳。”酉刻交卷出场。（十三日）

得静涵师上海来书。

得旧抄本《历代沿革图》，图共五十馀，较李申耆本为详，亦不易见之品也。

得陈昌信一篆一行本《说文》，又冯书《篆韵谱》。（十四日）

晨起，属陶新甫刻字店刻《许君年表》。午后案发，仍列第一。即寄荡口书。（十五日）

晨起，未为一事。午后谒叶师，适出门，未见。（十六日）

晨起，校《许君年表》写样。午后同心渊出门，至干将坊观李锦鸿家所拓铜器。有锦鸿之姊墨香女史，手拓各器尤精，若两櫑等器皆出渠手拓，他人莫及也。得其小种八件而归。（十七日）

晨起，校《许君年表》。

标于癸未正月应湖北学使高勉之太史之招，始见陶汉邈先生于湖北通志局，先生即以所撰许君《淮南异同诂》为贻。时标方专力于《仓颉篇》，先生谓近日日本所出慧琳《一切经音义》百卷，可补辑甚多也。二月初，先生返会稽，标亦于五月中归吴门，适为汪郎亭先生招游山左，南北远隔，书牍莫通。忽于去岁四月间，闻先生以瘵疾卒于都门，怆痛无已。独念先生著述于《淮南异同诂》外，尚有《淮南参正》二十馀卷、《淮南许注存疑》、《郑氏易疑》、《鲁诗故训纂》、《尔雅汉志述》、《说文古读考》各种若干卷，是否已付锲人，均未得悉。惟此《年表》一帙，海宁查樾亭丈犹藏有副本，爰借刻之，以传先生学。嗟乎！先生学力，在乡先辈当出章逢之、实斋二先生之上，不意中年遽夭，又如张皋文、董方立诸君。标以少孤之失学，虽不能如洪北江、黄仲则，然所见诸先生往往如朱笥河、毕秋颿，抑何幸与！标少憙辑录之学，又好古金拓本，与先生同志，尝辑有《苍颉篇》、《声类》二书，搜采似较乾嘉诸老为备，皆出于先生所云慧琳之《音义》；复辑《水经注书目》，拟补洪容斋、杨用修之缺，效汪韩门之所为；更欲集金文古籀之字以正补《说文》之重文，皆本先生之所学者也。惜以先生大去，请质无从，又不■藏■，欷歔而不能自已者也。日时充诸生二年，丙戌正月元和私淑江标谨识。

午后作《年表序》。出门至玉楼春茶社小坐。即至花桥巷谒叶师，谭许久始归。（十八日）

晨起，校《许君年表》。午后谒唐佑惺师。见观风卷原批云："赋于目录版本校勘之学，豁然贯通，借题发挥，倾吐而出，气驱风云，力负海岳，斯为鸿识大文。"出门至富郎中巷外姑家，久坐始归。得薇阁书。（十九日）

"粱，好粢。"（《史记索隐》引《三苍》）。

晨起，未为一事。午后，叶师来，同出门至试院西街。见管申季，同至望月茶社品茗，至晚灯归，约廿五日游虎邱。（二十日）

午后接考。（二十一日）

[原缺]（二十二日）

晨起，心渊已提覆，菊初来。午后至试院前观案，以迟即归。（二十三日）

晨起，未为一事。（二十四日）

黎明即起，拟践虎邱之约，适天雨不能行。午时，叶师书来，招观

新见古金拓本一册，大约与余所得者同，有异者皆汉以后物也，即在叶师处午饭。午后至菊初家小谭，至观前啜茗即归。（二十五日）

晨起，天雨，适李平书（钟珏，乙酉优贡，上海人）来，即约住余家。午后至观前啜茗。（二十六日）

晨起，赴学院重誊正场卷毕，奖赏，归已午后矣。知学宪札饬本学，令调入南菁肄业，时同调者府学潘笏南（诵威）、元和申信甫（护元）及余、吴县曹葵一（元忠）四人。

平书来主［按，当作住，下同］余家。（二十七日）

晨起，至试院，同潘笏南进见学宪，坐谭未久即出，并呈《读书辑述》及《许君年表》四册。（二十八日）

晨起，未为一事。午后，薇阁来主余家。（二十九日）

【光绪十二年丙戌三月】

晨起，未为一事。午后同心渊、平书、薇阁至刘园，再至西院，再至虎邱一游，归已二鼓矣。（三月初一日）

晨起，复同昨游四人出阊门，至虎邱。是日为清明节，游船如蚁，倾城士女出观，归时拥挤殊甚，遂舍舟步归。薇阁则停棹山塘，拟作锡山之行也。（初二日）

晨起，游程公祠。午后同平书至聚福观剧，晚灯归。（初三日）

晨起，未为一事。午后招叔鹏、康伯、二兄、心渊开饮于小斋，至二鼓毕。（初四日）

晨起，叔鹏招观剧。午后与平书同行，拥挤殊甚，时有名优周凤龄在班，故观者殊多也。晚灯饮于叔鹏家，同坐蒋兰堦、江元伯、胡侣生、平书数人，至二鼓归。（初五日）

晨起，同心渊、平书、薇阁至玉楼春啜茗。（初六日）

晨起已晚。午后同平书出门，至胡相思巷问绸庄船，沈三官雇定价四元，共三人，不搭客。后至怡园，同心渊约其小坐，去，间至叔鹏家，小谭即出。余至西花桥巷叶师处，至上灯归。晨，薇阁归木渎，行至阊门，复返。

见旧抄《天禄琳琅》，为周季贶批本，系叶师从蒋氏借来者。（初七日）

晨起，天雨，检拾行李，作沪上之游，同行者平书、叔鹏二人。晚灯上船，大雨，衣履皆湿，是晚宿娄门。（初八日）

晨起开行，晚泊赵屯港。（初九日）

晨起开行，晚至新闸即上岸，看定泰兴客栈（三马路），即命船户及栈司同至船上取行李（三马路至新闸，每担钱六十文），与叔鹏同居。

是晚，平书招稼秋同余等四人至聚乐园小饮，毕，至书馆听弹词，未毕即返寓。（初十日）

晨起，至稼秋家，见稼秋郎甚清秀，并出示其长女所临《曹全碑》，运腕秀腴，必能成家。同稼老出门，晤徐咏梅（颂曾，上海廪生），住三牌楼，小坐即出。至孙燕秋家，晤燕秋兄少芙及夏蕉饮、华孟秋，留午餐，以有平书约，遂辞出。至龙门书院见平书、侣生、陈季凡（世垣，元和附生）等，即饭。毕，同平书至也是园一游（即蕊珠书院）。出，至黄泥墙观桃花，即水密桃种。后出西门至华众会，燕秋招游静安寺，遂坐马车而去。衣香鬓影，纷满庭楼，茗饮毕即归。至华众会，复至鸿运楼小酌，同坐为平书、叔鹏、苏玉昆，主人则稼秋也，大醉而归。（十一日）

晨起，稼秋来小谭，同出门至传宝斋古玩铺（郭姓所开，本银二十万），见沈西雍《河朔访碑图》，题词甚多，皆一时名士，以八番得之。后至乐善堂书铺，无所得即归。午饭后至格致书室，购得《内科阐微》、《卫生要旨》二书。再至顺斋见苏玉昆，小谈即归。又至沪报馆，见平书、咏梅、子绂、石香（黄姓，名观保）、稼秋等。先出，至聚丰园应燕秋之招，同坐十六人，半皆不知名姓，见李淡平（名燮，精目录之学），畅饮至亥初。出门，至皆宜楼听弹词，稼秋在坐，至子初归寓。（十二日）

晨起，平书来，约作龙华之游。平书更招金免痴（名继，苏州人，工墨兰，工书），坐东洋车至西门，易二把手车直至龙华镇，道中男女络绎。进龙华禅院，有塔七级，不甚高，遍游各堂。出门至饭店，午饭毕，至方丈啜茗，寺僧引观藏经楼。经庋以大橱，中列小柃，柃面刻字，即藏中所云“宇宙日月”等号经，与道藏同。上下以枏板夹之，颇精也。游毕，出门至河畔，适有一雏娃操小舟，遂荡桨至制造局。登岸，至画图房见式如表兄，复至翻译楼见静涵师，小谭，见《郑桐庵文集》手稿、荛翁手抄《松崖笔记》等书，小坐即出。坐东洋车至寓中，招稼秋、平书至广东馆（杏花邨）晚膳。毕，至海市蜃楼茶室，见免痴，畅谭而返，已二鼓矣。寄家书。（十三日）

平书贻《东语简要》。

“十里夭桃千尺塔，惊沙何事扑人衣。来参佛果听晨讲，偏见名花艳夕晖。”“如水双轮来捷燕，划波孤桨去如飞。雅游不减长干路，如此风光世亦稀。”此今日游龙华归之作也。

晨起，稼秋来谭即去，属作论一首，至午后毕，至沪报馆小坐。出，至新北门进城。至太平街孙燕秋家，见咏梅、少芙、梅正帆/镇藩（名昶）、浦季韶（名文球，嘉定诸生，通小学）。同咏、燕、正三人出小南门，至教场。坐骑至罗家湾，天雨，归。至西门，同正帆至鹤鸣楼茗饮。毕，坐车至新开河顺记行，见玉崑。再出门至三芳阁桥，至洋货店，以六番购洋椅六、藤椅二。再至顺记，见苏梦渔（名鲛，稼秋兄，工书）、平书、叔鹏等，即入席。畅饮将毕，稼秋来，又饮片时始毕，小坐，归。（十四日）

晨起，画扇四。毕，至沪报馆见子绂，小谭即出。适式如表兄、平书来，坐谭片时，同出门。至中和园酒馆（在四马路天津馆），应静涵表兄之招，同坐为宣琴山（名敬熙，无锡人，上海县广文，乙亥举人）、萧敬孚（名穆，桐城人，为古文家，多藏书）、孙筱槎（名□□，无锡诸生），暨平书、叔鹏诸君，菜极佳（值五元），畅谭至申初始毕。出门，至抱芳阁书坊，见程□□（黟县人，云多藏书），复至宝文堂书坊，皆无所得。与平书等至大马路一洞天啜茗，至晚归。

知敬孚有宋本《家语》，即蜀大字本，为汲古阁所藏，见《汲古阁秘本书目》(云首卷有抄配)。

见扬子《法言》，当为元末明初刻本，首页题汉某撰，圣宋某校。又明本《古文苑》，单线边。

晚饭后，叔鹏约看剧，不去，偕平书而去。稼秋同石香来，遂出门。先至棋盘街洋货铺，复至海市蜃楼茶室，喧颠不可坐。出门，石香欲饮阿夫容，遂同至四马路烟室，沉闷苦人，此为生平未到之处也。石香毕，复至华众会啜茗，至子正归。(十五日)

晨起，辅之来，叔雍继至，遂同出门，至幽汤衖春霖楼茶室，问苏州绸庄船，名俞，大约十八日开行至苏。复进新北门，至城隍庙十二楼扇铺，约稼来小谭，未现。同出门至顺记送玉崑行，即于行中午饭。毕，坐车至制造局见式如、敬孚、静涵，于各人室中小坐，同式如历观各厂。毕，偕至栈中小坐。复至宝善街晚膳(无锡菜馆)。毕，式如辞归。余至沪报馆，偕稼秋再至顺记，知玉崑今晚不上船。稼秋遂招玉崑及余至东棋盘街裕丰栈衖吴兰卿家，有沈□□者，稼秋前十年曾相识，秋娘已老，而酬应周至，为近来所希有，竭力以兰卿媒，余免应之。谭次及雯卿事，甚悉，怅触旧怀，不禁有杜牧扬州之感也。

见顾千里校本《逸雅》；又明初小字本《宋学士文粹补》，绝似元刻元印；又荛圃家抄本《鸡窗丛话》，有百宋跋；又周香岩《琴清阁书目》，原抄本首有“周曰涟猗唐印”小章；又过临荛翁批注《读书敏求记》，颇精；又明仿宋刻《嵇康集》(有“健庵”楷圆印)。(以上为静涵师藏)

见明嘉靖小字本《艺文类聚》；明刻《通鉴》，有王西庄印；新刻《天禄琳琅》、《郡斋读书志》(长沙王氏本)、莫刻《张忠定公集》(即《乖崖集》，用张喜芝抄本校)、黄刻《习学记言》。(以上为敬孚藏)

敬孚劝王学使刻《元史》，盖魏默深稿本犹存，毛岳生草录尚在，可合而校刻之。又《国初名人碑传集》，其稿本犹存警石先生子子岷处，书即警石集成者也。

平书贻温州孙氏希旦《礼记集解》。摺扇一。（十六日）

曹启渊号崑泉，南菁书院董事，与敬孚相习。

晨起，叔雍来即去，作册页二纸，为咏梅之属。午时，稼秋来谭。午后摊饭，适敬孚来，即起。平书、静涵继至，畅谭。至薄暮出门，至法马路醉六堂书坊畅观各书。复至棋盘街徽馆晚膳。叔朋招观剧，至天仙戏馆，子正归。（十七日）

见元板《宗镜录》，为蔡巽峰藏，旧在艺芸书舍；元板《韩昌黎集》；抄本《菉竹堂书目》；抄校《书斋夜话》；抄《万卷堂书目》；抄周春兮《尔雅补注》；抄《止辅观行录》；抄程琰《说文引经考》。（俱见醉六堂书肆）

孙琴西子诒让，字仲容，丁卯举人，精目录之学，与敬孚习。

晨起，至新北门进城，往稼秋家，畅谭。至午出门，至咏梅家。午饭毕，同少芙、正飘、稼秋出西门，在三茅阁桥恒大洋货店小坐，至华众会即出。坐马车往静安寺，见徐小庄（名□□，苏州人），谭颇习。归，车至味莼园（张叔和所辟，游例一人一角），园中陈设皆西洋各器，有一西洋女妓能说京话，园中一池颇大，有一小舟可登，遂同正飘、稼秋荡桨而行。及抵岸，西女招一中妓，亦同荡桨，岸上观者大笑，盖不善操舟也。时已申初，遂归。至华众会啜茗，适梦渔、谭吟秋（名□□，嘉兴籍，住上海石驳岸）、王芝生（名□□）、王睦生（名□□，工算学）、王畦孙（名□□）小坐，稼秋招至杏花春晚饮，同坐即王氏昆季、谭、苏诸君也。畅饮至戌初出门，同梦渔、吟秋、稼秋散步归。（十八日）

晨起午初，即午饭。毕，出门至沪报馆小坐，即至醉六堂书肆观各书。叔鹏来，同至文玉山房观书。余先归，篆扇二，毕，至沪报馆。适少芙在坐，即同出门，稼秋亦同行。先至三茅阁桥洋货铺，复至东棋盘街。少芙招晚膳，余与稼秋三人。毕，少芙先归。余与稼秋至华众会啜茗，至子正归。

《宗镜录节要》二卷，见《艺芸书舍书目》宋板类，实则元印而元刻者也。盖此书小黑口，三燕尾，首叙影写，确为元本无疑。

见影宋抄《东山词》，为劳巽卿藏本。

见《万卷堂书目》抄本，不甚精。

见海昌唐仁寿端甫手校《管子》，以宋本校。其宋本与申甫云（醉六主人）在常熟瞿氏。（十九日）

晨起进城，先至稼秋处，未见。至少芙家小坐，见浦季韶，适吴楚翰来，即午饭。午后，镇蕃来，同作竹林游，至晚毕。出城，镇蕃招饮聚丰园，同坐有李兰墅（名□□，辛未进士，现任庐陵县），稼秋、楚翰、燕秋、咏梅、问羹（镇蕃弟，上海附生）诸君。饮毕已亥初矣，出门同稼秋至林湖君家，适出门，未见，遂缓缓归，已子正矣。（二十日）

晨起，写楹帖二，一应王芝生，一应邹赋泉（苏州人）。至沪报馆见稼秋、子苐、石香，即午饭。与稼秋畅谭，借稼秋《曾文正公日记》四册，上灯归。适平书来寓，同晚餐。毕，至华众会茶室，见镇蕃、淡平同坐，平书先归。余同叔鹏约观镇、平二公打弹子。打弹子者，西洋之戏也，长方卓一，四匡加高二寸许，中帖以呢，置象牙子四，大如鹅卵。打者二人，各持一竿，竿击一子，子击二子，如是者三四为胜，不相击为负，非精熟者不能也。观未毕，与叔鹏先归。（二十一日）

少芙贻皮盒一，鼻烟一瓶。

晨起，同叔鹏出门，至宝善街书肆略观书籍即归。适邹翰飞来（名弢，又字瘦鹤，金匮附生，能诗词骈俪之作），小谭即午饭。毕，稼秋、少芙同来。余偕少芙、叔鹏至铃木照相馆照相。毕，同至华众会，见平书、西躔、稼秋、燕秋、夔石（少芙弟）、镇藩继至，瘦鹤后来。余与平书见对门弹词室中有名吴慧珍者，前日于戏院中见之，为平书所赏，遂同至听弹词。小坐，复至华众会，瘦鹤先归。少芙、稼秋等招饮青莲室，至日落始毕，出门各散。平书招至王玉雯家小坐，复至陆昭容家，小谭即出。至聚乐园晚膳。出门见叔鹏、胡敦甫，复拟听吴慧珍弹词，同至书馆，适慧珍不到。词毕，平书归。余亦同叔鹏回寓。（二十二日）

见瘦鹤著《三借庐赘谭》新刻本，有记余述事二则。

余于前六七年曾见手卷一，为潘莲巢画一立美人，王梦楼题首曰“惜花小影”，下跋语中有曰：“七十老翁附名其上，可云傲倖，亦可为好事矣。”更题一诗曰：“万绿成阴盖小楼，有人楼上正含愁。不缘一片多情月，谁护花心到九秋。”卷后有韵香尼写小楷一序，甚工。愿以贵物易之，不许，怅怅频年，然不知为谁氏小影也。昨读《芳畹楼忆语》（陈裴之撰）有云莲因居士为芳畹背写惜花小影，则知此图为芳畹而作也。芳畹为陈公子篷室，杂艺皆精，早卒，公子效冒巢民作《忆语》，抄本仅存也。（二十三日）

蔡子绂（尔康）：“湖海楼空玉笥亡，谁从骈俪识骊黄。正宗■■吾城蔡，难得清空似晚唐。”

黄石香：[按，以下原缺]

王西躔：“瀛堧吾识多年少，惟有先生最长年。杯酒兴豪银烛底，雄谭想见卅年前。”

苏稼秋：[按，以下原缺]

金免痴（继）：“螺痕香影斗孤妍，写遍淞江十样笺。吾欲商量尊雅誉，不称画圣即诗仙。”

孙少芙（夔石）、燕秋（诒）：“孙家昆季各相识，雅意拳拳世所难。豪掷金钱三十钱[按，当作“万”]，要将狂侠■王昙。“

吴楚翰：“□□吴郎博□□，千金方冷鬼遗虚。近来素闻添□汪，好读航头未见书。”

徐咏梅（颂增）：“徐陵我识三年久，解字还知小阮精。可惜重来迟一面，遗文释读付鲰生。”

苏侣生：“[按，以下原缺]（一门风雅）（夫妇能诗）。”

葛子源（士濬）：“滚滚词源倒峡回，讲斋一夕契岑苔。欲移往日谭经手，正藉长沙政体才（闻近辑《续皇朝经世文编》）。”

李淡平（燮）：“市隐谁从识李侯，觥觥才调冠■■。勘书重见金文瑞，为我征歌几上楼。”

梅镇蕃："穆生设醴情何重，□□□□□□□。从此新愁添一段，晚秋风雨忆鄱阳（闻将有江右之行）。"

李平书（钟珏）："家衖何缘见李郎，平原十日快开觞。酒酣纵说五洲事，天许重生魏邵阳。"［按，此条天头又作："平原十日快开觞，家衖何缘驻李郎。酣饮纵谭天下事，人间又见魏邵阳。"］

萧敬孚（穆）："先生十载闻名久，杯酒相逢愿始消。此是桐城真嫡乳，文章天许续方姚。"

赵静涵（元益）："艺芸百宋■■■，天许先生两美收。知否师承□弟子，蟫鱼堆里亦千秋。"

华式如（备珏）："天元代数太纷■，测表窥仪理亦棼。何似规矩分点线，七洲图■■■■。"

邹翰飞（弢）："瘦鹤三年不相见，见时相对却无言。袖中出有新诗卷，犹似当年把臂谈。"

黄式权："莺喧蝶闹起河间，舞扇歌衫兴亦顽。吾识蒲西黄梦畹，要将丝竹比东山。"

苏梦渔、稼秋："大苏豪爽小苏雅，墨妙双推■晋斋。［按，以下原缺］"

苏玉峰："人■文字即酸寒，天与奇才名在□。惯于■海网珊瑚，文字交■到老夫。货殖传无班志■。若从意气论交结，何必文章始一源。我识人间苏玉局，不将金布傲王孙。"

浦季韶（文球）："李斯已死伯喈去，篆隶何从识正宗。我见练川□□□，□□四体尽□工。"①

晨起，同叔鹏至西门进城，至龙门书院见平书，小谭。适葛子源（士濬，上海诸生）来，言近拟续辑《经世文编》并述南汇于醴尊（鬯），颇精小学，上海李梯荣（邦黻）亦有同好者也。午饭毕，平书招观龙

---

① 以上为江标怀沪上诸友诗之底稿，发表版本见《花团锦簇楼诗辑》卷一《沪渎怀人截句》。

门、求志两书院藏书，有抄本数种，皆吴兔床拜经楼藏本，有《霏雪录》两册，犹为拜经校本，有"兔床手跋"印记。观毕，同平书出大南门清心书院，购《小孩月报》，未得。叔鹏欲至眠云阁吸烟，遂同至一坐，闷热殊甚，即与平书先出。至丽水堂啜茗许久，叔鹏始来。同走东棋盘街，过兰卿门，适见及，邀进小坐即出。平书至复新园，余与叔鹏归寓。晚饭毕，叔鹏偕往华众会，淡平、梦畹后至，畅谭片时，平书适扶醉来，遂偕至寓中止宿焉。（二十三日）

晨起进城，见孙少芙昆季，即午饭。午后出城回寓，画扇二。出门答祝子静姻丈。至传宝斋古玩铺观各物，无所得。至华众会，见少芙、平书、季韶诸君。少芙邀游味莼园，畅观房屋之富、陈设之精，为自来所未有，至薄暮归。在青莲阁小饮，适淡平同坐，云新翻刊郝《山海经》。饮毕，再至杏花楼。晚膳毕，出门。少芙约至兰卿寓中小坐，即归。（二十四日）

吴门瘦蝶词人范桢。

晨起，未出门，检行李，拟作归计。午后出门，至老北门见善夫姊丈及文溯姊，三年不见，憙悦可知，即约文姊归吴。出门至四马路，见平书、孙氏昆季。平书招听弹词，毕，晚膳。约平书、淡平、免痴、式权同至青莲阁夜饮。毕，淡平、式权同至寓谭，三更始去。（廿五）

晨起，未出门。饭后至还读楼访淡平，不值。归，与平书听吴慧珍弹词。复步行至味莼园，畅观归。淡平招至一家春番菜馆小坐，同坐为平书、燕秋、式权及余五人，各有侑觞嬲，余亦招一人，遂招山田美代来。三年不见，相逢犹识，亦一重缘也。毕，偕淡平、平书畅游各处，已三鼓矣。平书归，淡平同至寓中，谭至天明始去。（廿六日）

晨起已过午，出门，至北门即出。午后至四马路华众会茗饮，至晚归。晚膳毕，出门见朱慎卿，再至华众会茗饮。毕，出门访小华，至美满寿。（廿七）

午初归寓，写对二，皆应淡平属，句曰"皎如白雪，翩若惊鸿"，又曰"湖上藕花楼上月，诗家才子酒家仙"，又曰"风月相知，神仙眷属"，集句浑成，为曲院中所希有。午后，余成之、秦健亭来，余则前五年曾相识（名一鳌，无锡人），健亭则未之知也。约至万华楼茗饮，少停，出门至万华楼与成之小谭，即进城。途遇平书，同至城隍庙湖心亭啜茗，与孙幹庭丈同坐（少芙叔）。薄暮出城，至顺记，询玉峰，尚未到沪。复偕同平书回寓，适淡平在坐，即出门至中和园小饮，平书招吴慧珍，淡平招朱幨香侑觞。毕，至书馆听弹词，适有王秀兰者，即惠珍一家女仆来，索点应之。听毕，同至秀兰家小坐而归。（廿八日）

晨起，不出门。午后至还读楼见淡平、叔鹏，平书后至，共订兰谱。毕，至华众会，见少芙、燕秋诸君。少芙招饮聚丰园。毕，少芙约至东棋盘街，小坐即出。少芙归，余至华众会访平书、淡平不得。至尚仁里朱月仙家，见淡平，知平书已入城矣。淡平醉不可坐，余亦小坐即归。灯下书楹帖一，屏四，睡。（廿九日）

晨起，同平书进城。至少芙家午饭，毕，燕秋招，坐马车至静安寺。适值西人跑马之期，夹道阒观，至晚归。燕秋招至同庆里王兰香家晚饮，同坐为吴楚侯、蔡玉季、平书、淡平、叔鹏诸君。余招小花侑觞，合室拥观，盖奇不常见也。饮毕出门，至小花寓，再至吴慧珍家，又至朱月仙家，小坐始归。平书宿余寓中。（三十日）

【光绪十二年丙戌四月】

晨起，玉峰来，盖新从福建汀州安定县来（姑苏），三年不见，畅谭始去。静涵师来，携《东湖丛记》三册去。免痴索篆楹帖，即应之。少芙来，携余新拍照相片即去。午后，平书、淡平同来，招观跑马，遂至跑马场，见九马齐趋，衣红者首。约至张园、申园小坐即归。应玉峰之招，畅饮至戌正归。偕平书至吴慧珍家小坐，又至朱月仙家畅谭而归，已丑正矣。（四月初一日）

晨起，同平书、叔鹏至还读楼见淡平，招至徽馆。午后，适燕秋过楼下，遂招上一语，即去。饭毕，至华众会，少芙先去。约余等至跑马场，遂同平书冒雨坐车而去。至跑马厅，少芙适不在，爰出门小憩。

雨益甚，少芙始来，约买票登楼。票每人洋一元，许入观楼。一楹中设棹椅，可坐人，语嘈杂，无一中国人，所有仅余等四五人而已。中设一大轮，轮画十二数，上设一针，以轮转之，停针指何数，即为买此数者。所得买此数者，盖人出一元，不得数则负去，得则一博千也。至申初，雨益甚，遂归。至华众会，少芙入城。余同平书至山田家，小坐即别。至寓晚饭后，平书、淡平招观剧，至天仙戏园，丑正归。平书仍宿寓中。（初二日）

晨起，检行李，即上船。平书送至码头（在珊记码头），大姊自城中来。下船即开，至黄渡泊。（初三日）

是日泊昆山。（初四日）

晨起风顺，午初到家。（初五日）

晨起，觉头痛身热，晚即睡。（初六日）

是日大热，卧床不能起。（初七日）

是日稍痊，叔鹏来即去。（初八日）

得爱日精庐阁抄本《大金德运图》一册，《陈塙盦文稿》一册，专代牧斋诸君。陈石瑚，太仓人，明代名人也，此犹其手稿。

得旧翻本《虞恭公碑》拓本，尚佳。初九日起，十四日止，未记。

晨起，写寿屏毕（共八条，珊瑚笺，篆书）。午后，如珪来，同出门，至玉楼春啜茗，晚归。得平书信，知十八九日即须束装。

为阿聪上学聘祝心渊（名秉纲，元和附生），拟先以王菉友《文字蒙求》教之，爰以高丽纸裁作长方形，上书楷字，下书篆字，使渠知造字之本义也。心渊沉潜，信果堪为吾师也。

得少芙书，约至沪上住渠家。

平书属制小银豆蔻盒，面錾五字曰“比玉贻慧珍”，余仿汉鱼洗文书之。（十五）

晨起，我庚先生来，小谭即去。少停送来川资银票壹纸，计三十两（云字第七十五号，永丰）。

冠云来，言济宁李道源已去世，为之怆然。道源年未冠，好学多能，为郎亭所拔取士也。

叔雍来（汪姓，名国照，工书），贻董武钟拓本一纸，为许珊林所藏器，上有珊林考云得于兰仪铜瓦箱，盖咸丰五年决口时所出之物，与王复斋、阮积古本不合。许云王、阮俱系翻本，不识是否。叔雍为阆源先生曾孙。

午后，阿聪上学。（十六日）

见浙江钟越生敬，善刻印，书画亦佳，因叔雍而得识之，求刻印数方。此余生平以润笔刻印者此第一次也。又见沈秉之（善照影）、吴念椿（知西国语言文字）。

见伶人吴兰仙（名子芹）画花卉，颇佳。适渠托越生来求书，遂出纨扇属渠画，越月送来绿芙蕖，设色颇可。

上海梅镇蕃来访，同出观剧，翌日游皖山别墅。

拜屺怀，畅谭。翌日来答拜，谭片时去。

借沈秉之照相药水，自试之，终不得法，系于化学、光学之理未精也。

自去年七月归后，坐食里门，起居窘迫，今又将出门而宿逋未了。[redacted]为转假百番，[redacted]为转假四十佛，皆不辞劳苦而为之，真难得也，不知将何以报之。

近年来渐知世味之苦，忙时欲昏，闲时欲死，忽又转一念，为世上不如我者多矣，则又安然清卧矣。明日思之，更急于昨日也。盖自解者虚情，所愁者实事。汉人语曰，积善在身，犹长日加益而人不知也。余亦谓积逋在身，犹长日加益而自不知也。而今而后，将何以处之？

舅氏篴秋老人语曰：学问莫大乎伦常，伦常不足观，已不可为完人。然伦常最难无憾，人自有生以来，联异体为同气，即合同气为同室，其同室之人岂能尽如吾意。若使人尽圣贤，则修身之外，何必更言齐家。所谓齐者，因其不齐而欲齐之也。能于不齐者而齐之，推此而国、而天下，无难矣。

见外舅日记，皆在任七浦巡检时所记，琐屑不遗，于治事、交接二端甚详，处世处己皆尽矣，可见老辈正不可及。外舅汪氏，原籍歙县，商籍钱塘，寄籍苏州。纳赀为巡检，屡任宜兴、刘河、七浦典使，分司治事，以慎刑为首，虽极严处亦不多用杖。七浦民皆称之曰“汪一百”，盖杖至一百，不再下也。以食蟹而伤，终于七浦任，年四十。号萱卿，炳勋其讳也。子一：季友，名鸣梧，亦以赀得江苏巡检。女五：长嫁元和张莲士茂才传祺，次即为余室，三、四皆字吴城富氏、潘氏。外姑何为前四川学政一山先生（桂馨）四女。

自十七日起，至五月初三日止，未记，约略存之，亦可为无恒矣。

【光绪十二年丙戌五月】

晨起，同母亲至荡口外家，戌刻到。（初四日）

晨起，为外祖母一家照影。午后出门。

以新装古金拓本索舅氏篴秋老人题之，盖一秦权，为舅氏旧藏，今拓之，求记其得失之原委也。（初五日）

无锡秦畹卿（钟珏）偕其子侄蒉生、馥荪同来。畹卿为若溪内兄，乃沈舛唐先生婿，知舛唐先生尚有未刻词稿及《怀旧录》二卷，拟续刻之。盖舛唐先生《留沤唫馆词》即余为之付刊者也。

晚饭后，偕三秦听弹词，未毕即出。（初六日）

篴秋舅氏出示《荔雨轩续集》稿本，有《镜觚》一卷、《说觚》一卷，皆言世情事理，其意为镜子，物无遁形，文何独不然，故作此书。

于华氏义庄破橱中检得元张伯颜本《文选》九册，卷一至九为汪阆园旧藏，遂携归之。盖物为刻书者王云泉藏，可以值得之也。（初七日）

晨起，未为一事。午后书扇头一，久不作小楷，竭力为之，觉笔墨不精，实手生荆棘也。（初八日）

晨起，携照相而无发影水，遂以肆中皂礬试之，剧佳，喜甚，遂照四影，较前日似精也。

午后作与若溪书。

张步瀛，字廉舟，金匮安镇人，尝病毕氏《释名疏证》疏略，因作《重笺》，又为《释名求音》，未竟而卒。（殷如珠刊《时文所知集》小传）

借篴舅周郑叔鬲手拓之。

数日来未为一事，梦梦已十日矣，日记亦懒为之，人而无恒，一至于此，可叹。（初八至十七日）

盂鼎，颂，毛公，周窸，肇，史喜，太祝禽，杞伯敏父，亚形母癸，师奎父，公违，许惠，庸夜君，召伯，召王，陈侯，公中，敔，叡朔，曾，文考，趞，諆田，留，簹，乙亥方□[illegible]□公违，郑遼父，迟伯，大，师器父，[illegible]，伯矩，甚諆，旂，伯晨，叔夜，文父丁，[illegible]肇，李射，且子，父癸，戎都，唯叔鬲，史喜，羚，趩亥，郑同愧鼎，平安君，匽侯，彭女，邵王[illegible]，匽侯，侯生，应公，大梁，鄦[illegible]，周公孙子，中斿，木王，师趛，厘，杞伯，尚，且辛，父庚，褱，史獸，师汤父，季悆，孟[illegible]，郑饔原父，郑[illegible]，鱼父癸，犀伯鱼父，匽侯旨，[illegible]作父癸，扬，子孙作妇姑，亚形母癸。

师遽方尊，旁，吴，格仲，趩，趡，亚形，逆作父丁，御，方□[illegible]，旁肇，应公，弘，部季，穗，鱼作父已，师田父，伯寏，鱼父已，母[illegible]诸妇方尊，亚形妣。

虢叔钟，瞉狄钟，宗周，邾公，者沵，子璋，郘，仆皃，沇皃，兮仲，己伯，鲁遼，诸沵，邾公望，虘，井人，郑邢叔，叔氏宝棽，楚公，虢叔编。

曾伯霥簠，弡中，叔家父，齐陈曼，都公，许子妆，鲁士[illegible]父，虢叔，虢叔作叔殷[illegible]，都公諴，旅虎，尹氏，史克，邾太宰，留君，郑伯大司工，季良父。

录伯戎敦，聃，师遽，陈侯因资，颂，白簮，庬姞，师穌父，[illegible]，非，迟，己侯，师寰，静，小子师，函皇父，吕伯孙，史颂，君夫，师酉，召伯虎，召王，祄祀，师虎，公娟，[illegible]侯，追，太保，遽伯还，三家，遣小子，城虢，仲慶父，[illegible]白达，师灩，析子孙逋，叔向父，叔向，吴，周窸，辛子，格伯，卯，伯要，尹叔，毕仲，师舍，叡父癸，叔皮父，杞伯敏父，西宫，齐侯，贞，辛子，伯雝父，丰姞，使夷，伯关，叔彭父，司土，宁[illegible]，中义，伯[illegible]，白厨，[illegible]，杞伯，且日庚乃孙，宗妇，王姞，王伐许侯，邓公子，郜遣，邿季，高伯围，仲殷父，使族，霸姞，十月，齐癸姜，穗，叔宿，晋姬，仲皃，姚辛，粇，伯据坓，白𠂤，豚作父庚，然■，毕父，纪侯，格伯𠀠，晋姬，伯鱼，女康，周棘生，[illegible]父乙，[illegible]作妣。

宋公佐戈，师帰，司寇，[illegible]，平阳，郾王，[illegible]，陈丽，戈濯，侃[illegible]，[illegible]自，陈余造，陈[illegible]节。

寡子卣，效，貉子，庚羆，女[illegible]，卫父，父乙，睘，辛子，奚□叉，聿贝父辛，伯睘，雔，[illegible]白，嘉母，𠭯，匕𠭯父癸，遣，亚形父丁，剌，亚形辛子，父辛，日辛，咎作父癸，叉中𢇍，井季𡍮，[illegible]中[illegible]，汪伯，[illegible]伯罚，伯鱼，父癸鱼，伯睘作妣室，向。

畐父辛爵，唐子且乙，举吒，父丁，聿贝父辛，父辛，美，盂，木父丁，山丁，山且乙，奚，鱼，鱼父丙。

多父盘，拍，虢季子白，散氏，齐太仆归父，寰，中，[illegible]白，胖侯，中子化，鲁伯厚父，伯侯父，般仲，兮田，宗妇，郰肤。

齐侯甗。

伐■彝，居后，王作妣𩰫彝。

齐侯镈，齐。

鲁侯角，丁未伐商，宰椃，父乙，鲁侯，𠭯，日辛，丙申，王作母癸。

齐侯壶，殳季良父，颂，邛君妇，史仆，卫姬，虞师寇，䨼，韩仲侈，中白，郑楙叔宾父，史懋，周𡚬，父癸，兮敫，杞伯敏父，芮公，天[illegible]，□□王[illegible]，聿扁，鱼父癸，嫚妊，季良父。

太史虘豆。

子禾父釜，陈猷，陈子禾子。

晋公盦。

宾钘。

芮公鬲，番君，单伯，母辛，召仲，艾伯□鲁伯愈父，郳始，叔带，虢仲，仲姬，王伯姜，邾伯，羲妣，□郑[illegible]，伯作叔，带荐□，庚姬，虢仲作虢妃，召中作生妣，邾哲父。

父丁告田觯，遽中，龙山父戊，聿贝父辛，父辛，鱼父丁，子作父戊，母甲。

聊肤匜，诸女匜，叔男父，陈子子，甫人，王妇，鲁大司徒，窀，鉥甫人，文父丁，昶伯，陈子子作[illegible]孟妫榖女，叔娟。

诸女殇。

鬲叔兴父簋，曼龚父，姜父，项䝈，史克，叔姞，邦叔，[illegible]叔，叔班，叔仓父，番君，改，迟，白[illegible]，伯作娈姬。

陈公子甗，[illegible]，伯贞，彭女，龚妊残。

子父觚，相作父丁，父乙，奚。

王子申盏盖。

兹女盉，伯角父，[illegible]王伯[illegible]，史孔和，伯悆。

钦罍。

左关锫。

太史虘豆。

北征[illegible]。

杞伯敏父𥁰。

王作鬻，立旂妇。

伯作姬畬。

邵太叔斧。

厇阳矛。

妇闟觥。

问江道生至山塘元昌义布店洪文昭即知。

秦拓《九成》以末行末子书字■为塙，盖下曰字中间有蚀文二点也。

火前本《真赏帖》不仅袁氏跋第十一二行倒置，即《力命表》上米芾之印，“芾”字右下垂有小缺，可验也。

见无锡杨以回《周易臆说》四卷，已付刊。其学汉宋并宗，而于汉宋门户中别立一派，所说明白晓远，以它书喻之，其随园之诗乎？杨君年未六十，专志于《易》，不求闻达，为杨艺芳观察弟也。

郧钟，上段四行十字，下段五行十字（末言四格）。

盂鼎，十行，行三十字（末画十五格）。

颂敦，八行，行二十字。

散盘，十行，行三十八字（末行画十九格）。

十八起，二十止。

酉正，自荡口归里。（二十一日）

得吴次潇书并贻《汉书引经异文录证》袖珍本、《辅行记》二种。（二十二日）

出门候查檵亭、叶师，不见。见王菊初，同至观前茗叙。（二十三日）

见《清仪阁印存》，为张叔未所藏古印，约五百馀方，索值二元馀，无以应之，不能购也。

午后发电报至京。

汪叔雍来（国照），谭久始去。叔雍能书，为阆源观察曾孙，据云乱后藏书皆未携出，尽为一书贾攫去。盖书贾即观察买书之熟客也，可为狡矣。

叔雍示一印存，皆贝磵香、袁寿阶收藏各印，精美之至，近已不可得此刻手矣。

今日午初得一男，拟名之曰从通，小字曰选生，盖为近日新得元张伯颜本《文选》，为吾家祖学也。（二十四日）

张辅之招饮史家巷顾宓生家，同坐吴席珍、章铁生、顾慎之、徐慎生诸人。招侑觞者三人，色颇不佳，艺尤陋绝，岂余眼过高欤？抑真无其人邪？

午后出门，至玉楼春茶室，同坐顾阶平（名廷均，诸生），年少美才，系以叔雍而得识者。（二十五日）

晨起，未为一事。午后见祝耔庵姻丈，畅谭，盖从山左归也。

假潘硕庭所藏潘郑盦《攀古楼彝器款识》二册，图状释文共数十器，精妙无异于《恒轩吉金录》，然摹刻之文究不如窸斋也。（廿六日）

潘郑盦谓，宋人为吉金学者，自刘（原夫）、李、欧、赵（德父）、董、黄（长睿）、吕（大临与叔）、薛、二王外，若胡俛、晏慧开、蔡天启、荣咨道（芑，又曰[redacted]）、赵九成、石公弼（国佐，初名公辅，又曰义叟）、翟耆年，皆颇究心于此。（又有邵泽民，即藏周楚公钟者）［按，此页天头曰：王复斋，名厚之，字顺伯。］

考证之学，椎轮难工，踵事易好。

《攀古楼彝器款识目》一册：

邵钟，史颂鼎，匽侯鼎，焠鼎，鲁内小臣鼒，季念鼎，至鼎，伯矩彝，季保彝，子作父癸彝，伯[illegible]卣，父辛卣，卫文卣，祖乙卣，申卣（器），朿矢钺形卣（器），曼子卣（盖），析子孙卣（盖），父辛象形卣（器），彔侯敦，休敦，季良夫簠，鼗王盉，召中鬲，中弛盘，父癸甗，邵大叔斧。

第二册：

齐镈，旂形妇鼒，析子孙卣（器），父辛卣，举蝠形卣，鱼壶，郑[illegible]叔宾父壶，而姬壶，龙爵，双矢形爵，父辛爵，系父王爵，父乙爵，作乃父丁爵，祠敦，师遽敦盖，封敦，季億敦，扵彝，亚父丁甗。

以上皆系同治十二年以前所得之器，已刊图释说。

晨起，刻一印曰“师许嗜好”。午后得硕庭书，并送还拓本一册，书意欲订兰谱，许之。灯下复次潇、漱经、玉峰三书。（二十七日）

《梦梁录》：契嵩姓李，字仲灵，嘉祐中进《辅教编》，赐号“明教禅师”。

晨起，未为一事。午后，沈旭初来谭即去（名玉麒，江苏候补道，好收藏拓本）。

与硕庭订兰谱。

硕庭送还金器拓本一册，渠于古金款识考订极精，不入赏鉴一派，专心文字，即前人所云可补三礼六书之讹也。（二十八日）

《黄琴六遗文》有新刊本（抱芳阁刊），中言常熟藏书流派极详。

《考古图》十卷，《续图》五卷，《释音》五卷（通行本）

《宣和博古图》三十卷（又）

王复斋《钟鼎款识》（阮、叶二刻）

《啸堂集古录》二卷（明刻）

《西清古鉴》四十卷（殿本）

《金石苑》（自刻本）

薛氏《钟鼎款识》二十卷（阮刻）

《积古斋钟鼎款识》十卷（通行本）

《筠清馆金文》（自刻、粤刻）

冯氏《金[石]索》

《望堂金石》

《长安获古编》

《辅教编》二册，见《菉竹堂书目》卷六。

桐乡金锡鬯，字秬和，为钱辛楣姻戚，曾同辑《崇文总目》（《崇文总目》南海伍崇曜后跋）。按，《古泉汇》收晴云馆《古泉述记》，为金锡鬯旧谷撰，不知是否一人。

许子钟“吉”作𠮷，与齐刀背文同。

晨起，未为一事。午后，菊初来谭，何贻荪来谭。贻荪示我旧拓米书集册，精甚。（二十九日）

晨起，候叔鹏，畅谭。午后，刻四印。祝桐尊来，同至玉楼茶室，见汪叔雍、沈秉之、陶仁伯诸君。秉之招饮，同坐八人，畅饮至戌初归。

叔鹏出示陈颐道碧城画扇册。扇画秋花六种，淡设色，题曰“仿宋画院制”，有“阮元印”三字小印，后面即录所题诗。扇归叶茗生夫人陈华娵，即■道女也。华娵装扇成册，遍征题咏，若戈顺卿、董琴涵、潘小浮、觉阿、韦君绣、杨芸士、潘西圃、璘舫、韩履卿、程序伯、陈希敬、蒋侑石、陈息凡、黄菊人（曾）、阿□□（庆熙）、苏□□（汝谦）、汪仲伦（敬恺）、陈暖盦（元祢）、叶茗生香溪父子皆有题词，今藏叶氏。（卅日）

笘誃日记第六册光绪十二年六月朔日始

丙戌六月朔日始，十月晦日止

张秋塘，陆勅先，惠栋，朱秋崖（滋兰堂），陶蕴辉，宋蔚如，顾抱冲，钱竹汀，东城顾氏，叶九来，王闻远，太仓王氏，顾涧薲，胡益谦（书友），郡庙前五柳书店，宋定之，王石臞，冯武，周香岩，钱遵王，顾云美，夏方采，袁文恺，曹彬侯，毛斧季，段懋堂，李作梅，鲍绿饮，瞿木夫，钮匪石，吴兔床，张子和（有传在，四十岁），李福，姚咨，张位，何梦华，汪氏开万卷楼，赵用贤、绮常，东城蒋氏，汪澥云，孙延，支硎山人（太白楼下），赐书楼，辑宋刻书目□岁，邵阆仙，张芑堂，顾南雅，陶凫香，玉堂（先生子），秦太史，陈仲鱼，张泰（门仆），先生伯兄，晋江张太守，叶石君，季沧苇，四明范氏，繁霜堂，张古馀，六研斋，吴枚庵，马己苍，碧凤坊顾氏，蒋辛斋，贝简香，夏容庵，濂溪坊蒋氏，郑云枝，经义斋（当书坊），朱竹垞，胡果泉，丁竹涪，郑桐庵，陶陶室，沈绮云，五研主人后人，陈竹厂，陈曼生平伯，柳如是，金孝章，陆东萝，陈白阳，吕无党，柳大中，陆拙生，传是楼，三男，郭天锡，顾竹君，张讱庵，怡影堂，杨五川，昭明老屋，妻、长妇、幼儿、幼女、三孙、长女、次女，陈拙安，陈仲遵，李明古，石琢堂，汪阆源，艺芸书舍，陆损之，寿凤，美镐（三孙），沈良玉（刻字者），天庆观，黄椒升，席玉照，吴虞臣，拜经楼，冰雪堂汪氏，小读书堆，何元朗，沈十峰，陈子准，顾梧生，张氏爱日精庐，施少谷（南全），顾秀雅，得月楼，张英川，滂喜园，钱梦庐。

【光绪十二年丙戌六月】

晨起，至叔鹏家畅谭。午后至玉楼春茶室，见潘笏南，适从南菁归也，言黄元同院长不甚以词章为重。（初一）

晨起，曹叔彦来，数月不见，畅谭竟日。午后，程誉卿来，笏南来，至晚各散。

叔彦言近拟撰《仪礼丧服正义刊误》，未成，又拟重订《郑君年表》。

又言黄仲韬编修近撰《尚书古今文篇目考》，甚精核。

硕庭送还古金拓本三册，皆余近日新装、属渠题语者。（初二日）

晨起，未为一事。午后出门，见叔雍、越生、阶平诸人。（初三日）

晨起，越生、叔雍先后来谭。午饭后同至观中三元阁候陆廉夫恢，吴江人，工画善书。又至雅叙茗饮。毕，途遇金康伯，同至玉楼春小坐。康伯先去，余与蒋芝祥谭，适吴嬾仙来，坐谭许久，余先归。

越生赠余刻印一，颇精。

送还何珊枝先生宋本《近思录》二函八册十四卷，当审为元刊。（初四日）

晨起，祝谦之、桐遵先后来，杨实甫来，出榅帖，求直庭书，又画幅四，横纸一，托曲园题语，并附磨墨泉一洋。

蒋芝祥来，约同至兰郎寓中，兰即出示各画册，并索题签。又见其小影卷，题者数十人，一时诸老皆在其列。兰郎能作画，喜效浙派，人亦豪爽，尤不可多得者。

兰郎招午膳，并约至城外观剧，至上灯归。得漱经书。（初五日）

晨起，至皖山别墅照景，同去者皆祝氏昆季。午后，钟越生来谭，桐尊继至，查翼甫亦来拜，畅谭，至午[按，当作晚]各散。至观前玉楼春一坐即归。（初六日）

晨起，写扇，未为一事。午后为硕庭题秦瓦当拓本，诗曰："欧赵成书石广收，遗文犹未到残甃。燕谭馀论分明在，尚是前朝约略求。""麓原遗老好奇古，图记初教识未央。此学百年开鼻祖，朱（枫）程（敦）钱（坫）赵（魏）始收藏。""尚书司寇广搜罗，幕府群贤考证多。纂述直教侪刻石，娄江青浦各扬波。""咸阳三月火犹明，谁向荒墟吊绣甍。金鋥人间银海涸，教人何处乞长生。"盖瓦文系"长生无极"四字。

于藤花盦见戈小莲小景绢心，高一尺二寸，长二尺一寸。小莲貌仅弱冠，中坐读书，侍者五人，一人执剑于后，一执壶于左，一添香于右，一执梅于窗外，一执烛引之。首有钱晓征隶书“红袖添香夜读书图”八字，后题如钱竹汀、王兰泉、洪北江、孙渊如、袁寿阶、陈曼生、顾涧蘋等。钱年已七十馀，王年亦七十五，皆特[为]之题句，知小莲弱岁早负盛名矣。竹汀诗曰：“金谷能诗石季伦，十眉环列后堂春。读书如此真堪快，傲煞高平画灯人。”“刻烛挥豪兴未阑，淳于一石任追欢。却愁酒浊风吹醒，难忍三更半臂寒。”“万卷琳琅甲乙储，才人结习未消除。羊羔美酒痴儿女，那晓牙签有秘书。”“十指匀添心字香，云鬟各各斗新妆。此中可有康成婢，读过毛诗第几章。”北江诗曰：“香篆初浮酒乍醇，书生清福享能真。何妨借此消奇气，一树名花一玉人。”“满屋都看列黛螺，两三星点月如梭。输他过目能成诵，时向闲中溜眼波。”渊如诗曰：“自有仙才自不群，万花丛里斗高文。香沾玉袖浓三日，烛映红颜艳十分。刘向有梨空寂寞，扶风列帐自氤氲。谁知一棹鸱夷子，独载奇书入水云。”寿阶诗曰：“白氏歌姬两翠娥，朝云南海侍东坡。才人从古佳人伴，争奈输君画里多。”“娉婷环侍太纷纭，中有凝眸低视君。听读离骚能领略，纤纤徐把好香焚。”“子建感甄赋洛神，披图髣髴倚楼人。烛花早结同心蕊，照见庭梅漏息春。”曼生诗云：“横塘一曲沸笙歌，粉黛淋漓泼翠娥。只恐党家风味似，豪华郝得读书多。”“春花秋月两茫茫，何似工夫月夜长。定有扫眉才子在，不辞纤手细添香。”“偶然觅句写乌丝，香雾深笼玉一枝。现出莲花真色相，翠裙红袖总相思。”兰泉词云：“江左清华，为甚急装短后。恰拟翻一卷新书，更添上一杯浊酒。剑挂蛟龙吼，恐触了玉人纤手。折梅花还命胡奴，问刘尹见时骂否。”（此卷犹见于七年前，今偶记存之）

午后至陆廉夫（恢，吴江人，工书画）寓观其作画。薄暮至玉楼春茶室见兰郎，絮谭许久始别。

兰郎慷慨颇有侠气，所作画亦不俗。（初七日）

晨起，不作一事，午后出门。（初八日）

晨起，笏南来，约同至黄鹂坊桥候曹揆一，久谭始去。笏南即归。余至兰郎寓小坐，出示新得王麓台仿大痴画幅，著色极精。又陈良斋集各家古铜印存八册，亦极佳妙。

候王菊初，留午膳。毕，同候蒋漱云，不见。至观前玉楼春啜茗，至晚归。得静涵上海来书。（初九日）

晨起，为兰郎成《小兰花韵图序》。成，潘少萼来谭，留午膳，畅谭始去。

日来每有人以扇头索篆，余必日应之，以为写字常课。

叔彦借《东塾读书记》。

叔鹏借沈西雍《河朔访古图》。（初十日）

金友《翠华房中歌》。

晨起，至兰郎寓观其所藏画册，赠余任立凡山水一幅，精妙之至。顾阶平来（廷均，元和诸生），畅谭，午饭后始归。晚膳后至玉楼春茶室一坐，同祝氏昆季归。（十一日）

晨起，至仁孝里见冠瀛，一谭。午后，程誉卿来，约至渠处，叔彦在坐，毓仙继至（王大纶，吴县廪生，工词章）。复邀毓仙、叔彦同归，小谭而去。晚膳后至玉楼春。归，为兰郎题胡三桥画册。

余与叔彦言，前人札记随笔皆从日记摘出，非专书也，颇以为然。（十二日）

《说文》义训，多与《毛传》合旨。

朱子《四书集注》引用许书甚多。

《说文》解“性”“情”二字，与孟子、董仲舒之言相表里。

光泽何愿船殷斋谒寿阳相国，相国取《汉学师承记》属为续编，殷斋曰：特立一汉学之名，宋学家群起而攻之矣，《汉学商兑》所由作也。是编当依阮文达《畴人传》之例，改为《学人传》可也。

乾隆丙午，朱文正典试江南，所取之士则有阮文达、孙渊如、李许斋诸人。阮主己未会试，登进士者则有王伯申、郝兰皋之小学，张皋文、陈恭甫之经学，许周生之算学，吴山尊之词章。

元和丁咏之士涵，庚午举人，为陈硕夫先生高弟子，尝得陈先生说，成《管子案》六卷。据叔彦见丁君云，戴子高成《管子校正》皆取丁说，且有攘为己说者，丁氏之书，精华已尽去也。

顾千里思适斋在枫桥，其额为程易田征君所书，笔法酷似颜鲁公。

寒山寺大殿之后有楼，供铜佛一区，连座高二尺馀，座勒赤乌。十三年，郡主孙权奉供。标按，造像起于六朝时尚多此款，恐系伪造。

寺浜之东南即五砚楼。

莱州试院有北海郑公像石刻，系翁覃溪学士督学山左时所刻。标两过试院，未一见及，恐已不存矣。

陈硕甫先生配顾氏。

陈硕父先生著述如《毛诗传疏》、《师友渊源录》之外，尚有《禘郊或问》、《宋本集韵校勘记》。

硕父尝论丁度《集韵》曰，《集韵》总字具见《类篇》，先以《类篇》校《集韵》，再参之《释文》、《说文》、《玉篇》、《广韵》，则校雠之功过半矣。又曰，陆氏《释文》宋本当于《集韵》求之，今《释文》《尚书》经宋人陈鄂等删改之本，《集韵》则尚未经删改者，段氏《尚书撰异》所引是也，可由其说类推之。

彭氏《儒行述》一书专采讲求宋学诸人。

右录张纬馀先生语。

叔彦出示《仰箫楼文集》，为昆山张纬馀（星鉴）撰。先生一字问月，曾受业于长沙陈南园，为文有根柢，所著有《国朝经学名儒记》，已刻。又有《仰箫楼文话》二卷，未见。光绪庚辰，同邑朱砚生（以增）学使刊其文于奉天学院。（十三日）

晨起，兰郎贻任立凡（预）画幅一，并借余印谱两部。午后刻印三。

兰郎送还小华册，因托渠转求吴仓硕、潘醉生题词也。又交来条幅四，系托写者。

意气不相投，虽夫妇昆弟亦难强借；苟有合者，虽千里，神交如一室也。

乌程周中孚信之《郑堂札记》卷四曰：凡著录金石之书，即无金亦可称金石，秦琅琊台石刻三称金石刻，泰山石刻一称金石刻，亦其例也。［按，此条天头曰：标案，秦诏称金石刻者，当时金石并刻，故有铜诏版、瓦量皆一辞也。］

又曰：魏撰《水经注》四十卷，凡引汉碑百，魏碑二十，晋及宋魏称是，近儒著录金石文字，多以元为断限，若以郦氏引晋宋魏诸碑律之，则胜国、昭代诸碑亦当间为采录，不得拘于好古二字，庋置不论。（十四）

晨起，出门。晚得琯云信，云接沪电，知郎亭已到，遂定于明晨偕祝谦之父子同行。（廿七日）

晨起开行。晚抵昆山，大热。夜不能睡。（廿八日）

卯刻解维，晚泊周太仆庙。（廿九日）

【光绪十二年丙戌七月】

晨起，船已开，将抵老闸。午初抵岸，即至顺记洋行，见苏玉峰。玉峰招谦之父子同居。午后见郎亭，小谭，至幕友公馆见陆惕身、顾蓉舫（承皋）、程蒲生（秉铦，工词章、经学，绩溪人）、赵叔垣（侃，常州人），即午饭。午后未出门。晚间，玉峰招饮于张少卿寓，同坐李淡平、稼秋诸人。亥正归。（七月初一）

晨起，拟入城，以天雨，不能行。少芙书来，约聚丰园晚饮，同坐子绂、樨禅、石春、稼秋、燕秋诸君。毕，偕玉峰至少■寓小坐，归。（初二日）

晨起，竟日未出门。晚间，玉峰招饮于渠行中。（初三日）

晨起，稼秋招午饮。午后，梅镇蕃招饮，俱于聚丰园。程蒲生招饮于朱逸卿家。李淡平招饮于朱月仙家（俱在尚仁里）。毕已三鼓，归寓。与玉峰畅谭至天明始睡。（初四日）

晨起，在顺记午饭。莹若叔祖来谭即去。午后大雨，郁健伯来谭(晋培，上海人，浙江候补通判)。晚间冒雨赴聚丰园燕秋之招，同坐苏侣生再欲招饮于渠所，好意，以船即欲启椗，坚辞始别。亥初上船，天明出吴淞口。(初五日)

船名广利，总管李英存(联瑁，江西人，小湖先生堂弟)。船坚稳，不甚颠簸。晚至宁波。(初六)

竟日风逆，船微震，尚能眠食。晚至温州。(初七日)

晨起，风稳，如平地行。

郎亭新得元板《困学纪闻》。

又云为郑盦得密行本《嘉祐集》、宋本《梅花喜神谱》，共七百金，可为贵矣。

晚过汕头。(初八日)

晨起，船甚稳。午时渐见岛屿，五下钟抵香港。船泊港心，来往需小划。岸上皆洋房，依山结构，层密如蜂房，即所谓上环、中环、下环是也。小轮来往甚多，借以济渡，甚便利。天气稍热，尚不大苦。寄家信，托玉峰转递。(初九日)

此日泊香港，午正启椗，至申正抵黄埔。黄埔离港二百馀里，离省城三十馀里。去岁法人失和，恐渠轮舶直抵城下，遂于此处钉桩，故至今商船尚未能入口。(初十日)

清晨由黄埔过，民船船式如秦淮之画舫而较大焉，以小火轮拖带。下午泊花埭，盖离省城仅八里也。(十一日)

寅正，船移南门外，即入城至学院。院基为南汉药洲故址，堂之东北有圆大榕树三，九曜石犹存，暇时拟细读各石刻焉。

程蒲孙云，赵㧑叔刻印，以印就刀，执刀之手不动，故刻一印用力甚费，然沉著亦莫逾此焉。

周郑堂《札记》手稿高尺馀，今存丁雨生中丞家。《龚定庵文集》手稿二十二卷，今存汤百硕处。朱修伯书画得之于彭氏(文敬公后人)，初自编书目，秘不示人，一日付书铺装治，为赵㧑叔所见，连宵分录得之，遂为世所知。

见蒲孙藏戴子高手校《新书》，取曲园说极多。又见子高手校《墨子》，用《御览》、《治要》校勘之，并附怀祖、曲园诸说，间附己案焉。蒲孙云，渠别有手校册。

王怀祖手校《十三经注疏》为沈均初所藏。

龚孝公《说文理董》稿本，蒲荪曾见于蒋香生处。

作与若溪、鞠师、心渊书并家书。（十二日）

蒲孙藏有长洲吴锦翁《说文读例》稿本两卷。

蒲孙云，吴荷屋《筠清馆金文》释语皆龚定公所撰，掩己名者。《己亥杂诗》注云，某布政属撰吉金款识，为书十二卷，即此本也。

周季贶星诒，祥符人。

晨起，为蓉舫刻小印一。午后未为一事。（十三日）

蒲孙尚藏有陈南园先生说经一种，系未刻本。

晨起，未为一事。午后同搴芷、慎之出门一游。见浙刻《聚珍板丛书》（三十九种本），索值二十元，许以十元，不售。又《粤东金石略》二册，需洋二元也。

粤雅本《金文最》，大字本，颇善。

得《西医内科全书》一种。（十四日）

晨起，刻印三。午后刻印一。（十五日）

晨起，无所事。午后出门，至边双门底，由卫边街归。灯下作与纫秋、芝祥书。（十六日）

晨起，吴楚侯来谭，午时始去。午后写扇二，灯下写扇一。

竟日不为一事，晚间作叶子戏。劳精疲神于无用之地，莫甚于此十日间，以后宜痛戒。（十七日至廿六日）

寄家书，托誉卿，并叶师、若溪、心渊三书。

【光绪十二年丙戌八月】

晨起，检拾行李。午后上船，船泊大南门外龙王庙，宽敞如江船。

同舟为祝寒芷丈、惕身、介石三君。（初四日）

晨启椗行。晚抵新塘泊。（初五日）

晨启椗。晚抵石龙镇泊。镇颇大，东莞界。（初六日）

晨启椗。晚抵铁冈泊，博罗界。（初七日）

读《茶磨山人诗集》，为汪燕庭（芑）撰。

郎亭贻吴窓斋丈大篆《论语》二册、日本刊《孝经》一册。

在省得抄宋本《舆地纪胜》、抄本《洪盘洲集》、杭州本《聚珍板丛书》、《算经十书》四种。为郎亭得明见龙精舍本《文选》、胡果泉刻《文选》、《文苑英华》三书，颇精。

与静涵师、敬孚、次潇、梦畹各书。

晨起椗。晚至剑潭泊，归善界。（初八日）

晨椗。午经惠州府城，城修筑新关。晚泊水口井。（初九日）

晨起椗。晚泊天罡围，归善界。水浊如黄水，而流甚急，船逆流而上，篙工皆作商声，终日仅行三四十里也。（初十日）

晨起，行五十五里至赤勘泊，归善界。（十一日）

晨起，行五十五里至秋■■■泊。（十二日）

晨起，行七十里至蓝田水口泊。两岸山色颇佳，江浅见沙碛，水流甚急，夜泊如闻溪瀑也。

程蒲孙博罗道中成诗一首，一时和者相接，余以韵险不敢和。

作第五次家书，即发。附与心渊、叔彦、叔鹏各书，又搴信一。（十三日）

晨起，郎亭叠程诗韵来索和句，曰："西抹东涂手不停，丝罗书画压江舲。锦囊不惮呕心苦，铁笔宜防血指腥。蟠扁双钩抚籀史，灵飞一卷仿唐经。不廉自昔称年少，臣朔前身是岁星。"诗到时适同作叶子戏，郎亭闻之再叠前韵，诗曰："看竹清淡手未停，山塘灯火盪歌舲。间消驹隙情堪寄，戏杂猪奴气总腥。胜负争评双陆谱，盈亏谁算九章经。吴中近事君知否，累累分明贯索星。"午后遂和以诗曰："使者轺车未许停，我来同上粤江舲。山深衣薄愁添冷，市远盘空少割腥。一代文章谁作者，万程沧海我重经。山樗亦入王公座，分咏无才愧聚星。”“南船北马几曾停，又共琴书上桂舲。香为瑑消藏宿灶，兰防蚁蠹警投腥。悥援旧稿修心史，懒试新茶箸睡经。乡思近来添几许，夜阑搴箔数春星。”

晚泊河源县界。两岸皆山，山各有塔对峙，一破一完。（十四日）

晨起开，三十五里至徐洞泊。（十五）

晨起开行，五十里至白马泊。（十六）

晨起椗，行七十里至枕头石（蕉口司署）泊。（十七）

晨起椗，行五十里至虎头冈泊，隆川县界。（十八日）

偶作《无题》五律四首，句曰：“十五兰房静，含情自奈何。赋应工宋玉，名合比秦娥。宛转随红袖，因循怨翠娥。相将银烛底，试听汝南歌。”“绣户巢翡翠，金鎞掠凤皇。绿摇双燕佩，红束九霓裳。小语银屏静，含愁玉枕凉。相思不相见，故故艳明妆。”“秋水团明镜，新愁托画眉。好花当户艳，清酒入怀知。拈带回华烛，量珠压绣帷。香囊垂叩叩，犹写定情诗。”“已有愁无极，难堪梦昨宵。未能托紘索，何以报琼瑶。秋思寒金井，柔情上翠翘。天涯多荡子，休问浙江潮。”寄玉峰、稼秋、端卿、平书、梦畹各书。

晨起，行十五里至隆川县江边小泊，不能见城郭。复行二十里至老隆泊，盖至嘉应水道，至此须易陆行，数十里方得换船焉。（十九日）

晨起束装，盖欲陆行也。无轿，只有山兜，用竹为之，上环如车篷，以青布作幛。行二十里至秦岭，有息劳亭。再行十五里至通衢司署，午餐。署甚窄，间壁有景韩书院，上有昌黎阁。再行二十里，过蓝关，有昌黎祠。考蓝关、秦岭皆在今之陕西，粤东之有此，乃附会耳。再行十五里，至清溪下船。船不甚大，上围竹蓬，无窗，头甚高，尾双尖，若燕尾然，行皆以篙，即名绿蓬船，此不可多见之式也。水浅而流多沙滩。

今日行道中，皆逢男妇担物，若布匹、磁器尤多，盖皆从江右来也。女笠上围以青布，衫甚长，若袍，无裳，髻皆作盘，以红丝约前额。（二十日）[按，此条天头曰：笠名苏幕遮，见《南越笔记》。标按，希麟《续大乘理趣六波罗密多经音义》卷一曰：苏幕遮帽，胡语也，本云飒麼遮。又云戏也，出龟兹国，至今由[按，当作犹]有此曲，即大面拨头者类是也。所云戏者，即今所传词排[按，当作牌]名也。]

阮文达尝以唐文泉子紫石砚，砚匣上嵌汉货布，以汉五铢泉范为墨床，以汉宛仁小弩机为水池，以汉印钩为水匙，以汉尚方辟邪铜筲为笔筲，以宋王晋卿镂金铁匣为墨匣，内贮长寿半钩唐鱼兵符，以梁大同、隋开皇、仁寿、唐会昌四造象为笔架，共成一盘，以供清赏，见《揅经室四集·咏十三金石文房诗序》。

题《倚琴图》，叙曰："钱子冠瀛于癸未八月索余作《倚琴图》，盖钱子藏有元人遗琴，制甚古，倚者所以寄意也。越四年丙戌八月，同游粤东，出图重索题句，卒以应之。"诗曰："清徵忽然得，殷勤护鞠通。有情金络索，无奈玉玲珑。古意嗟珠柱，新声隐碧桐。不堪问人世，流水太匆匆。""明月入寒径，清愁未许知。偶因三年意，聊寄十年思。老屋自空寂，长松有古姿。请君拂瑶席，未和晋人诗。"

阮文达叙惠氏《礼说》谓（《揅经室集》卷一）："如有好学深思之士，取《周礼》，据贾氏为本，去其谬误及伪纬书，择唐宋人说礼之可从者，加以惠氏此说，兼引近时惠定宇、江慎修、程易田、金辅之、段若膺、任子田诸说，勿拘疏不破注之例，博考而详辨之，则此书之成，似可胜于贾氏。"

又《谢金圃传》曰："公撰《六书正说》四卷，发明三代造字本义，诠证秦汉诸儒之说，刊正二徐、郑樵、戴侗、杨桓、周伯琦等谬误，尤好钟鼎古文，独追象形、象事、象意之本，谓许慎篆文乃沿秦石刻结体，校以商周尊彝、岐阳石鼓，则形、事、意三者皆所不及，指微抉奥，令人解颐。形声、假借、转注三事亦博采《仓》、《雅》，出入经训。"（《揅经二集》卷三）

又《焦理堂传》曰："君录当世通儒说《尚书》者四十一家，书五十七部，仿卫湜《礼记》之例，以时之先后为序，得四十卷，曰《书义丛钞》。”标按，此书未刻，仅存稿本，余于去岁夏过扬州，知焦氏遗书尽售与人，《书义丛钞》则为章小雅以百金得之去矣。

又《试浙江优行策问》曰：“得人之法，全在命题，务隐僻则困英士，偏一体则弃众才。”（《集》二，卷八）

汉碑之首有半圜形，名之曰垂晕。

晨起解维，行卅里，过长乐县，再行十里泊。（二十一日）

今岁能终日读书、无一杂扰者，维今日也。为学不自刻励，一至于此，可惧也。

洪北江、孙渊如同游扬，主方笠塘家，一日同游梁昭明文选楼，拜昭明太子曰：笠塘虽好，争好天天扰，明日初三，打点饥肠吃剑潭（汪端光），昭明太子保佑我们休饿死。太子开言：尔与家君大有缘。（《揅经室再续集》卷三《春风并辔图跋》）

会稽章逢源为邵二云门弟子，二云先生门下甚多，各授以业，于章君则教以辑古书，开目令辑。标按，章氏辑逸经史子书甚多，卒后遗稿售于山东马氏，今刊之《玉函山房辑佚书》者，实章氏本也。

午后取方刻雪窗本《尔雅》点读一过，并题识书衣。晚泊。（二十二日）

郎亭馈羹，作诗报之。诗曰：“细雨湿孤蓬，寒风透窗纸。煮字正愁饥，忽动小臣指。舟子顾而嘻，一肴进甘旨。不辨味之精，先感公意美。惟此一脔珍，却胜千钟侈。张灯快大嚼，甘滑润喉齿。岂是啖牛心，否或抉龙髓。坎坎箸方投，忽忽感未已。嗟哉小子身，百日称孤子。梨枣乞两兄，兰芝萎伯姊。有母内可遗，拜赐远尺咫。瘠田十亩馀，荒芜失耒耜。幸哉渭阳贤，衣食足可恃。六岁出从师，授经教读史。十四返吴门，觅屋到杯匜。二十列胶庠，北堂颜一喜。廿二成室家，多难从此始。卓哉我公贤，是年识踵趾。父执似晨星，敢以姻娅视。分座及鲰生，迎门几倒屣。微意窥我公，爱赏等騄駬。昔公使山左，多意感量使。今岁来越东，安敢说公恃。海风吹浪浪，愁思何所止。贻我金错刀，赠我锦文绮。盛意正无极，岂独在尊簋。我感公意深，即此足征彼。新诗句太恶，和调仗公起。有投必以报，聊以当双鲤。”

晚泊嘉应城外八里泊。（二十三日）

夜灯无事，戏作《幕中九友歌》曰：“蒲生文学高群流，胸罗万卷容休休，高谭经济多良谋。（程）”“祝公医学能深求，青囊肘后勤旁搜。馀事还好新诗投，惜哉十月难稽留。”“冠云相思何悠悠，佳句盈箧能唱酬，骈俪癖好湖海楼。（钱）”“老誉雅爱柔翰抽，韩文一卷珍藏收，家书时盼来星邮。（程）”“叔垣我识诗最优，隶书两汉能自由，相逢一笑青双眸。（赵）”“蓉舫文字闻炳彪，高谭汩汩新蕉抽，玉堂楷则工谁侔。（顾）”“黄公蔼蔼情自幽，相对不能为楚咻，晚灯爱戏樗蒲头。”“陆生陆生人孰俦，终朝握算兼持筹，小诗吟妥何苦愁。”“坐中又有江宁刘，静如白鹤闲如鸥，赠以一字名曰叟。”

晨起，至城外，即进南门至试院，适祁子枞、程履新、汪维卿（鸿祺，休宁岁贡，郎亭族弟）自乡来，同誉卿、冠云、谦之、介石住二堂楼上，觉稍快爽耳。上叶师书，得桐尊书。（廿四日）

起床已午正矣。灯下阅童古卷百六十本，至子正毕。（廿五日）

王仲兰（仁照，江西吉安人，诸生）自江西来，为郎亭侄也。

晨起，已午正矣。午后写白摺一页。灯下阅兴宁生卷一百六十本，至鸡鸣睡。（廿六日）

晨起，未为一事。午后写白摺两页。晚阅童卷。（廿七）

嘉应州学廪生张文皋呈其祖父杂著十六种稿本于学使，学使出示，属存其目并言其大凡：

《汉史月日征信》三册。首册为班书《帝纪》、《侯王表》，皆以秦历推之，讹者上引本文，下注出之，《功臣表》、《外戚表》、《律历》《郊祀》《五行》三志、列传等皆以殷历推之。次册为《后汉书·帝纪》，自《章帝纪》元和二年以前，皆用三统历推之，以后各纪用四分术。列传中刘圣公、苏竟、杜笃三传用三统，郎顗、襄楷二传用四分。三册为《续汉志律历志》，自元和元年以上皆用三统，永元元年以下用四分。附《三国志月日征信》一卷，《蜀书》汉昭烈帝用四分，诸葛亮传用景初术，《魏书》太祖、文帝用四分术，明帝景初元年十一月以后用景初历，下皇后、甄皇后、郭皇后三传皆用四分术，管辂传以四分、景初合推之。《吴书》吴主黄武二年正月以后改四分，用乾象历推。

《史记太初历法衍》一卷。盖因太初术见于《史记·历书》，自太初迄建始凡七十六年，四分术所谓一蔀也。四分行于后汉永平十一年，《汉书》以太初术即三统。三统之日法八十一分，四分之日法九百四十分。三朔[按，当作统]，一月之朔小馀四十三；四分，一月之朔小馀四百九十九。又三统之中法一千五百四十，四分之中法三十二。三统一岁之中小馀八十五，四分一岁之中小馀八。三统四岁小馀一，四分四岁无小馀，则三统较四分强也。是书直著至建始四年，非太师[按，当作史]公所得见，故指为褚先生所补，乃意以四分为太初，则何待东京永平之改也。然术虽不同，而其所异者不过小馀、大馀之后先，故月之大小亦偶有后先耳。且究其所谓后先者，六年中不过四百九十，月中约逾至八十一，月即有前后，两月大小互易。

《量仓八法》一卷。乃以借根方演《缉古算经》四郡较粟以下八题也。

《方程正负定式》一卷。其意谓方者方也，犹开方之方，立正负以别同异，犹彼此也。不论和较，一以正负行之，正负相当曰相当式，故正负可互易，爰成此书。

《算法统宗难题演术》二卷。盖以程书卷末难题演之，多所校正。然未见梅氏增删之书，仅就坊本《统宗》推演耳。

《梅氏增删统宗附识》。盖因梅氏书尚有难通处，即注于上方，录而集之，成此一卷焉。

《三国志讨论》一卷。按因读陈书而得，故论文校勘兼有之也。附《季汉朔闰表》一卷，因四分术视太初密，惟日小馀半之，未及预命；大月，校验征格，略为变通，馀分勿绌。九百四十满乃进一，小月大月差近,无失甲子。迄庚岁将及百,不论消长,始亦符合,暨乎其既后天一日。是平非定,依术演式,就检史志,用便校核,乃撰此表。

《四库提要管窥》一卷。乃读提要按语集录者。张寅于各史纪年及历算颇精,故校证多塙云。

《南楼读书杂记》一卷。体例仿《容斋五笔》,考证颇是,惟引书于版本不甚详考,故多武断。上方有同州廪生陈崧(梦石)按语,甚精,即张门人也。

《杂文》一卷。多言算术,然文不甚雅洁耳。

得七月廿八日第一号家书,并大哥、心渊、叶师各书,即复,作第六号,为潄经索逋事也。

晨起,阅卷二百册,至午后毕。(廿八日)

晨起,阅复生卷七册。午后未为一事。灯下阅嘉应童卷百册,睡。(廿九日)

晨起,补阅昨卷二百三十册,至申初毕。又作第□号家书并附心渊书,又毓仙、叶师二书,又玉峰书。(三十日)

黎秉枢(嘉应州生,中西之学兼通,易名元庄)。

钟焕彬(又□□,释文似何郑)。

【光绪十二年丙戌九月】

晨起,写白摺。午后未为一字。灯下阅兴宁童卷二百二十五册。(九月初一日)

长白素孟蟾方伯(讷)多收藏古金,见《筠清馆金文》。

晨起,写白摺。午后未为一事。(初二日)

郎亭出示嘉应州廪生陈崧所呈自撰书两种:

《窥豹录》八卷。大抵考证四部之书,若札记之属。读书不多,故多武断。又多窃取前人旧说,据为已有。

《东溪引鏺录》。此为言算之书,首篇曰《新术》,自谓皆创获,或古人无是题而今设之,或古人有是题而别立一法以算之。次篇曰《疏证》，仅取《重学》、《代微积拾绍[按，当作级]》、《三角法举要》三书可通者略加疏证。三篇曰《辨讹》，则专补正《九数通考》，仅有三题而已。

晨起，写白摺。馀未为一事也。（初三日）

晨起，阅覆童卷。午后读嘉应黄公度《日本杂事诗》二册，以朱笔圈识之。（初四日）

得第二次家书（八月初七日发），内附二兄、心渊并托寄吴、程二信。

晨起，写白摺。馀未为一事。（初五）

晨起，写白摺。馀未为一事，可愧。

刻一印曰"素楼"，盖不忘美代也，拟作《忆语》一卷，晚灯多暇，辄书一二则。

晚间胸脘忽闷痛，牵引两太阳穴及牙根，继攻至背，坐卧不安，如是者一时许。同人皆以为肝疾，遂以枷楠木屑以开水冲之，一杯方饮，其疾若失，奇哉如是！得安睡。（初六日）

晨起，写白摺。午后未为一事。晚间郎亭招饮毕至楼。胸脘复隐隐作痛，继又攻至背，且自晨起至晚，左鼻孔有血出，恐受热，以清宁丸下之。

母手谕曰："远出觅利，非义之财决不可取，只要一切谨慎，自己省用就好。"（初七日）

晨起，写白摺。馀不为一事。（初八日）

晨起，写白摺，至晚毕。（初九日）

晨起，已午正矣。饭后写白摺半页，为郎亭录诗题六纸，馀未为一事也。（初十日）

晨起，写白摺。午后写扇头二，作楷书。（十一日）

"与酒无缘偏好客，以书为命不忧贫。"此何莲舫句也，可刻一大印。

晨起，写白摺。午后为郎亭拟州学各生所进书序批诸条。晚，郎

亭招饮，为饯祝谦之先生也。（十二日）

晨起，写白摺。午后为郎亭拟州学各生所进书序批诸条。晚，郎亭招饮，为饯祝谦之先生也。（十二日）

晨起，写白摺。馀未为一事。（十三日）

晨起，写白摺。午后偕誉卿、冠瀛、仲兰、履新、介石公饯谦之先生于楼上。行《汉书》酒筹令百枝。（十四日）

得第三次谕（八月廿一日发），附熙年、若溪、心渊、大哥各信。（十五日）

晨起，写白摺。午后覆熙年、心渊、大哥、玉峰、稼秋、朗山、揆一各书并第七次禀。（十六日）

《汉书·地理志》颜注曰："中古以来说地理者多矣，或解释经典，或撰述方志，竞为新异，妄有穿凿，安处附会，颇失其真。后之学者，因而祖述，曾不考其谬论，莫能寻其根本。今并不录，盖无尤焉。"标按，此盖指《水经注》等书，故唐人视《水经注》为僻书，卒之臣瓒不知即薛瓒，是师古之高■此等书为无尤之失也。

晨起，写白摺。午后读《汉书·艺文志》。灯下笑谭。（十七日）

晨起，检拾行李。午后出门一游。出南门至西关，为一处最大之市，无所得，以番饼乙购兴宁布一匹，长四丈馀，甚细洁也。市间有以黑鬃穿作小帽者，甚佳，以银三钱得之。（十八日）

晨起无事，写白摺半页。午后起程，仍坐绿篷船，行十里即泊。（十九日）

嘉州肩负之事皆以妇女为之，物虽累重，其行如飞。衫长过膝，不系裙，胸束淡红，袜长如衫，银镯粗如大指，腰必系钥，行动有声，一荷囊附之。赤双足，不韈履。虽冒风日，而肤白者颇多。妇作髻，后扑若鱼尾，女则作辫焉。吾江苏妇女日处深闺，足不履阈，手不提斤，娇养性成，坐而食，犹必甘旨为美，在礼法固是矣，然视嘉州之妇女则当愧死。[按，此条天头曰：《南越笔记》卷七曰：粤中当垆妇女皆系一花绣囊，多贮果物。有为五蓝号子者，曰：垂垂腰下绣囊长，中有槟门花最香。一笑行人齐下骑，殷勤紫蟹与琼浆。盖谓此也。是荷囊之佩，其来古矣。]

潮嘉风月以绿蓬为胜，闻驾驶皆艳妆者，今则皆科头赤足之夫也。昨出南门，见有一二舫垂竹帘，有后坐，出而观者则高髻黑衫，貌同罗刹，或即绿蓬之告朔也。绿篷或作六篷，盖驶篷以六。（二十日）

晨起，十里至西洋，十里至青草，十里至郑军，十里至禹村，十里至严邨，二十里至铜盆，十里至松口，二十里至燕籁，十里至蓬辣滩（大埔界，海阳办差，学使过此须上岸祭一碑）。十五里至水兴，十五里至洋桃坪泊。（二十日）

晨起，行十五里至三河灞，十里至合口，二十里至银溪，十五里至南坑，十里至九龙潭，十里至宋公塘，十里至高陂，三十里至转水，十里至朱坑，十里至散溪，十里至隬隍（大镇），十里至葛布泊。（二十一日）

晨起开行，十里至乌石，十里松水，十里曲湾，十里归湖，十里凤栖，十五里潮州府城。即进城至试院，与誉卿、冠瀛同房。（二十二日）

晨起，未为一事。（二十三日）

晨起，写白摺。午后阅生童经古卷一百四十册。（二十四日）

晨起，补昨未阅卷，午毕。晚阅生卷。

见《申报》有梦畹诗，为得余书言纫秋事也。（二十五日）

晨起，未为一事。午前补阅生卷二百馀册毕。晚校童卷。（二十六日）

晨起，写白摺。午前补阅童卷二百十八册毕。（二十七日）

晨起，以小花小影题辞并同人诗录出寄梦畹，附以书曰："沧波无极，頳鲤不逢，一日三秋，不足为喻。韩山使院读贻纫秋诗，情韵绝佳，悲绪时触，故人之迹，有如对面。藉宷餐卫适时，箸撰多豫，甚善甚善。万里浪游，水宿星饭，炎方燠热，绝异江南，旧侣零星，还思故里。日者读鸥所之诗，恨迟识面，上袁丝之寿，愧未随行，路迩人遐，涂乖趣别，不亦慎哉，恨如之何。事隙之辰，偶思蓬岛，开函录句，缄纸寄远。伏惟大雅，矜其孤响，更有名篇艳什，迭互锋起，亦付写官，并留情致。若能尽传铅椠，藉布王州，识海外之多才，结文章之知己，则珠玑百琲，或伐以新辞，锦瑟千年，得成为佳话，达此妄举，副以虚心。书不尽言，伏惟万福。”

《尚书》之字本为隶古，既是隶写古文，则不全为古字。今宋齐旧本及徐、李等音，所有古字，盖亦无几。穿凿之徒务欲立异，依傍字部，改变经文，疑惑后生，不可承用。（《经典释文》陆叙）

《礼记·经解》之说，以《诗》为首；《七略》、《艺文志》所记，用《易》居前；阮孝绪《七录》亦同此次；而王俭《七志》，《孝经》为初。原其后前，义各有旨，今欲以著述早晚、经义总别，以成次第。（又）按，《释文》以《易》、《书》、《诗》、《三礼》、《春秋》、《孝经》、《论语》、《老》、《庄》、《尔雅》为次。

《尚书》者，以其为上古之书也。（陆德明说）伏生所授为今文，孔壁所出为古文，刘向所校为中古文。

晚校澄海童卷二百三十册，未毕。（廿八日）

晨起，补校，至午毕。午后写白摺半页。读《义山诗》三卷。灯下读《经典释文序》。与得之、乙丈书。（廿九日）

高帝（十二年）

孝惠皇帝（师古曰：汉家之谥，自惠帝以下皆称孝也。母吕氏。七年）

高皇后吕氏（八年）

孝文皇帝（高祖中子，母薄姬。十六年，又改元曰后七年，共二十三年）

孝景皇帝（文帝子，母窦皇后。六年，改元曰后三年，共九年）

孝武皇帝（景帝中子，母王美人。建元六年（师古曰：自古帝王未有年号，始起于此。）元光六年，元朔六年，元狩六年，元鼎六年，元封六年，太初四年，天汉四年，太始四年，征和四年，后元二年，共五十四年）

孝昭皇帝(武帝少子。母赵倢伃。始元六年,元凤六年,元平元年,共十七年)

孝宣皇帝(武帝曾孙,戾太子孙。太子纳史良娣,生史皇孙,皇孙纳王夫人,生宣帝,号曰皇曾孙。本始四年,地节四年,元康四年,神爵四年,五凤四年,甘露四年,黄龙元年,共二十五年)

孝元皇帝(宣帝太子,母共哀许皇后。初元五年,永光五年,建昭五年,竟宁元年,共十六年)

孝成皇帝(元帝太子,母王皇后。建始四年,河平四年,阳朔四年,鸿嘉四年,永始四年,元延四年,绥和二年,共二十六年)

孝哀皇帝(元帝庶孙,定陶恭王子,母丁姬。年三岁嗣立为王。建平四年,元寿二年,共六年)

孝平皇帝(元帝庶孙,中山孝王子,母卫姬。元始五年,共五年)

王莽(字巨君,孝元皇后之弟子也。始建国八年,天凤四年,地皇四年)

世祖光武皇帝(讳秀,字文叔,南阳蔡阳人,高祖九世孙也。更始三十一年,中元二年,共三十三年)

显宗孝明皇帝(讳庄,光武第四子,母阴皇后。永平十八年,共十八年)

肃宗孝章皇帝(讳炟,显宗第五子,母贾贵人。建初八年,元和三年,章和二年,共十三年)

孝和皇帝(讳肇,肃宗第四子,母梁贵人。永元十六年,元兴元年,共十七年)

孝殇皇帝(讳隆,和帝少子。延平元年)

恭宗孝安皇帝(讳和,肃宗孙也。父清河孝王庆,母左姬。永初七年,元初六年,永宁元年,建光元年,延光四年)

孝顺皇帝(讳保,安帝子,母李氏。永建六年,阳嘉六年,汉安二年,建康元年)

孝冲皇帝(讳炳,顺帝子,母虞贵人。永嘉元年)

孝质皇帝（讳瓒，肃宗玄孙，曾祖父千乘贞王伉，祖父乐安夷王宠，父渤海孝王，母陈夫人。本初元年）

孝桓皇帝（讳志，肃宗曾孙也，祖父河间孝王开，父蠡吾侯翼，母匽氏。建和三年，和平元年，元嘉二年，永兴二年，永寿三年，延熹九年，永康元年）

孝灵皇帝（讳宏，肃宗玄孙也，曾祖河间孝王开，祖淑，父苌，世封解渎亭侯，帝袭侯爵，母董夫人。建宁六年，光和六年，中平六年）

孝献皇帝（讳协，灵帝中子，母王美人。初平四年，兴平二年，建安二十五年）

【光绪十二年丙戌十月】

晨起，读《汉书》。午后未为一事。灯下校饶平童卷二百四十册，未毕。（十月朔日）

晨起，补阅昨卷，至午毕。写上唐学师书。

申公作鲁《诗》，后苍作齐《诗》，韩婴作韩《诗》。（《艺文志》应劭注）

公羊、谷梁立于学官，邹氏无师，夹氏未有书。（又《志》）

尔，近也；雅，正也。（张晏说《艺文志》注）

南海孔氏藏书处曰“雪岳楼”。

晚未为一事。（初二日）

“陇以西有緜诸、畎戎、狄、獂之戎，在岐梁泾、漆之北有义渠、大荔、乌氏、朐衍之戎，而晋北有林胡、楼烦之戎，燕北有东胡山戎。”（《汉书·匈奴传》）

“单于姓挛鞮氏，其国称之曰撑犁孤涂单于，匈奴谓天为撑犁，谓子为孤涂。单于者，广大之貌也，言其象天单于然也。”（又）

左右贤王，左右谷蠡，左右大将，左右大都尉，左右大当户，左右骨都侯。匈奴谓贤曰屠耆，故常以太子为左屠耆。（又）且渠（师古曰：“今之且渠姓，盖本因此官。”）大臣皆世官，呼衍氏，兰氏（师古曰：

“呼衍即今鲜卑姓呼延者是也。兰姓今亦有之。”），其后有须卜氏，此三姓其贵种也。（又）

“诸左王将居东方，直上谷以东，接秽貉、朝鲜；右王将居西方，直上郡以西，接氐、羌。”（又）

自次王（师古曰：“自次者，尊重次于单于。”）（又）

祭天金人。师古曰：“作金人以为天神之主而祭之，即今佛象是其遗法。”（又）

匈奴曰：“非得汉贵人使，吾不与诚语。”（又）

晨起，写白摺。午后读《匈奴传》未毕。阅览海阳、普宁童卷二百三十册，至子正毕。（初三日）。

“缙绅之儒则守和亲，介胄之士则言征伐，皆偏见一时之利害，而未究匈奴之终始也。”（《匈奴传赞》）

礼是郑学。陈兰坡曰：“《月令》、《明堂位》、《杂记》疏皆有此语，不知出于孔冲远，抑更有所出。”（《东塾读书记》卷十四）

《六艺论》云：“注《诗》宗毛为主。毛义若隐略，则更表明；如有不同，即下己意，使可识别也。”（《释文》引）陈兰坡曰：“此郑君注经之法，不独《诗》笺为然。”（又）

陈曰：“何邵公《墨守》之学，有宗主而无不同；许叔重《异义》之学，有不同而无宗主；惟郑氏家法兼有所长，无偏无弊也。”（又）

蒲孙谓，西汉家法之乱始于高密。言虽激进而近是。又述陈南园先生说曰，读《谷梁春秋》，须先通三《礼》。

“郑注《周礼》并存故书、今书，注《仪礼》并存古文、今文，此后来校书之法也。”兰坡先生说。（《东塾记》十五）

郑君《戒子书》：“博稽六艺，粗览传记，时睹秘书纬术之奥。”陈兰坡曰：“六艺则曰博稽，传记则曰粗览，秘纬则曰时睹，三者轻重判然。”（又）

《晋书·刑法志》云，“秦汉旧律，后人生意，各为章句。叔孙宣、郭令卿、马融、郑玄诸儒章句，十有馀家”，“览者益难，天子于是下诏，但用郑氏章句，不得杂用馀家”。标按，古人治经之外，首先读律，《急就篇》、《春秋》、《尚书》律令文是与经并称也。许冲《上说文表》自《周礼》、汉律皆当学，六书贯通，其意是礼律并重也。后人习而不察，故几成为孤学。苏东坡诗：“读书万卷不读律，致君尧舜终无术。”是犹存古意也。

兰坡先生曰：与郑立异者，魏有王肃，吴有虞翻。蜀亦有李譔，著《古文易》、《尚书》、《毛诗》、三《礼》、《左氏传》、《太玄指归》，皆依准贾马，异于郑康成，与王氏殊隔。（《东塾》十六）

《尔雅》为类书之祖。

《说文》：“犬，狗之县蹄者也。”后人皆难解说，或疑其误。标按，此字象犬侧立形，近世北方小犬往往能立而候食，正象犬字之形，故《说解》又引孔子曰，视犬之字如画狗也。狗，《说解》云：“孔子曰，狗，叩也，叩气吠以守。从犬，句声。”标按，《说文》：“句，曲也。”是此字盘曲正象犬伏形。盖犬、狗二字，一立一伏，一象形，一会意，今人犬狗通称，不知立伏之分耳。

颜师古《匡谬正俗》卷八《乐石》：“或问曰：秦始皇石峄山刻石文云‘刻兹乐石’，‘乐石’何也？答曰：许慎《说文解字》曰：‘磬，乐石也。’‘乐石’即磬也。《禹贡》称徐州‘峄阳孤桐，泗滨浮磬’，言泗水之滨有石可以为磬。盖秦之所刻即是磬石，近泗滨，故谓之‘乐石’尔。所以独峄山之文以称之，他刻石文则无此语也。而近代文字遂总用碑碣之事，盖失之矣。”标按，乐字当读如音乐之乐。

今日杂览各书，偶有所见，略记于上。（初四日）

晨起，写白摺。午后阅各书，无所心得。灯下读古金款识，略记于上方。（初五日）

晨起，写白摺。午后得第四次母谕并大哥书，又叔彦两书。叔彦书曰：“从者在粤，千万谨慎，肘腋之间，小人窥伺，不可不戒也。”又曰：“士君子立身行道，当自礼始，一言一动，必思无愧于古人。苟不能行汉儒之行，而徒袭汉儒之言，则适为攻击汉学者所借口，桐城毒焰所由张也。”

朝鲜(招仙),康居(渠),罽宾(计),身毒(笃),龟兹(鸠慈),月氏(支),负尾(倍),圌山(垂),芒砀(宕),部娄(剖),虖池(呼驰),华不注(扶),濡水(丸),绵蕝(撮),栈道(浅),瓯脱(区),庋阁(诡),广袤(茂),殽函(咸),霅阳(浃),圯上(诒),剡溪(冉),斥候(尺厚),敦煌(屯黄),吴会(桧),濡水(而),泥浣(垩),归祊(崩),老聃(丹),掘突(鹘),申繻(须),庆炔(列),颜斶(注),钟繇(陶),李傕(角),九方歅(因),郦食其(历异基),隽不疑(浅),繁延寿(婆),吐角浑(突浴魂),万俟卨(木其屑),韩侂胄(讬),方孝孺(入),休屠(朽除),可汗(克寒),冒顿(墨毒),炔奊(捩挈),畲然(刀),窭数(举遡)。

大哥书云:“日来心境大坏,此无可言者,弟亦不必问也。惟愿吾弟在外珍重一切,应事、接物、保身均从厚些。世路险巇,万不可忽。”

传即注也,以传述为义。旧说汉以前称传。(《经典释文·尚书音义》上)

广东钦州有隋钦江县正议大夫宁贙碑,翁、阮两《金石略》未著录,见莫偲老《金石笔识》。(初六日)

晨起,未为一事。午后略检书籍。(初七日)

郎亭出示丰顺丁氏《持静斋书目》刻本五大册,分列四部,兼注解题,宋元抄校本与新刻坊本间杂,此一病也,拟专缮善本各书,作一目。

晨起,书白摺。午后读《持静斋书目》。(初八日)

晨起,写白摺。午后读《持静斋书目》。(初九日)

凡人处逆境而往往思顺境,及处顺境则不复思逆境矣。此等人不知凡几,细思之亦理之寻常而已。

凡人出门而不思家,无有也。终日思之,刻刻思之,亦徒然而已。一家平安无逆境,则出门谋食即所安家也,何必思之。然而世少其人矣。盖既须出门,则必不能居家,既离其家,则势必日日思之,刻刻思之,然此犹情理之常也。若家室安逸,事无不遂,而仍终日思,刻刻思，此亦妄人也已矣。

母谕云，日来旧疾时发，惟服热药则宜。万里遥思，时深焦灼。顷占以牙牌数，得句曰："进可以战，退可以守，不战不守，唯唯否否。"解曰："富贵由天未可求，羡君骑鹤上扬州。劝君动作皆循理，许尔安康到白头。"循诵再三，庶几稍慰。

晨起，写白摺。午后阅《持静斋书目》。晚间学使招饮，同坐十五人，为饯王炳臣州判行也。

日来觉身体肥壮，颇苦其不灵。地气潮热，两腰酸疼，胸间时觉闷气，南方颇不惯居也。（初十日）

魏本存性之，任何人，江苏候补，稼孙子。

晨起，写白摺。午后未为一事。灯下读《持静斋书目》。子部毕。（十一日）

晨起，写白摺。午后菊常师、管申季丈、若溪表兄自家乡来，即进署。（十二日）

得芝祥书、第五号家书、毓仙书、静涵书、心渊书、玉峰书、稼秋书、芝祥书、芝汀书、篴舅书、叔鹏书。

若溪携来《姚春本集》二册，系张闻远拔贡诒，又《数学启蒙》二册，静涵师诒。

晨起，未为一事。午后作家书。（十三日。□号）

晨起，与诸友书。午后笑谈。灯下封家书，共十馀书——稼秋、玉峰、静涵、式权、心渊、实甫、芝祥诸书及叶师、若溪家书。（十四日）

见元刻《困学纪闻》二十卷，黑口，版每半叶十行，行十八字，白緜纸，印与《平津馆鉴藏书籍记》所说同，郎亭藏。

晨起，发第八次禀，托玉峰转递。午后又与稼老书，即发。（十五日）

晨起，写白摺。午后写篆。灯下至若溪房谭。（十六日）

晨起，写白摺。午后，鞠师出示日记一册，专记目录之学，分子目，曰藏书、校书、刻书、修改、装潢、图章、目录、别号、借书、抄书、掠买、杂记、题咏、序跋、散佚、书估、宋元本、旧抄本、明刻本，中录《古泉山馆诗》，皆有关荛翁事，灯下录入《年谱》。

见申丈，过录邵批《简明目录》八册，较蒋氏本稍异。

胡氏《燕寝考》刊入《皇清经解》者系误分东房西室，《疑问》别为一卷，又以其第一、第二叶与原本第一卷之第二叶互错，致文义不接，惟《指海》本不讹。

晨起，写摺扇十。午后未为一事。（十七日）

晨起，写白摺。午后谭笑。（十八日）

假鞠师《平津馆鉴藏书目》读一过。

自著之书，及录清稿，忽疑其讹而改之，迨检原书，不讹。自著之书尚且如是，何况校正他人之书乎？人之不可妄动笔也如此。

晨起，写白摺一页。午后检书簏。灯下录黄《年谱》清本。（十九日）

晨起，写白摺。午后写对、扇。灯下作第九次家书，附心渊、大哥书，径寄局。（二十日）

晨起，检收书籍。午后代郎亭写楹帖三十馀副，至晚毕。（二十一日）

晨起出门，至大街一游即归。饭后上船，船泊北门外沙渚，遂同叶师、申丈、若兄、介兄同至韩江亭一游。大石临江如壁，上凿“青天白日”四大字，为嘉靖间人书，又有梵字四，不可识。登古长寿庵，庵中有大石一，上镌“砥柱”二字，又有康基田《韩江亭诗》一首，五律，刻石壁上。欲游金山，以入城不及，遂归。晚泊凤栖。行十五里。（二十二日）

晨起，风大而逆，船系上水，颇不易也。午后录《黄荛圃先生年谱》第二稿毕，手装之。

读书切实之学，无不从校勘而成。元和之惠，高邮之王，其显焉者也。陈硕甫先生《师友渊源记》江铁君传谓，江课举子业，间以校雠之说讲授，而后知读书之道必如是，方可步及前人。

荛翁《年谱》二次稿毕，喜而有作："两年搜采寒兼暑，万里遨游北至南(余自甲申十月在山左辑《年谱》始，至今岁十月在粤东始毕)。一卷几成三易稿，未妨由苦始回甘(蒐罗犹恐少发挥)。""员峤巷里昔贤居，吾亦新廛近比间(先生百宋一廛在员峤巷，今为潘氏松麟义庄。余近亦卜居此巷，去先生旧居不过数十武)。第一快心完赵璧，郑君手稿李家书(郑桐庵、李明古皆旧居员峤巷。郑氏文集手稿、李氏所藏旧本各书后皆为先生所得，近日昆山赵静涵表兄书来，许以郑氏文稿、李氏旧藏成化《虎邱山志》皆归于余)。""涧蘋交绝抱冲死(先生五十二岁跋手辑《广均姓氏考》言涧苹已交绝，抱冲先先生卒)，佳传无人为表微。今若先生知许可，合教异本尽来归(潘郑庵尚书刻《士礼居题跋》成，尝曰，先生有知，当佑我得秘本，兹故戏及之)。""实学须从校勘求，首推吴县后高邮(吴惠氏父子、高邮王氏父子皆系校勘而成经学大儒)。乾嘉绝业闲征遍，谁似先生彻九流。"

行六十里，泊隬隍，风稍急。晚至叶师船畅谭。(二十三日)

晨起，读《持静斋书目》集部。午后摊饭。

今晨奇冷，布衾如铁，六蓬船两头通风，欲蔽以层布不可，盖主柁者须遥视前路也。行路之苦，莫此为甚。仆人崛强而愚，非可以理格者。舟人语句周格磔，一字不可通，独坐寡欢，惟以几卷书消此长日而已。此详记之者，欲以俟十年后重披旧籍，或复游故地，当别有一重境界也。

舟行六十里，至高陂泊。(二十四日)

读《唐风·山有枢》"子有钟鼓，弗鼓弗考"，《毛传》："考，击也。"标按，近日俗称犹有作考声者，然皆讹为敲字矣。《广雅》："攷，击也。"是塙当从考，不从敲。

《诗·唐风·葛生》："角枕粲矣[按，当作兮]。"《毛传》："礼，夫不在，敛枕箧衾席，卷而藏之。"陈奂《疏》曰："枕箧，枕匣也。《少仪》：茵席枕几颖杖。王引之《礼记述闻》曰：颖字当在枕下，枕颖相连。《释文》：颖作熲。《玉篇》、《广韵》并曰：熲，箧也。是枕箧又谓之枕熲矣。”标按，枕篋之制，今日本国中犹然，枕以木为之，两首有翘起如角，中置一抽替（此二字见《齐东野语》），即古所云匣也。

今日读《国风》毕。

《周易姚氏学》。《毛诗传笺》。

晨起，辑《持静斋书目》毕，并题一诗曰：“直教买椟竟还珠，缕析条分亦太愚。印跋收藏分氏族，宋元抄校别锱铢。云烟过眼情勘拟，天水冰山录岂殊。第一伤心经浩劫，夜阑有梦到姑苏（吾乡黄荛夫、汪阆源藏书在此目者不少）。”

行七十八里，至三河坝泊（大埔界）。晚至若溪船谈。（二十五日）

吴兔床《拜经楼藏书题跋记》卷三谓：“《水经注》，金源有蔡氏珪《补正水经》，已不可复得。自明以来，校雠刊布者家数渐广，如杨氏慎、黄氏省曾、吴氏琯、陈氏仁锡、钟氏惺、谭氏元春、项氏絪、朱氏谋㙔之笺，又归氏有光旧抄本、赵氏琦美三校本、朱氏之臣补正本、全氏元立天叙吾骐三世校本、冯氏梦祯勘定本、钱氏曾依宋刻校本、黄氏宗羲芟本、孙氏潜再校本、顾氏炎武校本、黄氏仪校本并图、刘氏献廷注疏本、姜氏宸英校本、何氏焯再校本、沈氏炳巽集释本、全氏祖望七校本、柳氏佥影宋本、赵氏一清注释本，他如周氏婴、阎氏若璩、胡氏渭、顾氏祖禹、董氏熜、杭氏世骏、齐氏召南，皆尝援据辨证，以匡其失。”标按，以外尚有戴氏震校武英刻本，又微波[榭]刻本、张氏匡学《释地》本、汪氏士铎之图、董氏祐诚之《图说》残稿、陈氏澧之《提纲》（近广州刊本）、惠氏栋之校本（钱塘汪氏函雅堂藏）。[按，此条天头曰：全谢山曰：“国初诸老皆有《水经》校本，如顾氏亭林、宛溪、胡东樵、黄子鸿、阎百书、刘继庄，而俱无传者。惟亭林之本见于何氏所录，黄氏之本相传入于新城池北库中，独《渭水》、《沔水》二篇行于世，继庄竟脱落。若东樵、宛溪、百书之本虽未见，而其所证据之旁出者颇多纰缪，东樵其尤也。”（《鲒埼亭外编》卷三十二）]

青浦王氏收藏金石拓本后全归长洲汪氏三十五峰园，仁和龚氏收藏金石拓本后全归常熟瞿氏铁琴铜剑楼，王说见于《思适斋集》，龚说闻于叶鞠常师也。

王述唐侍郎跋《郭君碑》有言，自褒城而西南凡三百馀里，悬崖绝壁，汉唐题字隐见于丛莽间，连绵不绝，顾涧蘋《跋汉永寿楗为李君摩崖》谓必出栈道中，亦可悟尚不止此。标闻近日缪筱珊太史（荃孙）家藏新拓摹崖题名积数千种，皆前在蜀幕时所得者，或即王、顾所云而未见之物也。

晨起，行四十五里至蓬涑滩，两岸皆山，甚峻，河至此稍狭而水流甚急，滩头大石如屋，乱列水滨，船过此须加纤夫七八人，行里许则无须矣。又行三十里，至松口泊，镇甚大。与介石上岸一游，有丰顺分司署，适临江边。（二十六日）

著书之事，谈何容易。余尝有志疏证孙氏《仓颉篇》，及细读原文，则觉有许多窒碍，许多可疑。必欲一一通之，已非易事；况欲训文诂义，易乎哉？大约今人讲求训诂之学者，其书必成难而精；讲义理之学者，其书必成易而不精。近人往往喜以宋人义理通于汉人训诂，然犹强北人之音，效南人之舌，驾驷马之车，求舟子而驭，事或有之，理所不可也。［按，此条天头曰：小人而为大人之事，舟子而强舆夫之驭。］

潮州道中长歌一首，示誉卿、冠瀛二兄："野竹萧萧激寒玉，溪泉一径通山曲。北风吹面酒生波，银荷焰小金釭续。无数新愁卷浪来，锦笺蠡管空烦促。罗衣况自薄天涯，玉臂清宵寒起粟。此处炎荒本谪乡，韩苏犹得寻芳躅。天炎地湿蚁若尘，市远村荒食无肉。格桀句周瞠驾娘，冥顽倔强怒臣仆。箨衣黄篾四围遮，雅名特重篷飞六。猎猎风吹玉帐寒，柁楼前后通如竹。犹想先皇极盛年，潮嘉风月何从录。万里难回游子心，经年无赖频驰逐。夜深忽忽梦苏台，故乡风景何曾恶。旧珮轻摇锦帐红，新蕉细卷纱窗绿。娘子熏炉南宋精，灵飞小帖三唐缩。敦鼎千行讽籀书，图签十万森牙轴。双钩阑外落花深，鹦鹉空廊啼睡足。人生行乐自有时，莫负春光到秋谷。况是同行尽少年，夜游古尚秉华烛。孤蓬满背正斜阳，一握柔情若蛮触。诗成急写不能工，轻帆又过几林麓。”

张鸥舫事，见《拜经题跋》四《竹垞初得二先生尺牍跋》。

晨起风顺，张六篷以行。六篷者，一竹五布，如舒摺扇也。行七十里，至青草泊，途中水浅多滩，石齿齿，水流如瀑。船逆流而上，须加纤夫，半杂妇女，皆赤脚，行走如飞。河中有名曰河车者，用以溉田。河中立双柱，以木枝札一大轮，经丈馀，横排巨竹管，首尾略仰，横搁于双柱。水激轮自动，水灌入竹管，至顶则管倾而水出，以槽受之，达于田，其巧莫及焉。近日泰西人往往以机轮利中国，夸为绝学，不知吾国早有此制，椎轮大辂，固出自东方也。[按，此条天头曰：旧名水翻车，子瞻诗“水上自车车自翻”。见《南越笔记》卷六。]

晚灯写白摺，终觉不能纯粹，字体亦未稳贴。（二十七日）

华锡九表弟（鋆鑫）卒已五载矣，孤灯夜坐，忽念音容，搦管写情，偶成二律，不知涕泗之何从也：“一别人天已渺然，夜灯万里忽缠绵。青梅竹马垂髫日，玉押牙签弱冠年。意气自雄争杰出，言谈惯喜斗超前。谁知哭父麻衣日，竟尔追随到九泉（距灌耘从舅之殁仅数月）。”“寻常中表多兄弟，历数情亲独有君。斗室消寒开夜宴，荒郊散步话残曛。谢庭欢笑容予杂，汉石临摹让尔勤（君能隶书）。知否沧桑成小刦，破家我忍听传闻。”

夜梦一律：“夜梦孤篷万里思，泉声灯影意何之。愁来痛饮非余福，静极穷思到幼时。失意年年追故迹，伤心往往托微词。才人未老豪情减，多恐秋霜上鬓丝。”

陆翔麟曾藏高丽写本《篆韵补》。

晨起，未为一事。午后复叔彦信，未毕。未正，船至嘉应城外泊。同叶师、申丈、若溪、子枞同进城一游。至州学，遍观而归。灯下誉卿来谭。（二十八日）

晨起，阅《士礼居题跋记》。午后取四月中沪上怀人诗稿，更加删补，续录清本，共得十六首，拟续补之。又跋丙子年所手校《说文》[按，原稿“文”误作“手”]。灯下读《说文》。（二十九日）

晨起，未为一事。晚灯写白摺。（三十日）

潘郑盦尚书曰，荛圃先生所藏书，晚年尽以归之汪阆源观察，汪之冢妇，荫姑也，其所藏，荫犹及见之。前年曾为刻其宋元本书目。未几，汪氏亦渐散失。道光辛亥、壬子间，往往为杨致堂河督所得，至庚申而尽出矣。[按，此页天头曰：河督文孙凤阿舍人出示各书。]标癸未秋游山左，汪郎亭先生出示杨氏《海源阁书目》并勰卿太史《楹书隅录》，甲申冬复观书于阁中，举凡《艺芸书目》之所载，《楹书隅录》之所记，皆一一披读尽矣。故家旧籍，则十居其八九，荛翁之所藏，则又八九中居其七焉。嗟乎，吴门藏书，庚申后几无片籍，百宋廛中之物，已如星凤，不意于数千里外而得见，黄氏完籍竟有百数十种之富，是天有以护荛翁也。今岁客居南越，适辑《荛圃先生年谱》成，独念书录不睹，荛言未刻，则此杨氏之目■犹荛翁之目也，亟写刻之，以为善。[按，此页天头曰：近郑盦辑有《士礼居题跋》六卷，郑盦尚书已刊于滂憙斋中，荛翁精力之聚略见于此。]标复亟亟写刻杨氏之目者，欲使知百宋之书未尝销灭于劫灰，借以为雅好古籍者[按，以下原缺]。杨氏之功■不可没也。《楹书隅录》近闻凤阿舍人已将付刊，原跋一篇附刻目后，以喜与此目[按，以下原缺]。

《群芳谱》。

《五木经》。

十目一行（阮文达语）。故帚斋。

修学好古，实事求是。（《汉书·河间献王传》）

恻恻春阴到褚池，堂梨花瘦梦成痴。■行■有人离别，泪泼银衫湿未知。

《沪报》，自八月初三始，初六止。

又十五起，二十三日止。

笘誃日记第七册光绪十二年十一月朔日始

丙戌十一月朔日始，十二月除夕止

乙亥方鼎，父丁象形鼎，穗尊，宝卣，妇庚卣，韩中侈壶，父癸爵，木父丁爵，罟乍妣爵，举咤父乙爵，析子孙父癸爵，举戊父爵，己父爵，子孙父丁彝，史寞敦，穗敦，子执贝父癸敦，季良父盉，芮公鬲，叔男父匜，父辛残盘，宗妇壶，宗妇盘，叔麌鼎，加作父戊爵，入大方壶，安陵鼎，新成鼎，盩厔鼎，建平钫，隋铜虎符。

【光绪十二年丙戌十一月】

读《说文》"一曰"之义，如示部"祥"作"一云"，言部"讼"、"詘"，死部"㱡"，竹部"笭"，"曰"字上疑皆脱一"一"字。糸部"絓"，"口"字疑"曰"字之讹。然所据仅浦翻孙本，不知他本如何也，用详考之。

晨起开行，午前抵一大镇，名七都，河口有分司。

国朝石经之学，杭考源流，冯考文字，杭有《石经考异》二卷，冯有《石经补考》十二卷。

史论最忌空谈苛论。

凡兵家多与史学家相出入，地理尤要。

通《易》杂道家言，读《书》不知今古文，说《诗》不考三家，言《周礼》则疑经，释《仪礼》则攻驳古注，笺《礼记》而不考礼制，空言礼意，诂《左传》而不取古注，述《公羊》而不知例，证《谷梁》而不明礼，传《春秋》而不合三传，考《论语》而不从古义，解《孟子》而泛主性命，申《孝经》不辑郑注，疏《尔雅》不通许书，虽著撰积屋，可不必观其书也。

段茂堂曰，音韵之不同，必论其世，唐、虞、夏、商、周、秦、汉初为一时，汉武后洎汉末为一时，魏、晋、宋、齐、梁、陈、隋为一时。（《音韵

表》一）

“汉朝家法半灭没，宋世渊源殊慌惚。甘泉记录亦无聊，一编何必两其舌。桐城恶焰从兹起，《商兑》书成笑无理。吁嗟乎亭林不学竹垞狂，堪怜百体皆金疮。（此述门户之学也）”

“居题士礼斋思适，元抄宋刻矜奇获。一校再校何太烦，不是书痴竟成癖。毛公父子人中龙，何家昆季嗟心同。吁嗟乎蠹鱼干白蟫鱼红，千金弊帚称此翁。（此述校勘之学也）”［按，此诗天头标序曰“五”。］

“汉朝绝学传女郎，栖霞之郝仁和汪。李家小学亦不恶，《尔雅》古注能搜亡。艳名爱说张春水，文章一印镌知己。吁嗟乎红柏庄荒世莫知，仲瞿何在礼门死。（此述夫妇皆能文者）”［按，此诗天头标序曰“九”。］

“绛云楼已空如云，影梅庵亦徒留影。空教忆语续香畹，紫姬长恨鸳鸯冷。芳茉先生是何福，香修小印曾经目。吁嗟乎虹屏书跋争珍藏，至今人犹称陆郎。（此述姬侍雅者）”［按，此诗天头标序曰“十”。］

“灵岩山馆孬经室，椒花吟舫名堪述。春融堂畔春风多，太邱道广门生诃。文毅风流说两江，湘乡相国称无双。吁嗟乎门客知名不尽识，笥河佚事今谁即。（此述宏奖诸名公）”［按，此诗天头标序曰“七”。］

“伯渊经术北江史，幕府名才吾与尔。艮庭小篆何其工，穷奇梼杌搜汪中。乾嘉遗事尚堪述，大兴朱氏镇洋毕。吁嗟乎白袷楼头最少年，离魂犹绕秦关前。（此述幕府中之博雅者）”［按，此诗天头标序曰“八”。］

“诸城金苑空山录，簠斋印举廉生目。山左文章重吉金，南方绝学神胶续。两罍款识恒轩图，楼名攀古人间无。吁嗟乎积古斋倾世不扶，小沧浪畔多菰蒲。（此述考藏吉金诸家）”［按，此诗天头标序曰“三”。］

“圣清绝业开数理，中西算法超前起。畴人一传仪征功，译馆千篇海宁始。微积真微谁拾级，比例何比知四率。吁嗟乎宣城久去仪征亡，廷臣孰解《九章》术。（此述畴人之术）”［按，此诗天头标序曰“四”。］

“惊人秘籍称遵王，始一终亥疑终亡。谁知百载盛绝学，首推段桂王严张。引经逸字义层出，操戈谁得入君室。吁嗟乎体用何人别六书，涧蘋一跋春秋笔。（此述许学之盛）”［按，此诗天头标序曰“二”。］

“纳兰经刻三月待，二十万金授东海。学海群经托厚民，仪征始意须编经。玉函辑佚购章稿，引书错落谁稽考。吁嗟乎独有长洲百宋翁，杀青一字千金宝。（此述刊刻之事）”［按，此诗天头标序曰“六”。］

“竹窗书画飞鸿印，水绘宣炉十兰镜。牧仲花磁富定哥，覃溪宋拓收馀烬。乾嘉诸老不可作，冶城山馆清仪阁。吁嗟乎十三金石古文房，堪怜一炬多销亡。（此述赏鉴诸家）”

国家三百年来，逸事流风，俱绝千古，拾遗订坠，颇足咏歌。舟次无聊，偶成短句，事皆征实，语必求新。读者勿笑其诗，或称之曰《今世说》可也。

许书：𢍏，读若书卷。[illegible]，读若书卷之卷。

读许书五卷毕，专求“读若”之义。

晚灯至郎丈船饭，见句读《水经注》已毕，百忙之中犹能及此，可谓好学矣。云“员斤”《水经》文，不可句读，属询若溪。余疑其尽系水名，述由外国，故不可通也。舟中无书可检，姑妄言之。（十一月朔日）［按，此条天头曰：果尽系水名，聚珍本各提行写。十一日志。］

手边无书，一恨也。即如今日读许书，如“瑂，从玉，眉声，读若眉”，“㠍，从口，集声，读若集”等。标谓既曰“眉声”，何以再曰“读若眉”，此处殊不可解。不知郑注“读若”有此例否，不知诸家注许书曾言及此否，明日拟询申季丈。［按，此条天头曰：莱友于声读同字之例亦未能通，见《说文释例》。]

许书又有"读与某同"之例，又有"读若某同"之例，王菉友于此等处考证极详，惜《释例》一书不在行箧，无从检读也。又有"又读若某"之例，又有"读如"之例(匚部)，又有"或读若某"之例(糸部)。

犬部"犻"："过弗取也，从犬，市声，读若孛。"疑此篆本作"⿰犭孛"，从犬，孛声，写刻挩去"子"字。

晨起，舟过转水口。午后读许书"读若"义毕。(初二日)

"未应韩老偏疏我，应是稽生懒作书。"(王紫荃句)

愙斋丈谓，许书所据古籀皆周末七国时文字，虽存篆籀之迹，实多讹伪之形，今以古金文证之，多不相类。标实疑许书古籀百不可信一，盖自隶草兴而篆学废，即如小篆之文，衡以今存东汉金器之字，已多不合六书。许书屡经写刻，小篆之不讹者，类有说解耳，若大篆则后人无从取证，笔画之讹，恐不待雍熙之刊也。

标尝疑许君曾见石鼓文，今书中所引籀文，如"囿"、"员"等文，与今石鼓无异，一也。尝见北宋刊《说文解字》(海源阁杨氏藏本)，籀文起止笔画粗细如一，古文则起止皆作尖形，籀文与石鼓同，二也。今翻刻北宋本《说文》，古籀文起止皆作尖形，大讹。

晨起，船过长乐境。晚抵清溪，水浅仅数寸，啣尾而进，船颇行迟。(初三日)

天明束装，先发行李。仆人懒笨，匆匆起身，不及朝餐。本例至通衢午饭，又为舆夫走捷径所误，直至老隆上船，晚灯始得一饭。四载出门，莫苦于此矣。与鞠师、申丈、若兄同船。临睡，郎丈招谭，出示嘉应黄遵楷所著文。(初四日)

何义门校《水经注》仅取《资治通鉴》注、《隶释》两种，赵东潜则求之《元和志》、《初学记》、《太平寰宇记》、《太平御览》、《九域志》以及《雍录》、《齐乘》、宋元诸图经。(《鲒埼亭外集》卷三十二)

全谢山跋胡氏《通鉴注》曰："予少时闻之，慈水前辈冯君明远极言是注之失，而未及叩其详，稍长，亟欲尽其说，而冯已逝矣。窃思一

一弹驳，勒为《纠谬》一书，病废不果。”（同上）

晨起开行，至晚仅行二十馀里，过龙川即泊。水浅沙凝，不能上也。（初五日）

俞理初曰：“余得明写本《开元占经》，中引《淮南鸿烈间诂》，按晁公武云，许慎标《淮南》书，首皆云《间诂》，是《占经》用《淮南》许本，其出《间诂》者犹云答难、笺释耳。后又得一明写本，乃作《淮南鸿烈闲话》，“闲话”虽可诧，然可知为“间诂”之误。及检阁本，影写者作《淮南·人间训》，是校书者从《间诂》以意改之，不悟其文并不在《人间训》也。”（《癸巳类稿》卷七）

董文（《江南野录》韩文端□□事）。目暗耳聋（《善谑集》韩[按，指韩熙载。]事，指魏明）。

江旭升《皇明通纪集要》，隆庆中禁此书，见《野获编》。杨慎云此书本梁亿所撰。（《癸巳类稿》卷十二）

《灵枢·营卫生会》云：“清者为营，浊者为卫。”（《癸巳》十二）

昨晚船泊龙川后，于夜半郎丈遣承差押夫役八人助勒起椗，至天明始与郎船相接，即同行。至晚泊大湾水，仅行三十里也。晚至郎丈船谭。（初六日）

散盘籀文，盂鼎古文。

全谢山曰：“薏田尝述义门之言，以为厚斋不脱词科中人习气也。予谐之曰：义门不脱纸尾之学习气也。薏田大愠。”（《鲒埼亭集》卷二十《姚薏田圹志铭》自注）

全谢山撰《张南漪墓志铭》有曰：“浙有妄男子者，客京师，其文皆造险语奇字以欺人，而中实索然无所有。或问之，则取汉唐以来之亡书对，曰是出某本。赋诗则以用尽韵部之字为工。方余在京师时，力为人言其谬，故妄男子最恨予。及予归，妄男子始猖狂，而吾友中好奇者，亦多为所蛊，莫之正。”鞠常师谓指胡天游。（《鲒埼亭集》卷二十）

晨起开行，晚泊洪军。行百十里，明日可过河源矣。

昨制三印，今日制一印，曰“古金精舍”，曰“祖选堂”，曰“敝帚

居”，曰“间詰宧”。（初七日）

全谢山谓五凤石刻为重摹本，见《鲒埼亭集》卷三十七跋。谓《张猛龙碑》书法不佳（见同上）。谓唐太山摩厓为前明俗吏更以“忠孝廉节”四大字，镵其上旧文，为所毁者半（见同上）。标按，此更不然，余亲至山顶读铭文，无有为大字所掩者，曾闻旧时有拓工来拓此石，天寒笼火其下，致石毁损，今下段字为后人补刻，先生或以此而讹。

史籀殁而蔡邕作，阳冰死而梦英生。（陶学士真书、梦英篆书《千文碑序》在碑阴。全《集》三十八）

晨起开行，午后过河源，晚泊黄泥堀，共行九十五里。（初八日）

上午读唐姜行本勒石纪功文拓本，为之释文。此刻最不易得，石在甘肃，余藏系誉卿所赠，渠亦得诸友人也。晚泊赤勘。（初九日）

翁覃溪曰：“愚尝谓《周礼》、《仪礼》古字作某，今皆具在，郑氏注可裨参考。竟当撰《礼经古文考》，千馀年来未见有人撰此事者。”（《复初斋文集》卷一《古文尚书条辨序三》）

“说经家之彼此互辨也，自谷梁子鼷鼠条始也。”（同上）

又曰：“嘉兴王惺斋（元启）有言，今人为文，弃韩欧诸家所用之字，而好辨许祭酒重文、张次立附字，此学者之大患也。”（卷二《小学考序》）

《抱朴子外篇·博喻》之文颇似连珠。[按，此条天头曰：又《守堉》、《安贫》、《神[按，当作仁]明》三篇，又似矣。]

覃谿曰：“吾尝笑考金石者动言可证经史，其实证经者二十之一耳，证史则处处有之。”标尝谓，金可证经，石惟证史，先生于金石二字但据石刻而言，故有此说也。（《文集》卷二《洪筠轩读碑记序》）

又曰：“凡作序者必于其书有所资证而后序之，从来不欲以泛赞作题词也。”（卷三《孔执约集序》）又曰：“予从来不轻为人作序，诚以无所发明则序不作可也。”（卷四《奉馔图后序》）

又曰：“说部之书，可取资者二焉：一曰有裨于考订，二曰有关于劝惩。”（卷四《濠上迩言序》）

又曰："予年十九，日课诵《汉书》一千字。"（卷五《宝苏室研铭记》）

又曰："考订之学，以衷于义礼为主。其嗜博嗜琐者非也，其嗜异者非也，其矜己者非也。"（卷七《考订论》）

又曰："言正讹则开妄改之弊，言错简则开妄作之弊。"（又）

又曰："今之学者动辄举碑刻之文以断史之误，然其中固实有史误而碑可信者，亦有不妨两存以备考者。"（又）

又曰："有训诂之考订，有辨难之考订，有校雠之考订，有鉴赏之考订。"（又）

又曰："学者幸际斯时，其勿区汉学宋学而二之矣。然而划汉学宋学之界者固非也，必欲通汉学宋学之邮者亦非也。"（又）

又曰："闻蒋铅山主讲席于扬州，诸生有汪中者夙以博辨自诩，起而问曰：女子之嫁母，送之门，是何门？蒋曰：姑俟查考。汪曰：俟查考则无庸其掌教矣。蒋以此深衔之，语学使，欲置之劣等。"（又）

又曰："考订者，订证之订，非断定之定也。考订著，考据、考证之谓，非断定之谓。"（又）

又曰："江声之《尚书注疏》不用旧注疏一字也，直是自己另作注，又于每条下以小字另自为疏。注与疏皆此君一手写，杂仿六书，体非篆非隶，自成一部注疏，乃自刊板行世。此人若入《儒林传》，将必开嗜异者自撰注疏之渐，即使其中无诞妄不经语，而此风亦不可长。"（卷十一《与曹中堂论儒林传目书》）

又曰："愚曩时与习之期共学者，欲以三《传》考证三《礼》，斯言约举而未究其实。"（又《与音习之书》）

又曰："许氏《说文》之小篆，汉篆也。李斯、赵高、胡母敬、程邈之小篆，秦篆也。汉篆未必出于一而许氏一之，秦篆之不出于一则未有能一之者，故许氏就所闻而记之尔。"（卷十七《跋万季野书说文后》）

又曰："方纲夙不喜为记，谓其易近于序说也。"（又《书同人赠卢抱经南归序卷后》）

昨日午后过观音阁。

晨起椗，三鼓抵惠州，即进城至试院。郎丈已先到矣。同叶师、申丈、若兄住一房，小仄殊甚，即仰苏堂西偏屋也。（初十日）

晨起，写白摺。午后杂检各书。晚作篆六页，临《刁遵墓志》十页。（十一日）

晨起，写白摺。午后未为一事。灯下阅生童古卷百十本，至丑初毕。得郁建伯自杭州来书，附致郎丈信（由浙省火药局衖郁公馆寄，十月十六日发）。（十二日）

晨起，未为一事。午后写字。晚灯未为一事。子初，府学生卷始来，阅百本即睡，已四鼓矣。（十三日）

晨起，补昨卷，至申刻始毕。接阅河源童卷二百册，文理多不尽通，为他属所无，至三鼓毕。（十四日）

"点画谓之文，文滋谓之字，音读谓之名，名之分别部居谓之声类。周时大司徒、乡大夫、保氏所教，外史所达，大行人所谕听者，汉四百年间憭然众著，魏李登以成书，沿至陆法言等八人犹能知其崖略。"（《周礼汉读考序》）

晨起已午初矣，写白摺一页。午后写篆十页。灯下作第十次家信并叔彦、毓仙（言刻价）二书，已三鼓矣。（十五日）

晨起，知悫斋丈已简粤抚。午后，郎丈属译电报，须用隐文，遂以许书部分为次编之，至晚毕。灯下阅河源童卷九十五册，盖郎丈以有他事相属，故阅仅半也。（十二日）

晨起，写白摺。午后为郎丈写信三函。

"自阳春至海康，六七百里，板桥茅店之间，数钱妖冶，皆可怖畏，俗所谓过癞者也。"（《南越笔记》卷七）

俞理初撰《程友石说文类求序》曰（《癸巳存稿》卷十五）："其所引经传古籀、大小篆、正俗字、汉律、汉令、奇字、方言及各家之说，以类相从，题曰《类求》，尝持示正燮，曰以此为学有当乎，正燮言，友人归安严氏可均为《说文》学，亦如此。"

晚阅《南越笔记》。(十七日)

晨起,写白摺。午后为郎丈写信五函。灯下阅归善童卷百册。得吴次潇自上海来书,系初四日所发者。(十八日)

《文中子·周公篇》云,邳公好古物,钟鼎什物、珪玺钱贝毕具。《汉书·郊祀志》言,尸臣鼎有款识。注云:款,刻也;识,记也。《博古图》曰:款在器外,识在器内。夏器无款,殷器无识。张世南《游宦记闻》云:款谓阳字,识谓阴字。(《癸巳存稿》卷十引)

俞理初曰:"日本宽永元年甲子,当明天启四年。其三十年癸巳,当本朝顺治十年。明年甲午,本国改元正保。《三元指掌大成》、《年代广记》所记皆同。"(《癸巳存稿》卷十)标按,日本《和汉年契》(安政三年摄阳芦屋山人所著),宽永只二十年,始甲子,终癸未。甲申即正保元年,甲午则为承应三年矣。先生谓宽永有三十年及甲午改元正保,所据皆讹。(安政当咸丰六年)[按,此条天头曰:《广记》亦彼国书。]

"避瘴诀:稍饮卯前酒,莫喫申后饭。"(《癸巳存稿》卷十一)

昨晚睡已四鼓,今日起已午正,即饭。午后阅生覆卷十册,馀未为一事也。灯下写白摺半页,写篆书《释水》毕。读《癸巳存稿》,至三鼓睡。(十九日)

读李申耆《纪元编·外国》日本年号,以《和汉年契》证之,多有不同。如四十八代"标德",《年契》作"称德";五十五代"天安三",当作"二";六十六代"永祚二",当作"一";七十三代"堀川",《年契》作"堀河";八十三代"上御门",《年契》作"土御门";八十五代"后堀川",《年契》作"后堀河";八十六代"延应二",当作"一";"仁治一",当作"三";八十八代"正喜",当从《年契》作"正嘉",与钟合;九十三代"后三条",《年契》作"后二条";百一代"佳庆",《年契》作"嘉庆";百三代"永亨",《年契》一作"永享";百四代"后上御门",《年契》作"后土御门";百五代"后相原",《年契》作"后柏原";百十代"义明",《年契》无此纪年,黄说疑不可信;百十八代"仙洞御所",《年契》作"后樱町";百二十代"文化”，其元年为嘉庆十年，《年契》作“九年”，当塙。又附建德、文中、天援、宏知、元中五号，云见《广记》，未知何国之号，《年契》载入，系日本刻据之号，“宏知”作“宏和”。又四十代“朱雀”，《年契》作“朱鸟”，无“朱雀”，李以“朱雀”属天武，“朱鸟”属持统，讹也。又曰，自继体第二十七代始建年号，《年契》于皇极乙巳大化上纪曰，始立年号为大化，是《类聚考》所据不可信。又“舒明”下有“皇极”，“敏达”下有“用明”，“继体”下有“安闲”，皆钟《考》所脱。“继体”以上称号，可逆推至东周，皆李编所未纪者也。《年契》为日本人所撰，时安政二年，当中国咸丰五年，以中东合证，颇无错误，足以纠正李书者也。

《抱朴子》曰：“气盈志溢，态发病出，党成交广，道通步高。清论所不能复制，绳墨所不能复弹，遂成鹰头之蝇、庙垣之鼠。所未及者，则低眉扫地以奉望之；居其下者，作威作福以控御之。故胜己者，则不得闻，闻亦阳不知也；减己者，则不敢言，言亦不能禁也。”又：“轻薄之人，迹厕高深，交成财赡，名位粗会，便背礼判教，托云率任，才不逸伦，强为放达，以傲兀无检者为大度，以惜护节操者为涩少。”

又曰：“君子之交也，以道义合，以志契亲，故淡而成焉。小人之接也，以势利结，以狎慢密，故甘而败也。”又：“或因变故，佻窃荣贵；或赖高援，翻飞拔萃。于是便骄矜夸驁，气凌云物，步高视远，眇然自足。顾瞻否滞失群之士，虽实英异，忽焉若草。或倾枕以延宾，或称疾以距客，欲令人士立门以成林，车骑填噎于闾巷，呼谓尊贵，不可不尔。”又曰：“凡彼轻薄之徒，虽便辟偶俗，广结伴流，更相推扬，取达速易。然率皆皮肤狡泽，而怀空抱虚，有似蜀人瓠壶之喻，胸中无一纸之诵，所识不过酒炙之事，所谓傲狠明德，即聋从昧，冒于货财，贪于饮食，左生所载，不才之子也。”又曰：“虽心觉面墙之困，而外护其短乏之病，不肯谧已，强张大谭。”以上《抱朴子外篇・疾谬篇》语（第二十五卷）。

又曰：“生乎世贵之门，居乎热烈之势，率多不与骄期而骄自来矣。”又曰：“亦有出自卑碎，由微而著，徒以翕肩敛迹，偪伊侧立，低眉屈膝，奉附权豪，因缘运会，超越不次。毛成翼长，蝉蜕泉壤，便自轩昂，目不步足，器满意得，视人犹芥。”又曰：“夫节士不能使人敬之，而志不可夺也；不能使人不憎之，而道不可屈也；不能令人不辱之，而荣犹在我也；不能令人不摈之，而操之不可改也。”以上皆第二十七卷《刺骄篇》语。

又曰：“仁者，为政之脂粉；刑者，御世之辔策。脂粉非体中之至急，而辔策须臾不可无也。”又曰：“当怒不怒，奸臣为虎；当杀不杀，大贼乃发。水久坏河，山起咫尺，寻木千丈，始于毫末。钻燧之火，勺水可灭；鹄卵未孚，指掌可糜。及其乘冲飚而燎巨野，奋六羽以凌朝霞，则虽智勇不能制也。”第十四卷《用刑篇》语。

又曰：“举任并谬，则群贤括囊；群贤括囊，则凶邪相引；凶邪相引，则小人道长；小人道长，则梼杌比肩。颂声所以不作，怨嗟所以嗷嗷也。”又曰：“时人语曰：举秀才，不知书；察孝廉，父别居；寒素清白浊如泥，高第良将怯如鸡。” 又云：“古人欲达勤诵经，今世图官免治生。”又曰：“宁越、倪宽、黄霸之徒，所以强自笃励于典籍者，非天性也，皆由患苦困瘁，欲以经术自拔耳。向使非汉武之世，则朱买臣、严助之属，亦未必读书也。”第十五卷《审举篇》语。

又曰：“吾闻详友者不失人，而泛结者多后悔。故曩哲先择而后交，不先交而后择也。”又曰：“名多其实，位过其才，处之者犹尠免于祸辱，交之者何足以为荣福哉。”又曰：“朋友者，必取乎直谅多闻，拾遗斥谬，生无请言，死无托辞，终始一契，寒暑不渝者。然而此人良未易得，而或默语殊涂，或憎爱异心，或盛合衰离，或见利忘信。”又曰：“世俗之人，交不论志。逐名趋势，热来冷去；见过不改，视迷不救；有利则独专而不相分，有害则苟免而不相恤；或事便则先取而不让，值机会则卖彼以安此。”又曰：“善交狎而不慢，和而不同。见彼有失，则正色而谏之；告我以过，则速改而不惮。不以忤彼心而不言，不以逆我耳而不纳；不以巧辩饰其非，不以华辞文其失；不形同而神乖，不匿情而口合；不面从而背憎，不疾人之胜己。护其短而引其长，隐其失而宣其得。外无计数之诤，内遗心竞之累。夫然后《鹿鸣》之好全，而《伐木》之刺息。若乃轻合而不重离，易厚而不难薄，始如形影，终为参辰，至欢变为笃恨，接援化成仇敌。”第十六卷《交际篇》语。

又曰：“谗人画蛇足于无形，奸臣畏忠贞之害己；体曲者忌绳墨之容，夜裸者憎明烛之来。是以高誉美行，抑而不扬，虚构之谤，先形生影。”第十八卷《擢才篇》语。

又曰：“佞者鼓珍赂为劲羽，则无高而不到矣；乘朋党为舟楫，则无远而不济矣。持之以夙兴侧立，加之以先意承指。其利口谀辞也，似辨；其道听途说也，似学；其心险貌柔也，似仁；其行污言洁也，似廉；其好说人短也，似忠；其不知忌讳也，似直。”第二是卷《名实篇》语。

又曰：“无以一字阖保其馀，同乎己者，未必可用，异于我者，未必可忽也。”第二十一卷《清鉴篇》语。

又曰：“目之所好，不可从也；耳之所乐，不可顺也；鼻之所喜，不可任也；口之所嗜，不可随也；心之所欲，不可恣也。故惑目者，必逸容鲜藻也；惑耳者，必妍音淫声也；惑鼻者，必茝蕙芬馥也；惑口者，必珍羞嘉旨也；惑心者，必势利功名也。”又曰：“酒醴之近味，生病之毒物，无毫分之细益，有丘山之巨损。君子以之败德，小人以之速罪。耽之惑之，尠不及祸。”第二十四卷《酒诫篇》语。

晨起，写白摺。午后读各书。灯下复次潇书。（二十日）

录《抱朴子外篇》语，取有切近于己者，以当格言。

晨起，写白摺。午后阅童覆卷。灯下临苏帖。（二十一日）

晨起，写白摺。午后未为一事。灯下写篆四页。又与李平书、淡平、徐咏梅、费西蠡各书，毕已三鼓矣。（二十二日）

晨起，午初，写白摺一页。午后读《洪盘洲集》，知盘洲曾刊《论衡》，又撰《隶纂》，皆今所未见者也。又云《隶韵》一书不可据，盘洲于此事考证极塙，当不误。晚为郎丈译电报。灯下写大卷一页、白摺一页。阅教官卷五本，已三鼓矣。

行书之妙，全在用笔之轻重。观古人书虽疏落不齐，却自有部位，非仓猝所能学者。

孙退阁曾言，徐鼎臣篆书映日照之，笔画中有一浓墨丝可见，虽转折处亦不偏，见《庚子销夏记》中。若溪又谓，包慎伯自言所作书亦有墨丝，并云始则每笔两边有浓墨聚之，久而久之则浓墨在中心矣，即作行书亦然。余颇不信此事。申季丈又言近日张廉卿山长（裕钊）亦能有之。他日如见包、张之书，当验之也。（二十三日）

晨起，写白摺。午后阅观风卷。灯下与玉峰书，并附第拾号家书，又与叔彦、毓仙、屺怀、心渊、叔鹏、淡平、平书、咏梅等书。又与吴次潇书，并附兰契。均拟明日发省。（二十四日）

日本金泽文库建于元延祐三年，即彼国正应五年也。火于宝历九年，即本朝乾隆二十四年也。见《和汉年契》。

晨起，发苏、吴二信。写白摺一页。午后刻石印四，一"萧江书库"，则由若溪书楷而予刻者也。灯下阅观风卷，又以绣谷件交郎丈。（二十五日）

日来懒于读书，颇有一曝十寒之象，终觉手头无书，故有窒碍之处。

晨起，写白摺半页。冠瀛属写李与梅先生《生日游山图》，盖癸未八月事也，迄今已三载矣。舟车奔走，卒未写稿，至今午始毕。此日游山共七人，余亦在列，故图亦写七人也。午后未为一事。晚灯，郎丈招饮，盖今日为冬至，夜坐共十六人，为叶师、管申季丈、程蒲孙、祁子枞、顾蓉舫、赵叔垣、陆惕身、程履新、汪维卿、介石、钱冠瀛、程誉卿、若溪、王仲兰、郎亭暨余也。（二十七日）

借观若溪《绿筠窝帖》，其石为《停云帖》之祖本，乃文休承从真迹摹刻，宋蔡、苏、黄、米四家计九帖，故首页仍题《停云馆》。今本《停云馆》乃另一刻本。此石当时已归锡山华补庵（从龙）家，末有补庵子复初一跋。又有"嘉靖十八年己亥锡山华氏绿筠窝藏石"隶书两行。

郎丈谓，富强二字，宜先富而后强，中国则反是。假如富人讲求绍酒、火腿，其酒则必至绍兴广购品选，其腿则必至金华统买若干；讲求衣服，则必整买匹头，然后品味选精，裁尺则至善矣。若贫人而欲为此，则酒必另沽，腿必碎切，衣料则断翦，尽见豪侈，终觉有寒乞相。予谓假如贫者一旦有酒有肉有帛，则必不善品之味之翦之，致弃者半而存者半，若善用者则无此病。然亦维在乎多见多味多用而已，则亦非富不可也。近日中国之讲求机器，亦如是。

天明即起，贺冬至，毕复睡。至午初起身，写对三副。午饭。午后写七付毕，又睡。晚灯临白摺二页。

郎丈掌书小史陈祐贻余赵抝叔《补寰宇访碑录》二册，欲求为渠题仕女图，即题《柳梢青》一阕。久不为此事，觉涩滞无声矣。（二十七日）

晨起，巳初，写楹帖十馀副并落款，写至午正毕，即饭。午后检行李。薄暮写白摺两页。灯下读徐母江篆书《尔雅》，校其假借字，拟一宗《释文》各本为主，各本之字仍非许书正体者，始从许书改写，他日成书时，名之曰《尔雅古字考》，附录于篆文之后。今日读《释诂》毕。（二十八日）

鸟兽能有益于人，而人未能有益于鸟兽，不但无益，而日欲损之。皮革、羽毛、齿角，鸟兽本自有者也，而人偏欲损其命、取其身而自益，此何故欤？民能有助于官，而官不能有助于民，不但无助，而日欲取之。钱谷、水火、土地，民本自安者也，而官偏欲理其事、取其用而自助，此何故欤？记郎丈说。予曰：鸟至于搏击，兽至于负嵎，民至于犯上，此皆逼之使然者耳，非其本性也。人不害鸟兽，官不害民，天下皆无事矣。

美国阿姆斯脱郎砲厂所制火器向有盛名，近放四十三墩之砲，致有炸裂之事。验此炮中心以钢为之，而外包以铁，当燃发时，药力轰发，砲身略觉涨开，比冷停，则仍其旧。中心之钢能放能收，铁则不能复旧，故有此患。外国各报馆皆论该厂之非，致该厂有控水师马军报馆于刑司之事，■论有碍生意之语，事在西历一千八百八十六年八月七号，即中光绪十二年七月八日。经刊司批黜，该厂著不准具控，以后各国当不以此厂火器为善矣。说见《申报》第四千八百六十六号，即光绪十二年十月初五日。记此以待中国他日若购此无用之物，当有证之也。

十二年十月初七《申报》论曰：俄国而果发难于高丽，则日本必先与俄合而攻高，以偿其平日欲袭高之心。其馀欧洲诸国则必借口于谨守局外之例，而绝不与闻。设中国命师赴援，则各国或从旁而掣其肘，迨俄人得志，高国不支，然后诸国共出而分其地，即曰不绝其祀，而亦同于越南、缅甸矣。说颇有见，录之以俟将来。

晨起，写白摺半页。午后读篆文《尔雅·释言》毕。灯下写白摺一页、大卷半页。（二十九日）

【光绪十二年丙戌十二月】

晨起，随叶师、申丈、若兄出试院，西行出小西门，沿河北行，由堤转折，径达丰湖书院。水木明瑟，庭宇敞朗。院为嘉庆时汀州伊墨卿先生所建，匾字犹存。近复重修，购贮书籍，环列室中，皆庋以柜，小而矮，颇便藏取。讲堂有兰坡先生篆书“博我以文，行己有耻”楹帖。掌教为番禺梁星海编修（鼎芬），为王益吾先生弟子，与费屺怀相习。年少务名节，去年以弹合肥而去职，翛然南归，遂主此席。自号曰节盦，刻一印曰“年二十七罢官”。

王莲生为星瀣书扇头，押一印曰“齐人有一妻一妾而处室者”。

午初，进大西门，归试院，即饭。饬仆人发行李，未正至船，仍偕菊师、申丈、若兄一船也。

得静涵师书，并属写新刊各书封面，言近洪琴西新刊影宋元各书甚精，惜未知其名。

申正起椗，子初泊博罗。（十二月初一日）

汲古阁刊苏体陶集《桃花源诗》“鸡犬互鸣吠”，又扇上画赞“牙相推陨”，是又为古书“互”通“牙”之证。

陶集卷六《晋故征西大将军长史孟府君传》："渊明先亲，君之第四女也。"此撰传自称字而不名，是一例。又卷八《祭程氏妹文》："渊明以少牢之奠。"是亦称字。按，昭明太子《陶传》："渊明字元亮，或云潜字渊明。"是渊明或亦名也。又述渊明对曰："潜也何敢望贤。"是潜确是名矣。予疑陶初名渊明，自归耕后改名曰潜，故传文如此，不然以字自称，古未有施诸于文传者。且潜字文义与归耕之意甚合，故对道济则称潜也。昭明此传述五柳事，全录陶文，对道济语当亦陶文，而昭明直录者也，特今无可证耳。

陶公《五柳先生传》曰："读书不求甚解，每有会意，欣然忘食。"标疑陶公此欺人语。其集中《示檀韶》诗云："周生述孔业，祖谢响然臻。马队非讲肆，校书亦已勤。"昭明《传》云与学士祖企、谢景夷三人共在城北讲礼，加以雠校，是陶公读书精于校雠者。后世读书不专求字义，往往引《五柳传》以自解，此大讹事。

见观海楼苏帖一大册，系廖性借吴荷屋藏苏诗宋拓本钩刻上石者，索值三元，许以一元，不售。归，颇惜之，盖模拓颇胜《晚香堂帖》也。

晨起，写白摺半页。读徐写《尔雅·释亲》《释宫》毕。午后临苏帖，晚闲话。

今日午后泊石龙，一日夜行二百二十里，盖顺水也。（初二）

昨夜半即启椗，至天明行七十里。适学使所借小轮三艘均泊彼处，即附缆定功，小轮拖带，行百里至省，即送城。与若溪同住一房。（初三日）

得第六次家书，并漱经书。上十一号禀，并外祖母、外姑、心渊三书。（初四日）

谭玉生《壬午除夕诗》："纸帐芦帘赋索居，先生清兴复何如。门前债客多于鲫，犹典残钗购异书。"（《乐志堂文略》卷二）

终日未为一事，可愧。送冠瀛归里。（初五日）

晨起，阅生古卷四十册，佳者颇多，荐古三本：《说文》一本，小学

一本，经解一本。（初六日）

晨起，阅童古卷百七十册，至晚毕。上灯后阅顺德生正场卷五十册，毕已四鼓矣。（初七日）

晨起，补阅生卷百三十册，至晚毕。灯下又接阅三水生卷，眼昏腰疼，不能伏案，遂止。拟明晨起阅也。（初八日）

晨起午初矣，补阅昨卷，至二鼓始毕。腰疼头痃，其苦莫甚矣。（初九日）

郎亭招食嘉鱼，形如故乡之白鱼，维首有肥皮，唇有须而已，肉颇嫩，价甚贵。相传肇庆嘉鱼十月出穴，四月入穴；湖北嘉鱼则四月出穴，十月入穴，两地不同如此。湖北余虽过逢其时，而未尝者也。

郎亭言，昨余取小学首名为陈兰坡先生次子，名宗颖，学海堂名手也，为之一喜。

晨起，午初，写白摺数行，歪斜屈曲，几不成字，进难退速，学问大抵如斯也。午后读菊师乙酉年日记，见录黄荛圃跋数则，即补记于《年谱》上。灯下阅新会童卷百册，已四鼓，尚有百册，明日补阅矣。（初十日）

白[illegible]敦为吴窸斋世丈藏器。按许书艸部后附五十三文大篆，皆从茻者，第二十八文为"芑"字，今敦文犹从茻，此塙可信者，当释曰白芑敦。[按，此条天头曰：散盘[illegible]静敦[illegible]，窸丈皆释作"纠"，盖许书"纠"作[illegible]。]

晨起，补阅昨卷，至午后毕。写楹帖四付。灯下与大兄书。（十一日）

晨起，写白摺。午后未为一事。灯下阅香山童卷二百八十馀册，阅二百四十册睡。发第十二次家书，径寄。（十二日）

晨起，补阅昨卷，午正毕。午后，郎丈出示南海童生陈宝嵩所辑《水经注引书目》及《碑目》。其经志以《隋志》为次，史部以章氏《隋书考证》为次，诗赋以类为次，《碑目》以原书卷数为次，得经之目六十四，史之目一百九十八，子目三十七，诗赋目九十七，碑铭之目二百八十三。余欲为此目数载矣，两读郦注，仅以朱笔标识之。去岁曾次其目，未半而止。今见此书已导我以先，喜不自胜，亟录副册，至戌刻毕。陈目仅举每书首见何卷一条，他如一书异名、共引几见，均未注明，稍暇拟就此加详，以助其成焉。（十三日）

《十驾斋养新录》卷六据颜氏《汉书叙例》，疑《隋志》"《汉书集解音义》二十四卷，应劭撰""撰"字上当有"等"字，并述颜说，谓今之《集解音义》后人见者不知臣瓒所作，乃谓之应劭等集解，王氏《七志》、阮氏《七略》并题云然，斯不审耳。标按，《水经注·河水》篇既引应劭《汉书音义》曰，又引《汉书集注》薛瓒云，是瓒书并不名曰《集解》，当别是一部。盖小颜仅见蔡谟取瓒书散入原文之本，故仅题曰臣瓒，莫知氏族。道元犹见单行之本，故题曰薛瓒，且分引《集解》、《集注》为二，先生偶未检及郦注，故亦蹈小颜之辄也。

晨起，写楷书。午后阅生覆卷十四册。读《水经注》二卷。灯下校新宁童卷二百四十册，馀八十册未阅。（十四）

寄第十三次家书。

晨起，补阅昨卷，至午后毕。草上曲园师书并唐佑心师书，至三鼓成。俞书全用本朝故实，取新样而已。（十五日）

寄家书（十三次），附大、二哥、潘太姑母、俞唐二师书，与玉峰书，并与式权书。题曰善甫书并银，又少芙银，均托玉代填。

终日写信，申正毕。接阅东莞童卷三百廿五本，至五鼓始睡。（十六日）

晨起，补阅东莞荐卷，午正毕。午后写字。（十七日）

上曲园师书云："远违绛幔，倏届经年；似听青琴，几遇沧海；缯笺久旷，思仰弥深。恭惟夫子大人羣经征寿，春融先春在之奇；养德三吴，曲园即枝园之绪。庄氏阳湖之学，文孙亲受《公羊》；婺源三《礼》之微，弟子早登金马。况以丛书盈箧，小精舍于浮溪；广学十洲，陋三槎之风雅。继钱潜揅之讲学，补王怀祖之通闻，证昭代之名儒，皆吾公之实录。文非贡腴，愿洽颂私。标孤学不成，远游自愧。当洪更生之入幕，裁过冠年；有朱笥河之爱才，过推仲则。昔游东鲁，憩小舍于沧浪；今过仙湖，访高斋于九曜。缅前修之未远，愧弱质之难攻。维以甘泉弟子，既见重于江门；附鲒孤儿，况受书于蒋母。所以掇遗文于《仓颉》，冀拾补乎岱南；搜《七略》于郦元，思分功于汪选。古匋入录，矜阮翁未见之奇；年谱成书，征百宋所藏之富。数年以来，辑《仓颉篇疏证》四卷，《水经注引书目》一卷，《古匋录》一卷，《黄荛圃先生年谱》一卷。马背船唇，雪抄露写。守章家之法，旁证遗文；似四录之堂，未传副本。敢略陈乎目次，比《玉函》待辑之篇；博莞尔于先生，采《世说》维新之语。祈求训诲，颂祷平安。”

钟铭中有二字，阮释作能能恺[恺]，吴释作豒豒爵爵，疑皆非是。细勘上字从丰从攴，下字从鹿从原。

今俗语有称曰“马到成功”，此四字其来已旧。《潜研堂集》卷十八记乾隆癸卯春瓜洲浚河，得刀一、官印六，按其文皆宋南渡物，刀鞘口刻有“马到成功”四字，则此语宋时已有矣。

吴中明嘉靖时“袁氏六俊”与“三张”、“四皇甫”齐名。

“谓古音必无异于今音，此夏虫之不可知冰也。然则去古浸远，则于六书谐声之旨渐离其宗，故唯三百五篇之音为最善，而昧者乃执隋唐之韵以读之，有所龃龉，屡变其音以相从，谓之叶韵，不惟无当于今音，而古音益滋茫昧矣。”(《潜研堂文集》卷二十四)

“古文篆籀，体制虽变，而形声事意之分，师传俱在。求古文者，求诸《说文》足矣。后人求胜于许氏，拾钟鼎之坠文，既真赝参半，逞乡壁之小慧，又诞妄难凭，此名为尊古，而实戾于古者也。”(又《小学考序》)

“声音固在文字之先，而即文字求声音，则当以文字为定。”(又)

“读史而不谙舆地，譬犹瞽之无相也。”(又)

“自宋以来，谈金石刻者有两家，或考稽史传，证事迹之异同，或研讨书法，辨源流之升降。”(卷二十五)

“每见近代收藏家著录，往往至唐而止。予谓欧、赵之视唐、五代，犹今之视宋、元、明也。欧、赵之录，近取诸唐、五代，今去欧、赵七百馀年，尚守其例不变，是责唐之司刑以读鄷侯之律，宋之司天以用一行之算也。”（又《金陵石刻记序》）

晨起作楷。午后读《潜研堂集》。灯下阅顺德童卷三百七十四册，未毕即睡。（十八日）

晨起，补阅昨卷百二十册毕，已午后矣。刻一印曰“獭祭巢”。

今日为东坡生日，郋亭出新写坡公像，属篆首。薄暮设二席于九曜斋，恭祝坡公。昔翁覃溪自号慈斋，岁岁必为坡公祝生日，署中本为翁先生旧游之地，八年使粤，当岁必为之，犹可想见故老遗风韵事也。

陈仲鱼曾撰《郑康成年谱》，潜研序之，见《文集》卷二十六。

“《说文》所收九千馀字，古文居其大半。其引据经典皆用古文说，间有标出古文籀文者，乃古籀之别体，非古文只此数字也。且如书中重文，往往云篆文或作某，而正文固已作篆体矣，岂篆文亦只此数字邪。作字之始，先简而后繁，必先有一、二、三，然后有从戈之弌、弍、弎，而叔重乃注‘古文’于弌、弍、弎之下，吾以是知许所言古文者，古文之别字，非‘弌‘古于‘一’也。古文中丰而首尾锐，小篆则丰锐停匀，叔重采录古文，而以小篆法书之。后人不学，妄指《说文》为秦篆，别求所为古文，而古文之亡滋甚矣。”（《潜研堂集》二十七《跋汗简》）

元氏罕禄鲁即哈剌鲁，北庭即畏吾，唐兀即西夏，万循初著《元氏略》皆析而为二，殊非。（卷二十八《跋元氏略》）

洪氏《隶续》载魏三体石经《左传》遗字，盖洛阳苏望氏模刻本，段金坛审之，知尚有《尚书大诰》、《吕刑》、《文侯之命》三篇文错杂其间。（三十卷）

“元之畏兀儿，亦称畏吾儿。赵子昂撰《赵国文定公碑》云：‘回鹘北庭人，今所谓畏吾儿也。’欧阳原功撰《高昌偰氏家传》云：‘伟兀者，回鹘之转声也。其地本在哈剌和林，今之和宁路也，后徙居北庭。北庭者，今之别失八里城也。会高昌国微，乃并取高昌而有之。高昌者，今哈剌和绰也。今伟兀称高昌地，则高昌人则回鹘也。伟兀亦畏兀之异文，而回鹘即回纥，赵、欧二公言之悉矣。”（又《跋南邨辍耕录》）

程文宪《雪楼集》有云，阿失帖木儿尝以畏吾书授成宗、武宗。（三十一《跋》）

晨起作楷。午后读《潜揅堂集》。灯下阅番禺童卷三百四十八册，未毕即睡。（二十日）

晨起，补阅昨卷，午后毕，作楷。（二十一日）

晨起，作楷。午后未为一事。灯下阅番禺童卷四百册，未毕即睡，已三鼓矣。（二十二日）

晨起，补阅昨卷百册，毕已午后矣。广府正场至此已毕，人困力乏，几如大病始愈也。灯下写屏四、联二。（二十三日）

钱潜揅曰：“《颜氏家训·音辞篇》：‘夫物体自有精粗，精粗谓之好恶，人心自有去取，去取谓之好恶（上呼号反，下乌故反）。此音见于葛洪、徐邈，而河北学士读《尚书》云好生恶杀（好，呼号反；恶，于谷反），是谓一论物体，一就人情，殊不通已。’又云：‘案诸字书，焉者鸟名，或云语辞，皆音于愆反。自葛洪《要用字苑》分焉字音训，若训何、训安，当音于愆反，于焉逍遥、于焉嘉客、焉用佞、焉得仁之类是也；若送句及助词，当音矣愆反，故称龙焉、故称血焉、有民人焉、有社稷焉、托始焉尔、晋郑焉依之类是也。江南至今行此分别，昭然易晓；而河北混同一音，虽依古读，不可行于今也。’依颜氏所说，是一字两读起于葛洪，而江左学士转相增益，其时河北诸儒犹未深信，逮陆法言《切韵》行，遂并为一谈，牢不可破矣。”（《十驾斋养新录》卷五）

又云：陆元朗笃信《字苑》，故《经典释文》于一字两读极意分别。（又）

又曰：古书声相近之字，即可假借通用。

“蝙扁”二字见［按，以下原缺］。按《石林燕语》：“王荆公押‘石’字，初横一画左引脚中为一圈，公性急，作圈多不圆，往往窝匾而收横画又多带过，常有密议公押‘歹’字者。”据是，则“蟠扁”二字宋人改作“窝扁”。

道光六年十一月上谕：“我朝自圣祖仁皇帝亲见曾孙，以永字肇锡嘉名，迨我高宗纯皇帝继见曾玄，庆衍五代，即依派系，以‘永’、‘绵’、‘奕’、‘载’四字排序成文，按字开支。此后宗支蕃衍，亦当光绍前徽，豫擒吉语。著大学士、军机大臣公同选拟十字，候朕酌定云云。”十二月，御定宗室世次命名，用“溥”、“毓”、“恒”、“启”四字，“载”字辈分下近支宗室内“奉”字辈著改用“溥”字。复谕将来亿万年继体承统者，“奕”字写奕，“载”、“溥”字写“溥”，“毓”字写“毓”，“恒”字写“恒”，“启”字写“启”，嗣后遵兹令典。（《续东华录》道光卷十四）

九年八月乙丑上谕：“御史张曾奏请饬禁刊刻落卷以端士习一折，所奏是。抡才大典，弃取一秉至公，在士子果有屈抑，原许赴该管衙门控诉，若于未发榜以前钞录闱文，送人批点，并榜后刊刻落卷，均干例禁。兹据该御史奏称，本科有浙江举人顾宗伊刊刻落卷、散布流传之事，是否属实，著礼部查明具奏。”己卯复谕：“礼部查顾宗伊刊刻落卷属实，并检查所刻卷内附致同考官袁文祥书，大肆讥评，著即革去举人。袁文祥阅看试卷仅将士子头场三艺点看起讲，即行弃置，实属草率，见在顾宗伊已将原卷领回，著刘彬士即饬属追取原卷，如果属实，再将袁文祥移咨吏部议处。”（又卷二十）

又上谕内有云，外夷洋钱有大髻、小髻、蓬头、蝙蝠、双柱、马剑诸名。今皆[redacted]字矣。

道光十三年有禁门生送别敬上谕。

十四年有禁越境烧香之谕。

十五年，禁学政幕友不准概用本省人上谕。

冬十月，御史易镜清奏三场试策请改用律例一道，下礼部议，不准。

十六年七月谕禁设班馆。十月鲍文淳奏参陶澍私刊奏疏，上谕鲍文淳意涉挟嫌，著一并交部议处，部议陶、鲍均降三级调用，得旨，鲍回编修任，陶降四级留任。

十八年闰四月谕："翰林院侍读以下、詹事府庶子以下各员，著自本月初十日起，每日二员豫备召见，如遇外膳，日期即改于次日伺候，其馀各员以次递推。"

晨起作楷。午后未为一事。灯下读《东华续录》道光朝十二册。（二十四日）

道光二十五年二月，以赵景贤籍隶归安，在乌程考试入学中式，上谕革去举人。寻礼部议奏，嗣后同城异县父子籍贯舛错者，著照该部前议，于文到限一年呈明更正，如其父已故，间有兄弟异籍者，应令各入各籍，所生子孙即以本身之籍为籍，不得复行两县通考。谕下从之。

朱竹垞谓，明窑鸡缸，画春草斗鸡，故有是名。按，春草斗鸡，所画甚古。《急就篇》："春草鸡翘凫翁濯。"小颜注："春草，象其初生纤丽之状也。鸡翘，鸡尾之曲垂者。"言织刺为春草鸡翘之形，此即明画之所本也。朱作斗鸡，是犹未塙，余见数鸡缸，未必画作斗鸡形也。

泰西各国，凡遇两国不合公法，至此国官民为彼国杀辱者，被害之国立即发兵船抵彼国之境，问其不合公法之罪，下哀的美敦书，限二十四点钟回覆，否则开炮进攻，据地之后再与重议。

晨起，作楷。午后阅优贡卷四十册。灯下作篆数页。（二十五日）

晨起，阅童覆卷，即毕。午后写对二，馀未为一事。晚间，韩芝生丈自苏来，携到衣箱一只、第七次（十二月初二日发）家谕并心渊书。

心渊来书云，明年已应查氏之聘。适昨晚菊师、申丈俱云有钮匪石先生之孙欲求馆地，拟即聘之。钮君系顾涧蘋先生之甥，家学渊源，求师如此，固不可得。聪儿他日能略得我郡乾嘉诸老先生绪馀，以钮君为先导，则不独鄙人一人之私幸也。

晨起，得庞瑞卿丈书，并还曾王父遗象册一函。四载遗弃，获罪深厚，清夜扪心，每自愧恨，今一旦得归，感幸交深矣。

午后出门，至双门底，经华宁里小马站而归，得《皇都名胜图》四

册，日本刊本。（二十七日）

晨起，见刘佛卿（岳生，宝应人，主事）、徐蓁光（凤衔，湖州人，丙子举人），访羊辛楣师，未见即归。午后，李平书、庄秉文（钟济，阳湖人，丙戌翰林）俱从故乡来，吴楚侯偕平书来。同出门至越秀山游水月宫。门外有石象一，甚古，下座旁似有字，不可辨。有细竹一丛，游者多刻名字于上，余亦刻记同游岁月。登学海堂，谒阮太傅祠。经启秀山房（藏学海堂所刻书板在内），上此君亭，过菊坡精舍，不能入门。又过应元书院，至应元宫道院小憩，花木精雅。茶饭毕即出，循旧道归，已上灯矣。得篴舅书，知外祖母病，母侍，衣不解带者四十馀日，幸即复原。维大哥咳血旧症重发，起麴秀才之害人邪？闻之甚闷闷。得稼秋书，知玉峰已丁外艰。得善甫姊丈书、文溯姊书。（二十八日）

帛张车上为幰（宋葛刚正《三续千字文》自注引《苍颉篇》）。

见重摹琅琊台刻石，在学海堂外西墙下，系陈兰坡先生所重刻者，似不甚精。海滨荒远，得此借识先秦文字固不在点画间也。

学海堂西墙嵌大理石画一方，当系芸台相国所留置者。堂户不启，石上刻字远不可睹。

晨起作楷。午后出门至双门底小游，无所见，晚归。郎丈招饮年酒，子初散席。（二十九日）

晨起作楷。午后出归德门，由大新街、濠畔街而归，为郎丈购白石盆，三金购玻璃碗二（每■）。又至双门底购白石盆二、白磁盆七，为郎丈得铜尊一，色泽甚古，中有文曰“舟父乙”，商器也。

见铜鼓一，径尺五六，上有虾蟆四，制甚精，需值卅金，值巨不能得也。

《史记·五帝纪》，获宝鼎，迎日推策。

醉卧不知云到枕，行吟惟许鹤随身。烟扶岚气春连屋，雨长溪痕绿到门。远行寒泉成碧沼，稍通密竹露青山。瘦影在窗梅得月，凉阴满地竹笼烟。茗盌香炉别嗜好，刘《略》班《艺》供研披。梅花一树鼻功德，茅屋三间心太平。凉月三更开槛坐，白云一榻枕诗眠。竹叶声疑三径雪，梅花香聚一窗云。秋蟾吐槛供吟兴，墅鹤偎床伴醉眠。检烹紫笋犹含箨，自摘青茶未展旗。石盆换水捞松叶，竹径穿床避笋芽。寒泉自换菖蒲水，活火闲煎橄榄茶。画禅精到王摩诘，诗味淡如苏密州。幽庭十笏生虚白，名帖双钩拓硬黄。摩羯画禅普贤壁，杜陵诗卷赞公房。半榻茶烟无量画，一林蕉雨有声诗。竹阴在地清于水，兰气当云静若人。禅灯照影诗皆瘦，客枕和云梦亦闲。半白烟横山淡冶，初黄柳照水空明。叠石小松张水部，曙山寒雨李将军。诗来岛佛偏工瘦，书格坡仙不碍肥。猩红带露海棠湿，鸭绿平堤湖水明。溪声夜涨寒通枕，山色朝晴翠染衣。朝雨染成新涨绿，春烟澹尽远山青。胸涵元气波千顷，座揽清辉月万川。凤皇翻舞珠为树，芝草丛生玉作田。凤仪鸾翥文章贵，岳色河声气象高。星辉云缦中天瑞，玉节金和大雅宗。每闻善士心先喜，或觅奇书手自抄。过眼[按，原稿误作烟]云烟金石录，赏心风雨竹梧阴。明月秋风洞庭水，丛花清露小山云。宝篆焚香■睡鸭，采牋行墨写来禽。内史高怀觞咏地，右丞别业画图间。花间研露端谿润，竹里烹泉顾渚茶。雪窗快展《时晴帖》，山馆闲临数雨图。爱书珍似连城璧，蓄研多于负郭田。古琴百衲弹清散，名帖双钩拓硬黄。屏上山临董北苑，庭前石拜米南宫。座上闲看烹茗法，案头时有乞花诗。开卷千言守其雅，抚琴六气为之清。雨露膏浓春锡福，门闾德盛世承恩。九华日暖三珠树，五色云开百福屏。小槛种花盆作圃，文窗供石几生霞。雨后好山凝晓翠，沤边新水涨春蓝。人游霁月光风里，居在廉泉让水间。作赋手裁千尺锦，种花人拥百城春。修竹使娟调鹤地，春风荐借卷花天。评量水品修茶录，检校花名证画禅。心如蕉雨松风静，人与山光水性间。活翠爰扪螭腹鼎，研青新试鸭头笺。写生笔是恒春树，妙撰新开如意花。琴有古心清韵远，鹤能寿世大年长。珠楼暎巢千岁鹤，瑶池春茁五芝霞。碧海春浓芝五色，丹崕日暎鹤千年。却扇吟笺香篆鸭，画眉转镜耀飞鸾。迎春树暎珠屏璨，益寿花开宝露浓。春风新酿长庚酒，暎气先开五福图。七宝襄成京兆笔，一枝簪到曲江花。花迎喜气皆含笑，鸟识欢心亦解歌。花雨一帘兰结子，流云满地竹生孙。锦字丽传鹦鹉格，篆烟香绕凤皇衣。画眉笔带凌云气，种玉人怀咏絮才。碧纱笼月春调瑟，红袖添香夜读书。春山点笔调琴后，晓日当楼问寝馀。

道府。膏雨频沾，黍苗被野；仁风遍播，崇荫交衢。福曜高悬，顺时布泽；仁风远扇，与物为春。汉诏惟良，作时霖雨；周诗威喜，遍地阳春。五马风清，泽流江甸；双旌日发，声溢天衢。

州县。共仰鸿猷敷雨露，尚传馀事擅风骚。人尊峻望悬冰鉴，天与恩光奉板舆。当春雨露含双管，馀事图书拥百城。自喜轩窗无俗韵，小携尊酒作清游。高人处世心淡泊，古木参天气老成。经济以诗书为鹄，文章得山水之清。三尺清风点水镜，百城明月浸冰台。竹阁风清宣政美，棠阴雨遍睹民熙。玉昭三采宝实贵，凤翔千仞极其游。一编经史征家学，三箧文章蔚国华。珊瑚欲架徐陵笔，玳瑁还装逸少书。三万里河东入海，五千仞岭上摩天。入帘花气论诗后，罨户尺容读画时。事到可传多具癖，人非有品不能实。草堂夜雨生科斗，花径春风叫乐留。花香满坐客赏酒，灯影隔帘人读书。古墨闻香鱼亦寿，新抄未校豕生鱼。春雨杏花虞学士，酒旗山郭杜司勋。茶香入坐午烟细，花影压阑春画间。石湖居士范成大，金粟山人顾阿瑛。一畦菊杞为供具，满壁江山入卧游。水墨天然能品画，烟霞无尽大家文。治世之音安以乐，君子有酒旨且多。经世有才须百炼，读书无字不千金。商略晚窗须小醉，发挥春色有新诗。座间紫气来鸿宝，天际红云揽凤辉。清浊喜分春瓮酒，朱黄闲勘夜窗书。珠林墨妙三唐字，金简文高两汉风。一榻茶烟新雨后，小栏花阑午晴初。六爻皆吉乃谦也，终身可行其恕乎。物不求馀随处足，事若能省即心清。万卷图书千日酒，半潭秋水一房山。一榻云山借夏笔，满江烟雨看春潮。闲为水竹云山主，静得风花雪月权。弹琴击剑有奇术，饮酒赋诗多乐方。夜雨闲吟左司句，时晴快仿右军书。千顷湘波黄叔度，一时文采阮元瑜。诗与青山俱秀色，人将白鹤共流年。乌丝牋写黄柑帖，绿绮琴弹白雪词。手障百川归学海，心陶万类入鸿钧。名应不朽轻仙骨，理到忘机即佛心。成佛定居灵运后，吟诗犹及建安初。文章司马千秋业，意气元龙百尺楼。涵星砚取幽花露，沉水香浮小阁云。追摹古人得高致，别出新意成一家。雄文笔底寒星落，古剑床头夜雨鸣。钟鼎山林各天性，风流儒雅亦吾师。洞天一品元章石，明月三人太白杯。倪迂清秘云林阁，米老英光宝晋斋。春风草梦西堂句，夜月花陪北海尊。溪山自是清凉国，松竹合封潇洒侯。门前学种先生柳，岭上犹多处士云。可对我言惟此石，能令人笑莫如花。鱼跃鸢飞观道妙，江风海雨助文章。绮窗白凤扬雄赋，琴几红鹅逸少书。论世神游千载上，著书学立一家言。轻尘不动翠横膝，万籁无声月到帘。招隐莫分山大小，卜居难定瀼东西。除却诗篇何有癖，独于山水不能廉。案有《黄庭》尊有酒，醉闻花气睡闻莺。德声人间金管记，姓名天正碧纱笼。文在典谟功在国，心如冰雪气如秋。胸次月临天宇净，毫端风过海涛飞。老树怪于寿者相，野云闲似道人心。天与闲身争著述，老为只眼阅斯文。博学兼通诗字画，循声共仰慎清勤。鼎愁必乐搜新句，研济方诸校异书。曼陀雨散天花落，薰炉烟生石乳香。龙收古剑沉秋水，鹤识神丹起夜光。微露性情书瘦硬，久离世俗画萧疏。胜事传来随笔记，名巨历过借诗留。夙具道心人淡泊，未除豪气笔纵横。检卷胸中书味足，寻山眼底画禅多。千顷微波征雅度，十年楮叶费精心。座上喜留不速客，卷中闲读无声诗。透凉语入三分木，脱俗方登百尺楼。观心有得参诸子，临事无疑谢六壬。清露竹间霏玉屑，高风松际助涛声。手扪星斗诸天近，身入烟霞福地多。不胜蕉叶偏耽饮，但遇梅花便写真。性因淡泊偏宜佛，境得萧闲便是仙。开尊销夜烛，听雨长春蔬。红树低犹密，溪流曲更分。乞与徐熙画新样，尚堪何逊作同时。一身诗有癖，万事酒相捐。鸟青呼作使，鹤白养成群。流风动瓯竹，明月入高楼。

集宋。顾君静扫清香阁，信手同翻集古堂。能传身后须文字，已向闲中作地仙。须知我辈襟怀事，要试平生铁石心。缥色外妍，金光内映；绿秀八炤，丹实四临（集《文选》句）。渔猎三史，纷编六经；金石千声，云霞万色。高松迎拂太古色，妙笔直起垂天云。察理致知学者事，敛华佩实古人心。江湖万里水云阔，草木一溪文字香。

璧十五城方言价，桃三千岁一开花。满架图书小邹鲁，一家和乐古唐虞。园中草木春无数，笔下波澜老欲平。乐天九老年相若，少室山人品自高。贤人有后若左契，静者长年为古春。志古如高树，横书检晋鱼。望去有馀察，择言当不繁。高盼渺四海，英名擅八区。

经纬区宇，弥纶彝宪；抑扬人杰，雕缋士林。平理若衡，照辞如镜；动墨横锦，摇笔散珠（《文心》）。行道有福，能勤有继；居安思危，在约思纯（《左传》）。小窗夕明，使我久坐；入门有喜，与君笑言（《易林》）。德有润身，礼不愆器；玉韫庭照，兰生室香。闭户自精，开卷有益；垂露在手，清风入怀。碧山人来，幽鸟相逐；金樽酒满，奇花初胎。脂粉简编，冠缨图史；糠秕礼义，锱铢功名。器重南金，才横东管；辨雕春圃，德莹秋天。鸟转歌来，花浓雪聚；云随竹动，月共水流。缀响兰深，缉言琼秘；秉仁岳峻，动智渊明。道旨渊微，深于四子；词华工秀，大若六朝。视履考祥，其旋元吉；清明在躬，志气如神。立德立功，居之以敬；友直友谅，尊其所闻。追古思今，道在作者；登高望远，时复乐之。风质龙文，光华相映；景风淑气，仁寿同登。

笘誃日记第八册丁亥正月朔日始，四月晦日止

【光绪十三年丁亥正月】

晨起，卜牙牌数，得句云："小富由人力，修勤是永图。偷安无进意，顿失旧规模。"神哉数也。录之即以自警。

午后写字。灯下未为一事，子初即睡。丑正，忽报仪门旁福德祠火起，窗外皆红，急至大堂，见救火者纷来，半时许即息。夜雷电风雨交作。（正月初一日）

晨，刘佛卿、彭季群来。

乾隆元年十月，顺天学政钱陈群奏，凡三十岁以内守节之妇人，后因子贵受封，请一体旌表，从之。（《续东华录》）

主考差往各省，督抚馈送路费，上谕定例，云南八百两，贵州七百两，四川、广东、广西、福建、湖南六百两，江南、浙江、湖北、江西、陕西五百两，河南、山西、山东四百两。（乾隆四年七月）

乾隆五年上谕，禁副将以下不准坐轿。

灯下阅乾隆朝《续东华录》四十卷。

仆人失于规矩，大声申饬而始帖服。嗟乎，此一人而治一人，尚不能防诸于未萌，使以一人而治千万人，则当何如？然而以一人而至千万人，无不可以治一人之法治之，杜渐防微，则得其道矣。雷厉风行，究胜于萎靡不振者。人之治世，理法并用，古人所云"容情有误，执法无差"，天下苟皆明理人，则法无所用矣。法者，正所以治天下之不知理者也，乌可废哉，乌可废哉！余因今日事，而纵论及之。（初二日）

晨起，作楷。午后未为一事。灯下作家书，并心渊书。连日风雨，不能出门，闷甚。（初三日）

见刘佛卿所著文，似考据为精，言时务则多空谈，且袭陈说。

湘阴张官牧，字大臣，著有《瀛海论》三篇、《蠡测卮言》十卷，已刻，早见及矣，近始知其名氏也。[按，此条天头曰：一作自牧。]

晨起，未为一事。午后出门，答庄秉文、李平书、吴梅宋、彭季群，谒羊师，未见，只见庄、李二君。晚作家书（第十四次），并与大哥、心渊书。（初四日）

平书贻紫颖二枝、郝疏《山海经》一部，见平书寓主张亦楂（焕斗，上海人，精西学）自制小轮船，长不及尺，广不及三寸，机器帆樯绳索毕具。

郎亭出示巴陵方柳桥观察（功惠）所藏顾涧蘋手批校《三国志》，余一见即定为伪造，菊师阅之，亦以为然。方公向称藏书家，秘笈中物已如此，其他可知矣。甚矣，审定之难也。

为静师书封面四（《野古集》、《鸡窗丛话》、《通鉴刊本识误》、《桐庵文集》），托若兄寄沪。

晨起写字。午后未为一事。得大兄书、心渊书。（初五日）

晨起写字，馀未为一事。晚灯，郎亭招饮，幕中诸友之外，则徐蓁香（凤衔，湖州人，丙子举人）、王炳臣、刘佛卿、袁瓌瑀、欧阳（竺三，江西人，丙子举人）、刘□□（彝，江西人）诸君。（初六日）

申丈病，招西国医生来诊，审脉证表，听腹拍指，并询年岁及平日起居而去。须臾，送来药水两瓶，药散四包。中外途分，未敢信服也。

广州孔氏藏书处曰“三十有三万卷楼”。

黄韵珊大令有《怀张子房》七古，结句云：“世外应多未见书，人间孺子虚心少。”

终日寻阅无用之书，矻矻不倦，殊自可笑。宋儒所云玩物丧志，有自来也。夜半含毫，追思竟日之所为，不觉颜若渥丹，背如芒刺矣。（初七、初八日）

《中东通语捷径》，每部二△半，乐善堂售。

《说文续字汇》两本八角。（南申昌，苏中市益大）

寄第十五次家书，与心渊书，又与我庾伯书，附皮箱一件，内《盘洲集》、《经典释文》、郝《山海经》、陈兰坡丛书、《晚学斋集》、《濂亭文集》，又布罗各一匹、龙珠灯一、表一、鱼肝油一瓶、潮扇六柄。

申丈扶病南归，郎丈饬仆送之，故得托带箱簏也。（初九日）

韩菼以制艺得谥，沈德潜、王士禛以诗得谥，皆见于乾隆年间上谕。

乾隆三十一年十一月上谕："各省书院延师训课，向有山长之称，名义殊为未协，既曰书院，则主讲席者自应称为院长，著于各督抚奏事之便传谕知之。"

又谕："杨应琚奏甘肃兰山书院延请丁忧在籍之府丞史茂来主讲席一摺，此甚非是。守制之员理应闭户家居，若竟住居省会书院，则与居官何异，其又何以为多士表率。特为明切晓示，通谕知之。"

晨起，送申季丈行，三月相聚，一时遽别，不觉惘惘，且触吾乡思也。午后读《东华续录》，作楷一页。

苏书以神采胜，若徒习其貌，便觉索然无味矣。

《曝书亭卷》卷十九《罗浮蝶诗》自注引《孟子疏》，西施至吴市，观者各输钱一文。（初十日）

晨起，未为一事。午后拟作《重刻郝山海经后叙》，至三鼓未及毕。（十一日）

晨起，续昨《叙》，至晚毕，系骈文也。灯下临苏帖。拓碑人来，出示观海堂苏帖，喜极，必欲得之也。

郎丈出示新刊溧阳缪馨吾重刻《万善花室文集》，其原本即余旧藏吕庭丈借寄江右者，事隔十年矣。（十二日）

晨起，写楹帖一付贻郎丈，节坡公《送十孝博奉使岭南》句曰："观风峤南使，出相东山贤。"喜其情事相符也。午后读《万善花室文》一卷，以朱圈之。晚灯，同乡吴硕卿送酒馔，畅饮至亥初方散。灯下临

苏帖，得洨民丈十二月二十三日手书，得李平书书，得袁渭渔丈书，并赐题《竹柏图卷》。（十三日）

海山仙馆帖刻有四集，并当时名人投赠尺牍另为一集，中有《昇元帖》诸品。其石当时籍没入运库，尚可摹拓拓也。渭渔丈说。

睡起已午初矣，写楷半页即饭。午后篆书《圣主得贤臣颂》，至晚毕。灯下临苏帖，与平书书。（十四日）

晨起作楷。午后得第九次慈训并外大母训，并谕速偕若溪归里，以海南地热瘴重，恐不能受也。（十五日）

上第十六次禀，并上外祖母书，以与郎丈商，均未应许归里，故先作禀，详陈一切也。（十六日）

晨起，写篆屏八幅，录《圣主得贤臣颂》，午后毕。拟临《积古斋图》未成。晚唁介石，以新有嗣母丧也。（十七日）

晨起，画图。午后又写《华岩寻梦图》，为山田而作也，并题一词，索蒲生和之。

蒲生出示《周稚圭词》，有题翁二铭《药洲访石图》，即言所获米书也，又屡与高已生倡和。蒲生云，高系周幕客。

日来身有癣患，初起于臂，继及右股，痒不可忍，上攻于发，似皆系湿热所化。此至广南后受患之证也，真不可久居矣。

朱十词云"半枕瞢腾，到日高翻睡"，余日来颇有此情景，亦不自知其何因而然也。（十八日）

晨起，写《积古图》成。午后读《万善花室集》一卷。晚灯未为一事。（十九日）

上午作楷半页。午后写楹帖六付。灯下临苏帖。郎丈出示涿拓《快雪堂苏帖》，借存案头，拟日临焉。（二十日）

晨起，贺开印，写楷半页。午后检皮衣，拟托介石携归也。晚间，郎丈招饮。灯下读《诗疏》一卷，拟为《尔雅古本考》，先从此问津焉，与比玉书。（二十一日）

写第十七次禀。

晨起，为郎丈作楷函二。午后临苏帖。灯下未为一事。（二十二日）

晨起写楷半页。午饭毕，送介石行，为鞠师作《五百经幢馆图》，未成。晚灯读《万善花室文》。（二十三日）

晨起，作《五百经幢馆图》，午后成。写楷半页，读《万善花室文》。晚灯，同人雅集于九曜轩，大醉，睡半时始起。得电音，知申丈已安抵里门矣，为之一喜。（二十四日）

昔有人戏作《红楼梦袭人赞》曰：苏老泉辨王安石奸，全在不近人情，嗟乎！奸而不近人情，此不难辨也，所难辨者，近人情耳。袭人者，奸之近人情者也。以近人情者制人，人忘其制；以近人情者谗人，人忘其谗。

日来晚不能睡，至天明始得安枕，岂病邪？抑过用其心邪？不可解已。今日起已午正矣，即饭。午后读《万善花室文》。灯下临苏帖二纸。若兄得家书，系二哥代作，大哥代寄者，而无附函与余，亦不可解也。汶民丈、祝桐尊自家乡来，知家中有寄余物件。得稼秋书、徐咏楳复书、曲园师复书。（二十五日）

晨起，写白摺半页，已午饭矣。午后读《万善花室文》，至晚灯毕，盖统以丹注也。得第十八次家书并茶叶、口香。又得叔鹏、冠瀛二书。借叶师藏书人姓氏，补注荛翁《年谱》。（二十六日）

《义门弟子姓氏录》有吕懿历敬授晚邨录。黄荛圃尝云，吕无党手抄书写"留"字作"畱"。（《小畜集跋》）

晨起，刻一印，为蒲孙作。午后郎丈出示《士礼居丛书》，盖助余补荛翁《年谱》也。半日检记毕。晚借叶师杂录藏书人姓名稿补记。（二十七日）

终日未为一事，晚灯忽思《海源阁书目》，拟手写上版，至睡写得五纸。得平书函，知卅日行。（二十八日）

终日写杨目，至睡得九纸。与平书函，并送程仪四元（垙）。又《十三经》、股票二纸，票价二两，得收条，并张亦槎属写屏四幅。（二

十九日）

晨起，写杨目，至晚毕。拟跋一篇，请叶师改正，附书于后，馀未为一事也。（三十日）

汪孟慈曾貤封外王父母，见汪保和所撰行述中。

月汀即李方赤别字。

管小异与汪孟慈为翁婿。

【光绪十三年丁亥二月】

晨起已午初矣。午后拟将《辅教编》影写付梓，写一页。晚间还《士礼居丛书》，复借《大藏音义》，拟补辑《苍颉》、《声类》。灯下辑十卷，六十一至七十。（二月初一日）

晨起，未为一事。午后写楹帖七幅。吴梅宋、周伯偕、邹剑东（嘉立，同乡，盐官）来，小谭即去。洨民、桐尊来，得平书书并小联一幅属写，得第十一次家书并潘祖姑谕。

平书书语甚激痛，有为而言也。

见广东书局新刊洪北江《毛诗天文考》，辑引群书，无所按语，更生书大抵如此也。陈兰甫《摹印述》，为示其弟颙仲作，大都如《三十五举》，变易其名，说较通达耳。

书坊友人送来书二十馀种，可留者甚少。胡刻《通鉴》尚系原本。《经典释文》系鲍刻初印。新刊《行素草堂目睹书目》系吴中坊贾朱某所辑，大致仿顾氏《汇刻书目》而加详焉。渠自刊孙谿朱氏《经学丛书》，二编未刊，内有嘉兴陈其荣补辑《仓颉篇》、《字林》，更辑《埤苍》，大约皆从《一切经音义》中所出者，先声夺人，余之所辑更不可缓矣。

见西蠡致叶师书，言近撰书四种——《释人疏证》、《公羊逸礼考征补》，馀二种忘其名矣。（初二日）

闻叔彦大病新愈，盖吐血几危也。洨民述其太翁锦涛先生戒其不可读书，渠答曰，与其枵腹而生，不如饱腹而死，勇哉？危哉？闻之惘然。

晨起，答洨民即归。午后出门，至归德门，见汤文端、伊墨卿、郭兰石诸公与陈恭甫札，值四元，许以一元，不售。至文林斋，见旧拓《戏鱼堂帖》，甚精，有“华亭王氏收藏”图记。翁苏斋楷书《金刚经》册墨迹，天下之至宝也，菊师以十二金得之，可谓奇遇（已在嘉庆二十一年书，翁时年八十四矣，越二年卒）。见去岁所售铜鼓，许以二十金，不允，即归。（初三日）

晨起，洨丈迁入署中，见其所得《盂鼎》、《虢季子盘》，甚精。午后，羊辛楣师来，吴楚侯、徐蟾香先后来。（初四日）

见宋本明印《通鉴纪事本末》，大字悦目，首有宝祐、淳熙二序。

写第十八次禀（托洨，附若）。

晨起，楚侯来。午后同若溪出靖海门，上蜑艇，至海幢寺一游，规模颇畅。复由艇至沙基（艇银一钱）登岸，至陈塘街擎觞楼小饮，同坐沈筱园（嵩龄，上海人，电局总办），主人则楚侯也（菜银两开单与茶博士，即为备菜六簋）。沈、吴均招侑觞者，颇合吹火扱鞋之咏。有一雏则结辫袭裘，迷离扑朔，不辨雌雄矣。至戌刻散席，适大雨，遂雇艇，至天字马头上岸。晚舆入城，已亥初矣（城关由将军守者极严，酉刻即闭。南门则由府守，可不逢呵止者也）。（初五日）

晨起得电音，知家中可令若兄及余迟归。午后未为一事，晚间笑谈。

窓斋藏印千六百方，又以俄国语言集写一书，分天地人物，题曰《俄语》，皆渠自言者。（初六日）

晨起，未为一事。午后为郎丈作书三函，郎丈新得二铜鼓，径尺二三寸。

见郎亭丈新得旧藏刘文清公小楷二册：一写摺稿，共七页，后有王椒畦跋；一写各诗，为南昌万渊北藏，有印记。摺册系管申季丈所贻，诗册则潍县陈簠斋家中物。簠斋故后，郎丈为之点主，其子九兰即以此册相报者也。

佛卿农部为余题小华诗册四绝甚佳，适渠出扇头属画，为写《垂

虹图》，题一绝句云："官舫乌篷听雨时，石尤风紧上程迟。当年记得垂虹路，曾写襄阳学士诗。"（初七日）

得正月廿六日第十二次慈训，并二哥书、衣服物件。

见抄本《蒹友肊说》中有说金文者，皆非通论，笔墨亦芜杂，此系稿本未刻者，似不足存也。

午后，楚侯来，祁瀚孙（兆熙，广东同知，曾出洋，上海人，附生）来谭。海南地热，头疼胸闷，事所常有，诚畏途也。

伽楠十八子，三两起，至三十两止。沉香以细丝入水能沉者为上，无大块，至重五六两，每两与白银等。至桂厚大而长者，名桪桂，辛辣易坏血，价贱。佳者细皮薄卷，中与外皮隔一白痕，入口甜香，一元三百斤，至百金百斤止。雷葛亦名沉香，葛黄者每尺九十文，白者倍之。高州籐盘，每付十件，价不贵。（初八日）

晨起，未为一事。午后出门，至濠畔街江南会馆，见同乡彭蓉卿（兰荪）、程受之（全保），俱宦粤者。刘茀卿由十三行归，一见畅谭，并还小花题册。晚赴邹剑东、吴梅宋、周伯昆季席，借崇明施观察寓，见施笠仙观察子也。梅宋贻衣架一，甚精。二鼓归。（初九日）

"杜林《苍颉训纂》一篇，《苍颉故》一篇。《前汉书·艺文志》：《苍颉》作古文，俗师失其读，宣帝时征齐人能正读者，张敞从受之，传至外孙之子杜林，为作训故。康案，《隋志》作《苍颉注》二卷，《唐志》作《苍颉训诂》二卷，盖合二篇一书也。今从《前汉志》。又按，张揖亦有《苍颉训诂》（《三苍训诂》之一），与杜林书同名。《颜氏家训·风操篇》《音辞篇》引《苍颉训诂》皆有反音，则皆为张揖注。《一切经音义》屡引《苍颉训诂》，疑亦非杜氏书。惟《说文》丬部'[illegible]'，杜林以为骐麟字；木部'构'，杜林以为椽桷字；朩部，索杜林说，朩亦朱木字；巢部'㽞'，杜林说以为贬损之贬；黽部，杜林以为朝旦。《水经注》卷四十引杜林曰：敦煌，古瓜州也。此则皆当出《训故》二篇中。"（侯康《补后汉书艺文志》卷二，九页）

"张揖《三苍训诂》三卷（字稚让，清河人，一云河间人，魏博士）。

《颜氏家训·风操篇》云,《苍颉篇》有‘倄’字,《训诂》云‘痛而謼也,音羽罪反’。《音辞篇》云,《苍颉训诂》反‘稗’为逋卖,反‘娃’为於乖。康按,此即《三苍训诂》之一,杜林亦有《苍颉训诂》,然此有反音,则非杜林书也。馀见于《一切经音义》所引者,如‘款,恚声也’,‘颏,息声也’,‘敲,苦交反,下击也’,‘飤,饱也,谓以食与人曰飤’,‘垸,以桼和之’,‘痺,手足不仁也’,‘尚,上也’,‘窑,烧瓦灶也’,‘蛸,腹中虫也’,‘豺,似狗,白色,有爪牙,迅捷善搏噬也’,皆称《苍颉训诂》。见于《文选》:《甘泉赋》注:‘襒,拂也。’(又见《北堂书钞》卷一百二十九《史记·孟子荀卿列传》索隐)《羽猎赋》注:‘踔,踰也。’见于《史记·项羽本纪》索隐:‘垓,堤名,在沛郡。’或称《三苍训诂》,或称《三苍注》,见于《文选·司马迁报任少卿书》:‘阘,狞劣也。’称‘张揖《训诂》’,实则一书而已。”(侯康《补三国艺文志》卷二,八页)

“李登《声类》十卷(魏左校令)。《隋书·潘徽传》:‘李登《声类》、吕静《韵集》始判清浊,才分宫羽,而全无引据,过伤浅局,诗赋所须,卒难为用。’康按,《魏书·江式传》云:‘吕静放李登《声类》之法,作《韵集》,宫商龣徵羽各为一篇。’据此则《声类》亦分五音,故《潘徽传》云然也。”(同上,九页)

上午未为一事。午后,刘佛卿来,盖因谒新中丞。自晨候,过午未得一见,怒形于色。午饭已过,遂啖以汤饼。嗟乎,天下事大抵如此也,但愿吾辈他日不蹈此恶习,则天下人受惠无穷矣。佛卿犹非粤官而尚受此苦,犹非干求而尚有此累,以视俯仰求人者当何如邪?(初十日)

晨起,谒愙斋丈,初见于花厅,继至内签押房,观古金各器,纷罗一室,心醉神飞。见新从苏州得■敦,即冯晏海藏器。师奎父鼎,一耳系补铸,愙丈谓初制时缺失即补者,余疑后人所为。乙亥方鼎,为商器之至精者,鼎内三面青绿皆满,有字处露铜质若金。丈谓古器初出土时,青绿随手一拂即下,此器当为出土时,人见有字处,以物拭之,故特异于他处也。秦权二,一铜一铁。重今秤五十四斤,形如覆盌，下径约尺许，即所为石也。铜者，始皇诏文甚精，二世已模糊矣。铁者，系用一铜诏版嵌置环旁，半为环所掩；又一小者，形同，重如大者四之一，即所谓钩也，始皇诏刻后，系磨去又刻者，故文重叠可睹；一至小者，作井阑形，文系铸者，始皇诏每面二行，行五字，二世诏每面三行，行五字，俱适如其数也，面有"大騩"二字，正面。吾乡徐子晋（康）曾有考季良父盉，文在口内，不易拓；宗妇壶，二文在壶盖面；韩仲侈壶，文在口中。

丈藏有新旧拓本二千馀通，拟分二十卷，为二十册，详加考订释文，付石印成册，曾已写毕三卷。

窸丈系与先登仕同出青学使门■，虽以世交，从未一谒，今日之见，系初见也，手贻石印《论语》、刻本《说文古籀补》。

午后出门，为郎丈得一铜鼓，值卅金，即去冬所见者。灯下为韩芝生先生题泰山秦刻石十字，诗曰："人间一字不能识，老石荒山听销蚀。谁从欧赵拾馀灰，残砖碎砾皆琼瑰。大篆未灭小篆刻，世无许氏谁知得。二千馀岁嬴秦尊，泰山屡劫琅玡存。高台巍巍矗海角，望洋空叹涎流噣。""忆昔駈车过岱时，一庭翠墨徂松滋。诗孙先生好金石，家风宝铁斋犹昔。自携氊蜡来空堂，一函十字珍收藏。吁嗟乎一函十字珍收藏，好古同癖长毋忘。"

余在山左所得之隋碑首，夫老子起者，名"大隋宫宰宋君象碑"。（十一日）

晨起，未为一事。午后拓伯鱼敦。窸斋丈来，贻高丽纸印本《字说》，出去年四月会勘中俄边界事竣所立铜柱铭拓本，属题词。灯下成三绝句，诗曰："石柱文传埃及古（湘阴郭侍郎使泰西，曾见埃及古石柱，有文，多象形字），磨崖字审八濛讹。何如一语维中外，天许重生马伏波。""一表以降二表至，界画分明太仆盘。自古铭金有深义，他年此拓好同看。""圣清盛治古无比，吾公勋业世谁似。回首一千八百年，裴岑纪功等闲耳。"（十二日）

寄苏玉峰尊翁挽联，又与淡平书并所撰郝《山海经后序》。

晨起，未为一事。偕蒲荪、若兄出门，候佛卿同至高[redacted]街苏乐馆午餐。毕，出靖海门，上蜑艇，至河南游伍氏万松园。基址宏阔，房廊明敞，伍氏子孙分屋而居，几如街巷。有河厅一，曰浮碧，布置精绝，案陈内太父敦，器盖俱存，文五行，约三四十字，艺兰数百盆。别于河中架一竹屋，不通岸，以防蚁也。游毕，仍由靖海门而归。得南泉丈书，并和去年停舲韵诗。（十三日）

得十四次家书，慈训允留粤，然出于万不得已，余欲仍守前议，与郎亭商之两日，未得允所请，菊师亦立止余归，执持两端，莫能自立。名利累人，固如是乎。两日来皇皇若有所失，援笔书此，不禁怆然。（十四、十五、十六日）

陶仲平（惟坦）、尹伯圜（葆元）来答拜。

晨起，检拾行李。午后出门，拜尹、陶二公，至抚署见王申之（同愈）、陆菘生（保安），皆同乡也，畅谭至申初归。（十七日）

晨起，略检行李。午后，以仆人不见，许久始来，怒数其罪。薄暮，渠不愿随行，辞去。以一人用一人，终不能安于用，自愧无能。然而以小喻大，天下之辞官而去者，岂皆陶潜之流乎？

晚间羊辛楣师招饮，偕叶师而去。大雷雨出门，舆夫行街水中，没踝，归则明月在林，巷衢如洗矣。

谋生本非善策，更不善于谋生。自知不工夸毗，心性褊急，故数日来动辄得咎，几为众人所非。然此中苦情，真无有人知之也。郎丈曰，饮水自知冷暖，至哉言乎！（十八日）

作十九次家书，并上叶师书（交陈祐）。

愙斋丈送还余旧拓金文三册，中有为余题语十馀处。

愙丈去年于吴门收得一鼎，黑如墨而无光，据云曾经入火所致，文字甚奇，按即鲁公伐郐鼎，丈得之甚喜。余去年未见此鼎，仅睹其文，时疑其非塙物，今见鼎，更信其非佳器也。尹伯圜为余曰：观其字如乡人入城市，忸怩拘缩，丑态毕露。妙哉喻也。

菊师得家书，知申丈已于初八日去世。才人何厄，一至于此，人生泡影，益自伤矣。

午后下船，晚泊沙基，与若兄、誉卿同船。（十九日）

晨起，未为一事，仅集《一切经音义》一卷。晚泊仙管，盖从此入西江矣。（二十日）

类书目，《隋志》以后皆入子部，明胡应麟作《笔丛》，始议改入集部。（《提要》卷百二十五，页一）

世所传宋以前书，可考见古籍佚文者，仅六七种，曰裴松之《三国志注》，曰郦道元《水经注》，曰刘孝标《世说新语注》，曰李善《文选注》，曰欧阳询《艺文类聚》，曰徐坚《初学记》，曰李昉《太平御览》。（同上，页二十二）

小说家有三派，其一叙述杂事，其一记录异闻，其一缀辑琐语。（同上卷四十，页一）

梁阮孝绪作《七录》，以二氏之文别录于末，《隋书》遵用其例，亦附于志末，有部数、卷数而无书名。（同上卷四十五，页二）

晨，船遇西南汛，有一屋横匾大书“香粉经费公所”，门旁挂虎头牌，左曰“稽查匿报”，右则未见所书何语，推其义当专税夜度资者。公所旁有楼船排列，破烂已甚，船中人则粉白黛黑，几如夜叉变相矣。

横幅手卷，宋人名之曰“横看子”。

晚泊青歧墟，日行九十里，天雨。（二十一日）

晨起，天雨，舟行江中，江甚阔，惟水浅可下篙耳。午后见两岸皆山，石壁如画，瀑布声潺潺，按图知即羚羊峡，盖将至肇庆矣。读吴荷屋《金文》五卷，略加细语于上方，似多心得者。晚上叶师书辑《一切经音义》二卷。

晚灯成《宫词》六手，盖别有所指也：“昨宵小晏阁门开，舞扇歌衫进几回。如海圣恩谁领得，敕教旧队入宫来。”“六博弹棋兴屡催，金釭银烛斗琼台。晓来风雨春寒紧，鹦鹉帘栊午未开。”“似闻学士进新声，小谱偷传记未明。生怕六宫齐学得，海棠花底约银筝。”“上元灯火闹鱼龙，长乐门开接禁中。只为侍臣多赐宴，特传新例下帘栊。”

“天闲小队出都城，传旨宫中尽赐行。闻道掌书兼校写，此回单许驻瑶京。”“社日停针别院过，相期花下合新歌。偶从太液池边立，生受春风拂面和。”（二十二日）

山左近出古埙，文曰“”，标疑“”即《礼记·曲礼》“司土”二字也。穴敦“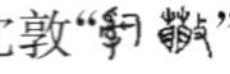”，标疑即“司寇”二字。暇当成考一篇。

今日停泊肇庆城外一日。肇罗道崇明施□□（在珏）招饮，未赴。郎丈贻新拓《端州石室记》一纸、包孝肃象一纸。《石室记》丈得旧拓一纸，似经描补者。见黄吟梅（超曾，崇明人，在施观察幕）《东游吟草》一册，系日本排印者。写樱花扇头并临《石门颂》贻郎丈。黄曾随何星使出使日本三载，余早知其人，却未见面者也。（二十三日）

晨起椗，晚泊金鸡汛，江水甚黄，茶浊如泥浆焉。（二十四日）

晨起开行，至午停泊车冈，水浅。候大船，至晚未来，即止宿焉。日仅行四十里也。（二十五日）

为郎丈写信二函。

“宝瑟弦弦思，含愁出画堂。青衣小家女，黄绢蔡中郎。回首羞红粉，知心有绿杨。不堪寒影瘦，明月照罗裳。”

匋器多字者出山东临淄，单字者出河南某邑。尹伯圜说。

终日喧然，仅至新兴马头，离昨泊只二十里也。水浅沙明，几如陆地行舟矣。（二十六日）

晚泊同山寺，日亦仅行二十里也。郎丈出示杨龙友画册，高丽纸本，计山水八页，兰石六页，末二页则杨自题一诗并寄尧夫者。尧夫不知何许人也。画不设色，疏秀之至。又汤贞愍临金冬心画梅卷，计三段，三画三题，末题“道光丁酉画于沧浪僧舍”，盖时寓六舟处也，纪年“光”字脱去未补。又董香光字卷二段，临杨风子致佳，下段书四箴，赝品也。汪文端字册十页，九真一伪，伪者系临大王帖双钩廓填，馀则临褚、米、赵各帖，皆佳。又大齐天保二年造象，■邑义主□□等中空，盖待刻成后补填者，至今不存其名焉。又刻经一卷，字如钱大，皆六朝物，云潘郑盦尚书新得此石拓寄者。又新拓《郭有道碑》，云石新出济宁普照寺旁，并额俱存，文甚模糊，盖经鎚凿。然五六百年不见之物，一旦出土，岂非快事！从此藏郭有道碑山楼可家家俱有，郑谷口等临本更不足存之矣。（廿七）［按，此条天头曰：《金石粹编》收东魏邑主造象颂，系邑主下及故佛弟子，邑主下俱空八字，无人名。《中州金石记》曰，本非残阙，当时待填姓氏耳。是也。］

晚泊簕竹，日行四十里。至下午，河逾窄浅，水更清，河底皆卵石，不易爬濬，篙纤齐力，如陆地行焉。

晨即起椗，上灯后至河头，水浅石齿，船破水入始得达。篙师力乏气静，亦云苦矣。（廿九日）

辰初即上岸，轿行五十里至黄泥湾，地属阳春，下船。船大小与六篷等，形亦颇似之。群雌渐渐，粉白朱红，虽小家碧玉，几如大道青楼，天下奇事，无不有也。（船户曰林来庆）（卅日）

近黄泥湾，有数山苍秀，固麓台笔墨所不能到，即米老砚山恐亦无此丘壑。是皆在平地特拔，峰峦岩洞，生气郁蒸，想有仙人居之焉，故乡无此好山水也。郎丈云，阳朔山水与之绝相似，维大小之别耳。

留题阳春舟中："渝舞蛮歌乐未央，蜑烟瘴雨镇凄凉。何因碧玉小家女，都学青楼大道妆。南域奇花难入谱，海天异境此谟觞。莫疑三宿因缘在，梵女还须属梵王。"

【光绪十三年丁亥三月】

辰初开行，船用篙桨，申初即抵阳春。途中山色青靓，有一山开凿取石，山头人皆如蚁。色苍如设赭，山腰有一洞，碎石堆洞口，以远镜窥之，似甚深，疑他山之奇秀者皆古时曾经斧凿所致，然无以考之也。检县志，阳春各山皆名之曰岩，或曰石，无有称山者。黄泥湾之胜则为通真岩，有宋嘉熙许彦先题名，离湾五里。阳春之胜则为崆峒岩，云唐时刘仙女栖神之地，中有石乳，象形甚奇，离阳春十里也。（三月初一日）

上窓斋书成，骈文，拟乞渠金文拓本也。

舟人以渔为业，破竹作具，甚细密，一笠之精，莫穷其妙，篷亦编竹为之，始合字义焉。

“东海灵槎事渺茫，神山返驾亦荒唐。难留梵女三宵宿，犹得琅函百字藏。斗帐珠寒千里月，曲屏灯掩五更霜。兰台消息凭谁问，检点春衣镇自伤。（东海）”

天明起椗，行九十里抵那旦，时未初也。明晨即须起早矣。

自人能制镜，则天下皆自知美丑矣。然以镜照美人而镜自若，以镜照丑妇而镜亦自若也，则天下之美丑，自系乎人，不在制镜之后先矣。故丑妇自以为美，美人未必以镜而丑也。（初二日）

晨起，轿行十五里，至清湖，二十里至莲花塘，十里至旧黄亭，午饭。午后十里至大墟（小河），五里至黄十铺，十里至百岁坟，十里总铺，二十里太平，宿（阳江界）。（初三日）

天明即起，十里过飘竹河，十里过蒲排河，十五里至由子，午饭，阳江界。午后二十里至过车田河，十里过儒洞河，五里至午蓝，宿，电白界。（初四日）

辰起八里过夏蓝，二十里至架炮，午饭。二十里至白马，五里茶亭，十里过苦藤，即热水池，宿温泉寺。寺中有温泉，以石砌一浴室，泉分三眼，一热一凉，一放污流，终日不息。初洗足甚畅，晚间复往，拟洗浴，则水如沸，不能下，坐且汗出如雨，即出。寺外半里许，有流泉一股，委宛沿山根流成一大池，池热如沸汤，热气上蒸，远望可见焉。泉旁一大池，刻“温泉”二字，为道光间桐城朱紘所书。寺前后皆山，寺僧云有虎甚多，早晚即出，可望而见之，前数年常下山伤生物，近则敛迹。晚间同人皆闻虎啸声甚厉，余则因睡未闻也。（初五日）

辰起十里至龙门，十里至大芽，十里至槌子，午饭。十五里至三桥过河，十里至黄竹，十里至荔枝塘，过龙珠河，五里至分界，宿（茂名界）。（初六日）

四更即起，五更即饭，起程。五里至飞马，十里至中伙塘，十里至双花塘，十里至理蘇，十里至滋田，十里至高州府城。进文明门，即试院二堂后统排八间，幕友皆在西偏五间中，拥挤殊甚。（初七）

镇日未为一事，岁月坐废，为学者固如是乎？可愧。（初八日）

晨起，写白摺半页，觉手生眼野，无一而可。午后刻牙章二、石章一。灯下阅高州生童古卷百〇一册，子正毕。（初九日）

晨辑《大藏音义》四卷。午后未为一事。晚间阅吴川生卷二百册，毕五十册即睡。（初十日）

晨起，续阅昨卷，申初毕。读左氏《三都赋》一过。灯下未为一事。（十一日）

晨起，作书，馀未为一事也。灯下阅信宜童卷二百册，子正毕。（十二日）

晨起，写字。午后未为一事。灯下作第二十次家书，并与搴芝、桐尊、郁健伯、心渊、薇阁（附诗）、大、二哥、介石。

曾晃士有补任氏《字林》，已刊本，印数十部，板即毁于火，后又拟重刊之，见《面城楼集》卷二《字林跋》。

曾晃士曰：郑氏笺《诗》，间用鲁、韩，注《周官》兼称郑、杜，注《仪礼》兼载今古文。（《面城楼集》卷二）（十三日）

晨起，已午饭。午后未为一事。灯下阅化州童卷二百五十册，阅半即睡。（十四日）

晨起，补阅昨卷，至申初毕。灯下成《目录篇》，依《四库》编目，作为四言韵语，拟书寄聪儿读之。（十五日）

晨起，写字。灯下阅茂名童卷三百五十四册，子正毕。（十六日）

晨起，写字。午后未为一事。灯下作上叶师、羊师、韩丈、南泉丈、冠瀛、篴舅、外祖母各书。

郎丈出示唐碑集册，皆椎拓甚精者，目列后：

《大周故珎州荣德县丞梁君墓志铭》（并序。讳师亮，字永徽，万岁通天）

《大唐龙兴大德香积寺主净业法师灵塔铭》(并序。正字毕彦,雄文,开元十二年甲子之岁六月十五日建)

《大唐故骑都尉李君墓志铭》(讳文,字纬。麟德元年岁次甲子二月己卯朔十八日丙申)

《大周故薛府君墓志铭》(并序。舟元一词。讳刚,字□。久视元年岁次庚子五匝己酉朔廿四日壬午)[按,此条天头曰:陕西长安。补《寰宇》目。]

《唐■女子端墓铭》(开元十二年六月廿六日)[按,此条天头曰:陕西咸宁,又。]

《可畏残碑》(首有"可畏"二字,故名。仅存六十馀字,无年月)

《大周广慈禅院残碑》(下截缺)

《唐故云麾将军行右龙武军将军上柱国开国侯南阳张□墓志铭》(并序。讳安生。天宝十四载春二月十二日)

《大唐众义寺故大德敬节法师塔铭》(并序。开元十七年七月十五日)

《故左武卫中郎将石府君墓志铭》(并序。前太子通事舍人朱仲武撰并书。讳�,字先进。岁次甲子四月庚午)

《唐故朝议郎守徐州功曹参军上柱国刘公墓志铭》(御食使登事郎上柱国赐绯鱼袋张元匆撰并书。讳仕俌,字玄同。咸通八年正月廿五日)[按,此条天头曰:陕西长安。补《寰宇》目。]

《大唐真化寺多宝塔院故寺主临坛大德尼如愿律师墓志铭》(并序。敕检校千福寺法华道场沙门飞锡撰。大历十年岁次乙卯七月十八日。陇西秦昊书。广平程用之刻字)

《大唐故上护军庞府君墓志铭》(讳德威,字二哥。垂拱三年岁次丁亥十一月辛酉朔廿二日壬午)[按,此条天头曰:陕西咸宁。补《寰宇》目。]

又出示旧拓《张猛龙碑》,似氊墨甚精,旧亦未必耳。(十七日)

发家书。灯下阅电白童卷百七十册,子初毕。(十八日)

终日写字。临《张猛龙碑》、龙门造象，皆不能得其趣味也。（十九日）

阅优卷四册，馀未为一事。（二十日）

阅童覆卷五册，报部生卷十册，馀未为一事。（二十一日）

日来天气甚暖，寒暑表已升至八十三四度，衣尽穿单矣。

晨起，未为一事。午后写字，阅观风卷。（二十二日）

晨起，已午正矣。午后写字，以时刻限之，每页约二刻馀。

见李木斋（盛铎）书大卷，端庄稳慎，有目共赏，向祁枞翁借临之。

灯下作与刘佛卿书，骈语也。（二十三日）

三日来未为一事，仅成骈语管申丈诔一篇，用以写哀，然未能述其学业万一也。（二十四日、二十五日、二十六日）

“自有明光落枕边，琼枝银烛总无缘。机声小苑催更柝，钗影侯门斗列钱。雁足几时成独照，蚖膏入夜镇虚煎。可怜玉帐牙床客，好梦沉沉正入仙。（咏灯）”

得叶师书。作第二十一次家书，并上叶师书。（二十七日）

王薇阁农部寄诗二律，用原韵答之：“青镜回明采，朱絃冷素音。难将歌哭意，写此别离心。王粲伤成赋，陶潜自抱琴。春江潮上下，未许寄情深。”“胥水温还软，珠江明且清。遥遥催远别，冉冉送浮名。风雨暗行役，文章见性情。世难逢伯乐，珍重画图呈。”

梅镇藩（昶）《感怀》一律，用原韵和之：“少年吾识庾兰成，近主词坛领酒兵。未必风怀稍意气，何妨歌哭讳聪明。青鸾镜小曾占别，金马门高合有名。同抱太阿须敛锷，蚩蚩休羡贸丝氓。”

终日作楷数页，馀未为一事。（二十八日）

晨起，作楷，馀未为一事。（二十九日）

【光绪十三年丁亥四月】

晨起，写字。天忽寒，可穿重绵矣。时候之变迁如是，凡事皆可悟矣。

午后写字，终觉不工稳。

每读陈孟楷《梦玉词》，必病，岂凄厉之词足以荡人肠魄邪？抑别有所感触而使然邪？屡读屡病，十无一爽，文章之感人深矣。安有紫湘其人手钞而藏之，秋夜灯凉，使拥髻微吟，当如听蜀道铃声，柔肠寸断矣。

孟楷词曰："年来饱识江湖味，今番怎添凄惋。"余日来亦有此情景，然梦楷犹能得畹君书，余更何从而有哉！伤矣。（四月初一日）

晨起，午初矣。终日笑谭，即写字亦不能勤习，睡必过夜半，明知非养身之道，然不能改也。（初二日）

阮常生曰："汉《易》荀氏、虞氏之学，唐以来鲜有传授，至惠氏始治之，及张氏惠言始专治虞氏而大明之。汉《春秋公羊氏》，唐以来亦鲜其传，至孔氏广森始专治而大明之。"（《揅经室续集》卷二《儒林集传后案》语）

阮刻《华山碑》摹未翦本在嘉庆十四年，右方缺石一块，全缺者七十八字，半缺者三十三字，曾以欧阳文忠《华山碑跋》墨迹摹补于缺处。后又见诒晋斋翦本，缺字皆有，遂于道光三年以端州砚材摹刻之，同置祠楼。拓者须两石并拓，翦补合装，始为全碑。（见《揅经室续集》华山碑跋语中[按，阮元原文名《摹刻诒晋斋华山碑全字跋》。]）

"余屡欲并《广韵》而以古音分部，使便于拟汉以上文章辞赋者取用之，迄未暇为之。"（《揅经室续集·与吴兰修书》[按，阮元原文名《与学海堂吴学博兰修书》。]）

宋元二本《镇江府志》土产门引《说文》、《广雅》、《字林》、《方言》等书，亦地志中所仅见。（阮文达《校刻宋元镇江府志序》，《揅经室再续集》卷二）

"汉唐碑版之法盛而钟鼎文字微，宋元钟鼎之学兴而字帖之风盛。"（《揅经室三集》卷一《北碑南帖论》）

"唐人书法多出于隋，隋人书法多出于北魏、北齐，不观魏齐碑

石，不见欧、褚之所从来。”（同上，《颜鲁公争坐位帖跋》）

“《兰亭》帖之所以佳者，欧本则与《化度寺碑》笔法相近，褚本则与褚书《圣教序》笔法相近，皆以大业北法为骨，江左南法为皮。”（同上，《兰亭跋》）

率文《定武》，登善《神龙》。

阮文达谓钟鼎文字制作之法有四：“一则刻字于木范为阴文，以泥抑之成阳文，然后以铜铸之成阴文矣。一则调极细泥，以笔书于土范之上，一次书之不高，则候其燥而再加书之以成阳文，以铜铸之成阴文矣。三则刻土范为阴文，以铜铸之成阳文矣。四则铸铜成后凿为篆铭，汉时铜印有凿刻者，用此法，亦阴文也。”（《揅经室三集》卷三《散氏敦铭拓本跋》）

《积古斋图》为吴县周秬卣作，见《揅经室三集》卷三《积古斋记》。

“蒙问《尔雅注义》，欲撰《尔雅集注》一书，诚说经之盛心也。元昔尝有志于此，徒以宦辙鲜暇，力有未逮耳。”（《揅经室一集》卷五《与宋定之书》）

两日瞢瞢，未为一事。（初三日、初四日）

终日读《阮文达集》。作第二十二次家书。（初五日）

火车一点钟行二百华里。

发家书，并与佛卿、次潇、叔彦各书。午后读吉安黄楙材《得一斋杂著》四种，一《西輶日记》，一《印度札记》，一《西徼水道》，一《游历刍言》。盖黄君由四川起程，由滇过腾越，入缅甸，度海至印度，历游南洋诸岛，从新加坡回香港，经南雄至江西入川。路经五万里，时历两载，艰苦非寻常可比。归后以所著书呈天府，人间皆传抄本，今静涵表兄刊行之，尚有地图数种，皆经历之处，则未付刊也。（初六日）

终日未为一事，略检书籍，拟束装矣。（初七日）

晨起，写字。午后写联二十一副。灯下未为一事。（初八日）

检拾行李，馀未为一事。（初九日）

晨起，写字。午后出门，东北行进近圣街，经永安街至西县前街，城市不甚富饶，略购夏布零物。得缅茄八枚，如皂棘子，略大，子根色白，土人刻细花，颇有精者。此树中土向传只有一树，乃明李太仆家之物，云能明目。昔黄安涛霁青曾取以作印，有诗，见《高州府志》。化橘售家甚多，色白黄，分破七页，对折之，薄如钱，皮中墨篆印“赖园瑞橘”四字，傍有“凤尾老树”等字样。赖园者，阮文达曾有记事，极称其佳者也。若苏泽堂中之物，皆入官府，寻常不易得，实则与赖树等，且赖树亦仅与化州、通州之橘等也。（初十日）

晨起出门，购屈臣氏各药水。午后坐舆出西门北行，渡鉴江，上观山访[按，原稿误作仿]潘化遗迹，庭中仅有一井，云当日炼丹所凿，附会之说也。有阁三楹，正对鉴江，隔岸城庙内外，万瓦鳞次，大观也。江水浊如黄河，且浅可容篙，名之曰鉴，负此雅名矣。

燕山孙诗樵（枟）《馀墨偶谈》卷六：“余在京师日，某以宋椠《昌黎集》来售，末页有诗云：‘黄金散尽为收书，插架琳琅百不如。为望后来佳子弟，辛勤莫遣饱蟫鱼。’旁有‘子孙永保’、‘董氏珍藏’诸印。“

晚间茂名郑宗山大令（业崇，湖南人）招饮，同坐皆署中人，郑君并约乃弟岱云出陪，戌初归。（十一日）

晨起，检行李。午后出门一游即归。（十二日）

郎丈饮于观山，归，出示缅茄花叶，花排如芝藤，叶则圆如绣球花叶。云树大十围，阴甚茂也。

《欣赏录》卷一：“毛大可[按，原稿误作可大]太史遇高丽使，问其国中女子能诗果否，答曰：岂惟女子。曾见一妓洗妆漱脂于水，水带红色，令咏之，应声曰：疏雨秋兼漏月飞，回潮晚带斜阳落。岂非佳句？”（《高丽妓能诗》）

天明起程，出西门，十里瓜棚，四里登高，十里石鼓，十里中伙，十里那射，五里南盛，尖于黎家祠中。十里分界，十里汤水，十里大桥，十里过河至化州进城，宿儒学旁书院中。至西门李家橘园中一游，橘树甚多，橘方大如卵，破之中实无囊，甚香。赖家院即在儒学东，余则未往也。

《等慈寺碑》"考覈篆籀,遍详流略"二语可作楹帖。(十三日)

晨起,十里至都和,十里棠阴,十里龙山,十里绿竹,十里中伙,即明琉璃寺,又名小茶山,盖出茶叶为佳品,大官过此,可得其少许也,详见《岭南杂记》。十里至新安站午饭,见有浙东玉印生题壁,字甚佳,系襄校雷阳郡试回省,道经一宿,生不知何人也。十里至石城分界,十里至白藤,十里那良,二十里石城县,宿江氏试馆。(十四)

天明即起,十五里老鸦塘,十五里青阴,午饭。十里太平,十五里永平,十里水车,十五里遂溪县城。城在圹野之中,所宿试院不甚敞大。晚大雷雨。(十五)

天明即起,午饭,行十里白土,十里梧桐,十里中伙,茶尖。十五里石桥,十里司马,十里响水,十里城月,宿博文义塾。晚雷雨。今日所行皆山径,荦确殊甚。(十六日)

天明午饭,十里滨泮,十里净坡,十里下寮,十里平冈,十里牛轭曲,十里瑞珠,五里陆公泉,茶尖。十五里雷州府城,宿试院中。午后雷雨。终日所行皆平沙中。(十七日)

晨行十里,过南渡河,两岸皆沙滩,筑石路一条,潮退沙湿,滑不能立。十里至陈春,五里至南兴,尖。五里至高水,十里中伙,十里调亭,十里将军,十里平乐,十里淳化,十五里英利,宿,徐闻界。屋小而陋,猪圈、厕所并列,潮湿之气袭人,非寻常可比也。(十八日)

晨行十里,至南包,十里至遇贤,十里三笃,十里廉宾,五里下桥,尖。五里兰滩,十里中伙,十里二铺,十里头塘,十里徐闻县城,过城外,不入城。十里官涛,十里北关,五里海安,宿糖商会馆。屋宇颇宽敞,门外即临海,可望大洋焉。(十九日)

晨起,坐洋舢板,行五里至安澜,兵船不甚大,所置炮位十馀尊,大者可纳弹八十馀磅,皆前膛也。管驾皆中人,闻数年前尚有西人,今概辞退矣。船系从英国所购,制造已十九年矣。船主一游击,王姓,福建人,为船政局学生。帮带一把总,汪姓,顺德人也。午正开轮,风甚大而船不甚簸动。未正,闻有炮声,则后山口所泊法国兵轮所放，余船亦答放三炮。申初，已至琼口，坐中国帆船，行十里抵岸，风大浪涌，船侧远不如舢板之稳矣。上岸即坐轿，行十里，进琼州城。至试院，院屋尚宽敞，平排五间，众幕居焉。（二十日）

是日检行李。（二十一日）

是日未为一事。（二十二日）

晨起，得三月十八日第十四次慈训，并大哥书。晚阅生童古学卷百八十册，未毕。（二十三日）

晨起，续阅古卷，午后毕。

得菊常师[书]，知申丈身后书籍碑版尽散，颍井《兰亭》、《黄庭》二种已归屺怀，馀均不知所归，闻之鼻酸。

晚阅府学崖州生卷百五十册，未毕。（二十四日）

晨起，补阅昨卷，晚毕。写二十三次家书，又与吴楚侯、苏稼秋（诗）、叶师各书。续收定安、会同生卷百五十册，未阅。（二十五日）

晨起，补阅昨卷，至晚毕。发家书，交陈祜。

钦州七岗：一贴浪，二时罗，三思勒，四丫葛，五澌凛，六罗浮，七古森。岗主黄、禤二姓，山东青州人，从伏波征交阯，平贼有功，留守。（《钦州志》卷一）

广东刻书木皆苦榕，非梨梓也。

姜白石曰："笔得墨则瘦，得丹则肥，故书丹尤以瘦为奇，而圆熟美润常有馀，燥劲苍古常不足，朱使然也。"（《续书谱》）

"书寄岭头封不到"（白石词）。（二十六日）

晨起，未为一事。午后读《七十家赋》。晚灯阅文昌童卷三百五十册，未毕即睡。（二十七日）

晨起，补阅昨卷百册毕。接阅定安、崖州童卷三百馀册，未毕，睡。（二十八日）

晨起，补阅昨卷百五十册毕。寄二十四次家书，并与芝祥、桐尊、心渊书。（二十九日）

晨起，写黄桐叔先生《说文部首韵语》，盖以许书部首编作四言韵

文，可使小儿读之也，拟寄聪儿读之。晚阅儋州童卷三百四十册，未毕即睡。（三十日）

【光绪十三年丁亥闰四月】

晨起，补阅昨卷二百册，毕已申初矣。天已渐热，寒暑表升至八十八度。（闰月初一日）

晨起，饮食少进，觉身寒即睡。午时忽发大热，申初以寒暑表验之，升至百零四度，头疼胸闷并至。戌初以表验之，稍降至百零一度馀。郎丈饬印仆刘升来诊［按，原稿误作疹］，投以一剂，上半夜翻覆板床，腰胺俱痛，子正后觉身有汗，至辰初则大汗淋漓，始得安睡。巳初起床，以表察之，已降至九十八度矣。未正复察之，降至九十七度，与常人无异矣。幸哉！余自知此病为受寒而起，身热虽退，故腹疾尚未瘳也。昨系童正场，以此未分校。（初二、初三日）

晨起，又觉发热，腹疾依然，小便不通。以表验之，腋下升至九十九度，舌底百度。早起仅饮绿豆汤一茶杯，午后啜粥半瓮，至晓不甚觉饥，进以二鸡子（系半熟者，据西人医书云，最能消化，不坏脏腑）。总觉腹有水声，大便常亟而不畅，仍招刘仆来诊，云暑气未消，易一方。（初四）

“杨君谦致仕归家，读书支硎山南华寺。闻其奇籍，多方图致，手自抄录，尝题书橱云：吾家本市人，南濠居百年。自我始为士，家无一简编。辛勤一十载，购求心颇专。小者虽未备，大者亦略全。经史及子集，无非前古传。一一坚纸装，辛苦手自穿。当怒读则喜，当病读则痊。恃此用为命，纵横堆满前。当时作书者，非圣必大贤。岂待开卷看，抚弄亦欣然。奈何家人愚，心唯财货先。坠地不肯拾，坏烂无与怜。尽吾一生已，死不留一篇。朋友有读者，悉当相奉捐。胜过不肖子，持去将鬻钱。”（《欣赏录》卷八）

晨起，昨疾尽去，即觉腹饥，啜粥一盂。至郎丈处，招午饭，略坐即出。晚一饭一粥，小便稍通，大便渐止，精神胃气俱振如旧矣。昨

琼山童正场卷仍未阅。(初五日)

晨起,检《琼州郡志》、《琼山邑志》。《郡志·风俗》引《昌江笔略》云,民居小屋,其木俱系格木,质坚,重钉不可入,其纹细腻,爇之作沉檀香气,皆购自黎山。余见人以百泉购沉迷半斤许,爇之,香味甜静,志言非夸也。午后天热,寒暑表升至九十三度。(初六日)

晨起,未为一事。郎丈招午饭。午后阅优卷二十一册。晚仍至郎丈处谭。(初七日)

晨起,已午初矣。午后写上窸丈书。晚灯写上静师并式如兄书。(初八日)

丙戌孟秋,郎丈有《小星》之赋,谱此贺之,调寄《洞仙歌》:“喜语传来,桃叶桃根,春风暖吹。正海南琼树,荔支熟候,罗浮香梦,翠羽雏时。兰桨轻移,玉笙脆炙,好趁银河驾鹊期。快心事,有兰台史笔,替画双眉。从来佳话如斯记,如愿琳琅艳印脂(去春曾刻一印曰“如愿”,先生见而爱之,要去)。比唐宫俊语,常新风月,汉泉压佩,先兆佳儿。银蒜低垂,玉荷漏细,一树花围。万卷宜征兰梦,看明年今日,又和新词。”

晨起,未为一事。午后读赋。灯下阅儋州、感恩生卷二百八十馀册,未毕即睡。(初九日)

终日阅卷,至酉初毕。灯下读《梦玉词》。检箧,得《华岩寻梦图》,题词二阕,愁思满怀,情见乎词矣。(初十日)

沈归愚先生为紫阳院长,选王兰泉、王西庄、吴企晋、钱竹汀、赵升之、曹来殷、黄芳亭、令文莲七人诗,称为“吴中七子”,流传日本。大学头默真迦见而心折,附番舶上书于沈尚书,又每人各寄《相忆诗》一首。(《国朝汉学师承记》王述庵传)

晨起写篆一页。午后睡。灯下阅文昌童卷二百九十五册,子正毕。(十一日)

“居士无尘堪洗沐,道人有句借宣扬。”坡公《戏赠虔州慈云寺鉴老》。(《详注》卷四十五)

“工献纳者，虽敏非才；昧是非者，虽廉实蠹。”徐中丞（士林）对纯皇帝语。徐，山东文登人。（《啸亭杂录》卷七）

“傅察太史昌龄，傅阁峰尚书子，性耽书史，筑谦益堂，丹铅万卷，锦轴牙签，为一时之盛。通志堂藏书虽多，精粹蔑如也。今日其家式微，其遗书多为余所购，如宋末江湖诸集，多公自手抄者，亦想见其风雅也。”（《啸亭杂录》卷四）

以瘦软为仁慈，以玩愒为风雅，徒博宽大之名，以行狗庇之实。

刘石庵书朴而少姿，王梦楼艳而无骨。翁覃谿抚摹三唐，面目仅存；汪时斋谨守家风，典型犹在。

鲍双五侍郎（桂星）自叙《中州试牍》云：“士子弇陋不已，必至有怀挟代倩之弊，而国法随之矣。”

蟒袍袖间用熨炙如线，满名为赫特赫。（《啸亭续录》卷三）

终日未为一事，略写字数页而已。（十二日）

终日仍未为一事，可愧。灯下阅儋州、崖州童卷三百十五册，子正毕。（十三日）

天气大热，午后寒暑表升至九十二度。忽大雷雨，始凉快焉。日来诸事皆懒于操作，应为之事甚多，皆搁置不理。因循二字，误人实甚。忆“为人戒有暇日”语，不觉愧悚万分矣。

终日仍未为一事。（十四日）

终日瞢瞢，灯下阅临高、昌化童卷三百六十册，未毕即睡。（十五日）

晨起，补阅昨卷，至晚毕。酉刻得四月廿七日第十五次慈训，并大哥、桐尊、篴舅、伯伟、外祖母、冠英等书，又叶师书。（十六日）

左文襄奏定艺局章程单内，子弟学成监造者，即令作监工，其薪水照外国监工、辛工银数发给。近来闽省厂制造均系出洋学成回华学生，核其所给薪水，合原薪加给两项，尚不及当日洋员薪水之半。（十三年四月十三日福建船政大臣裴荫森奏片语）

希麟《续一切经音义》引《抱朴子》曰：“虵类甚多，唯蚖虵中人最急,以刀割其所螫处肉弃于地,肉自沸,似火炙,须臾焦尽,人方得活也。”

晨起,辑《苍颉》、《声类》。灯下阅琼山、定安童卷三百五十册,子正毕。(十七日)

晨起,辑《苍颉》、《声类》,《一切经音义》百卷毕,《续音义》十卷亦毕。午后取李善注《文选》补辑,毕十卷。

郎丈出示大伽楠一块,重八十馀两,直白金三百五十,香味甜静,珍品也。(十八日)

日本公司船系明轮,自上海至横滨,上舱每人洋五十五元,下舱每人洋二十元。中舱饭厅,辰正早餐,午正中餐,酉正晚餐,每餐先二刻鸣锣一次,届时再鸣。食时每棹置菜单一纸,听客自点,惟酒则另沽。下舱无房,不独役使无人,即盥面亦无热水,每日三餐用方广八寸、深一寸之木盒盛饭匕许。当日早七点钟开船,出吴淞口,次日戌刻抵长崎停轮。长崎有招商分局,局事托广裕隆代办。有正觉寺在山顶(即大音寺)。距长崎数十里有徐家邨,即徐福故址。越日由长崎越长门入里海,水波不兴。未初抵鹿耳岛停轮,即有该岛监税来舟。岛系萨摩辖地,各国通商只以小舟载货拨入轮船,无论何国人皆不得登岸。是日下午开行后,翌日申正经明石岛,有暗礁,有炮台因山为险。酉初抵神户,雇舟登岸,宿何仰云处,亦办理招商分局者也。神户口又名茅港海口,大阪距神户七十里,有火车,四刻即至,设知府一,旱道可通西京。街如棋盘。河水发源于西京,到此分派数十小河,铁木桥八百馀。上下火车处均有洁净大房,为坐客憩止之所。在神户停两日,酉初开轮,东驶两日,抵横滨,有品川五炮台,司关者倾箱倒箧,查点綦严。托办招分局罗朗卿。横滨至东京仅七十里,有火车可通,距京数里许即停轮,换马车历游城市,至上野。东京即武藏府之江户城,旧为将军府第。有浅草寺,极宏畅,距寺里许即须下车。又东照寺,在山巅。(以上节王爵棠《东游日记》。由吴淞至长崎二千里,由长崎至神户二千里,由神户至横滨二千七百里)

晨起，集《文选》，读十卷。午后见王爵棠观察（之春）《椒生随笔》，杂纪各事，间有一二可取者。又《谈瀛录》，专记游历日本事，上二卷为《东游日记》，是碻凿可取者，惟渠于彼国地理、语言、文事皆未通晓，多影响之谈；卷三则《东洋琐记》，大半皆抄袭黄公度《日本杂事诗注》，一字不易，盖当日撰记时黄诗尚未刊行，故据为秘本也；附《中国连日本图》及《日本图》，皆极粗陋，《日本图》尤为彼国寻常妇人女子皆可示诸掌者，更可哂也。首有彭雪琴宫保一序，极推重之，谓即防日以防俄之秘钥，亦服日以服俄之韬钤，其然岂其然乎？

椒生《日本竹枝词》有曰："小事代步快如梭，健仆无衣尽力拖。若要中途行缓缓，须操倭语叫唆啰。"（十九日）

晨起，未为一事。午后辑《苍颉》。灯下作第二十五次家书。（二十日）

晨起，未为一事。午后，郎丈招谭，许定于此间航海归里，乐何如之。（二十一日）

晨起，未为一事。午后写信。（二十二日）

晨起，未为一事。午后写信。灯下发第二十四次禀，并与大哥、稼秋、心渊、愙斋、芝生、羊师、叶师、平书各书。天热，寒暑表至九十五度，晚降至八十八度。（二十三日）

三日中仅书字数页。天热，挥汗不止，寒暑表至升至九十九度。今日得尹竹年山左来书，系三月十五日所发，九千里外递寄而来，索篆渠所撰《汉隶辨体》四卷开叶。（二十四、二十五、二十六日）

晨起写字。午后读《文选注》，补辑《苍颉》、《声类》，六十卷毕。晚得潘照年丈书，欲求《宁宝碑》，又云禾中家藏师银鼎，欲求售，直千二百金。以四元购伽楠十八子一串。（二十七日）

晨起至晚，未为一事。荒业至此，无以加矣。（二十八日）

写《文选》诗，竟日仅得数纸，字又瘦茶。午后天热。灯下眼昏，皆成坐废，实皆懒之一字误之也。（二十九日）

《管子》，《隋志》入法家，《汉志》入道家。

笘誃日记第九册

［按，此册所记皆湖南考生档案，事在光绪二十年江标任湖南学政之后，不应为第九册］

姓名(字，行)，年，岁，府，县，生，曾祖，祖，父某，住，小地名

丁可钧，字石璩，行一，年三十四岁，辰州府沅陵县优廪生。曾祖思谟，祖梦风，父月甲。住蓝溪甘溪山，现居城内尤家巷。工篆，能刻印，通金石学，工绝句诗。

向学耿，字孟介，行一，年三十二岁，辰州府学增生，溆浦县民籍。曾祖予钧，祖先濬，父师棣。住麻阳水，离城十二里。字稳，科举之学，人朴厚，名父之子。

张仲铨，年二十七岁，优廪。

蔡霖炜，年二十三岁，优廪。

舒兆熊，年四十二岁，优廪。

冯士杰，字肖垞，行一，年二十七岁，沅陵县学优廪生，民籍。曾祖凌凰，祖云兴，父锡仁。住一都柳林汊。字宜大卷。

许显鋹，年三十三岁，优廪。

李玉如，年二十四岁，优廪。

张桂墀，年三十七岁，优廪。

张述先，字作莽，行一，年三十一岁，辰谿县学优廪生，民籍。曾祖明听，祖良范，父际昶。住城对河花塘坪。字平正，人甚朴实。

孙家瑗，年二十五岁，优附生。

余善祥，年二十二岁，优附生。

廖名缙，字笏棠，行一，年二十八岁，泸溪县学优廪生，民籍。曾

祖显勋，祖荣禄，父华菁。世居浦市。在两湖，工词章。

王承文，年二十二岁，优廪。

杨再奇，字西伯，行二，年二十四岁，乾州直隶厅学附生，民籍。曾祖昌泗，祖胜杰，父秀观。住城内新街。乾州地僻，读书者少，此仅应数而已。

杨心丹，二十三岁，附生。

舒和钧，字子彝，行一，年十五岁，溆浦县学优附生，民籍。曾祖永尚，祖长勋，父培祚。住颜家衕。年少而通经，读书不陋。

陈棠，年三十七岁，优廪。

邹士桢，年二十七岁，优廪。

舒立琪，年三十八岁，优廪。

张树森，字桂林，行一，年三十岁，龙山府学优廪生，民籍。曾祖静虚，祖邦彦，父儒刚。住里耶镇。工稳。

向道埏，年三十六岁，优增生。

李同华，年二十七岁，附生。

许炳元，字介眉，行一，年二十七岁，永顺府学优附生，民籍。曾祖上达，祖光治，父扬辉。住古丈坪厅城内。讲求时务，有志之士。

田毓庚，字熙轩，行二，年三十一岁，永顺县学优廪生，民籍。曾祖广禄，祖锡朋，父继昇。住本城内。此学无佳材，字尤劣，田生能小赋，工八股。

黎文蔚，年三十一岁，附生。

袁仲谦，字吉六，行二，年二十八岁，保靖县学优廪生，民籍。曾祖国治，祖征纲，父家绩。住六都福禄寨。工词章、绝句诗。

杨文谦，年二十八岁，优廪生。

饶橿龄，字麓樵，行四，年二十八岁，龙山县学优廪生。曾祖尚芳，祖建康，父维煜。住正南坝。渊雅。

陈元章，年二十五岁，优附生。

吴德懋，字勉斋，行一，年四十二岁，桑植县优廪生。曾祖上才，祖朝玫，父贤招。住枫香坪。工八股。

陈友益，年二十六岁，优增。

张称达，字季旷，行五，年二十五岁，永绥厅学附生，民籍。曾祖朝宏，祖拔儒，父家乐。住保靖九都清水江。字工，通史学。

张梅本，年二十九岁，优附生。

张学济，字容川，行四，年二十一岁，沅州府学优廪生，芷江县民籍。曾祖日蔚，祖长植，父振清。住北乡，离城三十里。苦学之士。

龙光甲，字鼎丞，行一，年二十二岁，沅州府学优附生，芷江县民籍。曾祖邦英，祖家松，父宝森。住本城内迎恩坊。肯用功，字颇工，美秀而文。

路心谦，年二十五岁，优廪生。

杨澧，年二十二岁，优廪。

杨国祥，年三十四岁。

张芸，年四十一岁，廪生。

李永瀚，字汇泉，行二，年三十三岁，沅州府芷江县学优廪生，民籍。曾祖荣，祖大祥，父实华。住西乡，离城八里。沉潜。

张伯良，年十八岁，优廪。

邓序乾，年三十岁，廪生。

杨世炳，年三十五岁，优廪。

黄忠夔，字理斋，行二，年三十岁，沅州府黔阳县学优廪生，民籍。曾祖光熙，祖大章，父作雯。住西乡，离城二十里。字工，学不陋。

黄忠绩，年二十七岁，优增。

廖正寅，年三十三岁，优廪。

黄忠基，年三十四岁，廪生。

任时琳，字子珍，行二，年十八岁，沅州府麻阳县学优附生，民籍。曾祖天佑，祖心安，父顺景。住坳甕，约离城十八里。少年好学，美秀而文。

李树贤，年十七岁，优附。

陈肇域，年三十八岁，优增。

刘可珍，字伯儒，行一，年二十四岁，凤凰厅学附生。曾祖宏廷，祖大隆，父士扬。住厅城西文星街。通经，治公羊。

熊焕湘，年二十三岁，优附。

舒润，字泽卿，行一，年十九岁，晃州厅学廪生。曾祖政仁，祖康泰，父秉榆。住西乡，离城三十里。少年有志之士，能语言。

钱幹源，字枏荃，行一，年三十五岁，靖州学廪生。曾祖大谟，祖铠，父柄福，本生父松福。住省城东长街。小楷极工，亦知经学。

申开科，年三十二岁，廪。

刘来献，字仲琛，行二，年三十四岁，靖州绥宁县学廪生。曾祖华山，祖富庭，父贵谨，住东乡，离城一百四十里。

梁之珍，字聘吾，行二，年二十九岁，靖州会同县附生。曾祖钧畅，祖正楷，父宗烈。住上坊村，离城四十里。看书略有门径，字劣。

杨本泽，年三十八岁，廪。

吴家兴，字让泉，行壹，年叁拾壹岁，靖州通道县廪生。曾祖大燦，祖启璜，父昌国。住靖州南门外较场头。

胡元倓，字子靖，年二十二岁，湘潭县学优廪生。曾祖廷弼，祖湘，父同寿。住织机巷廉福堂。经学专家，字亦工。

黎丹，年二十四岁，优附。

郭彬，年二十三岁，优附。

吴宗让，字季泽，年二十六岁，湘阴县学优廪生。曾祖世柱，祖之焕，父光尧。住落星田绮里堂。知经。

李辅焌，年二十九岁，优增生。

皮嘉祐，字吉人，一字汲仁，一字仲吉，年二十三岁，善化县学优廪生。曾祖存源，祖树棠，父锡瑞。住南正街。知经。

龚福焘，年二十四岁，优附。

王景峩，字伯璋，年三十一岁，益阳县学优廪生。曾祖大经，祖尔梅，父德基。住本县厢外里。词章、经学兼而有之，行文不杂。

毕永年，字松琥，年二十六岁，长府学优增生，善化民籍。曾祖大镗，祖荣湘，父昌颐。住省城浏阳门正堂。掌故、词章以聪明胜人。

杨毓麟，字笃生，年二十五岁，长沙县学优廪生。曾祖象元，祖宏毅，父迺赓。住尊阳都，离城一百二十里，地名高桥。经史皆有根柢，字学赵。

徐崇立，年二十二岁，优廪。

梁赓陶，年二十二岁，优廪。

胡子清，字少潜，行一，年二十五岁，湘乡县学优廪生。曾祖嘉泰，祖应名，父聚奎（现住理问街杨宫太保第），住县城西十里二坊泉塘。略知读书，气度不大从容。

陈道亨，年二十三岁，优附。

钱维骥，字硕人，年二十六岁，宁乡县优廪生。曾祖熙，祖堑，父光琢。住善化七都马龙江。

邹寿熙，字子俊，年二十九岁，长沙府学优廪生。曾祖立爱，祖而茂，父紫垣。住城南书院。科举之学无一不入彀，必得馆选。

谭延闿，年十六岁，府学优廪，组安。

张缉光，年二十三岁，优廪。

郭立山，年三十三岁。

文德龙，字静岩，年三十一岁，长沙府攸县学廪生。曾祖舒宏，祖以礼，父植琪。住东乡沙陵陂。字工。

余德沅，年二十九岁，优廪。

刘国英，字汉岑，长沙府醴陵县廪生，年三十六岁。曾祖宗浣，祖昌藻，父兆藜。住北乡山烟境。

唐才常，字钹丞，年二十八岁，长沙府浏阳附生。曾祖兴诗，祖扬鸿，父贤畴。住浏阳县城。掌故专门，人亦有血性。

刘善涵，年二十五岁，优廪。

梁镜寰，字竹笙，年二十六岁，长沙府安化廪生。曾祖腾光，祖泛舟，父云程。住长安乡蓝田。

梁毓莹，年二十六岁，优附生。

谭继祖，字彦宾。

苏舆，字厚康，年二十岁，岳州府学，平江县民籍。曾祖渔，祖词华，父海。住平江北乡，离城二十里，小地名烟舟。通史，精校勘，词章、考据皆有门径，字亦好。

熊焜，年二十八岁，廪。

傅鸾翔，年三十岁，廪。

曹文郅，年二十八岁，廪。

李群镐，年二十七岁，廪。

李定勋，字伯熏，年二十二岁，岳州府学巴陵廪生。曾祖海门，祖玉堂，父寿珊。住府城内。人极闲雅，经学亦有门径。

王第祺，号涵初，年二十七岁，岳州府巴陵县学廪生。曾祖应平，祖在田，父皋。住巴陵东乡，离城九十里，小地名甘田。词章、考据兼而有之。

龙铨甲，年二十七岁，廪。

周士鸿，号南宾，年二十四岁，岳州府平江县学附生。曾祖堂，祖光镛，父炳。住南乡讬莲下段。

喻万青，年二十八岁，优廪生。

算学。叶劲青。

吴鸿景，号筱祁，年二十六岁，岳州府临湘优廪生。曾祖泰来，祖芝圃，父獬。住西井里。通小学，能篆。

段修钰，号子珊，年二十五岁，岳州府华容县学优廪生。曾祖相铭，祖光烈，父元经。住保南院。

杨良翘，号舒民，年二十五岁，澧州永定县学廪生。曾祖正明，祖继祥，父惠南。住西乡十四都。

侯昌鉴，年三十五岁，廪生。

李执中，号懋吾，年三十五岁，澧州石门县学优廪生。曾祖仕洪，祖学业，父宗儒。住中乡兰溪。词章通达，用意极深刻。

贾斐章，年三十岁，优廪。

周传德，号宣三，年三十三岁，澧州学优廪生。曾祖世勋，祖宗之，父炳著。住西乡周陂堰。掌故通达，亦工词赋。

晏开甲，年三十一岁，优廪。

吴泽鋆，年三十六岁，优廪。

张葆贤，号筱峰，年四十二岁，澧州安乡学优廪生。曾祖诞先，祖开泰，父希川。住北乡焦圻。老宿，专知科举之学者。

樊虎文，年三十八岁，优廪生。

［浮签］：湘潭县学附生唐鑫，求咨送两湖书院肄业。湘潭县学附生黄笃衡，求咨送两湖书院肄业。

唐启虞，号宥在，年二十五岁，澧州慈利学廪生。曾祖贤训，祖维均，父世艾。住邑二十五都龙卧泉。舆地极有门径。

王埥道，年三十三岁，附。

蒋保康，号寿民，年二十五岁，澧州安福学附生。曾祖明熙，祖征宪，父定诏。住邑北关外。文字平正。

汪先弼，年四十岁，优廪。

易顺豫，字由甫，年三十一岁，常德府学廪生，龙阳县民籍。世居小南门。曾祖正元，祖天成，父佩绅。

吴友炎，字焱初，年二十四岁，常德府学优廪生，武陵县民籍。住城兴街口内。曾祖占全，祖本仁，父孝龄。

钱昌楷，年三十五岁，优廪。

陈益濬，年三十四岁，优廪。

裴健，字止钦，年三十岁，武陵县学廪生。曾祖国杰，祖文质，父定梅。居城雷祖殿。

何来保，年二十四岁，优廪。

沈邦和，年二十七岁，优廪。

谢家梓，字子琴，年三十七岁，沅江县学廪生。曾祖志作，祖月珧，父传笠。住沅江县城二甲。

李致桢，字鉴澂，年贰拾柒岁，龙阳县学廪生。曾祖中权，祖允钿，父恭渥。居常德府城青阳阁。掌故通达。

罗华章，年二十五岁，廪生。

徐雨泉，字砚芷，年三十二岁，桃源县学廪生。曾祖宗典，祖万盛，父大德。住桃源县北乡九溪。

于盘，年三十七岁，优廪。

姚炳奎，字平吾，年四十四岁，宝庆府学廪生。曾祖振升，祖汝视，父德林。住邵阳县东乡甘棠里。史、舆地之学。

石秉钧，字松舫，年二十六岁，宝庆府学优廪生。曾祖献钰，祖文之，父玉瑜。住邵阳县东乡田里村。

尹湘琳，年二十三岁，优廪。

晏孝儒，年二十七岁。

石兆祥，年二十五岁。

唐叔成，年三十岁。

栗培钧，年二十九岁，均优廪生。

樊锥，字春徐，年二十四岁，邵阳县学优廪生。曾祖世福，祖明发，父德全。住邵阳东乡渔溪。力索苦思，专心求异，惜尚有土气。

李承巽，年二十八岁，优附生。

姚联奎，年二十七岁，优廪生。

曾毓骧，年三十二岁，优廪生。

王天保，字定雅，年二十二岁，城步县学优廪生。曾祖佺，祖文纯，父治成。住城步八都隘头。

陈习谟，字典臣，年二十五岁，新宁县学廪生。曾祖希泮，生曾祖希清，祖楚望，父绍棠。住新宁东门城外。

李钟奇，字荩臣，年二十三岁，武冈州学廪生。曾祖世珍，祖运甲，父昌盛。住高沙市。史学。

张存诰，年四十岁。

李固松，字吕伯，年三十七岁，新化县学附生。曾祖盛荣，祖有来，父信芳。住北溪市。精算学。

田稷开，年二十九岁，优廪生。

邹代藩，年三十五岁，附生。

乐起元，字子麓，年三十三岁，新田县学廪生。曾祖光韬，祖德让，父凤梧。住潭溪坊。

杨宗恕，字心如，年三十七岁，宁远县学优廪生。曾祖之泗，祖象绳，父世暹。住平田郝。

杨九衡，年三十一岁，廪。

姜岳崧，年三十七岁，优廪。

周晋墀，号幼卿，年二十八岁，东安县学优廪生。曾祖扬烈，祖家俊，父有声。住仁智乡。

邓秀林，号灵根，年二十八岁，零陵县学优廪生。曾祖德裕，祖正阶，父学璋。住辛乐洞。

刘荣选，年三十四岁。

胡喆，年三十六岁。

文伊，字荫青，年三十岁，永州府学优廪生，新田民籍。曾祖锦绣，祖光喜，父运昌。住县城西门。

蒋熙瑞，号荃青，年三十四岁，永州府学优廪生，零陵民籍。曾祖科泰，祖承安，父名世。住城西乡。

吕云，年二十七岁。

曾沛然，年三十一岁。

陈书，年三十三岁。

刘藩，字元牧，号莘畦，年三十八岁，祁阳县学优廪生，民籍。曾祖耀藻，祖成沛，父景瑄。住城北乡。通经史，知掌故。

柏锡畴，年二十六岁，优廪。

算学：周芝范，陈元季，陈易，康致祥，陈勿，刘霆翰，蒋文翰。

洪艺昇，号晴舫，年二十六岁，道州学优廪生，民籍。曾祖廷揆，祖宸耀，父燊。住在城南水南坊。

何国琦,年二十岁。

周元洎,字助楼,年二十六岁,永明县学优廪生,民籍。曾祖世缵,祖昺奎,父铣诒。住长沙东乡。

莫智临,年二十八岁。

王汉祥,号柏堂,年二十六岁,江华县优廪生,民籍。曾祖达敷,祖燦羡,父德权。住永城内。

李鑫鍈,号砥卿,年二十八岁,桂阳州优廪生,民籍。曾祖先玿,祖蟠月,父东来。住城南门外。通经。

何岳立,年四十二岁。

胡彪炳,年三十一岁。

陈兆奎,年十七岁。

刘暎黎,年三十岁。

邝书华,号牒青,年三十三岁,临武县优廪生,民籍。曾祖祥增,祖凝文,父诗光。住城南榜山村。

李属春,年四十三岁。

钟才著,号子雍,年三十三岁,蓝山县优廪生,民籍。曾祖立伟,祖炳,父汝霖。住南城外高阳里。

陈运昇,年四十一岁。

萧覃荫,号蘅石,年三十六岁,嘉禾县廪生,民籍。曾祖尧宙,祖人杰,父禹牧。住南乡小街田。词章。

雷森,年二十一岁。

罗树屏,年二十一岁。

何盛林,号翰廷,年二十六岁,郴州直隶州优廪生。曾祖班吉,祖希轮,父恕曾。住南城外骆仙铺。史、舆地之学皆通。

陈为镒,年三十四岁。

黄兆鸿,年三十九岁。

何树荧,年二十一岁。

李载赓,号虞陔,年三十六岁,郴州永兴县民籍。曾祖廉士,祖玉山，父泽时。住金陵乡高堂。

曹梦弼，号筑岩，年二十八岁，郴州桂阳县民籍。曾祖孔泰，祖际昌，父正荣。住南乡井坡圩。

周润标，号栋云，年三十六岁，桂东县优廪生，民籍。曾祖之桢，祖有连，父光桂。住草堂观前。

黄文炜，年二十八岁，号芷岩，郴州宜章县优廪生，民籍。曾祖有节，祖炳烈，父飏廷。住中乡石虎山。能诗。

程子楷，号嵩生，年二十三岁，郴州兴宁县优附生，民籍。曾祖有圭，祖庆恩，父世沄。住西乡石鼓洞。工书。

袁汝燿，年二十一岁。

丁奎联，号星五，年二十三岁，清泉县优廪生，民籍。曾祖世鑅，祖善庆，父骅。住省城。词章、科举之学。

胡传椁，号仁彷，年二十六岁，衡阳县优廪生，民籍。曾祖训庄，祖生桂，父镇西。住西乡临川寺。史学。

萧鲤祥，年二十六岁，廪生。

魏业簃，年三十二岁，优廪生。

廖昺文，号倬父，年三十三岁，清泉县优廪生，民籍。曾祖汉钦，祖德明，父巨川。住东乡新城街。知经。

王克家，年十九岁，优廪生。

魏诗铨，年二十岁，优廪生。

杨栻，年二十六岁，优廪生。清泉县学优廪生。

唐炳元，号健程，年三十岁，衡山县学优廪生，民籍。曾祖国仲，祖诗和，父书音。住宗字石地坊。

欧阳谦，年三十岁，衡山县学优廪生。

谢鸿儒，号海六，年二十七岁，耒阳县学优廪生，民籍。曾祖西京，祖振楚，父高朋。住东乡盐沙馆。通公羊之学，湘绮门人。

张伯厚，号壎初，年二十七岁，常宁县学优廪生，屯籍。曾祖世鹏，祖泽大，父昆源。知经，《易》义有成书，未必专守汉儒。

何联甲，号铭丞，年三十二岁，安仁县学优廪生，民籍。曾祖映超，祖金奎，父庆义。住浦阳鹏阁。

李芝，号茹仙，年二十四岁，酃县学优增生，民籍。曾祖辉素，祖日正，父成春。住城南水口石阁头。

[浮签]：梁亨泮，愿调沅水校经肄业。梁亨振，愿调沅水校经肄业。

[浮签]：辕下巡捕：邓启鸿，号宇钧。何钟祺，号小云。曹本诚，号明初。蒋廷珍，号鹤巢。

刘煦仁，字仕怀，长沙县民籍，府学附生。住草潮门外河街刘太乙堂。

丁谦，字荇泉，长沙县民籍，府学附生。住草潮门正街白芙堂。

刘觐龙。

陈为镛，字少山，郴州直隶州学增生。

王宗潮，号海瑚，行三，年十八岁，南州直隶厅人。曾祖庆祥，祖良弼，父世晃。离长沙城六十里。

刘焕辰，号先端，行三，年十六岁，衡州衡阳人。曾祖乾斋，祖惟贤，父月轻。住长乐西乡，离衡阳城百二十里。

沅水校经堂调取姓名：

芷江正额：杨世炳，田梓材，李永瀛，邱永琛，萧启宗，胥大诚。

备取：张步云，唐文鳌，刘大华，向先高，邓序乾，■实先。

黔阳正额：黄忠基，黄忠球，潘霈年，向礼征，黄本英，黄忠绩。

备取：唐赞揆，杨春栋，向元济，黄忠铭，危道晋，向同龢。

麻阳正取：孙家勋，陈肇域，田逢道，滕兴仁。

备取：滕树春，龙植三，潘润身，陈开铭。

凤　正：关鸿藻。备：贺定铭。

晃　正：杨士辉。备：姚炳麟。

靖　正：赵德峻，杨本绍，周厚杰，黄承平。

备：何光澜，林懋森，林达顺，梁之玑。

［按，此页天头又有：杨澧，张伯良，李树贤］

邓光坚，年十四岁，号石荪。曾祖佩云，祖长广，父炼莹。住衡山城南。

邓其鉴，芷江，词。萧启宗，芷江，词，字好。胥大诚，芷江，词。朱茂云，凤皇，词。贺定铭，凤皇，经。姚炳麟，晃州，史（取一等，廿四岁）。吴舜卿，晃州，史（取一等，卅八）。孙家勋，麻阳，史（二十一岁）。田达道，麻阳，词（新进，二十馀）。杨春栋，黔阳，掌故。危道晋，黔阳，经（新进）。向同龢，黔阳，经（新）。黄忠铭，黔阳，词。黄本英，黔阳，史（新）。邱永琛，芷江，经。邱绩臣，芷江，经（字好）。龙子俊，芷江，史。

桂阳谭麦，陈兆奎，曹以忠，愿赴校经。

黄义正，号子宜，十四岁。曾祖性大，祖炳文，父由翰。住上村。

黄绶，号印皞，十五岁。

黄馥，号麟皞，十三岁，郴州童生，民籍。曾祖德陶，祖仲骐，父树藩。住长冲。

李华滨，号幼藻，行二，年三十岁，永顺县附生，民籍。曾祖茂春，祖锦香，父正传。住内龙保。

周性明，号德庵，行一，二十四岁，永顺县附生，民籍。曾祖光照，祖化南，父倬汉。住内塔卧保。

滕树春，号少舲，行一，十二岁，麻阳县附生，民籍。曾祖国富，祖嗣金，父兴周。住高村堡。

刘映芙，号季馀，十三岁，桂阳州附生，民籍。曾祖承恪，祖澍覃，父润远。住大北关。

笘誃日记第十册光绪十三年七月一日始

丁亥七月一日始，戊子三月晦日止

【光绪十三年丁亥七月】

自六月二十三日抵里门后，直至今日，未记一事，疏懒至此，实深自愧。

竟日未为一事，惟略检书籍。午后候介石，至玉楼茗饮，偕祝心渊归。（十一日）

晨起，辑《声类》，写扇一。午后至混堂巷见何珊枝先生及外姑，偕珊丈至玉楼春茗饮。见陶仁伯、陆廉夫、潘磊庵、王菊初、顾阶平、纫秋主人，上灯归。沈秉之来约月望游虎阜。

见蒋肖鳍藏古金拓本册，高一尺馀，多张叔未、徐紫珊题语；沈石田诗稿手迹册四，旧藏吾郡缪氏，希世珍也。（十二日）

晨起，集《声类》。午后，月声、叔邕、查翼夫来。薄暮至玉楼春见二哥，上灯归。寄稼老书并橘红二十页。得若兄书，言粤行恐作罢论，篴舅患痢，自子至午百馀次，高年何以堪此。（十三日）

晨起，未为一事。午后漱经来，至玉楼春茗饮，毕，同船至员峤，约宿予斋中。（十四日）

晨起，天微雨，同漱经坐船出城至虎阜，泊普济桥下。画船箫鼓，络绎往来。适沈秉之坐画舫来，邀过船，辞之。少停，以一小艇促余去，不得已，辞漱经而往。同坐皆不知姓名，惟陶仁伯犹旧识者。侍酒者二人，一为汪墨琴，一为某琴仙。船主则朱双贵。上灯后至四摆渡，余饮未及半，犒以二番饼，同仁伯归，已子初矣。（十五）

晨起，未为一事。叔彦来作竟日谭，渊然湛然，令人气静，历述其

初读书不知门径且无书籍之苦，又云数年来读《仪礼注疏》三，校胡氏《仪礼正义》二，读《诗疏》二，可谓勇矣。（十六）

晨起，未为一事。薇阁招游虎阜，偕心渊、桐尊，叔鹏适来，亦同往焉，子初归。余偕心渊至剑池，见近为一伧夫凿平石壁，大书题名，字既恶劣，诗尤荒率，污此山灵矣。（十七日）

晨起，辑《声类》。午后出门，至二兄处，同至玉楼春，见纫秋、胡孟鲁，晚归。得芝汀书，并贻牙章一。（十八日）

晨起，纫秋来，小谭即去。辑《声类》。午后，汪信甫来谭。同桐尊出门，至玉楼春见孔庚侯，得梦盦书。见菊初、芝祥、肖石，同心渊归。灯下录《一切经音义》《声类》条毕。（十九日）

晨起，拟以《经典释文》辑《声类》，读《易》、《书》毕。午后，同心渊出门至玉楼春茗饮，晚归。得稼老书并吉金图，余亦寄稼老书，适彼此未值也。

晨起，赴叔朋约，游虎阜。见潘瘦羊（钟瑞）、石君秀（方涑）、何寿朋（元善），至吉公祠茗饮。瘦羊云荛圃尚有玄孙住昭明巷，即其老屋，又云荛圃自员峤巷出屋迁居察院巷，即开滂喜园书坊于门前。晚灯归。（二十一日）

竟日未为一事。（二十二日）

竟日未为一事。薄暮至叔鹏家，见洞庭张栻手抄《松月江风集》十二卷，有荛翁跋；景宋钞《白氏讽谏》；纂图互注本扬子《法言》；见明拓《孔羡碑》，张殷斋藏。得稼秋书，兼寄照相干片法。（二十三日）

晨起，候蒋肖鳍，出示照相器具，不大精妙。见元十卷本《礼记集说》，为毛汲古藏，有“元本”、“甲”字诸印；残宋元《通典》，半页十五行，行二十五六字不等，有“香修”小印，又“元照之印”，又“张秋月字香修”，又“字幼怜”朱文印；明嘉靖郑氏刻《博古图录》半本，尚精，有陈仲鱼跋，极称之，出以二十金购得。（二十四日）［按，此条天头曰：或书“撛”作“怜”，因未见刻印之讹。墒系“怜”字。］

竟日未为一事。（二十五日）

晨起，未为一事。午后偕心渊出门，至玉楼春。（二十六日）

“汪狂而钱倨，更有洪君奇。”（孙渊如《中州送邵晋涵入都》诗，《澄清堂稿》卷上）

数日未为一事，亦未记日事也。（二十七日至二十九日）

【光绪十三年丁亥八月】

晨起，寄平书函，并郎丈、鞠师、同幕各函。（八月初一日）

天雨竟日，未出门，亦未为一事。仅作摺一页，用新得九子墨，颇黑润也。（初二日）

日来米盐之事甚于书籍，应试之事胜于诵读，即日记亦未暇为之，数日来仅作楷数页、上窸斋丈书暨上郎丈、叶师书（经幢二，交沈福）。（初三日至初十日）

晨起作楷。午后至吉由巷见蒋肖鳍，知查亭在沪小病未归，取渠干片照相器照一人相，未清，系干片已坏之故。（十一日）

晨起作楷。午后出门一游即归。（十二日）

晨起，何梅生来，招游刘园，同船为张杏田、樊少卿。何梅生又请惠思侨司马（荣，正黄旗汉军，丁丑进士），因病未来。至二鼓归。（十三日）

竟日未出门，晚至玉楼春茗饮。（十四日）

晨起，潘瘦羊来谭，许久始去。午初出门，候王菊初，即午饭。见章式之（钰，工词赋），同至怡园，见西蠡，谭久始别。又见沈旭初、陈谷生（为松泉大令子）。（十五日）

晨起，阶平来谭，顾莲士来谭。午后作楷，磨墨。薄暮出门，至绿润堂书坊，见张子行《说文楬原》，略同陈氏《说文提要》，惟渠以点画多少分前后，易检耳。有《说文续字汇》者，取钮氏《新附考》、雷氏《外编》合刊之，另编一目，如《康熙字典》序次。（十六）

晨起，王菊初、蒋漱云来，同至试院前，余同漱云往胥门，余至富郎中巷外家，漱云则径进藩署矣。饭后候谢序宾，小谭即归。晚间写

扇头一，作楷半页，读《篆香室赋》。（十七日）

晨起，母氏至荡口外家，晚得篴秋舅氏噩耗，怆痛无已。念余外家诸舅中，独篴舅最奇爱余，教诲备至。自癸未，余赴鄂、赴山左、赴粤东，迄今五载，每隔一二日必通翰牍，每呈一艺必为叹赏，知己之感令人腹痛。自弱岁为老辈所称者，秀水杨利叔（象济）、无锡秦澹如（缃业）两先生已先去世，今舅氏又为之继，自计年将及壮，学业不成，临颖怆然，不禁泪涔涔下矣。（十八日）

晨起，未为一事。（十九）

晨起，作正谊试院课卷。（二十）

续作课卷，晚毕。王薇阁来招晚餐并留下榻。（二十一日）

晨起，未为一事。午后同薇阁、心渊至刘园，见王菊初、王叔昭，同归，薇阁径归香溪矣。（二十二日）

晨起，未为一事。午后写篆屏四。出门见菊初、康侯诸君于玉楼春。灯下撰挽篴舅联云："甥生廿八年，学竟何成，幸一艺一能皆出舅赐；粤游十七月，归未及见，痛所知所得难说公听。"

晨起，检理书籍。午后，如珪来，同出门至试院前一游。晚至玉楼春茗饮。（二十四日）

竟日未为一事。晚至玉楼春茗饮，归。上郎亭书并诒旧抄本《南唐书》。（二十五）

晨起，知学台已到，进院。午后至玉楼春见如圭。晚饭后同大、二哥、桐尊住小寓，仍在刘宅，其老主人已故，回念旧情，不觉怆然。（二十六日）

天明即起，饭毕进试院，已辰初矣。赋题为"召校官弟子作雅乐奏鹿鸣赋（以召校官弟子作雅乐为韵）"，经解五题，分五经，出场已二鼓。两卷并作，一赋、一诗、一解，解为"丈人解从郑义"。是晚仍宿寓中。（二十七日）

四鼓即起，饭后进院。题为"子曰臧文仲其窃位者与二章"，策题"历代诗学源流"。薄暮出场，归即睡。（二十八日）

晨起，如圭来，同出门至玉楼春，见邹凤清，云古学案已出，余冠军。同如圭即至试院前，知大兄取阖属第四，算学则阖属第一，盖统排者也。适学使将余卷发学，命即重誊酌改，送进备刻，即归家誊卷，至晚毕。余卷批云："序赋均典雅凝重，渊然穆然，诗精切，经说妥惬，书法均极坚卓，洵美才也。"（二十九日）

晨起，未为一事。午后同如圭、心渊出门，至怡园茗饮，毕，往试院前。适一等案出，余列第六，大兄第八。小游即归。晚饭后至试院前，住小寓，以明日覆古也。（三十日）

【光绪十三年丁亥九月】

天明入场，题为"陆放翁秋风亭拜寇莱公遗像赋（以登秋风亭下临江山为韵）"，同笏南、如兰、大兄坐一室，戌初毕，出场即归。得稼秋书并橘洋拾元。（初一日）

竟日未为一事。晚住寓，以明日覆文场试。（初二日）

黎明即起，俱坐散号，题为"其次辟色其次辟言"，戌刻交卷出场。场中见覆古卷，知仍第一。（初三日）

晨起，至菊初家见康侯，即于菊初处午饭。饭后同至玉楼春茗饮，复至试院前。见涿拓《快雪堂》，索值四十元，许以二十元，不售。《纂图互注扬子》，许以七元，售矣。一时无款，拟拼挡得之，重元刊也。元本《翰墨大全》八十册，值五十六元，不可得之矣，且亦非佳籍也。（初四日）

晨起写字。午后至试院前一游即归。得《张叔未古金文》石印本二册。（初五日）

竟日未为一事。晚方睡，报覆一等案出，列第一名，大兄列第七。（初三日）

竟日检考具，以明日将入优场也。是晚宿寓中。（初七日）

黎明至二门，听点入院，坐西号。阖属仅十二人：府学潘笏南（诵威）、张诜卿（福辰）、王卿月（颂清）、长洲张榴仙（涵中）、汪晴初（国烜)、元和陈季藩(世垣)、李鉴之(经莹)及余、吴县曹揆一(元忠)、蒋仰高(恩柱)、常熟孙君培(同康)、昭文庞□□。首题“能使枉者直何谓也”,次题“孟子曰饥者甘食一章”,四鼓出场。(初八日)

天明童案出,不能睡,即归,卧竟日。晚仍宿寓中。(初九日)

天明,仍在二门听点,应名后朝上打一拱,背念履历曰“[江标],年二十五岁,江苏苏州府元和县增广生员”毕,接卷入场。携带书籍颇多,甚觉累坠也。经解“考工记作于何代考”,策题“问礼经天子庙制郑王异义,魏晋以后宗郑宗王者能详述之欤”,诗题“林隙依稀漏日光得光字五言八韵”。笏南为余作诗,余报以一考。三鼓出场,即宿寓中。(初十日)

晨起,归,睡竟日。(十一日)

晨起,进院誊报部卷。初誊一本毕,《圣谕》中误一字,又誊一本,至申初出场。三时许作楷三千,手腕几脱矣。(十二日)

竟日写对。(十三日)

晨,汤伯繁(鞠荣,直隶人)来谭,伯繁致力小学,墨守许书,以扇头一、联一属篆。午后至冠瀛处一谭。晚写吴次潇信。(十四日)

晨起,至试院奖赏。午后出门,拜汤伯繁,不值,回。至玉楼春茗饮,归见杨少云(光烈,府学附生,住石塘桥)、章式之(珏,长洲附,工辞赋)。(十五日)

晨起写对。午后同汪叔雍至张叔鹏家,见渠新得各书,却无精本。出门至汤伯繁家,未见。又至大井巷候陆廉夫,适徐瀚卿来(熙,能篆刻,知古吉金,子晋子),系久闻名而初识者,足恭特甚,盖别有取义者也。出门径至玉楼春小坐,同心渊归。得稼老书。(十六日)

晨起,至花桥巷本家,同上船,至虎邱孝子祠秋祭。余司香帛,毕,归已酉初矣。同族至者仅三十五人,半多衣冠不全备人,虽穷乏,祭祀大典,一日之礼,是当尽敬,且分司礼器多半畏退,接见尊长毫无恭谨之态,此皆为穷而致此乎?不可解也。(十七日)

晨起,写篆屏四,午后毕。胡绥之来谭,同至玉楼春茗饮。后至申街前寻大来堂书坊，因闻路小洲家藏旧籍尽归此铺出售，拟访之。据云无此事也。涂遇陈建侯（允稼，武进廪生），同行归。（十八日）

竟日未为一事。以七饼金得元板《扬子法言》，系纂图互注本，书无足贵重，维以其为张塘桥蔡氏故物，特购，亦足为一脔之尝云。晚荡口船来，拟明日下乡。（十九日、二十日）［按，此条天头曰：仅得一上本，其下本至今未送来，贾人已负债远飏矣。十一月二十一日记。］

晨起即上船，酉正抵荡，见外王母精神矍铄，是为寿征。携聪儿同来，以吊篴舅之丧也。（二十一日）

晨起，至新宅哭篴舅灵，入室凄然。与若汀、若谿二兄小谭，见赵君默（仲简，常熟人，工部主事，篴甥婿，精医理），小坐即归。晚至老义庄，见鲁堂师、应榴诸兄。（二十二日）

人生生死，事本偶然，维生死之变，实莫可与比，往往有生前喜恶之事而至死后反常，在当局者不能不如此，旁观及之，益深痛人事之变迁矣。

篴舅于老庄、释伽之说深恶痛绝，非恨此道之误人也，特恨人借此事而无不可为矣。今日入荔雨轩，见灵前有设老释之器，乌乎，痛矣！

见无锡安古琴（吉）撰《六书韵征》十六卷，乃考证古韵，以宫商角徵羽五音分部，会通《说文》谐声以辨古音，兼考字画字义，若宫部“中”字则取许书中声字皆系于下，每字仍注曰某部某声某说解，馀皆如此。此书成于嘉庆丁酉，至道光丁卯，华紫屏先生（湛恩）为安君弟子，刊板于荡口，至咸丰间板毁于兵，当时印行不多，故世亦罕见。首有祁文端、王艺斋、李申耆诸先生序，阮文达为篆书卷首，“韵”从楚惠王韵章钟，“韵”字作“訇”，补许书之阙。

祁文端曰：“《说文》之学，订形难，订声更难，非难于取其声而比之，难于合三古文笔顺从适职也。”（《韵征》叙语）

竟日写字，皆为人需者。（二十三、二十四日）

晨起，偕梅汀至角上观人家藏古玉各事。有大璧一，径六寸许，勒子十八枚，半多佳品。剑饰一，古拙可爱。釭头一，器雕琢甚精，有一兔，仅以十数刀画成，色光外燿，为上品。又桃核船二，皆芝山刻，一二舟相并，一赤壁夜游图，款刻船底，芝山不知何许人也。（二十五日）

竟日写篆并刻印，无暇晷也。晚至义庄，得潘刻《古泉丛话》。芝汀贻仕女图一，甚古，惜妄印一“十洲”印以充赝鼎，为可惜耳。

得郎亭书，得鞠常师书，并授新刻《心矩斋丛书》十六册，一为沈小宛《苏诗查注补正》，一为文文起《姑苏名贤小记》，一为桂未谷《札朴》。《苏诗补正》未经刻板，鞠常师从顾缉庭先生处得稿本付梓者也。（二十六日）

晨起腹泻，腰腰俱疼。午后磨服胡庆馀辟瘟丹少许而愈，竟日未为一事。（二十七日）

晨起，代鲁堂师作《气球歌》七古一首，草率为之，不足存也。午后写对二付，教聪儿读《尔雅·释乐》一篇。

吴梅邨《汲古阁歌》曰：“君获奇书好示人，鸡林巨贾争摹印。”（二十八日）

竟日为人写楹帖、扇头，刻印。至若溪处一谭。假渠《隋书·经籍志》两册。外王母赐饼金二，以补入粤路费。（二十九日）

【光绪十三年丁亥十月】

晨起，侍母氏并携聪儿回苏。午后到家。（十月初一）

晨起，写扇一。午后同蒋芝祥、心渊、王薇阁至与玉楼春茗饮。至颜家巷见祝籽庵姻丈，畅谭，并为王毓仙定赁屋。

王子渊《僮约》辞气全学《内则》，可知后人文字无不转相摹拟也。（初二日）

竟日空谭，未为一事。（初三日）

晨起，芝祥来，即去。得若溪书，并贻试卷格。叔彦来谭，招以午饭。午后，薇阁归木渎。薄暮，叔彦去。渠近日治《丧礼》，日益精进，

自惭学日益薄，年日益长，恐不可捄矣。还心渊二饼金。得稼秋书，并饼金十。（初四日）

“合道何须同枕席，论心休信日深长。若从意气治天下，终觉文章太露芒。”

“万虑千思太周密，竟从疏处失真知。一灯摇影风穿隙，蜡泪成堆恐已迟。”

竟日未为一事。午后宾秋来，同至玉楼春茗饮，见汪姓初、叔邕诸人。叔邕贻安邑化金方足布一枚。查《古泉汇》所收，无倒文者，喜甚，盖为竹朋诸君所未见者也。灯下为叔邕写扇头一，临古金文廿二器，摹写颇精，足以报其所投矣。

“谁知曲唱回心院，共识途登宿怨亭。莫道乌衣非子弟，亦寻王谢始策停。”（初五日）

数日碌碌，未为一事，可愧。（初六日至九日）

见赵叔垣于玉楼春，新从粤归，知渭渔丈已入粤学幕。（初十日）

晨起，未为一事。午后，鼻觉瘇痛，似内生一疮，牵及左眼左齿皆痛，晚即睡。毓仙同子祥来，为定屋事。（十一日）

晨起，洪振邦来，同出阊门至通贵桥下塘，候江生甫，为安徽同族在苏行医者，适出门，未见。同振邦雇小划至胥江万年桥南上岸，至侍其巷访江理斋（廷燮，癸未进士，江即用知县），适出差徐州，未见。理斋亦同族而徽籍者也，留一应门者，亦同族，为篁墩公三十三世孙。小坐出门，至道前街聚星客栈候赵叔垣，未见。至富郎中巷外姑家小坐即归。鼻痛如旧。芝汀来苏，贻酱鸭一、糟蛋一甕，为王毓仙定屋写契。（十二日）

徐瀚卿贻古金拓本四纸，一中□父甗，文当伪造，字文全学鲁公伐邾鼎，鼎亦近人造，同出一手也。一辛宫鼎，文二十字，当搞。馀两种文即真而不精。

晨起，写篆屏。午后同约云出门至玉楼春，晚归。贻芝汀香事一、潮扇一，上郎丈书并叶师、洨民二书。（十三日）

竟日写字，晚招心渊、约云、叔称、桐尊、肖石、左兄持螯，众人皆醉，时已二鼓。出门小步至徐贵子桥长生家，肖石复置酒招饮于汪墨琴房中，大醉，至三鼓后归。（十四日）

毓仙进屋，为渠料理一切。（十五日）

晨起，送外伯母之丧。午后归。（十六日）

竟日为毓仙料理喜事，未出门。得吴次潇书、刘佛卿书，一从邗江，一从京寓。得漱经书，并洋乙元、图章一方。（十七日）

二十日，毓仙嘉礼。

【光绪十三年丁亥十一月】

自十八日起至今月初九日，共二十一日未记，为自有日记以来未有之事。从今日始，当逐日书之，毋荒毋怠。

得漱经书，并洋乙元。（十一月初九日）

晨起，出门至旧学前候肖石，招午饭。午后，汪仰之来，小坐即去。还瘦羊《古红梅阁集》，汤伯繁（鞠荣）书画扇。出门至玉楼春见源蓝水（日本人，工画），小谭即归。

王毓仙夫人徐寿蘐为余题古金册首，书法古茂，无闺阁习气。（初十日）

晨起，出门候汤伯繁、原蓝水。后至汉贞阁刻碑店，见苏东坡《月夜游承天寺诗》草稿墨迹，有翁覃谿跋两段小行书，有“伯谦精鉴”小印，已摹刻入石，竟改行款，此大谬事。至王鞠初家午饭毕，出门至玉楼春，晚归。知潘太姑母噩耗。［按，此条天头曰：屺怀云即裴伯谦，名景福。］

毓仙出示徐粹伯夫人李如如（钰）画白描十八尊者册，精绝，与丁云鹏诸本相佶伉。

寄若谿书，贻窸丈书、大篆《论语》、《说文古籀补》，并还《隋书·经籍志》两册。（十一日）

“塞翁失马岂非福，海上看羊却是痴。万事再从今日始，信天翁号不嫌迟。”

竟日未为一事。（十二日）

晨起，至任蒋桥哭潘祖姑之灵。午后归，至玉楼春小坐，晚归。（十三日）

晨起，未为一事。午后，胡绥之来，同出门至玉楼春小坐，晚归。硕庭借许印林札。灯下作花卉一幅。（十四日）

竟日未为一事。晚，桐尊招饮于仓桥块王黛玉家，同室有王翠云之婢何巧者，旧侍花湘云，能讽唐诗，谭湘云死事甚详，为之怆然。（十五日）

数日未为一事。（十六日、十七日、十八日、十九日）

晨起，曹叔彦来谭，招午饭。薄暮，蒋芝祥、王毓仙、祝心渊、徐肖石、叔彦同饯于文乐园，畅饮归，至汪墨琴寓小坐。（二十日）〔按，此条天头云：叔彦存洋二元买书。〕

晨起，未为一事。午后出门，晚代起信稿。

叔彦交洋两，意欲还陈氏丛书价，余不能却，姑受之，至粤中购书报之。

我丈来还对尾价洋九元，钱五百七十，又扇价洋九元。得稼秋书，言顺记银款事。

以小华册属毓仙题句，并乞其夫人书之，精甚。刻一印为报，曰“东吴王大纶馔徐寿薐书夫妇合印”。

屺怀来谭。（廿一日）

晨起，叔鹏来谭。午初至徐辛生处（履康，知西学）历观西学各器，有传声桶，以洋铁作管，曲折达于内室，又以细铜丝通电，为报位机，甚精。申初偕毓仙、心渊赴肖石之招，在长生家，同坐为蒋芝祥、祝心渊、华■、包少斋，招侑觞者为陆小红、李小宝、王黛玉、张采菱、华倩云、傅双珠、汪墨琴七人。

十八日忽梦至一禅室，先有一老翁在，继见一僧，貌甚白析，清秀绝俗，年约六旬。老者指余曰：此六舟上人也。梦中喜极，历询金石

各事甚详。醒时多不记忆矣，惜哉。（二十二日）

晨起，未为一事。午后书屏四幅。徐辛生贻外国铁饼夹器一具，试制蛋糕，剧佳。得稼老书。（二十三日）

晨起，未为一事。午后出门，至玉楼春茗饮。覆稼老书，付《津逮》洋弍元。（二十四日）

晨起，写楹帖三付。午后，肖石来，约云适亦从黎里归，同出门至傅双珠家，复至李小保家、汪墨琴家，小坐即归。（二十五日）

晨，许勉夫来（克勤，海宁人，治经学），云手校《竹书纪年》甚备，又拟集解《小戴》诸说为一书，未成。又云金缉夫近为人写《汉隶字源》，乃从明影宋抄本过临而减小者。晚，潘若孙来（为梅若之孙），未见。（二十六日）

晨起，潘若孙来谭即去。至毓仙外家见辛生，畅谭即午饭。午后至玉楼春。薄暮赴祝子安丈招饮，二鼓归。（二十七日）

晨，许勉夫、金缉甫同来，小谭即去。竟日自做小德律风，试之但能传大声而已。晚，华杏农（钟芳，金匮诸生）表兄来，留下榻。见渠钱笺《杜诗》，临钱陆燦批本，丹黄殆满；石谷、石田山水轴，石田画塙而绢损，石谷画完善而伪。石景父交来致郎丈信一函，汪德甫交来茶叶一瓶、信一封。（二十八日）

潘若孙贻火腿一、茶食二匣，受之。薄暮至玉楼春，偕心渊至双珠家，贻以英蚨六翼。（二十九日）

【光绪十三年丁亥十二月】

天明雨雪，至晚始止。竟日检理书籍。（十二月初一日）

晨起，至任蒋桥拜潘祖姑灵。午后至玉楼春，晚同心渊检书。（初二日）

晨起，至王菊常师家。午后出门至玉楼春。晚同心渊检书簏。

叔称贻火腿票一、茶食票一，大、二兄贻食物各种，徐辛生贻火腿一、茶叶二。（初三日）

查农表兄寄来抄本书三种：一《乌台诗案》，绿格抄本，半页九行，行十九字，首页有“士礼居藏”隶书长方印，“黄丕烈印”、“复翁”两印；一为《阙史》，黑格抄本，半页十行，行二十一字，首页有“摛藻堂藏书印”，“平阳季子收藏图书”；一为《元城语录》，抄手甚旧，半页九行，行十八字，首页有“钱谦益印”、“家在虞山之麓尚湖之滨号渔樵子”两印，皆经名家藏庋，开卷狂喜，即留以购之矣。

徐辛生贻茶叶、火腿，领茶而返腿。（初四日至初七日）

晨起，硕庭来送行，渠[redacted]为余书母氏五十寿卷图赞，极工，报以匋器六枚。午后，漱经自木渎来送行，与渠饮于鹤园。渠贻茶叶、火腿票、洋乙元。（初八日）

初四日以元本《辅教编》、《李太白集》、《积古斋钟鼎款识》、抄宋本《舆地纪胜》、冒辟疆诗卷、沈西雍《河朔访碑图》卷共六事，仿虞山毛氏故事，质英饼三十于张叔鹏家，为南行资也。初六日又从寿云处迻英佛四十头。

晨，祝谦之丈偕次郎冕峰自杭来吴，即止寒斋。午后携两仆起程，送者心渊、漱经、叔称、桐尊、大二两兄，途遇蒋芝祥，亦同送至船头，即开行，晚泊维亭。（初九日）

叔彦不及来送行，以《张茗柯集》见贻。渠借余《戴氏遗书》、《算经十书》、《易义别录》。以十五元赎梅溪札、文清联归。

晨起，巳初。午时过昆山。读茗柯文一卷毕。午后杂读各书。晚泊黄渡。（初十日）

晨开行，午正抵码头，即饭。饭后先至金利源帐房候王念劬，不值。至沪报馆见稼秋，小谭出。至三马路兆新里候汪友竹，谭。后至同庆公客栈候程蒲生，不值。至华众会见潘少萼、黄式权、程蒲生，余遂定住同庆公。潘、黄二公先去，余偕蒲生至青莲阁小饮，晚餐毕，回寓作家书。（十一日）

晨起，候友竹，即在渠处午饭。见张杏田、马□□（江苏候补，杭州人）、陈仲周（维祺，嘉善增生）。陈君通中西算术，新缉《中西算学大成》百八卷，分门别类，由浅极深。首述《河图》、《洛书》、《周髀经解》以溯其源，次述《几何原本》、《算法原本》以明其理；笔算为入门之始，比例为众法之宗；借衰盈朒以下诸术以见数理之常，天元代数以下诸术以穷数理之变；至于重学，实制造之本原，而目今之要务，则尽采入；他如乘除测算、附入对数、八线等表而以杂记殿焉。午后至沪报馆，见子绂、稼秋，适徐咏梅、李淡平来，招至华众会，见潘熙年、吴仓硕（俊，归安人，江苏候补，通金石学）。徐咏梅、苏秋同招至聚丰园晚饮，见王山麓（稼秋内侄）、沪报馆诸君。毕，同淡平至朱月仙家，一年不见，瘦弱可怜矣，闻渠将适人也。出门，偕淡平至寓，畅谭至三鼓始去。发家书，得祝谦之书，寄郎丈者。（十二日）

晨起，天雨雪，不能出门。托蒲公作书，介天南遯叟题小华册。午后，孙少芙来，同坐马车至沪报馆，招稼秋往静安寺，阒无一人。茶话片时，少芙招至中和园畅饮，同坐燕秋、犀禅、石香、子绂、淡平。毕，同稼秋、淡平至栈，至吴仓硕同凌子与先生（霞，又字病鹤，藏古本书甚多）来访，友竹亦来，并留一信，系招商局总办吴树斋与广利轮船帐房李（菊荪，英存）二君、托渠招呼船上等事。即作家书、并与孙少芙、苏侣孙、徐咏梅、李平书四君书。（十三日）

晨起，答凌子与先生，清雅和静，令人气肃。出，拜王紫诠，适出门，未见。至醉六堂书坊，以三洋得《式训堂二集》、《曝书亭词注》，见旧抄《郑志》，有“保艾”者不知何姓，曾以王西庄本手校之，书励四十番，索值五洋，可云贵矣。出门至李淡平家，午饭毕回寓。再出门至汪友竹处一谭，即至华众会见金砚田，小谭。至申报馆候黄梦畹，再至沪报馆，见王志静，适从嘉定来者，小坐。淡平来，同至华众会茗饮，见蔡玉季。淡平招至朱月仙家晚饮，同坐皆沪报馆中人。毕，偕紫绂至杨翠芬家小坐，后至姚雪鸿家。归，为月仙题《秋艳图》，作四绝句。（十四日）[按，此条天头曰：“保艾”即劳季言。]

晨起，写扇联，乃凌子与先生物。黄梦畹、陈仲周来谭即去。午后出门，至子与丈处，再至王紫诠丈处畅谭。出门至华众会见梦畹，偕周桐荪、周补枝数伶茗饮。淡平来，同坐寓中。再至沪报馆小坐，后至华众会。上灯后至聚丰园，赴友竹之招，同坐唐云泉、姚铁珊、祝益三（通西学）、汪□□、淡平诸君。毕，至中和园，赴紫绂之招，同坐皆熟人。毕，偕淡平至月仙家小坐。归寓，为淡平写王畹香联句“畹兰讽咏征骚客，香草幽闲媲美人”，并贻高研五联（丙）。研五之写生近作《本草简明图说》精甚，欲属余题语者，先为渠篆书卷首六字。（十五日）

晨起，检行李，即饬客栈中人并两仆押赴广利船，计三车（自金利源至二马路，每辆钱五十五文）、一担（一百卅文），余即至沪报馆见稼秋，小坐。余至船上一看，复回馆中。午饭毕，候友竹，取免验单，小坐出门。拜紫诠，一语即出，知小华册已代题两截句矣。再至轮舶一观，复至沪报馆，托稼老饬人至招商局写船票（每人八元五角），适蔡玉季遣人送招商局总买办钟蔼堂信来，系托渠招呼船上诸人者。薄暮同稼老诸君赴王志静席，在西合兴里朱金宝家，至九点钟毕。至轮船小坐即睡。（十六日）

天明起椗，风平浪静。维天雨，不能登柁楼一望，不知过何所也。（十七日）

终日天雨，幸风顺，船甚稳也。晚过汕头。（十八日）

晨起，知晚间可至香港。天大雨，三更停泊。（十九日）

晨起，同船者大半上香港矣。竟日起货，申初开行。（二十日）

昨晚二鼓抵黄埔，今日天明即起。轮船买办李鞠荪来招泰来客栈人，为招呼余即起行李至驳船，八人相挤一舱，物多船重，风逆雨急，腹饥衣冷。迁延至未刻始抵油栏门客栈，即刻呼轿挑行李，进城至署。（二十一日）

晨起，寄家书并与稼秋、蔡玉季、大哥各书。午后饬家人送咏梅信于彭季群，并附一书与徐瀚卿。上灯后，徐瀚卿来谭即去。（二十二日）

晨起，至观音阁拜莹若叔祖，谭许久始归。午后谒窓斋丈，观新得磁器甚富，由紫窑杯二，所谓雨过青天黄土足，维不如古语所云明如镜、薄如纸耳。见陶仲平、王深之、陆菘生诸君。薄暮归。窸丈贻新石印毛公鼎拓本一册。（二十三日）

午前出，同至书帖铺一游，无所见，即归。午后未为一事，惟临毛公鼎文一种而已。（二十四日）

晨起写篆。午后至抚署手拓秦权、郘钟二文。（廿五日）

晨，瀚卿来，同出门至江苏会馆，见佘春荪、彭蓉卿，至香甫吴昆玉家见伊墨卿、钱十兰、陈曼生楹帖，皆精绝无比，购洋灯二事，归。至会馆见赓云，午饭毕即归署。（廿六日）

吴昆玉字伯榆，精鉴赏，安麓邨一流人也。云河南新出之虢叔大棽钟初有人以四十金售诸一骨董家，携至吴中，以五百金归于两罍轩，两罍以千五百金归于顾艮庵，为陈寿卿知之，作书与两罍，责渠素称识宝者，不应以此宝器归他人，几有绝交之憾。此器文，标尝见之，实非塙文，不知何以推重若此，吾又欲以寿卿责人之意责寿卿矣。

竟日未出门，午后，潘复三、王申之、陶仲平先后来谭。（廿七日）

晨起，刻四印，一曰"窸斋考藏关陇刻石记"，一曰"恒轩获古"，一曰"吴大澂"，一"两壶盦"，皆奉窸斋丈馈岁之物。午后同叶师出门，至大新街一游，无所得即归。

见苏书《金刚经》，翁覃溪补书，为番禺许方伯刻石者，字甚精。购鼻烟一瓶。（廿八日）

晨起，刻一印曰"幢主"，鞠师所命也。同鞠师出门，坐艇至沙基大街，走杉木栏至十八甫，遍观古玩各摊，无所得，薄暮归。作与次潇书。（廿九日）

晨起，天晴。午后仅穿夹衣。莹若叔祖来，同出门至双门底一游，得白端砚一方即归。窸丈贻《恒轩吉金录》、石印大篆《论语》《孝经》、散盘、曶鼎、虢盘、盂鼎诸拓本，寄吴次潇书。（除夕）

【光绪十四年戊子正月】

元旦日，天晴热，可穿单。占牙牌数，曰："睥睨群伦气不侔，谁知推毂仗曹邱。二十四考中书令，一路荣华到白头。"

《广韵》入声设有"匫"字，训云古器，是曶鼎在宋以前或已见及也。

晨起，检行李。午后即起程，晚泊三水码头，即大南门外也。（初二日）

天明解维，晚泊新塘，终日校《声类》。（初三日）

天明解维，晚泊石龙，舟子以番禺公文一函送东莞县。黄昏，东莞差人来送船价银八两四钱，县令王煦不知何处人也。（初四日）

晨起椗。巳初过菉兰，离石龙十里，忽有卡船追至，勒停查验，答以并无携带税物，不即允从，势甚汹汹。遂即饬舟子泊至该卡，饬仆人送过境公文与渠阅之，尚倔强其词，恶厉其色。须臾访知非寻常商贾，即有两卡员下舱来见，前倨后恭，令人可笑。夫朝廷设立关卡，原为保护行商起见，今都借此为鱼肉，今日若系寻常行旅，必为所苦，若系商贩，则更不堪设想矣。

两日来成词三十馀阕，此事已十载不谈矣，拟借此为消遣牢愁也。

晚泊□□。（初五日）

晨起椗。晚泊沙渚，离博罗十里。写词稿竟，得三十六首，题曰《红蕉词》，志广南作也。（初六日）

晨起，过博罗，邑令韩辉祚送来过站银三两四钱，即开行。午后过白沙，卡又来查询，余不准停船，卡勇追至数里而去。晚抵惠州城外，归善令徐京遣人来，闻郎丈船尚在六十里外，即作一书，托县差携呈，余拟明晨即进院矣。（初七日）

晨起进院，待竟日。郎丈尚未到。（初八日）

晨起，知将进院矣。午初，同幕诸君皆来，午正见郎丈。竟日未

为一事。（初九日）

晨起，未为一事。灯下阅生古卷三十册，荐五册。（初十日）

晨起，未为一事。午后阅童古卷百册。（十一日）

午后写篆。灯下阅生正场卷百卅册，未毕即睡。（十二）［按，此条天头曰：发第二次家书，并与心渊、友竹书。］

终日阅生卷，午后毕。续阅童卷三百册，未毕即睡。（十三日）

终日阅卷，灯下毕。黄昏阅覆古卷三本。（十四日）

竟日未为一事。晚，同幕聚饮。（十五日）

竟日阅童卷三百二十册，戌初毕。录《声类》。寄莹若叔祖书。（十六日）

竟日录《声类》文。灯下阅归善童卷三百二十册，丑正毕。（十七日）

晨起，未为一事。午后画扇。灯下录《声类》文。（十八日）

晨起画扇。午后未为一事。灯下阅报部卷九册。（十九日）

“凡为文辞，宜略识字。”语见昌黎《科斗书后记》。

在沪为月仙录事题《秋艳图》四绝：“如此秋花瘦可怜，一函犹认旧词仙。不将红烛循廊照，为赋秋闺怨一篇。”“欲向琼枝证夙因，何妨改写画图新。春光那似秋情好，十幅珠帘护玉真。”“萧萧络纬诉愁多，一握柔情自奈何。休上绿阴亭子望，晚来雁影拂帘过。”“瑟瑟西风卷酒醒，萧郎无那鬓浮青。好将银烛当筵意，写上迷香几曲屏。”

《词苑丛谈》载金章宗题扇《蝶恋花》词云：“几股湘江龙骨瘦。巧样翻腾，叠作湘波皱。金缕小钿花草斗，翠条更结同心扣。金殿珠帘闲永昼，一握清风，暂喜怀中透。忽听传宣须急奏，轻轻褪入香罗袖。”标按，此咏折叠扇也，不知前人考折叠扇曾录及此否。

晨起，未为一事。午后阅覆新进卷十八册。灯下读《词苑丛谭》。（二十日）

为袁寄鲒题《鲒寄图》：“句馀遗事感苍茫，鲒埼亭荒旧史亡。二百年来谁寄意，江南人正客南荒。”“合体异形偏共食，出生入死果何因。无端触我孤儿痛，七载天涯附鲒人。”

竟日未为一事。（二十一日）

晨起，出门一游，得李仲约学士临唐碑十二种摹本。午后上船，晚泊惠阳门外，拟往游西湖，不果。笠春、洨民归，述所游丰湖书院书藏，藏书六百馀簏，旧刻十居其一。朝云墓在湖旁，有六如亭、东坡子屯，附彝湖中有游舫，如秦淮。惠州郡城与归善县城相隔一水，中连浮桥可度。丰湖书院中有去年院长梁星海新建东汉党人范文博祠。东坡亭在归善城中。（二十二日）

四鼓起椗，日夜不停。今日午初过石龙，未初至新塘，制军遣小轮船五艘候拖，即带行。中途邓仲容、翰臣（清凤、清圻）兄弟来迎，未见。亥初抵省城，即宿船中。（二十三日、二十四日）

晨起即进署，彭蓉卿来谭即去。晚，尹伯圜来谭，云陈簠斋家五色拓本乃用各色与白蜡细末对和，拓成后不揭下器，待干透后以粗白布拭之，即发光亮，此法至秘也。

午时，吴问潮、邹剑东来。午后偕孙洨民、祁子枞出门至归德门，以两英饼购一鹦鹉归。（二十五日）

晨起，未为一事。午得正月十五日慈谕，并心渊、云栖、笏盦各书。（二十六日）

晨起出门，得寒暑表一、东洋画册一。午后未为一事。

晚看放盒子，共四架，架高至六丈许，奇观也。发第三次家书，与大哥、我庚、心渊、云栖、硕庭各书。（二十七日）

晨起，得红宝石镶金戒指一事，直四英饼。午后偕洨民丈至莹若叔祖家小坐，即赴邹建东、吴问潮之招，同坐邓仲熊（清凤）、翰臣（清圻）兄弟、严子才（■恩）、子明（□□）兄弟暨尹伯圜、陶子珍、王申之同幕诸君，畅饮至子初归。（二十八日）

晨起，出门拜邓氏兄弟、吴硕卿丈、潘复三、羊辛楣师，皆未见。谒窓斋丈，小谭。见彭季群、王申之、陶仲平、吴文伯、胡守之（安徽绩溪人，前吉林省知县，为学无所不通）、黄牧夫（天俊，安徽人，工篆刻),即午饭,午后归。尹伯圜偕牧夫来谭,见所帖李山农金文一册,皆郎丈藏本,有食白虎敦。

见窓丈藏王梦楼楷书《灵鹫寺记》墨迹;成亲王书《金刚经》小楷墨迹;王麓台仿大痴浅绛山水轴,系为石谷寿者;恽南田仿米氏《作霖图》,纸白如雪;王石谷《松泉图》,幅中作一巨松,松后作平远山,深曲无尽,已八十馀岁作;华新罗山水立幅,疏秀可爱;石谷立幅,系中年之笔,不甚精;大涤子花草长卷,小花一诗错误脱落,皆不改易,系绫本,似赝品也;金孝章画梅册;吴辛生设色花草册;宋拓薛氏《款识》册。皆无上神品。新装小造象拓本两册,多陈簠斋、王莲生物,王刻一印,纵横有格,作扁方形,曰"王懿荣妇黄氏一心供养",每拓皆有此印。汉镜数十种,有至精者。玉小造象一,精妙无比。玉押,有方广至六寸者,罕见之物矣。(二十九日)

晨起,即赴菊坡精舍郎丈之招,同坐皆幕中人。毕,遍游三君祠、学海堂,即归。(三十日)

【光绪十四年戊子二月】

晨起,至濠畔街江苏会馆团拜。午后归。(二月初一日)

晨起,未为一事。午后至双门底一游即归。午饭陪窓丈饮。(初二日)

晨起,为汶民刻一印曰"汶水遗民"四字,仿汉朱文。午后赴莹若叔祖席,同坐皆幕中人,亥初归。见吴受之(□□,广东候补佐贰)。(初三日)

竟日未为一事。无事因循,深以自愧。得吴次潇正月二十四书。(初四日)

《荛圃年谱》书月日不一例者,从翁覃溪《米海岳年谱》例也,盖杂采各书,不敢以意改易之故。竟日未为一事。晚赴三君祠,吴硕卿丈、彭季群公席,同坐皆同乡。二鼓归,即睡。(初五日)

竟日未为一事。午后至莹若叔祖寓,贻石章五方,皆精品。至吴

问潮寓，小坐即归。（初六日）

晨起，未为一事。午后出门，得《吴梅邨集》一部。候黄牧夫，见所藏拓本，甚精。同坐黄季度（绍宪，南海人），年甚少，闻书画皆精善。牧夫刻印精甚，仿赵㧑叔诸印皆佳。（初七日）[按，此条天头曰：在肇庆城外星岩书院见黄君画水墨荷花大幅，甚佳，字学坡公。]

上午为沈均松（庚垚，川沙人）、王胜之写篆屏八幅。午后出门，得原板阮氏《钟鼎款识》、《廿一史弹词》、《林下雅音集》三种。至华宁里永兴酒楼小饮，归。

为吴问潮题饮酒小影三绝句曰："粤海吴山渺万程，此来同话故乡情。自怜小户长先醒，只好观人斗酒兵。""红雨如潮绿意柔，晚凉梦醒借消愁。何妨添个云鬟侍，觥史还须录事修。""白袷青衫冷灏尘，一痕荡尽可怜春。愿君莫向东风祝，红豆原来最易生。"

王胜之为余书楹帖一，录唐王建句"替饮觥筹知户小，助成书库见家贫"。（初八日）

晨起，检行李。午后出门，拜严子才、潘复三、羊师，即归。灯下与若谿书（附汪四函）、心渊书，附第四次家书。（初九日）

晨起，以家书托叶师带归，并托鹦鹉一架。午后上船，送行者甚多。晚至西炮台泊，仅行五里也。（初十日）

见吴铭新（鼎元，吴县人，广东巡检），为又唫叔婿，系新到省者。同坐曹芸生，亦苏人，旧在万卷楼书坊，曾相识，今为芸缃阁书贾。

天明，轮船拖带，晚泊登州，离三水百十里。若不用轮舶，则走内河过佛山等处，从省至三水仅百七十里也。（十一日）

天明起椗，晚泊思贤窖，三水界，小停。再起轮行，月明如水，炮声隆然，不知过何地也。亥初即睡。（十二日）

读汪小韫《自然好学斋诗》十卷，自言得力于青邱，史事极熟，国朝咸同以前士女能诗者当推领袖；王宋薇《长离阁集》专学昌谷，恐为平津捉刀；吴蘋香《花帘词》《雪北香南词》二卷；庄盘珠《秋水轩诗词》二卷，皆一代作者，巾帼中有此等人，足以愧须眉矣。以上数种皆泉唐陈子厚太守坤刊于广南，名之曰《林下雅音集》，每卷有“如皋冒俊碧纕校勘”字，即太守夫人也。

包慎伯曰：“扬州玉肆有项圈锁一具，圈式海棠四瓣，当项一瓣，弯长七寸，瓣稍各镶猫睛一颗，掩钩搭可脱。当胸一瓣，弯长六寸，瓣梢各镶红宝一颗，掩机钮可叠。左右两瓣，各弯长五寸，皆凿金为榆梅，俯仰以衔东珠，两花蒂相接之处，间以鼓钉金环。东珠凡三十六颗，每颗估重七分，各为一节，节节可转。白玉环九，上属圈，下属锁。锁横径四寸，式亦海棠，翡地周翠，刻翠为水藻，刻翡为捧洗美人。其背镌‘乾隆戊申造赏第三妾院侍姬第四司盥’十六字，锁下垂珠九鎏，各九珠，蓝宝坠脚，长约当脐。估客云系老尼寄售，尼少侍贵人爱姬入都，锁面即其小像，贵人败，以婢故得自赎脱籍，惊悸舍身。仆览其干质珍丽，制作精巧，殆累万之值也。重台下婢，奢僭至是，他物称之，民何以堪？自戊申以迄嘉庆戊辰，仅二十年，金玉满堂，莫之能守。老氏明诫，其在斯矣。故为之赋。”标按，见《安吴四种》卷十八《管情三义》。此物精巧无比，暇日当为一长歌记之，惜不知贵人为谁耳。（蒲公云当即和珅）

又曰：“横塘毕郎都丽善歌，忽携美姬来比邻院。更深人定，辄闻倚箫度曲。怪其声特清洌，谇郎索观。箫名碧云，翡翠纯色绿嫩，如鹦鹉颈毛，而水气透澈表里，焕发荡漾，真希世珍也。妆姬出拜，冶雅有如天人。郎言在专诸巷见此箫，问值甚昂，力不能有。取而调之，工尺准的，沉亮无比。而对门妆阁卷帘，惊其艳绝，知在盛年，依母待聘，走媒返命，得箫押庚，事则可谐。侬急减赀产，以白金六千购箫，偕媒径造插定，母言前实相戏。姬人敛衽受箫，亲脱白汉腕阑为答。丽人奇玩，遂尔同归。母怜姬甚，媵以两婢，分财同男，益此别业。内子美而知乐，然色艺皆在姬后。侬家故蓄枣皮汉、铜金铁、蕉白端、湘妃竹四箫，皆精好可弄，然合之不足当碧云，故置姬夌宅，以护二宝。予因为赋，授郎镌诸匣盖，道光辛巳八月。”标按，此事亦见《安吴四种》卷十九。

读包慎伯《艺舟双楫》论书各说，如亲见先生，上下议论又似观先生运腕落纸时也。惜鄙人为事，性不耐久，不能续坠绪，空以观三神山图，不能亲临其境耳。

天明起身，知已过羚羊峡，巳初抵肇城外，即进试院。院在城外，房室尚宽敞，惟破耳。（十三日）

晨起午饭。午后大雨雹，天黑如漆，至暮雨未止。上灯后阅生童古卷二百册，毕即睡。（十四日）

晨起，未为一事。灯下阅生卷二百册，未毕即睡。（十五）

竟日阅生卷，薄暮毕。灯下读《绝妙好词笺》。（十六日）

竟日未为一事。午后阅开平童卷三百四十册，夜半毕。（十七日）

日来夜间每苦灯中油尽，尽则索然而睡。偶见宋芷湾有《咏孤灯》诗二句云："长夜喜坐苦油少，童时躲读憎油多。"恍置余身于二十年前，可知天下事皆为古人说尽矣。

竟日未为一事。读《绝妙好词》一卷。（十八日）

晨起，阅生覆卷十七册。午后刻石章六方。灯下阅恩平童卷三百六十册，未毕即睡。（十九日）

上第五次禀，与静君、心渊、季友各书，由局寄。

竟日阅卷。灯下读《绝妙好词笺》一卷，得二月二日第二次母训，并心渊、云栖、肖石、叔称四书。（二十日）

晨起，作楷。午后未为一事。灯下阅高明童卷三百五十册，丑正毕即睡。（二十一日）

晨起，作楷。读《绝妙好词》二卷。灯下又读一卷。作与潘复三书、韩芝生先生书、莹若叔祖书。（二十二日）

晨起，读《绝妙好词》毕，跋记之。午后作楷，阅高要童卷三百二十册，子初毕，作楷半页。（二十三日）

晨起，写大卷一页。午后录《声类》。灯下作《声类叙》，约千言。（二十四日）

竟日未为一事。灯下画小册十二帧，皆取宋人词意。（二十五日）

晨起，忽胸背俱痛，牵及牙龈，知受寒之故。盖被复睡，午后始好。阅覆童卷、报部卷，晚毕。作第五次家书，并与心渊、西蠡、叔彦三书。（二十六日）

晨起，天不雨，即拟作石室之游。朝餐后偕润荪姑丈先至阅江楼谒张忠武公祠，楼临江，甚畅，惜已破矣。继至宝月台，进星岩书院，即包孝肃公祠，像甚和蔼，不似世传铁面厉容者。象前一鼎，尺寸制造绝似盂鼎，外无款识，腹内为香灰，积厚不可知也。前殿后即宝月台，台下三楹甚宽敞，台梯以石，在西北隅。台无窗户，凭北槛一望，正对七星岩，宿雨未消，痴云犹滞，风鬟缥缈，尚未晓妆也。台西小室三楹，面东者宜冬，台东一户，梁星海太史题曰"法云地"。南北两楹，北楹曰"荃香室"，联曰"切云明月修奇服，苦茗青灯要此时"。南楹曰"簪经突"，乃番禺梁敷校《诗疏》于此，联曰"已看庭前有生意，不知门外是何人"。偏右一卧室，题曰"研房"。台后三楹正对星岩，湖波万顷，题曰"众绿厅"，联曰"招要[按，当作摇]数君子，沉醉万荷花"，皆太史笔也。出书院，即拟往石室，舆人至半途不能行，盖久雨泥涂，兼以两面皆水，中堤仅尺许，即折回至书院。适郎丈来游，兴甚佳，必欲一往，各加舆夫，始得前进。沿堤鱼篝蟹屋，各分界域，约六里许始达水月禅寺。前后殿皆铜佛像，高数丈，有明惠王一匾，东西廊有明崇祯时造寺记，中一石板四匡以木，高六七尺，自来所未见也。寺左有石制军祠，[按，此处天头曰：召琳，康熙时人。]即重建此寺者，一长生位高三尺许，用一端片刻成，石质甚佳，据云有人谋其材非一次矣，皆不可得也。出寺西行数武，即石室，一岩洞甚卑，李北海《端州石室记》即刻洞外，去地不几寸，童子往往以石击之，将全泯矣。进洞一石桥，几折，左右以阑，两面皆水也。上高黑不可见，水滴沥下，石上题名重叠不可见，仅见包孝肃、周濂溪两题，包题字甚小，周题近水，字如碗大。稍进，有石级数十，已见天光。近水处有石角，中空，吹之乌乌，又一蕉片击平石作鼓声，逢逢然。石级右有洪问经题名，作篆书，此皆据其可见者。上石级，有平台，中凿一白石观音像，高数尺，即所称观音岩也。有石平如屋，上题“璇玑台”三篆，甚佳。再上即僧室，僧名雪崖，年三十，字作狂草，甚佳。洞中蝙蝠声啾啾不止，有题曰“莲花洞”者，即在僧室外也。游毕，循洞出，天已放晴矣。半途望七星岩，历历可睹，平地插起，如文房中砚山，左两峰相隔，中三峰突起相连，石室在其下，右二峰半削，高■中峰。石室外有八大字，曰“津梁无禁，岩石勿伐”，又曰“帝觞百神于此”，皆明代书。归试院，已将上灯矣。此游也，几雨阻之，一惧大雨，一泥泞，舆夫不能行，强探奇胜，不负所来，真所谓“岭南第一名山”也（亦磨崖句）。挑灯记此，或可证他日重游耳。（二十七日）

天明即起，检拾行李。午后上船，晚泊黄江税厂。行五里，肇庆城外，多句阑，陆居则草舍茅檐，卑陋殊甚，水居则小舟如屋，局促而居，亦有牵舟作岸上住者，粉白黛绿，无一可人，舟行皆能见及也。（二十八日）

天明起椗。五里白沙，十里桂林，十里盐沙湾，十里三榕，十里小厢，五里大厢，十里蒲田，十里大迳，十里村前，十里禄步墟，泊。竟日皆行万山中，江流殊急，逆流而上也。连日阴雨，可御轻绵。（二十九日）

【光绪十四年戊子三月】

天明起椗，午初泊东安马头。午后读李玉溪生诗三卷，李昌谷诗二卷，灯下复读一卷。是日即泊东安，午后未行也。途中见一山奇险如斧劈，色苍翠欲滴，顶上破屋一椽，题匾曰“环山寺”。（三月初一日）

晨起，读《昌谷集》毕，跋之。午后过罗定江口，水渐急流，晚泊处离双涌十五里。夜灯读玉溪诗二卷，听水声活活如溪瀑。（初二日）

舟中无事，终日读书。（初三四日）

晨起，天热不可衣，寒暑表升至八十七度。午后大风，降至六十六度，身可衣绵矣。读李玉溪诗集毕。（初五日）

晨起，抵罗定城外，即进城入试院。大堂后进为藻鉴堂，即学政及幕友起居之所，东有屋六楹，甚卑陋，亦幕友房。寄第六次家书，并上叶师书。（初六日）

竟日未为一事。灯下阅生童古卷五十四册。（初七日）

苏公读《汉书》每一过，耑记一例，桂未谷曰，老杜读书破万卷，即此法也。标尝谓凡读书皆宜从苏公例，若顺口读书，虽致烂熟，亦同俗僧之唪经而已。且有书竟不能读者，若经部小学、子部之算学，不循其例，读之若嚼白蜡矣。

竟日未为一事。灯下阅生四书文卷六十六册，为粤中封卷最少之数矣。（初八日）

卢召弓曰：晋李矩妻卫铄，字茂漪，其自称则云李卫，兼两姓而称之。（《钟山札记》卷一）

晨起，未为一事。午后酣睡。灯下阅罗定童卷二百五十册，三鼓毕。（数九日）

毛子晋云，宋人以东坡为词诗，稼轩为词论。（《学海堂三集·论词绝句序》）

竟日未为一事。（初十日）

竟日录《声类》第二稿毕。（十一日）

郎丈出示《唐上元元年邢州刺史记》、王慎造象、《说观音无量寿佛经》一卷，碑拓本楷书方寸绝似《等慈寺碑》，又似《首山舍利塔碑》，后有"欧阳询书"四字，乃出自妄人羼刻，其时率更已殁久矣，闻石新出直隶某县。

晨起，补录《声类》。灯下阅西宁卷二百册毕，即睡。

天气甚热，寒暑针升至八十一二度，蚊市成雷，不能夜坐读书矣。（十二日）

不饱蠹鱼斋。

三日来检理衣服书籍，出门购各物约十馀圆，倾囊而止，自恨又自笑也。（十三、十四、十五日）

晨起上船，晚泊□□，行二十里。（十六日）

竟日行百里，晚泊连滩。寄莹若叔祖书。（十七日）

竟日行百三十里。晚泊罗定江口。（十八日）

行百八十里，泊小厢，得第三次家书，寄第七次书，并大中《论语》三册与心渊。（十九）

午初至肇庆城外，上岸一游。进城至道前街蔡宝华研店（蔡文田，号宽馀，年十七八，看研甚精），购研四方。同蒲孙至端溪书院，登掞天楼，天雨即归。（二十日）［按，此条天头曰：蔡兄名文兴，号振英，在省城西湖街口宝文研店，亦知研。］

天明起椗，巳初至罗隐渡。郎丈约坐山轿游顶湖，循行田陌山谷间，约四里许，见道旁一石上镌“径入寒翠”四隶书。又进，道旁一石大如屋，尚镌“瑞象”二字。再进，又题“翠微香界”四隶书。至半山亭小憩，见孔玉双观察（宪彀，山东人）、朱蓉生编修（一新，浙江人）、荣履堂大令（勋，旗人，高要令），同至庆云寺，规模宏大，寺僧云有二百馀，即午饭。毕，寺僧赠《鼎湖志》、蜜柚皮、天冬山茶、荔枝。适天雨，冒雨下山而归。（二十一日）［按，此条天头曰：寺中有塔殿一，云塔内藏如来真身舍利四颗。］

晨行八十里，至三水马头泊。午后又行十里，至木棉头，适大风雨至，即泊岸旁。大地晦冥，巨浪拍窗，摇摇几如在大海中也，至黄昏始止。（二十二日）

晨起，行五十里即泊。今日天气骤凉，可御薄棉，昨日犹披一葛衣尚挥汗也。得莹若叔祖书，知已得韶州西关厘务差。又得复三书。（二十三日）

竟日行八十里，晚泊石角墟。（廿四日）

竟日行四十五里，泊清远县，县临江，人烟万户，木商多萃于此。（廿五日）

竟日行三十五里，泊白庙峡盐关，适莹若叔祖携眷赴韶，相遇于此。晚餐招与同坐，畅谭至三鼓。（廿六日）

天明至清远峡，上峡山寺（苏东坡有诗）。寺不甚大，登观泉亭，亭后瀑布千丈直落，大观也。亭中有翁覃谿集坡公书补坡公原游题名，曰“广陵寺”，当即指此寺旧名也。亭外有朱文正诗，阮文达篆书“云台”二大字，补唐罗隐旧题。寺门外有阮文达《修峡山栈道碑》。此山银坑出紫背天葵，专治血症，色赤，叶如海棠嫩叶。寺僧以此为利，一两值六番饼，价廉者则以海棠叶充之，见其收海棠叶而知之也。又以藤作杖，惜杖头多刻一鸠形，殊恶劣。此寺在英德、清远之间，临江揽胜，数年前寺僧多为盗，近始安静矣。游毕，行六十里，至横石墟泊。（廿七日）

行百里，泊连州江口。作第八次家书，与大哥书。（廿八日）

竟日行六十五里，泊白洋水口。（廿九日）

竟日行四十里，泊含光关。关系太平分关，归巡抚督理。（三十日）

笞誃日记第十一册 光绪十四年四月朔日起

戊子四月朔日始，十月九日止

【光绪十四年戊子四月】

竟日行六十里，至大湾墟泊。（四月初一日）

竟日行六十里，泊连州坪。今日自锦浪滩起，山色苍翠，岩峦竞秀，过三峡头，江岸石重叠作五色，奇观也。过桂岩，山壁若削，小孔若蜂窠，飞鸟啾唧，以此为巢。雨方止，一岩飞瀑，百道下注，色若雪练，潺潺声闻数里。江流更急，逆上不易，纤夫皆行岩顶，攀萝附葛，宛转如行栈道中矣。（初二日）

竟日行五十里，犹离阳山县十里。苦雨竟日，山泉下注如匹练，岩峦苍秀，如麓台设色山水，其浓厚处王蓬心犹能之，馀皆不能下笔也。近数日又能御夹衣，可见气候不齐矣。灯下读张皋文《词选》二卷。（初三日）

竟日行四十里，至黄燕滩泊。水流甚急，兼以天雨，山泉下注，奚止百道。途中见山石玲珑，皆妙绝如假山，又似太湖诸石也。（初四日）

竟日泊滩头。因天雨水涨，顷刻可尺，舟子偕仆人游一岩归，云在山之半有一洞，多石乳，象人物诸形，再进有石床、石塔、石钟鼓、石兽，作种种奇怪，皆天然成形，云远胜星岩石室。且中洞屈曲，笼灯勇进，仍不能尽其胜。惜行旅无图籍，不能证为何山，前人书中当有记及也。郎丈云，疑当日猺人穴居之处，连州本猺界，事或有之也。（初五日）

竟日行十里，至小江口墟泊，以水涨不能行纤故也。晚至郎丈船

饭，贻阳山钓鱼台石刻韩文公像拓本。（初六日）

竟日行四十里，至界滩泊。（初七日）

晨起，占牙牌数，曰："进可以战，退可以守，不战不守，唯唯否否。"解曰："富贵由天未可求，羡君骑鹤上扬州。劝君动作皆循理，许尔安康到白头。"

马文毅公雄镇姬顾氏，本吴中女士，精小学《说文》。公撰《汇草辨疑》十二卷，姬皆手为旁训。标按，事见马文毅本传（《先正事略》卷八）。是国朝女子通小学《说文》，最先者时在康熙初年。

雍正三年张文敏照疏言：《圣谕广训》一书，俾童蒙诵读，府县覆试时，令背录一条，方许录取。（《先正事略》）

行三十里至羊跳峡，江流至此甚狭，水急，两岸山石下空上出，石皆例挂滴泉，奇怪之形，或如簾如楹，如兽如人，不一而足。石色沾土，或有黑如墨、黄如金、赤如赭、白如雪者，画所不能成，即成矣，人见之，必不信其真有此山也。山瀑高十馀丈，分两种，一如匹练，奔腾之声闻数里，一如细雨，又似喷筒，皆细碎如雾，真似帘矣。纤夫循行山根，或升上至顶如蚁旋，或下探至渊作鸬鹚立，亦云劳矣。又有一处山石，皆极皱、瘦、透之妙，其巨又不止如屋，若移一石置园林中，恐奇僵皱重多不如矣。又有一处石，黑质而白理，光无尘土，其玲珑如研山，惜皆大如巨舫。行十里过马面滩，奇境始尽。天黑细雨，即泊。（初八日）

晨行十里，午初至连州城外，即上岸进试院，甚小，大堂后止有屋七楹，幕友、学使皆在其中矣。题为延青堂，王丕烈书。寄第八次禀。（初九日）

竟日读《先正事略》。灯下阅生童古卷四十册，即毕。（初十日）

竟日未为一事。得第四次慈训，并洪振邦书。阅生卷五十册。（十一日）

乾隆二十五年毕沅榜，始定新进士前十人于读卷日引见，即今日所谓小胪唱也。

国朝以大魁陟宰辅者，顺治丙戌则聊城傅公以渐，丁亥则武进吕公宫，己亥则昆山徐公元文，乾隆丁巳则金坛于公敏中，己未则番禺庄公有恭，戊辰则会稽梁公国治，辛巳则韩城王公杰，己亥则大庾戴公衢亨，癸丑则吴县潘公世恩，今南皮张公之万。

国朝大臣生前加太傅，自金文通始，其后洪文襄、范文肃、鄂文端、曹文正、长文襄、阮文达、潘文恭。

竟日读《先正事略》。（十二日）

未为一事，灯下阅连山童卷六十册，作与次潇书。（十三日）

汪文端公廷珍十二岁而孤，母程太夫人抚之，值岁凶，不得食，太夫人终不肯使人知，曰："吾非耻贫，耻言贫耳！言贫则疑有求于人，故不为也。"（文端本传）

数日来学无专好，昏惰饱食，晚来记此，深自惭痛。自顾年将及壮，无一艺一能足以传天地，日间读道咸两朝名臣事略，中如吴文节、赵忠节、塔忠武诸传，令人涕陨，其气如生，若经目睹。男儿报国，固不在险阻时以一殉为能，然追思陈事，实足令人振惰起废，是亦为人者之不可不知也。

竟日未为一事。（十四日）

作楷一页，灯下阅连州童卷五十册。（十五日）

作楷。午后阅优卷三册，覆生卷三册。（十六日）

作楷。午后刻四印，为祁浩泉先生寿。先生系子枞之太翁，年已七十，能篆隶，为青浦教官。

寄第九次禀，并与大、二兄、振邦、心渊（附红格）、吴次潇、苏稼秋各书。（十七日）

《说文》："玎，玉声也，从玉，丁声。齐太公子谥曰玎公。"汪容夫《玎文正》曰："按《史记》吕伋称丁公，丁公之子得称乙公，乙公之子慈母称癸公，其言实出《世本》。丁、乙、癸并从十干，不得如《说文》作玎也。""古书或借'玎'作'丁'，许氏遂据之而为之说尔。"标按，汪氏疑之是矣，而未得其塙证。许氏以玎为玉旁，是犹未得为塙也，今证诸古金文，始恍然矣。《盂鼎》"文王""武王"，"文""武"二字皆有王旁，塙非从玉。盖古金文"王"字下画皆巨而两角微仰，吴窓斋中丞曰，从二从山，山，古火字也，地中有火，其气盛也。火盛曰王，德盛亦曰王，是"文""武"二字塙当从王矣。"文""武"皆谥，今"玎公"亦谥，故亦从王。三代以后，"王""玉"无异文，许君不察，遂以玎为从玉之文，归入玉部，汪君疑之而不得塙证。不意数千年后此鼎一出，始为涣解。窓斋丈读《盂鼎》文，仅定"文""武"系从王之字，非"玟""珷"之文，谓他器未见，当亦臣子尊先王之意，特加王以别之。标今据许氏书，可助其一证，且可以正许君之讹，解汪君之惑矣。（甲午五月，读李莼客慈铭《白华绛柎阁诗》癸《盂鼎歌》，亦引玎字■■《说文》入玉部之误，反以"玟""珷"皆作玉旁，是过泥古书之弊。）

见袁随园撰《周幔亭墓志》曰："今年十月卒。"前后无纪年之处，"今年"不知何年也，此撰志疏忽处。汉魏人碑版文字，决不如此。唐宋以后，恐如此者多矣。

检读各书，仍无专业，惟字则不间日耳。郎丈题《竹柏图卷》成，又书阮文达论钟鼎绝句为赠。（十八日）

竟日未为一事，惟篆书程子四箴，应郎丈之属。灯下阅连州生卷五十册。（十九日）

曾文正《谕子书》曰："高邮王怀祖先生文字经学为本朝之冠，皆自札记得来。"可证余去年与叔彦言（在第五册日记中）。

晨起，作楷，馀未为一事。灯下阅连山童卷七十册。（二十日）

晨起，作楷。午后刻一印曰"为人戒有暇日"，取《荀子》语。去年曾刻一印，已亡矣，今复刻之，且重以自警也。晚，郎丈招谭，见孔荭谷手校《三国志》，每卷后有记校录年月，乃在都时假程鱼门校本过临者。时翁覃溪、朱竹君、黄小松、程鱼门皆在都中，常有宴会之事，皆记于卷尾。又《后汉书》，亦荭谷校本。两书皆朱圈小如米，字大如蝇头，一笔不苟，可见老辈好学，真不可及，真可学者也。灯下又取《声类》补写一过，疏陋处尚多。校覆生卷五本。（二十二日）

晨起，作楷。午后假蒲生《龚定盦初集》，过临校语、句读，至半夜一

册始毕。（二十三日）

晨起，作楷。午后续临《定盦续集》，未毕。写篆屏六。（二十四日）得鞠师、若兄两书。（二十四日）

鞠师书来，言叔彦囚首垢面以治经，《丧服》草稿裒然五巨册，一以高密为宗，其沉潜真不可及。又欲为《经儒法则》，编采古今经师嘉言懿行，汇为一编，意在为今之谭汉学而言行不符者痛下针砭。又欲为《诗笺释例》，闻皆已发凡起例矣。

晨起，作楷，馀未为一事也。晚读《定庵续集》三卷。（二十五日）

晨起，作楷。午后读《定庵集》毕。（二十六日）

晨起，作楷。午后检行李，灯下作送誉卿诗四绝句。（二十七日）

竟日雨，未能上船。出门购扇十柄，皆备送人者。（二十八日）

天雨，仍未能束装。购化橘六十枚，翠约指二。写楷一页。郎丈为写扇三柄，甚精。见郎丈藏端研二方，青花鸲眼，色色精绝，佳品也。（二十九日）

午后上船，晚泊小江口墟。两时行九十里，船如箭激，抵上水时四日也。（三十日）

【光绪十四年戊子五月】

天明开船，巳正至阳山县城外。游韩文公钓鱼台，有钓矶一，上刻宋元嘉郑□题名，又明人题名二。有屋数楹，中刻文公像，崇祯时所摹。有楼甚敞，一匾曰“洙泗同源”。晚过燕石，二十里泊。行二百里，可云速矣。寄第十次禀，并与子安、诗孙、复三、履新四书。（五月初一日）

行百四十五里，午后泊连州江口。得第五次慈训，并大兄、心渊、陈[按，当作程]履卿、季友、静君各书，即寄大兄书，并与陶仲平、履新书。送程誉卿回苏。（初二日）

见英石一，高尺许，近视之一直峰也，远望如一老人形，左拄一杖，鬓眉眼目毕具，毫无斧凿痕，亦奇物也。又连州出一种石，黄如土，玲珑具岩壑之致，高不过尺，土人以磁烧小房屋、人物，纷布于中，宛如一大山，又以小树植于上下，以水浸石，水气能上升，草树不枯，值甚廉，一具只百十泉也。

连州地瘠民病，多以子女鬻于他方。此次各船后附载男女小孩甚多，大至十五六，小仅四五龄。半夜时闻号泣声，殊惨然也。人生不幸而至鬻子女，奸商谋利，祸及骨肉，厥律甚严，而敢载诸官舫，视为贩买常事，可不痛哉！

竟日行八十三里，至江湾泊。（初三日）

竟日行六十五里，过龙头影泊。晚至郎丈船谭，呈以新作《跋孙氏仓颉篇》及四碑诗，乃代李道源作，备刻《山左试牍》中物也。（初四日）

郎丈言，翁文端奉使广东学政时，出都至江苏徐州界，其业师孙子潇来迎，请入坐定，孙属屏退仆侍，语之曰："闻汝在都寒苦，今得粤差，甚善。余一切已为君处置，可得三十万金，不独为汝谋，且足以助我娱老计也。"文端怫然起，呼仆送客，孙亦不能再言矣。是晚，文端梦至一荒野，有一亭，亭中碑甚穹，大书四字曰"科第蝉联"，徘徊间，旁有一老翁呼之曰"试视其碑阴"，审之则亦大书四字，曰"子孙绝灭"，骇然而醒。此事郎丈曾询诸翁叔平尚书，尚书文端子也，亦云曾有此事，惟文端当日戒不使人知耳。

竟日行四十里，至白沙口塘泊。晚至郎丈船谭。（五日。）

竟日行五十里，至濛里石泊，以杂诗二十截句呈郎丈。（六日）

竟日行五十里，至铜鼓石泊。郎丈遣使送和诗来，诗曰："清芬旧德诵南濠，灿烂传家五色毫。秋驾相期胜重远，春晖岂易答劬劳。孤寒翟相明经贵，早慧终童建节高。学业勋名非两事，较量麟角与牛毛。张北吴南许颉颃，此才不达抉吾眶。颖川敢谓交群纪，高密由来世郑王。寸铁不持真志士，千金难赎是韶光。蹉跎半百惭无补，宜有箴铭置坐旁。"（初七日）

晨起椗。午后抵韶州城外，舟泊东门。进城半里许，至试院，大堂内只屋五楹，幕友、学使皆起居于斯。江流至城外渐浅，水甚流，来

船皆载炭，去船皆装盐，无他物也。（初八日）

顾景范曰："凡地理言南，可与东通，言北可与西通，非同东与西、南与北迥相反者。"（《古文尚书疏证》卷六上）

彭躬庵《传是楼藏书记》："庚申暮春，余因顾子景范、陆子拒石约登昆山徐公之传是楼，楼十楹，跨地亩许，特远人境，无附丽，启后牖，几席与玉峰相接。中置庋阁七十有二，高广径丈有五尺，以藏古今之书，装潢精好，次第胪序。首经史，以宋版者正位南面；次有《明实录》、奏议，多钞本；又次诸子百家、二氏、方术、稗官野乘、《齐谐》，靡不具备。曲直纵横，部勒充四阿，各有标目。"（《阎百诗年谱》卷三）

竟日未为一事，晚灯阅古学卷百本。（初九日）

竟日未为一事，晚灯阅生岁卷二百册。阅二册，蚊钻肤，痛痒殊甚，即睡。（初十）

竟日阅生卷，晚毕。（十一日）

称蝨为琵琶虫（不知见何书，一时记忆不真，俟查），乃以古语而讹也。《淮南子·说林训》："头蝨与空木之瑟，名同实异也。"高注："头中蝨，空木瑟，其音同，其实则异也。"标疑后人知此说而不见瑟之形状，遂呼之曰琵琶，琵琶像蝨形，乃以形同而称之也，然其原实本于《淮南》。

竟日未为一事，晚阅童卷二百四十册，未毕即睡。（二十一日）

竟日阅卷至晚毕。（十三日）

竟日未为一事，静坐已汗出如浆矣，寒暑针升至九十度。晚阅童卷二百五十册，未毕睡。（十四日）

晨起阅卷，午毕。午后写楹帖三副。汗如雨下，竟日不能为一事。晚蚊如蚁，以艾烟薰之，烟息即来。（十五日）

《郯令景君阙铭》（《隶释》，元初四年）

治欧阳《尚书》传。

《从事武梁碑》（元嘉元年，《隶释》）

治《韩诗》经。

《郎中王君铭》(王政,字季辅,元嘉三年,《隶释》)

治欧阳《尚书》传。(上下皆阙,当即“治”、“传”二字)

《孔龢碑》(元嘉三年)

龢修《春秋》严氏经。

《孔谦碑》(永兴三年)

修《春秋》经。

《琅琊王傅蔡朗碑》(永兴六年,《山左通志》)

以《鲁诗》教授。

《郎中郑固碑》(延熹元年)

初受业于欧阳。

《泰山都尉孔宙碑》(延熹七年)

治严氏《春秋》。

《济阴太守孟郁修尧庙碑》(永康元年,《隶释》)

治《尚书》经。

《卫尉卿衡方碑》(建宁元年)

耽《诗》悦《书》,研通《春秋》。

《郎中马江碑》(建宁元年,《隶释》)

通《韩诗》经。

《金乡守长侯成碑》(建宁二年,《隶释》)

治《春秋》经。

《北海淳于长夏承碑》(建宁三年,《隶释》)

治《诗》、《尚书》。

《太尉杨震神道碑》(熹平元年)

又明《尚书》欧阳、《河洛》纬度。

《执金吾丞武荣碑》(建宁、熹平时立)

治《鲁诗》经韦君章句,阙帻传讲《孝经》、《论语》、《周书》、《礼记》、《左氏》、《国语》。

《司隶校尉鲁峻碑》(熹平二年)

治《鲁诗》，兼通颜氏《春秋》。

《豫州从事尹宙铭》（熹平六年）

治《公羊春秋》经。

《校官潘乾碑》（光和四年）

博学典谟，祖讲《诗》、《易》。

《咸阳令唐扶颂》（光和六年，《隶释》）

敦《书》咏《诗》，综纬《河洛》（附间葵斑，修《春秋》严氏，次子间龚叔谦，治《尚书》欧阳，次廉仲絜，小夏候）。

《豫州从事孔褒碑》

治家业《春秋》经。

读《汉书·儒林传》，见其专记授受之源流，而于诂训文辞未及也。洪北江《传经》《通经》二表，皆本于此。因忆汉碑中记治经者甚多，假汶民丈汉碑录文读之，得以上数则，不知洪氏《通经表》中已有之否，行箧无此书，待归而检校之。

十六、十七两日未记。

竟日未为一事，仅作楷一页。灯下阅生卷百八册，未毕即睡。（十八日）

晨起，阅生卷，午毕。晚接阅童卷百八十册，未毕。（十九）

陆祁孙《合肥学舍札记》卷二云，按上置鼻烟壶印泥，合各一事，偶掩卷默坐，忽有所悟。鼻烟宜静不易动，频开则气渐减；印泥宜动不宜静，屡翻则色胜。物性不一，人亦宜然，各适其动静之性，皆可长年。昔人云：流水不腐，户枢不蠹。又云：猿狙之性，动而弥寿。皆妙契自然，不必趺坐屏息，徒自苦为也。标读此则不觉哑然，何先得吾心乎？亟录之。

康熙鸿博科，有人作诗讥之曰：“宿构零骈衡玉赋，失粘落韵省耕诗。”嘉庆已未会试，亦有人讥之曰：“从今不怨朱师傅，纵不能文尚读书。”两事见《合肥札记》三。

“愉色宛容，悦亲有道。严气正性，教妇初来。”此陆祁孙为姊子授室作楹联也，见《合肥札记》三。

晨起阅童卷五十册毕，接阅二场童卷百五十册，五鼓毕。（二十日）

晨起作楷，午后写篆屏四，索祁子枞画一团扇，作秋花六种，仿南宋画院本，题曰《碧城旧谱》，索程蒲孙书之，为贻一词，调寄《桂枝香》，曰："幽蝉断续，向岸柳唤凉，归思频促。遥想拈毫镜里，句争山绿。江南韵事，旗亭唱问，谁携荔香新曲（君近著《红蕉词》，甚佳）。好风吹也，琼楼深处，咏花人独。更佳信银缸，笑卜占云外奇芳，开到金粟。取次仙璈，盪尽闲愁千斛。巾痕扇影天街路，恋馀情，桑下三宿（余应官试已三度矣）。如今尚愿霓裳同，听写春楹幅。"（二十一日）

连江舟中偶成截句，今录于后。

"手拓同文门畔石，小游武氏纸房祠。汉京小学权舆在，陋绝齐梁俗体师。（过曲阜孔庙、紫云山、武氏祠，手拓各石，齐梁以下，不屑加毡蜡也）

吾别明湖已四年，书僮帖贾尚缠绵。东南剩有金银气，难脱泉刀换简编。（到粤后得书籍碑版不及齐鲁百分之一）

古人识字为读书，今人读书不识字。此事平生窃耻之，一函永守汝南氏。（年十有二读许氏书，至今十八年，未一日废也）

问心饮水知寒暖，处世寻途辨正邪。两种情怀同一轨，万重恩怨此萌芽。

去日夭桃万树红，今来葵麦动春风。盛衰吾笑刘郎感，一样尧天雨露中。

意气雄奇狂简易，文章渊雅少年难。从今独抱河东箧，收束威仪定性看。（以上三截偶感）

绝学乾嘉衮衮才，不随黄九共徘徊。寒衣未翦秋风里，一语分明纵利媒。（诗雨当轩诗）

文尚沉雄气吐虹，小词明艳绝诗工。不才事事难公许，独有童心证或同。（读龚定公集，见其记髫丱事辄怦怦动焉）

莫向空斋问九流，春风墓草满西州。鹅溪水冷寒灯小，觅吾童心到枕头。（哭华篴秋舅氏）

绝妙辞锋宛转情，此才敢是误聪明。明湖十里听啼鴂，谁分重逢待再生。（吊济宁李道源秀才本立）

峡雨溟云次第看，六千里外算程宽。明朝便是天涯别，忽忽题襟下笔难。

曹师真挚王郎雅（叔彦、毓仙），家衖难忘此别离。此去若逢烦寄语，万荷香里我归时。（送程誉卿四首存二）

新写红蕉一卷词，十年踪迹托乌丝。寒灯明灭机声促，为忆残冬下学时。（童年喜声律，今已事隔十五年矣。新成《红蕉词》一卷）

万里论文集古欢，七年私淑瓣香刓。最难父齿随行长，潘阮寻常敢比看。

曾读孤儿旧日编，伤心一事愧前贤。春山宿草空郊雨，志墓犹虚廿九年。（上郎亭丈，此绝求撰先君墓表）

绝峡飞岩次第过，暮云朝雨任高歌。舟窗一事增新悟，路到奇难景转多。

竹缆兰篙水上滩，巉岩处处走寒湍。有人篷底摊书读，等是云劳到岸难。（记途中山水）”

竟日未为一事，坐废而已。晚阅童卷一百七十本，未毕即睡。（二十一日）

晨起阅童卷毕，午后写篆屏六幅，以前日所写四幅付郎丈侍书小史杨升儿，此四幅后有记曰：“似篆而实非篆者，近日临邓完白之俗手也。似非篆而实篆者，何爰叟、莫偲老之篆也。世有能去此二敝者，近十年中或有人也。戊子四月，写此四幅，颇欲去此二敝，及执笔为之，不仅去此二敝不能，即欲学此二敝亦不能也。甚矣，学书之难也。昔人谓围棋、数学今胜于古，标亦谓篆籀之学可与二事鼎足焉。世有知此道者，当不笑其狂言也。”（二十二日）

元雪窗书院本所刻《尔雅》，疑本东坡《龙尾子石砚诗》“雪堂窗下

《尔雅》笺虫鰕”句。

苏文忠诗《孙莘老寄墨》施注录李端叔跋云:“东坡捉笔近下,特善运笔,而尤喜墨,遇作字必浓研几如糊,然后濡染。”

两日未记,二十三、二十四日。二十五日,郎丈饯行。

晨起,写篆,午后寄第十一次禀,附大哥、仲平信。(二十六日)

竟日未为一事,仅作楷一页。略检行李。(二十七日)

以眉子研、寿山石印祝郎丈寿。晚,程蒲孙、陆惕身、祁子枞、汪润苏姑丈同饯孙洨民、王仲兰、汪维卿及余,至三鼓散。(二十八日)

晨至郎丈处辞行,丈贻程仪、元卷共四十元。(二十九日)

【光绪十四年戊子六月】

天明即起,检行李,拜郎丈寿。午后出门,得《唐人说荟》九种、曲二种。午后上船,乃出韶城,北上五里,过太平关,宿。至郎丈船谭。(初一日)

罗虬《比红儿诗》第二十八:“料得相如偷见面,不应琴里挑文君。”“挑”字作仄声读。

天明以一名片索启关,须臾即过关。关名太平桥,以船连楼,上排以版,因山水涨落不时,故用此活法也。关屋高数丈,云水大时可及也。竟日行二百三十里,宿望江墟。(初二日)

天明开行四十里,至英德小泊,船户以曲江公文至英德署中,即覆一名片,名周华林。开行二百四十里,泊白庙盐关。两日来午后寒暑表升至九十五六度。(初三日)

天明启椗,行四十里至清远,命仆人偕船户至署中回片,名左璹。给船户夫价银三两七钱,合前曲江所发价二十五元,共二十馀金矣。清远城外较英德为热闹,小艇如鲫,往来者甚烦。行百三十里,至芦苞泊。(初四日)

晨起椗,行六十里,至三水码头泊,即河口厘厂。船户至三水署,空手而回,云不发夫价,即命开船。晚泊黄鼎司,离省仅三四十里,过

佛山，通衢皆在水中，适值水发也。（初五日）

巳初到省，即进署中，午后至双门底一游。（初六日）

晨起，出拜窸丈、羊师、硕丈、兰丈，皆未见。至吴畴荪寓（名昌济，吴人，官粤），见徐瀚卿，遂同饭于畴荪处。见查梅壑山水卷，似非真品。见六舟《剔灯图》，即《剔竟宁灯字图》，拓全形，一正立，一倒立。正立者于灯中画一立僧，即六舟象，高仅二寸馀。一倒立者，画一象作伛偻手剔之形。旁有六舟自书小草书数百字，装作一横幅。又扇面册十二页，皆道咸时人。午后以扇、屏呈硕丈，以扇、龙须席呈羊师，以扇、莲子呈兰丈。（初七日）

竟日未为一事。晚，吴问潮、铭新、程庆三人招饮于酌雅居（城隍庙前），适寿荪、吴寿之在别室，寿荪约酒，值二鼓归。（初八日）

出城拜沈筱园（嵩龄，上海人，电局总办）、吴香圃（俊熊，香山人，招商局总办）。过香圃，往香港招其局友写一信与富顺轮船买办陈玉南、唐衮卿。午后，硕卿丈来拜。（初九日）

晨起，出门辞行。至窸丈、硕丈、羊师、季群处。午后送来元卷，羊师八元，硕丈十六元，季群十二元。见徐瀚卿，有一诸女卣，连盖高尺许，文不甚精，盖旁刻有"阮氏家宝"四字，色泽甚佳。以十一元购洋灯各种、书各种。乞硕丈转假小火轮一艘，名"利济"，拟送往黄埔也。（初十日）

晨起，窸丈送来对三付，系托写者。又为写"师许室"三字榜。饭后即起身，半时许即抵黄埔。上轮船，住房间三间。见陈玉南招，即在船上饭，知须十三日始开。（十一日）

竟日在船，热甚。晚大风雨，始凉爽可睡。见同船朱□□（浙人）、黄□□昆季（香山人，下北闸），又□□□（南海人）。（十二日）

初十日得第七次家慈训，云初一日辰刻得一女，喜极。七年来两索得男，一存一殇，颇盼有女，今竟有之，较生男喜欢矣。

天明起椗，子初泊香港。（十三日）

上午船中上货，午后起椗，天大雨，晚间得安睡。（十四日）

竟日船行如平地，不觉航海之苦也。船中附客甚少且多赴京兆者，惟不善操粤音，不得与之畅谈耳。见新会卢贻堂（佐华[①]），曾为幼童，出赴美国，读书十年而归，后为武备学堂差事。年仅二十七，精三角数理，曾造鱼雷阵，为李傅相所赏，前年以母病回家。应美国领事之聘二年，不愿为外域所使，复将至天津焉。与若溪、范夫皆熟识。（十五日）

晨起，知船将进福州口。先于昨晚见远山一灯，云系牛山塔灯，数百里可见也。先进长门，两山壁立，阔仅数丈，左右新设炮台皆用西法，甚坚实，惟顾前不顾后，若船已进口，则无能为力矣。次为虎门，亦如前制。再进即罗星塔船政局，可见船即停塔山之旁。嗟乎，前年法人之祸，有此地势而一败至此，不能不责诸将之不力，丰润学士尤不得辞其咎。余今亲历其口，始知之也。午后，前福州将军善□公柩上船，并眷属等，送者惟裴船政，为主经理一切、护送至沪者则蔡和甫观察也。（十六日）

巳初起碇，竟日风平，如履平地。（十七日）

巳初过温台洋面，薄暮过宁波。（十八日）

天明进吴淞口，巳初到马头，寓永安街口老义和客栈。午后出门，至沪报馆，见稼秋诸君。晚，稼秋约至聚丰园，同坐有孙夔石。（十九日）

晨起进城，至稼秋家，同往城隍庙湖亭茶饮，咏梅、平书同来，畅谈而别。午后至友竹寓谭，同至华众会。孙少芙来，约坐马车至静安寺，归已上灯。至聚丰园饮，少芙代余招朱云宝侑觞（住四荟芳），畅饮至子初。夔石复招饮于清河坊张月娥家，见紫芾诸君，复招云宝来，至丑正反寓。（二十日）

晨起，检行李，呼绸庄船来，雇定一船，四洋半，与得之分坐之。晚间，李澹平招饮于朱月仙家。苍石来，不及答之矣。李君同席，高

---

① 按，当作祖华。卢祖华，第三批留美幼童，同治十三年赴美。

邕之(邕,仁和人,官江苏,工书画)相谭甚契。又金□□、陈容□(荣祺)同席,皆不及一语焉。十二点钟下船,即开。(二十一日)

天明过黄渡,以护照示之即启关。晚泊陆家浜。(二十二日)

天明启椗,午后抵家。(二十三日)

竟日未出门,亦未坐定。(二十四日)

两日皆未为一事。(二十五日、二十六日)

晨起,心渊招游虎阜,至革公祠,见刘少楠(江宁人,文楠观察子),初见,谭甚契,盖渠早知余者。晚归,得襟江母舅书。今日为先君子忌辰,晨起竟忘之矣。应心渊之招,不安累日,特记之,谬妄至此,愧悔无极。(二十七日)

【光绪十四年戊子七月】

自二十八日始至今日,未记。(七月初四日)

见叔彦有■著书目,得十馀种,皆精。

拜曲园。赐题家母五十寿卷。

以曾王父《采芝图》遗像、家慈五十寿卷求艮庵太世伯题。

见翼夫,云《北堂书钞》已摆板,以新刊《海源阁书目》赠翼夫。

以小华册求沈篴伊淇泉题语。

晨起,拟束装至秦淮,以杂事未毕,止行。午后送大、二哥上船。(初五日、初六、初七)

知郎丈得工部右侍郎之位。

接郎丈电报,云张孝达、吴窓丈二公招余,场后即至粤东,不知何事,当再有信来也。(初八日)

两日未为一事。筹云为余筹款四十英饼。(初九日、初十日)

晨起,检行李(寄粤信)。午后上船,与洨丈偕行,开出前门泊。(十一日)

天明起椗,风顺,泊黄渡。(十二日)

巳刻抵沪。上岸,谒朱昂青世伯,朱与先大夫素识,标则生平未见及，他日拟求撰先君墓志。午后至沪报馆，见稼秋诸君，知江永轮船即日开，至船上一看，上下几无隙地，拟不坐此船矣。适见顾同庆，渠与轮船副账房张仲贤同乡，即往与张言，得房一间。两人同挤一房，热甚，晚间至柁楼睡。开船后风大，即避至房中。天明过狼山。（十三日）

竟日行，午初过通州，午后过江阴。皆用划，上二百馀人，划甚大，尚不危险，惟挤甚耳。二鼓至镇江，停两时许，始起椗。（十四日）

天明来收船票，船值一元九角五分，以住房舱，又加半。九点钟泊下关，等船傍人涌如海，雇一小划，值至二元二角。划道至半途又代换一小划，送至水西门，船挤不能动，又退出换担夫送进城，自押之。适值大雨，骑驴冒雨而进。至夫子庙，先至仲穆处，问大、二哥寓处，再至利涉桥西首，一切检拾毕，已天黑矣。幸哉，尚不致宿城外也。（十五日）

晨起，写字，馀未为一事。仲穆来，即去。知玉峰在此，未见。午后出门，得《谷梁大义述》、《廉石居藏书志》、《尔雅补郭》。又至文运楼，书肆主人汤姓，即前数年在扬州见者，旧书甚多，见元板《朱子毛诗义疏》、抄本《元和郡县志》，又焦理堂手稿各种，皆残阙。见赵静涵师、萧敬孚先生。

上午候李平书，贻笔二枝。午后至下江考棚一看，至得月茗饮，归，候程誉卿一谭。

在状元经得马半槎家藏抄本《姑苏名贤小纪》，有“半槎”、“马氏丛书楼珍藏图记”朱文印，又有“东吴席氏珍藏图书”朱文方印，又有“古吴后滉”白文方印，不知何人也。

得振绮堂刻《玉台画史》五卷一册，精甚，为汤漱玉撰，汪小米室也。分宫掖、名媛、姬侍、名妓四门，皆引书为证，自道光后又可添补，且道光以前，各书蒐采亦未全，他日可续成之。

得明大字本《扬子法言》。（十六日）

见范醴泉（本礼）、朱莘田（昌鼎），皆上海诸生，赵剑秋（椿年，阳湖诸生),皆新识者。

得聚珍本《水经注》,有墨笔句读,又以郡国山川注以今地名,据书贾云,旧有纸签,题作王伯申手笔。然前后无图记,题名不知何据也。又明陈大科本《初学记》、《张皋文集》、抄本《述学》、焦氏《国史经籍志》、《历朝名媛诗词》。

数日来并日记亦不记矣。放心至此,尚能应试乎!可愧。(十七日至二十四日)

午前未为一事,午后谢钟英来(武进人,名诸生)谭即去。严子万师自中州来,由颍亳水道直至淮江,循新黄河决口之所而下。

费屺怀来,适出门,未见。(二十五日)

得明本《文心雕龙》,首页有山东、浙江学政两关防,并"文选楼"、"琅嬛仙馆"诸印,是阮文达旧籍。又《山中白云词》,有"保龛"一印,当即丁保庵,中有批校处,注曰"萍注",不知何人。又汲古本《词林万选》两册。

晨起,未为一事。午后文运堂送来宋巾箱本《论语注疏》、《孟子注疏》共二十四册,一柗。细审之,似从宋十行本出,遇宋讳皆加圈,不缺笔,以阮氏《校刊记》证之,有胜十行本者甚多,值二十元,决计得之矣。(二十六日)

晨起,检考具,拟明日进优场也。午后至屺怀处一谭。见盐城陈玉树《诗经异文考》,不从三家诗分异同,乃以诗中句异同合考之,如《易通释》例。(二十七日)

天明赴试院,辰正点名。四书题为《旅酬下为上》一句,经题《天子之阁,左达五,右达五》,策题《问〈诗·干旄〉素丝组之毛郑异义,毛训干旄为旃,故取〈简兮〉诗义以释素丝二语,郑不从之,其说孰长》。尽日夜之力始毕事。(二十八日)

天明出场,睡至午正起,午后出门。(二十九日)

【光绪十四年戊子八月】

竟日未为一事。午后见稼秋、玉峰。（八月初一日）

上午未为一事，午后偕咏梅、燕秋乘骑至明孝陵，过明故宫，见明代廷杖石，光洁具五色，相传为血迹，此诬传耳。出城，见陵墙■甚大，趋近则倾无片瓦。见琉璃瓦破砖，有官阶、姓名、工匠等款，间有一砖有“平乐州”三字，不知何用。有守陵户两家，具茶棚，游人可止足焉。再上为隧道，围如城门，斜上出此门，则又平坦可四达。至陵顶小憩即归。（初二日）

晨起，未为一事。午后至燕秋寓中，咏梅招至问柳茶饮，晚归。

知各省学政之信，柯巽闇得陕西差，各省学政中能讲实学者，只此一人。馀则杨蓉浦为江苏学政，樊恭煦得广东学政，其馀则姓名并忘之矣。（初三日）

昨夜半榜发，得正取第一，其次为魏家骅（梅郙，江宁人）、范本礼（醴泉，上海人，新号涤新）、陈玉树（颂芬，盐城人）、谢钟英（钟英，武进人）、陈庆年（善馀，丹徒人），备取十八人，首周钺，次朱树新（莘田，上海人），馀俟续记。晨起，寄电报及家书，出门寻如圭、梅汀，为谋用款事，午时如圭、梅汀皆送款来（各二十元，以款多，还如十元）。正取五君皆来，同至学署，知出门未归。即至督署，先至外号房挂号，再至大堂东首号房，传禀后，约明晨进见，遂出。仍至学署，先与书差讲一切款目，定即传见，略坐即出，归。得羊师书、尹竹年书。（初四日）

晨起，至督署少坐即传见，在三堂之东偏室，小坐即出。至玉峰处午饭，再至屺怀处，又拜刘禹门及魏梅郙同年。（初五日）

晨起，梅郙来，即同往汉西门外接官亭送长沙师，待至午后始至，一揖即归。至玉峰处寄广东电报，复同至秦淮晚饮，大醉归。（初六日）

晨起，检考具。午后出门，得黄刻、项刻、钟评《水经注》三种，《仪礼图》一种。（初七日）

晨起，检考具。午初入场，由中路进至龙门内，拥挤异常。迨接卷后，至平江府北总门口挤位，一仆携考具先行，遍觅不得，半时许始寻到，至川字号内，晚即睡。（初八日）

天明题纸始来。首题为《子曰可与共学》两章，次为《极其广厚，载华岳而不重，振河海而不洩》，三题《堂高数仞 至 在彼者皆吾所不为也》，诗题《金罍浮菊催开宴得鸣字》。日午，首艺毕。三鼓，次三艺、诗正草俱毕，即睡。（初九日）

天明即出号，至大哥处一看。随至公堂交卷，出场即睡。午后略检考具。（初十日）

晨起，午饭后即进场，较头场拥挤稍好。接卷，坐西文场淡字五十六号，检拾一切，饭毕即睡。同号海州郁姓，即汪竹君之内兄，又与范醴泉同号。（十一日）

四更，题纸已下。《易》:《为电》。《书》:《淮海惟扬州》。《诗》:《既景迺冈》三句。《春秋》:《夏五（桓公十有四年）》。《礼》:《脍，春用葱，秋用芥》。五鼓，五艺俱毕，即睡。（十二日）

天明即起，检考具，即至大、二哥处一看，已皆毕矣。即同交卷出场，竟日睡。（十三日）

晨起，检考具。午初，适天雨，泥滑水淋，苦甚矣。进场后接卷，知仍坐淡字号，遂偕二哥、铸臣、得之三人进号。至晚，复至平江府■，邀大哥、徐咏梅同来，五人连号而坐。晚即睡。（十四日）

四鼓，策题来，即起检书。至日午，第一问毕。薄暮，二问毕。五鼓，第三、四问毕，小睡。天明即起，作第五问，用骈体，至午始毕。午后誊写，申初毕。即同大哥、二哥、咏梅诸人出场。（十五日、十六日）

晨起，未为一事。午后，平书、燕秋招饮于河舫。（十七日）

晚又饮于河舫。（十八日）

晚又饮于河舫。（十九日）

得明本《列子》、《文中子》，半页十二行，小字，尚有元本气味。魏梅郬来谭即去。（二十日）

竟日检行李。（二十一日）

午后至水西门下船，是日未开。（二十二日）

天明开行，午后泊下关，风大，不能出江口。（二十三日）

天明开行，晚泊沙漫洲。（二十四日）

天明开行，午泊镇江，上岸一游，即归船。（二十五日）

天明开行，晚泊吕城。（二十六日）

天明开行，午过常州，晚泊黄陵。（二十七日）

午初至无锡，即上岸，至惠山寺品茗第二泉。独游黄公涧，天久晴，无滴水。下午归船，开至南门泊。（二十八日）

下午至阊门，即换小船，到家已天黑矣。适督辕报房已至家十馀日，气盛形倨，索供张甚诞，势汹汹，归后知此事大怒，驱至门外，鼠窜而去。（二十九日）

【光绪十四年戊子九月】

天明，苏侣笙、李平书来，侣笙即往扫墓，余偕平书至观前小酌。午后至怡园一游，候查翼夫、蒋肖鳍，畅谈而归。（九月初一日）

天明，平书来，叔鹏、桐尊来，即同午饭。午后至观前茗饮，见查翼夫、陈念萱（彭寿，浙江人，诸生，喜藏书），上灯始出门。至叔鹏家晚饮，同坐苏、李二君外，严子万师同坐，二鼓始归。（初二日）

姚方伯近摆印《北堂书钞》，沈谷臣［按，当作成］编修（善登）拟刻丛书。

晨起，至屺怀处，见鞠师，午后始归。竟日未为一事。（初三日）

天明即起，侍母亲至荡口，以外祖母新有小疾未愈也。（初四日）

竟日未为一事，芝汀贻王员照画幅一，属书《说文》部首一册。（初三日）

读华亭马伯昂（昂）《货布文字考》四卷，其言古之竹简乃截竹为筒，中分两半，故曰“简”。削去外皮，曰“杀青”，可使耐久无剥落。炙去其沥曰“汗青”，可使浸湿不为蠹。竹得漆则不裂，以漆涂之，色黑而光泽，书以刀笔，就漆地画之，随画之处，漆脱如其迹，所书之文字则明白显著矣，故或谓之漆书也。其书卷末附刀笔二事，一象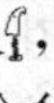，一象，云剞劂即刀笔之通称也。又谓齐刀"吞化"即"合货"二字，合货者，乃二货合一也。一金为一货，合货兼直二金也。孟子于齐王餽兼金一百而不受，于宋餽七十镒而受，据此可知齐使金货，制皆兼二，故货刀之制，亦必合而行之。曰七十镒，即七十金；曰兼金一百者，乃二百金也。故曰兼金无镒字，曰镒无金字。语甚明晰，碻可互证也。

周春兮曰："明人著书大概有两种，一为升庵派，一为眉公派。"(《拜经楼藏书题跋记》卷四，二十四页)

顺天八旗优贡双泰，满洲正白旗廪生；备取韩锡庆，汉军旗镶白旗廪生。

F 主速，S 主迟，表准中针，近 F 则速，近 S 则迟。

写扇四，篆书部首半部。(初七日)

芝汀贻王西庐画幅一，绢虽黑败，塙是真本，且临赵大年，娄东学北宗，尤不易得。

写部首毕。为秦岐臣写楹帖一，曰"春雨鳜肥菰米饭，秋风鲈美鞠花梧"，即与之书，并拟书楹帖赠寄畅园中。(初八日)

晨起，至义庄见芝汀，以若溪移款书与之，寻送来英洋百番。见沈石田画幅，记与王文恪同游莫厘峰而作，惜绢本已败，颇难收拾也。又见花草册两，一题叶熙画，设色工美之至；一无款，设色较弱，皆马江香一派。(初九日)

晨起，得大哥书，知侍麟侄女遽殇，为之惘然。同忆三人中惟此女最长，今年已十三矣，一旦遽去，不知二哥将如何悲痛也。

得姚伯昂茹古香楹帖两幅。

借芝汀明刻《文选》一部八册。(初十日)

晨起，别外祖母，即上船，薄暮抵家。(十一日)

竟日未为一事，薄暮至鞠师处，晚饭后归。(十二日)

晨起，得鞠师书，并送来翁校《汉隶字源》一部，又明陆师道手抄本一部，陆本系送文衡山者，翁校系过临本，乃以宋本校之也。近以蒋香生太守（凤藻）欲重刻之，属余写隶书，并成校勘记，故以两本示余。余又从若谿处假得一抄本，亦精，可合勘也。

见翁覃谿《仪礼蠡测》校语条注并手叙，卷后有乾嘉诸老跋语，序已见《复初斋集》，卷末又有一跋，云共计条注百六十一条，今数之得九十四条，盖原装并《仪礼章句序》条注同一卷，不知何时拆去《章句》之序及校语，故与原跋不合也。（十三日）

竟日检理书籍。（十四日）

晨起，未为一事。午后屺怀来，畅谈。

屺怀言见覃谿响拓落水《兰亭》，卷后拓皆小楷书，长四丈馀，中附临《保母帖》，仅方寸画格书。

晚拜鞠常师四十寿，并呈拓匋器一幅六十二种，皆自藏者。（十五日）

竟日未为一事。（十六日）

晨起，鞠常师来践游虎邱访碑之约，并招泼民同往。至郭家桥下，下船，见船旁一八角石柱，已刻大字七如来，剩一面有佛象并“摩诃”等字，鞠师疑即宋道义乡经幢，自来称其已佚之物也，盖悬桥巷正为宋长洲道义乡地，无可疑者。出临顿路，过曹胡徐桥，有嘉定《修造南新桥题记》，字大二寸许，皆未剥蚀，见《吴郡金石志》，修者为蒋、王二人，《志》中则未记也。再过白塔子桥，亦有题记，云亦宋人，字太细不可见。遂由桃花坞出阊门，至半塘桥访寿圣寺，正殿三楹尚完整，阶下东首八角石坐，皆刻佛像，甚旧。西首有残石幢一，初视之若无字，三面上段见有“南无□□如来”等字。遂以所带纸上石手拓之，极目力细辨，“如来”字下尚见字五行，有“离诸迎一切顶”等字，始知即龙德二年经幢，顾涧蘋称其已佚，已后人皆不知有此物矣。出寺，径至虎阜寺山门停船，即上山。见绍圣乙亥题名，即命仆人同拓之，风大天燥，未拓，纸已下甚模糊也。再至上拓□□题名，尚清楚。又至千人石拓显德幢，不善氊蜡，干湿不匀，仅存其意而已。至虎阜塔，见塔砖有"武丘山弥陁塔记"等字者，皆唐时砖也。又有"己未建造"四字，当即隋仁寿时，建塔之时物，古矣。塔虽残阙，然颇不易得见者，皆在塔中不能动，仅于残砾中得"弥陁塔"三字残砖，又"丘山"二字残砖，又有一大字砖，二砖皆为仆人下山时忘取，仅得"弥陁塔"三字砖也。尚有福禄寿及画象砖，则不知何时矣，在塔中甚多也。转至正殿廊下，又见一石幢，七面刻如来，一面刻"崇祯□年"字，仅拓其纪年一条，鞠师云亦一旧幢，为后人磨去重刻者，据是则吴中所刻七如来皆以经幢改刻，古刻从此湮没不少矣。至剑池，见去年所见新有一妄人凿刻字，皆以泥涂没之，并有一官示云"近有妄人凿刻山石，以致腾笑山林"云云，为之一快。天已昏暮，即下山至船，由齐女门归。此游也，专为鞠师访幢而来，出门即得见一石，至半塘见一石，至虎阜见一石，皆前人久疑淹没者，一旦见之，拊掌称快，拓寿圣一幢，尤快绝也。不知能如顾涧蘋之作后游记否，遂与鞠师、洨民别，归■记之，亦一重翰墨缘也。

寄郎丈、玉峰、若溪书。（十七日）

晨起，知吴次潇中北榜，闻之大快。午后出门至玉楼春一坐即归。（十八日）

晨起，又知丁亦康中顺天榜。午后出门，见孙得之、查翼夫，随翼夫至其家晚餐。见蒋肖鳍，出示元至大本《伤寒百问》，每半叶十一行，行二十一字，上下黑口，序中纲目皆有黑燕尾，有"季沧苇"一印。（十九日）

《魏皇甫驎墓志》字画粗细乃以刀随意划成，非书丹而用深凿者，标尚疑六朝造像多不书丹，证此亦益信。

屺怀来，言《刁遵碑》字乃南派，证以碑阴贝姓可信。

晨起，未为一事。午后，硕庭来谭，以其还砚堂图卷属题，言藏有明拓《百石卒史》，少"制曰可"三字，余以手拓此三字零条与之，盖前年过曲阜时曾拓存者。又渠携有赵书诗帖，为明许氏□□堂刻石本，此尚系明拓，精妙之至。

《洛阳伽蓝记》以明如隐堂本为最。

晨起，写楹帖。午后至玄妙观茶店，见顾缉亭昆季、鞠常师、查亭，又见吴希玉世叔（宝镕，浙江乙酉举人），云与先君子为总角交，小坐即归。晚饭后观藏书志，适得电报局送喜信来，知余与大哥皆得乡捷，仅有一字条，其真伪不可知也，姑俟明日。（廿一日）

晨起，学中送报条来，知大哥中五十三名，余中三十一名，来贺喜者踵至，日午始息。午后出门，至玄妙观，见查翼夫、蒋肖鳍诸人，知赵静涵表兄亦同榜，闻之快甚。苏属共得十九人，长一、元六、吴六、新四、江一、昭一、太仓四人。（廿二日）

晨起，知张闻远、赵剑秋、孙虎峰、陈颂芬、费屺怀、葛子源皆同榜，来贺喜者络绎而至。午后至玉楼春，晚归。见姚公六慰祖，小谭即归。（二十三日）

见石谷临江贯道《万壑千岩图》卷，精美之至。

晨起，出门至屺怀处贺喜，未见。至叔彦处，适渠堂上病未愈，憔悴劳罹之心见于辞色。检渠读书处，有《上司命表》，言某日割肱、某日私祷事，美哉孝子，孝哉吾友，令人悚然起敬矣。午后拜安徽理斋叔祖，未见即归。（二十四日）

见宋本古《史记》，仅存列传，每半页十一行，行二十二字；又明仿宋本《史记》，半页十行，行十八字，有“文渊阁印”；汤雨生临《五清图》；顾耕石先生手批《三国志》，皆精品也。

晨起，偕汪叔容观人家两拓本，一多系曹秋舫旧藏铜器，皆赵敬夫题，一系另种拓本，砖文为多，许以五番饼，不售。

午间，屺怀来谈，顾氏过云楼坡公祭黄几道文卷，曾许赠渠，惟云生前不忍弃之，若将大隐之时，能书遗嘱，当将此一段公案留示后人也。

得静涵师书。（二十五日）

晨起，鞠常师来，同拜顾缉庭，小谭即归。竟日未为一事。薄暮至介石处一谭，归。灯下写扇三，乃唐养吾索书者，养吾为大哥门人，

无锡人。(二十六日)

吴念椿托至广东见四川[按,以下原缺]。

晨起,未为一事。午后得郎丈电函六字曰"吾诗验矣,喜极",盖指夏间七律诗句也。即作复书。(二十七日)

新得三泉,甚奇。一"天福通宝",按石晋、刘汉皆有此纪元,又越南黎氏亦有此年号。今相传"天福元宝"钱为石晋铸,"天福镇宝"钱幕有一"黎"字者为越南铸,今曰"通宝",则不见前人著录。按日本四条天皇为天福纪元,今泉形字文皆如宽永之式,是塙为日本之品,李氏《纪元编》以为日本后掘河院天皇,误也。日本天福当宋绍定六年,外洋品之古者,辽耶律淳亦有天福纪元,恐非其物也。一"庆长通宝",亦日本纪元,为后阳成天皇之号,元年当明万历二十四年,则此泉在铸宽永钱之前。一"万历通宝",幕有一鸟形,如崇祯马形,此两品亦著录所不收。近日收泉至多,如《古泉汇》而此三品皆无之,当为罕见之品矣。拟贻若豁。

晨起,即至花桥巷,同往虎邱祭孝子湘侯公祠,晚归。至鞠常师处,出示新得山左云门山、邱山、千佛山各造象甚多。(廿八日)

两日未为一事。(廿九日)

【光绪十四年戊子十月】

晨起,未为一事。午后,叔鹏来,肖鳍后至,即同往玉楼茶室,至晚归。得若豁书,言天福系天禧改刻,庆长已见著录,惟万历有鸟形者甚奇耳。得稼秋书,知闱墨中刻余《为电》一篇,并寄洋五元来。(十月初一日)

终日拜客,向未见及者,沈子服(嘉澍)、潘稼夫(家詧)及理斋叔祖三人。见闱墨,知《为电》艺一字未易。余卷系出十二房汪楙琨处,汪号瑶庭,山东人,以即用到江宁,理斋叔祖相识。寄严东书并与蒲公。(初三)

得理斋叔祖与瑶庭师书,即寄江宁,托玉峰转送。见查蕉坨(翼

夫兄）、李橘农（传元，昆山人），张仁卿（瑛，常熟人）皆知藏书。（初四）

马幹生（嘉桢）、孙汉槎（宗华）两同年来，皆出菡青师门，本旧识也。沈子服（嘉澍）同年来，未见。子服为乡老辈，不敢以同年兄事之也。屺怀招晚饮，见所藏俞紫芝自书诗卷并临定武《兰亭》卷，可称双璧；赵子昂草书《千文》卷；小米《海岳庵图》卷；赵画《三高图》卷；沈石田花草菓品卷；黄小松山水袖珍卷；恽南田设色花草册；唐人写经残本册；梁山舟书某墓志；王梦楼自书诗稿册，皆无上神品，可称眼福。余亦携有赵松雪《风雨骑驴图》卷；文待诏草书陶渊明《饮酒诗》三十首长卷；明万州守侃如范公小像卷，卷首董文敏书九字，神似米老，乃年壮时笔；吴禹存先生小像卷，明末国初诸老题词三十一家；又郭簪源孝廉《松鹤图》，小像卷为杨子鹤补图，国初诸人题词十九家；方兰坻《耆年服物图》卷、《九秋图》卷，适成一对，似亦佳品。然较诸西蠡所藏，已似尘羹土饭矣。（初二日）

笏庵来廉生小著一册，系从郑庵处抄得者，皆记所见所藏金石、书画、图籍，可羡可羡，拟抄存一副本也。

笏庵又送来《邃园修稧图》属题，为徐健庵尚书当日所图，卷中凡二十有二人，原有题语皆无之矣，仅存画幅，笏庵补录当日二十二人唱和之诗并钱湘灵记，余不敢题语，拟从《龚定盦集》中录其旧题二诗以补其阙矣。又铜器拓本五册，为之审定真伪，其一大册先归之，后题二诗曰："积古斋原破夕阳，清仪阁子亦荒凉。古金剩有筠清馆，摹刻精于宋薛王。""还砚堂中结古欢，元函翠饼拾丛残。古心直上三千载，惭愧灵鹣阁里看。"

竟日未为一事。（初六日）

晨起，得若谿书，并代作闱艺第二篇以备刻也。午后赵静涵师来，并止宿斋中。（初七日）

晨起，王庆同、周应岐、赵诒谷三同年来，皆不知其号，忆似赵号伯雅，馀则不知矣。（初八日）

竟日未为一事。午后，铸臣来，同往玉楼春茶室一谭，晚至鞠师处送行，归与若溪书。（初九日）

阙帻传讲（未冠之年已能传道讲学）

《初学记》，《词林万选》，宋本《论孟注疏》，钟《水经注》，项《水经注》，黄《水经注》，戴《水经注》，《扬子》，《文中子》，《列子》，《太平广记》，《尔雅补郭》，《廉石居藏书志》，《谷梁大义述》，《玉台画史》，《姑苏名贤小记》，《国史经籍志》，《述学》（两部），《山中白云词》，《张皋文集》，《鸡窗丛话》，《战国策释地》，《象数一原》，《吴会英才集》。

笘誃日记第十二册光绪十四年十月初十日始

戊子十月十日始，己丑二月十八日止

晨起，略检行李，即同大哥至娄门下船，同行者为沈子良同年，晚泊望亭。此行为至江阴填亲供也。

子良言渠家藏有《听雨楼帖》，皆摹刻唐宋诸家，至吴兴而上，为滇南李氏藏石，嘉庆时顾南雅先生极赏之，先生门生某不殚万里运以来吴，至则先生已归道山。其后人不知宝爱，遂归子良之先德济之年伯，迄今石犹无恙也。又藏有翻刻宋本《虞恭公碑》，石旧为黄荛圃先生物，又云藏有一旧拓《虞恭公碑》，极精，归后当请一读之也。（初十日）

晨起开行，晚泊，离江阴二十里。作与次潇书，友竹、稼秋书，拟明日寄也。（十一日）

晨起，已至江阴南门外接官亭，即上岸。见赵静涵先生、赵伯雅、王仲丹（庆同）、周凤辉（应岐）、陶念乔诸同年，同至南菁书院。余先拜黄元同（以周，庚午优贡，举人，亦出李芍农师门）、缪小山（荃孙）两院长，沙循钜（从心）同年、冯质若（铭）董事，继至学院谒益吾师，以两砚、《海源阁书目》四册为呈，出。填亲供毕，复至书院，见张闻远（锡恭）、庄漱润（礼本，奉贤人）两同年，小谭。归船，适费屺怀、沈子服已到，畅谭而去。晚餐后至屺怀船，见张仁卿（瑛，常熟人），屺怀出画册四：一为程序伯小品山水，大致似毛叔美；一中册山水，亦序伯画，为叶香士所写者，苍率与小册如出两手；一为钱箨石花草，水墨如湿；一为张尔唯山水，墨气湿蒸，惜多破蚀处；一为查梅壑《百尺梧桐阁》卷，有梁蕉林、王渔洋、汤雨生诸题词，汤西厓作记，小楷书甚精。颇不负眼福也。（十二日）

夜半开行，晚泊望亭。竟日未读一页书也。（十三日）

天明放舟，午后抵家。得蒲孙、若谿书，以汉魏六朝石刻装二十八整幅成。（十四日）

晨起，未为一事。午后得汪瑶廷师金陵来书，与理斋叔祖者，寄余房批堂批。房批第一场曰："首艺以权字作主，语意深奥，学有根柢，次、三斑驳陆离，考核宏深，典古处如披异书，精奥处如摹篆鼎，是之谓渊博才。"第二场批曰："考核详明，援引宏富，非腹有五车书，不能如是渊博。"第三场曰："包罗《廿一史》以及诸子百家，洞悉光明，引据处触类旁通，正如淮阴将兵，多多益善。《史籀》一道用齐梁骈体，句句有典，渊博宏深，定是名手。"堂批出李芍农师手，第一场曰："奥衍似子书，深洞西法，存之。"第二场曰："子家及总集多所寓目，复多览杂书，方能办此。"第三场曰："笔意似左太仲、刘彦和，不难其博而难其约。"汪师与理斋叔祖信曰："头场首艺，文理深奥，颇类子书，次艺参合西学，三艺近《选》体。弟得此卷，如获拱璧，故破格多加评语，荐之衡鉴堂，而大主考以为不合时趋，姑存而不录。及阅二三场卷，斑驳陆离，宏深渊博，主司始惊为奇才。主考与弟面谈，极加奖饰，谓其二三场固有目共赏之作，尚不为奇，所难者，首场文理奥衍，房官敢荐，足征眼力之高超也。弟以文字因缘房官，有何力焉。其首场三艺有藏头畏尾等语，故主司未敢付梓，亦未能列入前茅，弟深以为憾。其三场五艺，弟已抄写送主司，闻已发刻进呈矣。揭晓后，来房抄录此卷者络绎不绝，同人传观，群相推重。弟得此生，亦觉自豪。前荐此卷时，以目为之一快，遂口占八韵，内有'文章有价休言命，翰墨通灵亦夙缘。鸣凤群夸江淹笔，登龙定著祖生鞭'，此不过顺口成词，及写榜唱名时，果系贵族，诗中江文通先生竟同姓焉，此中亦有天机邪？师生果有夙缘邪？天下事竟有如是之不可解者。"

东台夏虎臣（寅官）同年来访，小谭即去。（十五日）

晨起，未为一事。出门拜鞠师，畅谭而归。午后同梅汀至观前玉楼春茗饮，晚归。（十六日）

娄县张闻渊[按，当作远]、奉贤庄漱润两同年来访，不值而去。竟日未为一事。午后得友竹书。（十七日）

晨起，作与顾引年谓一二书。午后观新装拓本。灯下写大卷两页。（十八日）

上午未为一事。午后与若溪、叔彦书。薄暮出门，遇子良，至玉楼茗饮。归，写大卷一页，抄王廉生丛著二叶。屺怀书来，约明日游虎阜。（十九日）

晨起至花驳岸，见钱笆仙、沈旭初、张仁卿、沈子服、缪小山、屺怀诸公，即同步至城外太子马头上船，直至虎邱。登山至环翠山庄，午饭毕，至山顶一游即归。同坐有张子绂（祥龄，汉州）、刘健卿（子雄，绵竹）两同年，进城偕小山、子绂应曲园师之招，同坐有恽叔来、季文两君，二鼓归。（二十日）

晨起，未为一事。午后至道前街候理斋叔祖，不值即归。得吴次潇书，言芍农师过邗上，饮于张午桥观察斋中，盛称标学问文章超绝侪辈，知已之感更何能已邪。（二十一日）

晨起，静涵师来，一谭即去。至怡园团拜，同坐十五人，除相识外，有王丽川（祖庆，顺天大兴）、王蔷衫（毓祥，吴人，住海门）二同年，素所未识者，畅饮至酉初散。即至塔儿庵，贺玉书弟季玉嘉礼，玉书太翁松琴先生，初次所见也。同坐皆熟人，畅饮至戌初归。（二十二日）

上午未为一事。午后叔鹏、子良来谭，同往观前。

阿聪嬉戏无度，呼之不应，怒不可当，痛施夏楚，事后思之，尚觉多此一举也。（二十三日）

晨起出门，贺王丽川乃弟新喜，答王蔷衫。至旧学前徐枝春表弟家贺喜。又至徐辛生家贺殷霭喜。见熙年，畅谭，知硕庭近日抄书甚多而速，颇有老辈遗风也。熙年云渠家叔有汉碑十二种，皆旧拓，有乾嘉人题语，须二百元肯售，又有金器拓本二巨册，亦须百金，皆不贵也。（二十四日）

竟日未为一事。（二十五日）

晨起，写大卷。午后出门，候梅汀、莲士。梅汀代筹洋二十元，为近日急需也。曲园师书来，云浙学使潘公须延一绩学敦品之士，余首荐若溪，次荐心渊，未知能有一成否。（二十六日）

晨起已午初矣，得曲园师书，言以若谿荐于潘公，闻之欣然。适若谿书来，亦云愿往，遂即复之以定其事。午后至观前，复至马医科候刘健卿、张子绂，不值而归。梅汀又送来十元。（二十七日）

晨起，未为一事。出门至沈子良处，见渠所藏名物石刻，以旧拓《虞恭公》为最，据云秦翻，精美极矣。书籍有何义门手校汲古阁刻《唐八家诗集》，刻既精美如宋本，校皆用朱笔，钩乙校改处甚多，末册有跋，无印记。内数种卷首有楷书朱文长方印曰"宋本校过"四字，义门先生复于此印上加南北二字，以别板本之异，当即义门印也，罕见之品。又顾千里手校篆字本《释名疏证》，皆以《御览》校正文，上下殆满。复有一过临本，乃沈济之年伯与丁泳之丈合为之也。又白棉纸初印《观妙斋金石跋文》，亦不多见。晚与茅容黼、尹竹年、庄希堂、祝籽庵丈四书，皆寄硃卷。（二十八日）

晨起，未为一事。有客来，应答时许，殊无聊也。扬州人贩骨董者来，携有文运堂书坊主人汤姓书并旧籍数十种，无一可者，荐于查翼丈。适夏寅生属旧熟书友胡友林来，有周香岩手校《唐语林》，有黄荛翁跋。又明抄《藏一话腴》四卷，有"朱氏潜采堂图书记"，镌"李项药师"印，末有王振声校记，乃得毛抄本而改正者。又明天顺本《绀珠集》，通部校改。三书皆旧藏汪阆源家，今以求售，闻值尚不贵，见之如获奇宝矣。王毓仙来谭，借去《牙牌汇考》二册。至玉楼春，见祁子枞、子万师，畅谈归。（二十九日）

【光绪十四年戊子十一月】

晨起，未为一事。午后，胡书友又送来明弘治本《盐铁论》来，每半页十三行，行二十五字，［按，此条天头曰：侯书贾谓明慎独斋耳。］疑即张古馀刊本之所祖，惟将涂祯序抽去之以充元刊耳。合前四种，共十番。如此支绌之时，尚欲用此巨款，太不自量矣。（十一月初一日）[按，此条天头曰：弘治本半板九行，行十八字，与此不同，此塙系元本。已丑二月下旬，建霞补记。]

午初，漱芸送来洋拾元，为举人领咨所发之水脚银两，原有八两七钱馀，今因未及起咨照领，此系先从县署帐房移支者。若溪来。（初二日）

晨起客来，至午不绝。午后同若谿出门，至护龙街一游，若溪以青蚨六百易孝建四铢两枚，可谓癖矣。见查翼夫、陈建侯，畅谈。（初三日）

晨起，送若溪归荡。午后料理笔墨事。薄暮出门，见查蕉坨、翼夫昆季，蕉坨于苏州故老藏收书籍事甚详，所谭皆闻所未闻也。言陈仲鱼先生原馆于蕉坨之曾祖处，《士礼居题跋》中所云仲鱼先生所坐之船名“津逮舫”，同荛夫先生同访周香岩观奇书事，其船云即查氏物，本载仲鱼先生专查各处当铺事，非专为访奇书而设也。

元刻《契丹国志》上方有小字，标明书中眼目（见士礼居《元刻契丹国志跋》）。余新收狭行小字《列子》、《文中子》上亦有，标明书中眼目，初疑明刻，今知当元刻本矣。（初四）

两日未为一事，亦未见一物也。（初五、初六日）

晨起，缉庭丈送来铜权三：一大德七年，反面有“官较”二字，重今秤十三两有奇；一洪武二年，一洪武十七年，反面皆有“应天府造”四字，适成一对，喜极。午后出门一游，唐慎斋贻新刊双钩《崔景邕墓志》。（初七日）

徐瀚卿托寄董思翁画册八帧，纸墨如新，精妙之至。手临之后有王梦楼跋，亦影写也。

竟日略检拾行李，胡书贾送来赵氏小山堂抄本《苏魏公集》、抄本《义丰集》、抄本《能改斋漫录》，共三种，许以十五元。又侯书贯送来黄刻《梁公九谏》一本、明刻《六子全书》二种（《荀子》、《老子》）。（初八日）

竟日检行李，晚餐后上船，即睡。（初九日）

晨开船后，细雨逆风，竟日行，晚仅泊昆山也。（初十日）

与若溪、梅汀、心渊三书。

水月亭周氏书，道光间尚有，其子孙售与山塘汲古山房书肆中，书肆主人亦周姓，各书皆由汲古分散售出。

因果巷张氏，不知其名也，其藏书多抄本单卷之书，一本以一皮纸包之，共有千馀种。道咸间逐渐售出，皆送至清江，其时杨玉堂为河督，山东于□□为理河厅，皆专喜收书者也。

以上二则据老书贾侯念椿说。侯，湖州人，少时即在苏，能知旧籍，能广搜罗，能说藏书人姓名佚事，庚申以后苏州书贾中一人而已。又有蒋书斋老于侯，能看旧书，能装旧书，可与侯敌，惜已死矣。其馀如观西绿润堂主人徐姓，又郁书贾，又道前街述古堂主人胡姓，剑光阁主人华姓，皆知旧籍，惜或老或病或贫，又无人知而重之，是可慨也。

拟以一巨册付侯书贾，属以取四十年中所见所闻藏书流转佚事，及版本价值、装潢卷帙等，杂记一册，此亦藏书之大观也。侯贾自言年已六十，学徒无一能知此事者，此业将废绝矣。余亦以此事有关吾郡一脉，能得传此一册，当绝而不绝矣。归里后当与言之。

乾嘉道咸同五朝各藏书家姓名住址；

某家书转归某家，某家又转归某家，详记其流转之时及何人经手；

某家多宋元刻，某家多抄本，某家多集部，某家多史类，须一一详记之；

一书流转系秘本不可得见之书，须记其价值；

某家装潢系何人经手，装法若何，须一一详记之；

宋元明刻本，能忆其行款、字样、纸色、抄补者，须一一详记之；

未经赭冠以前人家多抄本书，书坊中亦多能抄，白以何家藏抄本最多，何书坊抄本最好，明抄款式若何，国初抄款式若何，乾嘉年间抄款式若何，道咸间抄款式若何，须一一详记之；

故家藏书有书室、有书架、有书橱、有书箱、有书匣，各各不同，且多出新意，精美绝伦，亦宜一一详记某家若何，某家若何；

抄本书纸色之黄白，版格之红蓝，及何人最工影宋，何人专能手抄，须一一记之；

江浙藏书多能校勘，以何家校本为多，何人善校，何人善过临，何人校本写楷书，何人校本写行书，须一一记之；

嘉道咸同四朝书坊主人能知旧书者，须一一记其姓名；

以前向有书船专售旧书，当日何书船之主人为最能识古书，今何以不行此船；

假如同一《史记》也，某本行款若何，某本字形若何，及共有几本，所见共几种，经史子集各本皆须记；

黄荛圃、顾千里、胡心耘、劳季言、顾湘舟、汪阆源、叶茗生各家事，须琐屑详记；

同治以前卖旧书掮客何人，须一一记之。

以上各说，拟写示侯贾，属渠依类记出。

天微雨，竟日行，晚泊周太仆庙。（十一日）

天明开船，午初泊珊记马头，即至友竹处，并将行李起上。知广东船尚未有，即寄家信，并属仆人送报单。同友竹出门，至吉陞栈候子万师，不值。即至华众会小坐，见嘉兴朱□□，为陈小庄年伯亲戚。余即至沪报馆，见稼秋诸君。适咏梅来，同往华众会，见少芙、燕秋昆季，招往中和园，合两席，半多熟人，惟钱昕伯系初见面者。适燕秋招朱云宝来，本系旧识，不得不应一局，饮毕归友竹处。适淡平已久候，遂畅谭而去，时已三鼓矣。（十二日）

晨起，出门拜客。新识中惟郑介臣年伯（让卿父，北榜副，潮州潮阳人）、范兰塘年伯（醴泉父）、葛子涟同年。至孙少芙处午饭。出城，坐马车至铁厂，见赵静涵师，并拜在局两同年，一胡馨吾（惟德，湖州，北榜），一濮幼实（人骥，上元，南榜）。胡见。濮适出门，未见也。归，至华众会见淡平，同至友竹处。晚饭后，复出门，至友、澹二君所好家一坐即归，已三鼓矣。（十三日）[按，此条天头曰：郑住古庄门外大关桥洽记土栈，名福猷，同年，名学书。]

晨起，至抱芳阁书坊一坐即归。午后见潘献甫襟弟（鼎芬），系初次所见。画扇一，刻印二。适孙得芝丈来，即同至华众会小坐，应稼秋、咏梅聚丰园之招，未毕即同少芙至洋泾浜聚兴堂，见少芙所好顾小宝。适稼秋亦来，见渠所好高文兰，明媚可人，系杭产也。与稼秋畅谭归。（十四日）

晨起，至玉昆处小坐，同至一品香番菜馆午餐。毕，至玉昆所好王黛云家一坐即出。晚间，友竹招饮于聚丰园，淡平为余招彭瑞芬来，侍婢阿秀，皆吴产也，住公阳里，纠觞大醉，至彭处一坐，四鼓归。（十五日）

晨起，吴仓硕来，约之来同至万花楼茗饮，即归。仓硕言廖养泉（纶）以汉印百馀方、书画一箱尽数贻人，以后辈无能知其事者，可谓达人矣。午饭后拜客，见沈子梅观察，谭甚通达。归后，杨石渔来即去。至朱月仙家晚饮，淡平所招也，余仍招彭瑞芳来，饮毕即至彭家，久坐而归。以书五种付瑞芳，渠系旧读者，使其温之也，若辈中不可多得矣。（十六日）

晨，洨民来，同出门茗饮。候凌子与，即归。见吴仓硕，贻印谱三册，精美极矣，适稼秋亦来，同午饭。偕至瑞芬处，索仓硕书联二，一系《仓颉》句“甘露降曰瑞，幽兰生而芳”，又澹平句“瑞霭轻云凝月魄，芬华流藻晕春葩”。余复属稼秋书联，录旧句也。晚应范醴泉泰和馆之招，至二鼓散。复至瑞芬处书屏二，馀未毕也。（十七日）

晨起，未为一事。午后，仓硕来，同至瑞芬处写屏、写楹帖。招凌子与、稼秋、玉昆、友竹、洨民、淡平诸君饮于瑞芬家。仓硕以惧天雨，归矣。饮毕归，已三鼓矣。（十八日）

天明束装，即至轮船一看。午后坐马车，拜数客，均未见。饮于友竹家。毕，至瑞芬处小坐，即上船。瑞芬与侍婢同车至轮船走送，

时已子正矣。少眠即开轮，风甚平。（十九日）

竟日行。（二十日）

竟日行，风稍大。（二十一日）

晨起，过汕头。晚三鼓，抵香港。（二十二日）

天明附香港轮船至省，即进城，宿署中。（二十三日）

晨起，未为一事。（二十四日）

午后拜客。（二十五日）

竟日拜客。游广雅书院，规模宏放，天下所无。（二十六日）

晨起，即赴张孝达先生菊坡精舍之招，同坐陶春海、梁星海二君，至晡方散。（二十七日）

上午至双门底一游。下午拜客。（二十八日）

竟日辞行，晚赴樊介轩年伯之招，二鼓归。（二十九日）

张制军送来元卷洋百元，广州府孙驾航四十元，合共各家所送，共得洋三百八十元。（三十日）

【光绪十四年戊子十二月】

上午检行李，午后上船，即泊天字马头。（十二月初一日）

天明用小轮拖带至黄埔，即上富顺轮船。薄暮同郎丈游黄埔水陆学堂，观鱼雷。晚饭于广德轮船，毕，回舟。（初二日）

竟日未起椗。薄暮开轮，天明进香港口。（初三日）

上午未起岸。下午游博物院、公家花园。归，食外国菜于大酒楼。（初四日）

天明，风甚大，港中小船皆摇泊不定，坐小火轮至广德船，同郎丈、硕丈游东瀛什物铺，店名洛兴，购画猴轴一，题《岩泉笔》，日本人所为也。见同乡金菊人，业珠宝，住香港苏杭街□泰洋货店楼上复泰号，省中住大新街裕泰行。至杏花楼酒馆午饮，毕，回船。晚起椗，风甚大，即睡。（初五日）

天明，风不停，至大菜间一坐，觉震荡不能止，即出。回至自卧官

舱门口，哇矣。即睡，不敢起，亦不敢进食也。晚食外国烘馒头二片，咖啡一盌。至中夜醒，不能睡，盖数日来睡足矣。（初六日）

上午仍睡，腰背俱痛，如病夫也。进馒头二，咖啡一。至薄暮，风更大，水泼至窗户间，即下椗泊福州口。进粥二盌，盖船停，稍能饮食矣。（初七日）

天明起椗，船仍震荡不能坐，困卧竟日。晚至大餐间，郎丈招晚餐，毕即回房卧。（初八日）

竟日风平，能起坐矣。（初九日）

天明进口，适大雾，至十点钟始抵码头，候郎丈，见客。至二点钟上岸，至友竹处，即出门拜客四处，归已上灯。即坐马车四处，一至在杏花楼晚餐，毕，至观音阁马头送郎丈归苏。出，至瑞芬家一坐即归。（初十日）

竟日奔驰。晚，澹平招饮于朱月仙家。毕，至澹平家畅谭至天明。（十一日）

十点钟起，进城拜客。午后，少芙来，同至沪报馆。晚赴王念劬海天春之招，未毕即赴公阳里程蒲孙之招。蒲孙所识为陈兰馨，即兰隐之女弟，颇娴书画。明窗净几，大足幽居也。饮毕，至瑞芬家一坐即归。（十二日）

坐马车各处一游。大雨，不能散步，闷甚。晚赴苏友吾之招。友吾为稼秋之侄，曾读书，今为机器织布局账房。饮毕至瑞芬家一坐，即同惕身坐马车至观音阁马头，下船宿。（十三日）

十点钟，向松沪厘局所借救生小轮船来，即拖带开行，半夜停轮。（十四日）

天明至娄门，至胥门泊，即坐轿进城到家。（十五日）

数日来忙乱异常，束装无暇，直至今晚上船，始记此数行也。（十六至二十日）

午后抵沪，即上江永轮船。稼秋、咏梅来送，一谭即去。同船王仲高（□□，镇江人，诸生），为王伯恭同年之弟，颇可谭。仲高、苏龛

皆与余同庚，仲高小三月，系六月生也。（二十一日）

天明起身，见蔡和甫观察（钧，江宁人），亦同船也，和甫于西学颇精。又因仲高见郑苏龛（孝胥，侯官人，壬午解元），据云于学无所不通，为吴晓飒婿，与王可庄师为至戚。云于江南放榜后进见李仲约师，师坐定即举标卷示苏龛，故苏龛早见余三场全作也。轮船帐房为毕浚川（常州人）、沈云峰（苏州人），相谈甚契。晚八点钟抵镇江。先过趸船，稍定即换大南挽子船，即睡。又见任荫南观察（国桢），为郎丈门生。（二十二日）

天明泊镇江码头。至午始小轮船来，即拖行，甚迟，至二鼓初抵扬州城外。寄家禀并与大、二兄书。（二十三日）

天明抵徐凝门马头，即上岸。拜吴次潇同年，吴即住徐凝门内大街，所居为正宅，傍院入门梅花数十本，屋三楹，名孱守山庄，傍即式古训斋，陈设精洁。余与次潇三年不见，今得为同谱，惜匆匆未及一畅谭也。归船后即来答拜。午时至文运堂书坊，见汤氏兄弟柏和、容泉。柏和招午餐，观各书，颇有欲得之种，惜行囊太枵，不足供一掷也。回船即开，行十里，泊名湾头镇。（二十四日）

瑞芬为东海侍郎之侄孙女，为其养母携至沪，为声伎之学，年才十五，旧曾读书，颇不忘其所习。到沪仅数月，故尚无浮荡气，安慎勤谨，他日或有后福也。然以贵胄而隶下贱，是谁之过欤？今特记之，明岁南还，不知尚能一面否。

郎丈出示元建安勤有堂刻廿五卷本《李太白集》，卷后皆有篆文木记曰“建安余氏勤有堂刊”八字，为李木斋孝廉（盛铎）新送之书。

天明开行，用小轮拖，不能上，加以纤夫始可。二鼓至高邮泊。（二十五日）

六十里至界首镇，二十里至范水镇，已过午矣。二鼓至宝应县，未停即开行。（二十六日）

八十五里至淮安府，已午初。十五里过板闸，即淮关。十五里至清江浦，即上岸住店。拜李小荃年伯（瀚章，时漕台）、徐□□观察（淮扬道)、章□□镇军、张□□知县(沇清,清河县),见李漕督,详询一切,馀皆未见。晚间李送元卷洋十二元,徐送二十金,馀仅来答拜而已。(二十七日)

天明即装车。午正行,三十里至渔沟,饭尖。四十里至仲兴集,宿即在桃源城外。竟日路平如砥。(二十八日)

天明即行,四十里至仲兴集,有围子,午饭。五十里至顺河集,亦有围子,皆宿迁县界。竟日路平如砥。将至仲兴,须沿运河行。乙酉年五月水道过此时,河波壮阔,今过仅涸如一小沟矣。堤内沙滩皆种麦,计熟时则水适来矣。沿河居民皆依此为生计也。沿途男妇皆鹑衣百结,寒苦而甚安乐,颇不似南方犷悍之貌。晚间,郎丈招对饮,适胸膈间痛,勉坐小谭,一饭而罢,此有生以来过除夕未有之境也。(廿九日大除夕)

【光绪十五年己丑正月】

五鼓即起上车,行十里天明,午初至峒峿,午饭,共行四十里。同店见秦叔固(坚,戊子同年,无锡人),复见其兄□□(唐),本未相识,乃初见也。午后行四十里至新安镇,有围子。再行十里,至红花埠,乃山东、江南交界之所,有界碑。在东围子门外为郯城,令办差席甚丰。成题壁诗一首,系七古,不录稿。(己丑元旦)

天明,车行二十里至重兴,十五里至曹邨,十五里至郯城,过城外,十里至郯城十里铺,午饭。午后马行十五里至大埠,马不能前,仍换车行,十里至马站,三十五里至李家庄,宿。一路沙细道平,车安如肩舆行矣。郯城令茅砚农(恩绶)来拜郎丈,云与容黼为同族。(初二日)

天明即起,车行半里许,渡沂水,须用船。冬月水涸,相隔仅数丈,若夏月则一望弥漫矣。行四十五里,至沂州府城外,过观音阁,饭尖。午后行十五里,至南曲坊,十里鹅庄,六里枣头沟,十二里至伴城宿。题两绝句于壁,冀次潇过此和之也。一路地皆平坦,细沙深轮,围数寸许。诗曰:"北辙南辕任记程,试看题壁半留名。出门能有思

乡句，便不成诗总是情。”“红烛烧残一寸花，夜阑有梦为寻家。今朝才过初三月，忍向梅花问岁华。”（初三日）

三更即起，车行二十五里，至大峪经，二十里至青驼寺，地多石道。适天明，即骑马行，三十五里至柏■，十里至垛庄，午饭。车行十四里，至界牌，十二里至蒋家桥，十二里至桃墟集，马行十二里，至龚家城。近龚家城数里之间，有明义桥，桥南有碑，上有佛像如造象，勒马睇视，碑文似不是六朝镵刻，或已将旧文磨去重刻，亦未可定。前数年过此，误认作造象碑也。多石道，仍不易行。（初四日）

天明即起，三里至天齐庙，十二里至蒙阴县，四十里至鳌阳，午饭。二十里至新泰县，二十五里至翟家庄，宿。竟日山路，越岭度溪，颇觉跋涉，然较夏时行已好万倍矣。题一截于壁。（初五日）

半夜即起，三十五里至杨柳店，天尚未明。又行三十五里，至花马湾，二十五里至雀家庄，午饭。饭后马行二十五里，至邱家庄，易车，行二十五里，至泰安府，即宿城外。拜杨海珊县令（倬云），小谭即归。见卖碑拓人王士霖（泰安人），云与尹竹年同年至好，得精拓《张猛龙碑》并阴、北齐《赵郡主碑》、新出土《郭有道碑》并阴、孝堂山画像全拓，共白银一两五钱。又得经石峪《金刚经》、集字楹帖五副，为郎丈得经石峪《金刚经》全拓共九百五十字，大泉十千文，较阮文达《山左金石志》多六百馀字。杨令送拜元卷三十金。（初六日）

天明，行四十里，至界首，十里至佃台，午餐。马行十里，至张夏宿。途中碎石如巨卵，车行其上，震动殊甚，且山坡高下，上下费事，为途中最难行之路矣。（初七日）

晨起，车行五十里，至杜家庙，山石跋涉如昨日，饭后行五十里，至齐河县，渡新黄，河狭浅，较前三年大异矣。闻自去年腊月十九日郑工合龙闭气，后二十五日黄水即过齐河，闻今已有三分也。冒雪行二十五里，至晏城，道平如砥，盖自杜家庙则山路已尽也。（初八日）

在晏城停一日，以候郎丈进省，未来也。成七古一首，即题于壁：“雪花如掌西风遒，行人道上生新愁。吾昨驱车渡黄水，江南正忆多朋俦。朋俦者谁皆少年，各将绝学潜冥搜。考礼吾爱曹叔彦，仪许吾忆张长洲(叔朋)。畴人子弟已分散，华家昆季(若汀、若溪)能征求。武进一费(屺怀)通公羊，此学直压前常州。吴(仓硕)钟(越生)祝子(心渊)好摹印，吴(次潇)胡(绥之)查(翼甫)蒋(肖鳍)工校雠。独惜徐子(母江)知假借，《尔雅》写定遽即邱。小诗最佳朵红仙(苏稼秋)，艳词雅擅毗陵邹(翰飞)。豪侠九重玉峰子(苏澈)，脱手一赠千金裘。其余觥觥二三辈，亦知派别寻深幽。式如(华备珏)图画识点线，叔邕(汪乃熙)大篆知成周。《说文解字》锡山李(澹平)，中西医学能通邮。旅店孤灯悄无侣，旧交历历存心头。春风卷幕有馀忆，佩声钗影思香修。蓬瀛清浅桃源槎，练川潋滟长干讴。春词九万楼九曲，碧桃花底银筝柔。风怀自古有绝作，才人何必瞒狂游。吾今作诗当记事，不将词句工雕镂。噫，不将词句工雕镂，能知吾意皆名流。”

访晏城北围子门外三官庙中经幢，乃甲申年过此所见，因不知其何代物，故重访之。细审一似八面而去其三面，仅存一片楷书，有“善人张□、善人李□□、丞李□”等，皆书名姓，一面上有“重修马𡰪庙记”六篆字，第四字隐约如此，不可识，因剥蚀甚甚也。各面首有佛象，无年月可考，疑唐宋间物。一仅七面，乃乾隆年间物，有年月，上过时，日记作康熙，误也。前日记作西围子外，亦误也。(初九日)

晨起，旧识山左学院文巡捕董杰(巨川)、武巡捕庞毓麟(□□)来见。又书吏苏保、承差张玉祥、旧仆余炳同来，同乡彭栽之、祝子庵二公亦同见及。董带茅容黼书来，祝贻元卷二金。即起身，走五十里，至禹城桥午饭。又行五十里，至平源二十里铺宿。壁上有王可庄师七绝二首云：“戊子七月十三宿此，闻意园、铁斋典试此邦，率书二绝递之：‘国子先生始远游，烟空眼底小齐州。袖中东海全收得，可许平吞万印楼。’‘汉宫令甓锁莓苔，艳说题桥得意来。少自钓游重问讯，知君揽辔不胜哀(铁斋少时随官河间献县最久，故云)。’”又廿九日盛百熙《和忍庵壁间韵》：“持节河山作胜游，三邦贞干贡扬州。可知棘下淹中美，不独诗人白雪楼。”“断墙题字久生苔，季子前年此地来。

爱绝两师红遍句，纵横老泪可胜哀（亡友周季讐乙酉奉使广东，过平原有句云“[redacted]红遍两师花”，当时殊不为佳，今日经此乃知其是抵滕县花开句也）。”又陈铁斋同日和：“留墨纵横记俊游，扬州东下又瓜州。听风听雨京江口，抡指应过北固楼。”“旧游陈迹没深苔，谁识当年孺子来。诏许桐乡分俎豆，拜恩不敢更衔哀（世父准祀河间名宦祠，岁久未举期，差旋便道，奉之入祠）。”余亦和忍庵师二截云：“七载天涯赋浪游，今年始计踏神州。科名敢比郊邨盛，意气公然盖凤楼（余与大兄同榜，皆出忍庵师门）。”“苦搜石刻别苍苔，齐鲁曾经两度来。拟续灵岩金石志，苍茫陈迹动馀哀。”[按，此条末行天头曰：此下空十馀行，不写字。]

晚间，郎丈招饮，同坐田子笠（恂）、仓铭卿（□□）皆郎丈在河南所拔士，今皆为山左县令矣。（初十）

五更即起，车行二十里，过平原县城外。又行三十里，至曲陆店午饭。又行二十里，至黄河沿，三十里至德州城外，过九达天衢坊，渡河须用船。又行二十里，至刘智庙宿。一路地皆平坦。

郎丈贻常武①徐桂瑶（寿基）《酌雅堂骈体文》两册，徐令禹城，郎丈面索之，乃飞马追送此二册。

刘智庙店壁有金陵女子白如瑛题壁诗曰：“名花坠溷有前因，絮转蓬飘怅此身。安得怜香逢隽眼，慈航渡妾出风尘。”其妹如惜和之曰：“朝南暮北果何因，手抱琵琶恨此身。他时姊姊昇仙去，贱妾还须步后尘。”自题邯郸倡女。字迹将没，无年月，不知在何时。以荛衫和作在丁卯孟夏证之，则当在同治初年也。荛衫诗曰：“浩劫茫茫总夙因，六朝尽是梦中身。关里不独悲儿女，多少英雄一窖尘。”又有庚午孟冬天放楼主人和诗曰：“悲欢陈迹总相因，大患由来在有身。试问陌头车马客，人间何处不风尘。”余亦和二截句：“莫证前原并夙因，吾来已过廿年身。须知文字缘终在，破壁犹能一扫尘。”“天涯此去果何

① 按，即常州府武进县。

因，吾亦当筵感此身。差胜幸无床笫辱，可怜一样走风尘（第二首三句用汪容甫吊马守真文语）。”（十一日）[按，此条末行天头曰：下空十行，不写字。]

天明即车行，四十里至景州，进景运门，出迎晖门。行三十里，至漫河午饭。又行二十里，至阜城小歇，不进城。再行四十里，至富庄驿宿，已月上矣。（十二日）

半夜即起，行三十里，至善桥，十里至献县，天尚未明。行十二里，至贻家桥，十八里至商家林，三十里至河间府，经城外孤堞，四围无一家舍，至西关外客店午餐。毕，行二十里，至河间廿里铺宿，客店甚大。（十三日）

半夜即起，五十里过任邱县，天尚未明。四十里至鄚州，十五里至赵北口，即十二连桥，堤岸垂杨千树，红桥绿柱，掩映其间，连接十二桥，水波一片，微冰断流，偶有一二渔舟荡桨往来，颇不似北方尘土景象。桥尽有“碧汉层虹”额，匆匆不能知为谁书。新立雄县南界碑，隶书剧佳。过桥，即止店午餐。店壁尚有道光年间题字，又有癸酉湘西渔人题诗数截，甚佳，录于后：叙曰：“富庄驿女子双凤颀而丽，音调悲凉，性情慷慨，为赠四绝：铜琶急拨唱黄河，燕赵佳人亦浩歌。问我来从江汉过，木兰祠宇近如何。碧汉层虹柳色骄，行人到此总魂销。劳卿远跨桃花马，送过平湖十二桥。虹桥过尽且停骖，笑说芦亭酒味甘。烟水满湖鰕菜好，燕南风景似江南。四更残月上征鞍，见汝匆匆别汝难。水漫野塘风露逼，渔洋六月作秋寒。”余亦题诗一绝，有“驿亭尽有琵琶女，懒著新词付与看”之句。午后行四十里，至孔家马头歇。店甚大，店壁题词甚多，皆一时名手，多为店主人垩，仅存点画矣。余费半时，以苦茗废纸尽洗出读之，今录于后：“别样风流少小年，乍迳疑梦复疑仙。瑶台月下如相识，小谪知从第几天。”“香温玉暖女儿身，只解欢娱不解颦。撩拨柔肠千百转，一波红烛海棠春。”“红绡雅称紫云娘，错杂琵琶断客肠。为唱望湘人一曲，枣花帘外月如霜。”“来如语燕去惊鸿，生小儿家别院东。苦忆倚门凝盼处，阿娘归引一灯红。""瑶岛生成姊妹花(谓其妹金喜),夭桃吹落阿谁家。黄金白玉堪持赠,不见当年萼绿华。""恁地魂销不自持,天涯共此赏花时。晓风残月垂杨路,愁绝屯田惜别词。长沙张冶秋口占,为张夏歌儿陈玉喜作,和湘西孙公符韵。""等闲乍见难回首,昨夜前宵共此缘。同是天涯看花客,相逢都证有情禅。发张夏,中道遇张冶秋太史,同止逆旅,为言前夕偕任两田庶常、陈嘉石孝廉宿,张夏所见同,所赏亦同,亦一奇也。同家兄公符作并简冶秋。"又一首:"玉喜自言其女弟金喜尤明慧,强令召之来,不果,与冶秋谈次并赋一绝:分明眼底对蓝田,声价黄金信可怜。谁道闻名不相见,解人翻忆李延年。""湘西孙君贻意既尽,更赋一首,为同作者解嘲:风云渐减浑闲事,除却巫云枉费才(用义山诗意,盖此亦途中所寄之者)。毕竟散花天上坐(三字坡诗曾如此用),可曾身著一花来。君贻丙子三月二日同倩灵君德生题。""唱罢黄河远上词,旗亭从此说相思。竟作绿酒红灯畔,纸首双援碧凤枝。廿年词赋叹飘萧,忍禁魂儿漫肯销。我为长相思几曲,念奴娇与惜奴娇。丁丑二月入都,见壁间有孙公符昆仲、冶秋弟题诗,匆和二绝。张雨珊口占。""珠柱教冰絃,凤翥鸾骞,天孙云锦一篇篇。伊古骚人工写怨,况是飞仙。诗好倩谁传,密写寒笺(本歇西屋,见诗急移此间)。风尘鸿爪亦前缘,四方征轮仍北上,愧尔鞭先(冶秋、公符均已视学,君贻亦同得编修矣)。满壁琳琅,甫钞一过,仆夫急促登车,匆匆拈此以志佩忱,工拙不暇计矣。《浪淘沙·梦湘》。""序舍烟凄,关山月皎,令威跨鹤归何早。永嘉朝士谅无人,庾尘不管西风笑。仙蝶芳园,眠鸳曲沼。玉珰锦札何由报。一鞭梅雨梦京华,长堤尽变红心草。《踏莎行·旧雨》。题半被涂去,重接五十八字,以记游踪。袖拂纱笼,均不敢望也。丙戌四月一日梦湘子。"又有《梦湘七歌》一首,不能录矣,其题记曰:"右庚辰下第出都,寄实甫同年都门,实为晏城张凤仙、月仙两校书作也。月仙后曾一晤,兹亦属沙吒利矣。壁间见冶秋世兄公符、君贻、实甫三同年诗,见犹心喜,亦补录于此,后之览者,慎无笑为楚客多情,后■一致也。湖南王梦湘以敏题(癸未二月)。”“颇似江南水国天,此身忘却在幽燕。载驴载马不双艇,种稻种鱼同一田。苇课才完又渔课,柳烟柏间是人烟。五湖有约不归去,况尔绿杨深处船。辛巳三月,过赵北口作,实甫题。”“恍在江南鸥鹭乡,晴空虹影跨中央。寒菱船小浑如叶,乡松门底似有庄。弱柳虽淡濡神绿,新荷卷雨袭衣香。鸳鸯十二飞何处,潋滟空怀水一方。文石题。”“风流寥落石湖仙,过客题诗一惘然。不见鸳鸯三十六,满溪荷叶自田田。乙酉应京兆试又题。范石湖使者时过此,有诗云鸳鸯甚多,今则无矣。”亦文石书,不知何许人也。今日起早,言已二更,犹剪烛和墨录此,劳倦极矣,好事极矣。并题三截句于壁:“尽有新诗迹已陈,几年风月渺成尘。谁知袖拂纱笼外,尚有淋漓洗壁人。”“吾与诸公不相识,读诗尽似吾相知。剪灯一一抄诗去,他日江湖一访之。”“孙郎原倡不能知,烛跋更残兴倦时。聊比宋朝苏学士,流传只有和梅诗(壁诗尽洗出之,惟公苻原倡字大而多,不能为力矣。补题此截,俟后来者或有续为之也。下二语用杨公济事)。”(十四日)

四鼓即起,五十里至曲沟,四十里至固安县,止城外山东店。午饭毕,行五里,渡永定河,河甚狭,以船连属,上借以稭土,如平地行也。道傍有渡河碑,详记各车渡河价值。行十五里,至于法,二十五里至庞各章,二十五里至黄郙,已初更矣,宿永陞店。月明如水,沿途灯市络绎可观。(十五日)

天明后起身,巳初上车,行四十里。午后进南西门,直至北半截胡同下车,即止朱子涵舍人(□□)宅中,仍与郎丈同住房,室颇精洁。(十六日)

晨起,至伏魔寺,为郎丈写摺稿。午后出门,坐车进宣武门,至拴马庄谒鞠常师,畅谭而出,已上灯矣。晚饭后至子涵书房中畅谭,见所藏各书并书目各种。有《结一庐书目》,即子涵先代藏书也。子涵之父修伯先生喜藏书,多宋元板本及旧抄各种,皆刘燕庭、彭文勤家物。子涵云,当日刘氏居[与]修伯先生处相近,日遣一老媪出售,价值贱甚。彭文勤家物,余初闻人言,彭氏书存寄朱处,后皆为朱氏干

没，今日见修伯先生手记得书账，皆有价值，并非干没，惟价贱极耳。人言之不可信如此。（十七日）

晨起，独至琉璃厂书肆，于文蔚堂得苗仙簏手校初印祁《说文》、杭州本戴《水经》、《十驾斋养新录》、《述古丛抄》四种，共十二两。午后，鞠常师来谭即去。出拜刘佛卿、王芾卿、戴艺孚，均未见。晚，子涵来谭，言见盛伯熙，言有御史吴兆泰特奏正定文体，言文体不正，天灾必兴，故有太和门之事。如去年江南中式之卷第三十一名《为电》一艺，文中牵引西洋文语，有乖文体，请嗣后通饬不准取录此等文字云云。噫，余此艺皆碻引中国古书，并无专守泰西之学，不知何以有此等语言。拙艺本劣，竟得形诸奏牍，因此一作而谓有关天和，岂非天地一钜制哉，记此以为后日笑柄。子涵又言，盛伯熙、柯凤生（敬仲，胶州人）闻余来，皆甚喜，为得一同好，实则余皆生平未见之人也，气味之投，有如此者。见子涵所藏画幅：一钱松壶青绿山水，系《鸡笼山图》，以赠陈云伯者，精甚；一黄小松山水直幅，亦佳；馀皆近时名作矣。得角花笺二匣，直京钱三十千。此笺出怡王府，惟清秘阁纸铺有之，仅存数十匣矣，乃旧制，近日颇有思学之者，皆不得法也。（十八日）

晨起，未为一事。午后出门拜可庄师，未见。拜潘郑盦尚书，坐谭片时出。拜芍农师，见及后畅谭至天晚归。饭后即睡。（十九日）

晨起即出门。至可庄师处，坐片时始归，见谭小坐即出。回寓后，适郑盦尚书招饮，即至米市胡同，两席已坐满，王廉生（懿荣）、张叔宪（度）、刘佛卿（岳云）、王茀卿（颂蔚）、黄仲弢（绍箕）、王[按，当作黄]再同（国瑾）、沈子佩（曾[植]）、沈子封（曾桐）、许鹤巢（玉瑑）、芍农师、可庄师、鞠常师、郎丈、许□□，尚有四人不知何姓名矣。见盂鼎及新出大小克鼎及中师父鼎、诸匋器。饮毕，至沈子佩兄弟处小坐，见旧拓《高植墓志》，精甚。又至船板胡同周□□同年（学海）处，未见即归，已天黑矣。书贾送来高丽巾箱本《四书》，欲充宋刻，又宋拓不断本《怀仁圣教序》，拓尚完好。（二十日）

晨起，未出门。午，步小梧来谭，饭后即去。出门至琉璃厂，略游书肆及书画铺，归已上灯矣。晚饭后至子涵处谭。（二十一日）

晨起，出门拜客。见许鹤巢、刘雅宾、吴蔚若、陶侃如、张叔宪五君，馀皆未见。午后至前门大街及琉璃厂，与子涵遍游，得东坡《虎邱诗》拓本，精甚。（二十二日）

晨起，未为一事。许鹤巢、吴谊卿二丈来，即午饭。午后出门拜客。见盛伯熙，同坐蔡赓年（[崧甫]），为国子监学录，颇知书。天晚归。应子涵之招，同坐李玉舟（士瓒），昨拜而未见者，馀皆熟人。古董铺送来书札两本，共六十馀通，皆与桂未谷、颜运生兄弟者，索值百金，可云贵矣。（二十三日）

竟日未出门，亦不见客。做墨盒，颇不得法，写字亦拙劣。（二十四日）

竟日未出门，张吉人来谭即去。为子涵写楹帖三付。（二十五日）

晨起，即午饭。同子涵、张子虞（预）、褚伯雅（成博）、朱子修（□□）坐车至西长安门，步行进端门，再进太和门，适以火灾后未及重造，皆以布搭竹木伪为之。上太和殿，见中设龙坐，坐前台基下设立一案，上安一节，以黄绢作桶式蒙之。左案陈金册，以黄绸袱盖之；右案设金宝，亦以黄绸盖之。殿上皆铺花氊毯，甚敞。自殿楹下起直至大清门中道，皆铺棕毯。此时殿上下至端门，观者如堵，孩童仆侍戴大冠者，皆得进看。须臾，听鞭爆声甚远，知皇上至慈宁宫行礼。稍定，殿上官阒间人下殿，余与子涵立殿东廊下静候。忽听乐作东廊下，知皇上即升殿，赞礼郎作满语，静鞭三响，蒙古王公俱西上立殿，廷下行九叩首礼。殿上作满语，读册文毕，敕正副使持节跪，并册宝。下殿，乐复作，皇上已进内矣。皇上坐后一御前大臣，西首一御前太监，皆立，馀无一人也。与子涵随节出端门，立西首，见正副使坐朝马前行，排设仪仗，继设五辂，系三车，皆驾以马。两轿并行，皆黄缎织云象，甚轻薄。辂后排列掌扇数十，皆花绣。再后皆提明角宫灯百馀，又明角手灯百馀，灯尽，金提炉十馀对。毕即凤舆，以二十馀人穿红袖袍抬之。舆亦用黄缎，左右有绿纱窗可启，制不甚大。舆后随马十馀匹，过毕，一无所有矣。仪仗之后，尚有两黄亭，即抬册宝者。大婚典礼不易逢之，此次适得见及，亦一快事，故特详记于此。（二十六日）

晨起，未为一事。邹紫东来谭（嘉来），即去。午后至琉璃厂，得《观海堂帖》一种，见盛伯熙及王念庭（[希祖]）。王系山东人，直隶官，收藏甚多。至清秘阁购旧墨，贵甚。（二十七日）

晨起，未为一事。吴蔚若（郁生）、丁亦康（惟禔，乡榜同年）来谭即去。午后出门答拜郑汉卿、亦康，进宣武门谒鞠常师，并拜黄再同（国瑾）太史，出唐六如画士女两幅，精甚。一绢本，高约四尺，画一大士女，抱一小孩，手弄双环，地画葫芦两、丹砂一堆，题七绝一首，盖用吕仙故事。一纸本，稍乏，尺寸相同，亦画一大士女，手折牡丹一枝，题七绝一首，边绫有郭频伽题七古一首，为陈曼生属，此幅本曼陀罗室物也。又改玉壶画张忆娘小景直幅，绢本，即《簪花图》临本，作半身象，手折兰一枝，题词一首。忆娘作垂髫象，年甚轻，丰容盛鬋，颇为绝俗。又玉壶画善天女象纸本直幅，图一美人，璎珞铢衣，袒臂双举，手执曼陀花各一，妖冶之至。上有频伽题赞。细审之似系临本，然亦佳品也。晚归，为子涵刻印四，写卷一页。（二十八日）

晨起，为子涵刻印二方。午后未为一事。黄再同来，小坐即去。云含英阁余所见石幢系元祐纪年，许以十金，不售。（二十九日）

晨起，未为一事。郑汉卿来，即午饭。午后同至前门大街观各玉玩铺，颇有精美之品，价值极贵。至总布胡同候再韩，不值。见汪药阶，小谭即出。至琉璃厂遍观各书坊，无所得即归。（三十日）

【光绪十五年己丑二月】

竟日未出门，亦未为一事也。（二月一日）

晨起，至长元馆拜张采南（颉辅），未见即归。同子涵至东华门，适闻演筵已毕，即出。至王廉生太史处（懿荣），同坐赵[雯青]（蔚坊，山东黄县人，乡榜同年）、□□□，即招午餐。毕，至后院观所藏石刻及造象，大小有三四十龛。又山左诸老前辈尺牍诗稿数大册，题曰《海岱人文》，颇为大观。书籍碑帖甚多，不暇观矣。申初至李芍师处畅谭，至晚归。（二月二日）

竟日未出门，未为一事。心无专营，惰废极矣，戒之哉！（三日）

上午未为一事。午后出门拜黄仲韬太史（绍箕）。即至琉璃厂，又至万福居应同乡王笑山（晋焘）、曹紫荃（钟英）、顾菊舫（传悳）、张一琴（肇镳）、刘雅宾（传福）、应藜（传达）六人之招，在坐皆同乡，大半皆未见及者也，小坐即归。（四日）

竟日未出门，作画数帧，拟取钱竹汀、王西庄、洪筠轩、王怀祖诸家读《汉书》条记，尽录于汲古本《汉书》上，间附己按，今日始毕初册，不知能毕此三十二册否。若能一日一册，则一月可毕矣，拟此为常课也。（五日）

晨起，刻印二。午后至张叔宪处，见震在廷（钧，工部笔帖式，壬午副榜，扬州太守英杰之子），所藏《礼器碑》碑阴“熹平三年”数字尚有迹可循，洵旧拓也。同出门，至青厂书画局观各书画。复至琉璃厂遍观各古玩家，即归。知大兄已到，即至长元馆，见子良、张采南、蒋康甫（寿祖），小坐即归。（六日）

晨起，刘佛卿来谭即去。至芍师处观宋拓《华山碑》，旧为马二查物，后归阳城张古馀之子，今张家售出，归芍师，以三百金得之，有孙渊如、龚定盦诸老题跋。此本在三本之外，精采奕奕，碑额字尤见笔趣，阮文达云如以旧羊毫浓墨随笔拖成，洵妙喻也。碑文字亦见顿挂厚重之处，当亦用软毫，与额一手所出也。中阙二页，赵扮叔双钩补之。又宗湘文年伯钩长垣本补二纸，尚未装入也。又明拓《天发神谶》，精采如写，“至”字起一笔作，“郭”字旁作，皆见用笔之所在，非精拓不能如此也。且此碑用笔皆两面滚圆，后人见翻本，遂下笔作扁形，几如竹片矣。后有金冬心跋。又泰山二十九字，有许杉林诸家跋，许跋时，物在王石臞先生处也。许跋述旧事云，昔孙渊如有一精拓泰山刻石，严铁桥过而爱之，孙戏云，如能如字数敂头，即携去，严果肃衣冠作二十九敂，携之径去，亦《世说新语》之一则也。馀如《史晨》、《礼器》、《孔宙》、《乙瑛》、《杨孟文》、《西狭》、《衡方》，皆系明拓，一半为冯涿州物，一半为吴荷屋也。又出示自撰《元秘史注》稿四巨册，引书甚多，有文廷式按语。

于芍师坐中见梁杭雪（于谓，乙酉举人，广东人）、李□□（洁）、谢□□（玉春）两同年。

芍师云，戴东原自言必享大年，后日服知母三钱而早亡。

京师西山某寺有罗汉果树，采取其果，去壳用核，与猪肉同煮，食之治肝胃气，神效。兼服鹿茸以补之，若用干姜则加害。

晨起出门，拜叶听松（增涛），即出城至松筠庵，赴黄[按，当作王]廉生、王[按，当作黄]再同之招。同坐李、王二师外，为刘博泉（恩溥）、张安圃（人骏）、盛百熙、袁爽秋（昶）、沈子封、王旭庄（仁栋）、冯联堂（文蔚）、王济桥（锡藩）、黄仲弢（绍箕），叶师、郎丈同坐。諫草堂（额为何子贞篆）即杨椒山先生故宅。午后同叶师至长元馆小坐，即至翰文堂书肆，得汪刻《郡斋读书志》、戴《水经》、曹刻《隶续》、秦刻《扬子》、原版《缪篆分韵》、姚注《李义山诗集》，共二十金。（初八日）

晨起，未为一事。大哥同沈子良来，即午饭。薄暮至江苏会馆，为戴艺郛、王芾卿、汪范卿、吴蔚若、彭子嘉诸公之招，同坐吴慎之（均金）、吴谊卿、许鹤巢、郎丈四人。

含英阁元祐幢已为叶师得之矣，物归所好，信哉。（初九日）

晨起出门，至会馆午饭。与张采南出门至琉璃厂，于翰文斋得缪刻《李太白集》，值一金七钱。见陶小芷（惟坻）、刘□□（长灏）两同年。（初十日）

晨起，未为一事。午后做墨盒。天气忽冷。马干生、秦叔固先后来谭。得友竹书。（十一日）

晨起，至李玉田买笔。张吉人来，小谭即去。午后至叶师处，见再同出示宋崇宁间刻佛经残本，字画斩方，纸厚如茧，精品也。又见青龙三年造象佛坐。贻新刻《有不为斋随笔》十卷，为桐城光律元（聪谐）撰，道光时人，近于梦溪、容斋两家之书，首有黄子寿先生序，比之桐城惜抱、援鹑，实则此人之学出两家之上，在桐城派多不大合，故当时不甚显著也。（十二日）

竟日不知为何事，已忘之矣，大约皆无益之事也。（十三日）

晨起，检书簏。午后进城，至慈云寺住小寓，为明日进场覆试事。寺在贡院之南半里许。（十四日）

四更即起，至贡院候点名，直至日出。就西栅口外席篷接签，须以卷夹面帖礼部收结票示之，方发一签。即饬仆携考具至大门廊下，自携进门，至仪门西首席篷接卷，亦以卷夹示之方发。进龙门，即有人来代携考具，送至号口，给以数钱而去。进号，有号军来代收拾屋中。泥土屋甚矮，去江南号尺许。题纸下已巳正矣，题为“君子哉若人，鲁无君子者，斯焉取斯”，诗题“挥毫落纸如重烟得仙字五言八韵”，至午正，文毕，未初，诗毕，即誊真，至申初出场。即坐车至再同处，见叶师，同邀住渠家，即襆被而宿焉。再同出示书画，皆精品。有蒋砺堂相国十岁初试时卷面浮签册，一时老辈题诗甚多（事见《履园丛话》）；又蒋南沙画缩本百花及草虫双卷，皆为皇十一子作，精妙绝伦；文衡山、沈石田各临吴元镇墨松长卷，石涛自画种松图小景卷、罗两峰临石涛种松小影卷，皆成合璧，尤为希有；明贤墨迹二十馀家，合册；王忘庵花卉册；馀多不能记忆矣。（十五日）

晨起，再同又出示四忠遗墨合册，为黄陶庵、陈卧子、赵南星、杨应枢四家墨迹，余为题赵忠毅公册首。又高丽二十七家画册，中有用夏布画者，中国所无也，亦余题首。同再同、叶师至琉璃厂，得明本《雍熙乐府》，首有“魏府图书”及“曹楝亭藏书”印，“长白昌龄敷槎氏藏书”印。（十八日）

竟日未出门，写扇一，写屏四，刻印一，甚悬悬于明日之覆榜也。（十七日）

《潜邱札记》卷一曰："右司马范钦，字尧卿，号东明，性喜藏书。购海内异本，与王凤洲家岁以书目取较，各抄所未见相易，故浙东藏书家以范氏天一阁为第[一]。"

又卷一有"文从字顺，章妥句适"八字一条，在"刘勰新论"条之后，"《孔丛子》"条之前，殊不可解。

又卷四"南雷黄氏哀辞"：昔聂双江欲师事王文成而未逮，文成薨后，始因门人钱绪山为介，执弟子礼。标以篴秋舅氏及杨利叔（象济）、秦澹如（缃业）、陶子缜（方琦）四先生刻入中式朱卷履历、次师门者，即此例也。

谢承《后汉书》有永乐刻本，阎潜邱云句见《札记》卷六诗注。

晨起，未为一事。午后出门，见孙虎峰、秦叔固、李皡修，又见盛伯熙，途遇王廉生。

伯熙云见今存残本《永乐大典》内有元人撰《剃发须知》两卷，上卷考剃发之授受源流，下卷称剃发之祝词，自帝王卿相至贩夫牧竖而止，亦奇物也，惜未抄出。

张吉人藏有宋拓蜀石经，系《左传》一段，他日当请观之。晚灯读阎潜邱《札记》一过，中重复背谬处甚多，著述经他人编定，必有此病。（十八日）

右五凤二年刻石、居摄坟坛刻字二种。余于甲申秋谒曲阜孔庙，手拓得之。近日拓工于此二种皆不能有精拓，盖因五凤石质甚麤，用大墨包扑之则皆模糊矣。居摄二刻皆刻在石堪中，更不易施毡椎。余以新絮小墨包细审其文而手摸之，穷日之力，得此三纸。坟坛上刻，向来金石家皆题曰"祝其卿"，维近日怀宁方小东释为"况亭卿"。余抵石拓纸细审之，碻非示旁，似于"况"字为近。维不知何以赵德甫、洪景伯已指为"祝"字，岂亦未见精拓邪？五凤一刻，塙非砖，竹垞翁之讹，前人已有正之者矣。此余皆亲见得之，付装池，成此小卷，以求正嗜古刻之君子。

"七载天涯赋远游，今年始计踏神州。才名敢说登科宋，意气公然冠风楼(大兄与余同出忍庵师门)。”

“手摹秦刻拂苍苔，■■东邦四度来。不感今方感陈迹，平津馆里有馀哀(地近德州，故云)。”[按，此二诗为正月初十日在平源二十里铺和王可庄夫子题壁诗底稿。]

自袁浦起读壁上诗，惟此为最佳，惜每多涂抹，爰割衫袖以苦茗私洗出之，题三截于后：“尽有新诗迹已陈，几年风月渺成尘。谁知袖拂纱笼外，尚有淋漓洗壁人。”“吾与诸公不相识，读诗尽似吾相知。剪灯一一抄诗去，他日江湖一访之。”“孙郎原倡未解知，烛跋更残意倦时。聊比宋朝苏学士，流传只见和梅诗。”[按，此为正月初十四日题壁诗底稿。]

《拟撰三家诗通释略例》

《拟续甘泉江氏宋学渊源记先举粤东诸家》

《释许氏礼》

《东汉安顺前后学术辨》

《中西算学诸术难易略说》

《水经注所载诸外国考》

《中西医家异同理论》

《拟新刻皇清续经解后序(用骈体)》

《广东沿海设治炮台议》

“北辙南辕任记程，试看题壁半留名。出门能有思乡句，便不成诗总是情。”“红烛烧残一寸花，夜阑有梦为寻家。今朝才过初三月，忍向梅花问岁华。”“岱顶看云守几时，传修剑■又相如。琴声已入无双谱，岂有临邛女□□。”

“中年欢乐梦中过，壮岁空教奚奈何。吾向尊前深自笑，万重风雪又关河。”

“美人心计太幽深，今亦当筵问此心。襟佩琳琅衣■襟，只留文字是知音。”

“万里南来亦有因，好将比翼傲孤身。邮亭仅有琵琶女，不赋新词著点尘(翟字应人,有疑似李卫公故事者,题一截于壁,今又有疑似■■■■旧事,不觉■然矣)。”

“双骑南来万里宽,昨行人当剑仙看。岂知又入■如传,同笑此名称或难。”

“不因求利算求名,如此狂游本不情。最是使人浑不解,郎通吴语女秦声。”

“弹丸击剑寻常事,共作当年薛素看(萧奴飞骑同行,■者如堵)。可惜媚香楼已废(伤湘奴),不■■衔到长安。”

中国近现代稀见史料丛刊【第六辑】

江标日记（下）

张剑 徐雁平 彭国忠 主编

江标 著

黄政 整理

本辑执行主编 彭国忠

凤凰出版社

笘誃日记第十三册光绪十五年二月十九日始

己丑二月十九日始，九月十八日止

【光绪十五年己丑二月】

晨起，郎丈来，云郑庵有书来，云奉敕校书，属为助之。遂即至米市胡同，见同校者已有刘佛卿、徐花农、沈子培（曾植）、沈子封（曾桐）、冯梦华诸公，后来者有许鹤巢、许子原（［祐身］）、黎敬伯（□□）、王廉生、黄再同、鞠裳师。书为《御批历代通鉴辑览》，从懋勤殿发出当日四库抄本，命以刻本对校抄本，讹字即加黄签，余尽日之力，毕一册半。出，同叶师至琉璃厂帖店一观而归。午后，许仆来，云覆试榜出，余列一等二十二名。晚，叶师宿余寓斋。

见郑盦藏鎏金铜佛，大小数十，皆六朝隋唐之物，字文细密，精美绝伦。云系新得者，其值几及千金。又至梅花喜神之馆，观石造象，亦数十龛，皆有字，可云大观矣。梅花喜神馆者，因得宋《梅花喜神谱》而有此名也。中悬慈禧太后御笔临宋人汤正仲梅花直幅，并汤原本及钱叔美诸人梅花画幅甚多。又见二砖画象，中空，四面有人物鸟兽，一面有一人骑而手执旂，旂有字，甚小不可识，左有“[illegible]火”二字，右有“东井”二字，精美可爱。又剑四，一完一断，二仅存有字处，皆精妙。又有古黄金二，即钣，方不及寸，文曰“[illegible]”，上曰“郢”，下不可识，向释为“爰”，恐非，文尤精妙，皆三代物。（十九日）［按，此条天头曰：今《梅花喜神谱》及汤正仲画梅、慈禧临本三种皆归吴氏梅景书屋。］

晨起，即至郑盦处校昨日之未毕者，至午后毕事。得克鼎拓本一，见陶器一，盒内泥封二，精甚。又见槃一，匜一，皆佳。

《历代通鉴辑览》之批，乃沈归愚当日从苏州一旧家买来进呈，经御定成书，《斯文精萃》、《唐宋诗醇》皆是也。

今日校书有陈冠生。（二十日）

晨起，即具挚二金拜郑盦师，以谢前日覆试一等也。师璧挚受简，手贻古金拓本百馀种。出即至芍农师处，亦为校书事，至二鼓方毕。同校书者，有宗子戴（舜年）同年，馀皆不知姓名。（二十一日）

上午未出门，刘谦甫、诚甫兄弟来，皆南榜同年。谦甫名富曾，诚甫名显曾，皆孟瞻先生孙，家学恪承。手贻孟瞻先生《青溪旧屋集》二册。午后进城，闻屺怀来，至其寓一看，见丁亦康，同其叔祖绂臣同年（麟年）同住。绂臣为心斋先生少子，年甚轻。

见黄再同，出示翁覃溪为其第五女过庚帖，系自书，并有与其女及亲家姓，已裱成册。（二十二日）

晨起，至佛卿处，不值。至琉璃厂一观而归。午后未为一事。宗湘文（原瀚）年伯来。（二十三日）

竟日未出门，写扇一。姚叔节（永概）、刘□□（法曾）、袁□□（衔）、宗子戴四同年来，吴观澜来。子戴手贻石印《华山庙碑》，即成邸本，今原本在渠家也。湘文年伯又送来一分，并所撰辑《国朝右文掌录》。（二十四日）

叔节来，云其同邑马[通伯]（其昶）年三十馀，能古文，有目录类所著书。

晨起，未为一事。午后出门，拜黄仲弢，不值。见王旭庄（仁东）、黄叔雍（绍第，戊子同年）。至书画局，见马积生太史（吉梓，工大篆）、康□□。进城，至曹再韩处一谭。至再同处，见鞠师，再同手贻旧藏砖瓦造象拓本数十种。沈云庄书来，并贻贺分十金。（二十五日）

晨起出门，谒毛太师母，未见。见世叔。进城，谒宝太老师，见于花园中。至昆太老师（冈）、沈太老师处，均未见及。拜李敏江，不值而归。见张楚宝同年（士珩），言于晏城见余题壁诗，犹能背诵，亦可谓同好矣。下午至琉璃厂，见陈念䕷、吴观澜、杨玉书三人，同念萱至嘉兴会馆中小坐而归。见姚叔节，允以渠家新刊《援鹑堂笔记》赠吾。廉生云家藏造象、刀币、匋器、印玺等，许拓一分赠吾。（二十六日）

晨起出门，至叶师处小坐。至屺怀处、子东处。见刘乙青（启祥，同出鞠裳师门），至慈云寺午饭即归。孙□□同年（鼎烈）来，小谭即去。（二十七日）

【光绪十五年己丑三月】

十日奔走，未记一事，懒甚惰甚。午后至慈云寺小寓，豫备后日入场也。（三月初六日）

晨起检考具，竟日未出门。（初七日）

辰刻起床。午初进场。至东砖门东左接签棚接签，予适第三十二牌。接签皆系同乡，亦官。代接公签后，至内砖门搜检处，即须换考具，自携之矣。至仪门接卷，直至龙门，毫不拥挤，较去年乡试相去天壤。头场坐西龙腮谈字五十一号，略检考具，天暮即睡。（初八日）

半夜，题纸已下。头题为《一日行夏之时 四句》，二题《取人以身，修身以道》，三题《曰子不通功易事 至 皆得食于子》，诗题《马饮春泉踏浅沙得泉字》，上灯时正草皆毕，即睡。（初九）

天明即起，收拾考具，至号口，号门不开，直至巳正始启门，即出。至头门，子涵属小所家人来接，即至小所。渠处豫备点心一切，小坐，即至慈云寺。（初十日）

晨起检考具。午正进场。晚睡。坐东列四十六号。（十一日）

半夜题下。《易》:《爻也者，效此者也；象也者，像此者也》。《书》:《帝曰:咨，汝二十有二人》。《诗》:《眉寿保鲁，居帝与许》。《春秋》:《春，齐高偃率师纳北燕伯于阳（昭公十有二年）》。《礼》:《是月也，命野虞毋伐桑柘，鸣鸠拂其羽，戴胜降于桑，具曲植篴筐》。二鼓正草皆毕，即睡。（十二日）

天明即出。（十三日）

晨起进场，坐张字六十五号。见同号有携书籍者，似必学人。少

停，渠自来寻询，问其姓名，即文芸阁也（廷式，江西人，壬午举人），大悦，畅谭甚洽。（十四日）

四鼓题下。首问《仪礼》，次《史》《汉》地理，三兵制，四《管子》误字，五目录版本。初更，四艺正稿毕，作第五问，以骈语行之。四鼓毕，不及写矣。即睡。（十五日）

天明即起，写第五对，至卷尽而止，即检考具而出。同号有福建侯官郑祖周（□□），人极诚朴可敬。又江西奉新谌宗实（文光），系戊子同年，年甚轻也。（十六日）

晨起检行李，出城。先至屺怀处久谭，见徐颂阁侍郎（郙），言陈冠生新以四百金得杨新吾书三种，皆宋本，内有《广韵》一种，精甚。午饭后出城，赴李玉舟、那子东之招，同坐郎丈、秦佩鹤、韶臣、曾君表、王芾卿，晚归。得家书，并直庭、藜寿书。

今日为余三十生辰。自念年已及壮，名实皆不得切实，虚逐光阴，愧甚惧甚。（十七日）

焦理堂撰《忆书》六卷，刻入赵㧑叔丛书，其末条云："宋拓《多宝塔》，江秋史侍御所藏也，巴慰祖得之汉皋，以赠江蔗畦太守，后有梁巘跋，惜偈文不全，其化、期、宝、界、创、精、于、刻等事俱模糊，而凿字独完好，旁有江恂小印。风骨隽瘦，稜稜如切，至迥异今时拓本秃而肥也。侍御没，其弟文叔持售，索价三百金，苦不能得，得展觋八九日。为写其梗概如此，时壬子夏月。"标亦藏有宋本，不知与焦所言八字如何，容归校之。又得文叔校《白石词》，今始知为蔗畦弟也。

晨起写字。午后，丁亦康来谭即去。（十八日）

竟日未为一事。（十九日）

晨起，拜文芸阁，谭次出广东同年林飂伯手定《北堂书抄校注凡例》，精甚。午初至粤东新馆观剧，为李、王二老师招通榜同年之会，出席敬四吊文，至暮归。（二十日）

晨起，未为一事。午后出门，至琉璃厂。又至陈念蘐同年处一谭，见沈篴伊，系新来，未见及也。汪子渊来拜，未见。子渊原名原瀚，今改名询，工篆学，久仰其人，未获一见为憾。

晨起即出门，至再同处，见鞠师。有书铺以旧籍数种来售者，内有淡生堂祁氏蓝格抄本元人《师山先生集》四册，索值十五金，许以六金，不售。又汲古阁《四唐人集》，明十行二十一字无注本《管子》，为再同所得，值五金，莫偲老疑元刊，误也，以书面隶书签"管子"二字塙系明嘉靖时笔墨，元人无刻板签也。又仿《梦华录》稿本四册。即在再同处午饭。饭后至祁子枞处一谭即归。又至惕身处，同至百顺胡同韵春主人处，惕老出纸属篆，为梅云补壁，为书四幅。汪子渊、吕幼舲、吴引之、张采南来，即开饮。惕老以咏春主人（宝顺）属予，勉应之，小坐即去，余亦归。盖此事本非所好，且无兴会，故觉索然也。（廿二日）

晨起，写大卷。午后出门，答沈篴伊（桓）、刘佛卿，均不值。至盛柏羲处，亦不值。至王莲生处，久谭，见王松溪（守训）。莲生出示新得元本医书四种，一《千金方》，一《妇人良方》，一《危氏证济方》，一忘其名。又元本类书一种。又小铜器各件，有钱钮印方四铢，又阳文汉印一，"王国"二字精甚。馀皆古泉，有五铢一，正面上下刻阴文"二凤"，幕刻鱼雁各二，真汉人手笔也。

莲生又出示一奇物，云系回教中所供礼拜象，铜质涂金，作椭式，为下座，长三寸许，阔约二寸，一边刻莲瓣形，一边作阴文花样。面铸一散发女子，赤身仰卧，上伏一牛，作交搆形。牛口张而尾曳，若甚乐然。牛背刻缨络甚精，背上更立一赤身女子，作一足舞，巨口利牙，作怪脸，左手上托一阴物，右手下垂，握一阳物，背负一兽皮，倒披之，后两足皮搭于前，肩兽面之皮，正及其臀也。牛额、牛背旁、牛尾下上立人，肘后皆有一小孔，似当日更不止象一人也。以铜质等证之，当非近今之物，云系回人之物，亦无塙证。究不知为何用也，俟考之。（廿三日）

晨起出门，拜高勉之，小谭（钊中，河南人，丙子翰林）。盖犹于癸未年在渠湖北学使幕中一别，至今已六年矣。至翁叔平先生处，未见及。至程蒲孙处。至慈云寺大哥处午饭。饭后复至蒲孙处、虎峰处，始归。归后又至惕身处，偕惕身访蒲孙，同至天兴居小饮，招咏春主人来，同坐有子渊并常州数人。毕，偕子渊至永和，见陈养源、陈次良、李小云。养源所眷为兰卿，招余招侍酒者，无以应之，为荐东德云老一，不知其名矣，旗装甚整洁，然仅观之，不愿再有所应也。向极嘉旗装，然此女殊不见佳，非余目中所赏之旗装也。语云入境问俗，两日来游冶之乐皆见及矣，从此无所再求也。若以为此两途皆乐土者，殊不耐听矣。（廿四日）

晨起，未为一事。午后出门，至沈子培处，见张刻《盐铁论》，塙知余本之佳，然侯念椿书贾谓慎独斋本，此人老眼，似可信之也。至琉璃厂，得《格致丛书》本《方言》、《释名》、《山海经》三种，又王蓥本《淮南子》一种，王本不甚佳，拟还之也。

书估送来《集韵》一种，系汪道谦校本，汪君不知何处人。沈子培云渠亦有一本，已为人窃去矣，亦汪校本也。（廿五）

晨起出门，至鞠处，又至高勉之处午餐，同坐四人，皆河南人，忘其姓名矣。毕，至刘佛卿处晚饮，同坐陶心云（濬宣）、李木斋（盛铎）、查翼甫、冯梦花（煦）、静涵师，共七人，至晚归。（廿六日）

见陈仲鱼校本《华阳国志》，拟得之，索值八金，许以四金，不售。

晨起，至长吴会馆观剧，为同乡接场。晚至万福居，饮毕归，已三鼓矣。（廿七日）

晨起，写字。午饭后至福兴居，同坐促招宝顺来一坐。至琉璃厂含英阁，赴屺怀之约，观黄小松《嵩洛访碑图》二十四帧。有翁覃溪题诗并识语，皆小楷，书精甚，有孙渊如篆首，其馀题者如王石臞、宋葆淳、何子贞、伊墨卿，旧为李竹朋藏。潘郑盦师许以三百四十金，不售，屺怀直许以四百金，云须俟潘出闱后再说。偕屺怀至韵春处。暮，徐星曙来，见杨叔峤、顾伯铭，杨为川中名士，为香涛先生幕中之一。仍招宝顺来，一坐即去。

得陈仲鱼手校《华阳国志》，以六金易之。又见元本《玉篇》五册，

许以二十二金，不售。（廿八日）

晨起，至烂面胡同西法源寺，即古悯忠寺也。候屺怀，不至，独寻古刻。见苏灵芝书舍利塔碑，有磨去本字重刻之处。又辽碑二，翁覃谿重摹《云麾碑》石完好如新。至大雄殿前，丁香紫白二种，开花甚繁。见开元经幢、辽舍利塔顶碑记。又见二幢，一辽时物，一不知其年月，已存半节矣。游毕，至王芾卿丈处，见叶师、张闻远、雷君曜（瑨）两同年，屺怀后至。复至寺中一游。再至白纸坊枣花寺，即延庆寺，访唐王仲堪墓志，嵌壁间，考旧为翁覃溪物。观□□大师《红杏青松图卷》，自明末遗老题记至今日，卷大如牛腰，闻远出笔墨，余作小篆题一观款，同游六人姓氏皆在焉。登藏经楼，见明时所颁藏经如新，有国初造象千许，背皆作藏字，并题年月，余怀其一而归，有"大清乾隆乙卯年敬造"九字，当为乾隆六十年也。出寺，至福兴居为同乡接场。小坐，随鞠师至琉璃厂文远堂书坊，得东洋抄本《桂苑笔耕集》，又至翰文斋、含英阁小坐。至李芍农师处，即招晚饭，毕，归寓。（廿九日）

晨起，未为一事。午后出门，拜徐颂阁侍郎，小坐。即同至隆福寺，与屺怀、星署、子复合照一象，又与星署合照一象。颂阁招饮，至上灯不及出城，即宿屺怀处。与星署同谭，并作扇头，至天明方睡。（三十日）

【光绪十五年己丑四月】

午初方醒，即至慈云寺，小坐归。午后，至李木斋处小谭。见渠宋小字本《说文》，阙十四、十五两卷，有孙渊如藏印。又见监本《纂图互注论语集解》，双线边，纸如玉，墨如漆。又尤本《文选》，缺一至十卷，用棉纸印，颇似东洋刻也。拜冯梦花（煦）、陶心芸，均未见及。进城至叶师处，为送祁子枞令媛庚也。出城已上灯，又至韩家谭，云龢赴梁颖芝之招，招保顺来，至丑正归。（三月初一日）

晨起，写对十馀副。午后出门，拜王雪澄（秉恩）、杨叔峤（锐）。

又至张安圃年伯（人骏）处，贺[redacted]妹出阁。又至王廉生处，贺娶子妇，世兄字翼北，即张氏婿也。拜陆凤石、杨允滋、翁尚书、盛伯羲、秦湘臣、宗子戴，均不值，归。

书估送来书两种，一元本《大广益会玉篇》三十卷，于序目后附《玉篇广韵指南》，是当日与《广韵》并刻，今只存《玉篇》矣。《指南》末半页有“至正丙午良月南山书院新刊”木记。半页十二行，行小字二十八字。又有明本《广韵》五卷，半页十二行，行小字三十一字，首刻《唐韵序》，序后有“宣德辛亥孟冬清江书堂新刊”木记。书估挖去“宣”字，加印“大”字，以充元本，不自知其大德无辛亥也。首卷第一叶《唐韵序》下挖去空白一条，约七八字，卷四下同，疑此处当有明刻字样也。两书板匡皆双线。《广韵》较《玉篇》匡稍大。（初二日）

晨起即出门，拜沈子培兄弟太夫人寿，观剧，至晚散。见夏闰枝（孙桐）、钱铭伯（绍桢）。晚灯后，应孙幼谷至招，又应惕身之招，皆在韵春，两次招保顺来，至三鼓散。（初三日）

晨起，写字。午初出门至韵秀，赴星署之约，不值。至吕幼舲处（景端）小谭，复见谢钟英同年，言新撰《补正三国疆域志图说》，有八百纸，将成稿矣。归，画扇一。星署信来，属赴韵秀，即套车往，同坐有方□□（桐城人）。星署为余招韵秀主人来，即花榜之新科状元，名实可副也。毕，又至韵春，赴屺怀之约，同坐有羊叔峤，又招韵秀及锦林主人来（名秋舲），至三鼓归。（初四日）

竟日未出门，画扇四，刻印三。（初五日）

晨起出门，至鞠师处，即午饭。饭后至屺怀处，至慈云寺，均不值。出城见屺怀，同至韵春，一坐即归。（初六日）

晨起，即至才盛馆观剧，赴郎丈之招，薄暮毕。至咏春处，约子渊、玉遐、幼舲饮，招锦林主人来。毕，至韵春，赴蒲孙之约，又招咏春、锦林二主人来，归已四鼓矣。（初七日）

晨起，已午初矣，写字一页，即午饭。午后出门，至景龢主人处，赴屺怀之约（主人号肖芬），同坐徐棣花（鄂）、许鹤巢、徐星署，余携素华小景乞题，于是屺怀、棣花、鹤巢皆有题词。招咏春、锦林二主人来，去。又招之，咏春仍来，锦林则辞矣。又招韵秀、二奎来，至丑初归。

明日发榜，自言不能得，故约星署明日作天宁寺之游。（初八日）

晨起，至沈篴伊处送行，见李鞠农，畅谭。又至赵静涵师处小坐，许升来，云余已中七十八名，小坐即回寓。又出门至咏春处，又至韵春，见星署、幼谷，即同骑赴天宁寺之约。寺在彰义门外，有塔十三级，不可登。铜佛高八丈，下座有阳识，不得其年月，似明阉侍所为也。同来者怡云、素云、梅云、保顺、二奎、畹琴六伶，饮至申初归。进城，至鞠师处，贺喜鞠师中第八名也。又屺怀中十二名，发电禀。又托鞠师附寄信。（初九日）

上午未为一事。午后出门，拜周郁斋房师（云章，福建闽县，甲戌进士，内阁中书）、李兰荪座师（鸿藻，官礼部尚书），未见。[见]潘郑龛师、昆筱峰师（冈，官工部尚书）、廖仲山师（寿恒，官礼部右侍郎），又见李仲药师，见刘佛卿，取印结归。（初十日）

晨起，未为一事。出门拜王可庄师，未见。至鞠农同年处一谭，归。又至琉璃厂，得日本校宋唐仲仁本《荀子》，用世德堂本校原本，在狩谷望之求古楼中，今用以对校，甚精，即《困学纪闻》所云台州本，顾涧蘋未见及之书也；又日本钞嘉靖本《唐六典》；又《吴门补乘》，共八金。（十一日）

晨起，未为一事。午后进东华门，至会典馆，即宿再同所代定之房。与鞠师及张伯纳同年是晚为再同招晚饭。饭后木斋来谭，小坐即去。（十二日）

天明，即至东左门点名，接覆试卷。进内，至保和殿东间，与鞠师、屺怀、胜之、木斋同坐。每人皆一小矮桌，如匟几然，下坐一氈垫，白缘而红心，自携四桌脚，以绳绑之，桌高如平日所用矣。自携一小箱，一絮垫，即坐于上。题纸帖廊下柱上，四书题《登太山而小天下，故观于海者难为水》，诗题《风传刻漏星河曙得河字五言八韵》。午正稿毕，誊至四点钟始毕，即于殿中交卷。出至中和殿，赏茶房二千文（与鞠师、屺怀三人合）。至东左门，又赏二千。出门东有一桌，须自报会试名次，方得出也，仍至会典馆小坐，即出城归。（十三日）

竟日书大卷一本，至李兰荪座师处，一见即归。得覆试信，知列一等第四十一名。（十四日）

晨起，至江苏馆，约同人写大卷，竟日未完一本，给烛始毕，手腕欲脱矣。（十五日）

竟日未作字。（十六日）

晨起，至江苏馆写大卷，天暮毕。同年刘静皆（世安，广东驻防）字颇匀净。（十七日）

晨起，写对。午后出门，拜孙子绶师（诒经，乡会覆试阅卷师）。午初至才盛馆同年团拜。（十八日）

上午至鞠师处，候廉生，不值。午后至李仲约师处，小坐即归。（十九日）

竟日未为一事。晨起，即移至会典馆宿，因明日殿试也。（二十日）

天未明即起，至中右门候至天明，点名者方到，又久候监试入场，方点名进内。每人卷一本，草卷一本，用朱格，表里票一纸，及至保和殿已辰初矣。稍坐，题纸即下，皆至殿下，行三跪九叩礼，方接题纸。上殿起稿，问为荒政、理财、边防、农桑四条，至十点半钟草稿毕，即写，至六点半钟方毕，又写草卷半开。坐殿西，尚不暗也。殿试用高桌，惟无机，而今晚仍宿馆中。（二十一日）

晨起，安圃年伯招至黄酒馆吃点心，即出城至寓。至王可庄师处，见谢钟英同年，言其文郎年仅十龄，能知中国各省舆地府县名，能知沿海各口名，能知南洋各岛名，能画各舆地海道形势，不必检书也，此真天授矣。下午写对。晚至福兴居招会馆中各人，祁子枞、李子明、吴希玉、王胜之、张采南、蒋康甫、郑桥泉八人，并招咏春、二奎二伶来。（二十二日）

晨起，即至鞠师处。午后至安圃年伯处。（二十三日）

四鼓即起，衣冠至西苑门，进内，至中海桥边听候引见。至辰正，阅卷大臣等下玉桥中宣旨，张建勋等十人进见。传名至屺怀，屺怀茫然，风带纱褂皆未预备，余即出带与褂易之。随即出至内阁，候二三甲卷拆糊名，见再同，即云余名列二甲十四。观折封时，拥挤殊甚，因不依甲第名次乱拆也。拆至鞠常师名，至列二甲二十，即出至会典馆见鞠师，报信，小坐。即至屺怀处，至鞠农处谭，归。（二十四日）

晨起，检衣服书籍，因即欲搬入内城住也。午后至长元馆，偕胜之出，至荷包巷一游即归。（二十五日）

晨起，检拾行李。午后即搬入内城东华门外南池子箭厂胡同，系郎丈新得屋也。（二十六日）

晨起，至鞠师处一谭。午后至会典馆，豫备明日朝考入场。（二十七日）

天明，至中左门点名入内。题为《戒俗吏矫饰论》、《劳农劝民疏》，诗题《柳边人歇待船归得归字五言八韵》。至申正交卷，出即归寓。（二十八日）

竟日未为一事。午后知朝考名次，余列一等四十九名。（二十九日）

竟日未为一事。（三十日）

【光绪十五年己丑五月】

子涵来谭即去。（五月初一日）

晨起出门，至子涵处写扇及屏、对竟日。逐瑞昌皕金。（初二日）

出城至诸师门，均未见。见芍农师。（初三日）

午前料理节账。午后出城。（初四日）

晨起至鞠常师处，即午饭。下午至子涵处，未见。至龙爪槐僧寺，见子涵、张吉人、张安圃、吴谊卿，子涵招饮于寺中，晚归。（初五日）

晨起，至翰林院大堂，演引见礼，口奏履历曰：某某，某某省人，几甲进士，年若干岁，朝考几等。午后至龙泉寺拜潘绂庭太老师阴寿。又至琉璃厂文远堂书坊，得日本永仁本《禅林僧宝传》三十卷，按永仁当中国元成宗元贞纪年，是犹元初本也。又应安本《应庵和尚语录》四册，应庵当明洪武初年。《僧宝传》翻北宋本，《语录》翻乾道本，恐皆希有之书也。又元本《千家注杜诗》、《玉篇》、《广韵》，明正统本《袖珍大全方》，万历本《列国评林》，携归而皆未购定者也。（初六日）

寅正即起，赴西苑门引见。至辰初，在勤政殿口奏履历，同班六人跪于庭中，离御座仅丈许也。归，拜张子绂、刘健卿、廖季平，见张、廖，拜李渔江，不值，归。（初七日）

竟日出门拜客，均未见及。至屺怀处，见星署，午饭而归。（初八日）

上午未出门。下午出城，招陶心云、文芸阁、程蒲生、沈子培、朱子涵、范醴泉，饮于万福居，进夜城归。（初九日）

晨未起，仆人来云，报子来报条，知已钦点翰林院庶吉士，以时太早，疑其伪充，复睡。午后郎丈始得塙信，余与屺怀、鞠师、胜之皆得馆选，即至鞠师处。后至徐颂阁前辈处晚饮，二鼓归。（初十日）

晨起，即出门谒城内各老师，归已薄暮矣。得家中书。（十一日）

晨起，出门谒城外各老师，并同乡同衙门前辈。见沈（源深）、薛（允升）、祁（世长）三老师及吴谊卿、蔚若前辈。（十二日）

读书二十五年，幸得通籍。自问干名之学，无一胜人，一旦得之，人方为好学之验，闻之弥愧，以后当痛自读书，毋改初念。此册本不示人者，故记之以自警，非以此为骄人之语也。

余家自开国来，未有得入词馆者，去岁余兄弟并举孝廉，今余又忝列清华。科名本不足重，然或以此报吾母苦节三十年，母在南中得此信，或一解颜也。

晨起，出门拜各老师。见徐（荫轩）、贵（坞樵）、孙（子绶），馀皆未见。至再同前辈处小坐，见渠所藏书画，皆佳品，薄暮归。（十三日）

数日来出门谒师门，日记未记，今略识之。

今日请房师周郁斋先生(云章,福建闽人,内阁中书),同房十七人,叶鞠常师居首。(十四日)

竟日拜客。(十五日)

晨起,未出门。王廉生荐骨董客裴仪卿来(名鸿逵,行六),得小币九十品,方尖足,皆有方足者文二十三种,尖足者文九种,颇有出于《古泉汇》外者。两日来暇即摩挲,颇足消闷也。(十六日)

晨起,出门至城外见黄季度(绍宪,广东南海人,戊子副榜同年)、茅容黼(雍熙,山东历城人,乙酉优贡),皆久不见矣,进城谒殿试师张子青先生。(十七日)

晨起,拜客。午后至容黼处,招至福兴居,并约胜之、采南、鞠泉、子枞、康甫、屺怀诸人,招盼仙来。饮毕,胜之复约至肖芬处,复招盼仙至。四鼓进城,到家已天明矣。(十八日)

三日未记一事。寄家书(并外祖母、大兄、心渊、蔡青、叔鹏)。(十九日、廿日、廿一日)

天明即起,到翰林院任听宣点定旨,行九叩礼,复至圣庙及韩文公祠行礼。毕,同鞠师、屺怀、静皆、胜之、秦芍舲、韵臣二老前辈至同兴楼,招盼仙来。饮毕,静皆招至韵春处再饮,招盼仙、素云,毕已三鼓。星署来,复招至熙春、素云处,招盼仙,饮毕归,天大明矣。

天明到家即睡。午正起,饭后又睡。至晚,郎师招饮(郎丈系覆试阅卷,故称师矣),毕,神倦殊甚,拟睡矣。(廿三日)

晨起即出城,赴优贡团拜,并请江苏巡抚刚子良(毅)、出使大臣薛叔芸([福成])年伯。午后赴江苏馆饯王可庄师行,饮毕已天黑矣。与屺怀二人至盼仙处请客,皆不到,二人对饮,招素云、璧人来,至天大明始起身回寓。(廿四日)

上午睡。下午出门拜数客,皆未见,即归。(廿五日)

上午未出门。下午谒福盛庭中堂、乌达峰侍郎二师。归,出城至江苏馆,招茅容黼、黄季度、胜之、采南、康甫,并招盼仙、素云、璧人来,至丑正归寓。隔坐有孙古智同年(愚,云南府人,告殿),小坐,一

谭而去。（廿六日）

五同年会诗。五同年会者，前彰德太守吴玉松云、常德太守彭苇间希郑、苏州教授汤兴阿达、枝江令蒋宾嵎寅、候选部主事黄荛圃丕烈也。玉松太守既为作记其前，令子蔼人学士复题一跋于后，为一时佳会云。吴云《五同年会记》："道光癸未三月二十有六日，彭君苇间、汤君兴阿、蒋君宾嵎、黄君荛圃及予泛舟白堤，为同年之会，盖自去年九月至是，凡三举矣。是会也，其非徒流连光景、征逐酒食之谓，亦将有以敦友谊而交相劝勉也。虽然，标榜声气，世尝病之，至于理学经济，名甚高而实不居，徒窃其迹，以交相为市，是又与于欺世盗名之甚者也。凡吾辈动静云为，亦存其真而已矣。彭君以曹郎出守常德三年，予守彰德不及二载，先后移疾归。汤君举进士，知甘肃之碾泊县，请改校官。蒋君为楚北令，署司马篆，左迁浮湛簿尉中。而黄君以大挑知县不愿作外官，援例得主事。五人者，皆志行不同，其淡于仕进，不慕荣利，则一也。时维初夏，春华谢芳，时物登馔，藏有逝者如斯之感，而所言不及俗务，间出入于鬼神报应，寓相规之义焉。会予适营新筑于绿水桥，登楼远眺，分韵赋诗，限以十韵，陆山人鼎作图，而云为之记，时年七十有七。"以"可以远眺望"五字分韵，黄荛圃得眺字："相约送春归，忽闻折简召。呼舟向白堤，差喜得同调。阿谁近山居，一楼供坐啸。反宾作主人，携客入堂窔。园林结构新，树石经营峭。况与望远疑，凭栏足延眺。飘飘薰风来，深树挂夕照。花片怨落红，频闻子规叫。惜春春已残，无复年华少。不如且开筵，一饮皆电嚼。"（钱梅溪撰《虎阜杂志》稿本卷中录出）

"庄蓼塘，住松江府上海县青龙镇，尝为宋秘书小史。其家蓄书数万卷，且多手抄者，经史子集，山经地志，医卜方伎，稗官小说，靡所不具。书目以甲乙分十门。蓼塘既没，子孙不知保惜，或为虫鼠啮食，或为邻识盗窃，或供饮博之需，或应餬覆之用，编帙散乱，所存无几。至正六年，朝廷开局修宋辽金三史，诏求遗书，有以书献者予一官。江南藏书多者止三家，庄其一也。继命危学士朴特来选取，其家虑恐兵遁图谶干犯禁条，悉付祝融氏，及收拾烬馀，存者又无几矣。其孙群玉悉载入京，觊领恩泽，宿留日久，仍布衣而归。书之不幸如此。”(元孔齐静斋《至正直记》卷四，抄本)

“后至元间，太师伯颜出太府监所藏历代玉玺，磨去篆文，改造押字图书及鹰坠等物，以分散其党与，盖先以奏请故也。独唐武氏一玺，玉色莹白，制作如官印，璞仅半寸许，因不可他用，遂付艺文监收之，竟获永存，岂非武氏之智能料之乎?”(又卷二)

竟日未出门。(廿七日)

晨起，出门拜曾重伯。出城至李若农师处午饮，同坐薛叔芸年伯(福成)、黄公度参赞(遵宪)、袁爽秋主政(昶)及屺怀诸人。毕，拜张季端同年(建勋，同榜状元)，小谭即归。(廿八日)

晨起，出门拜宝佩蘅阁师，未见及。拜双履安同年(泰，戊子优贡，住秦老儿□□)，拜贵喆生御史(贤)，未见及，即归。刘静皆来，同至苏州□□，候屺怀，不值。同出城至同兴楼，饮毕，复招屺怀、静皆、胜之、采南、石子源(祖芬)、黄季度(绍宪)诸人饮于稚仙家，招璧人、盼仙来，至天明归。(廿九日)

【光绪十五年己丑六月】

晨起，客来踵相接，至日暮始毕。(六月初一日)

晨起，廉生前辈来，并代郑盦师述作克鼎释文。午后至鞠师处，出郑盦师所送新拓克鼎文，较旧拓字甚多。屺怀来。再同招饮，观其所藏书画，至二鼓归。(初二日)

上午为克鼎释文，下午至郑盦师处，谭久，出。至子涵处，还瑞昌皕金，复逐五十金。(初三日)

晨起，拜史惺石同年(恩培，山东即用知县，同出周郁斋师门)。出，至翰林院，候福、翁二教习到馆。初至孔庙行香，诸门生均排立门外。出，又至韩文公祠行香，诸门生亦如前例。毕，至大堂后，穿堂行四拜礼，引赞者呼二拜免行。毕，排甲第名次，各出书二本，请教习书月日，向例用《大学》、《尚书》两本，余独用《资治通鉴》、《文献通考》一首册，取阮文达故事，人皆以为异。又有惜其两书之佳而书月日为可惜者，更不足与语矣。与曾重伯谭甚欢，重伯为文正公孙，以钦赐举人同登今年会榜，甲第相先后，通达古今，奇才也，名广钧。（初四日）

郑盦师言愙斋丈近拟撰《古玉考》，专从许书、郑注、贾疏考其尺寸制度，当较宋《古玉图考》为精矣。恐不得真者，反足以害古书，不可不慎也。

新添一小奴，曰七儿，颇知书，而甚矮，再同前辈所荐者。书来，曰亦宋牧仲射儿之亚，不觉哑然。射儿者，寸身之谓也。

出城拜客，见殷菊延兵部，系同乡（杞龄），馀皆未见。薄暮至屺怀处，约同出门候静皆，不值。至久和兴酒楼，招廖季平（平，同榜进士），不来，招曹石如工部（汝麟），至二鼓归。（初五日）

上午出门至湖南馆，为黄榜团拜，公请座师，人各出四金。午后谒黄慎之（思永），小教习师，出即归。晚，茅容黼来谭，即止宿斋中。（初六日）

竟日未出门。薄暮候静皆，不值。出城至长元馆，见张恂卿（福辰）、陶仁卿，皆系新到赴京兆试者。采南招至聚宝堂晚饮，招盼仙、稚仙来，三鼓归。（初七日）

十三日未写日记矣，何一谬至此邪！建霞其将改其初心乎？

初十日大课，至庶常馆，候福、翁两大教习到，即出题。赋题《蛾子时术赋（以知类通达强立不反为韵）》，诗题《夜雨长溪痕（得痕字）》。当日作诗一首，用白摺誊真，送教习处，即于馆中午饭。饭系大教习备请。

十五日交卷，用散馆卷写得千馀字。

与屺怀饮于盼仙家，招素云、璧人来。又一日饮于醉仙家，招盼仙来。

十七日，饯李芍农师行于江苏馆。

十九日，郎师招饮于庆和堂，堂临什刹海，荷香万柄，颇可观也。

二十日，至城外拜李平书、谭芝云（启瑞，壬午举人，序初中丞子），系同出可庄师门也。见徐孳芙同年。至黄季度处观所藏画，大幅得十馀，皆精品。

于道中见二奇事，记之以博后来翻见时一笑。

一于道中见一纯黑驴，一人骑而行，细视之，面如团，迥非驴相也，大笑。道旁见者笑而视之，策之者亦笑不可止，究不知以何术而致此，抑天生邪。

见一人以巨绠牵一羊，一首执利刃，拟将宰之矣。羊前撑两足，坚不肯行，其人更用力拽之。羊前有黑犬，张口舒爪，跳舞于前，羊行则与之俱行，且舞且跳，若甚乐然。然岂有夙缘邪，诚不可解已。车过甚速，不能穷其变，至今犹在目中也。（二十日）

晨起，画扇。午时，希玉世丈来。午后出门拜客，见熙菊彭同年（瑛）。至屺怀处晚饭，归。汪穰卿同年送来渠胞伯小米先生所著书二种。穰卿系优贡同年，为振绮堂后人，颇知家学也，名康年。得家书。（二十一日）

晨起，即至庆和堂请客，到者十六人。

《吴门补乘》卷三：松筠堂在葑门下塘明声。

数日未出门一步，以道路泥滑，颇难车行也。（二十三日至二十六日）

晨起，至熙吉甫处小谭。即至屺怀处，见费幼亭年伯，即同招至同兴楼午饮，招璧人、盼仙、稚仙来。幼丈复招至戏园中听戏。至薄暮，偕屺怀至熙春，见曾重伯，一语即归。得友竹书。（二十七日）

晨起，未出门。午后至静皆处，招同赴季度之约，并祝季度生日也，同坐费屺怀、杨叔峤、康长素。饮毕，静皆招至韵春，招璧人、稚仙、盼仙、秋舲来，至三鼓，仍至季度寓宿。（二十八日）

天明即起，至陶然亭，为东道主，屺怀、鞠师、再同前辈、季度、文芸阁、杨叔峤皆至，约而未到者张吉人、王廉生二公。畅观再同、季度

书画，皆精妙绝伦，至薄暮散归。（二十九日）

竟日未出门，亦未为一事。书将不读矣，可愧。（三十日）

【光绪十五年己丑七月】

晨起，未为一事。午后出门，至廉生前辈处，同坐再同前辈，畅谭至薄暮归。与友竹、稼秋书（七月初一日）

竟日未出门，画扇五柄，写对三十副。灯下成词二首。（初二日）

晨起出门，至季度处。进城祝宝朗轩师母寿。至屺怀处谭，暮归。（初三日）

竟日未出门，为大课卷。题《张九龄进金鉴录赋（以题为韵）》、《赋得千章杞梓荫云天得天字五言八韵》，暮毕。（初四日）

晨起，至静皆处，谭片时。出城至子涵处，招至广和居，毕，仍至子涵处写扇头，暮归。（初五日）

天雨，不能出门，未为一事。至九和兴，约王衫绿、李平书、刘静皆。（初六日）

竟日画扇，馀未为一事也。（初七日）

晨起，鞠师来谭。午后至宝朗轩师处祝寿，并贺得山东主试之喜。出城至黄季度处，坚留小谭，约至杏筠、睇青处，招稚仙、稚芬、二奎来，三鼓归。与季度谭至天明始归。（初八日）

晨归寓。后屺怀来谭。午后冯季桐来（光勷），为曹石如（汝麟，工部主事）邀至久和兴，日暮归。（初九日）

晨起，半日未为一事。午后出门，答拜张□□（世棣，山东官）、潘仲瑜（伟琛，广东官，松江人），进城已天暮矣。（初十日）

竟日未出门。薄暮至子涵处一坐，进城已天黑矣。（十一日）

上午写楹帖。午后出门，见席瀚伯，谭久。至静皆处，同至候屺怀，不值而归。（十二日）

两日天雨，未为一事。（十三、十四日）

出城，为刘静皆、冯子庄、劳少芗三同年招饮于惠丰堂，招素云、

稚芬、二奎来，晚归，天大雨。（十五）

竟日大雨，未出门。为宝朗轩师拟策题二道。（十六日）

为子涵招饮于庆云楼，午后散。（十七日）

晨起写扇。午后至西城，赴叶鞠师、黄再同之约，陪费幼亭年伯晚归。（十八日）

送常熟师行，以一扇三石印为贶。

竟日未出门，闷坐苦乡，思急欲归矣。（十九日）

晨起，未为一事。午后出门至庆云楼，招邓石臞（濂）、孙伯陶（贻钧）、程蒲孙、李平书、黄再同饮酒。暮至屺怀处谭，三鼓归。

石臞贻新刻秦澹如先生《虹桥老屋诗文集》，维澹公殁已四载矣，掩卷怆然。（二十日）

晨起，未为一事。午后出门答拜王莲生，为再同前辈长媛作媒，候邓似周、程蒲孙、蔡器甫（若瑚，广东人，内阁中书），出示临北朝诸刻，颇佳。见周郁斋师。薄暮归。（二十一日）

上午未为一事，痴坐而已。午后仆人大醉酒肆，谩骂叱之不止，驱至马棚，待其醒而询之。天下惟醉人虽蹈水火而不惧，见尊贵而不知，以中国言之，谓其乱性，以外国人言之，谓脑筋涨固，无术以止之也。出门至琉璃厂一游，见旧抄明刻《林和靖集》，以一金馀得之，薄暮归。（二十二日）

竟日未为一事。（二十三日）

至再同处，送鞠常师行。（二十四日）

竟日天雨，未出门。（二十五日）

午间梁铃院同年（鋆藻）招饮。毕，偕静皆赴季度之招，三鼓归。见稚仙。（二十六日）

午间郎师招饮。薄暮出城，至荷包巷天成福购物，上灯归。（二十七日）

竟日未出门，检理书籍衣服，行将归矣。（二十八日）

平书借石印《廿二史考异》、《明人策》、《畴人传》、《试策问答》。

晨起，至屺怀处画扇，至薄暮归。（二十九日）

【光绪十五年己丑八月】

晨起，出门拜客。午赴李木斋、欧阳熙斋之招。午后赴王茀卿姻丈之招，薄暮归。（八月初一日）

晨起，至龙泉寺唁仲午世叔（潘祖年，郑盦师弟）。出，至吴谊卿丈处送行，未见。又至再同前辈处小坐。出，候盛伯羲前辈，疾，接见于上房，谭次出宋官抄《洪范□鉴》，云是孔公府物，系以红丝界直格墨书，字大如指头，纸厚如钱如高丽，至今如新也。作家书。（初二日）

晨起，屺怀来，系同执柯事，一系黄再同前辈女许海丰吴仲饴太守（重憙）子豳，一再同之侄信成聘王廉生之侄女，皆吾二人执柯。余为再同处男女媒，屺怀则为王家女媒、吴家男媒也。先至王处，观所藏隋人写经卷一，刘石庵旧藏唐人写经卷二。一仅十四行，一存二幅，即鲜于伯几旧藏所谓《七宝转轮王经》，夜曾放光者也。一赵文敏书《妙法莲华经》三段，精美无比。一吴仲圭画《草亭诗意图》卷。一吴仲圭松石直幅，旧藏孙退谷、高江邨，孙氏曾照宋装改作手卷，犹旧装也。一徐幼文《狮子林十二图》，有姚太师题诗。一元人画四名臣象。皆至宝可爱。至黄处观宋刻《月老新书》，乃宋时专为择婚选吉而撰，乃当日坊本也，可考见宋时制度，恐海内无第二本矣。再同属题观款并同观者，为瞿子玖（鸿禨）、杜云舫（庆元）两前辈，于王处见吴□□（崶）、张君烈（权）、张玉叔同年（桧）、张□□、［张］□□四昆季。（初三日）

午后出门，拜窦价人（以藩），未见。至会馆中一坐即归。（初四日）

竟日未为一事。至容黼寓中小谭，出赠古币数品，颇有精者。（初五日）

上午未为一事。午后至城外，与采南、胜之同至前门一观即归。（初六日）

上午至举厂前各熟人小寓中一坐即归。午后至仲瑜处小坐，屺

怀来,同至熙春晚饮,招二奎、稚仙,三鼓归。(初七日)

晨起,未为一事。午后至荷包巷购各件,暮归。(初八日)

晨起,未为一事。午后至东交民巷亨达利洋行。出城赴采南之招,招二奎、素云来,三鼓进城。(初九日)

晨起,至亨达利洋行。午后,屺怀招饮于庆会堂,招二奎,暮归。(初十日)

晨起,未出门。午后至举厂送考,拥挤殊甚。见采南,同至亨达利洋行一看。同出城至韵秀,赴屺怀之招,招素云、璧人、二奎,三鼓归。付三人侑酒金共二十两。(十一日)

上午未出门。午后出城辞行。(十二日)

上午未出门。午后在城内辞行,晚归。(十三日)

竟日未出门。(十四日)

竟日检行李。窦价人来谭即去。午后出门,至城外即归。(十五日)

竟日检行李,明晨即行。先遣仆押箱簏,雇独轮车一至通州,与胜之仆同行。(十六日)

晨起,胜之处代雇轿车来,即装物,托胜之仆坐而去。余策骑至通州,半途打尖午饭,道甚平坦。晚至通州皇亭船埠,即上船与胜之同行。(十七日)

天明开行,晚泊,小停即开。(十八日)

午后至天津三岔河口停船,即上岸。雇东洋车至紫竹林春元客栈,见刘静皆,即将行李上岸。是晚未出门。(十九日)

晨起,出拜客。见李合肥师相、胡云楣观察。午后,胜之信来,招偕静皆至归贾胡同侯家,后花金林家。晚灯至彼,见汤伯硕观察、张巽之(孝谦)同年、姚代畊(縠)年兄(永概之兄)、陈炳如、陆振之诸公。胜之为余招金林之妹增龄,雏发未齐,静穆聪明,此辈中不常见,静皆则招王月仙,晚饮至三鼓归。(二十日)

晨起,未出门。午后至增林家,请伯硕诸君,惟陈炳如未到,三鼓

归。(二十一日)

天雨,未出门。午后先赴姚、陆二公之招,在裕泰番菜馆,招增林来。又赴张巽之之招,在竹卿家,仍招增林来。(二十二日)

上午拜客。午后赴静皆之招,在月仙处,至三鼓归,招增林。(二十三日)

上午出拜客。午后赴汤伯硕之招,在琴书家,至三鼓归,招增林。(二十四日)

上午,王梦龄招至金林家午餐。毕,招梦龄、小容、胜之、静皆至华众会,招增林、金林、月仙、宝贞四人来行觞。毕,即赴养源之招,归已二鼓矣。(二十五日)

晨起,送静皆行。午后至三聚园,赴王紫桴之招。毕,至增林处一坐,归。(二十六日)

晨起,未为一事。午后赴孙仲英(廷杰,江宁人,住信义洋行)之招,在义合成,招增林来。未毕,赴姚代畊竹卿家之招,仍招增林来。毕,至增林处,大醉不能起,即宿焉,与容儿谭至天明始睡。至巳正起,阒无一人,皆睡未起,仅有一老妪出濆面水一槃而已。濆毕即归。容儿者,本姓李,年弱时曾为艺伶,后以出痘声哑而弃此业,即花家姊妹之兄也,近已得功牌,隶水师营,居然为部伍矣。(二十七日)

晨起,已巳初,即归寓。江升甫(廷秀,江宁人,水师营帮办)来叙族谊,小谭即去。午后招孙仲英至华众会,因事未来,姚代畊、陆振之皆到。招月仙、增林来,至二鼓归。(二十八日)

是日[按,以下原缺]。

上午拜客。午后至城内,见汤伯硕,同至花家。伯硕先去,少停,伯硕来,招至何□□同年处晚饭。何所赏为兰荪,亦南产也。三鼓归寓。(三十日)

【光绪十五年己丑九月】

薄暮为王胜之招饮于花家。(九月初一日)

是日请孙仲英诸公于花家饮,大醉,即止宿焉。李代桃僵。(初二日)

是晚姚代耕招至竹卿家,醉后至花家,仍留榻,作小游仙词矣。(初三日)

是日,陈养源招饮花家,孙仲英招饮吴金秀家,三鼓归。(初四日)

晚间汪丽泉(同乡)、黄静伯同招于金秀家。未毕,盛夔臣(昌颐)复招饮于谢文兰家,即与金秀一家也。饮毕,至花家借榻而宿。蝎眉环侍,佛家所谓大有缘也,然禅心不作沾泥絮,一任东风到处飞,此中情景,说与旁人不肯听,止可自信耳。是日影写真。(初五日)

姚代畊招晚饮,毕已三鼓,即止花家。(初六日)

是日晚招各友饮于花家,三鼓归。(初七日)

是日晨起,至孙仲英家午饭。薄暮赴孙仲英之招,在金秀家。又赴张采南之招,在竹卿家。毕已四鼓,即与程树珊同止花家,天明即归。(初八日)

上午检行李。午后招季端写楹帖。薄暮至华众会食西菜。未毕,夔臣饬家人来招呼上船,即将行李检拾,上小火轮。开行二十馀里,至海晏船旁,上船,坐大餐间(主仆二人,共四十金),收检行李,即睡。(初九日)

晨起,行二十馀里,至唐山马头泊,上煤。盛杏荪观察来,同船畅谭。(初十日)

竟日候潮,浅不能动,尚未能出大沽口也。同盛观察同行者有黄子元(开甲,出洋幼童,嘉应州人,近为观察洋务幕友)、刘浩如(灏瀚)、任朗山(嵩焘)、费云乡(邦屏),皆常州人。(十一日)

午后出大沽口,风虽小而浪甚大,因数日前大风浪尚未停也,晚

即睡。(十二日)

天明知船抵烟台,送盛杏荪诸君上岸。同船有俄国女郎名亚士非鲁者,颇雅洁,喜与中土人谭,然不通语言,索余小像而去,余贻以一聚头扇并题《菩萨鬘》二首。

复写兰一枝以赠之,知已许西班牙钦使某君,尚未行昏礼也。(十三日)

竟日无风,与俄女对坐,借通语言者为黄子元大令,子元能与之对谭也。(十四日)

午初抵岸,即出船,至燕庆里汪友竹处,将行李搬出。薄暮坐马车至沪报馆。酉正出门,复坐车,刚上车,马夫未及带韁,马已疾驰,马夫力弱倒地,车轮即从身旁辗过,险矣哉。余方危急时,即从车上跳出,道雨泥滑,即倒地,甚重。及起后,至沪报馆便觉左肩奇痛,右掌碎,衣履皆破,臂不能举。强赴万同春、凌少遗(文同)、施成之之招,招彭瑞芬来,九月未见,颇觉苗条矣。(十五日)

午,汪友竹招至一品香大餐,同坐苏稼秋、李澹平,招瑞芬来。暮,稼秋、咏梅招至聚丰园,复招瑞芬来。(十六日)

午拜客,见龚仰蘧。暮,孙少芙兄弟三人招饮聚丰园,招瑞芬。(十七日)

是晚,紫绂招饮杨翠芬家,招瑞芬来,■小如意来,是日止瑞芬家。(十八日)

午刻,唐杰绅招饮王绣香家,招瑞芬来。暮,招唐杰绅、蔡紫绂、玉季、孙燕秋、李澹平、苏稼秋诸人饮瑞芬家,招小如意来。复赴李澹平之招,仍招瑞芬来。是日醉卧皕香庼中。(十九日)

午后赴包蘅村(岩,湖州人)之招,招瑞芬来。复赴章小雅(□□)之招,仍招瑞芬,醉归,至皕香庼。(廿日)

午初先赴文芸阁聚丰园之招,复招文芸阁、李洛才、谢树存、章小雅、胡申夫各君聚皕香庼,至三鼓归。(廿一日)

上午未为一事。薄暮杨子莞招饮复新园。未毕,即赴李洛才(智

俦)、王月仙之招,招瑞芬来。复至林可卿家孙夔石之招,招瑞芬来,至三鼓归。(廿二日)

上午未出门。午赴马翠山复新园之招。午后至彭瑞芬处写扇头。薄暮赴海天春王念劬之招。继至聚丰园赴苏友吾之招,招瑞芬来。又至林两香寓,赴李澹平之招,招瑞芬来,去后又招小如意,至三鼓归。(廿三日)

晨起,未出门。午招友竹、淡平、稼秋至一品香,招瑞芬来。薄暮赴吴由甫之招,在聚丰园,招花翠芳来。又赴孙燕秋之招,招小如意来,三鼓归。(廿四日)

是日稼秋招饮于聚丰园,见玉峰,招彭瑞芬来。(廿六日)

是日玉峰招饮于清河坊(招瑞芬来),李淡平招饮于林涧香家,自请燕秋诸人于小如意家,均招瑞芬。

"我踏神京后十年,借疑高会似云烟。槐阴庭院曾三宿,夜雨明灯二月天。"

"八荒无事诏书稀(用旧句),过眼文章已半非。骢马无声鱼■■,好从花底解朝衣。"

"张■王■吾之师,朱十黄郎亦尽知。独有樊张不相识,只从画祖解相思。"

"雅集年来常有无,乾嘉风趣未云孤。北江已有天山语,冷绝灯窗对此图。"

"寂寂春庭春已去,细雨寒炉,谁是春风主。杨柳丝丝偏解舞,那知飞尽长珍絮。渺渺江南千里路,瘦绿成肥,奈此阳春暮。偏是秋花红几许,翻疑笔底留春住。

夜灯饯春,写芙蓉一枝,自笑其不称也,填此解嘲。调寄鹊踏枝。"

"金鞍玉勒却寻常,难得书生共坛场。同忆鹊华山色里,河堤新柳碧千行。

吾亦江南最少年,喜从河北著吟鞭。披图不尽低佪感,细马明驼又十年。

可怜客里嫣脂少，尚剩何郎傅粉籢。聊把春愁托画史，青灯夜雨掩重帘。

不写宣南斗艳图，海棠芍药任千株。自知定负云台约，奈此人间怨曼殊。

为徐星署画白牡丹扇头并题一截。”

笘誃日记第十四册 光绪十五年十月十九日始

己丑十月十九日始，庚寅六月八日止，下缺六七两月，至八月七日

《金布令甲赋(以□□种甲□□金布者令篇名也)》

《日月为易说》

《禹贡扬州疆域■》

《苿莒篇■梦诗又》

《州公如曹》

《六尊六彝考》

金布令甲赋(以金布者令篇名也为韵)[按，此稿涂抹太甚，衔接不畅，故不录]

“白莲花赋(以月晓风清欲堕时为韵)

余以季夏之月，久客思返，定从南越归于三吴。适方伯易公以《白莲花赋》题课书院诸生，人皆曰：嘻，香娇影薄，皓质素心，影风自开，弱颜可喻。余曰：不然。物之美于夏者，莫如白莲花焉。此花洁而有容，清而克粹，庶可以比君子之德乎。■■随感而赋之，其辞曰：

爰有奇葩，素馨发越。夏蕤以舒，春条已扦。惟一茎以独呈，兹两仪而秀发。感贞卉之独芳，应良干于夏月。尔其素质亭茗，孤根窈窕，虽同玉寒，色欺虚皎，明月自耀，良风转娇。拟幽兰之芬芳，岂夭桃之妯袅。乘炎径而挺生，出星河而欲晓。雨露助其丰翳，曦阳领其皤皎。若夫秀萼初吐，芳蕊尽红。亭亭如树，隐隐玉檠。明霜晚霞，珠露多融。彼素体以皓霞，耀蒨影于芳蘽。叶田田而独，丝袅袅善通。映紫蓼于苇浦，舞落英于飞蓬。惜芳华兮易逝，忍荏苒兮秋风。表清节于良序，停素质兮莫同。幸永辞于翦伐，应不同于霞暮。维君子而可语，托寒波而寄情。谢绝涧之跃蔓，殊穷崖之勾萌。乃委蛇于废沼，保荟蔚于太清。维三吴之雅郡，有芳苑而截玉；比良节于高邮，扇清风于暑溽。感长洲之宿莽，惜神国之亭毒。吾僶俛之自娱，聊比影于朝旭。嗟移植兮不良，惟竚眙而所欲；嗟本实之未落，喜缤纷而尚可。念此花之独芳，知化机之犹颇；何独钟于兹干，非色取于美嫷。念沉流而不摇，惭闹红于浮舸。物虽傲而有值，气虽转而能持。彼弱持之寸■，岂明德之于兹。感孤姿之■菀，含清气兮方滋。耿独立之无惧兮，恐■■之莫支。何所凭以清以秀兮，庶不染于尘缁。对葳蕤而自感兮，惜荏苒斯芳时。”

“忆旧游（晓凉泛舟荷花荡）

起一痕月淡，六柱船轻，小泊堤边。打起清游兴，有衫纹修瘦，扇影兜绵。淡香暗收，银浦万叶笑田田。正水佩摇娇，霞绡卷彩，无奈尊前。

堪怜忆□，度是玉箫重到，银管当筵。留得临清谱（壬午夏曾写□水荷香图），任秋风镜里吹老，珠露啼干。今日重来，柳外打桨记陈缘。谱一曲玲珑管，江水冷梦圆。”

“富贵当五十，少年不自立。吁嗟补萝女，对此卖薪泣。终贾自少年，所学岂不及。乌呼朱翁子，终愧乘传入。（朱）

君是王佐才，何以从魏武。汉家火德衰，尚有偏安主。峨峨高阳里，署书谁是祖。惜哉今子房，终受濡须侮。（荀）

东吴一代贤，陆郎谁与匹。肃肃大军将，名足副其实。噫嘻紫髯儿，岂真有权术。翘首望西南，当有真人出。（陆）

方正兼贤良，所举称上意。卓哉严夫子，生儿当自喜。殿前执戟郎，诙谐一何恣。咄哉此都尉，终当三舍避。（严）”

【光绪十五年己丑十月】

自八月十七日出都，至今已两月矣。道路之经历，人事之变迁，记不胜记，于是懒而不记，大有改初念、堕夙志之意，于是决计检旧册重复记之，自今日始。

晨起，至吴县前贺伯寅侄女出阁。午后拜客，见陈嵩荃（寿昌）前辈、沈子复同年，薄暮归。（十九日）

晨起，出门拜客，见费屺怀、徐翰卿，翰卿出窓斋临黄小松山水册属题。午饭于勤斋叔处，薄暮归。（二十日）

竟日未出门，亦未为一事，心乱如麻，不知从何理起也。（二十一日）

晨起，出门拜客，暮归。刘廉访贻番饼八。（二十二日）

竟日未为一事。王竹林来，出示九行十八字本《陶渊明集》，后有顾东桥跋，云系浦二田先生批本，且云是宋椠。检书中遇宋讳皆缺笔，上下匡皆单线，然用白绵纸印，触手如新，如果真宋椠，则奇宝矣。又金石书三种，皆拟得之。薄暮答拜李橘农同年、蒋香生太守，还明抄《汉隶字源》及翁校本。（二十三日）

香生云，涂本《盐铁论》与张刻行款不同，涂本字大，渠有之。

晨起，写楹帖。午后出门，见程履新、钱冠瀛，晚归。（二十四日）

晨起，写对。午后拜客。晚至屺怀处，见吴梅村《雕桥庄图》并自书《雕桥庄歌》。作与友竹、旭初、叔赞、皕香廎、黄炳如（报单卷）书。（廿五日）

晨起，至雅宜山扫墓。舟行至木渎小停。过古玩铺，见马湘兰画芙蓉立幅，又王勤中《岁寒风木图》立幅，以值贵皆未得。至善人桥宿。（廿六日）

天明即起，坐小轿至雅宜山，墓草未芟，披荆而叩拜焉。毕即下船，至木渎小停，薄暮归。（廿七日）

晨起，至仁孝里汪宅贺李门女出嫁。午后拜王梦龄，未见。至孔康侯处贺悬匾喜（己丑举人），薄暮归。（廿八日）

竟日未出门，晚至玉楼春茶话。

侯驼子送来《始丰稿》一部六册，一至六卷刻本，七至十四卷抄本，系黄荛圃旧物，有荛圃两跋，后归汪阆源，有图记。（廿九日）

“徐一夔《始丰稿》，余于顾抱冲家偶一见之，未及细检其卷第也。

恭阅国朝《简明书目》，载有两本：一为十四卷，即《四库》所收者，是与也是翁《藏书目》合；一为六卷，今所得者适合，然有目而六卷后有割裂补缀之痕，且后稿下总目及每卷似俱有‘上’字而挖去者，则其有后稿无疑，是本得无为十四卷而逸其半欤？俟假抱冲本对之。嘉庆四年暮春月下澣六日取付装潢，用向日得书时所记语录于六卷之后。荛圃。”（《始丰稿》刻本六卷后副页）

“此七卷至十四卷一百二十九叶《始丰稿》，余用抱冲本属友人影写者，字体颇得其似，迥非抄胥比矣。是书世行有二本，恭阅《四库提要》，载王阮亭所藏为十四卷，朱竹垞所藏为六卷，则是本诚为难得也。但《千顷堂书目》载有十五卷，其一为诗，似十四卷究非全本，俟遍访诸藏书家。己未春季，棘人黄丕烈。”（《始丰稿》抄本十四卷后副页）

【光绪十五年己丑十一月】

三日未记，亦无一事可记也。（卅日，十一月一日、二日）

上午未为一事。午后携藕舲表侄女、喜侄女、聪儿至怡园一游，晚归。（初三日）

五日来，乐亦异常，皆为检理行装、应酬笔墨，今日薄暮始下船。（初四、初五、初六、初七、初八日）

今午以事怒詈仆从。母训曰：“为将帅者尚以鞭挞士卒为戒，况汝仅有此数仆供驱遣，可矣，不可过示以威也。”

昨晚泊娄门外，半夜即开。晨过昆山，寄黄静伯信。午过赵盾港，晚子刻抵沪，即上岸，仍宿友竹寓中。（初九日）

晨起，候屺怀，不值。候程蒲孙，一话即归。坐轿出拜客，候缪小山、陈杏荪两前辈，皆不值，归。坐马车偕蒲孙至静安寺，遇徐仲篪，约至海天春。薄暮至海天春，招皕香庼主人。（初十日）

【光绪十五年己丑十二月】

自十一月十一日起,至今日已二十一日矣。终日酒食醉饱,声色酬应,一事未记,为自来日记第一谬事。固无他说矣,以后能改乎?不敢信也。惟记之以自警,或不放其初心也。(十二月初三日)

晨起,至胜之处候陈连城(鸿润,住鸿仁里源丰润)、任荫南(国桢,宜兴人,浙江道)、顾子香(步蟾,军门)、顾容斋(嘉松,南浔人),皆不值。蔡玉季招饮于渠家,见斯美买办朱子馥。毕,候胜之,同往静安寺。归,至聚丰园,又赴任廕南之招,又至老旗昌乐花楼赴冯玉庭、梁廕南(炳文)、梁雨培之约,三鼓归。写楹帖二十付。(初四日)

午赴丁禹廷之招,席散,赴海天春徐仲孺之约。复至静安寺,薄暮归。(初五日)

十一日晚十点钟,同禹廷军门坐马车至彰化滨,上定远兵轮,拟同作台湾游也。(十一日)

天明启椗。未出口之前,风浪颇平,暮出口便觉船多欹侧。半夜风甚紧。(十二日)

竟日风大,[redacted]啜粥,睡卧仅安。(十三日)

风仍巨,午夜浪高于船,船欹甚,至廿五度(若至三十度即横行矣),险矣哉!薄暮过鸡笼,风逆不得进,遂顺风南行。(十四日)

竟日不能起坐,仅啜粥半盂。午后知船抵澎湖,下椗始能出坐。晚饭,并作书。此来系专为至台湾,竟为天风所吹至澎湖,现至澎湖,不能回泊台北,只得再往南行至香港。人力所不逮乎?抑天使之南行乎?梦想所不能到,人心所不能料,自来事大抵如此,余亦只得听天行道而已。(十五日)

竟日泊澎湖。(十六日)

澎湖平居海中,四面环屿有三十六,无高山峻岭,平沙茫漾无一树,土产只落花生、薯菜而已。终年多风,一起必七八日,稍止一二日又起,屋摇之如倾侧。澎湖镇新建一城,环量只三里,有六门镇台衙门，亦新盖者，颇宽大。口東两山，一名金龟头，一名蛇头山，皆象形也，新建两炮台于上。船进口后，用小划至岸，只二三里，然遇大风，有数日不能泊岸之势。海中生藤一种，如黑珊瑚，有金星树一种，有虎斑，皆可为钏，居民以此求售，直一番饼至十番饼不等。闻尚有空心石，乃石子为海水粘成者，中空，或有水，或称为空青石，此伪[按，当作讹]称也，石未见。

晨起，偕丁军门、马玉斋用小火轮上岸，至镇台署。镇台吴瑞生（宏洛）适出队赴台北，剿加九那社番。营务处卞叔枚，常州人，伯文之弟。伯文，余数年前在山左旧识也。即在署午饭。饭后至城上一游即归。抵义昌，寄五百金至家。（十七日）

竟日未为一事，亦未上岸。

与丁军门谭战事，阅历既深，见闻多不作门面语。书牍、公文、奏札皆亲笔立成，暇尚喜读史，极尊曾文正公，云其一生不尚气、不骄惰。名将能文，今古皆然也。（十八日）

竟日风甚巨，船未开。午后靖远、镇海、致远三轮船自基隆来，见四船主林凯士（泰曾，有年谊，其侄戊子副榜）、邱彪臣（宝仁）、叶桐侯（□□）、邓正卿（□□）。晚作家禀，与二哥书、窦价人书、友竹书、皕香顾书、黄子元、顾彤卿、苏稼秋各书。（十九日）

晨开行。午前大风，不能起坐，午后稍平。（二十日）

晨起，平甚。午后二点钟抵香港，寄家书，并与友竹书。薄暮偕丁军门上岸，至近芳楼，同坐余瑞呈游击（定远管轮机）、马玉堂、刘子香、魏梅■，招二侍酒者，一名凤娇，一名常好，闻其名可知其人矣。一语不通，如木偶静坐片时而已。（二十一日）

晨起，在船。午后上岸，赴余瑞呈游击（贞顺）之约，在杏华楼，仍招昨所侍酒者，至二鼓归。宿泰来栈。（二十二日）

天明即起，赴河南商轮至省，坐大餐间，一主仆价三元，另大餐一次一元六角，赏酒钱四角。薄暮抵省，季度来，同至十二甫新街，即宿渠家。（二十三日）

晨起，进城拜客。至季群处见胜之，至静皆、子庄、傅彤臣（世炜）三同年处。午后至陈塘南擎觞楼酒，坐见潘梅荪（普书，德畲方伯五子，仲瑜同年之兄），同坐皆招侍酒者，冯为余招阿银、阿玉二人，皆仅备纠觞而已。

颇念皕香楼主。人事之不可定，人心之不可见，佛家所谓随缘，亦只得听之而已。（二十四日）

晨起，拜客。午后偕胜之赴谷埠，下躭塘瘦菊艇，王松山之约（崧，广东知县），招闰娥（阿丛艇）、桂枝来。闰娥颇知官话，能通言，人亦灵动可喜。三更复赴评花艇潘公之招。是晚太迟，不能行，即买一艇借宿，至天明归（艇值一番饼）。（二十五日）

竟日拜粤中诸官，见游巡抚，晚即止胜之斋中。（二十六日）

晨起，出门拜客。午初出城，即检拾行李，搬住城内朝天街同文馆，系刘静皆之招。余偕静皆赴闰娥处便饭（饭二番饼，艇金三饼）。薄暮进城。（二十七日）

午前未为一事。张海峰（起鳌，安徽提督）来拜。午后出门拜同乡，晚归。灯下写楹联十付。游巡抚赠十六元。（二十八日）

晨起，未为一事。盐务总送二百元，厘务总送二百元，皆公款也。午后拜客，见梁杭叔（于谓）、劳次芗（肇光）两同年。晚，巽之、胜之、静皆来谭。与张海峰、程明甫书。王松山贻六元。（二十九日）

竟日雨，未出门。晚灯后偕巽之、胜之赴谷埠，上阿丛艇，招闰娥晚饮，至三鼓大雨，不能归，三人即止宿舟中，天明归。（三十日）

【光绪十六年庚寅正月】

庚寅

晨，出门拜客，至薄暮归。晚灯，静皆、巽之来谭。（正月初一日）

竟日出门拜客，天雨颇苦也。（初二日）

晨起，天晴。偕静皆、胜之至濠畔街候李平书，购红木器具。午后同胜之、平书至阿丛艇，为今日主人。静皆先归，同坐罗雨生

(□□)、杨伯□，皆粤人，□□□，四川同年，至三鼓饮毕。天晚不能归，即止宿舟中。(初三日)

数日来专以拜客酬应为事，未读一卷书也。

见金桂生(武祥，江阴人，广东知县)，出贻自著《粟香四笔》、《粟香斋丛书》、《广西金石》五种，皆精佳。

见屠静山(寄，常州人)，出新选《国朝常州骈体文抄》，北江最多，已付刊矣。

《宋会要》，徐星伯所辑，系当时在《全唐文》馆抄撮之书，其稿尚用《全唐文》格，盖当日命供事抄写，充作《全唐文》，以省抄费也。近广雅书局写刻之，屠静山重校编次。

顾梁汾尚有《弹指词》未刊者四十四首，存金桂生家，拟借刊之。(初四至初八日)

自初九日至二十五日未记，可谓荒废矣。昨日小病，今日未愈，始念此一册，余常有句云"穷愁多著书"，岂日记亦系乎此邪？可愧可危，可惧可叹。(二十五日)

上午未出门。午后至梁铃院同年处小坐。晚偕静皆归，为程明甫题《探梅图》二截句："吾乡有海名香雪，万树琼瑶岁岁看。信是先生托清绝，炎方犹抱一枝寒。""岭上春风怀底株，几疑驿使守归途。那知邓尉山前雪，正补诗人觅句图。"(二十六日)

今日晨起殊适。午后热又作，而不甚大热，但觉倦而不安耳。客窗苦寂，殊念故乡也。寄家书。(二十七日)

晨起，似好。午后候李劭初，至赖中和烟店酒叙，不能下一物。归后又觉身热，晚觉倦而适，病根终不能去也。(二十八日)

竟日出门，至广雅书局候屠静山，见洪龄孙骈体文稿，并示常州汤秋史骈文刻本，知汤全袭洪作而掩己名，天下之妄人有如是可笑。晚至崔府街，与静皆谭，二鼓归。(二十九日)

【光绪十六年庚寅二月】

天忽大冷，可重裘，真粤中无四时也。竟日身子不适，心乱如麻，行将归矣。（二月初一日）

竟日未出门，检拾行李，亦未写一字也。（初二日）

今日本束装矣，以事牵涉。事之大小姑不必言，无事而自揽其事，镜花水月，簪掬无凭，殊觉自悔也。（初二日）

“昔日无钱苦买书，典衣节食饱蟫鱼。而今囊有馀钱日，不向街头载五车。”“嗜好太多终是病，博而不杂始成才。十年枉自称劬学，惭愧今从何学来。”“爱读湘乡日记精，巧偷勤录到残更。七年一日遵成法，何事新来倦笔耕。”日来为外欲所迷，将改其初志矣。作此自责，不可云诗也。

行将归矣，占牙牌数，得《归去辞》二语曰：“云无心兮出岫，鸟倦飞而知还。”旨哉言乎！

自二月初三日起，至闰二月十一日止，计三十馀日未记一事。自二月十一日由香港坐法公司船归，至上海留十馀日，至家十馀日。事多而可记者更多，竟不一记，可笑可恨。在上海添新友甚多，皆不能记其名字，半忘之矣，可愧。（闰月十一日）

见旧抄《秋涧集》百卷二十册，为宋宾王三次手校本，有跋。又旧抄《太平寰宇记》，有钱竹汀跋。

竟日未为一事。硕庭以黄荛翁校抄《小窗馀稿》一册来，欲换余两，竟拟允之矣。（十二日）

晨起，出门拜李紫璈大令，赴瞿园主人李少眉之约，同坐沈旭初、潘谱琴、窦价人诸人。散，至叔鹏处一谭。（十三日）

晨起，赴拙政园请李少眉、窦介人、顾缉庭、邹咏春、曹再韩、李橘农、王胜之观桃花，晚归。（十四日）

竟日未为一事。（十五日）

晨起，未出门。午后候蒋潄云，同至怡园。（十六日）

晨起，拜客。午后招心渊、胜之、叔鹏观剧，晚归。（十七日）

晨赴李少眉之招，观所藏画件，精者列目于后：

杨补之《梅花卷》（即世称《四梅花卷》也。画四段，一未开，一将开，一盛开，一落花。自题词四阕。柯九思题四词和之，字法精绝。后题甚多，不能多记矣。旧藏苏汪心柏家，汪以三百元得之，见韩履卿跋。后归潘西圃，潘归李氏。卷签梁山舟书）；

沈石田《东庄图》册（二十一幅，为吴文定画，每幅有李东阳篆书题字。册签、首跋皆王梦楼笔）；

董文敏画册八幅，六纸二绢，皆精品。旧为笪江上藏，有题记；

王廉州山水临古册十幅（精品）；

恽南田花卉册（中有未完处，末有一札，云有未完者，不能托他人润色之精绝）；

王石谷《水竹幽居图卷》（为笪江上画，恽南田题诗，精绝。仿赵吴兴《水邨图》意，非狮林仿本也）；

王苦水梅花水仙卷（元人，纸白如新）。

是日午后至窸斋丈处，出示所得，亦记目于后，一日之眼福无量矣：（十八日）

东坡书《金刚经》墨迹册（纸如新，字体细瘦，绝不如寻常笔意。细观之，神自在也。末有自题官衔姓名。此天壤至宝）；

郭河阳雪景大幅（右角有“香积堂看定题”六字）。

竟日未为一事。（十九日）

晨起，赴漱芸之招，泛舟游留园。遇汪吉甫，招饮于船娘陈二家，二鼓归。（二十日）

晨起，吊本家之丧。赴李紫璈之招（元和令，同出周郁斋师门），叔鹏、潘瘦羊招饮于船娘车氏舫中，未及赴矣。薄暮以古币三十、匋器一易硕庭明刻《侨吴集》（黄荛圃、顾涧蘋跋）、明正德柳大中抄本《梦梁录》、旧抄本《澹生堂书目》（钮非石校，王硕楼藏，顾千里跋），皆精美之至。又以四匋易《千顷堂书目》鲍氏知不足斋抄本，有校勘，仅

存别集五册全。(二十一日)

同年分江苏为大令者二人,招饮于怡园。风雨竟日,桃李花盛开,皆片片入池中矣。偕胜之访陆廉夫,见所临画卷,精甚,近时石谷手也。(二十二日)

晨起,赴荡口谒外祖母,薄暮抵岸。见邹芷汀所藏铜器拓本一册,约三十馀种,仅三种真者,甚矣收藏之难也。见钱牧斋手批《黄御史集》,点掷甚乱,批字几不可识。首页有"牧翁"一印(方印,朱文),有"白鱼红稻郙庄"朱文长方印,疑亦牧翁物。第二册有"安髻山人"白文方印、"海云楼"朱文方印,则不知何人矣。(二十三日)

《岩下放言》卷上八页记晋昇平四年砖事,此砖余于十年前得之,后为人窃去,今拓本犹存。

竟日天雨,不能出门,亦未为一事。(二十四日)

上午大雨止。午后赴荔雨轩观书画,仅见卷册两种,别记一册为《荔雨轩读书画记》,铭心绝品大约可历数矣。(二十五日)

上午写扇。午后约若溪、应榴观书画于大坟滕氏。见大米画卷,绢本,后有王觉斯小楷跋,邓文原观款,皆真。宋元集册,题签潘三松笔,计十二幅,纨扇、斗方各半,有王叔明、米南宫、易元吉、赵千里、刘松年、周东邨、小李将军,皆真迹也。内高房山一页,纸本,甚精。需二百二十元,许以百元,不售。碧玉版《十三行》,"弃"字中穿,毛意香有十馀跋,是未归翁萝轩时所拓。东阳本《兰亭》,有"王梦楼藏"印,精甚。郑板桥临苏书小册(此物许以十二元,不售),旧拓苏书《请罪表》,怀仁《圣教序》半截碑,皆精妙。蒋金粟画两斗方,颇佳。薄暮归。(二十六日)

晨起,仍偕若、应二兄至张塘桥蔡氏观藏书,主人云已售与洪琴西、陆存斋、姚念慈三公矣,存者仅弃馀矣。见宋大字本《周易本义》四册,旧为陈仲鱼藏,当即《经籍跋文》之一,然无题语,需八十元。元本《事文类聚翰墨大全》,旧为汪阆源藏,需七十元。残宋本《通鉴纪事本末》九册,似明印者,十一行十九字本,六元。廿行本巾箱《五经》，似明翻宋本，七十元。皆未能得。得元本《千家注分类杜诗》十三行本、残元本《王右丞集》、顾云美《三吴旧语》手稿、抄本《先朝遗事》、《流寇编年》、《五藩梼乘》、《窃愤录》、《靖康纪闻》、《岩下放言》、《天禄阁外史》、《汪水云诗》、《东国史略》、《老子辑义》、《栲栳山人诗》、《开方指南》稿本，共四十六元。又见王梦楼快雨堂临书墨迹两册，一宣德纸，一高丽发笺，皆精妙至甚，不肯售。赵千里《单骑降虏图》，孙渊如跋，亦佳。又抄巾箱本卢照邻《幽忧子集》四册，似非原本，不知何以有此名也。（二十七日）

晨起，未为一事。至华义庄，得明人尺牍十馀函。沈竹宾画扇面廿馀幅、石谷册十页、倪云林画一幅，皆伪品。工染花草册一，似闺阁中笔墨。闻有大米卷，以藏经纸画之，惜未能一见也。得《戏鸿堂帖》五册、小字本《麻姑仙坛记》一幅，皆旧拓也。（二十八日）

若溪抄示黄荛圃跋二，可补入《年谱》矣。

见荔雨轩藏宋本《中兴群公吟稿》，见《百宋一廛赋》、金耿庵手抄《李元宾集》，皆佳品也。

小住一日，明日将行矣。（二十九日）

【光绪十六年庚寅三月】

晨起，辞外祖母，即行。午后抵家。（三月初一日）

至程藻安处陪宾。（初二日）

竟日未为一事。（初三日）

吊程、汪理斋叔三处之丧。见方谦初（道济，桐城人，得苏县）、俞澹湖、惠思侨，晚归。（初四日）

顾鹤逸招饮怡园。（初五日）

竟日未为一事。写楹帖数十付。（初六日）

竟日未为一事，见客而已。（初七日）

晨起，至虎邱祭祠。午后进城，见杨彝卿。复出城坐船至虎邱，晚饮。毕，进城至宋仙洲巷再饮，招叶韵兰来。毕，再约彝卿至韵兰

家饮，归已三鼓矣。（初八日）

竟日未为一事，亦未出门也。行将束装矣。（初九日）

午正，赴张叔鹏虎邱之招，觉神气倦乏，薄暮归即卧床，热起矣。（初十日）

天明，身大热，牵引小腹作痛。午后招智涵来，投以凉剂，晚如故。（十一日）

是日系余请客，本定两画船，一吴姓，一张姓，至期病不能行，属叔鹏为余作主人。（十二日）

是日本拟约胜之北上，至期不能行，与胜之话别，病少愈。（十三日）

卧病无事，招卖古董者来见，见赵子昂画赚[按，当作篆]《兰亭图》并临《兰亭》绢本，后有笪江上诸跋，颇佳，许以八十元售矣，一时无款，只得还之矣。唐六如画小青像，幅长四尺，人几如之，上题幽香□影图，须七十元，皆不能得之。王石谷临江贯道《千岩万壑图》卷，纸本，绝佳，上有篴秋舅氏跋，前三年曾见之，今以石庵绢本对一、付洋二十番易得之。（十四日、十五日、十六日）

病已愈矣。沈芳衢招饮于阊门，晚归。（十七日）

是日汪吉甫招饮留园。（十八日）

是日答吉甫，并约傅彤臣同年、张叔鹏、倪墨畊、程子和、程炳奎于叶韵兰家，韵兰为余夫妇画双篴，绝佳，今之马月娇也。（十九日、二十日）

是日检行李。（二十一日）

是日，程子和招饮于沙毘巷，至暮主人不来，只得归来矣。（二十二日、二十三日）

是日晨检行李。午后上船，与季友同行。（二十四日）

竟日舟行，暮至赵盾冈宿。（二十五日）

是日午后抵上海。至燕庆里，不见友竹，偕季友至静安寺一游即归。暮招稼秋、玉峰诸君至一品香西馔。（二十六日）

晨起入城，拜聂仲芳、梁星海，即出城至一品香。复招玉峰诸人午后至静安寺。晚至聚丰园，赴稼秋之招。（二十七日）

晨起，写扇。午时，顾缉庭丈偕张安圃年伯来，同至徐园见吴广安、胡云台、沈子梅三观察，又陈楷孙，为缉丈至戚。饮毕至静安寺。复至张家花园，见叔和观察，晚归。余仍至聚丰园，乃玉峰之招。未毕，再至一品香。（二十八日）

晨写楹帖。稼秋来，同午饭。饭后，玉峰、乐中同来，玉峰赠大餐船票一纸。独至静安寺，见马枚叔。薄暮至味莼园赴主人及芸台之招，同坐顾缉庭、张安圃、陈楷孙三人，戌初归。至聚丰园，饮毕至燕庆里。复至公羊里，同皕香主人上丰顺船，送行者已在船久候矣，小谭，至三点半钟始去。（二十九日）

天明起椗，竟日风平浪静，惟丰顺大餐间甚小，同船无熟人。（三十日）

【光绪十六年庚寅四月】

竟日行，如在长江中，不觉行船之苦也。午后写扇，同船有王子献同年（继香），在下舱，今日始知之也。（初一日）

同船有英国两教师，已改中服矣。余赠郝教师小影一，渠亦以小影为报。

竟日平静，如在长江。（初二日）

昨夜半抵大沽。天明同买办刘鉴明、程子乡同坐■船公司小火轮至唐沽，至火车歇厂小停，买票一纸，五百文，上舱。至九点钟火车始到，即上车，坐上等舱，洁静如房室。少停，车行，飞如鸟疾。午初抵紫竹林，换东洋车至河边，过渡，再雇东洋车直至春元栈。即作书与杨彝卿，复书来，招至城内，即候俊卿、彝卿二公。又见恽兰荪、陈养源，即至花家。彝卿招饮，是晚余行李尚未来，只得借宿渠家矣，与筝仙谭笑至天明。（初三日）

晨起，回栈。行李适来，即雇车两辆，每辆五千文，又加包饭每人

一千。再至花家招彝卿饮，至三鼓回寓。即上车，九点钟至杨�尖，再行至安平宿。（初四、初五日）

半夜开车。午初至于家围尖，午正至沙涡门。门者呼止车，使仆持名片与之言，并纳以四百文，遂长驱而入矣。即至长元吴会馆，见沈兰台，大哥出门未归。即进城谒郎师，止宿城内。（初六日）

天明出城，遍谒各师门。晚宿城外，雨。见素、盼二郎。（初七日）

晨起，进城谒各师。晚至东华门宿。（初八日）

午正至城外，午后赴鹤巢先生之招，招素、盼二郎。是日宿城外。（初九日）

上午未出会馆。午后候琉璃厂红录不得，即买车至举厂看红录，知蒲孙中矣，见熙吉甫、刘佛卿、冯梦华诸君。薄暮仍至城外，至天明，会馆中住二十馀人，无一售者，可云奇矣。（初十日）

是日午后到城内，未为一事。（十一日）

竟日未出门，写字而已。（十二日）

上午写字，下午至屺怀处，适大哥来，屺怀约至九和兴，至薄暮归。（十三日）

竟日未出门，薄暮，子涵来谭。（十四日）[按，此条天头曰：给徐福工洋二元，至五月十五止；马顺工洋两元，至五月底止。]

晨起，即至屺怀处，约作课卷。候至十一点钟，鞠师来，即拟《日长如小年赋》题，以题为韵，至五点钟，正草皆毕。即出城至大哥处，再至子涵处小谭即归。得容黼书，并贻明刀十二品、尖足币二枚。（十五日）

晨起，至城外各师处，至子涵处午饭。午后进城。（十六日）

晨起，至屺怀处，午后归。检考具，明日散馆也。（十七日）

寅初即起，饭毕，先进东华门，至会典馆一坐。同鞠师、屺怀至中左门，候至卯正，大小教习来，即随同至太和殿。谢恩毕，至中左门接卷进内，题出巳辰初四刻矣。题为《白虎观议五经同异赋（以天下学者得成其业为韵）》，诗题《盘空双鹤下（得盘字，五言八韵）》，至未初稿毕，即写，至酉刻毕。候屺怀、胜之诸人同出门。赋仍拟以选体，七百馀字，于虎观之议非一次、五经异同之原皆甚明晰。（十八日）

晨起，屺怀来。午后知等第名次，屺怀第二，余则已列二等第二十一矣。江苏散馆已居第六，下尚有三人也。出城至李芍师处谭，知余卷在高阳相国手中，为其所伤也。（十九日）

晨起，知郎师已派读卷。午后出城祝子涵太夫人寿，归已不及进城，至会馆中小坐，候至开城始归。（二十日）

竟日出门。拓古砖瓦三十馀纸。（二十一日）

上午未出门。下午，屺怀来，云得芝丈已故馆中，闻之怆然。即出门至凤石处，偕允子、鞠师至屺怀处，坐至天明，候入殓。清晨即至长椿寺相度停灵地，候灵来一拜。至昆新馆见大哥，因渠新迁至彼也。（二十二、二十三日）

天明即起，冠服进西苑门，至中海听宣，候至辰刻，知状元为吴鲁，次即文芸阁（廷式）、吴颖芝（荫培），传胪则萧大猷。即出至内阁，少停即回。午后拜李新吾（经畬）、文芸阁、吴颖芝、程蒲孙（秉钊，二甲第八），又至会馆一坐即归。（二十日）

颖芝为函青师子，师门下甚多，教导之勤异于常师，然未得列榜而殁。颖芝少年得解，至二十一年而得此鼎甲，亦足以报吾师矣。

晨起，即至会馆贺颖芝，归第。旧例，是日主其事者为同乡之鼎甲前辈，虽前辈而非一甲者，不得主其事也。是日为陆凤石、邹咏春两前辈主之。午后候陆振之、王景桴，薄暮归。（二十五日）

晨起，至翰林院演礼，口奏履历。陆凤石前辈招午饭。午后至廉生处谭，见渠所得石磬、古玉，皆精品。偕屺怀、再同前辈至久和居小饮，二鼓归。（二十六日）

读书二十五年，得一入翰苑，今将改官作部曹矣，于自问则已不为无益，然堂上亲戚师友之期望固不在此也，殊以自愧。

人有言余散馆赋句多不可解者，今特录出，以俟后之人读之。自问已将向日讲求古朴拙涩之句尽去矣，尚有人不能读之，致列二等，

故特录之,以为好古者戒:

“白虎观议五经同异赋(以天下学者得成其业为韵)

汉建初四年,儒学盛,雅训专,三雍立,五经编,定十四博士之考,求卅八执略之篇,众说兼采,群经自研。然而古《易》盛兴于图纬,毛《诗》未见夫传笺,微言则《穀梁》将绝,《尚书》则夏侯难全,果何以百家是究,大义重宣,钩《河》摘《洛》,画地维天?章帝曰:咨,经义之明,学无虚假,慨自众说之歧,难付学官之写,石渠之议奏将湮,秘室之中经渐寡。昔孝武之世,有大师至千;孝宣之时,求遗文于野。其亦为朕综六学,集群雅,如元年贾逵之讲五经,仍诣虎观而论文,簒众说于臣下。

诸儒乃拜手稽首而对曰:臣维道仰精刚,义求明塙,亦尝综金匮之秘藏,览明堂之礼乐,河间既对三雍之宫,异义或有五经之驳。今方瞻层构之严严,想五鹿之岳岳,敢不集众说而斠诠,祖光诵而扬搉,斅列其墨守之儒,家究师承于朴学。其观之为制也,前峙云台,南通金马,东连始生之堂,北接未央之瓦;绣杨虹申,云楣珠泻,望承善而比崇居,启明光而思广厦。相期嘉颂夫前贤,敢说启闻于来者。臣请议夫五经:《易》,焦、费义不同闻;《书》,夏、欧学偏异力;《春秋》则说有向、歆;《礼记》则篇分圣、德;《穀梁》之外传已亡;《诗》训则秦燔未防。五经本众说之钩绳,谶学亦群书之羽翼,臣敢效法于前朝,条篇目而奏之,竭下愚之一得。

章帝曰:咨,朕灵图广运,典学端程,以有此盛事也。盖其采遗得诣,综论持平,道训所以在《易》家之列,诰誓所以兴中文之争,《穀梁》所以有五家之议,《礼》经所以有三百之名,《左氏微》二篇尚在,《诗鲁故》廿卷犹行。是皆折衷经塙,鉥掜自精,览兹所议,寥朗而明,其当撰《通德》之论,而一综其大成。

所以首著崔骃之《易》,旁存鲁氏之《诗》,《尚书》则丁鸿旧说,《公羊》则李育承师,楼望则学通严氏,景伯则礼注训辞,皆足篇翰,综其博奥。方筴点其离奇,分群说而自若,顾四隩而款其。

然而当日者许书待写于臣冲，郑志未传夫家法，师说则不尽西京，正字则莫颁令甲。经见夫青虹纪瑞于庭中，太学观经而道夹，孰若我圣朝化洽和同，学无浅狭，室陋茅茨，世多曹邺？此所以进唐而迈虞，何论夫汉京之盛业哉！”

“赋得盘云双鹤下（得盘字）

轩举凌云鹤，双飞欲下难。无心空际落，比翼望中盘。擘絮山川迴，鸣皋宇宙宽。思萦千里梦，势狭九霄抟。叆叇形摩白，回翔顶映丹。风轻疑有影，露冷警知寒。宛转依危岫，翩跹拂远峦。圣朝瞻紖缦，班序列鸳鸾。”

晨起，至同兴楼赴鞠师、静皆之招，为公送闽县周师事（师为己丑会房考官，名云章，号郁斋，故于己丑冬月京寓中），余定送二十金，自后每年送十二金。晚归，至国史馆与蒲孙一谭。（二十七日）

二店半钟即起，预备引见，三点钟至西苑门，五点钟排班，即进中海，至勤政殿，江苏系第四排，共九人，余列第六。口奏履历云，臣□□，某省进士，年若干岁，翰林院庶吉士。毕即回寓。九点钟时即见圈点单，幸留馆选。下午至大哥处，发电报至苏，晚归。（二十八日）

竟日未为一事。子涵来谭，同候屺怀，至小合兴午饭。（二十九日）

【光绪十六年庚寅五月】

天明即起，竟日至师门叩头，至晚归。（五月初一日）

巳刻出门，拜师门并同乡，薄暮归。（初二日）

晨起，赴潘郑盦师席，见汉魏五碑拓本，为《范式》、《成阳灵台》诸刻，旧为黄小松藏，有覃谿诸家题。宋拓《滑台新驿记》，为唐鷦安物，有钩填描补处。百济国碑，大似《郑文公下碑》字。《梁全夫人碑》，为方彦闻旧藏。又《顺治十八年缙绅录》，有纪文达、翁覃溪诸家题甚多。《绍兴登科录》，又明翻本，文天祥下小注“第十一”作“第千一”矣。

晨起，至师门贺节。午后至亨达利洋行购照相器具。两日来热至百十六分，罕见矣。（初四日）

竟日出门拜客。（初五日）

晨起，出门拜客。午至长吴馆补祝凤石前辈寿（本初四），及为吴硕卿、彭掌丝（纶孙）接风，共二十馀人。（初六日）

上午未出门。午后拜客，无一遇者。（初七日）

晨起，赴颂阁前辈之招，同坐陆景涵，字葆之，善卜，言余明年得试差，在西南方，姑记之，以俟来年。（初八日）

晨起，赴汪药阶、兰楣弟兄之招。午后冒雨归寓。（初九日）

竟日未出门，作家书并与友竹、季友、季度、二梅、佑三、子萱各书。（初十日）

晨起，至长吴馆公祝许鹤巢寿。午后祝昆师母寿，留观剧，同坐荣仲华都统、郑王龢，无他客也。晚归。（十一日）

晨起，祝廖师母寿。午后画扇，晚写扇。（十二日）

晨起，赴席翰伯之招，同坐高仲瑊前辈（志喆）、董紫珊（□□，即精于制造者）。午后即进城。（十三日）

晨起，至同兴楼，所请客皆不到。候至未刻，谭芝灵始来，同坐只朱子涵、刘静皆二人。毕，偕静皆至屺怀处。静皆复招至久和兴饮，二鼓归。（十四日）

上午未为一事。午后出门拜客。见荣华卿（庆）前辈。黄再同前辈出示宋画双禽图册，有明弘治中女学士沈琼莲题，作篆书。见黄皜臣大令（楙材），即游历印度、成《得一斋杂著四种》者，今调办会典馆纂修，人瘦而老，闻嗜阿芙蓉，颇不似其笔墨也。（十五日）

竟日未出门，亦未为一事。饱食终日，无所用心，可愧可愧。

至木斋处见渠所藏宋本《后汉书》、宋本《周礼》，皆四边双线。《[后]汉书》即建安善夫本也。宋绍兴本《周礼注疏》，半页八行，行十八字，字大如钱。宋本《尚书》，四围甚宽大。宋本《晋书》，系十行十八九字不等，字如胡仿宋本《文选》。又黄荛圃跋明刻左令注、鲍绿饮

校抄《阳春白雪》，有戈顺卿补校字。皆精美可爱。尚有十许种，不能尽记忆矣。（十六日）

数日出门拜客外，未为一事。取郑盦师去年所贻古金拓本，各加释文，殊少心得。学力日损，自惧自愧，即此一册之日记亦不能日日写之，意智尽变矣。

终日归思甚切，半有所牵制，以不欲负旧约也。心力尽为所迷，然自知之而不能自解之，春蚕自缚，秋蚬自悬，殊不可免也。（十七至二十一日）

昨读《西青散记》，曰雨声苦，甚然甚然。今日烛下读《散记》而惘惘若有所失，雨声竟日不断，心中苦悲，亦不知其何自来也。百感交集而将病矣，奈何！（二十三日）

皕香主人姓顾氏，嘉定工人女也。年七岁，工人贫，短粤妇资，以女偿之，限三月赎，不能得钱，遂以英饼银卅五易于徐侍郎之族为寄女。侍郎族有妾无所出，母之，教以读。性聪慧，能通《孝经》、《女诫》诸篇，又工绣，韨履皆自制焉。岁丙戌，侍郎族卒，皕香仍依妾母居。戊子春，妾母携之上海，赁屋而舍。妾故不贞，弃徐氏家，使皕香习弦索歌唱。九月，别觅屋于公羊里，盖取班氏书所谓"刺绣文不如倚市门"之语焉。灵鹣于十月过上海，初见于酒楼，意惘惘而有所失，若异于常见者。时皕香侍鬟名绣者，侍皕香甚谨，见灵鹣而私语曰："弗思郎脱果尔尼必罕西。"灵鹣笑而颔之，弗思郎脱者，译言此女佳，果尔尼必罕西者，译言君可得之，皆泰西语也。是时皕香誉日噪，过皕香颀者日相接，至子夜始绝。皕香酬接应答，挥洒如无事。然略有干以非礼者，则缓而言曰："我之应接，母命也。我之身，我主之，母不能有以命也。"于是犯者皆颈赪舌咋而去，数日不相问。母知之，略讽劝，不听。知绣奴与渠密，使奴劝之。奴隐以询，遂泫然曰："我本农家女，不知诗礼。七岁入阀阈门，衣锦绣，饱玉食，以我为贵家女。徐父教我从兄姊读，使略知天下有贞节事。今复为此忍耻含辱之事，我命也。然处污泥而不染者，我之身，母不能强我也，其婉谢吾母。"绣闻之而懼然曰:“有是哉?世再有以非礼干汝者,是非人类也。此事三百六十日,吾可一身庇之。”遂于母前极陈利害,母意亦稍为之解。己丑秋,绣感皕香事,自念非笄少,遂嫁一士人去。别之前数夕,与皕香终晚相对泣,日祝灵鹣来,曰“彼来吾负可少释也”。时灵鹣滞道路,方溺声色,不肯归。九月望始至上海,询之则绣已去,皕香犹应对如去年。新补一侍鬟曰宝者,已罗敷有夫矣,明婉善侍接,规画世事,犀利如老吏折狱,侍皕香谨,犹如绣焉。皕香亦心腹倚之,惟护皕香而时凌其母,不如绣之柔而隐也。知灵鹣与皕香有宿约,故侍灵鹣尤密,每见灵鹣豪荡挥霍,辄于更漏灯残下戏而言曰:“吾不能保先生一生,但愿早入江三家,不致负宿缘,则吾愿亦可终了也。”盖先生者,上海青楼中侍婢呼其主之俗称,江三者,[redacted]呼灵鹣也。灵鹣留海上一月,事不成,欲浮海至台湾。行之日,皕香以事忤其母,母以爪啗其口,舌如靡。灵鹣在酒楼,不知,招之来,双泪湿巾袖,阖坐相讶,戏谓曰:“岂江三行而痛恋之若是邪?”皕香终不肯言其母之虐。宝忿然见于色,欲三言之,而皆为皕香所乱,遂密牵袖而告曰:“天长地久,此苦与同,君意何如?毋如杜牧之在扬州也。”灵鹣笑答之:“姑缓。”遂忿然曰:“负心郎宁有是哉!吾错识人矣!”灵鹣复改容谢之曰:“此事恃尔主之,能待一月乎?”宝侧睨曰:“果然,吾可待之,久则吾身亦不能自主也。”遂为别。今岁二月,灵鹣自南粤归。盖去岁遇飓风于海,不能进基隆门,径南行至粤也。归仍不丰于囊橐,无以报所约。皕香知灵鹣来,急速宝来瞷,询行路劳。宝俟无人时低询曰:“时至乎?”答曰:“未也。”齇然曰:“吾固知君此去不利,此天也,亦不能责君矣。”越数日,宝之夫来,速其归。宝欲行而苦恋皕香,皕香亦痛哭不忍别,婉辞之,不听,怒詈之,如故。来商于灵鹣,灵鹣曰:“皕香前所恃者绣耳,绣去而尔来,尔来而爱护过于绣,使不失于初,而有待于灵鹣。今灵鹣无以践前约,而尔又去,则皕香永难脱此苦矣。去留不敢决,所苦者皕香耳。”宝含泪捻衣带者半炊许,忽忿然曰:“吾以死护之,君无他虑也。”遂去。是日四鼓,喧传有女翦鬟于道,为其夫挈之而去者,群相诮女之不贞而负其夫。灵鹣𢥞然曰:“此必宝也。”询之果然。呜呼！灵鹣真罪人也！失信于绣,失信于皕香,复失信于宝,且使宝蒙不贞名,灵鹣真罪人也！时匆促北行,遂与皕香别,仍主前约。入都已五十日,不能行,恐终又将负皕香矣。苦雨竟日,心惄如捣,翦烛作《皕香传》,正所以传双鬟也。皕香者何？廎名也。谁名之？灵鹣阁主也。

论曰:双鬟皆不知书礼者,而以皕香一语动之,皆爱护皕香如宝玉,而不为其母所惑,然卒皆不能终事。皕香事之因循穷颜色者,岂非灵鹣之罪乎？灵鹣日祝有为皕香营金屋者,今闻有是人矣。呜呼,岂灵鹣始念哉！

竟日未出门,亦未为一事也。(二十三日)

晨起,至米市胡同,潘郑盦师招饮。午后进城至熙吉甫家,见渠兄弟二人,谭至三鼓归。(二十四日)

晨起,未为一事。午后至熙吉甫家,同看大甜水井奎氏屋,屋甚精,拟租赁之也。(二十五日)

晨起,至贡院前送大哥考学正学录。午后赴沈乐亭之招,晚归。郎师有吉林查办事件之行。(二十六日)

上午未出门,下午至屺怀处谭。(二十七日)

公请三县同乡并拜客,晚归。

晨起,赴翰林院到任。先至吏部大堂跪听上谕,行三跪九叩礼。毕,再至翰林院,复跪听上谕,再行三跪九叩礼。毕,再至圣庙行礼,再至韩文公庙行礼。毕,始归。吉甫招饮太昇楼,毕,拜倪骏极,不值,归。(二十九日)

晨起,至举厂前看学正学录榜,大哥不在列。至台基厂,见陈瑶圃郎中(邦瑞,浙人,丙子进士),同至大甜水井,候宝瑞臣(熙)同年,拟赁其屋,未能定。候费屺怀,不值,归。(三十日)

【光绪十六年庚寅六月】

晨起，拜郎师寿。竟日未出门。知皕香已属弘农，可贺其得所矣。（六月一日）

“千里传闻风警鹤，一丝消息雪融狮。三年枉自夸灵药，解得奇方写悔迟。”

“不斗新茶不种花，山家小梦稳如车。谁知六月芦芽短，新水生时雁落沙。”

“龙树双桠根一本，茧函万叠缫孤丝。朝看物理歎奇笑，留待人间达士知。”

晨起大雨，屋漏湿床褥。午初冒雨至城外，招倪骏极（光熊，浙人）、程蒲孙饮于同兴楼，毕即归。晚成三绝句，盖有所感也。（初二日）

竟日未出门，大雨如注，墙坍屋漏，到处皆然也。（初三日）

出城，为苏州同乡公请外官。出城泥道可危。（初四日）

竟日雨，未出门。（初五日）

晨起，天稍晴。出门至庆和堂，所请客八人，无一至者。约履新、桐门、石如三人来饮。午后归，答钟梓励同年（广），至静皆处。道路泥泞险极，几危也。（初六日）

午赴什刹海文芸阁之招，熟人甚多。毕，至屺怀处一坐，归。（初七日）

上午未出门，下午至前门一游即归，购衣服等。（初八日）

是碑刘方伯喜海《海东金石苑》考证极详，盖朝鲜石刻，惟此为最古。近代金石之学日精，搜罗日广，属藩外域，皆见著录。日本有《金石年表》，近日傅部郎（云龙）撰《日本图经》，辑有《日本金石考》五卷，颇精博。泰西如罗马、埃及若有古刻，安得有人专集海外金石，成此一书，则足驾《海东金石苑》而上之矣。玉斋尊丈出此拓属题，爰书鄙说如右，藉补考证海外金石者一条例。

笘誃日记第十五册光绪十六年八月八日始

庚寅八月八日始，辛卯十二月除夕止

【光绪十六年庚寅八月】

八月八日午正，至一品香番菜馆，同坐苏稼秋、罗笃辅、徐仲孺、苏玉昆并皕香。至一点钟时即坐马车至虹口三菱公司马头，上日本轮舶，名"西京丸"，坐上等第四十六号房，陈设精洁（由上海至横滨，船价四十五元）。至船上而送者除五人外，尚有苏冶生、朱季方。同船张水苍（宁波人），坐下等舱，略可通语言，馀皆句周格桀，不可通一词矣。仆人许升坐下等舱，另票价十一元五角。二点钟开船，出吴淞口，风大不能起坐，即睡。（初八日）

竟日风雨，不能一进水谷，卧床如僵，亦不知所过何地也。（初九日）

竟日风甚大，午后食梨两口，吐水合许，苦甚矣。薄暮，船小平，侍者来云已抵长崎。开门视之，山水秀绝，风雨仍大。须臾停轮，即有小舢版船来，尾尖锐，抛掷于浪中如浮叶。水苍来言，欲上岸，以风大不敢行，即以致长崎各书托渠侍者一送。天已昏黑，进粥两盂，盖不食已两日馀也。（初十日）

饱膳后，坐写字房中。有西女操床琴，如天风海涛，茫荡万里，颇似中国古琴，较琤玐历落者有雅俗之分矣。

据侍者云，如此大风，一年中仅遇一回也，我何幸，适逢之。

天明，苏道生偕同店友□□来船，即坐小船至岸。风稍平，先至源昌号见陈礼华（宁波人），时张水苍亦在坐。啜粥一盂。同礼华坐人力车至买书店，皆新书，无一旧籍。得日本地图两种：一《日本分邦地图》，青木恒三郎著，明治二十一年成；一《日本帝国图》附统计表，矢部善藏编，明治二十三年成，皆新印精密者。礼华招至清洋亭西馔，侍者皆少年女郎，明净柔约。毕，至■泰见欧阳献典（唐式甫、苏梦渔）合函。至丰记，见朱辅清，至三馀明记见沈师敏，至鼎泰候孙廷梁，不值，归。至源昌小坐即上船，已四点钟矣。五点钟开行，两岸山色苍翠可滴，往往水中一小石独立，松株如盖。

礼华招游三江寺，即吾中土诸商捐钱建立者。大殿依山而居，门有松数十枝，皆青葱虬结。殿有额，题明隆庆年镇抚使某某书，则由来旧矣。入禅室，有老僧跪坐，问其名，曰仙叟，年已七十馀矣。闻年少时喜收藏，见其布置精洁可爱，出古画相示，有六如、板桥物，皆伪品。有贝六泉点山水。六泉，吾苏人，吾曾祖母兄弟行也。吾家旧为日本铜商，此犹当日未通商时带来者。又见稼圃公所画一，亦吾家高祖行也。僧有妻，亦同住者。香积厨通山泉，不汲自来，僧出茗饮，甚甘，如浙中龙井，问之土产也。

中国人居长崎者皆聚居，以闽广人为多。商家无男役，皆弱女子为之，间有小童为肩贩之役者。各携一小方漆盒，云即饭具也。有牛马，皆驼重笨之物，马不骑，人力车到处有之。（十一日）

晨起，船泊■■湾，湾不甚大，四面皆山，口门有灯塔，馀多暗桩，大约礁石甚多也。是否有炮台，无远镜，不可见。停片时即起碇出口，一路皆山，弥望青葱，民家皆临水以居，颇似吾国长江。前人过此往往侈为仙山蓬岛，有烟云缭绕，皆过神其说也。舟行甚平。午后写对十三副，一日本侍者见余书，出扇二索写，扇小而精，颇宜用笔，更书十纸与之，欣然而去。（十二日）

“灯灿琉璃幔卷珠，炰香酒暖走行厨。如何锦绣丛园夜，却似今吾异故吾。

性灵窍窒原声色，文字功疏为货泉。自信放心嗤入笠，却教珠玉卖清眠。

立竿有影须求直，拜月能圆未许长。一笑近来知物理，卅年枉自爇心香。

海上仙山如此求，秦皇汉武纵优柔。须知辟谷方成道，妙诀何须再别求。（渡海大风，两日不食，故戏及之）

离情夜梦疏多密，奇计朝生弱胜强。不信任天终有获，还疑放手似亡羊。

佛界轮回说转通，圆机尽在有无中。试看东海长流水，万里何从问始终。

语妙千言拙一词，心机万缕断孤丝。越从有处寻真迹，却被闲窗短蜡知。

三载心神守定牢，一言戏笑失神皋。楚王刚熟灵台梦，十万精骑走怒涛。

不赋和神共意章，先生此去即黄粱。橘奴杏婢皆同气，任尔灵狐敢跳梁。

真伪原从梦里生，不堪月落更参横。灵飞妙迹分明在，钟绍京原是假名。”

天明，水苍来招往上岸，睡不能起。水苍先去，少停又遣人来，即同上岸。仍坐小划，无篷席，略与长崎异耳。先至新泰同水苍啜粥一盂，适陈春波、叶鹏英来，即偕至东源渠住处小坐。鸿英招游布引山观瀑布，即坐人力车，行数里许至山麓，步行至瀑所，匹练下垂，声震数里。瀑前东人架小屋卖茶，当炉稚女非博士也。小坐，至温泉浴。浴室人各一，温凉水皆备，泉质炭酸，可疗癣痂诸疾。有老妇司浴者衣具，浴及半，忽老妇以槃盛杯水推门入，余惶骇笑急，老妇知余不受杯，即去耳，不为怪也。浴室有合幕，有同幕，有独幕，东人至独幕者稀矣。毕，至富贵楼午餐，为东人酒楼，酒保一老妇，一稚女。出杯箸茗具，皆古陋，疑非佳器，细视之，杯底小金字三，曰“富贵楼”，精妙可爱，盖故设此朴制也。鸿英招弹伎来，衣裳拂茵褥，香气出领巾，携木盒一，中有三弦，折而藏之，弹声哀怨而清婉，貌亦矜庄，不作狎腻态也。来坐枝香仅百许钱，廉甚矣。归，即寄横滨信。酉初二刻，坐火车至大阪。酉正二刻到，径至川口本田二番町清商三十一番震记陈春波店中，小室三楹，颇极精洁。鸿英招饮魁阳亭西馔，地当繁冲，灯火如昼，剧场酒肆，人涌如山，屐声如雨，奇观哉！毕，鸿英复邀之都亭饮，即日人所为贷坐敷也，酒傭亦女郎，料理胜明真，能以眉语以目成者。招一伎来，曰越户，柔约驯谨，设卧具请睡，不通语言，意会之而已。其名越户甚奇，不可解也。（十三日）

天明即起，在震记早粥。偕鸿英出门至高丽桥春篁堂山中骨董铺观书画，颇多佳品。大约佛像古者甚多，真不异贯休笔墨也。见唐写经卷四册二，又魏和叔山水卷，共以二十三番得之，廉甚矣。又得五世叔祖芸阁公遗墨诗册，公曾游日本，有《兰陵山馆吟稿》刻本，吾家已无之矣，不意在海外得一真迹，岂非神灵呵护。且册书于庚寅，距今年庚寅正六十年，又一奇也。见日本古画秘戏图百馀种，大观哉。有绝奇者，有极怪者，非意想所及。又一册，似临中土唐本，女子无纤足，奇古可骇。午后睡。薄暮，春波招饮西馔，毕，至一书铺（大阪市东区安土町四丁目百十五番邸鹿田静七松云堂），籍甚多，惜匆匆不可尽观，约明晨至渠处一看也。（十四日）

晨起，偕鸿英至松云堂观书。见写经卷二，宋东大寺券墨迹及唐写经另篇册一，绝佳。又宋藏刻经二册。以直巨，皆未得。归，至丰记饭，见姚鹤林、张觉生。归检行李，欲附火车至横滨。至车场，以无照会，不能买票，即归。见吴镜堂，偕鸿英同至酒楼饮，主人招舞伎三人来，又一弹阮咸者来，一人拨阮咸，三人舞，应节合音，声容并古，此中土古乐，不图于海外见之。（十五日）

晨起，已午初，未为一事。午后偕鸿英、春波、杨子云、姚鹤林、陈眉卿至照相处照各相。又至旧博览会，以时晚不能进。子云邀至酒楼，招舞伎数人来，有名鹤勇者出扇索书，为贻一律，诗曰："醉后狂言醒后欢，鹤飞不耐五更寒。春灯易绿波千叠，璧月能圆玉一槃。歌舞汉家新乐府，杯羹唐制旧厨官。银屏金阙寻常事，且向《吾妻镜》里看。"饮毕即偕至寓中作长谭，坐未定已玉山倾倒矣，盖不胜酒量偏耽

饮者也。(十六日)

晨起,写篆屏八幅。鹤勇偕其姊初荣来,午后同往独立轩照影。毕,鸿英招至老博览会一游。中有大钟,款承平年,当唐太和时物,惜未携氊蜡,不能拓其文也。画幅、磁器颇多佳者,有竹黄小屏,以刀压成花鸟,朴野可爱,与前日所得木臂阁刻多贺城碑同一妙制也。薄暮至火车场买票,以免状示之,得成。于酉正三刻即上车,彻夜停数十百处,皆有人上下也。(十七日)

天明后至一处车停,适大雨,同车人皆下车,云须易车行,随于泥涂中行里许,复上车,于午正三刻抵横滨。少畊观察、顾敬之兄皆已候道左,随同坐马车至领事署中。署为新造西式房屋,甚畅大,云系借商家钱盖成,逐年还款者。原有署屋以砖石,横滨多地震,屋皆坼裂,随改此制也。薄暮至顺和栈,候黄肇豪(星瑞)、孙□□(明辉),即归。得日本刀二,刀饰极精,仅一元,廉甚矣。使昌黎先生见之,歌不胜咏矣。(十八日)

晨起,少翁招游本牧阁观海。阁临海唇,风帆云鸟,地阔天空。有浴池以海水,云可疗痼疾,畅浴而归,已夕阳在山矣。少翁复招饮于本署,同坐八人,皆广东商家。(十九日)

天明即起,偕少翁坐火车赴东京使署,离车场三里许。署中大半皆日本旧式房屋,前左皆略改泰西营造矣。见黎莼斋星使,极承款洽。午饭后偕钱琴斋参赞(德培)、陶杏南翻译(大均)、陈衡山随员(矩,贵州人)至日本桥古玩铺各家一观,无所得,得《钟馗病腿图》,画幅甚奇,笔意尚古也。上灯,仍坐火车归,赴顺和记之招。(二十日)

大雨竟日,未出门。(二十一日)

上午大雨,不能出门。午后拜横滨各董事即归。同衡山坐火车至东京,余先赴陈喆甫参赞之招(明远,海盐人),同坐庄儆庵(兆铭)观察、孙子与州判(点)、廖吉人医官、刘子贞翻译(庆汾,贵州人)、陶杏南翻译(大均)。饮毕归使署,见莼斋星使,衡山出星使石印宋元明各家画幅，甚精，又五色印绢本画卷，一为燕文贵临王右丞《江皋雪霁图》，一为宋人李迪画花鸟，如笔写无异，亦一绝技也。（二十二日）

竟日大雨，不能出门。星使出示西京织绒画，与写本无异，五色俱备。又日本女士仿宋院本画花鸟大幅，中土无此妙手也。

衡山出王梦楼临古刻墨迹册十二页，高丽纸，字小者如指顶，绝可爱。据年月，为先生三十七岁所书，末有先生曾孙王小铁（堃）一跋。又日本圣武天皇、光明皇后写经合册，圣武字仅两行，光明字五行，后写经纸如麻笺，用金界阑，上下金画花鸟如新，圣武则字如棋子，墨光如漆，颇似东坡书也。日本写经甚多，本国人见字体即知为何代何人书，百不失一也。（二十三日）

晨起天晴，子与、哲甫来谭。午后同赴岸田吟香家。吟香设一药店，皤然一老，新病甚倦，见客小坐，即出门。至上野动物院一游，皆多见过者，惟袋鼠及四不像未经目睹耳。又至浅草寺旁观油画，游一大圆屋，到门纳百钱，进内无毫发光，盘旋上梯至顶，四面不见天日，但如身坐炮台观两军相战，炮火红天，支体残折，惨痛之状，骄快之形，各极其微，但不闻有声息耳。此图南北美利坚战事，所以示后之临阵者，人力至此，夫复何言。观毕下楼，又似别一世界也。至文渊堂书坊一观，见古书可买者甚多。薄暮归。适星使招饮，晚间罗少畊太守来谭。（二十四日）

晨起，未出门。原蓝水来，盖三年不见矣，东人中只此一人熟识也。午后偕子与诸人同访小蘋女史野口亲，小坐。小蘋工画，人物、花草、山水皆工绝，北宗尤极擅长，恽南田嫡乳也。求其画《灵鹣阁图》并托其转乞十二女史画名花集册，先送小篆屏一幅，欣然允可。晚，子与招饮。毕，同观东人松旭斋天一技术，神妙不可思议。（二十五日）

晨起，天雨，不能出门。午后偕衡山观书铺，得写经卷册，尚精，馀皆寻常书籍也。（二十六日）

晨起，未出门，写楹帖。午后偕子与游劝工场，盖合彼国所有之百物会集于此，以待售者。场屋甚大，物无论价，得漆器各物。薄暮赴星使红叶馆之招，同坐东人则有金井之恭（号梧楼，从四位，勋三等，元老院议员）、重野安绎（号成斋，元老院议官，兼文科大学教授，文学博士，敕撰，贵族院议员，从四位）、岩谷修（号古梅，又号一六，元老院议官）、西冈逾明（号宜轩，箱馆控诉院长）、岛田重礼（号篁邨，大学教授，文学博士）、向山荣（字欣父，号黄邨，住三田纲町一番地）、森泰二郎（号槐南，枢密院属官）、三岛毅（号中洲，大审院检事）、宫岛诚一郎（号栗香，华族院主事）、南摩纲纪（号羽峰，高等师范学校教谕，从六位）、石川鸿斋（英）、岸田吟香，共十二人。馆中旧有女录事领席，出歌舞。首名贵女舞，次名狐化人，三名土蜘蛛，声容并美，皆入古意，垂手折腰，各尽其态，最著名者为阿诚、阿缝、阿爱三美。有阿久者侍余席甚谨，梧楼戏命饮余酒，赠以指环一，再拜而受之，盖侍酒甚庄，无狎亵猥琐之态，颇合唐宋官妓之意，献媚固不工也。同坐赠余诗者甚多。（二十七日）

晨起，偕子与、哲甫、村濑蓝水照相，再至劝工场一游即归。赴庄儆庵之招。午后同子与至浅草寺一游，颇似吾苏玄妙观，杂戏百物俱有。薄暮至湖心亭，赴陶杏南、陈衡山之招，亭翼湖中，四面皆荷花，今已仅存残叶矣，花时当一佳处也。招两歌者来，一名福助者颇秀媚，昨已见其镜写真矣。毕，偕子与诸君浴温泉，泉在山麓，屋甚精洁，惟同浴耳。浴未半，忽一东人携其妇来同浴，了不相避，在吾国人视之，真奇骇矣。浴毕，至一室小坐，忽有两东人来。一名田口茂一郎，号米舫，住本乡区三番町一百二十三号，曾至吾国者，通语言。又一名森常太，号春电，住麴町区一番町二十七番地，前数年曾为上海沪报馆主笔，后游英国，近又返日本，云至外务省后即欲至吾京师日本使署也，工吾国语言，年甚少，日本能才也。（二十八日）

王振夫贻日本东京地图，系彼国陆军省印行，精甚。

【光绪十六年庚寅九月】

自二十九日起至九月十八日止，十九日中未记一字，今只能约略记之矣。

偕黎星使游雕刻博览会，牙角玳瑁、金石漆木，精刻入细毫发，象齿尤精妙可爱。主其会者为榎本武扬，前曾为驻我国公使，相见甚契好，云与吴窓丈最习。

子与招饮于好乐庵，庵在使署后山之麓，非庵也，乃心出家者借以名之耳。斗室两楹，杂卉满庭，庵主已婆然一老翁，闻前曾为宫内省官者，今已告归矣。出两女相见，端庄清雅，长者善书画，乞其为小册八幅、灵鹈阁额一纸，随手挥翰耳，无拘态，爰刻小印三以赠之，通中国文字。初见其与子与一小札，精甚，故约与同访之也。札云：郁陶恶路，难［按，以下原缺］妾楼亦秋气满在［按，以下原缺］。

午后坐火车至神户，携鹤勇、小朝二歌女。是晚，蹇虚甫、蓝卓峰、朱瑞禹、徐橘孙、杨念慈诸君公饯于吟松亭，歌舞尽欢，各有相别可怜之色。燕毕，先至船上一看，船名“神户丸”，与来时“西京丸”制度如一。此次上舱人甚多，皆西人，中人只余一人也。小坐，复上岸至新玉，见亚麋子、一乐、爱梅诸女郎，麋子尤缱绻情深，先别去，盖不得已而出此也。至寅初上船，送者陈春波、张觉生、叶鸿英及歌者一乐、两侍婢。卯初即启轮。（十七日）

竟日风平浪静，作与黎钦使、陈哲甫参赞、孙子与随使、罗少畊、蹇虚甫两领事书。（十八日）

昨晚泊萨马岛，今晨出口风甚大，不能坐。晚间船泊长崎，即偕鸿英上岸，住源昌陈礼华处。（十九日）

晨起，候杨星垣领事，招一饭。午后复至藤屋东馔，同坐沈师敏、陈礼华、杨星垣、叶鸿英，四主人招歌者三人来，毕即上船，同人皆送至船上。又苏道生、□□□二人少坐即去。子初，船即启轮。（廿日）

两日风浪平静，如履长江。廿二日薄暮即抵上海，住同庆公栈，两日即回苏。

【光绪十六年庚寅十月、十一月】

到苏后忙乱异常，检理书籍物件等事，至十月十九日始成行。同行者一妇一子一女，又一内侄女、一女仆、三仆、一厨夫，兼业师祝心渊、教聪儿者。廿一日暮抵上海，廿二日上岸，住同庆公栈，廿六日坐海晏轮船大餐房，与木斋同船。廿八日到天津，用小火轮自大沽口至唐沽，即止铁路公司局中。翌日坐火车至紫竹林，止佛照楼栈中，见杨鹄山（鸿典）、汤伯硕（纪常）、张巽之（孝渔），皆招饮。初五日上车，用大车三辆、轿车七辆，又单套轿车两辆，大车轿车共大钱五十馀千文，另单套轿车两辆专坐人，不装货，一路甚舒服。初八日下午至沙涡门，郎师已命仆人温福在城门口接候，至所定五老胡同之屋，已为屺怀所居，遂改至长元吴会馆暂止，三日中觅得宣武门外醋张胡同内西砖儿胡同之屋，共三十馀间，价十四金。初十日迁进。三日始部序略定，累重非常矣。日记已一月不写，荒谬至此，自知无恒心，可愧可惧。（十七日）

见黄再同前辈藏云南大士像石拓本，有桂未谷题，云大士猓夷人，以土音而讹为白衣，语甚奇。

再同又藏宋崇宁福州刻《撰集百缘经》残本一册，与余所藏熙宁刻《大般若波罗密多经》十册略异，与无年月残本《广弘明集》字形、纸色皆同。

书客李怡亭云，渠有叶石君批《前汉书》、孙渊如校《释名》两种，皆于苏得之。

晨起，至南池子郎亭师处代写楹帖，上灯归。（十八日）

上午未为一事。午后出门拜客，见芍农师，久谭，云藏明代野史甚多，皆手抄本。（十九日）

竟日未出门。客来甚多，徐叔鸿侍郎（树钧）云，阮文达所得天一阁整本《华山庙碑》今在嵩犊山师处。（二十日）

晨起，至米市胡同公祭潘文勤公。文勤为余会试座师，场中极赏余卷，知遇之深，惟顺德李芍农师可与并比。犹忆今年六月中侍坐东华门黄酒馆，甚久别后，从此南归，竟成永诀，念之呜噫。知醇邸薨，晚读谕旨，知从高宗纯皇帝《濮议辨》，称为皇帝本生考。（二十一日）

竟日未出门，亦未见一客，亦未为一事也。王薇阁户部来谭，上灯去。寄喜字第一号家书。（二十二日）

竟日未出门，欲检理书籍，亦未得成。竟日不知为何事也。（二十三日）

晨起，至米市胡同，为己丑同乡同年公祭之事。主其事者为屺怀，而久候不来。未刻始匆匆一祭而散。寄喜字第二次禀。（二十四日）

庚寅举人浙江蔡元培，文字学龚定盦，场作三艺如先秦故书，出王芾卿前辈房，非王公不能阅此卷也。

輓潘文勤公联："收藏多过阮文达，痛哭今无朱笥河。"自撰堂下楹联："藏书颇忆海源阁，积古长师滂憙斋。"

王鸣盛、钱大昕、王昶、朱筠皆甲戌一科进士（王系中书，馀皆编修）。

竟日未为一事。下午至鞠常师处，见金星轺刻《清江贝先生集》，甚精。板后归汪氏屋履研斋，故又有汪屋名。寄胡二梅书。（廿五日）

晨起，写潘文勤御制碑文。午后郎亭师来谭。（廿六日）

汪容夫尝选《哀江南》以下数十篇为《伤心集》，见《扬州画舫录》卷六。

竟日未出门，亦无一客至。（廿七、廿八日）

晨起，未为一事。午初，木斋来谭。李少薇（嘉德）来。少薇为薇生太守子，陆凤石前辈婿。（廿九日）

以唐写经卷二呈可庄师，以唐写经卷一贻再同前辈，并问再同借观新罗画兰长卷。

宋张端义云，真定大历寺有藏殿，其藏经皆唐宫人所书，经尾题名氏极可观，内有涂金匣，藏《心经》一卷，字体尤婉丽，其后题云"善

女人杨氏为大唐皇帝李三郎书”。(《书史会要》)

【光绪十六年庚寅十二月】

竟日未出门,可庄师来谭。云藏有唐写经卷二,皆小字者。又有一卷,云字甚小,结体如《圭峰》、《道因》诸碑,尚未购得也。与余所藏《妙法莲花经》接记学人记品卷同。(初一日)

竟日未出门,亦未为一字。康达甫前辈来(际清)谭即去。(初二日)

天平十三年,合诸州写经造塔(《和汉年契》。按,天平十三年当唐开元二十九年)。

天武天皇白凤元年春三月,始使写一切经(同上。按,白凤元年当唐咸亨三年)。

孝谦天皇天平胜宝三年,幸东大寺。四年,再幸东大寺(同上。按,孝谦为光明后女,当唐天宝十年。六年再幸)。

天元二年,幸八幡、平野两祠(同上。天元二年当宋太平兴国四年)。

保延六年,吉之德八幡祠火(同上。当宋绍兴十年)。

文治四年,重修东大寺(同上。当淳熙十五年)。

钦明天皇十三年十月,百济献佛像、佛器及经卷(同上。当东魏元帝承圣元年,亦即北齐天保三年)。

推古天皇二年,诏兴隆佛教,造佛寺(当隋开皇十四年)。

庆云元年,始铸诸国印(当唐神龙元年)。

清和天皇贞观元年,建八幡祠于南山(当唐咸通元年)。

延喜十一年,东大寺火(当唐天祐八年)。

晨起,出门拜客。午赴刘静皆同年之招。(初三日)

晨起,熙吉甫同年(元)来谭。吉甫年甚少,且为贵公子而通晓时务,切实读书,所言多中要。

下午吊潘文勤之丧,见仲弢、子封两前辈。

晚归，灯下读周叔畇(星诒)《鸥堂日记》，言大考事，颇为之惘然也。(初四日)

叔芸笔墨有几处极似板桥家书文理。

读《东鸥草堂词》，觉其一往情深，颇似草窗。

日来索逋者急如火，狠如虎，囊橐空然，无以应之，听其叫号而已。非得已也，实逼至此耳。夜灯思之，闷不能寐，检按头书读之，适见毛意香题祝枝山三幅咏墨迹云："闻祝公善逋，想二百年前，今日之京兆，必为催租人所困矣。又闻祝老善谐谑，尝控鼻作妇人声以避客。才大如此，乃为柴米琐屑事潦倒，吾辈不事生产，安得不惧乎？"嗟乎，余如祝公之逋而不能控鼻以避客，才且不如意香，何论京兆，其惧更可知矣。意香又曰："今而后知古人之放诞皆非天生，大半为境遇所迫耳。允明之通衢夜饮，抱甕粥书，张梦晋之控鹤长啸，乞食于市，唐六如之冒雪行歌，徐文长之锥耳流血，皆非贤哲本色，情殊可悯。久与扫痴相订，登吴山最高顶痛哭，半阻风雨，半阻人事，胸中有物如巨石然，殆所谓块垒乎？"标尝至穷愁之时，时觉眼酸欲哭，若一触伤心事，辄泪涔涔下也。自号今唐衢，不意先辈亦早有此等肝肺矣。放诞皆非天生，大半为境遇所迫，两语诚然诚然。

竟日未出门，穷愁亦不自闲也。(初五日)

晨起，送潘文勤师之殡。(初六日)

晨起，哭孙子授师于化石桥，距师亡已二十日矣。(初七日)

竟日如在雾中行，日短晷促，未为一事也。(初八日)

竟日未出门。灯下读《吴会英才集》，取洪北江、孙渊如诗读之，知孙小于洪七岁。(初九日)

毕尚书罗致天下名士于关中，而一一皆感念不忘，此何故欤？岂区区束修可笼络之耶？孙、洪当日皆未通籍，而赏识特至，不可谓不识人也。

渊如哭朱笥河句云："八百孤寒连夜接，千秋四部一言开。"可想见风采。

乾嘉骈文，独赏北江，乃骈文中之有性情者。

声韵之学乃系神悟而得之，故各著书而各不同，其说其书只可为自用之书，若欲强天下人而必从一书而知微者，此妄念也。故声韵之书各有著述而各不通假。

晨起，未为一事。午后至南池见郎亭师。师出示沈石田《支硎南峰图》卷，有文停云跋并录石田诗及停云和诗，国朝有沈碻士跋云："图跋本两家物，沈合装之，图后段已失，沈属张宗苍补之，无毫发异，亦神手也。"（初十日）

得章硕卿书，言皕香已以四千金归谭三公子矣。

竟日未出门。吴子修前辈、孙文卿同年来谭。得粤雪澄电，并广雅修百零六金，又刘峩山同年来谭。

灯下读《通鉴》两卷，以朱句读，为今日始。（十一日）

上午未为一事。午后偕燕秋、心渊至东江米巷。得稼秋、子与书。（十二日）

东坡诗中有胡穆秀才遗古铜器，似鼎而小，上有两柱可以覆而不蹶，以为鼎则不足，疑其饮器也。又自注有古篆五字，不可识。纪文达评苏诗云：以象形考之，乃爵也。按，坡公岂并爵而不知乎？此即礼器中之所谓斝也。斝大于爵而小于鼎，故云以为鼎则不足，有五字不可识，当即象形古文奇字，今金器款识中如此类者正多，后之人必依附旁证而识其字，究合欤否，不知也，故不如坡公之云不可识为当。

两日未为一事。（十三日、十四日）

午后约鞠师、咏春、胜之西馔。（十五日）

上午未为一事。午后同燕秋游琉璃厂各书肆。（十六日）

上午唁黄再同前辈之丧。午后游琉璃厂，见董临米山水立幅，尚佳。江上女史周禧画花鸟卷，设色浓厚，即所谓临宋五彩本《本草》也（在博古斋）。归，适嘱仆人向书肆取回抄本《乐府考略》一书，共三十二册，无序目、撰著人名字，大旨取元人百种曲及后代诸家杂剧，各取正史考证纠谬，颇有所取也。（十七日）

余曾为皕香画凤仙花于秋扇并题二律句，余于皕香三年只此两诗也："不知种谁国，也入谱群芳。娇影怜幽草，新愁绕画廊。汉宫春已改，仙界梦难忘。别有伤心事，啼饥是凤皇。""敢将南国色，移傍画阑边。瘦鞠求非偶，蘘芳让此妍。双飞疑蛱蝶，孤影妬婵娟。莫作当门草，幽兰锄可怜。"

为王芾卿前辈题所藏《斯文赠言》卷，皆□□时名公十三人与王文恪手简也，芾卿前辈为文恪后人，故重装而索人题句："尺牍如山性癖多，遗文收积爱摩挱。输君独有传家集，三百年来字不磨。""三年几过崇文街，每忆前贤一动怀。安得风流继盛昔，各将雅集辟幽斋（崇文街，文恪所居，与周原己、吴文定居近，各有林亭之胜，见简中）。""莫厘图本见前年，文定同游画石田。痛绝西河今宿草，忍寻遗箧感云烟（沈石田与王文恪、吴文定游莫厘卷，旧藏华篴秋舅氏荔雨轩中，今归他人矣）。"

灯下忽忆今日为东坡生日，偶成四绝句："灯影回红茶熟后，始知坡老是生朝。椒浆笋脯家厨窘，谁挹寒泉当荔蕉。""画象收藏有各家，年年破屋挂横斜。如何一踏长安道，便冷闲窗玉画叉。""雪压枝头月上棂，不甘送暖借湘醽。朝来只是瞢腾睡，冷煞先生写赞屏。""徐闻入海儋州路，我昔曾经六月过。更忆惠州湖上事，朝云墓上哭东坡。"

《海盐县图经》：金粟山寺有藏经千轴，用硬黄茧纸，内外皆蜡磨光莹，以红丝阑界之，书法端楷而肥，卷卷如出一手，墨光黝泽，如髹漆可鉴。纸背每幅有小红印曰"金粟山藏经纸"，后好事者剥取为装潢之用，称为宋笺，遍用宇内，所存无几。有言此纸当是唐藏，盖以其制测之，然据董穀以为，纸上间有元丰年号，则其为宋藏无疑矣（张廷济《桂馨堂集·清仪阁杂咏金粟笺》注）

竹垞先生有一印曰"七品官耳"，见《清仪阁诗》自注，然则"板桥"一印有所本也。（十九日）

竟日未出门。（二十日）

晨起，赴李芍农师处饮，同坐有蒯理卿前辈、李新吾庶常。李言见冯展云家赵书十七帖，欲售与人，颇佳也。（二十一日）

竟日未出门，亦未为一事。（二十二日）

竟日未出，写春联十许幅。上第三次禀。（二十三日）

晨起，拜周子正（懋祺，浙人，福建道），候勒省旃（深之，江西人），不值。至郎亭师处，晚归。（二十四日）

竟日未出门，午后郎亭师来谭，至晚始去。（二十五日）

晨赴郎亭师之招，见顾缉庭丈藏宋牧仲、竹国亭诸家札四大卷，匆匆仅阅一卷也。（二十六日）

郎亭丈贻百金为度岁资。

以八十一金购一车一羸，敝病可怜，为京师买车之始。

晨起，未为一事。午后至屺怀处索取题唐写经签。（廿七日）

竟日未出门。（廿八日）

午后至各师门处辞岁。（廿九日）

上午未出门。午后至各师门处辞岁。（三十日）

【光绪十七年辛卯正月】

辛卯

晨占牙牌数，曰："比匪为偶，蝇营狗苟。小草露华浓，沾润亦不久。"《灵棋经》曰："上有贤君，下有谗臣，日月明照，不见暗尘。"

晨起，祝李高阳师寿，即至郎亭师处午饭，晚归。木斋同年来谭。（正月初一日）

竟日出门贺年节。（初二日）

晨起，未出门。午后偕胜之、咏春、燕秋、心渊至琉璃厂，拥挤殊甚。（初三日）

余十一二岁时，母氏命工制二大筐，招一工人，晨担之出，晚归，收各处字纸而焚化，得一担，酬以百钱，月三次而所收甚多。余每于放学时，于字纸中检残书剩稿读之。时方经兵火不十年，故家旧室颇多丛残，不仅往来书会计簿也。故数年中见旧籍甚多，所有旧拓帖本今尚有存者，皆佳品也。放学后不嗜好于常嬉，而得亲近文字者，未始非此收字纸之功。

余八岁时，外王母每于夏夜检《三国演义》陈说之，听之忘嬉。下学多闲，亦自检书看之，颇能解其文理。今阿聪已十岁矣，举《演义》示之，亦觉欣爱，然不能通其文。年夜放学，先生讲与听之，少迟，余询以所讲何事，则已不能举其名矣。尝忆外王母讲至关壮缪玉泉山显圣事，余不觉泪涔涔下，外王母亦因之而中止。二十四年至今，犹在目前也。

近得一抄本书三十二册，曰《乐府考略》，无著辑姓氏，皆取元明以来杂剧，用各书考之，于胜国遗事颇有辨驳。贾人以其为小说书也，不之重，旁人亦以为小说书也，无过而问者。余独以廉价得之，重其不常见，且知其非无知而妄作者。顷读大兴刘继庄(献廷)《广阳杂记》第二卷(此书潘文勤刻入《功顺堂丛书》)一则，云："余尝与韩图麟论今世之戏文小说，图老以为败坏人心，莫此为甚，最宜严禁者。余曰，先生莫作此说，戏文小说乃明王转移世界之大枢机，圣人复起，不能舍此而为治也。图麟大骇，余为之痛言其故，反覆数千言，图麟拊掌掀髯，叹未曾有。"余收此书，亦即继庄意也，惜继庄未详言其故，当必有动人者。[按，此条天头曰：此书徐颂阁前辈亦有之，名之曰《传奇汇考》，大约乾隆年间南巡，苏扬绅士所撰，预拟剧场备查之书。]

《西园集》卷二《宋人尺牍跋》曰："滕君逸湖好古，多收藏，复赠余黎惟敬'宋人妙迹'四字，缀之帧首。"

竟日未出门。(初五日)

下午偕燕秋至琉璃厂火神庙，见熟人甚多，百货排列，颇有精品，珠玉尤多也。(初六日)

袁清容定《灵飞经》为钟绍京书，董文敏以为开元时经生皆仿褚河南，此独宗右军《黄庭》，恐不尽然也。今春余在印君唐实处得观唐人墨迹《法华经》不全本，其结体与《灵飞》正相类，则知唐人写经自有

此体，未必出于钟绍京也。至《黄庭》运笔甚古，与此亦不同，具眼自能辨之。（《匪石遗文》）

午，顾缉庭弟兄招饮。毕，至屺怀家，见赵书《妙法莲花经》第五卷。曾经火烧，失其上段，上有王俨斋、英煦斋收藏印，又有成亲王跋记，现存二十四开，字数千馀字。又煦斋一跋，卷末有“大雅”、“赵氏子昂”、“天水郡图书印”三印记。纸似罗纹，乌丝界画，字体绝似唐写经而墨色不甚黑，笔致稍柔媚不同耳。又恽王合璧小册，皆墨笔，荒率之致可掬，册面滕逸湖为艺海楼主人题签，旧为顾湘洲物也，有“顾子山秘笈”印。

晨起，至琉璃厂，遇郎亭师，同至蔚若前辈处观其所藏书画。有《青林高会图》，乃胜国遗老鲍图一时名流十人，董思翁面白而方，陈眉公瘦敝而有寒俭气，王白谷脸甚长而高其冠，微髭而色苍，黄贞父、云栖大师皆已老矣，馀五人则忘其名。有一老髯长过腹，图中亦不指何姓名。宋石门仿黄鹤山樵长卷。唐六如山水长卷，题四绝句颇佳，似画汉宫春事，惟非画苑笔墨耳。查梅壑仿大米卷，设色，自题一绝句。金冬心画梅小卷，绢本两段，有梁山舟一题。焦理堂《红薇翠竹词》稿墨迹卷。皆佳也。（初五日）

晨起拜客。午后约吴炯斋（士鉴，己丑浙江举人）、张伯纳、王伯恭（仪郑，戊子举人，未到）、孙问清、王薇阁饮。（初九日）

晨起拜年。（初十日）

数日来未为一事，亦未记一行也。（十一日至十四日）

上午未为一事。午后至琉璃厂一游。至文远堂书肆，见去年所有元本《玉篇》五册尚在，去年以其破烂而价昂，还之，今问须五金矣，即携归。手自去其衬纸，颇费工夫，因此书已至日本，为彼国重装，浆厚而难揭也。（十五日）

刘佛卿招，畅谭竟日。（十六日）

阿聪开馆，胜之同年之侄来附读。午后勒省旃来谭，晚饭后始去。（十七日）

竟日未出门，亦无一客来。手治《玉篇》衬纸，尚未尽去，内子静君相为助理。（十八日）

与张伯纳同作主人，招朱子涵、张季端、李木斋、刘静皆、王胜之、丁亦康、徐孥芙同年、叶鞠常师，日暮始散。（十九日）

“穷愁友道拙，贫态仆心诽。世事随年进，青灯泪湿衣。”“长安不易居，古语岂欺予。或有黄金屋，开书学蠹鱼。”“相对牛衣泣，旁人不我知。更残风静夜，痛哭五言诗。”“亦效平原侠，还疑阮籍狂。世谁青眼客，对坐壁灯凉。”

“三代方策，遐哉邈矣。炎汉初兴，书皆竹帛。班《志》所谓‘篇，竹书也；卷，则帛书也’。后世书不用竹帛，皆冒篇卷之名，失其旨矣。《风俗通义》：刘向典校书籍，先书竹，改易写定，可缮写者以上素。盖西京之末，犹用竹为多，故欧阳、大小夏侯《尚书》多脱简，而班《志》所载，亦篇多于卷也。后汉宦者蔡伦，因缣贵简重，不便于人，以意造为纸，史称莫不从用。然考献帝西迁，图书缣帛，军人取为帷囊，吴恢为南海太守，欲杀青以写经书，是东京之世，纸犹不甚行矣。《抱朴子》自叙家贫乏纸，所写皆反复有字。《世说》戴安道从范宣学，所为宣钞纸亦钞纸。然则废竹帛用纸，其在魏晋间乎？《书序正义》引顾氏曰：‘策长二尺四寸，简长一尺二寸。’《聘礼疏》引郑君《论语序》：‘《易》、《诗》、《书》、《礼》、《乐》、《春秋》皆二尺四寸；《孝经》谦半之；《论语》八寸策者，三分居一，又谦焉。’此古简策之制。《隋书·经籍志》：‘宋武入关，收其图籍，府藏所有才四千卷，赤轴青纸，文字古拙。炀帝即位，秘阁之书分为三品：上品红琉璃轴，中品绀琉璃，下品漆轴。’《旧唐书·经籍志》：‘凡四部库书，皆以益州麻纸写。其集贤院御书：经库皆钿白牙轴，黄缥带，红牙签；[史库钿青牙轴，缥带，绿牙签；子库雕紫檀轴，紫带，碧牙签；]集库绿牙轴，朱带，白牙签。’此古卷轴之制。夫笔行而书刀废，纸行而缣帛废，日趣便易，造述愈滋。故向、歆著录，才万三千，至唐臣修《隋志》，则几六七倍焉。开元时，两京书库所储，则几十倍之焉。唐以前书皆写本，放失最易，故世传唐籍，只有释氏写经，绝无儒家言。近独山莫氏得《说文·木部》，又日本涩江全善等《访古志》中所载卷子本甚夥，皆未可尽信也。书有摹印，权舆于郑覃之壁经。迨唐长兴三年，国子监刻《九经》；汉乾祐二年，刻《仪礼》、《周礼》、《公羊》、《谷梁》；周显德二年，刻《经典释文》，而其风始鬯。夫以线装代卷轴，便已；以镂板代写官，则更便焉。士大夫佔诵，家置一编，省传录之烦，流播寖广。五季而后，亡书较少，繄雕本是赖。独是书经复刻，讹踳滋多，帝虎陶阴，所在皆是。宋初，胄监刻经史，命儒臣校正，号称精审。然宋景文校监本《汉书》，中脱两行，岳倦翁称监本经史，多仍五季之旧，与俗本无大相远，则亦未为善本也。宋时官私刊刻，不胜偻指，监本之外，大端约略可数：一曰家塾本，相台岳氏、剡川姚氏、瞿源蔡氏之类是也。一曰书棚本，临安府棚大街睦亲坊南陈道人书籍铺、太庙前尹家书籍铺之类是也。一曰州郡官刻本，宋诸道监、帅、司及军州边县戎帅，皆有公使库，详《朝野杂记》。《朱子集·按唐仲友状》云：'据蒋辉供，断配台州牢城差，每月开书籍供养。去年三月，唐仲友叫上辉，就公使库开雕《扬子》、《荀子》印板。'又绍兴本《太平圣惠方》卷末云：'福建路转运司今将国子监《圣惠方》一部修改开板，于本司公使库印行。'盖宋时州郡准用公使库钱，因就库开局刻书，故今时有台州、泉州、抚州公使库本。此外官本，或称漕台，或称郡斋、郡庠，凡不言公使库者，当是捐资自刻耳。南渡以后，所至郡府，多刊文籍。故吴明可帅会稽，独不传书，王明清以为异也。叶石林谓福建本遍天下，考今时所传闽本，以建安余氏为最著，有宋有余仁仲、余恭礼、余唐卿、余彦国，元有余志安勤有堂及双桂书堂。然元之勤有堂刻书虽多，不逮仁仲万卷堂远甚。他若建安虞氏及黄善夫、阮仲猷之属，亦皆精好。盖宋刻惟麻沙镇本最儜劣耳。元又有高氏日新堂、郑氏宗文书堂、刘氏南澜书堂，名虽家刻，实则坊场，此闽本之大概也。元时官刻，内则兴文署，外则诸路儒学及书院，咸称精善。余所见元刻之佳者，以《茅山志》及《张伯雨集》为最。综而论之，北宋字体方劲，纯是率更笔法。绍兴以后，疏放之中仍含遒古。元则圭棱尽去，一览无余矣。宋刊宋印，大都用公私簿账，以余所见，若《尔雅》单疏、《宋文鉴》、《洪氏集验方》、《北山小集》皆是也。宋元旧椠，明代传世尚多，故钤山堂著录以数千部计。至明季变乱，而古刻始渐就散逸，以蒙叟、遵王两世之勤搜，宋刻不及百种。述古、延令书目，均别出'宋板'，而汲古藏书，至以'宋本'二字钤卷端，其珍贵可知矣。三百年来，凡大江南北以藏书名者，亡虑数千家，而既精且富，必以黄氏[士]礼居为巨擘。荛翁之书，有竹汀、涧薲为之考订，香岩、寿皆、仲鱼诸君与之通假，故自摹刻以及校钞，靡不精审。洪北江论藏书家次第，斥荛翁为赏鉴家列传，为瓶花之次，非笃论也。荛翁晚年，其书归汪氏艺芸书舍，继又归昭文瞿氏，最后归聊城杨氏。今士礼精本，泰半在瞿、杨两家，其余各家所得，不过一鳞片甲而已。光绪初元，余与管子操敦、叶子缘督为瞿氏编校书录，铁琴铜剑楼之藏无不寓目。既而叶子馆潘氏滂喜斋，凡文勤公所藏，君又遍窥之。叶子自恨家贫力薄，不能多得异书；又叹自来藏书家节食缩衣，鸠集善本，曾不再传，遗书星散，有姓名翳如之感。因网罗前闻，捃摭逸事，竭八九年之力，由宋元迄今，得诗△百馀首。贵如明代衡、徽诸藩，微如安麓村、钱听默之属，无不备载，采集可谓富矣。荛翁所见古书录，今既无传；涧翁拟撷藏书家精华，汇著一录，亦未克就；乃君书竟及身写定，夫非艺林绝业乎？世有竹垞其人，必当为珍裘之赚矣。君著书宗旨，意在搜扬潜逸，故于考槃幽懿，乡曲遗闻，纂述尤具。吾吴先哲如柳安愚、吴方山、陆听云、王莲泾之属，皆生不越室巷，名不絓通人。君一一考其平生，采摭甚备。又如纠雁里草堂之误，补璜川吴氏之世系，订坠蒐残、裨益志乘非细。昔顾侠君选元诗，梦古衣冠人来拜；君阐章之功，什佰秀野，其亦有冥通之异夫？光绪辛卯孟陬仝邑。"此王弗卿前辈为鞠常师序《藏书绝句》序也，乞燕秋录存之。

晨起，未为一事。午后出门至梁杭叔同年寓（在豹房胡同法华寺），观其收藏金石书画碑版诸属。藏历代刻石至五千馀通，共十馀箧。帖有宋拓十二《兰亭》，旧为刘燕庭藏；宋拓《太清楼》残本一册，宋拓越州石氏《孝女曹娥碑》一册，宋拓《十七帖》一册，宋拓越州石氏《十七帖》一册，合一函；宋理宗书《孝经》石恪图卷；钱舜举画《莲社高贤图》卷，皆佳。赵子昂《陶渊明遗事图》白描纸本，似临本。自记所藏拓本目，历代分记，共六大册，题曰《麟枕簿》。中有汉陈海残碑，云碻为牛定山伪造。至郎亭师处，见《张黑女碑》拓本，绝佳，已开唐苏灵芝一辈气味。

又见明拓国学本《兰亭》一册。（廿一日）

晨起，至木斋处观宋拓定武《兰亭》薛本，有王良常札附后。观宋本书二十种，元本书十种，明刻抄校廿种，大都佳品，兹将目列后：

宋本《纂图互注论语》（双线边，字极精）

宋本李善注《文选》（即胡刻底本，后多一跋）

宋本《诗人玉屑》四册

宋本《柳文》

宋本《尚书孔传》

宋本《春秋胡传》

宋本《周礼》（八行大字本）

宋本《名臣碑传琬琰录》（十五行半页本）

宋本《说文篆韵谱》（赵凡夫藏）

宋本《万宝诗山》（此疑元刻）

黄善夫宋本《两汉书》（极精）

宋本白文《尚书》（密行小字）

元本《金陵志》

明初本《无锡志》

蓝格抄本《北堂书钞》

明十卷本《曹子建集》（有荛圃跋）

旧本《荆南唱和诗》（荛圃跋）

明《古今注》（荛圃跋）

明本《友会丛谈》(荛圃跋)

宋本《庄子鬳斋口义》

宋本《太上感应篇》

影金本孔氏《祖庭广记》(有何梦华印)

影宋本小字本《说文》(有渊如跋,云赠钱同人七十金,为抄写之资)

薄暮偕问清至彼寓少坐,闻卢桂清同年(丛林,云南会泽人,编修)故于云南馆中,六日始得敛,寒苦异常,一妇一孩,孩仅四岁,袴襦无棉,可惨也。拟偕问清明日唁之。(廿一日)

晨起,未为一事。午后,郎师来谭。暮至问清寓,拟同唁卢同年之丧,适问清已出门,候久不归。有罗南桥大令(东之,台州人)者,闻黄灼□言卢同年身后萧条,慨赙白金八两,以向无瓜葛之人,忽助此穷无可告之孤寡,仁人哉!不可多得也。(廿二日)

上午至问清处,又至云南馆唁卢同年之丧。午后在家。(廿三日)

竟日未出门。晚至江苏馆,为彭子嘉招饮。(廿四日)

《灵飞经》题钟绍京书者,始于袁清容,不自思翁始也。见钮匪石日记。

读《爱日精庐藏书志》,知月霄所藏并不甚精,宋本皆残帙,元刻不多,抄本皆出文澜阁,影抄本皆新从黄荛圃处所出,校本稍有可观。

竟日未为一事。午后出门候黄再同前辈,不值即返。(廿五日)

读黄琴六《第六絃溪文》,知张月霄则钟于经籍而兼爱宋元人集,时陈子准与之称两藏书友,陈则专于史志而旁嗜说部。两家之藏不下十馀万卷,去其世有传本与秘而无关学问者,汇宋元旧刻及新旧抄,遴其精妙,尚可得一二万卷,其中多吾邑钱、毛两家旧物。

读赵云松《檐曝杂记》,乱无头绪,盖后人取其随手掇拾之簿录而刻之也。记洪承畴事,前后重出,后附方药,直似三家邨蒙师帐纸簿矣。世间岂独一《潜邱札记》哉!

竟日未为一事。晚间省旃、王伯恭(仪郑,泗州人,戊子同年)来谭。伯恭好学,然较省旃不如也。(廿六日)

晨起,出门拜客。午为己丑一甲三同年及杜翘生四人招饮于馀庆堂,同年中到者约五十馀人,畅饮尽欢而散。(廿七日)

晨起拜客。后至万福居,应熙吉甫之招,畅饮之,竟日而散。得母训。(廿八日)

竟日未出门,亦未为一事。(廿九日)

【光绪十七年辛卯二月】

上午未为一事。午后拜许鹤巢世丈(玉瑑),以日本印泥、明刻《雍熙乐府》缀赠,未值。至徐罤芙同年处,谈久始归。(二月初一日)

上喜字第四次禀。是日偕诸人公请同乡。(初二日)

从芾卿前辈处假得瞿氏《铁琴铜剑楼书目》,梦想十年不得,今始窥全豹矣。(初三日)

至咏春前辈处写白摺一日。(初四日)

至福兴居赴同乡招饮春酒。(初五日)

王茀卿、冯梦花两前辈招饮于江苏馆,同坐可庄师、黄仲弢前辈、沈子培主事。仲弢言近有人以汪容甫旧藏《云麾碑》押于端午桥主事(方)处,得五百金,后有王梦楼跋,极诋容夫,至书其字曰庸夫,且云玉玲珑山馆物皆汪一人稗贩而出。

端午桥专好刻石,近以二千金撵山左郭休碑来,手自洗净,拓之,又得有魏墓志及诸刻石。

余新以十金得宋宣和贺世耸常讲记刻石,石出涿州,不见著录,文体四六,书字亦工整。尚有一辽经幢,为筱珊前辈所得。一隋造象,则不知为谁有矣。又见一金大定经幢,以其仅有年月,一无考证,还之。皆房山一王姓者送来。

吴文定抄书虽皆胥史所写,其首末二页皆自书之,菊常师云。(初六日)

晨起已午正矣。即至聚宝堂赴孙虎峰之招,同坐皆戊子同年。晚作稼秋、少芙、淡平、仲孺、萱波诸君书,托萱波购木器。(初七日)

晨起,进内城。晚归。(初八日)

两日未为一事,饮食而已。(初九、初十日)

竟日未为事。晚赴余寿平同年之招。(十一日)

与鞠师阅请刘峩山、李木斋、杜翘生、张季端、熙吉甫、刘静皆、潘心存诸同年。(十二日)

今日请曹履安、张巽之、曾重伯、余寿平、孙虎峰、赵剑秋小酌。(十三日)

晨起,至江苏馆公饯王可庄师。午后偕屺怀至琉璃厂,至论古斋见《随园尺牍》一本,携之而归,皆与陈舒轩者(陈名见《随园尺牍》),颇有可观。至茹古,见郭兰石联,为"问梅辑句三唐格,授梓奇书百宋精",款"承斋"二字,疑写与黄荛圃者,索七金。(十四日)

得翼夫书,言日本雅集。

得李□□(祖荣)寄十金,系新得番禺缺。

竟日未出门。晚至胜之处。(十五日)

招胜之、咏春来写白摺竟日。各书六开,成排律一首。(十六日)

竟日未出门。(十七日)

午后至孙虎峰(祖烈)处,见渠所藏拓本,以宋榷场本《九成宫》为至精,纸用库册废纸所拓,罕见之品也。《张猛龙碑》似旧拓本,细审之乃翻本耳。(十八日)

竟日未为一事。写字而已。祝黄漱兰夫人寿。(十九日)

竟日出门拜客。晚赴黄仲弢之招于全浙会馆。壁悬书画皆精品,黄鹤山樵《夏日山居图》,吴仲圭《渔舟汀芦图》,柯丹丘墨竹,倪文正山水两轴,徐青藤墨牡丹挂幅,皆精品也。(二十日)

竟日未出门。论古斋送来王梦楼快雨堂临书一册十二帧,颇佳。王勿庵、王惺园、钱梅溪、顾兰涯、孙树峰五家楹帖俱留之。孙虎峰来谭,云秦澹翁旧藏各件皆欲送人,托其抄一目来。澹翁精品胜于篴秋

舅氏荔雨盦，闻半归宗湘文，今不知存者尚有佳者否。（二十一日）

竟日未出门，木斋、屺怀来谭。屺怀云新以百五十金得十行本七经于廉生前辈。因廉生新以三百金得十行九行合配《十三经》全函，故以残者售人也。晚至谢公祠观剧，系木斋之招。（二十二日）

上午未出门，下午偕心渊、燕秋至下斜街花市一游，后至陶然亭小坐始归。（二十三日）

出门拜蹇虚甫（方自日本来）。赴王伯唐席，见芍农师。（二十四日）

晨起，至湖南馆，赴江苏团拜事，见黎莼翁，陪终席，二鼓归。得稼秋书并笔。（二十五日）

晨起，至安徽馆公请李芍农师，晚归。竟日未为一事。（二十六日）

骨董人送来钱竹汀与曹慕堂札十八通，索值百金，可云贵矣，暂留阅斋中，恐不能得也。

午，勒省旃来谭。郎亭师继至。晚至曾重伯处西馔。（二十七日，是日清明）

午后出门，即归。晚与燕秋连骑至南城一行即归。（二十八日）

晨起，至总理衙门候黎蓴斋星使，出城赴杨若米之招，晚归。（二十九日）

晨起，未为一事。午后至南池子见顿云族叔（昌燕），又至廉生家小坐。（三十日）

女媖已四岁矣，颇聪慧可喜。生于戊子四月廿九日，其母前一日梦一古妆美人赠以桃花一枝，岂生有自来耶？

子聪十岁，生于壬午十月十七日丑时，尚未完《四子书》，亦不解四声，观书略知大意而已。

【光绪十七年辛卯三月】

晨起，写白摺。午后，屺怀来谭。得家书，知若汀、若溪两表兄得两湖书院院长，一主算学，一主时务。晚赴刘我山之招。托赵剑秋带

书与徐积馀。徐曾刊书籍为丛书，去年曾为题签者也。寄《海源书目》及《学计均言》与之。（三月初一日）

晨起，黎莼斋星使来，同至嵩云卓堂相，度请日本公使大鸟诸人。至曾仲白处，同跨马至东江米巷。午后同至木斋家中，晚饭后始归。

木斋出事钱牧斋手圈《唐书》、王伯申手校《说文》，其字与余所得《水经注》批本相同。

缪抽存（祐孙）来，贻所撰《俄游汇编》十二卷四册，中日记甚详。（初二日）

晨起，至咏春处写白摺三开，晚归。（初三日）

竟日未出门，作画三幅，临元诸家。（初四日）

上午出门至长椿寺，送孙子授师柩南归。午至聚宝堂赴屺怀、胜之之招，上灯归。（初五日）

竟日未出门，晚觉寒热，即睡。（初六日）

竟日未能起坐。午后因请黎蓴斋、周子玉（树祺，浙人，特用道）、蹇虚甫饭，不能不起，陪席散后即睡。（初七日）

蓴斋贻所选《续古文辞类纂》，其体例盖与益吾师选本异。又石印郑子尹《汗简笺正》，此书在今日视之固无足重轻矣。大篆一再传写，其伪无从考证，又何从而笺之哉。竟日未出门，仍未能痛。（初八日）

竟日未出门，疾尚未痛。（初九日）

晨起稍好。午后出门，答庄儆庵（兆铭，出洋道员，嘉兴人），见曾重伯，晚灯归。作喜字第五次禀。（初十）

竟日未出门，亦未为一事。（十一日）

晨起，至安徽馆为己丑团拜事，晚十二点钟归。（十二日）

晨起，至嵩云草堂豫备请日本使臣及随使员等。午后一点钟，诸人来。首为大鸟圭介（原元老院议官）公使，次为书记官今立吐醉，次为交际官中岛雄及翻译官郑永昌（郑芝龙之后，明末至日本），尚有松井孝一、田中位敏二人，当亦交际官等也。畅谭尽欢。郑永昌尤善中

语。今立、中岛二人亦能略通语言。饮毕，大鸟先成七绝一首，各人继和而散。（十三日）

晨起，至法源寺公祭黄再同前辈。盖再同以奔丧至鄂，到后即去世。父子二人于百日中同亡，可云哀矣。庄儆庵来谭，小坐即去。（十四日）

出门至南池子，复至王廉生家，即归。（十五）

数日未记，十九至南池子拜寿。

撰寿叙一篇，祝王年伯母寿（胜之母）。

二十三日祝王年伯母寿。

午后拜日本大鸟使臣，后拜书记官今立吐醉。（廿四日）

晨起，即至西河沿，偕黎蓴斋赴日本公使之招。至使馆门，进内，公使及书记、交际等官皆候于阶下，行执手礼。进内，茶罢即入坐。用中国馔，惟酒则用中西东三国。饮半，大鸟首成一诗，各人继和。毕，少坐，为王廉生前辈代请公使题《海岱人文》册签子，辞出。复送至阶下，仍行执手礼而别，即归。（廿五日）

晨起，赴木斋之招，晚至顺德师处一坐即归。（廿二日）

见木斋旧抄本《说文系传》，有洪莹校语；明抄本《金石录》，末有“天启年从钱叔宝抄本过写”一行；明嘉靖翻大德本《白虎通义》；元本《会稽三赋》，每半页十一行，行二十三字（小字本）；旧抄残本《晏公类要》；王西庄手批《梁书》；吴枚庵手校《□□□文集》，为古欢堂赵氏抄本，有“陈仲遵收藏”印记。

竟日未出门，写白摺两开。日本交际官中岛雄来（号时雨）谭，贻笋簟两盒，出其文一卷属阅。笔墨不甚修洁，然熇读中外书者，与之笔谈数时始去。（廿七日）

晨起，未为一事。午后出门，至城内各处，晚归。

夏子猷（贵州诸生）贻日本胜安芳（海舟）《外交馀势》、《断肠记》各一卷，皆述维新政事，即才女藤野真子之父也。子猷工双钩帖本。（廿八）[按，此条天头曰：胜安芳非藤野父，此说误。]

【光绪十七年辛卯四月】

数日未记，心绪如乱丝，不知从何说起也。衣食累人，亦名利苦人也。

初六日晚，心渊接电报，知其尊人病危，急欲归里，为渠料理行装。

竟日未出门，闷懑异常。（四月初七日）

晨起，与燕秋联骑至东便门外送心渊，大风沙起，扑面皆黄，午后始归。寄喜字第七次禀，并稼秋书。（初八日）

竟日未出门，仅以《三吴旧语》一种送至芍农师处，未见。（初九日）

晨起，赴陆燦林（家振）、李少薇之招，午后为庄儆庵、刘海平（永年，福建知县）饯行接风，晚归。（初十日）

午后进城见郎亭师，自东陵归，小坐即出城。（十一日）

午后移住郎师宅，为考差进试较近也。（十二日）

上午写字，午后出城。（十五日）

上午进城，早睡。（十四日）

二点半钟起身，吃饭。三点钟进东华门，至上驷院，见鞠师、胜之诸人。四点钟至中左门，候天明开点，到殿中人已济济，盖先点宗人府、内阁、翰林院、都察院、六部，共三百三十许人，余名已在二百四十馀也。殿中用两桌，界一桌，另取一桌坐之，甚稳。适六点三刻，题下，首《强恕而行，求仁莫近焉》，次《雷雨作而百果草木皆甲坼》，诗《水面初平云脚低得湖字五言八韵》。十二点钟，三艺稿毕，五点钟誊写毕，即出场。是日住南池子。（十五日）

午与静皆、屺怀、乐庭饮于东单排楼酒肆。薄暮至南池，知屺怀、胜之皆得取，余则为坠渊之珠矣。即归家。（十六日）

于木斋处见曹次斋（宗瀚，新进云南师宗县知县）、何秋辇（彦昇，户部主事）、刘介眉（祖堉，贡生）。

又见刘海平(永安,福建通判)、沈昂青(瞻云,湖北佐杂)、陈次文(同书,福建知府)。(以上十七至二十二日)

木斋饯曹次斋于家中,以西馔款之。饮毕,次斋出纸索其自撰两联。(二十三日)

朱子涵观察招饮(新捐江苏道台,名滑),竟日未为一事。(廿四)

陆凤石前辈招饮,午后归。是日知合浦珠还。(廿五日)

罗小山同年(厚焜)招饮于会元堂。(廿六日)

上午未出门。午后谒星叔师,不值。(廿七日)

上午未出门。午后至南池,后至东排楼二条胡同补祝翁叔平师寿。晚赴黎莼斋之招,在咏秀堂朱素沄家,见陈伯平、陈菘山、黄伯香三前辈。(廿八日)

午赴吴颖芝之招。(廿九日)

竟日未出门,胜之来谭,画两扇去。(三十日)

【光绪十七年辛卯五月】

竟日未为一事。(五月初一日)

午后知莼斋已简放川东道,即往贺喜。(初二日)

莼斋贻五十金。午后郎师来谭。

今日为室人三十生辰。(初三日)

上午至师门拜节,午后未出门。(初四日)

出门至师门拜节。(初五日)

一日未出门,亦未为一事。(初六日)

上午至木斋处久谭,午后始归。晚至胜之处。(初七日)

晨起,至长吴馆公祝邹咏春、陶侃如、许鹤巢、许香树四人寿,晚归。得晋峤书。(初八日)

晨起,赴昂青之招,同坐恩叔涵储使(涛,山东粮道)、卫泽青董政、书砚香主事、承伯绳主事(刑部,礼邸之甥)、张桐封大令,散席归。至子涵处,子涵贻石印《西清古鉴》一部(廿四册,一函)。(初九日)

昨闻孙子与因病投海（横滨口）而亡，伤哉惨哉！人生生死不可定如此。记东京火车握别之时，竟不能再见，真梦想所不到，岂效屈子之悲邪？再神户署翻译杨念慈亦于去冬遽死，杨年亦甚轻，于东语极精，亦人才之杰出者，兹亦连类记之。

午赴郑悦亭（孝诒）、葛菊坪（其方）之招，皆韫石斋纸店同乡。复赴昂青之约。（初十日）

午后进城祝昆师母寿、廖师母寿。复至南池小坐，归。（十一日）

竟日未出门，胜之、鞠师、若米、少薇、柚存来谭，画扇一柄。（十二日）

上午陆凤石前辈来。午后张伯纳同年来，柴贰尹（寿仁，号介眉）广东来，何秋辇来。（十三日）

上午唁孙虎峰同年，答拜秋辇、潘子牧（志询，山东府）。偕胜之至伯纳处，同至广和居，有吴子修、邹咏春前辈、鞠师三人，梦局也。（十四日）

五日未记一事，可叹。（十五日至二十一日）

晨起，闻熙菊声（瑛）同年得甘肃正考官，时同年考差已得四人，首劳少芗同年（肇光）得贵州正主考，次周少璞同年（树模）得广东副考官，段春容同年（友兰）得福建副考官，可云榜运之佳矣。（二十二日）

晨起，画扇。午后，木斋来谭，同至曾仲白处，不值。至蔡燕生前辈处小坐，再至熊经仲同年处观其在江西新得一钟，重卅斤，文如《博古图》所云用周蛟篆钟，乞其一拓本归。（二十三日）

晨起，未为一事。午后至木斋处观其所藏彝器，有一敦一簠，皆极精，手拓其一建昭勺而归。雍熙三年杂买务腰牌，铜质，作小钟式，一面有“赁当”二篆字，不知何用。有一延祐权，杭州路，字较余有者精。又古泉拓本二册，考一册，于西洋古钱极多。（廿四日）

竟日未出门，薄暮坐骑至西城一游，归。（廿五日）

昨见一十行十九字《周礼注》十二卷，双线边，纸色白而薄，页口间有字数、姓名，遇宋讳皆加外□，木斋云南宋本也，考各书目，皆未见及。

晨起，木斋来谭，招重伯来。午后至重伯处，木斋及左凤生袭侯继至，联骑至西城根试马，薄暮归。（廿六日）

数日未记，亦未为一事，穷愁而已。（廿六至廿九。廿九日大雨雹）

【光绪十七年辛卯六月】

晨至南池祝郎师寿，以《苏斋丛书》、金文兰对二物为寿。（初一日）

［浮笺］江老爷。建霞仁兄星使：《募梓图》奉缴。诗思甚涩，不复成语，拉杂摧烧之可也。刻适有客来，未得先一诣。伯恭住全泰店，曾见之否？此致。勒弟深之封。

［浮笺］蓝桥一水怅盈盈，咫尺何尝许目成。解佩赠珠原有定，飞花判絮太无情。博山未结同心字，息壤难寻啮臂盟。倘向姮娥乞灵药，料应一笑早倾城。南国佳人锦瑟篇，珍珠难买及瓜年。妆成阿母曾相许，命薄檀奴肯见怜。拟记鸩媒还自惜，欲酬蝶梦恐无缘。回文书好空劳寄，悔过连波亦偶然。小姑居处傍青溪，惆怅鸾音信尚迷。未必婴儿终不嫁，何堪季女易斯饥。鸳鸯占水能相护，鶗鴂伤昏只自啼。便道相思了无益，禅心拚得絮霑泥。坠溷飘茵总落花，东风狡狯故相加。缠绵幽翠丛眉月，憔悴羞红晕颊霞。归去伯劳成底事，重来燕子又谁家。江南贫女偕离甚，独向溪头再浣纱。丙戌下第诗也。

晨至长椿寺，系郎师之母二十周忌。登观音阁，见清莲和尚出九莲菩萨象，偕木斋共观。象容端正，眉细如线，黄绫装，左有蒋心馀等二人重装一条，右有查□□重装一条，馀无一字也。（初二日）

晨起，赴谢公祠，偕木斋公请黎莼斋、曾莸臣（纪渠，特用道）、胡芸台、朱子涵，芸台不到。（初三日）

竟日未为一事。（初四日）

晨，冒雨至同兴楼公请陆惕身。（初五日）

竟日未为一事。寄禀，并与二哥、心渊书。知肖石侄婿来（徐艾枝，苏人），即至长元吴馆一谭。（初六日）

晨起，出门即归。午后肖石来，宿余斋，为下场地步也。（初七日）

晨起，未为一事。午后出门拜客，见许鹤巢丈，赠《薇省联吟集》，皆词也。（初八日）

晨，以《六十家词》贻鹤丈。至胜之处午饭。偶读《金石粹编》，知“碑板”二字起于唐刻石。（初九日）

见戴文节仿麓台《湖山清晓卷》，甚精。又东坡画竹卷，并自书草书诗，伪品也。后有蔡生甫（定之）、吴平斋（云）两跋，皆极赏之，不知何据。

竟日未出门，画两扇而已。（初十日）

出门至李芍农师处一谭。（十一日）

晨，知屺怀主试浙江，刘震青（启端）主试湖北，余寿平主试江西，可见己丑一科之盛。（十二日）

竟日未出门。（十三）

晨起，祝许星叔师、廖仲山师寿。（十四日）

晨起，至庆和堂观荷，主人为静皆同年，饮罢至木斋处小坐。（十五日）

晨起，未为一事。午后寄稼秋书。至屺怀处见烟客临六大家画册九开，高二尺，阔尺许，层密叠嶂，与余所见元照大册相同。临子久，浅绛墨笔，皴擦极淡，陂陀赭黄和设，略加葱绿。临山樵，山头上以浓墨横点之。梅道人，以破笔焦墨直点山头。倪，临幽涧苍松。又一幅，云临倪少年作，尚未名瓒也，[按，此条天头曰：似初名珽。]笔墨亦纯正，不用侧笔，近似子久。临赵吴兴东西洞庭两幅，设色极雅。末有自跋，曾归毕涧飞，有手题，后归徐紫珊，有印记，屺怀以三百金得之，神品也。又见松壶序伯程松园诸册，皆佳。（十六日）

竟日大雨，未出门，欲作缋事，亦未完一幅也。（十七日）

午，若农师招饮，晚归。（十八日）

是日偕鞠师、胜之、橘农同饯余寿平、刘震青、费屺怀三星使，震青不至，馀皆畅饮至日夕始散。（十九日）

竟日未为一事。晚赴莼公之招于景善、宝兰家，复赴陈梅生同年（嘉言）一伎家，不知其姓名矣。（廿日）

竟日未出门。泉孙表叔及徐□□（宝菜，苏人，浙官）来，知从海运来者。以书画一扇贻夏子猷（与庚）。（廿一日）

晨起，知木斋典试江南，静皆典试陕西，为之一快。己丑一榜，已出使九人矣。下午出门拜客，送黎莼公至川东。见夏子猷，畅谭。（廿二日）

数日未为一事。饮食酬应而已。（廿三日至廿七日）

今日为先大夫三十一年忌辰，不饮酒食肉一日，阖家如此。（廿七日）

竟日未为一事。薄暮至宣武门大街杨允滋同年处一谭。（廿八日）

暮起，若农师招饮，命阅广东赴京兆试者会课卷，分得四十本，暮归。（廿九日）

晨起未出门。薄暮，木斋来谭。赴邹咏春前辈之招。得二哥书。成策问题五篇。（三十日）

下乃《申报》论各国新闻纸之数，时在辛卯六月。[按，该处有剪报一纸，系从光绪十七年六月二十一日（1897 年 7 月 26 日）《申报》报首《论日本能夺西商之利》中裁出：]“不必论其他，即以日报一事观之，可知已。二十年前，日本尚无新闻片纸，而今且有二百家矣。天下各国日报之数，约计之共有四万四千种，欧洲居其大半，盖有二万四千种。欧洲之中，又以德国为最多，可以首屈一指，盖有五千五百种；次则法国，有四千一百种；再次则英国，有四千种；若奥斯理加，则有三千五百种；若意大利则有一千四百种；西班牙则有八百五十种；

瑞士则有四百五十种;比利时、荷兰各有三百种;其馀各小邦则分有其馀,可不计焉。欧洲之外,美国则有一万二千五百种;加那大、澳大利亚各有七百种;亚细亚洲共有三百种,而日本居其二百。近来各国新闻纸固日多一日,而日本于此亦自无而之有,自初有而[多,固昭昭在人耳目间也。宜其与泰西声息相通,而不敢逞其狎侮也。讲求西学以夺西商之利,环顾亚洲,非日本其谁属哉,非日本其谁属哉!]”

【光绪十七年辛卯七月】

竟日未出门。(初一日)

午赴徐颂阁丈之招。午后至南池。(初二日)

上午未出门。午后至木斋处。(初三日)

以一联一扇交颂阁,以一联交翁师,皆寿言也。

立声类语,见段氏《周礼汉读考》六卷序言。

竟日未出门,亦未为一事。(初四日)

晨起,至顺德师处阅卷,薄暮始散。(初五日)

竟日未出门,亦未为一事。今日为大哥生辰,家中吃面。(初六日)

上午未出门。午后,鞠师、胜之来,同至琉璃厂一游,无所得即归。(初七日)

晨起,知郎亭师已简放山东主试,午后往贺喜。(初八日)

晨起,至南池,晚归。(初九日)

《宋史·儒林传·何基》:“凡所读无不加标点,义显意明,有不待论说而自见者。”

明刻房书,始于万历癸未,见《桥西杂记》。

六日中未为一切事,仅代郎师写扇二十柄、楹联六十付而已。索索无佳兴也。(初十至十五日)

竟日未出门。燕秋病脚,招唐溶川同年(宗海,四川人,礼部主事)来诊之,云极易治,写一方而去。溶川博精医理,著述甚多,医书

已刻者二种，允见赠而未见也。（十六日）

晨起，至南池。下午归。未为一事。（十七日）

“兄”有“荒”音。《诗·魏风》：“陟彼冈兮，瞻望兄兮。”晋鲁褒《钱神论》：“亲爱如兄，字曰孔方。”《释名》：“兄，荒也。荒，大也。青徐人称兄曰荒。”汉吉祥砖文：“富贵昌，宜宫堂，意气阳，宜弟兄。”

竟日未为一事。（十八日）

午后至日本使馆，见大鸟公使，赠以刻印三，报吾倭扇两柄。见中岛时雨，又见公使书记生□□□及新游历各处之人，姓依光，名方盛，曾出外六年，出门时只携日本货三圆六十钱，自是托身于外国帆船，周游宇内也，现拟至楚、鄂、蜀中游历，赠以一扇三绝句，甚喜。（十九日）

竟日未为一事。张樵野来（荫桓，副宪）。（二十日）

三日又未记，可见意气之消磨矣。（二十一至二十三日）

天暑，寒暑表升至九十度，挥汗不止，竟日未出门。（二十四日）

上午热如故。下午出门即归。（二十五日）

右黄忠端《孝经本义》残稿十四叶，以每叶后纪数证之，缺第三、四、五、六四叶。余初得此册时，不知其为忠端手迹也。因见每叶板心有“不易堂藏”四字，因检定远方氏《梦园书画录》卷十五录黄石斋草书立幅，姓名下有“三公不易”、“六事未能”两印，知“不易”二字当公所自题。去岁游日本，见闽中罗氏藏公手书《孝经》及《五月江涛送远人》图册，证以字体，塙出一手，于是重付装池，亦灵兼阁中一至宝也。跋。

晨起，至颂阁前辈处，贺其文郎子琛合卺喜。见李荫伯，云前在苏曾相识，年少而通西语。复至万福居，赴陆惕身之约。又至咏春前辈处，贺其女公子剃头之喜。晚至若溪处一坐即归。（廿六日）

招若溪、介石、惕身、桐门饮于广和居。竟日未为一事。（廿七日）

晨起，碑估来，以白金三两五钱得房山雷音洞唐刻石经一百四十六纸（原刻四千通），字体绝似余所见唐人写经，精美之至。又唐开元廿七年《房山孔水投龙壁记》，正书字体如苏灵芝，其石重二百馀斤，欲售于余，索值四十金，姑命其取来看之。熙吉甫、曾莻臣、缪筱珊来谭。（廿八日）［按，此条天头曰：此石今归缪筱山前辈。贝勒府一石是廿一年，非此刻也。］

菊师云，《龙壁记》旧藏绘贝勒府中，极不易拓，已收入《顺天府志·金石门》。此石今晨已取来矣。

晨起，出门拜客。午后饮于广和居，见龙伯鸾（云镳，广东诸生，有才），为梁星澥前辈之表弟，一切皆得星海之学。灯下临唐人写经墨迹，知成邸、梁山舟、王梦楼上而至于董文敏、赵吴兴小楷皆从此入手。（廿九日）

明日简放各省学政矣，自愧无才，不能膺此任，惟盼初六入闱，可免中秋追逋，为大幸矣，预为祝之。（又记）

“有龟善缩头，尔兔工三窟。堪叹俗眼子，见尔徒咄咄。世■■■■，触之即颠蹶。万物人最灵，惟此不能越。独尔两精灵，顾兹不搪揬。逍遥坦途中［按，以下原缺］”

【光绪十七年辛卯八月】

晨起，知简放各省学政：广东，编修徐（琪）；安徽，修撰吴（鲁）；江西，编修盛（炳纬）。向年三大省皆简放开坊诸老前辈，今并未散馆之殿撰亦得之矣，风气一变之兆。

薄暮，贺李芍师喜，以新简直隶学政也。（八月初一日）

竟日未为一事，饱餐一天而已。（初二日）

午赴康达夫（际清）、马积生（吉樟）两前辈之招。晚至李芍师处谭。晨，杨石渔来谭外洋事极详，渠曾至德法各国也。（初三日）

竟日未为一事。（初四日）

出门拜客。（初五日）

出门拜客。今日王胜之得帘差。（初六日）

竟日出门。(初七日)

晨起,送汪介石、桐门行至举厂前,送若溪、燕秋、肖石入场。归,抄录唐墓志目,以纪年编之,成《唐墓志年表》,将以备博采焉。读《墓铭例》各书。(初八日)

数日来节近中秋,债务毕集,即日记亦无心动笔矣。(初七至十四未记)

张重卿为余措百金,真近日之奇人也。龚定庵《刘三》一律,[1]岂能为《独行传》乎?

读古泉拓本,为之审视之,灯下题二绝。

董彦和来谭,极畅。云潘文勤铜器有求售之说,余力劝既不能保,亦不能散售,待有力者一统去之,方不负文勤一生搜采之劳。(十五日)

午后至举厂接场。(十六日)

竟日未为一事。胡二梅(琪)自上海来,贻衣料二端。(十七日)

今日为母亲六十岁寿辰,合家遥祝。(十八日)

午答胡二梅。见信义洋行主人梅德,德国人,能说中国话。(十九日)

晨送叶师行。午,公请秋闱诸君,皆三县同乡。(二十日)

午候二梅、盛逵臣、刘浩如(瀚,常州人)。

帖估袁君曰,拓碑欲精,须先洗净,重拓必佳也。此有得之言,可熇信也。

《后汉书·儒林传·许慎传》曰,叔重为郡功曹,举孝廉,再迁,除洨长,卒于家。今本《说文》题"汉太尉祭酒许慎记",又许冲《上说文表》曰"臣父故太尉南阁祭酒慎",是皆与《汉书》本传不同。段氏玉裁

---

① 刘三,即刘钟汶,龚自珍友。龚自珍《送刘三》:"刘三今义士,愧杀读书人。风雨衔杯罢,关山试剑行。英年须阅历,侠骨岂沉沦。亦有恩仇托,期君共一身。"

遂疑之曰："凡史云故某官，皆谓最后致仕之一任。冲云'故太尉南阁祭酒'，不云'故洨长'，然则疑洨长落职，又至京师充三府掾，已而归里，卒于家，不得云终于洨长也。《后汉书·独行传》鲁平先为陈留太守，后为博士，亦其证。"标按，汉人文字塙有不从致仕之职题衔者，如汉孔彪已自博陵太守迁河东太守，而碑额尚题"汉故博陵太守孔君碑"，鲁峻自司隶校尉遭母忧，服竟，拜屯骑校尉，而碑额亦题"汉故司隶校尉"。今冲不曰洨长而曰太尉南阁祭酒者，亦犹是也。吴山夫《金石存》跋语时未念及《说文》，故有汉人碑版多不可晓之语，如以其为证，可恍然矣。孙渊如有《许叔重木主结衔议》，云主题洨长，不及太尉祭酒，是从本传为断。标谓说则辩矣，然于汉例则不合也。当时臧氏镛堂云宜称太尉南阁祭酒，比范史称洨长为得其实，此塙论也，卒为孙议所隔。当时臧君又惜不读两碑额，以折孙君，是与山夫同一失也。

二梅出示董香光册，冷金笺，高约八寸，宽四寸馀，墨笔写山水，极随意而趣韵天然。中有以赭墨作山石树株，以浓绿敷之者，甚精且丽也。有"顾子山秘笈"印，为吾苏怡园中物。每叶题"立宰"二字，用方阳文"昌"字印如下：。

节寿母貤封恭人华母太恭人于壬辰三月十四日为八十寿辰，母为元和江标之外祖母也。标生百日而孤，值庚申之难，依母从外祖母居，今已三十二岁矣，计不离吾外祖者几二十馀年。母之贤德，标闻之详，今值开九之数，敢不略为书以告天下乎？谨案，母徐氏，江苏吴县人也。世好读书，知礼仪，以道光四年归吾外祖候选从九品貤封翰林院编修□□公，时母年仅十有七。当外曾祖□□公任福建蚶江同知，继升福建福宁府知府，皆随任于闽。上事翁姑，下和妯娌，内外人无间言。然犹世之女子应为之事，固不足为表之者也。自咸丰初年外祖不禄，遗吾□氏□□公及吾母，年甚少弱，于是母主持家事，迄今四十馀年，茕茕之怀，劳劳之情，笔所难全，仅书其略。[redacted]治家甚严整，早晨必起，诸事躬亲。庚申之乱，吾母方嫁，舅氏亦娶，亦未久适，值天下大变，烽火烛天，一日数惊。母挈吾母与舅氏及[redacted]二兄，依党避难，东西跋涉，不出百里，因不敢离其乡。时乡中亦以团练功，得不为贼所作践，于同治甲子年归居，标与吾母仍依而止焉。然自大难之后，家产荡散，茹含勤俭，得不救失，犹为吾舅氏助饷，得一典吏于浙江。舅氏遂以乙丑冬为官于浙，丁卯夏署钱塘县典吏。母闻之喜，挈标之浙署，住两月而归。不意其年冬，舅氏以秋闱差事积劳递殒，母闻之悲恸以年。后立嗣堂侄篴秋，乃第八子世，另为之孙，以痛吾舅故去■■■许。吾母归苏，仍为延良师，训吾兄弟三人。明年戊辰，标兄衡入元和庠。越四年壬申，母孙世芳亦入金匮学，标二兄钧继为元和庠生。己卯，标亦入元和学。光绪乙酉，世芳得拔萃科。戊子八月，标得优贡，九月，标与兄衡同举于乡。明年己丑，标得进士，入翰林庚寅夏散馆，授职编修。此吾母训孙及外孙辈之成立，此可记者一也。母喜阅史部书。标年八岁，母常说汉唐故事，使闻记，又为课古今体诗，使知四声对偶之事。又时说佛家果报之杂事，以戒孙辈少年之用心。是母训诸孙辈之可记二也。母家经离乱，诸事散废，母竭力主持。司事仆媪皆相随廿余年，无一违言。御下有礼法，不循乎行者，皆面斥，不敢仰视。稚婢偶有错失，则又教使，不即忍加鞭扑。佃夫村妇来完租税者，皆以一见母面为乐，母亦待之礼有加焉。此母待人之可记三也。母晨起必早，躬亲细务，《内则》中凡妇工应为之事，皆数十年如一日。岁用出纳，皆手自书记。暇则手植花木，兼览载籍以自娱，无病未尝一午睡。此为自处之可记者也。先大夫见背，方值乱起，母挈寡女外孙避窜乡曲。及事平归，为外孙辈延名师，皆使向学无荒废。爱标尤至，下学晚灯，必询察课之勤惰，一名一物，一礼一言，必教之无失。标年十五，随家母至苏州，为大哥娶归。明年，标一人仍随母读书。至二十二岁，标娶妇后，始常在苏。二十五岁，应湖北学幕之聘，历游山左、粤东，前后共六年，每假归，必至荡省母，母待犹如童年。一两月不得书，必盼切于梦寐。然标弱年好弄，初多浮躁，母必痛诃不少假，辄训以忍耐之法，有合于古先哲之言甚多。此母教训之可记者也。母平日未尝妄费一钱一衣，一席用■数十年，辄戒家人仆御惜福，必陈说故事以为戒。然值穷无所告之人，天下窘迫之事，则又慷慨布施，无少惜。贤婢数人，前后未赎者，皆不收其■，且倍赀而嫁之，皆感泣颂祷而去。母年过古稀，神明不少衰，应物接世，虽少年犹有不如也。严而不刻，温而不刁，此母一生处世之道，又足可记者也。

二十四日，招今立吐醉（秋潭）、中岛雄（时雨）、曾重白、杨石渔、若溪、江叔海（瀚，福建汀州人）饮于敝斋。

二十八日，日本高洲太助（赞臣）来止余斋，与谭甚乐。渠聘董念和（宝谧）署正为师，教以中国语言，余即以时雨所译英人《清俄关系论》译以中文，即属赞臣评说之。

【光绪十七年辛卯九月】

数日来困于饥迫，心绪恶劣，即日记亦无意为之，人生之苦，一至于此。（九月初四日）

“大清国翰林院编修江[标]同妇敕封孺人汪鸣琼再拜

大日本女士藤野真子妆阁：

愚夫妇生长江南，远隔六千馀里，前闻清望于前日本使臣黎公，遂企高华，时深眷异。去年秋，标来贵都，止黎公署中二十日，匆匆西返，以不得一拜文阁为憾。适乞贵邦女史野口小蘋，为绘愚夫妇灵鹣阁图，归国后介黎公求此图后记。不嫌冒昧，竟许染翰，捧读再三，实深佩感。愚夫妇远违海国，不获亲叩华阶，维林下雅音，时深想慕。女士东国奇才，天生淑质，方诸敝邦才女，岂仅咏絮解围，维愿善保千金，主持闺■。贵国才女若张景婉鲈泽，愚夫妇皆素倾仰，惟望继起前美，■成后秀，此愚夫妇所日夜颂祷者也。今遇贵国赞使今立君回都，附遣一书，并呈书籍笔墨杂件，藉供清玩。再寄愚夫妇写真二纸，以结海外之契。女士写真能亦远惠，曷胜欢乐。如许答书，即望寄贵国驻北京使馆中岛雄转投，甚妥也。临楮空言，不胜主臣，伏惟万福。

江[标]、汪鸣琼同拜上　　藤野真子女士妆阁。”

[按，此条天头曰：笔一匣，墨一匣，书一种，竹刻匣一，绣物二件，竹臂搁一，送今立。]

“送君归去几时回，为写溪山粉本来。犹忆来年风景好，文坛诗苑墨江开。”

竟日未为一事。晚与赞臣谭日本事。（十日）

晚游白云观。观为邱真人长春宫旧址，渐近荒废。近有内监刘诚印（字素云）出巨赀重建花圃诸院，颇极华美。归途过天宁寺，拜铜佛，犹忆前年过此，见佛座四周皆刻有铸造各人姓名年月甚多，今皆为金漆所没，从此无从再见矣。（补重阳日）

晨起，至贡院前看红录，未毕，以头疼即归。四鼓，胜之送信来，言孙燕秋中百十七名，为之大快。（十一日）

晨起，见胜之、熊经仲。（十二日）

竟日出门。（十三日）

上午未为一事。午后招黎璧侯（荣翰）、徐花农（琪）、蔡燕生（金台）三星使及鲍叔衡、陆惕身、胜之饮。（十四日）

竟日出门，未为一事。天明至午门坐班，但递名条三纸即出。（十五日）

数日未记一事，亦未为一事。今日知胡绥之已中，为之一快。惜二哥仍不得售，不觉意兴索然也。（二十二日）

数日来穷愁而已，茫茫然如有所失，岂心力不振乎。（二十五日）

母姓华氏，世居金匮乡之荡口镇。考讳裕恩，议叙从九品。祖考讳文璞，福建福宁府知府。母少好读书，喜缋事，工文辞，通声律，年二十八归我皇考，为继室，是年为咸丰己未。明年庚申，吴中寇起，烽火烛天，皇考于二月中先偕母挈二子避难至荡口外家，百物不取，独携藏书一橱。长兄衡仅八岁，次兄钧七岁，皆先妣吴宜人出。闰三月，标生。六月，皇考以痛先祖母洪恭人之变，遽见背，时标生仅百日也。母欲殉者再，时外祖母徐宜人责以大义，谓满地兵戈，壻柩未葬，江氏三孤，又将何托？虽存弱息，亦当苟延。时外祖早去世，先舅讳启运，年尚少，外祖母挈子女及三外孙避难村落，辗转于湖港间，四年未遇一贼。事平归里，为舅氏助饷，得浙江典吏。岁丁卯，舅氏遽卒于钱塘典吏署。外祖母悲痛之余，念无亲属，决计不愿母归吴门，母亦不愿离膝下，遂住荡口外祖母家，母延名师课余兄弟三人。明年戊辰，长兄衡年十六，入元和县学。越三年辛未，次兄钧为元和庠生。时标年十一岁，好弄无厌，母以两兄皆已在庠，时勖以读书。遇节■学，业师归里，母辄自教读，手纫儿衣，耳听儿读，稍不顺口，时或痛笞，常曰："汝父课汝两兄时，其严岂止此哉？"往往涕泣哽咽不能语，标益加厉。然非读书时，虽跳踊无度，行动错失，辄教导不倦，未尝忍加一杖也。癸酉冬，为长兄娶丁氏。嫂始归吴门，赁屋购器，细及杯箸，皆母积数年奁资以充之。明年甲戌，丁嫂遽亡，母内理丧事，外慰长兄，旋属长兄赴京兆试。时二兄以出嗣堂叔，随叔祖母程宜人于嘉禾，故家事母独任之。丙子冬复为长兄续娶华氏嫂，仍自理家务，不肯以细事交儿辈，常曰："汝等皆有提抱之小孩，岂能兼及他事哉？"标年八岁，母教以四声，读唐诗，课五七言绝句。十一岁，命为赋，呈两兄改之。十四赴县府试，十五赴学使试，不售，母戒以毋急求，毋倖获，复命随师读书，节衣缩食以供师脯。尝晚归，闻早出塾他往，怒呼杖来痛挟，怀中忽脱两帙，母拾视之，乃新购钮氏匪石《说文段氏注订》也，乃曰："儿往购书乎？然此等书或非汝所能通，且不告而往，罪不赦。"仍不与食，曰："尔父遗书一橱，今十四五年矣，未尝动也，能读之则为汝启扃钥。"标于是始得读藏书。标每年值新正过诸长，有赐以压岁钱者，母戒不许博。或闻购书籍碑拓，辄索观，有非应用者，怒不许买。故十馀年来，积书至百箧，皆母脱簪典裳以为助，母未尝一书不知其目也。标年二十一，为县学生。二十二，为标娶妇汪氏。二十四岁，得湖北学使高公聘，请命于母，母曰："学幕尚可读书，汝年甚轻，须端行慎事。昔有黄仲则，诗虽好，而不善养其身，吾不愿汝为此流人也。"标自此年出门，历楚鄂、齐鲁、南粤，凡六年，随两学使游三省，母辄手自谕戒，以敦品为上，力学次之，恐标之过劳也。岁戊子，标年二十九，为长沙王益吾宗师所拔，两试得高等，举优行生，列第一。是年赴秋闱，与长兄衡同举于乡。明年己丑，标得进士，入翰林，归，母有喜色，但曰："惜汝父不得见也。汝知汝出门以来，数年之间，吾之劳苦，更甚往年乎？"不觉涕泪之交流。盖标以奔走于外，不遑闻家事，母内持衣食，外念游子，六年之间，一风一雨，动辄惊心，又为家贫，不能使标长随膝下，故曰反不如二十四岁以前也。岁庚寅，标散馆，授职编修，秋请假归里迎母，母曰："汝外祖母年近八十，亲骨肉只余一人，岂可远离乡井？汝自携妇及孙辈行，吾仍随吾母之床前也。"标不得已，于冬月到都供职。今年八月十八日为母六十正寿，标以道远不能归，欲于十月十八举觞遥祝，且以母节三十二年，例得请旌于朝，遇覃恩晋封恭人。母有孙四人，皆幼读，孙女四人，皆未字。母晨起必早，躬亲细务，暇阅书史。四十岁以前，尝日纺棉纱数两，儿辈中衣皆自织之布。平日未尝制一新衣，一羊裘用十余年，仅存鞹，不肯一易新也。外祖母疾，衣不解带者四十馀日，得痊可，亲属中尤称道焉。年五十，江苏学使黄漱兰夫子书"画荻风清"匾额旌于门，母堂兄篴秋舅氏画《竹柏图》为寿，比吾郡袁氏之竹柏楼，以重节也。母寡言笑，无事未尝出中门，家庭肃然，御下有法，视诸子妇如己女焉。母行动皆符古淑女，标敢略书以告天下，如有赐以寿言，以蕲吾母寿者，则标所深感而深愿者也。

得书，知二哥已到津门，发电函速渠来。（廿六日）

见若溪画幅，皆佳。（廿七日）

招若溪、石渔诸人饮于广和居，送行也。（廿八日）

晨起，送若溪行。见王显屏，无锡人，莛臣侄。（廿九日）

【光绪十七年辛卯十月】

午后，二哥到京。（十月初一日）

竟日饮食。午后谒郎亭师，因从山左新归，久病，瘦削且老。（初二日）

晨起，至天宁寺送二哥赴陕西学幕，学政为黎璧侯（荣翰）前辈。时同送者孙燕秋、徐肖石、高洲赞臣及儿聪。（初三日）

脚痛不便步履，竟日未出门。（初四日）

脚痛未愈，仍在家静坐而已。（初五日）

上午出门拜客。午后，王廉生前辈来谈。晚赴允之之招。（初六日）

数日来料理补祝事，甚忙。

十六日，郎师代筹百金。（十七日）

天明即起，遥祝母亲及外祖母寿。客来不断，竟日得百人。陪客者王胜之、邹咏春、刘峩山、杨允之、徐掔芙，经理各事则董彦和、徐肖石、许香树三君。己丑同年寿屏，则刘仲鲁（若曾），联，胜之书；戊子，则刘我山撰，允之书；苏府同乡，则许鹤巢世丈，书、撰一人也；楹帖，则有翁叔平师、汪郎师、徐颂阁丈、王子献、徐掔芙、陈芳秋、吴雁舟、黄季度、张君立权诸公。是日风和日暖，天气正晴也。（十八日）

竟日未为一事，招彦和、同斋诸君来小饮。（十九日）

出门谢寿，至郎师处小坐，候刘静皆，不值。（二十日）

下午出门谢寿。见金吉石所售东坡书《金刚经》，后有吴匏庵跋，系木刻如写，印以东洋绵纸，不知何人所刻也，精妙不可言状。李复堂花卉册，至美之物。文南云山水中幅，黄尊古山水卷，皆佳。碧玉本《十三行》，有吴平斋跋。麓台设色中幅，老年笔，如不经意然，浑厚华滋，各极其胜。陈邦彦小楷《小游仙诗》三十馀首，字如蝇头，一笔不苟，已六十馀岁书矣。

上母亲禀，由书信局。馀未为一事。（二十一至二十五日）

两日未为一事。（二十六日、二十七日）

午赴中岛参赞之招，至日本使馆。见桥口参赞及其夫人并二女，畅谭抵欢，所用皆日本馔，中有熏鳗一，味剧佳，即彼国所云蒲烧也。（二十八日）

晨起，至龙泉寺拜潘文勤之灵，以是日周忌也。见翁叔平师及诸同乡。

日本星使出示《觐见诗》二绝，和者自庆邸以下，皆总理衙门诸作，属为后记。

寄广东书。李子华、李制军、吴硕卿、曾苌臣、周绩夫、汪叔雍、王雪澄、杨■卿。

【光绪十七年辛卯十一月】

晨起，未为一事，竟日亦未出门。袁敏孙来（世勋，户部郎中），为文诚公之子，云收藏有古铜器，属为审定之。（十一月初一日）

上午未为一事。下午偕赞臣出门，至亨达利。薄暮归。为大鸟公使撰《觐见帖》后跋。（初二日）

上午未为一事。下午出门至南池子。（初三日）

上午答拜敏孙，又至上斜街许鹤巢丈处。进城拜凤石前辈太夫人寿。（初四日）

午至长椿寺，唁鹤巢丈之弟丧。（初五日）

午至江苏馆，公请郎师、洪文卿丈、庞劬庵前辈。至胜之处一谭。（初六日）［按，此条天头曰：十二，刘老太太寿。二十，俞老太太寿（周氏）。陆秦泰公碑。］

竟日未出门。午后，木斋来谭，致百两。（初七日）

上午未出门。午后至琉璃厂，购咸丰五、六、七年钞纸二十馀纸，又户部官号钱票五纸，拟存之以备一时掌故。（初八日）

竟日未出门。寄上海张叔鹏、王菊初、胡绥之、王幹臣、祝心渊各书。（初九日）

“一枝瘦削玉檀柔，□□□□□□寒。明月日圆还独照，任他花影上阑干。”

“合傍嶙嶒瘦石奇，含毫新写补题诗。玉堂馀事人间少，说与蓬瀛上客知。”

右题徐花农前辈画竹石明月纨扇，送日本书记官中岛时雨(雄)。

竟日未为一事。午后至日本使署见中岛时雨，招西馔，薄暮归。(初十日)

竟日未出门。(十一日)

上午祝刘雅宾前辈太夫人寿。午后在家。(十二日)

午后至城内与廉生前辈谈。(十三日)

洪武十年钞票，纸色如青氊，极粗厚，印花文用墨，上加朱印，上书“大明宝钞”四字，下画钱贯形，下有“不准假造”云云，并年月，见于中岛时雨案头。与廉生前辈言之，云皆近出土于京都南西门内南下洼子，明故坟中往往而有，原束无纤毫破烂。纸经入土数百年而能如此，亦一奇也。

廉生前辈云，王石谷《长江无尽图》绢本长至四丈，自国初诸老余澹心各家题，至黄小松而止，装潢犹小松旧时，未经重治者。出定王府，近以四百金售于人，此已归叔平师。

晨起，廉生前辈书来，以董文敏札十馀通，易余道咸诸家与许印林札两册，以许札中多山东诸老，廉生欲聚其乡先辈之笔墨，入渠所集《海岱人文》册。余虽愿赠之，然以董册而易此物，尽曰以今易古，实精妙则古不如今也，惟借此聊以结一重翰墨缘耳。至木斋处畅谭，晚归。

聪十岁矣，尚不能辨四声，知文字为何物，心易放而不反，且渐入骄惰一类，不可不严训之。顷以一小事不听母训，痛抶之，使有所警惧，且记入日记册中，使他日通文时见之而知有所戒也。(十四日)

“月前敬送，时切依依，恭惟星轺过处，福祉絣纷，遥企龙门，时殷雀跃。保定文场想早完毕，向闻莲池书院大有人才，比来应试，当乐识拔，绩学之士，能得几许？岁试兼及武场，政躬当益辛苦，殊为□□。标局守宣南，循分供职，读书多暇，谋食为难。故今岁四月，适黎莼斋观察力劝出洋，且为作书与薛叔耘年伯，援汪芝房前辈之例，谋为二等参赞之使，乞其奏调，至今尚无覆音。后探知因王子裳兄奏调在先，而尚未往，故不能再行奏请。顷闻子裳兄决计不愿西行，则参赞一席，尚在虚悬。可否函丈念其有志，从速作书与叔耘年伯，仗鼎力一言，必可允从。惟此事不可少缓，如蒙俯允，祈即赐一函，当径寄上海转递，则明年二月可得覆音。自念年力尚轻，有志远游，昔人使绝域，每读史至此辄徘徊不已，夫子闻之，当亦为之莞尔也。”①

竟日未出门。（十五日）

晨起接电报，痛悉外祖母大人于昨日慈灵大去，骇悲何极，即发一电禀，并上一禀，心乱如麻，不知所云矣。（十六日）

标，宜人之外孙也，而实孙视标，标亦视宜人为祖母也。始生至弱冠，而不离乎左右。自弱冠至壮年，奔走南北，渡重洋，游绝域，积数千万里，即归亦匆匆，仅一覩颜色。宜人常曰：“阿保，盖少日亲而长日疏矣。”阿保者，标之乳名也，嗟乎，此语尚得闻乎！是标之所深负而不忍言者。呜呼，痛哉！宜人之殁也，在月之十五日；标闻电耗而哭也，则在翌日之午；其陈词以奠也，则在是日之黄昏。然病不知其所本，言不知其所云，敛不知其所附，幽明永隔，魂魄相离，仅仅此哭与奠也，又远在三千里之外，尚得闻之乎？尚得知之乎？是不敢信也，是更可痛也。去年十月，标自海外归，即挈妇来京师，临行之前，偕妇及儿辈至荡口叩辞，宜人临行目送曰：“阿保，诸事须小心，■■近■随。”标则明年秋日定欲请假言归，重见为■。孰知因此致■■■徒虚，呜呼，今其已矣乎！搏□抚膺，万悔何极！孰谓生离之日，即为死别之期，目送之言，竟为永诀之语乎！追思畴昔，心碎如糜，遥望南天，竟与俱往。吾母，宜人之爱女也，年已六十矣，当此抚棺一慨，不知悲痛何如，宜人有知，尚望默为保护。苟精神之可感，幸骨肉之来依，浊酒召香，非宜人之所好，惟此区区文字，尚宜

---

① 据“保定文场”、“岁试兼及武场”语，当为致时任顺天学政李文田书。

人于提抱之日教训之魂也。能来或■，阿保尚在三千里外，为文而一祭吾[母]也，呜呼，痛哉！

晨起，易小功服，竟日不出门。（十七日）

竟日不出门，亦不见客。（十八日）

宋鄱阳张世南《游宦纪闻》卷一曰："书大字，用松烟墨，每患无光彩而墨易脱，偶得太乙宫易高士书符用墨诀，试之果妙。其法以黄明水胶半两许，用水[一]小盂，煎至五分，蒸化尤妙。如磨松墨时，以胶水两蚬壳，研至五色，见浡作，再添胶水，俟墨浓可书则止。如觉滞笔，入生姜自然汁少许；或溶胶时，入浓皂角水数滴亦可。"标见近日廷试卷摺，多写松烟墨，取其色黑，然往往有脱落之患。惟琉璃厂得一阁墨汁店所售者，黑光而不脱落，人争购之。阁主湖南一士人，墨汁店是其所创，自来所无也。亦有效之者，皆不如法。喜用松烟，亦一时风尚，孰知宋时已有脱落之患，得一阁之制，又不知果从《纪闻》之术否。

沈存中《梦溪笔谈》卷一曰："今日三馆、秘阁，凡四处藏书，然同在崇文院，其间官书多为人盗窃，士大夫家往往得之。"标见本朝翰林院官书，亦多为士大夫家所有，皆用黄纸为面，卷首印"翰林院印"方朱印。自古今官书散落同一辙也。

又曰："杨大年久为学士，家贫，请外，表辞千馀言，其间两联曰：虚忝甘泉之从臣，终作莫敖之馁鬼。从者之病莫与，方朔之饥欲死。"呜呼！谁知七百年后之翰林，亦同此一辙，可叹又可笑也。

又卷二十一曰："寿州八公山侧，土中溪涧之间，往往得小金饼，上有篆文'刘主'字，世传淮南王药金也。得之者至少，天下谓之印子金是也。然止于一印，重者不过半两而已，鲜有大者。予尝于寿春渔人处得一饼，言得于淮水中，凡重七两馀，面有二十馀印，背有五指及掌痕，纹理分明。传者以谓埿之所化，手痕正如握埿之迹。"标按，近日骨董贾时有小方金，名之曰钣，上有篆印二字，不甚可释。亦有连长者，有三四印，其重一印不过半两，皆与沈说合，惟不能定释为"刘主”二字，考古者皆诧为自古不见之物。山东陈寿卿收藏极多，潘文勤师亦有数饼，当即沈所见之物也。

又卷二十四曰：“鄜、延境内有石油，旧说高奴县出脂水，即此也。燃之，烟甚浓。扫其烟煤以为墨，黑光如漆，松墨不及也，遂大为之。其识文为‘延州石液’者是也。此物后必大行于世，自予始为之。”标按，此即近日所用之煤油也，然不知其能造墨，他日当试之。

竟日未出门，亦不见客。（十九日）

《墨庄漫录》卷八曰：“章友直伯益以篆得名，召至京师翰林院篆字，待诏数人闻其名，然心未之服。俟其至，俱来见之，云：闻先生之艺久矣，愿见笔法，以为模式。伯益命粘纸各数张，作二图，即令洗墨濡毫。其一纵横各作十九画，成一棋局；其一作十圆圈，成一射帖。其笔之粗细，间架疏密，无毫发之失。诸人见之，大惊叹服，再拜而去。”

与人清谈，极见学问，不善词令者，立见其拙。即均善词令者对谭，其胸次雅俗，亦各有分际。然此事可学而至之，近朱近墨之喻，吾于此得之矣。

上午未为一事。午后郎师来，小坐即去。（二十日）

上午未出门。午后偕赞臣候西医周□□夫妇，欲其治癣患也，渠屋炉火甚热。归来适冬至祀先，又值外祖母初七祭奠，伏地心伤，有生未有，晚间忽发巨热，四肢冰冷，压以重裘，犹寒噤不止。（二十一日）

近日寒热甚旧，视日影如黄沙，不能起床，头痛异常。急约凤石前辈来一诊，云重伤风，投以一剂。晚间四肢稍觉有暖气，馀疾如故。（二十二日）

晨起，甚不能起床。午后，凤石前辈再来，易一方而去。晚间热退如净，周身如觉酸痛，畏寒。（二十三日）

晨，能起坐，又添咳呛，热尚未止，背及手足皆冷如水淋，病尚未清也。（二十四日）

昨服药后，今日病少退，但热未退净耳。（二十五日）

晨起，凤石前辈来，再开一方服之，热退未尽。（二十六日）

晨起，热已退，但咳嗽耳，力乏不能坐，竟日睡。（二十七日）

少能起坐，仍力乏。（二十八日）

诸病已去，惟咳不止。（二十九日）

今日咳少止，稍能久坐矣。（三十日）

【光绪十七年辛卯十二月】

竟日可坐，咳尚未尽止也。（十二月初一日）

竟日未出门，亦不见客。（初二日）

竟日在南厢房看书。（初三日）

晨起，出门至南池子。午饭毕，至东四牌楼十二条衚衕，候饶从五（士腾）同年，少坐，见乌二世兄。至汪家衚衕谒昆筱峰师，不值。复至南池见郎亭师，少坐即归。

见郎师在山左新得初拓熹平五年碑，尚无阮文达诸人题名。上装有黄小松与桂未谷一札，述其得碑原始，犹初得此碑拓本并札，送桂之物也，桂亦有一题在本幅，可云罕见。（初四日）

竟日未为一事。（初五日）

午，公祭犊山师，至半亩园一游。（初六日）

候黄季度，见宋人写经两册，朱丝格，字黑厚如漆，可见宋人用墨之精，末有年月。又元至正年辰韩国夫人金氏金书《妙法莲华经》七卷，金厚如铸，今人不能也。王良常行书天保九如《诗经》册，祝人寿物，金笺如新。宋院本画《三猴图》幅。宋徽宗纸本《松枝鸜鹆图》幅，有乾隆、咸丰两朝宸翰，有许文恪诸公题诗、嘉庆朝御玺。

竟日出门拜客，未为一事。（初七日）

近以《通鉴》朱点已毕，取张古馀《通鉴刊本识误》写于上方，毕事尚须时日也。

寄大哥书。

两日未为一事。（初八、初九日）

竟日未为一事。（初十日）

晨起，至长椿寺唁鹤巢世伯之弟受之世叔之丧。（十一日）

竟日未出门。黄季度来谭即去。（十二日）

昨夜半起，出门赴西苑门，先至六项公所，为江苏淮、徐、扬三府蠲缓钱粮谢恩。天明至西苑门外候摺匣下，即由叔平师恭捧黄匣，置西苑门外中门阶下，同省京官皆行三跪九叩礼。毕，即赴聚丰堂早饭，归。下午赴杨辛伯前辈之招，同坐有荣仲华（禄）将军（新授西安将军）、赵英辰水部、任子原知县诸人。（十三日）

晨起，至南池子。午后至亨达利一看。（十四日）

竟日出门。晚赴罗少畊之招。（十五日）

竟日未出门，亦懒惰未为一事。晚至绮华馆公所，候胡复生（蟾桂，苏州人，春波先生子）。（十六日）

李橘农来谭，云顾亭林先生《唐韵正》所据何本，向不知之，近见《围炉诗话》，云吴采鸾写《唐韵》国初时在昆山徐氏，徐立斋相国，先生甥也，故得见《唐韵》而成《唐韵正》。此说甚新。

李又云，姚公渌已故，家中宋元本书不知如何。姚氏自念慈方伯故后，尚有公渌能知收庋，今已无人矣。

姚氏藏百宋一廛宋本书有十馀种。

以唐写经六卷归黄季度，得二百二十金，为度岁赀。

两日未为一事。请客。（十七、十八日）

早，至凤石处贺乃孙弥月之喜，后至南池。（十九日）

上午吊王梦仙。午后至琉璃厂寄观阁，赎书画九件归。（二十日）

宋本《鸡峰普济方》残本，汪阆源有重刻本，属顾千里校之，题曰张锐撰，顾曰：《书录解题》有《鸡峰备急方》一卷，当即此三十卷之末。标近见日本藏宋刻《备急灸方》，前有序，云团练使张涣撰有《鸡峰普济方》，后附《备急灸方》，即此一卷。据此，则撰《普济方者》，张涣也。何《宋史·艺文志》、《文献通考》、《书录解题》皆作张锐？检《解题》《备急方》上条《小儿医方妙选》三卷，题“惠州团练使张涣撰”，两有不同，殊不可解，俟考。

竟日未为一事。（廿一日）

上午未为一事。午后至亨达利。（廿二日）

竟日未出门。刘震青来谭。（廿三日）

竟日未出门。余寿平、徐肇芙两同年来谭。得汪叔雍书，寄广东钱局新制银钱一元，■■“光绪元宝”，下曰“重库平七钱二分”。（廿四日）

数日未为一事。李筱荃诒八金，龚仰蘧方伯诒二十金，罗少畊诒八金，郎师诒二十金。岁暮稍得馀润矣。

今年已过，所计一岁之中，忙日少，闲日多，然无丝毫增益之处，且终日皇皇，半为米盐所累。但求自此以后气象变更，精神振作，为学日益，慈帏康健，则他无所求矣。（大除夕）

［按，除夕条之后，该册尚有数页草稿，见下。］

“一出兰陵一济阳，吾家世系本萧梁。多情皕宋楼中主，当作同宗远寄将。”

“一画居然值万钱，六年次弟刊新编。知君心有肇经室，粤水吴山路几千。（按先生《师承记》刊于嘉庆二十三年冬，《周易述补》刊于道光元年辛巳，皆阮文达镌版于广州，计画此图在白公堤上，则尚未入粤也）”

“好事流传到削觚，乾嘉风趣近疑无。世间大有著书客，安得方君画与图。”

归安陆存斋世丈以郑堂先生《募梓图》小象寄贻，以其为同宗也。然实与先生分两支，惟有感于■■题三绝句。

“可惜灵岩山下诗，依刘句好太矜持。北江诗话非虚罪，随手千金事有之。（《北江诗话》系先生《过毕弇山宫保墓》诗曰‘公本爱才勤说项，我因自好未依刘’，亦隐然自具身分，惜其为饥寒所迫，学不能进也。标按，阮文达在粤时曾曰，子屏随手千金，我终不能救其贫也，是事实有之耳）”

谭国柱(节霖),十。林德嘉,十。易树时(阶平),十。陈国猷(焯堂),卅。黄聪厚(益堂),十。苏朝英(杰生),卅。罗廷琛(谦亭),十。罗和声(伟堂),十。孙深泉、黄肇豪,廿。鲍焜(炜昭),卅。卢棣生(阳棠),六。黄达卿(作享),四。梁仁轩(信业),四。赵峰琴,四。陈志德(坤田),四。赵庆云(锡彤),六。陈瑞图(佩之),十。郑辉山(廷超),六。鲍有龄(康亭,守□),六。胡礼廉(文义),六。曾纪杰(卓轩),卅。陈海珊(瑞琅),十。关静臣,六。陈丽生(德源),十。许应西(国濂),八。杨冠勋(符三),十。吴宽畴(德芗),十。陈奇伟(慧生),十。陈紫阶(国贤),八。黄洁乡(伯琼),五。冯紫珊(盛朝),六。明飏生(作衍),六。汪绍棻(桂樵),六。梁寿基(觐三),六。缪辉堂,十。柳宽亮(云从),六。

破黄纸少麻笺失,谁认千年海外书。

"甲申春,标游汪柳门先生山左学幕,知有来安孙君子与者,为前学使幕宾,有奇才,恨不得一见。乙酉秋,应举子试于江宁,见一清伟修洁之士,友人陆惕身指而言曰,此即孙子与也,遂识其面,又恨不得一快谭。今年庚寅八月,渡海至日本,于公使署见子与,始得尽数日欢。谭次出示《嘤鸣馆春风叠唱集》百首见示,于是始知君实奇才也。叠韵诗者,始于唐中叶,累代相称重。自我朝乾嘉间袁随园先生独诋之,于是才塞力诎之士以此为塙证,相戒不相和,几不知词坛有此难事矣。今子与破其惑,独成其难,岂非奇才欤?子与生平所历行省至十几,复渡海至日本已三年。标弱君六年,而所游皆同辙,以七年不得相遇之缘,而独结于海外,此亦嘤鸣求友之证也。惜匆促将入都,不得久留、与君相叠唱,而独剪烛听更鼓,为君叙此集,亦聊伸七年相慕之情耳。与君谭,君奇才颇不在诗句。初以诗奇君者,是犹不知吾子与也。标行矣,不知相遇于何时,天风浪浪,海水沧沧,如读吾子与诗也,如初见吾子与于江宁也,如闻吾子与之名于山左也。惜天不能使标再如二十四岁之人也。方今中外一家,五大部洲奇才叠起,亦如吾子与诗。标与子与可相期为为国富强之奇术,区区之诗,子与方不

屑为之，标亦不屑为子与叙。虽然，奇术固何时成哉！”［按，此即江标为孙点《嘤鸣馆春风叠唱集》所作序言底稿。］

黎星使，百元。

“初唐妙格失云踪，伪体谁教世并宗。却笑渔洋诗境仄，■■新录号谈龙。”

“范水模山事岂难，须将灵性护词坛。卢仝拗涩香山滑，诗律从知一例看。”

“东海樱云拂袖红，新词写罢付镌工。奇才谁似陈无已，独向松阴险韵攻。”

“萧选楼亡彩笔无，拙才枉自号书厨。从今一读扶桑传，不敢论诗胆气麤。”

题陈衡山（矩）《东游诗稿》。

“奇句君从唐律出，狂游吾敢海山探。深情只为文同好，大恨偏教语不谙。尽有心知才第一，最难话别月初三。挑灯为和先生词，从此溟鸿自北南。”

笘誃日记第十六册光绪十八年正月朔一日始

壬辰正月朔日始，十月七日止

【光绪十八年壬辰正月】

元旦早起，大雪。肃衣冠拜祖先，并遥敏母大人新禧，出门拜高阳师相寿即归。下午，罗少畊观察来谭。（壬辰正月初一日）

午初出门，至郎亭处午饭，略拜几客，天大雪，即归。

在郎师处见明万历年间吉府刻《二十子》，每页板口上心有"崇德书院"四字，据序云皆从道藏本出，无注。

占牙牌数，句曰："一帆风顺及时扬，稳渡鲸川万里航。若到帆随湘转处，下坡骏马好收缰。"（初二日）

晨起，天晴，命阿聪出门拜年。竟日未为一事。略检理新装汉石拓本，题签四十馀轴，晚灯与内子儿■谭。

今日为外祖慈断七之期，寄家禀并与晋峤、燕秋书。（初三日）

竟日雪，未出门，亦无客至。与阿聪检理书籍。（初四日）

出门拜年。上午坐车，下午坐骑，尽数十家。（初五日）

下午游琉璃厂，得屈曾发《万言肆雅》、吴煦《说文偏旁考》。（初六日）

上午未为一事，命阿聪出拜年。下午至琉璃厂，见邹咏春前辈、洪文卿世丈，久谭归，无所得。见旧磁甚多，价甚贵。（初七日）

日来无事，即至厂肆一游，然无所见，即见亦以值贵不可得。

在论古斋见叶花溪《新柳诗》（即云谷之父，诗有所指），和者如翁覃溪、伊墨卿、吴荷屋诸老辈，仅一小册，索值五十金。

得元磁盌一，又旧磁五件。（初八日至十三日）

于琉璃厂益文堂书肆见宋版《金陀续编》三十卷两匣，有“田耕堂”及”泰峰“朱记，遇宋讳书某帝御名，每半叶九行、行十七字，大字悦目，惟印本稍后耳。又《香溪先生范贤良文集》，黑口小字本，当元刻而明印者，有补刻页。又元大德本《隋书》，有明补页。益文主人姓魏，每年必出门至山陕河洛间收书，盖略知旧籍而不甚精者，然亦足补《琉璃厂书肆记》矣。

韩文堂书肆主人姓韩，颇知古籍，凡京师士大夫无不知有小韩者。人极狡狯，而遇学者颇虚心，每出旧籍之不能言其所以然者，必相询问，以定其价之高下。又修文堂主人张姓，亦喜贩旧籍而不甚知其美恶。其旧火伴有杨姓者，人皆名之曰小杨，则甚知书，专奔走于爱书者之门，能手装旧籍，每以明本赝宋元，挖改年月，人几不能辨之也。又文远堂主人耿姓，其兄为日本贾，每年必至日本，询其兄兼收旧籍，都中爱书者闻其从海外归，必趋之恐后，各挟精本而归，三数日间辄尽也。然耿不甚知书，惟以海外旧籍仍归中土，其功亦不可废，故亦记之也。

近日之书籍稍旧者，必先送盛伯兮、王廉生两前辈阅之，听其去留；如不收，则再送次于两家阅之；再有弃馀，则留置架中，或投诸读书家而售之矣。士人初至京，书铺中不甚知其能买书，辄不以示之，故每苦不见佳本，偶有所闻能解悭囊者，则又趋之若蚁，日绕于门，挥之不去矣。

竟日出门拜年。（十四日）

上午未为一事，下午至琉璃厂一游。（十五日）

竟日至凤石前辈处为骰子之戏，输七金，而天已晚矣，不能出城，止宿渠家。（十六日）

见恭邸《萃锦吟》，皆集唐句，系新付手民者。

韩桂舲《还读楼诗集》、石琢堂《[独学庐]诗集》、《彭文敬集》，皆素与黄荛圃往还，必有纪事，宜查补入《年谱》中。

竟日未为一事，近于惰民矣，可畏可畏。（十七日）

于李橘农同年斋头见马二槎《吟香仙馆书目》两册，蓝格抄本，犹马氏手稿，首有马二槎藏书记，序为冯柳东撰。又抄本《围炉诗话》两册，为昆山[吴乔]撰，有宋宾王跋并“校”字印，（大小如此），旧为桐西书屋潘茉坡物。

白绵纸抄严本《读书敏求记》，旧为所得，后以不精还之，继为浙江夏君所得，闻近归橘农，已为人以朱笔校各刻本于上，沈子培刑部（曾植）见而爱之，要去矣。又徐墙东《杜诗执鞭录》稿本五册，余亦见之，为刘泖生旧物（彦清），后归橘农，今又转归他手矣。

仆人陈升随侍一年，忽借疾辞去，忆郑板桥诗“奴藏去志神先沮”，不竟为之哑然。（十八日）

乾隆三十八年，命编辑《四库全书》，上谕有曰：“向阅内府所贮康熙年间旧藏书籍，多有摘叙简明略节，附夹本书之内，于检查洵为有益，应俟移取各省购书全到时，即令承办各员将书中要指檃括，摘叙崖略，粘贴开卷副页右方，用便观览。”谨案，《提要》、《简明目录》两书之成，是皆本康熙旧稿，当时总纂熊、纪诸公亦有所依傍，不必尽出新修也。（上谕见《词林掌故》卷二十二）（十九日）

晨起，偕肖石至顺治门内大街废书摊，得抄本《伊江汇览》一本，为乾隆时[格琫额]撰，专记伊犁各事，分门别类，惟未尽详备耳。

午后偕肖石、赞臣一游白云观，人多如蚁，少坐即返。（二十日）

晨起，祝昆太师母寿，已丑同榜送戏（玉成班，戏价二百四十金，又酒筵各种二十馀金），每人出公分三两七钱，坐至午后散。至太学候沈澥秋同年（文瀚），不值。属司门者启钥，观石鼓。鼓形如覆臼，非鼓也，不知自唐以来何以定其名。文刻一面，今已极浅，难拓矣，然石质层剥，恐以后更难完善也。中已鼓作臼形者，其边刻纯皇帝御制题字，今拓本不见也。余生平见旧拓本惟一，有汪孟慈跋者，极精。近拓本以汪郎亭师为司业时之拓本用罗纹纸、香墨所拓者佳，曾得有一分。前年到京师，见盛伯兮祭酒属蔡松甫监拓之本，则更墨光炯炯，恐以后不能多得。闻近又损去一二字，则前拓者更宝贵矣。余在都门三年，未尝一至太学，今日亲得摩挲，始知称之曰鼓，尚在疑似之间，惜不能起古人而质之也。余昔疑既为周石，何以唐以前石鼓之名不见于书中，今始知唐以前必别有名字也，俟考之。（二十一日）

上午未为一事。午后出门，见黄季度，观所藏元磁盌碟，多而且精。又太极造象佛座一，字刻四面，精甚。至郎师处，适请客，见钱子密、汪子常两年丈、徐小云侍郎、许子原世丈、金钟甫前辈、刘静皆同坐，晚始归。

聪喜拓古泉，自订一册，上自作一序，颇有冷峭之气，不为改易一字，俟其业进时自改之。（二十一日）

晨起，吊沈禄卿，唁冯季桐。午后检理书籍。

借沈小宛《汉书》校本于鹤巢丈，手自过临，皆用汲古本，始知汲古刊刻之误不可枚举。

朱兰坡（珔）《小万卷斋诗续稿》卷六有《题吴文定公诗翰》诗，注曰：公喜手录书，有署"吏部东厢"者，佐铨时所抄也。（二十二日）

上午至龙泉寺唁叶茂如。归，赴广和居彭子嘉之招。又至便宜坊赴王伯唐同年之招。（二十三日）

竟日未为一事。（二十四日）午后偕王胜之至崇效寺（即古枣花寺）观拙庵和尚红杏青松卷，已阅旧题两载矣。观王仲堪墓志，旁有徐星伯题，云石旧在翁宜泉家，屡见怪异，遂转入星伯家，阅二十一年归于寺中。寺西有西来阁，向有王阮亭手植海棠，今已补种稚枝矣。此寺在白纸坊，地僻城西，到者稀少，花事时游人过者每索卷观之。二百年来，名士名人多留题语，近来题者时多荒率，远不如先辈谨严，亦可以觇世风矣，相与胜之嗟叹久之。薄暮归。至广和居小饮，有伯讷、肖石、彦和、赞臣四人。（二十四日）

晨起，与胜之至顺治门。午后在家检书。

蓄一貍，已两年矣，驯扰可爱，黄昏忽为街犬入门所噬，垂毙。寄家禀。（二十五日）

清早闻貍已毙矣，为之惘然。阿聪闻而哭之，午间街犬复来，痛扑而去。晚，阿聪为《爱猫伐犬说》一篇，阅毕不禁笑其痴，又怜其悲也。此貍驯扰，向不出门一步，色不动人而善自修饰，精洁润泽，无偷馋之恶，故两年来未尝受一笞；性慈，不伤生物，未尝啣一鼠，而鼠迹自绝；终日无叫嗥之烦，而未尝离床榻间。去夏蓄一小犬，与之同卧起，而未尝有搏击之意。此何异女子在室而忽遭强暴所逼，至捐其躯。再，同一犬耳，何性质之相去如此！以此可见人心矣。小犬一日不食矣，若有所待，呼与语之曰，猫已毙矣，不觉泪湿盈眶，异哉，物岂有所知哉？特记之以存异。

任逢辛（锡汾）贻八金。（二十六日）

晨起，胜之来，同请任逢辛、邓仲容、汪紫垣（大奎）、潘仲午、李木斋、刘静皆，席散已天黑矣。（二十七日）

廿七日亥初四刻，生一女。因其产于京，命其乳名曰婛。按《集韵》，居卿切，音京，女名。此字汉魏时当无之，其起于六朝乎？萧梁本吾家故姓，以之命名，是亦宜也。［按，此条天头曰：后改名曰嫈。］

世传周宣王猎碣初在陈仓野中，唐郑馀庆始迁之凤翔。（潘迪说）

"世传岐山周篆，昔谓猎碣，以形制考之，鼓也。三代之制，文德书于彝鼎，武事刻于钲鼓，征伐之勋表于兵钺，其制度可考。后世不知先王之典礼犹有存者，凿山刻石，自是昭一时功绩。唐世诸儒以石鼓为无所据，至为田猎之碣，盖未知自古有制也。"（董逌《广川书跋》）

"苏勗载记：石鼓文谓之猎碣，共十鼓。"（吴曾《能改斋漫录》）

"《古迹记》云：史籀石鼓文不知徐浩何据也。韦左司应物《歌》云：周宣大猎岐之阳，刻石表功炜煌煌，石如鼓形数止十。韩退之《歌》：凿石作鼓隳嵯峨。"（翟孝年《籀史》）

"石鼓文，周宣王之猎碣也。"（王厚之《复斋碑录》）

"石鼓，至谓为秦周魏三朝之物则妄诞殊甚，刘昭《续汉书·郡国志》注云陈仓有石鼓山，而不言其时代，使石鼓果为秦时所刻，不应汉时即以名山。刘昭去秦未远，当有确证，亦不应阙疑不辨，且昭在周

魏之前，何由先有石鼓山乎。”（王昶《金石粹编》）

晨起，至灵清宫拜许师母寿。午后祝顾康民四十寿，见中堂挂有钱东塾为南雅先生画《胥江送别图》，题者有陈仲鱼、黄荛圃、夏方米诸家。至康家胡同拜金忠甫前辈（保泰，浙江人）。寄家禀。（二十八日）

董文敏《东佘山居诗》墨迹异同：

第一首：东麓，陆书作佘谷，李作东佘。

辛苦（李同），又，苦为。驱，李作祛。

第三首：陆作第十七首。

第四首：十八首。

日下缺二字。陆作正清。

第五首：十九首。

第六首：二十首。

第七首：二十一首。

第八首：二十二首。

第九首：二十三首。

第十首：二十四首。

恐是。作空是。

第十一首：二十五首。

第十二首：二十六首。

第十三首：陆作第三首。

北峰。佘峰。

第十四首：陆作第七首。

第十五首：陆作第八首。

第十六首：第九首。

第十七首：第十首。

分润。芳润。

素云。素灵。

第十八首：第十一首。

第十九首：　第十二首。
第二十首：　第廿七首。
　　都楼。多楼。
第二十一首：第廿八首。
　　胡儿。敌人。
第二十二首：第廿九首。
　　酬恩当取虏头函。酬恩金印肘边悬。
　　战城南。咏扶南。
第二十三首：第三十首。

缺四、五、六及十三、十四、十五、十六，共七首。

李卷绫本，第二首名僧，第三首无限，第四首元味，皆此卷无。

陆氏《所见书画录》[①]所记文敏《东佘山居诗》云小楷书，余所得仅存二十三首，且系行书，非陆藏物可知也。检校诗句，行书本第二十一首"胡儿"，二十二首"虏头"，楷书本皆改作他字，岂有所讳乎？案，季沧苇刻钱笺杜诗，遇"胡""虏"字皆作空白，是已在国初有此禁令，文敏生死有明，何忽有改易？鄙意楷书之本当国初人转写，当时禁令不书"胡""虏"字，故以意改之，不知数百年后正雪此伪案也。

竟日在家。薄暮，屺怀、芾卿来，商写潘文勤师墓志铭事，志为李莼老所撰，长至三千三百馀字，志例所无也。（二十九日）

【光绪十八年壬辰二月】

竟日未出门，屺怀来谈，云在苏得王惕夫批本《元诗选》，江秋史旧藏宋元集册，顾子山、李梅生旧藏未破砖塔铭两精拓本，包慎伯文稿三册，手跋本。（二月初一日）

屺怀所得砖塔铭，一系杨大瓢所藏，后附显庆年间梁寺墓志，亦

---

① 按即陆时化《吴越所见书画录》，光绪九年苏州书贾侯念椿刊本即请江标作序。

出楩梓谷，当同年出土者，故附装于后，金石家皆未著录之物也。

竟日未为一事。薄暮，屺怀来谭。（初二日）

晨起，谒潘仲午世叔，见王茉畦为阮文达画《怡园图》，极精；黄秋言仿倪、黄两家笔意山水小幅，极佳；汤雨生山水小幅，用墨深厚，兼事湿笔，有明人旧法。午赴刘静皆之招，遇杨味春同年（士燮，戊子乡榜），为余占六壬课，云二月内有佳兆，不知何事也，容俟之。至长元吴会馆祭文昌神，见屺怀，谈。

见会馆中有吴清卿丈篆书六幅，对观不忍舍，几有坐卧三日之意，当今无二人矣，非阿好也。（初三日）

晨起，至广和居请诸人饮。午后至张伯纳家，出示孙忆娘《簪花图》，画题皆重摹本矣，惟后有毕弇山、洪北江、钱竹汀诸家尚塙。晚，王芾卿前辈来谭，为商量写潘文勤师墓志篆盖事，题曰“皇清光禄大夫太子太保工部尚书兼管顺天府府尹事务赠太子太傅予谥文勤潘公墓志铭”，文为李莼客撰（慈铭），费屺怀书，余则篆盖也。

魏子题、刘莪山、熊经仲、欧阳煦庵公请诸同年于馀庆堂，到者甚多。下午约胜之来谭，至二鼓始去。（初四日）

午，钱鸣伯招饮于江苏会馆。（初五日）

寄日本春波、翼夫、鹏万三函。

日本有铜经筒者，皆贮唐写经，高有尺许及七八寸者，径有一二寸或二寸馀者，上有一盖，筒上镌经名及年月。中国自来未有见及此物者，殊可异也。余所见者为陈喆夫（明远）所藏之天长七年（即唐太和四年）藤原朝臣经筒，罗少畊所藏之宋天禧三[年]己未八月《光明经》一卷经筒，又有顾若波（沄）所藏之昌泰经筒，仅见拓本。陈衡山（矩）之涂金小经筒，闻为至精之品，余则未见其器，亦未见拓本，不知其纪元也。又有铜镜花纹六，如中国所见汉七乳、四麟等镜，然边缀五铜铃，或三四铃，摇之有声，色泽甚古。曾见一枚于陈喆夫斋头，又见一枚于大阪古董肆中，惜未得之也。又于东京市中见一古铜器，云新出土者，形如鎛而径不及尺，高至三尺馀，质薄而有花纹，层界作阳文，色泽古厚可爱，惜无字，亦不知为何代物也。

寄陈衡山书。

晨起，赴郎师之招，同坐有顾又山年伯（戊子北榜，名英字，范臣之父），薄暮归。（初七日）

题卅一岁镜写真："不是美人不名士，何缘来作镜中人。头颅如许华年换，已过人间卅一春。""世间谁觅驻颜丹，借尔灵芬灌顶寒（印哲中有名海波苏达者）。吾竟佛家成顿悟，化身只听指声弹。""麟阁衣冠一样图，爱从团扇听吴歈。科头便服儒生面，好认今吾即故吾。"

《簪华图》（乾隆己卯秋装，西庄王鸣盛题签。"鸣盛"，白文。）

卷首，卷中人，"松南"。"竹下小池"，朱文。"松南书屋"，朱文。"吴郡"，朱文。"越国王孙"，白文。"若谷"，朱文。"桃坞"。"绣谷书画记"，朱文。

"文翠堂前绝点埃，薰风披拂绣帘开。麝兰香细花枝袅，争说天仙降下来。髻挽乌云袖拂霞，才簪茉莉又兰花。妆成金屋藏何处，只在东山谢氏家。"虞山杨晋写照并题。"雀子氏"，朱文。"杨晋/之印"，白/朱文。"幽赏"。

"巧髻知邀阿母梳，当年周昉画曾无。题诗那得簪花格，来写簪花美女图。""满头花朵倚银屏，不戴幽兰即素簪。若折宜男还插鬓，谁家先筑语儿亭。""觞政逢君笑口开，探钩送酒剧怜才。爱他不是王孙女，有客鸣琴能听来。""芳年漂泊奈愁何，肠断当筵宛转歌。我有青衫无限泪，与卿红袖一般多。""绿窗常对画生绡，金屋何须贮阿娇。从此覆巾施梵咒，真真唤下便吹箫。"康熙己卯闰七夕前一日，蒋深题于绣谷。"蒋深"，白文。"树存"，朱文。"绣谷"，朱文。

"三年前事梦中频，忆杀春风画里人。堪笑承恩豹尾客，只将诗句傍卿身。"药洲题。"小宋"，朱。"药洲"，朱。"思君十二时"，朱。

"峡雨飞残梦不成，画中犹是惑阳城。凭君写尽生花笔，空忆当筵婉娩情。""赵女秦嬴总自成，何如展卷得倾城。而今禅榻茶烟里，满座狂花未是情。"辛巳中秋松南居士笔。"士鋐"，朱。"竹下"，朱。

“吾今老矣，久梦觉于青楼；彼美人兮，乍欢迎于绣谷。爱他蒋诩，竞邀佳客传觞；羡尔杨华，闲拂生绡写照。能无欲别，更抚卷而情移；忽漫狂来，竟含毫而句就。爰偕诸子，共赋新词。”

“红烛烧残听唱歌，几番恋别费吟哦。莫嗤酒醉还深酌，奈何图中小妓何。”“自拣幽兰插鬓枝，多情庭际步迟迟。落花垂柳娇无力，知是歌慵舞困时。”是日即席又赠一首。

“六年前年[按，当作见]倾城色，犹是云英未嫁身。今日相逢重问姓，座中愁煞白头人。”莱阳姜实节。“莱阳主人”，白。“行云流水”，朱。“十年一觉扬州梦”，白。

“昨夜无端梦蔚州，清梦红烛最高楼。披图忽见倾城色，应是名儿唤解愁（蔚州有妓名解愁，绝类此小照）。”荐莽孙暘题。“孙暘”，朱。“赤崖”，朱。

“才得佳人劝浅斟，分明云散触离心。无言独背屏风立，手摘幽兰强自簪。”匠门大受。“张曰容”，朱。“大受之印”，朱。“匠门居”，朱。

“何须百日唤真真，尺幅翻留色相身。尊酒十年重一面，可能犹似画中人（己卯重九前一日题。用姜丈即席赋赠韵）。”蓉江葆光。“徐印葆光”，白。“亮直”，白。“澹荡人”，朱。

“当场一曲浣溪纱，可似陈宫张丽华。却胜状元新及第，琼林宴上去簪花。”西堂老人戏题。“西堂老子”，白。“太史尤氏”，朱。“吴侬”，朱。此印模糊，白。“休阳汪杲亭心赏”，朱。

以上题绢画本幅。

“背人独立黯销魂，小摘花滋九畹痕。一洗世间凡艳尽，生来香草本同根。”“香消骨冷怅如何，拂拭零缣读艳歌。莫怪君家勤护惜，三吴耆旧此中多。”“乌云入手爱三盘，碧玉钗光写影寒。总使丽人生并世，空花也作画中看（简斋先生题句有生不同时之感，诗以解之）。”“绣谷花残怨落红，遗闻曾记立春风。今宵一掬西州泪，并入闲情绮语中（予昔侍归愚师于教忠堂，每于酒阑吟罢，常说忆娘遗事，今读先生卷中题句，益增惘然）。”乾隆戊申夏日灵岩山人毕沅题。“毕沅之章”，白。“秋颿”，朱。

以上题隔水绫。

“绣袂罗裙玉貌匀，风姿占断五湖春。状成衣袖临风举，第一花簪第一人。”“歌调行云旧有名，独标淡雅态逾清。丹青已识春风面，尚欲银筝听啭莺。”海昌陈邦彦。“陈印邦彦”，白。

“一曲回塘十字津，远山靥靥水粼粼。五湖烟景依然好，只少扁舟载玉人。”“丝杨被浦绿鬖髿，有约重来载酒过。玉柱琵琶金镂柄，小红花底按吴歌。”“重碧千章嫩绿溪，一痕眉月挂花西。痴心愿作鹣鹣鸟，长在相思树上栖。”“嫩日烘花困未舒，画中风格玉温如。锦囊好贮崔徽卷，伴我秋窗夜读书。”“春江相送一沾衣，何日重寻旧钓矶。他日相思在天末，伤心怕见鸟归飞（粤中有鸟名归飞，时余将往粤东，故云）。”右赠忆娘之作。绣谷主人出是图索题，书此博笑。红豆斋惠士奇。“惠印士奇”，白。“仲儒”，朱。

“三点疏星流枉矢（小），半规残月挂虚弓（乙）。纵教藏却春风面，名字犹存想像中。”不骞。“高查客”，朱。

“笑摘秾香压鬓鸦，懒将时势斗铅华。他年得入维摩室，不许簪花许散花。”蒲室睿道人题。“自存睿”，白。“童心和尚”，朱。“蒲室”，朱。

“五年曾见霓裳舞，百折身轻燕子飞。今日画图看粉面，绿尊红烛事依稀。”虞山蒋廷锡题。“廷锡”，白。“酉君”，朱。“来爽”，朱。

“一朵盈盈露未收，妆成相伴琐窗幽。怜他香草知人意，绣谷花开恰并头。”“展卷先愁掩面尘，芳兰竟体自生春。倡条冶叶千千树，不信燕台有此人。”辛巳秋仲题于京邸。愚谷。“倓”，朱。“愚谷”，朱。

“虎溪回棹六年前，二老风流好好篇（余澹心姜学在赠之曰好好，同人即席赋诗）。今日画图重睹此，当时标格固依然。薄妆顾影笼云鬓，小立簪花整翠钿。我已休官君又嫁，可知还结后生缘（武陵君曾许以千金为余购之）。”辛巳八月严虞惇题。“宝成”，朱。“虞惇”，白。“思庵居士”，白。

“幽兰生谷中，香气飒然度。我行欲采之，山堂日将暮。美人渺何许，目断江南路。”辛巳八月苦叶斋题。百药居士。“汪绎之印”，朱。“仆本恨人”，朱。

“原是行云梦里身，涂妆小影记来真。枉矜豪客量珠买，展卷分明见玉人。”壬午清和一日申玮题。“申玮之印”，白。“惠吉”，朱。

“花事阑珊四月天，剩留春色最堪怜。一枝弱柳迎风态，忆著红裙踏舞筵。”“碧玉佳人捧玉卮，当筵催赋送春诗。漫夸初日芙蕖好，何似金钗半醉时。”“乐府人传绝妙词，试教纤手拨红丝。采莲不数杨家曲，压倒新声屈偶之。”“蒋家绣谷巧藏春，深院年年琐玉人。若见细腰张静婉，为言珍重掌中身。”“金阊杨柳带秋光，婀娜腰肢不耐霜。待我归来还好在，任人攀折也无妨。”庚辰春，余往岭南道中寄怀之作。辛巳夏，自岭南归，不胜绿树成荫之叹，因展玩是图，书之于后。红豆士奇。“江左”，朱。“惠印士奇”，白。

“卷中题咏，推姜丈学在再赠一绝擅场，老颠风景，今可想见。余年六七岁时，张曾过宿余家，晨起抱余著膝上为挽羁，忽忽五十馀年。图归自海陵，蟠猗复携眎余，重读姜诗，俯仰慨然，亦题绝句于后。绣谷欢场五十秋，当年姜老妬偏愁。荷衣总角妆台见，零落如今也白头。”西原。“恭”，白。“棐”，朱。（标按，西原亦姓蒋，长洲人，康熙六十年翰林。）

“此卷藏弆箧中，为谁何窃去。甲子冬，检点旧物，始知失之，懊恨不已。丙寅秋，武林黄君松石过访，偶谭及，云曾见之维扬一士友家。越二年戊辰秋七月，君竟携以来，盖已为程君劲堂所得，而黄道余意，许以余所存汪退谷、何义门两先生笔迹易归者。余亟如约，楚之弓不图复为赵之璧，因题数语，以识其异。乾隆十三年后七月廿有二日。蟠猗蒋仙根书于交翠堂。”“仙根之印”，白。“弈兰”，朱。“蟠猗”，白。“戊寅”，白。皆墨印。

"镜里烟花粉黛新，春风解恨倩传真。湘裙六幅题诗满，侮尽当筵听曲人。""已逐芳尘散绮霞，同心谁插并头花。飞鸿洛浦无消息，留得丹青见丽华。"示浦里人题。"彭印启丰"，白。"芝庭"，朱。

"唱罢西洲绝妙词，曲中红豆定相思。何堪展卷重逢日，又是湔裙修禊时。"丁丑上巳，香树陈群。"陈群"，白。

"不将宫样写秦娥，雅澹风光照眼波。题句当年尽名士，拈花早已悟维摩。""百年遗恨卷中人，画里风姿想像真。若问簪花旧风格，女坟湖畔草如茵。""争识春风半面妆，几曾空忆恼檀郎。丹青画出今番悟，留与人间作忆娘。""见时争似忆时多，忆到今生可奈何。不笑不言愁欲杀，滞人无奈尚横波。"乾隆丁丑二月，嘉兴舟中，世泽里人溥题。"浦"，白。

"谁与簪花上舞筵，金尊檀板旧因缘。展图似历华严劫，小别春风四十年。""应刘去后骚坛废，嵇阮亡来酒垒荒。旧雨凋零图画里，盐官剩有鲁灵光（谓春晖学士）。""度曲不曾抛好夜，联吟长是醉春风。座中莫更谈天宝，愁煞飘绡鹤发翁。""义士重逢古押衙，明珠不遗委泥沙。侬家自有千金帖，何用萧郎白鼻騧。""风月生前知独擅，沉檀死后觉犹香。虎邱残碣鹅溪绢，千古真娘与忆娘。"玉山樵叟汪俊。"汪俊"，白。"吁三"，朱。

"簪花盛事委波流，名士佳人土一邱。零落玉钗怜薛杜，销沉金管感曹刘。风清应集芙蓉馆，月冷长空燕子楼。展卷几增华屋痛，羊昙今亦雪盈头（中有先外祖匠门先生题句）。"花桥顾诒禄。"顾印诒禄"，白。"禄伯别字花桥"，朱。

"小唇秀靥，讶压众风流，趁时梳裹，冰蕤露萼，依约鬓边花朵。当日平康占断，按金缕，瑶笙吹和。赢他画手调铅，染出翠颦轻锁。低亸娉婷婀娜，自化彩云归，粉香摧挫。钗鸾筝雁，都逐乱红飞堕。空剩霜纨尘涴，有多少留题传播。泪湿青衫，一种伤心如我（谓绣谷先生）。"庚午秋日，练祁农隐王鸣盛题，调寄《双双燕》，时在绣谷客舍。"鸣盛"，白。"凤喈"，朱。

"簪花风格旧曾闻，久矣云英化彩云。不种小桃花一树，何人知是薛涛坟。""曾遇当筵冰雪姿，轻尘梦短怅何之。卷中此日重相见，犹认春风舞柘枝。""绣谷留春春可怜，倾城名士惣寒烟。老夫莫怪襟怀恶，触拨闲情五十年（庚辰岁遇忆娘于歌筵，今五十馀年矣）。"后庚午初冬，归愚沈德潜题（时年七十有八）。"沈碻士"，白。"可游退谷"，朱。"己未翰林"，朱。

"百首诗题张忆娘，古人如我最清狂。青衫红袖俱零落，但见琵琶字数行。五十年前旧舞衣，丹青留住彩云飞。相逢且自簪花笑，不管人间万事非。对此方知富贵轻，寻春应向阖闾城。国初诸老钟情甚，袖角裙边半姓名。死后扬州又往还，诗人愁杀蒋家山。千金肯换兰亭帖，赎得文姬返汉关。想见开皇全盛时，三千宫女教坊司。繁华逝水春无恨，只恨迟生杜牧之。"乾隆辛未夏四月钱塘袁枚子才题。"袁子才"，朱。"钱塘/中郎"，白/朱。"怀佳人兮不能忘"，朱。"颍川"，朱。

"海色西风十二楼，阑干何处玉雕镂。只从绣谷衡文后，才子于今尽白头。""簪花合有散花缘，谶尽前因更惘然。苦恨舞时风最紧，不教飞燕作真仙。""空谷幽兰绝点尘，国香宜伴美人身。不堪夜雨声萧瑟，灯影红迷卷里人。""香溪春水碧还明，沼尽吴宫感慨生。尤物只应归我辈，淡云微雨阖闾城。""绣谷金钗十二行，就中第一倚新妆。逢人小立休回首，花里三生属忆娘。""沦落天涯一布衣，禅心不逐柳绵飞。伤神静听吴儿曲，时唱花开缓缓归。"乾隆癸酉冬十月祁阳陈绳祖题。"臣绳"，朱。"孝祐氏"，朱。

"想见绯桃坞畔春，天边星影堕佳人。轻纨额得惊鸿态，勾引陈王赋洛神。""万个琅玗经乍开，西园屐齿破新苔。画图不写苏黄辈，妙有云鬟翠饰来。""嫣枝薄髩粲堆鸦，纤指低招小朵斜。恠底有人矜捷悟，学书风格似簪花（谓蟠猗也）。""宋玉才华张一军，心思化却楚峰云。墨痕近作琼枝倚，胜写羊家白练裙（宋学士题句罗襦右偏）。""荐衡佳话岂情钟，侠骨能追薛五踪。红袖若教持玉尺，怜才应不减昭容(忆娘与当事狎,岁试时竟有被荐入彀者)。”“桃叶何曾唱渡头,秣陵金粉让风流。斜阳门巷梧宫侧,何处枇杷一树秋。”“卷轴飘零腻粉痕,不因冷落别吴门。只今再睹春风面,仿佛名香与返魂。”“江表名流尽总持,丽华犹是出群姿。明珠百琲评佳句,堪入司勋本事诗(唐司勋郎中孟启撰《本事诗》)。”簪花图题句,余迟之良久,殊以前辈佳咏已多,不敢率成芜陋之词,唐突卷中人也。仲夏过交翠堂,复展此卷,柳眉桃靥,盖自渡江来又装涤一新矣。纳凉因绿轩,得八诗,了余夙怀,录正大雅,恐不足继《高堂赋》后尘耳。乾隆壬申六月十又三日挥汗书。抱香居士陈廷晹。“于谷”,白。“抱香室/印”,白/朱。

“约略春云拥鬓香,翠翘半亸试新妆。偶来识得崔徽面,系孬吴儿木石肠。”“舞衫歌扇总前尘,已识空华是幻因。剩有闲情难遣处,春风小影唤真真。”净名居士吴泰来。“净经居士”,朱。

“翠翘半亸拥春云,隐隐微闻麝火熏。仿佛绿窗妆罢后,帘钩犹舞郁金裙。”“绮阁深沉睡起迟,迢迢兰泽动相思。国香零落年华晚,翠袖天寒独采时。”“玳瑁筵开月似钩,红牙几度按梁州。落花飞絮年年事,空锁东风燕子楼。”“隐约临风扫黛蛾,散花人去奈愁何。独怜绣谷寻春晚,未听当筵宛转歌。”“曾向金堤闭户居,粉香寂寞怨何如。桃花坞畔新波绿,还忆春风女校书。”“舞茵歌扇久凄凉,禅榻茶烟易断肠。十载江湖蕉萃客,樽前重赋杜秋娘。”“裙屐风流梦有无,绮筵想像捧银壶。凭谁更试龙眠笔,添入当年雅集图。”“梨花门掩惜黄昏,金镂飘零旧酒痕。剩有崔徽风貌在,云鬟雾鬓总销魂。”乾隆甲戌初夏。渔庵曹仁虎题。“曹仁虎”,白。“来殷”,朱。“琴书”,朱。

“绣谷重来问楚云,宝奁翠幙歇馀熏。新时吟罢添惆怅,未得亲题金镂铭。”“银叶香销午梦迟,闲亭小立寄幽思。樱桃风急春寒峭,正是单衣试酒时。”“樽前款语笑藏钩,花底新声谱石州。一种风情何处觅,碧云香雨小红楼。”“几度清樽暎翠娥,潇潇暮雨唤愁何。贞元朝士今馀几,休问云间第一歌。”“绝代佳人金屋居,铅华洗尽美何如。幽花一朵钗头袅,好伴秋窗夜读书。”“犀梳斜插晚风凉,一寸横波恼客肠。羡煞吟成三影后，闲携小艇载兜娘。”“法曲樽前听已无，隔花犹自唤提壶。云鬟雾鬓无消息，零落人间素女图。”“华严小劫似朝昏，吊古空留粉墨痕。名士倾城两清绝，好凭缣素与招魂。”次渔莽韵。净名再题。“泰末”，朱。“企晋”，朱。

“无复当筵唤紫云，翠奁零落惜兰薰。玉钗挂鬓人何处，犹认留仙六幅裙。”“绣题初日晓妆迟，石上蘅芜费梦思。小折幽兰倍惆怅，春寒一翦惜花时。”“香雾沉沉卷玉钩，六么催拍舞伊州。月华如水房栊静，一树湘桃暎碧楼。”“小蝉新样画双娥，殢酒传香态若何。赢得风流金马客，花前长忆雪儿歌。”“翠竹雕栏认旧居，闭门终日礼真如。芳心不作因风絮，爱诵西天贝叶书（忆娘晚年思入道）。”“寂寞闲庭暮雨凉，年年花柳系愁肠。皋桥春色知多少，谁更金堤访泰娘。”“银汉红廧路有无，迢迢夜漏响铜壶。何当唤起丹青手，重写霓裳按乐图。”“麝煤烟烬小屏昏，空浥罗襟旧泪痕。留得吴绡春影在，落花时节吊香魂。”次渔庵韵。琴山蒋业鼎。“蒋业鼎印”，白。“升枚”。“琴山”，朱。

“凤插依然拢鬓云，玉钗合付水沉熏。莫言蕉萃春风笔，只当韦家簇蝶裙。”“凝香帘阁日迟迟，摺谱新添黄淡思。峭立东风小垂手，红梨花下试裙时。”“玉镜台前咏玉钩，春风一曲在苏州。笔床琴荐萧闲甚，花满青山山满楼。”“几度横塘醉绿娥，拗花人去奈愁何。倚梧巢畔潇潇雨，犹认吴娘踏臂歌。”“芳树重重小阁居，钗梁花袅美谁如。珠帘不卷东风冷，何似成都薛校书。”“候馆秋阴拂簟凉，卷中人面恼回肠。羡他一舸风波稳，乐府停歌夜度娘。”“寻芳杜牧旧情无，苦为真真叩玉壶。软障淋漓飞醉墨，思凭缸面赚新图。”“酒冷香残烛影昏，丹青髣髴浥啼痕。水天闲话分明在，头白江湖欲断魂。”次曹渔庵韵。上海赵文哲题。“璞函”，朱。“碧梧翠竹”，白。

“白绪歌残化彩云，镜奁脂盝怅馀熏。重来犹识春风面，須得霓裳月色裙。”“绣幕春寒晓日迟，幽兰芳杜美人思。栴檀梳敛新妆竟，小立花阴整鬓时。”“红袖当筵笑送钩，新声促拍小梁州。玉山雅集风流在，绿酒银灯月半楼。”“旧时绣谷舞青娥，酒冷香销奈尔何。糁径杨花人去后，新词谁遣曼声歌。”“东风燕子小楼居，重吊香魂证六如。宝帐罗帷春梦醒，他年应解梵天书。”“云屏月榭剧空凉，落絮飞花撩客肠。几度春阴寒食后，潇潇暮雨忆吴娘。”“花底箫声涩欲无，清宵漏尽歇蟾壶。薄眉隐约愁多少，半帧能传十样图。”“团扇飘零玉镜昏，桃花夜雨涨溪痕。空馀小像熏沉水，何处神香觅返魂。”次曹渔庵韵。松陵金学诗题。“金学诗印”，白。“韵言一字芸香”，朱。“红藕花庄”，朱。“逸兴”，朱。

“宝镜沉埋玉化尘，春风省识比真真。即看卷里犹断肠，何况亲闻芗泽人。”云间沈大成。“学子”，朱。

“丁东细漏催平晓，薇帐留云香袅袅。绿窗圆梦宿妆残，花影压帘眉未扫。明奁斜映红玉春，绣襦半亸梳盘云。秀发峨髻兰膏匀，远山翠入蝉翼新。百宝阑前一回顾，海棠含笑流莺妬。可怜钗燕不胜簪，独倚盈盈花带露。当时明艳绝世无，豆蔻涵芳二月初。郁金堂北容平视，琅琊伯舆为情死。当筵却扇歌一声，珠翘不整百媚生。却忆屏坳浓睡足，嫣香坠枕红巾蹙。”华海张熙纯题。“熙纯私印”，白。“华海翰墨”，朱。

“问当年笑桃溪畔，风前何限欢靥。眉梢约略无多翠，分得远山双叠，移凤屧，恁徐步兰阶，蚤惹寻芳蝶。香花一捻，趁脂印初圆，粉涡乍拭，歇向鬓边压。妆成好，最是亭亭小立，薄罗珠露轻裛。回身敢拟怀中月，只当晓云巫峡愁思接。帐门外枇杷，尽化相思叶。香薰画箧，但金谷依然，玉壶甚处，题遍绣裙摺。”右倚《摸鱼子》。申江凌应曾题。“臣应曾印”，朱。“叔子”，朱。“偶然欲书”，朱。

“吾家绣谷旧藏春，儿得持花天女身。自是国香殊俗艳，簪来雅称卷中人。”“前辈风流事宛然，题诗多在浣花笺。佳名底用相思字，空忆于今六十年。”柳谿渔者蒋元泰。“元泰”，白。“贪山”，朱。“柳谿”。

“犀梳玉导腻春云，小像摩挲沉水熏。绝似夜窗人静后，绿蕉半幅幻罗裙。""小立回廊掠鬓迟，罗襦芗泽系人思。桐花风软樱桃熟，正是春酣破睡时。""枣花帘外月沉钩，促拍红牙按六州。燕子不来芳事歇，夕阳空锁旧妆楼。""绛蜡乌丝写翠娥，欢场重过奈情何。输他红豆相思句，消受当筵一曲歌（谓红豆前辈）。""枇杷叶底闭门居，瘦影亭亭玉不如。记取簪花旧风格，秋窗绣谷夜临书。""倾城名士总凄凉，白发黄金易断肠。展卷风流成往事，青山何处吊真娘。""射覆藏钩事有无，舞低楼月咽铜壶。国香零落胭脂浅，剩谱眉峰十样图。""挑残灯烬麝煤昏，一笑春风破泪痕。判得真真呼万遍，名香深炷与招魂。"次曹渔庵舍人韵。听涛金士松题。"金士松印"，白。"亭立"，朱。"听涛"，白。

"苏斋空对添苏影，长忆珊珊杂佩回。前后诗篇同署壁，不知红袖拂谁来（添苏，长安名姬也。魏野寄诗云：见说添苏亚苏小，随轩应是佩珊珊。苏喜而署其诗于壁，他日野见壁所题，别纪一绝云：谁人把我狂诗句，写向添苏绣户中。闲暇若将红袖拂，还应胜得碧纱笼。其为名流所重如此。右见《湘水野录》）。一愿心谐十愿灰，愿为香草傍妆台。春来绣谷风光好，花在美人头上开。""工部诗中黄四娘，压枝春色满溪堂。当时蝶戏莺娇处，琴外风来髫影香。簪花人作散花仙，苦见花开更惘然。已悟空中留色相，不劳天女堕诸天。"乾隆乙酉初夏，笠山吴山秀题。

"灼灼春风点鬓鸦，上元甲子问恒沙。断缣留得惊鸿影，二月江南又落花。"小岩宋铣题。"宋铣私印"，白。"小岩"，朱。

"卷中人面尚嫣然，宜称新妆拂鬓蝉。休怪当年惊座客，紫云相唤出歌庭。""零落东山竹与丝，白杨红粉总堪悲。春风绣谷花开谢，芳树何人折故枝。"淮南阮学濬题。"阮学濬印"，白。"澂园"，朱。

"花红无百日，颜红无百年。何以兹图中，花与人俱妍。当时一笑春情阁，头上好花终不落。可知花福亦修来，长得纤纤手香络。卷中小立亦百年，空际往往生飞烟。幽兰无言露独泣，花意人意交相怜。百年花尚香，百年人不老。题诗我忆卷中人，莫更错呼张好好。"

卷施洪亮吉。“稚存”，朱。

“城西杨柳吹麯尘，坞北桃花叠绮茵。不睹崔徽画中意，安知当日卷中人。卷中之人号小乙，妙舞纤歌称第一。兰钗倭堕压春云，银带飘飖回艳雪。十三踏节即有情，十四搊筝更擅名。翠会翾飞娴楚曲，鸾停凤促按秦声。秦声楚曲时能奏，修态姱容本依旧。静婉腰肢那足奇，绛仙眉黛宁夸秀。云母屏前试晓妆，水精帘外转容光。一声珠贯流清籁，四座心倾各断肠。肠断心倾竞怜惜，五陵公子秦川客。此时窈窕重芳筵，此时绰约传香帘。娇娆声价满东南，媚颊吴娘倚酒酣。三径花繁开绣谷，三春风暖会宾骖。既喜宾骖得贤主，况复佳人行暮雨。绕梁凄切懊侬歌，垂縠悠扬柘枝舞。匪独歌舞占风流，座上诗歌破远愁。红粉时回惊御史，青衫暗湿动江州。青衫红粉当年泪，玉壶美酒尝判醉。有时花落看簪花，回首韶光岂能再。不分春风六十年，华岩小劫逐寒烟。谁吹旧谱江南管，谁奏新声蜀国絃。枇杷花里人虚寂，蕙兰丛畔香衰息。翠羽金钿不可寻，鬓丝禅榻空相忆。相忆相知半酒垆，春花秋月竟云徂。应刘久谢生遥怨，嵇阮难追想旧娱。旧娱遥怨相倚伏，文采风骚已遗躅。蛾眉宛转复几时，鹤发摧残逝何速。嗟余拨触感幽襟，开宝谈来思不禁。丝竹中年悲往梦，美人迟暮叹疏砧。疏砧入梦添惆怅，眉史披图掩花障。可怜啰唝采春吟，可怜金缕秋娘唱。名士倾城总系思，年华如水渺何期。临风一写簪花格，感兴微之与牧之。”忆娘图卷，前辈名流赠诗已多，近绣谷主人属题，余不欲率尔操觚，贻笑效颦也。迟之又久，不得不了夙逋，因拟《簪花篇》共三十四韵。想见当年名士倾城，诗坛酒社，一时会合，别有风流，即令兰衰莲歇，前尘已远，而卷中韵事，历久如新。至红袖青衫之感，枨触旧悰，殆先后有同情矣，用书呈大雅正之。时乾隆丁亥六月望前三日，款云山人顾宗泰题。“宗泰”，白。“星桥”，朱。“月满楼”，朱。“我除搜句百无能”，百。

“霓衫珠襻绀云巾，独立亭亭迴轶伦。若使挥毫偷妙格，也应仿佛卫夫人。”“一朵幽兰带笑拈，美人香草记当年。而今重对惊鸿影，回首红楼意惘然。”乾隆戊申夏日。平江渔父张琦。“张琦”，白。“映山”，朱。“平江渔子”，白。“听涛轩”，朱。“杯宴之馀常居砚北”，白。

“裙屐风流宛昔时，彩云化去杳难追。何人解唤真真画，有客争题小小诗(好)。”“一枝春到鬓云边，尽道呈花脸更妍。不遇才人洪玉父，千秋那得小名传。”“珠喉一串按红牙，好事争迎油壁车。怪煞休文歌六忆，不曾相忆到簪花。”“春风绣谷列金钗，细步纤纤引上阶。六十年来传本事，青衫红袖记苏斋。”竹汀钱大昕题。“臣大昕”，白。“辛楣”，朱。

“舞回艳学踏红绡，衔得琼簪花助娇。不是羊家张静婉，如何贴地转纤腰。”“掠鬓簪花剧可怜，风流占尽自年年。蕙销兰歇人何在，画里崔徽半是仙。”“绣谷藏春客屡过，当筵唱断莫愁歌。而今总入昙花梦，怪底青衫红泪多。”永斋陈初哲题。“陈印初哲”，白。“在初”，朱。“仓■”，朱。

“是谁妙笔写幽姿，乌鬓斜簪兰一枝。料得情缘犹未尽，惹教名辈费诗思。”戊申季夏忆山景安题。“景安”，白。“忆山”，朱。“墨痴”，朱。

“幽兰气味美人姿，旷代名流绝妙词。若使卷中人复见，作何消受卷中诗。”雉皋松园张朝缙题。“缙字毓屏”，白。“张氏松园”，朱。“一片冰心”，白。

“画师词客护婵娟，人去花飞已百年。今日名流犹著句，江南遗事驻风烟。”柴桑陈奉兹。“奉兹”，白。“甡牧”，朱。

“鍊颜玉女乘回风，偃蹇娇服羞槃红。芳园桃李几春日，有花不落长鲜秾。十八鬟堆老鸮色，钗重鬟多簪不得。金井露浓浮素香，镂取轻冰上蝉翼。云旗惚恍春茫茫，草茵湿雨生秋凉。氤氲兰气逐烟雾，海绡一幅遗辉光。望兮不来春又暮，萝带薜衣向空诉。费尽琼瑶知未知，花开花谢长洲路。”稽山童凤三。“童凤三印”，白。“梧冈”，朱。

“殷勤芳意托幽兰，素影蕤蕤露未干。拈取欲簪簪更缓，为经簪后逐人看(属)。”“似玉明纤绝点瑕,额黄半隐鬓如鸦。名园春色纷无数,采傍龙鸾得几花。”“好句分番积更新,西陵油壁久成尘。湘兰澧芷关情甚,千载芳菲是美人。”戊申秋日妙泉山人凤三又题。“薛斋”,朱。

“雾鬓星眸耀锦茵,生绡尺幅现全身。花开绣谷春常好,不见当时度曲人。”“好花香浥露华清,簪向云鬟倍有情。吹气与花浑不辨,背人谁许唤卿卿。”“交翠堂前履迹存,春风疑有美人魂。我来香径凭栏久,何处丛留一捻痕。”“巫峡云飞梦不长,虚传好事有田郎。百年墨客同憔悴,重与殷勤赋国香(空传墨客殷勤句,高子勉为黄山谷咏荆州女子国香诗也)。”辛亥三月既望,水云漫士潘奕隽题。“奕隽”,白。■,朱。“观水室印”,朱。“榕皋”,朱。“孙莲叔赏鉴书画印记”,白。“六华草堂”,白。

“秋娘容与泰娘娇,不信人间有玉箫。自摘庭花自簪鬓,画图一见也魂销。”“娥眉淡扫谢铅华,珠箔银屏小玉家。可惜罗敷浑未嫁,半生间却女儿花。”“从来名士惜倾城,巧样新诗束笥成。莫向风前频展卷,四朝人物可怜生。”“我亦城南杜牧之,年华冉冉鬓丝丝。百年旧事空惆怅,不见云英掌上诗。”嘉庆庚午秋中,陔南老农王梦铨题。“梦铨”,白。

“天然峭蒨,向风前丰度柔婉,玉指纤纤,簪得名花秋顾流转。美人芳草谐幽契,问绣谷何来仙眷。展画图,侬也魂销,漫说那时亲见。多少诗坛酒社,钟情惆怅甚(谓姜莱阳、惠红豆、沈归愚诸老)。佳句题遍,懊恼东风,解妬蛾眉,冷落容消香乱。何时觅得崔徽影,忆梦里尚深留恋。喜者重到吾家,细把卷中人看(此卷蒋家遗失,落于邗江程劲堂之手,蒋蟠猗乃以名人笔迹易还。今为吾□笙华长兄所得,此物终归于吾姓,奇哉)。”道光壬午孟春中浣小樵程凤举题词,调寄《疏影》一阕。“凤举”,白。“小樵”,朱。“美人香草”,朱。

午招袁爽秋(昶)、沈子封(曾桐)、黄仲弢(绍箕)、冯梦花(煦)、刘佛青(岳云)、饮于寓斋,约王廉生(懿荣)、沈子培(曾植)、费屺怀(念慈），不至。

冯梦花言，江郑堂曾以列朝圣训分门编类，蝇头细书，贻阮文达，文达应对得以酬主，知皆赖乎此。后文达总制两广，郑堂至粤，请求无厌，以此失欢，闻其手稿今尚在浙中一人家。

竟日未出门。王胜之、张伯纳来谭。胜之重摹《簪花图》极精。（初九日）

伯纳云家藏有薛素素书《千字文》，顾横波画兰扇头，金礼门梅花士女，自题《暗香》、《疏影》词于上，小楷极精。又云明女郎□□画兰册。他日当欲一饱眼福。

《随园诗话》记邹泰和学士事云："先生戊戌翰林，和雅谦谨，有爱猫之癖。每宴客，召猫与儿孙侧坐，赐孙肉一片，必赐猫一片，曰：必均，毋相夺也。督学河南，按临商邱毕，出署，失一猫，严檄督县捕寻，令苦其烦，用印文详报云：卑职遣干役四人挨民家搜捕，至今逾限，宪猫不得。"标尝闻潘文勤师亦有猫癖，每食无人同坐，惟一猫必在傍，时撤席中馔曰，一肴送夫人席，一肴饲某猫，必相均也。

家蓄一猫，为野犬所嗾而死，作诗以哀之：

"不知尔本生何所，随吾奴来便不归（猫于庚寅冬为小奴刘升抱来）。痛此残躯遭虎口，朝来犹梦压衾衣。

终年相伴爱谁如，辄办晨餐二寸鱼。听此跳梁声渐出，从今谁护一床书。

短尾狸斑两耳苍，嘤咛声细眼含光。搴帷从此无行迹，明月花枝任过墙。

教猱升木吾何罪，舍肉呼鹰计本愚。悔不《中山狼传》熟，竟教野鹜逐家凫（犬来时将饿毙矣，家人欲梃而逐之。余怜其无主也，饲以饭，不忍驱之去，不三日而有此祸）。

磔鼠张汤事有之，班书儿岂早能知。晚灯伐犬偏成论，泪湿淋浪笑汝痴（阿聪十一岁矣，闻猫毙，痛哭者再，黄昏忽自成《伐犬论》一篇）。

开卷真教一惘然，画图谁与貌唧蝉。生憎二狗崖柴日，断送仙哥返洞天。

妙绝金陵老雪鸿，七狸花底写何工。谁知一夕题诗遍，别有闲情寄此中。”

晨至龙泉寺公祭文勤师灵南归。至秦佩鹤前辈处，贺令孙翦髻之喜。复至馀庆堂赴同年公请。归，屺怀、季度来谭。暮赴伯唐之招。（初十日）

上午未出门。下午，胜之偕姚代畊来（谷，桐城人）谈。晚赴彦和之招。（十一日）

晨起，贺仲午女、子嘉女剃头。午赴仲午福隆堂之招。复赴伯唐聚宝堂之招。薄暮送邓仲容表妹行，即归。（十二日）

《琅嬛记》："试莺以朝鲜茧纸作鲤鱼函，两面俱画鳞甲，腹下令可藏书以遗，宋迁尝有诗云。"

晨起，未为一事。以车迎胜之来，午饭后同至张伯纳家，欲偕往观畿辅先哲祠所藏前贤墨迹，不值。候蔚若前辈，观其所藏恽册（花卉、山水合装）。又《青林高会图》，有赵凡夫、黄贞夫、张伯超，皆前见忘记于册者也。又宋石门《辋川图》，长至几丈，全学山樵，为平生杰作。戴文节卷亦佳。查梅壑卷，书画皆不甚精。刘文清书国史某公传，以高丽纸，界朱丝，作小楷，精美绝伦。石谷大幅山水，是其本来面目，余藏刘彦仲为滕太夫人八十寿画横幅，蔚丈处亦有一幅，本系合璧，今各有其一也。（十三日）

上午未为一事。午后偕伯纳、胜之同至畿辅先哲祠观所藏书画。有史阁部、杨椒山真迹卷，有李成《寒林图》临本，孙退谷跋，图作老树群雀。馀有扇头约百馀，皆精美。（十四日）

晨起，赴彭子嘉之招，作叶子戏，为长夜饮，归已天明矣。（十五日）

晨起，王幹臣来（仁俊，吴人，辛卯举人）止余家，见其所著《尔雅札记》，颇精谨。尚有康长素（祖诒）、孙□□（同康），皆有著述已刻。下午谒子密年伯、郎师，候胡绥之，乃新从南中来者。

见朱昂之山水卷八，临各家而不能脱自己窠臼；画花卉卷二，颇学白阳、青藤；临陆包山设色山水卷，列为陆西山（祐）笔墨；又张研樵临杨子鹤蔬果卷，亦精。皆南中友人带来，欲求价者。（十六日）

晨起，迎胡绥之来宿余家。下午，木斋来谭。晚为绥之、幹臣具酒馔，极尽欢。（十七日）

六日中未记一字。（十八至廿三日）

晨起，至凤石前辈家，少坐即同出门至通州。行二十里，至双桥打尖，又二十里通州城外，宿恒裕店。潘文勤灵柩到河边下船，拜送者除通州通永道以下，门生则标与凤石前辈二人也。见杨艺芳观察，晚间送菜一席来。（廿四日）

天明即起，拜艺芳，在署中小坐即归。仍至双桥尖，行十里，至长吴义园一看，老屋数间，犹完整也。午后抵家，即至安徽馆观剧。赴张君立（权）、王翼北（崇燕）之招。（廿五）

至屺怀家，观其所藏书画：

宋元集册一

　欧阳修（札），李东阳跋三纸，翁覃溪题两绝句，小楷如蝇头

　陶九成（诗）

　富弼（札）

　李大防（札）

　傅朋（札）

　山谷（札）

　苏东坡（札二，一佳，一涂描失神）

　朱文公札子（上阙）

米元军[按，当作晖]《海岳庵图》卷

文衡山小楷各种卷（共六段）

李长衡冷金笺山水小卷

吴梅邨《雕桥庄图》并诗卷

查梅壑《百尺梧桐阁》卷（为汪蛟门图，有渔洋题诗）

王奉常临宋元六家山水大册九页（自题三纸，详见《庚寅日记》）

王石谷、恽南田合璧山水册（墨笔）

子久（有对题），柳（石谷补飞鸿远山），营丘寒林（有对题，误以贾秋壑诗作董文敏），子久，潇湘图一片石，悬崖溅瀑拟晞谷，元人

宋拓《张从申玄静先生碑》（翦本，脱去“学”字）

泰山廿九字（吉日癸巳。共三拓，有孙渊如题）

颍上《兰亭》（有梦楼题）

砖塔铭米残本（杨大瓢题，附有梁寺墓志）

又（有梦楼题，陆谨庭物）

翁覃溪手装《郑固碑》（翁题极多，评《郑固》为汉隶第一）

《昭陵图》跋（有国初诸老题）

薄暮赴张巽之招，同坐有任逢辛、徐堲芙，酒罢作狭邪游，如入罗刹国中矣，一笑而归。（廿六日）

赴屺怀诸同年之招，晚赴子嘉之招。（廿七日）

晨起，未出门。下午赴戊子同榜团拜。又至锡金馆见秦叔固、宗子戴。

得辽写经刻残石，又舍利塔砖一，共三金。

有朱启勋者，字又笏，宜兴人，乙酉优贡，己丑举人，为堲芙同年。叔岳，能诗，堲芙传诵其丙戌下第四律颇佳也。（廿八日）

午后进城，见曾孟朴（朴，常熟人，辛卯举人），畅谭。孟朴为郎师之婿，其尊人君表先生又与又吟叔祖同年，学问渊雅，所撰《补后汉书艺文志》已有成书矣。（廿九日）

【光绪十八年壬辰三月】

今日己丑团拜，竟日观剧，半夜始归。（三月初一日）

竟日未出门。午后燕秋来京，仍住余家。（初二日）

郎丈招饮，复为韶臣、学东、康民公祝于长吴馆。（初三日）

竟日未出门，亦未为一事。薄暮至木斋处饮，同坐有廉生、芾卿、仲弢、梦华、佛卿、静皆。（初四日）

竟日未为一事。晚饮于聚宝堂，同坐戴伯和、吴蔚若、艺郛、胜之、咏春、佩鹤、韶臣。

从吴冏斋转乞得丁修甫所刻《清仪阁题跋》，皆叔未所见金石碑版等跋，大观也。

翁幼申来（炯孙），见贻常熟孙君培（同康）所著《师郑堂集》四册，略一检阅，似不甚精卓，且多头巾气。

曾孟朴来，未见。

翁印若来，云所收吉金文多至二千馀种，可云大观矣。又云朱拓思古斋《兰亭》、《黄庭》及《散盘》、《曶鼎》二拓，售者须二百金。

林颐山来（字晋霞），未见。答之，与谭，大约说经家，朴学人也，年已老矣。

华亭沈惟贤所著有《后汉匈奴表》，已印有成书矣。（惟贤号思齐）

康长素所著《新学伪经考》可与廖季平同年所著书匹，拟古则近方植之诸家，然尚恐不如也。（初五日）

天明知会房已无分矣，然知所得者皆丙戌、己丑两科名手，今年获隽，必多宿学，可操券也。（初六日）[按，此条天头曰：得家书。]

午后送幹臣、燕秋入考寓，即归。晚作家禀。

天明即起，至举厂送考，为诸友代接照入签，至午初始进砖门，拥挤殊甚，皆为考具所累也。

陆慎伯送来其尊人存斋世丈《金石学录补》，原书为嘉兴李氏遇孙撰，存翁又补辑明人及国朝人，共四卷，合李氏所辑，共得八百馀人。然国朝不录黄小松、李铁桥、张力臣诸人，殊不可解，或李书原已录入矣，俟考。（初七日）[按，此条天头曰：得家谕、晋峤书。]

晨起，忆梦中所见王觫仙画花册，绝精，其设色、行干、配合皆出人意料，题句亦绝佳。忆其画优钵昙花在册之一角，设色淡红，艳丽逾常。又画一雁来红，披拂满纸，作淡赭、淡黄两色。又画一草，似禾叶，稍阔，先画淡叶，继画稍浓叶，又画极深绿叶交加其上，亦画稿中罕见也。又画游蜂数纸，题句极新，惜不能记忆矣。他如梅柳桃杏皆有，画以寻常面目，故不记忆。柳叶极细，用深绿飞笔点出。毓仙非善画者也，何以能如此之工，结想之奇，一至于此。

竟日未出门。下午，日本国钦使大鸟如枫（圭介）来，随携翻译官郑永昌，谭片时始去。手贻石印《高句丽好太王碑》，并附渠国亚细亚协会所撰《高句丽碑出土记》。大致言碑出盛京怀仁县，地名洞沟，碑文刻四面，高一丈八尺，前后广五尺六七寸，两侧四尺四五寸。碑文南十一行、西十行、北十三行、东九行，通计四十三行，每行四十一字，大略一千七百五十九字。碑文前后无款题，后无年月，字体古拙，略似《嵩高灵庙碑》，又似《皇兴三年赵琍造象记》。文分三段，首叙立碑始末，次叙好太王武功，末叙好太王遗训。好太王者，高丽第十七世主也，事迹于中国古书可考证者，《三国志》、《梁书》、《太平寰宇记》、《宋书》、《读史方舆纪要》、《满洲源流考》。其字有[illegible]、[illegible]、獖、[illegible]、徭诸异文。碑当建于中国晋元康四年甲寅，距今已一千五百馀年矣。

晚，胜之、彦和来谭。（初九日）

晨起，未为一事。午后至郎师处谭。至举厂见燕秋三艺，皆佳。（初十日）

竟日未出门。写楹帖十副。以新得辽刻经残石及宋贺世耸常讲记拓本贻徐叔鸿。

阮文达仿制散氏盘，今在吴愙斋世丈家。（十一日）

竟日未为一事。（十二日）

上午检查旧藏杭本《水经注》，有狄道陆氏芝田句读、校语，颇精，间有王氏家齐补校之处，校在四川学使署中，时记壬戌、癸亥之间，不知陆为何如人也。顷读洪北江《伊犁日记》，有记过甘肃时狄道陆文学芝田来谒之语，始知陆于嘉庆五年为学官，越三年乃为四川学使幕宾，当亦一学人也。无洪氏一记，几不知为何等人矣。惟王氏不知为何人，俟考。

午后至东交民巷泰西杂物铺购各物。至举厂见燕秋经艺五篇，皆佳。（十三日）

昨梦至荡口义盛庵中，梦境极奇，非偶然也。因思吾外祖母为明日八十阴诞，或有此示兆也。

燕秋贻汪氏艺芸书舍重刻元泰定本《孝经正义》，后附毛氏影抄宋本《孝经释文》，刊于嘉庆二十一年丙子，每半页十行，行大十七字、小二十三字，字画斩方，与所刊《仪礼》单疏同一精善，惟单疏人皆知之，此刻则罕见著录。按行款字数即《平津馆经籍记》所云宋十行本也。

日本横井忠直所撰《好太王碑考》云，韩史（指《东国通鉴》、《三国史记》等书）逸名，故所谓甲寅不知当何代。标按，《东国史略》中川王然弗薨，子药卢立，在晋泰始六年庚寅，以碑文“永乐五年岁在乙未”推之，则好太王名药卢。药卢之纪元名永乐，永乐即位在庚寅，与五年乙未纪岁正合也，是好太王名药卢无疑矣。《史略》又云，肃慎侵高句丽，屠边氓，王遣弟达贾伐之，拔檀卢城，杀酋长，封达贾为安国君，今碑文云六年丙申王躬率水军讨利残国，首攻取台八城、臼模卢城、若模卢城，是《史略》之所云檀卢城者即模卢城之误也。惟《史略》云王遣达贾，今碑云王躬率水军，似事相矛盾。然碑有云八年戊戌教遣偏师观帛慎土谷，又十年庚子教遣步骑五万，似即遣弟达贾之事。《史略》云“肃慎”，当即碑文之“帛慎”，帛即息字，息慎即肃慎，郑君■书■注可证。碑文云二九登祚，卅九宴驾，似在位十年，然碑文下明云廿年庚戌，则“卅”字或为“卌”字之缺文。汉石经《论语》“年卌而见恶焉”，《孔龢碑》“选年卌以上”，皆与“卅”字相近。《史略》云西川王药卢薨，在位二十三年，太子相夫立，在晋元康一年。按元康元年岁在辛亥，药卢即位在泰始六年庚寅，自庚寅至庚戌凡二十年，以相夫立于辛亥证之，则药卢王在位正二十年，适合二九登祚、卌九宴驾之语。是《史略》作二十三年者，“三”字衍文也。碑文云，以甲寅年九月廿九日乙酉迁就山陵，于是立碑铭记勋绩，则此碑越药卢之薨五年而始立也。碑有云,“将残王弟并大臣十人旋师还都”,以文字定之,似俘百残王之弟并其大臣十人。以《史略》证之,王弟者当即达贾,并非俘百残之王弟也。今以《史略》数事证之,则好太王者,塙即西川王药卢也,碑立于甲寅者,塙为晋元康元年之甲寅也。横井氏尚疑为蜀建兴十二年之甲寅者,非也。其他言高句丽事,中国古书中尚多,当续考之焉。(此稿拟寄日本横井忠直)[按,此条天头曰:即日本应神天皇二十五年甲寅也。为神功皇后三十四年之甲寅者,非也。]

碑云甲寅年迁就山陵,是距王卒五年矣。按《文献通考》卷二十四《四裔考》,高句丽死者殡在屋内,经三年,择吉日而葬,是彼国之俗本如此也。

竟日未为一事。晚灯为《好太王碑跋》。(十四日)

竟日未出门。(十五日)

晨起,即赴木斋、静皆之招,为陪郎师。于木老园中见一商爵,为文后山物,爵坐■面皆刻字,精甚,皆张叔未书也。(十六日)

惠半农批《楚辞》。

徐兴公校《文心雕龙》。

惠半农《后汉书补注》底本(有顾千里跋)。

临毛校《春渚纪闻》。

明初本《图绘宝鉴》。

《纂图互注论语》。

婺州本二十行,二十七字,五经上有音义(即靖江本,或名澄清本)。

数日为接场及团拜事,并日记亦不暇为之矣,可愧。

晨起,至安徽会馆为戊子南榜团拜事,余经理之,与辛卯南榜合办,帮戏价四十二两,菜价七十八两,至晚间丑正以后归。任劳任怨,所不敢辞也。(二十日)

竟日客来。下午候陶心耘,见其场作,颇佳,手录之。(二十一日)

午请诸亲友之下场者,共三席,于广和居。下午至琉璃厂,略购各书归。得朱刻《棠阴比事》、旧抄八十卷本《石头记》，罕见之物也。(二十二日)[按，此条天头曰：系桂氏重以活字本印行，非朱本也。]

《北苑潇湘图》曾归毕弇山，见《灵岩山人诗集》卷二十八自注诗。

竟日出门拜客。(二十三日)

竟日出门。(二十四日)

招诸友于广和居晚饮。(二十五日)

苏府大接场于安徽馆，晚归。(二十六日)

天雨竟日，未出门。胜之、康甫来谭。(二十七日)

黄荛夫记校宋明抄本刘子《新论》，有记宋刻面目，分数端：曰装潢(二册，根号乾坤)、题签(《刘子新论》宋板神品)、图书(第一册副页上，第一页一行上，目录第一页一二行上，卷一第一叶一二行之中，卷五第三叶末行)、叶数(目录二叶、卷一八叶)、版心(白口上记大小字数)、小耳(记每章章名于每叶叶尾栏外上方)、实存(宋刻□叶、钞配□叶)、行格(此条余添记)。

此条校书可仿而行之，惟尚少行格、字数一条，今补入。

【光绪十八年壬辰四月】

数日来无非酒食征逐而已，未能坐定一刻也。(二十八至四月初五日)

今日至承定门外石榴庄苏太谊园祭范文正公，至者有十馀人。归，至南淀四合茶馆小坐。(初六日)

十一日看红录，知幹臣中二十名，其馀林晋霞(颐山)、屠静山(寄)、杨仁山(楷)、汪穰卿(康年)、吴冏斋(士鉴)、袁渭渔(宝璜)皆知名之士也。寄家书。

不记事已十二日矣，不知何以忙至如是也。(十八日)

上午未出门。下午出门拜客。(十九日)

竟日拜客。灯下阅《申报》，知尹伯圜父子、幕友、女仆皆为王姓一仆刺死于湾头镇舟中，岂非奇事！可怜可痛，世事尚可言乎！(二

十日）

出门候王廉生前辈，不值。见黄季度，出示新得唐人写经一小册，后有铁梅盦吴谷人诸题，红丝阑，字体古拙，厚重可爱。孙雪居大幅山水，仿米氏父子。（二十一日）

此日无事可记。（二十二日）

午赴木斋之招，见李洛才（智俦，新选龙山县知县）、姜颖生（筠，辛卯举人，安徽人，善山水）、文芸阁，与芸阁畅谭至三鼓而去。芸阁拟古宫词四首，颇可诵也。复与木斋谈至天明始归。木斋出示大尉迟设色天王像，直幅而改装卷者，宋代已然矣，后有内画库装臣结衔，多各玺，有数跋，旧为方子箴梦园中押库物，今求售矣。又边学绍《百鸟朝皇图》卷，画手尚精，非真本也。（二十三日）

午后拜客，未为一事。（二十四日）

竟日未出门，未为一事，因循可叹。（二十五日）

木斋出示毛抄十行十八字《谢宣城集》一册，外韬犹毛氏旧物也。

午后至中左门接殿试诸友。初上阶，为步军所呵，不使止足，后渐人多，亦不能禁止矣。与佑三谭，见杨研芙前辈（士骧），其馀熟人甚多也。（二十六日）

晨起，未为一事。午后出门贺张伯纳弟喜、许子原之郎喜，拜翁师寿，即归。购气枪一枝，以练眼光。（二十七日）

章硕卿贻张叔未榼帖一付，篆书剧佳。

【光绪十八年壬辰五月】

自二十八日起至十一日止未记。

今日至城内祝昆师母寿，答谢端甫大令（裕楷，大兴县令），谢亦出周郁斋师门也。

冏斋得榜眼，为之大喜。

见屺怀新得玄宴斋刻本《十三行》，字体与《张猛龙》、《瘗鹤铭》相出入，始悟晋人作字本与碑体为近，经唐人钩摹、宋人伪造，碑与帖几如水火，得见此帖，可云调人。

山西张敦厚，余字之曰重卿，贾得京师，与余极相得，两年以来为余料理出纳事，甚感之也。近为迎母计，慨借二百五十金，一无可惜，真挚人也。读龚定公《刘三》诗，犹觉其薄耳。（十一日）[①]

章硕卿来谭，言张英川有影元抄《名臣事略》，字仿汲古阁抄本，至精，旧为冯卓儒观察藏，今归乃弟章小雅矣。小雅亦好藏书，闻近病甚剧，藏书百箧，书画数箱，欲尽归他人矣。《名臣事略》，缪小珊前辈亦有一抄本，亦出张英川藏，有沈炳垣三次手校，然抄字不甚精，又从抄本抄出也。（十二日）

下午，印若来谭。未为一事，惰甚矣。（十三日）

数日来检行李，将南归矣。十五日午门坐班后，至郎师谈，贻五十金，作迎养资。十六日未出门。十七日遣刘仆至通州，托通永道杨艺芳雇船。十八日午后至通，同行者有胡绥之、孙燕秋两孝廉、章硕卿大令夫妇，各分两舟。晚，杨观察送肴一品、点心两盘来。（十八日）（雇两艕子船，每船价津钱六千七百八十文，官价也）

天明开行，风大不利，未能速程也。晚止香河。（十九日）

“三年相望海东头，千里邮书懒远投。一自长安人海里，无从花底解香驺。

红杏花开闹满城，春风吹过太无情。分明一样霓裳曲，未必人间尽解声。

杯酒论欢月几过，倾城名士怅关河。座中忍出崔徽卷，奈此亭亭小影何。（余要至府，出《张忆娘簪花卷》示君，君欲借观，未能也。）

共约同舟竞后先，潞河几夕亦前缘。东风力紧篙师懒，可惜琵琶不过船。

六法依稀画院空，百年谁与辨宗风。不才事事无专学，独写秋山恐未工。

---

① 按，此条可与本书光绪十七年辛卯八月十四日条参看。

坐席香留已月余，漫将尺素托双鱼。聚头扇写同心句，当作河梁寄友书。”

写山水箑，复题此六绝句，寄盛夔臣孝廉（昌颐）。

日来写字易错误，往往不能自知，此以前未有事也。岂精神未能贯注乎？年仅三十三，未能云衰也。

竟日行百馀里，晚泊，离天津仅二十里矣。章硕卿一船未来，云为误撞粮驳船，大为所窘，不知如何也。途中遇一轮船吃水甚浅，明轮在船尾，然下水亦不甚快也。（二十日）

天明即至紫竹林上岸，先住中和栈。见翁寅臣（顺孙）、杨仁山，闻新裕即日开，即买票。大餐间一人来回银六十两，约洋八十五元八角。大餐间在船头，仅四间，余住其一。余一斋来候，约至裕泰饭店。孙仲英来候，约至义和成。两处归已十二钟矣，即上船，统舱一人十两五十八钱，约洋十五元。（二十一日）

天明四点钟开行，风虽不大而浪甚涌，卧不能起，仅小餐而已。（二十二日）

晨风稍平，巳初抵烟台。下椗，寄盛夔臣书画扇并与杏荪观察书。下午三点钟开行。同船有沪妓武月仙及王赛珍，来就谭颇欢。晚与赛珍谭至夜半，赛珍久倦风尘，将择人而事矣。（二十三日）

竟日行，风稍平。晚与月仙、赛珍谭，颇不寂也。（二十四日）

晨八点钟即抵岸，住同庆公栈。午后至静安寺。晚餐于一品香。见玉峰、赋秋、稼秋诸君。（二十五日）

晨，张炳华（其锦，无锡人）招饮于一家春，与寅臣同席。午后至静安寺。晚赴朱翠卿家饮，为孙文卿之招，呼张黛云来。黛云虽新识，其婢系旧知也。又赴吴楚臣之招，在张二宝家。是晚即止黛云家。晚看马戏。（二十六日）

上午赴淡平一品香之招。午后，张君烈（权）来招饮于华丹舫家。是晚仍至黛云家，作竟夜谭。（二十七日）

午赴唐杰臣之招，在渠家中。午后至静安寺。晚招玉季、杰臣、

君烈诸君饮于黛云家。又招王益甫及玉季、紫黻诸君再饮于林文仙家。在清和一弄，归仍止黛云处。（二十八日）

晨起，顾船，以小轮拖去（船四元，轮八元）。下午四点钟上船，送者有炳华、文卿、友竹诸君，黛云亦上船来送。五点钟开行。（二十九日）

【光绪十八年壬辰六月】

午十二点钟，船到娄江新桥巷，上岸。见母亲、大嫂。下午出门，候我庾、叔鹏。（六月初一日）

上午出门拜客。（初二日）

数日来酬应酒食而已。费年伯招饮，招陈玉卿、叶韵兰来。（初三日至初六日）

晨侍母亲至荡口，晚到。（初七日）

午后至濠桥墓，进丙舍，哭先外祖母之灵。（初八日）

竟日人以书画来售者不绝，得椒畦画册，极精。（初九日）

辞舅母，仍侍母亲回苏。（初十日）

赴程锡如、杨芝生之招，在吉公祠，余招陈玉卿来。（十一日）

午约潘济之（祖谦）世叔、朱文川同年（秉成）、陆介眉（同寿）观察、沈兰台同年饮于吉公祠。见窗户间一蝶不飞不动，翅作深黄色，群婢欲捉之，余止乃已。（十二日）

午赴济之、介眉之约，仍在吉公祠。[按，此条天头曰：招叶韵兰。]见昨蝶尚在，大奇之。兰台曰：莫非仙蝶乎？盍饮以酒？群婢仍欲捉而玩之，余与兰台放诸门外，仍不飞去。须臾酒来，兰台以匙酌酒就之，即舒须于酒中大饮，始知真仙蝶也。视翅有缺痕，且有毛，与旧说合。余以杯酒就之，亦仍舒须饮，久方飞出窗外。须臾寻之，已无踪矣。奇缘奇遇，平生未有。王胜之同年曾遇仙蝶于潞河舟中，故自号曰“栩缘”。余今所遇岂亦有因缘乎？何不遇于都中，而特于三千里见之？实为奇事矣。（十三日）

是日饮于城中。(十四日)

是日饮于城外。为锡如、毓泉、郑子厚主人。(十五日)

是日饮于城中。(十六日)

午后起程,自母亲外有四五两姨、大嫂并两侄之女及祝心渊、吴念椿、徐福生世兄,并男女四仆。有周翠娥者,旧章台柳色也,今已过二十矣,附舟而来,与谭,颇有盛衰之感。以四十五元顾三大无锡船,以一小火轮船拖之。(十七日)

午后抵沪,即止同庆公栈。晚与友竹饮于一品香。(十八日)

晨,大哥自江宁来。自此日以后终日醉饱,不知谁为宾主也。略记数人于后:张炳华、杨子萱、蔡紫黻、何熙伯、倪墨耕、周鞠坪、苏稼秋、徐咏梅、许楚卿、汪友竹、汪季友、苏玉昆、金逖泉、沈子枚、钱君研。(十九日至二十五日)

廿五日晚上丰顺船,用大餐间四间,房间二间。船中账房为刘晓岚、高昼三。周翠娥、张黛云来送至船上,天明始去。(廿五日)

终日风平浪静。

翠娥颇依依有眷恋之色,然先有黛云之约,不愿背之。黛云贻金约指一枚,上刻所姓及生年月日,余报以唐双至鱼符及一纸约。黛云去后,翠娥始迟迟而行,颇为之惘然也。

若汀表兄来,言有一妓能口诵唐诗如流,略知吟咏,字虽拙而不俗,有一姊亦能诗,三年前死矣。若汀曾选其两人诗并诸人投赠之作为一卷,持示属题,余即用其集中(集名为《碧桐花馆》,乃姊集名曰《绿么韵语》)《寄怀八绝》韵题之,诗录于后:

“烛泪痕多酒浪深,向谁相爱抵兼金。一函小草诗千首,已动刘郎鼎峙心。

桃花扇底约何期,两字鸳鸯未许知。欲上眉楼羞独嫁,匆匆忍过绿阴时。

不随弱絮任飘零,不看楼头柳色青。为过芜蘼山下路,故教沧海未曾经。

斑间风急月凝霜，小妹青溪未有郎。冷煞绿么花十八，银筝谁与斗鸳鸯。

珍珠十斛郎可留，媚香谁筑高高楼。愁红怨绿不知数，碧桐花馆多新秋。

云裳月扇茜露披，不写风怀侧艳诗。尽有迷香屏九曲，谁能题遍买春诗。

司勋已老旧知名，谁分相逢有此生。别见奇怀成辣手，居然敢筑五言城(集中自言五言绝最难而能工)。

谁与闲窗一斗瓜，新诗和罢月西斜。玉梅有影波心定，羞绝西天称意花。”

妓曰周爱卿，寓会香第二里对门，福临里第四百九十七号门牌。(廿六日)

竟日风静如平地。晚过一山，舟人指名曰北佘山。(廿七)

在苏州饮余者为费幼亭年伯、潘济之世叔、陆介眉观察(同寿)、沈兰台、子良两同年、朱文川同年、韩毓泉、程锡如、蒋子祥、郑子厚、汪夔卿表兄、祝子安姻丈、杨芝生。

天明至燕[按，当作烟]台泊。午初开行，风甚劲，皆卧不能起，有呕吐者。余起啜粥三盂，睡。(廿八日)

天明至大沽泊。下午进泊，至唐沽起货物，闻因水涨，轮船不敢前进，即泊此处矣。(廿九日)

晨起，顾一大膀船装行李，径至通州(价十八千制钱)。自侍母亲及诸亲友上唐沽马头，属中和栈接客，顾轿三乘，接至火车候坐之厅事(每轿值制钱七百五十文)，略待至八钟三刻，车来即上车，坐头等房(每人制钱二百八文)，九钟三刻开行，十二钟到紫竹林，即顾轿至中和栈(每轿制钱五百文)，知沈子梅遣人至唐沽来接，并借大沽驳台罗耀亭军门小火轮来迎，皆不及矣。午后拜客。(卅日)

【光绪十八年壬辰闰六月】

潘子静、汤伯硕、沈子梅、佘澄甫、余易斋(思诒)皆来答拜。竟日未出门。(闰月初一日)

上午未出门。下午至电报商局候易斋谭,为刘鉴明(绶琪)作书与唐杰臣。晚,伯硕招饮于周竹卿家,为伯硕画扇,且为诸女郎写楹帖,求者纷集,墨尽始罢。即辞伯硕,至天华境园观西戏,为易斋所招,并家母诸姨皆在焉。(初二日)

上午巳正上船,另顾一大艕,有四舱位(值制钱十四千五百),共合两艕,托张楚宝向罗军门借一小轮船,拖至北河而止,已过大溜,可施篙纤也。是晚宿杨村。(初三日)

风顺而水逆,船甚迟,晚泊河西务。(初四日)

"不遣新愁生绿叶,漫教旧事比红儿。蘼芜已瘦芙蓉老,写尽司勋本事诗。

飞龙瘦骨今彊弱,函枕深秋玉鲽凉。一样情怀分冷暖,不妨新谱订鸳鸯。

愁痕隐隐上眉棱,看著河阳半臂绫。莫怨萧郎騧白鼻,妾家原不住西陵。

火叶风轮出道家,恨谁灵诀走雷车。长房大有壶中术,天女无须一散花。"

并蒂青梅味总酸,三楹龙树[按,以下原缺]。

天阴,时有雨,凉可御夹衣。竟日行百里,泊。(初五日)

同治中年,吴门名妓张少卿一时照耀,上自公卿,下至乡曲,无不知有少卿者。曾有人为绘《簪花第二图》,效忆娘故事也,题者皆集《簪花图》卷中诗句,其馀诗词佳丽不可胜数,见于同光年间诸老集中不少也。

清微女道人画兰,仿青藤、白阳,不似明季马、薛诸女郎,又不似周棐几、文停云,自是一辈作手。余向见一扇头于荡口黄家,欲得不可，今年过荡口，有人来售两幅，墨采飞越，亟购得之。题款两行，效《灵飞经》，笔力稍弱也，有印曰"韵香"，又押角一印曰"鲜侔晨葩"。韵香已早入画家传矣，然见其笔迹者罕，以生不出里门，又无王伯谷诸人之提倡，《空山听雨图》亦不传于世，数十年后当更难逢矣。

《簪花图》除今存卷上诸五十馀家外，见于诸人集中者不少，潘文恭诗集中有二绝，今卷中未有也。

王紫诠送来所著十馀种，中言洋务，自言虽不通其语言，然颇明各国之性情正伪，自非欺人语。前在香港为《循环日报》馆主笔，颇知大体，其报纸因礼拜日停印，改题曰《房虚星昂》，四日停送，即此一端可知下笔之有分寸矣。

曾文正于庚午十二月日记有曰："记性日坏，寓目之事，顷刻即忘，因立记事册，于应记者逐日略记一二，从本日为始。"标按，是时公已六十矣，余仅三十三，而记性之坏，过目过耳无有不忘者，将何以处之？记以自愧。

余自庚寅春一病之后，记性顿改，即西人所云已坏脑气筋也，可不惧哉。

石芸斋所作《房山石经访碑记》亦伟观也。见曾文正庚午二月日记。石芸斋不知何人也。

竟日行，下午抵通州，即遣人至道署，与艺芳观察要轿役夫马。晚，观察送菜来，应明日轿车夫役皆已豫备。（初六日）御者弗三马来接。（初六日）

晨起，杨观察遣人来照料行李，并大轿三乘、轿夫二十四名（每日每名京制钱二百），以一日算共钱四千八百文。又轿夫短驴十二头，每头京制钱一百，共钱一千二百文。轿车四辆，每辆京制钱八百文。二把手小车七辆，每辆京制钱八百文。皆官价也。午后一点钟抵家。是日天微雨，马行石道，车行甚苦。（初七日）

午后至南池见郎亭师，畅谭。（初八日）

两日未为一事。（初九、初十日）

拜窸斋丈，见新得宋元集册七十馀页，半皆精妙。又李竹朋《乐元集》，册册亦有佳者。（十一日）

数日除酬应外，即困于酒食。（十二日至十六日）

今日稍闲，写楹帖。午后至窸丈处，见国朝六大家画册。烟客只一帧，馀皆两帧，张雨生旧物，有翁叔平师一题。又戴文节临古十二帧，绝似石谷，为沈韵初物，今归徐小云。王石谷临山樵《秋山萧寺》长卷，即与其弟子顾文者，有王廉州、烟客二题，查梅壑一题，查题引首曰“黄鹤传灯”。石谷此卷脱尽已笔，真与宋元人血战矣。又麓台墨笔长卷，临大痴，有王异公一跋。石谷卷旧在荻巷闵家，然有章紫伯一印，或转归闵氏也。麓台一卷则旧为顾子山先生物也。又见窸丈自临任渭长册二十四帧，戴文节十二帧，皆精美，可称能品也。（十七日）

“微言已绝大义逸，六经荒芜诸子出。便辞巧说善逃难，碎文广义嗟间诘。群书充栋卷束笋，写钞繁琐易刀笔。唐宋以还尚梨枣，鼎新绣梓盛闽越。朝成著述暮风行，莫怪读书读更拙。阁庐精诵事犹多，随月移床兴亦好。

万树琼英压草庐，月明如水夜窗虚。此中自有奇人在，不学寒斋冷著书。卅载开图一惘然，少时意气玉堂仙。书史久亡诗客老，教人犹忆道光年。

新说惊人大义■，后来学派更何趋。先生合写传灯录，独开荆榛示坦途。

披图别自感孤寒，亦有奇书午夜看。廿载机声灯影里，忍教史笔废铅丹。

过江名士题诗满，濯足填词各有图。同是少年好风趣，襟怀毕竟胜公无。”

是日侍若农师天宁寺之饮。（十八日）

是日晚饮于广和居，吴冏斋之招也。（十九日、二十日）

是日郎师招饮，同坐费方伯（槐森）、若农师、杨蓉浦、启承之两前

辈、王子裳太守。（二十一日）

是日鞠师招饮于天宁寺。（二十二日）

约胜之、印若来作画社，竟日余成四扇。（二十三日）

三日未为一事。（二十四、五、六日）

画社第二集，晚方散。（二十七日）

晨起进城。午后至王廉生前辈家，见吴越钱氏写《妙法莲华经》七卷，金光耀目。孟蜀王鱣祥书《莲花经》残卷，唐人写《七宝转轮王经》卷，字体与余藏小字《莲花经》残卷同，有韩氏逢禧一跋，云夜曾放光。又唐人写残经，为刘文清藏，字体古拙如刀刻，前尤胜。又蜀琴泉寺残经册，字体疏散，远不似《莲花经》谨严矣。（二十八日）

毕秋飒《寄家书》诗曰："笔到下时言易尽，封当缄后事仍多。"真碻语也。

【光绪十八年壬辰七月】

数日未为一事。（廿九、七月初一、初二日）

约胜之、印若、屺怀来，为师鄦室画社第三集。（初三日）

午，窸丈招饮于广和居，同坐维胜之及吴慎生（鋆）。下午，窸丈来谭。（初四日）

窸丈云新得南田设色幅，为石谷之父所作，精品也。又闻有文征仲画丛兰长卷，在吴慎生家，拟归窸丈矣。许赠三百金。

送窸丈行，在齐化门外弥勒院见文兰长卷，丰致独绝，石皆作飞白，末以别纸自写一跋，又明人一跋，馀有两跋，皆不甚著名也。同时并见蓝田叔画兰长卷，系王廉生前辈物，今贻窸丈矣。窸丈云见廉生有王禄之画水仙长卷，学赵子固。（十五日）

下午至琉璃厂，见王禄之水仙卷一，临本，首题四字，似真迹，当即从廉生本出也。（十六日）

得乾隆年仿澄心堂纸十五幅，皆蜡笺描金，画有山水花草，皆精绝。纸角有一木记，隶书，曰"乾隆年仿澄心堂纸"。

见董香光设色仿大痴卷，纸本，高八寸八分，长七尺二寸，自题一诗曰："密树含春雨，荒山带晚云。仙家住源坞，城市一溪分。"玄宰。"董其昌印"，白文。许以三十金，未知肯脱手否。

晨起，至屺怀处为画社第五集。余临恽、王合璧一册，计八叶，又画四扇。屺怀夫人为余画扇头，仿恽氏，设色极佳，又善画蝶，极精。（十七日）

上午未出门，下午拜客。（十八日）

竟日未出门，检书籍碑版。（十九日）

竟日未出门。（二十日）

午至木斋家饮，芸阁出石谷卷，墨笔山水树石，杂写各家，前后有石谷印记，有杨子雀一跋，即题画身，云石谷未竟之本（石谷有一印，已八十二岁），为之补墨并记云云。杨有印六，已八十三岁矣，似真品也。（二十一日）

晨起，送芍农师行。午后赴沈子培、子封兄弟之招。又至琉璃厂代诸君购朱色贡扇十柄，皆乾隆年间物也。

"云成懞懂树无根，学米何人一扣门。参透笔头干墨诀，画禅以后与谁论。

界画楼台似李唐，远山云树始苍茫。世人一例涂浓墨，谁信孙家换骨方。（退谷《销夏录》论米画极精）

落茄点子化云烟，此学娄东得正传。二百年来无滴[按，当作嫡]乳，笑人空起米家船。

妙绝王郎是我师，居然敢学虎器痴。房山已去香光老，此席今时究属谁。"

题王胜之同年临房山纨扇。

王渔洋《香祖笔记》云："李厚庵先生言，黄石斋先生蔡夫人今年将九十而无恙，能诗，书法学石斋，造次不能辨。"（《退庵题跋》卷第十七《蔡夫人墨竹跋》）（二十二日）

今日为师鄦室画社第五集，到者胜之、印若、屺怀、蔚若。午后，日本高洲太助偕其友市村瓒次郎来，谭片时而去。市村为学习院教授，新来中国，颇读中土乙部书，问中国尚有如赵瓯北、王西庄之人乎，又言若到苏杭，必拜俞曲园先生，是亦笃守儒教者。（二十三日）

午拜李玉舟太翁寿，答拜中村君，并候大鸟钦使、桥口、中岛二赞使。（二十四日）

见临桂况夔笙中书（周仪）于纯伯坐中，与文小坡、张紫 皆善，甚工填词。（二十五、二十六、二十七、二十八、二十九、三十日）

【光绪十八年壬辰八月】

午赴翰林院接见，见徐荫轩师。午后赴江苏馆，为同人雅集。坐有菊裳师、秦佩鹤、韶臣两前辈、吴蔚若、邹咏春两前辈、王胜之、费屺怀、杨允之三同年、杨玉书教习、彭子嘉户部、翁印若内翰，共十二人，饮前各以书画为乐，黄昏始散。（八月初一日）

况夔笙贻所刻元人《蚁术词》，为元云间邵亨贞撰，见《四库未收书目》，今从知不足斋抄本重刊。

以黄荛圃校《语林》、《□□小稿》、元本《王右丞集》、明本《嘉祐集》、陈仲鱼校《华阳国志》质诸缪小山前辈，其值百金，利月一分，亦记此存事，盖须备还债者。

竟日未出门。（初二日）

午后画会第七集。晚为犟夫、纯伯、幹臣饯行，同坐严隽云（崇德）、夏虎臣两同年，胜之、允之、印若三公，子初始散。（初三日）

竟日未为一事。晨起，送幹臣南归。

薄暮与印若坐骑出西便门二里许而归。（初四日）

晨起，送纯伯南归。朝夕相见已数月，一旦远离，殊惘惘也。午后夔生来，约同访印若，至义胜居。又为徐丽笙招饮，半夜始归。（初五日）

竟日天雨，未出门，作画二幅。

黄仲弢前辈来，手贻孙仲容所撰《古籀拾遗》，末附《宋器考》，似

多经人道语，其病在南方少见闻古吉金，故坐此病也。（初六日）

今日画社在木斋处，有熙吉甫，见湖南萧漱贲孝廉（荣爵），书法极佳。（初七日）

木斋有奚铁生临浅绛长卷，有方兰坻题“烟云供养”四字，画乃写放翁诗意。

晨起进城，见汪郎师、凤石前辈。晚赴况夔笙之招，见王幼霞（鹏运）中翰，老词客也，于书籍碑版皆有门径。（初八日）

叶眉士（寿松）中翰处方环山《松阴待客图》卷，题为“小师道人仿黄鹤山樵为竹楼居士作《松阴待客图》”，题者甚多，有胡稚威、金棕亭诸人。又文五峰《春山晓霭图》卷，题者亦多，旧藏式古堂，又入安麓邨家。又成邱临《书谱》小册，合《书谱释文》楷书一册，体在《十三行》、《小麻姑仙坛记》之间。

宝珍斋见仇十州《后赤壁图》卷，极长，设色极工，无纤俗态，前有藏经纸孙文靖书《后赤壁赋》，后有梦楼题三绝句并缀一跋，索值百五十金。又于博古斋见杨子鹤画册，是七十二岁时所作，颇似石谷。

午招王汉辅、张伯纳、仲诰、夏虎臣饮于广和居。晚，叶君士招饮，见刘樾仲中翰。（初九日）

两日奔走，毫无一事。（初十、十一日）

晨起，至鞠常师处画会，为师画《五百经幢馆图》，未成即归。（十二日）

节近钱空，窘态百出矣，可笑又可怜也。下午赴郎师之招，同坐景月汀世叔（星）、端午桥郎中（方）、许子原世叔。（十三日）

晨起，债主纷集，噤不能挥，听之而已。午后进城，赴郎师之招。晚赴午桥之招，同坐王莲生、盛伯羲两前辈、景月汀世叔、鲁荫庭同年（樾）。

见午桥藏宋拓《云麾碑》，首页神道“神”字、并序“序”字皆清如写，后有程瑶田、江竹邻（恂）、汪容夫、王梦楼各题。又崇雨舲为题首签，为梦楼笔，云试砚斋藏，旧在马氏小玲珑馆。又郭巨石室题字，为黄小松手拓，汉魏以下至唐宋人题名多细如发，小松皆一一拓出，今本则无一字可见矣。

日来奇窘万分，欲谋诸人，丑然不能出诸口；即竟言矣，亦多以敷衍之语了之。世道人心之不可恃也如此。有往必有来，恩怨分明，鄙夫固非聋聩者也，然而其屈在己，又何必责人哉。

目前而论，鄙人固一窭人子也，未必毕生如此，但愿他日人求于吾之时，不以今日之人情待人，则可矣。特记之，以为他日之戒。

垂毙而不救，他日自将垂毙时，尚望人来救之乎？古格言之可信如此，世间人不能徒以一时富贵意气凌人，牛衣对泣一语，奇女子所以有此言，世间陋丈夫固不能有此语也。（十四日）

晨起，质珠玉易钱而还节债。午后出门拜节。（十五日）

竟日未出门，亦未为一事。（十六日）

竟日未出门，略检理各事，备明日慈亲寿辰庆贺事。

晚，印若来谭，见余所藏《焦山得石图》卷，云曾于焦山书藏，寺僧出此五石见示。此卷原在寺中，不知何时流转至都，他日拟寄归寺僧，以存公案。（十七日）

晨起，祝母亲寿，来庆者午中有十馀人，团作两席，至暮始散。（十八日）

竟日未出门。午后印若来谭，明日将南归矣。（十九日）[按，此条天头曰：寄大哥三号信。]

早起，送印若行。印若出示石谷册纸本十帧，即《书画鉴影》所记之王画恽题册也。午至木斋处谭，见《皇朝仕学规范》，似宋刻，实翻本也。薄暮归。（二十日）

石谷印记存真：

“耕烟散人”，朱。“意在丹丘黄鹤白石青藤之间”，朱。“耕烟外史”，细边，朱。“澄怀”，阔边，朱。

“王翚私印”，白文，“王”字上画缺，“军”右直缺，“羽”两画并，“私”字外直断，“印”字中粗，左角断。

“王翚之印”，双边，半朱半白。右角缺，上中缺，左下两缺。

“王翚”，朱文，“王”字上中直断，“翚”字上“羽”右上下断，左下角开。

“石谷”，朱文，上右边皆内缺，左上角开。此印上下边粗，左右细。

“王翚之印”，白文。“车”如此，“印”如此。

“石谷子”，朱，右下角开，“石”中粗，或不粗。

“王翚之印”，左上角“之”开，“印”下开。

“太原”。

“清晖老人时年八十有二”。

“澄怀”，伪。

南田印记存真：

“恽”（朱）“寿平”（白），上右直开，下右直开。

“南田小印”，白，右上角缺如齿，“田”字开右直。

“园客”，朱，左边两缺。

“寿平”，朱，微扁，左中缺。

“上下千年”，朱，所缺边如此，此即石谷印。

“正叔”，白，右边内开，上开如此，“尗”反刻。

“白华斋”，朱，右边开。

“南田草衣”，白，“南”字上中丨穿丫，或丨不如丫。

“恽正叔”，白，上右角开，“车”中画不透，左“正”字如楷，微向右仰。左下角开，下中向里凹。“尗”上有笔意，“手”起有笔意，下皆尖。

“寿平”，白。“寿平”，朱文如此。“正尗”，如此，无开。

“正尗”，朱，开如此。

“来青阁”伪。

“臞樵雅趣”，此角缺半“目”。

王石谷画屏十二帧：

长约六尺，阔约一尺五六，纸本水墨，不设色，首末两幅狭，原纸之半略过之，盖屏之两头侧面也。

《湖庄春霁》，仿赵大年笔意，耕烟散人王翚。

“问渠那得清如许，为有源头活水来。摹梅花庵主笔，耕烟老人王翚。”

《桐轩夜月》，仿天游生笔意，石谷子王翚。

《湖邨春晓》，学燕文贵画法，耕烟散人王翚。

《长歌棹破一湖烟》，仿刘松年意，石谷子王翚。

“曾闻太华山，芙蓉在天半。大壑鸣流泉，阴崖集仙观。耕烟王翚。”

《乔林双鹤图》，摹云西老人本，耕烟散人王翚。

“云林书画，骨貌清奇，使人观之得沾仙气。耕烟老人临于来青阁之南牖。”

《大岭晴云图》，摹痴翁笔意，石谷王翚。

“烟水烟山烟树昏，人家深处米家邨。先生镇日闲无事，不管阴晴只闭门。学高房山笔。耕烟老人王翚。”

《林亭远岫》，仿思翁笔意，耕烟散人王翚。

《江堤晓行图》，仿李晞古笔，“康熙癸巳春寓京江万岁楼中，摹宋元诸名家画法十二帧，虞山耕烟散人王翚。”

此物旧藏常熟赵次侯家，次侯乞杨咏春先生题记于首幅之前，翁叔平师题记于末幅之后，后归乌程顾容斋存古楼，今顾又售出矣。（二十一日）

上午未为一事。午后出门至大街骨董铺一游。（二十二日）

午赴夏虎臣之招，见浙江定海王□□编修、叶仲鲁（佩玱）太守。晚寄大哥第四号信。又余易斋、张炳华、汪晋峤、刘鉴明、苏稼秋、祝心渊各书。（二十三日）

梁氏玉绳撰《吕子校补》云，“物勒工名以考其诚”注，后世制器镌某造，盖始于秦；“为石铭置之垄上”注，据此则秦时已有碑表矣；“有读《史记》者”注，《史记》之名始此。案，此三条皆可补《事物原始》。

嘉庆间仁和宋咸熙尝欲刻吕氏《古易音训》、宋氏《国语补音》、孙氏《孟子音义》、殷氏《列子释文》、萧氏《汉书音义》、何氏《晋书音义》、释玄应《一切经音义》、慧苑《华严经音义》等书，汇为一编，力有未暇，先刊《易音》，见《易音》自序。

尝欲专撰《唐墓志例》，因旧为金石例者半杂碑文，半杂集中之文，实皆不可尽据也。墓志盛于唐，现存可据者大约有七八百种，例各不同，大可撰述也（撰墓志例应据原石文，若梁清白之据韩柳文，则大讹矣）。

赵执叔因《李术墓志》引瞿木夫云，墓铭例失于唐，余为[按，当作谓]墓铭之例，至唐而极变，唐以后则无有知者矣。（二十四日）

晨起，马积生前辈来谭。竟日未出门，略检书籍而已。（廿五日）

午后至南池。（廿六日）

出门拜客，见刘静皆，索其旧拓《云麾碑》观之，似尚不甚精。《孔宙》一拓剧佳，惜无阴。（廿七日）

晨起，出门公祭祁文恪师，至广惠寺吊吴仲辫。又至马积生前辈家，见旧拓《九成宫铭》，尚佳。（廿八日）

上午作画两幅。下午至琉璃厂，见王旭庄世叔，招饮广和居，有盛伯羲、丁叔衡、黄仲弢、沈子培诸公。

在澄云阁见一铜五铢钱范，一无缺损，可爱也。（廿九日）

晨起，至木斋家，见昨铜范在焉，又一范，大小均同而无损。见董文恪临《百石杂史》，有王惕夫跋。朱青立山水册，临董，入神品，旧为纫秋物，不知几时流转至此。又陈眉公游白龙潭诗册，涿拓《快雪堂帖》。又王梦楼《快雨堂临帖》，专临写经，似非真品。皆欲求售者。又师历孝父簠，尚佳，惜已残。（三十日）

【光绪十八年壬辰九月】

晨起，至江苏馆，为画社第二集，共十一人，印若已南归矣。（九月初一日）

午后进城，未为一事。（初二日）

偕屺怀、王子裳并约王旭庄、黄仲弢、沈子培、子封饮于寓中，上灯始散。刘浩如未到。（初三日）

顾南原《碑考》曰：“汉碑阴皆无额，独此‘门生故吏名’五篆字题其上。”标按，《郑季宣碑》碑阴即有“尉氏故吏处士人名”八篆字题额，顾亦录之，何以自相矛盾至此。

“童年旧事开图见，秋灯小影红丝砚。慈母停针课玉儿，新诗一字千研炼。十年图画征诗稿，题图人去嗟谁保。复壁居然返玉真，人生到此真天道。吾家曾祖图采芝，廿年重返事诚奇。谁知此画亦相等，两家何幸同此时。独有一事真堪傲，至今慈母犹课儿。嗟嗟我动屺岵悲（静句），晚灯泪湿图中诗。”晚灯与静君联句，即题王弢夫《秋灯课诗图》册。

竟日未出门。（初四日）

新得文待诏《前赤壁赋》小楷并图卷，诚精绝也。

上午未出门。下午至琉璃厂一游，无所见。（初五日）

竟日未出门，薄暮进城，至大院胡同，赴王子常之招。院中人皆南产，又有北产，名小玉者（隶天顺），为一时名重，仅修短合度耳。子常为余招之，来陪坐片时，与以二金四千文，北例也。子正到家。（初六日）［按，此条天头曰：南产者寓名玉香，三人名小宝、月香、□□。］

译书之难有□：文法不同，一也；地名、人名无塙音，二也；西文尚反复而中文尚简净，删改之不符西书之意，不删则于中文又嫌其杂沓，三也；人名、地理图说兼详，然西史之图易绘，中文之图则幅纸所不能容，四也。

下午出门拜客。（初七日）

竟日未出门。薄暮候葵生，借其抄本宋人词，皆汲古阁未刻者，拟续刻之，特少刻赀耳。（初八日）

王幼霞贻新刻元白朴《天籁集》，乃元词之一也。幼霞先有《四印斋所刻词》，此其续刻也。

“中俄交涉，与他国不同。开国以来至咸丰初年，记载最录，颇多刊布。下迄咸同两朝，及光绪七年定约以前，边界多故，变迁靡定，按诸载籍，未得详言。总署所印《中俄约章会要》亦仅如档册而已。己丑秋，过上海，见有英人杂记中俄交涉，刊一小册，于咸同两朝事颇详备。辛卯供职词垣，视草多闲时，为译录，累加考證。壬辰之夏，始得写定。然译西书，其难有四：文法不同，一也；地名、人名无塙音，二也；西文尚反复，中文尚简净，删改则不符西书之义，不删则于中文又嫌其杂沓，三也；西人言地理者，图说兼详，然西文之图，尺线可绘，中文之图虽数■亦不能容，四也。纂录经年，笘觚屡易。自魏默深、何秋涛两公，■■益备，自光绪七年伊犁索归以后，则有曾惠敏年丈所定约章与俄诸臣问答节略及洪文卿世丈《中俄交界图》、缪抽存户部之《俄游汇编》在，不必再为详说矣。标因中俄交涉之书，魏、何诸家之所纪，□□□俄史之译，皆止于咸丰初年，曾惠敏年丈之《问答》、洪文卿世丈之《交界图》、缪抽户部之《俄游汇编》，则又在光绪七年伊犁索归以后，咸同两朝中国多故，西北纪载缺焉无书，而欧洲之人独能详纪及之者。盖因时当《利罢其约》废约以后，旁国震惊，偏轻持重，情见平声，意为俄人势大，必志西南，蚕食鲸吞，恐不止土耳其一战也。此记仅于魏、何两家后略续记事稿而已，若经维政治，条画形势，则内有政府，外有使臣，标为文学侍从之臣，仅司载记而已，馀非所敢言也。"[按，此即江标译《咸同以来中俄交涉记》自序底稿。]

午后子嘉处小坐，欲登高，未果也。（九日）

午后至张吉翁处。（十日）

午后郎师来。（十一日）

竟日未出门。（十二日）

桂未谷摹禹慎斋画渔洋《禅悦图》卷，翁覃溪题诗三首并跋，画扇十六页，以小铜造象及汉印元押、匋器向金吉石易得之。（十三日）

数日未为一事，无可记。（十四日至二十日）[按，此页天头曰：《中俄越章会要》，连续共五册。]

郑瀚生大令(■骙,广东人,江苏知县),罗笃甫、星甫(肇煇、肇烇)昆季来,潘□□大令(志赓)未见。志伯愚、赵粟垣(侃)自上海来。

“茫茫一片铜官水,尽有兴亡说与谁。幸得画图留故事,后人犹可付题诗。

咸同勋业渐烟尘,仅有遗闻等写真。万马祁门瘏风雪,短刀鞸底又何人。

到此艰难始见心,大臣心比绿波深。独怜直下长江水,渐渐楼船向夕沉。(文正立水师,尝言无百世不变之道,今确守成法而日渐委靡,殊非文正本意也)”

右三绝题章□□(寿龄)《铜官感旧图》,图为曾文正公靖港三败,自投于水,章君自舟尾跃下救之,今其子同持册属题。

晨起,题三绝句。午后,胜之来,同至鞠师家,见新出土唐宝历元年《沈朝墓志》。志出浙中,有直行,无横格,字甚密,系砖质,大约拓久即毁矣。闻陈蓉曙前辈有之(遹声),拟索一拓本也。(二十一日)

晨起,与刘静皆公请志仲鲁前辈、冯子庄年伯、同年文芸阁、李木斋、叶鞠师、段春岩,天晚始散。(二十二日)

《沈朝墓志》字体、行款极似《王仲堪墓志》。

晨起,至杨味春处贺其嫁侄女。又至王伯唐处见其所藏石刻拓本,有《李仁德墓志》,极佳(唐开元时物),《续访碑录》,已收,出陕西醴泉,然不经见也。灯下为蔚若前辈刻一小印。得芍农师书。寄晋峤、楚宝、花农、硕卿四书。(二十三日)

上午未为一事,购小唐墓志四十种。午后至琉璃厂,见张一琴(肇镳,宝坻县,吴人)、胜之、咏春,在永宝斋见书画,尚有佳者。(二十四日)

晨起,至长椿寺唁子嘉之叔丧。午后,胜之来谭。永宝斋送来字画各种:有周东邨画《白潭图》,题者十七八人,皆苏州嘉靖间诸老;又唐六如《九老图》卷,宣纸,白描,无款,有祝枝山小楷《九老图诗》,后附吴匏庵一题,似双钩本。(二十五日)

晨起，未为一事。午至广和居，为屺怀之招，同坐诸迟菊（可宝）、裴伯谦（景福），馀皆熟人，晚归。写扇头。

伯谦雅好书画，听其议论，大致性情近沉挚一路。迟菊则随意论人，皆近刻薄，其学问恐亦未必有胜人之处。（二十六日）

晨起，至屺怀处，见李新吾藏戴文节画册十页，用白罗纹纸画，其用笔先以淡墨钩匡，再以干笔擦之，屡擦屡深厚，末以淡墨笔于山峰上下斜刷之，觉其峰峦浓厚，此文节不传之秘也。又见文小楷卷，字之大小与余所藏《赤壁赋》近似，五种中有《后赤壁赋》，正与余卷为绝对也。灯下写小楷扇三，寄叔赞、幹臣、念椿三信。（二十七日）

竟日未出门，仅写数扇而已。（二十八日）

竟日未出门。（二十九日）

【光绪十八年壬辰十月】

晨起至江苏会馆，为书画第三集，晚归。（十月初一日）

竟日未出门。（初二日）

午至胜之处，同往海王邨，见文待诏《双桧图》，题一诗，小楷，不甚工，有一题不甚著名，然已索值至百十二金矣。

借屺怀恽王合璧册细观之，觉图章不甚佳，疑是伪品。（初三日）

午，筱珊前辈招饮。竟日雨，殊闷人也。临恽画三帧。（初四日）

石琢堂《刘蓉峰传》：蓉峰著有《牡丹新谱》、《茶花说》、《石供说》，又仿《清河书画舫》之例，集法书名画十卷曰《挂漏编》。（《独学庐三稿》）

“天下歙家王百谷，山中驿递赵凡夫。”明人语，见《独学庐稿》二。

午后出门，候宝瑞臣同年（熙），不值。见郎师，谭，上灯归。

借子嘉藏其乃祖文敬公旧装汉碑四大包，皆乾嘉时拓本，可宝也。（初五日）

午后出门即归。晚赴菊师、杨允之之招，同坐有桂灵桥、蔡贞伯诸人。

见廉夫临四王、恽、吴六大家画幅，全从原本对临，实有神似处，

诚近来一画家也。（初六日）

晨起，写白摺一开。赴严隽云省馆之招，补画社也。晚赴广和居子嘉之招。（初七日）

元倪瓒《云林词》，元张埜《古山乐府》，元萨都剌《雁门集》，元刘因《樵庵词》，元程文海《雪楼先生乐府》，元赵孟頫《松雪斋词》。

宋杨□□《□真词》，宋赵以夫《虚斋乐府》，宋许棐《梅屋诗馀》，宋吴儆《竹洲词》，宋朱熹《晦庵词》，宋朱雍《梅词》，宋朱希真《樵歌词拾遗》，宋朱淑真《断肠词》（四印斋刻），宋李清照《漱玉词》（四印斋刻），宋林正大《风雅遗音》（四印斋刻），宋王之道《相山居士词》，宋黄裳《演山先生词》，宋胡铨《澹庵长短句》，宋赵彦《得全居士词》，宋姚勉《雪坡词》，宋李纲《梁谿词》，宋洪适《盘洲乐章》。

白□□□□（忠信之人可以学礼为韵）

伊礼言之可证，寔至理之所通，事虽■乎郛说，人可借以持躬。珪璧无瑕，早凛洁身之戒；青蓝妙喻，尤深为学之功。今兹玉尺■■，暂具凤仪之■；他日丹心作辅，还标麟阁之香。原夫白之为色，皎若冰清，朗如玉润；道悟室虚，心还月印。■■洁净无滓，成■转■■慎心■此日，直穷万■之奇，身本■自等不移之信。皜乎莫■，洁矣如斯，惟纤尘之不然，方五色之宜施。试■绚烂，文心终归平淡；若此光明，锦地不杂■缁。占贲卦之爻辞，一端始此；证考工之柒法，七入成之。于是奇光照耀，异色纷纶，英华自发，洗濯惟频。黑黄苍赤莫不良，并程形而化质；黼黻文章昭其美，咸去故而从新。五緅三纁，■■既精于慌氏；七陶八冶，素工尤重乎■人。其受之也，渐渍非虚，涵濡颇妥，■陶久则变化能神，气质清而彰■必□。及时而化，在文质之无亏；历久不渝，审■纯之■惰。若■■之为白，则闻道其庶几，真郑玄之□□，□□德而已可。若夫其本不纯，厥工可鄙，五色杂施，三■匪美。必致文相质□，绿焉回黄；徒教踵事增华，朱还乱紫。或英光内敛，当问以如何；若素质未纯，不必观其所以。从知物贵求精，性宜去浊；玷不可磨，梓堪喻斫。知白守黑，闇藏遵老子之经；织素流黄，雕绘尽太初之璞。知夫素绚朗色，相于冲怀，染人甚于丹青，□喻立于善学。皇上丹□恩深，□□□□，□奋在于磨濡，品洁同乎濯洗，色□外袭，朱墨铭心；美自中含，铅华净体。功在□化，惧贻墨子之讥；物可喻人，载绎戴家之礼。

终身有乐处，终身有忧处。

取人为善，与人为善。

乐以终身，忧以终身。

天下断无易处之境遇，人间那有空闲的光阴。皆曾文正自撰句。

笘誃日记第十七册 光绪十八年十月八日始

晨起，送肖石南归。午，张一琴来（肇镳，吴人，署宝坻县），胜之来代肖石馆，相约以后余与胜之各权五日而轮替也。晚写扇两，又篆屏四联一。（初八日）

《本事诗》卷五：袁宏道中郎《伤周生》题注云，按吴人呼妓为生。标亦吴人也，今不闻有此语矣，维日本妓来中国，犹曰某某生也。

晨起，未为一事。琉璃厂卖碑估来，得《刁遵墓志》，□□拓极佳。午后至菊师处，薄暮归。晚□□□，发《本事诗》，写扇头一。（初九日）

上午看阿聪读书。下午赴安徽馆余寿平、张巽之之招。晚约罗笃甫、星甫弟兄、蔡贞伯饮于广和居。

近有一拓碑人，专用浓墨扑拓山东、直隶汉魏各碑，精采焕发，必传之技也。又有拓碑者专拓宋辽金元几朝石刻，为世间罕见之本，且拓必全分，阴侧题额无一字缺失，皆近年来事也。又有一王姓者，专取房山诸邑大小刻石、经幢等，载至都中，售于好古者，小至辽金刻经诸石残种，一种仅二三金，亦自来所无之事也。（初十日）

晨起，未为一事。午后偕子嘉、胜之至亨达利。晚至子嘉处谈。

见子嘉手写《金刚经》，字体仿唐写经，秀整可爱。（十一日）

胜之荐来拓碑人，有鼓山齐刻经全分，又行唐县造象百馀种，刻经字体圆美，古趣盎然，始知《荐季直表》是齐梁人伪书，后代□□□汉人书也。

孶芙□□中归。晚寄若溪、大哥、晋乔各信。（十二日）［按，此条天头曰：第五号。］

竟日未出门。晚偕胜之至鞠师处，即在师处饭。师出示无逸本《皇甫碑》，较胜之新得本为胜。又《三十六峰赋》，题建中年参寥书，字体似苏书，或即苏代书也。（十三日）

竟日未出门，课阿聪。木斋来，示戴文节小册八页，似非伪品。余寿平来，属写倪母杨恭人墓志篆盖。（十四日）

竟日课儿。为刘佛卿篆刘孝女碣题。孝女，佛卿妹也。

近两日来学赵吴兴书。（十五日）

两日来自课阿聪，兼自作楷，忽腰背痛，苦不能运臂，奇甚奇甚。古有之曰，天下为一事将成，必有一魔来扰之，今余书方拟改换，忽以此中止，不亦难哉。（十六日、十七日）

晨起，写楷半页。午后至郎师处见何珊枝内母舅旧藏宋本《近思录》，已转展归师矣。忆此书珊公遗嘱欲以贻余，丧中为族人攫□□传述，空感前情。今日见之，不觉神魂飞越矣。此书为元印本，中有双线边，乃后来补刻也。（十八日）

孾芙贻《许学丛刻》四册，为珊林子许子曼所刻也。

得王汉辅（崇烈）书，贻“大钱五十”九枚，汉辅在济南读书，明岁方来也。

汉辅为廉生前辈次子，年甚少，博雅好古，颇有文风，字亦工丽。

胜之来课。晚蔚若、子嘉、允之来谭，黄昏始去。况夔笙来即去。（十九日）

午至蔚若前辈家，观所藏书画、法帖、石拓，有改七芗画佛十叶册子，白描工细可爱。（二十日）

胜之贻唐墓志十许种，颇有余未收者。寄大哥第六次，并潘、菊各书。（二十日又记）

戴文节吉祥止止室，“止”阙上直，与河阳郭印徐如此。

竟日课读，仅写字一页而已。夏虎臣来，极谭富国之策，慨乎其言之也。（二十一日）

竟日未为一事，仅临赵书《赤壁赋》一通而已。偕胜之至鞠师家，晚饭归。木斋来谭。接章硕卿信，言书籍尽归书估矣。宝森堂书估卢姓，在南通州收得宋刻宋印纂图互注本《周礼》，木斋来，云闻书已至京，索价至二金一页，近日旧书几如奇宝矣。（二十二日）

竟日未为一事。薄暮，子嘉来，同胜之、允之、阿聪至广和居，戌初归。（二十三日）

晨起，未为一事。午后出门拜客，见沈乐亭。晚归，写《九歌》毕。（二十四日）

晨起，至报国寺（即慈仁寺）顾亭林先生祠，为苏府京官补行秋祭。祠仅存老屋三间，墙上嵌有唐田雁门张夫人墓志，祠门外有开成井阑，甚巨，井已无矣，双松犹存，想见国初诸老游坐之处。寺内有窑变观音，坐有乾隆御题刻字，佛龛下有木板，刻姚姬传书《金刚经》。午后赴志伯愚、文芸阁之招，在报子街，晚归。至凤石前辈处贺得祭酒之喜，坐谭甚久。

《玄教宗传碑》，《裕公和尚碑》，李跋《道德经》，王横云刻赵十札（无御题），皆赵书之精者。

今日吴兴制笔只能写赵鸥波字，盖赵本吴兴人，其制犹未失传。若临欧柳之笔，当于北方求之，湖款非其用也。（二十五日）

晨起，出门候曾重伯、季融（广钟）弟兄。午赴屺怀广和居之招。晚赴万福居胜之之招。

至琉璃厂觅赵书帖，得《崇福寺记》，尚佳，《道德经》未必甚精也。（二十六日）

上午，郎师来谭。午后赴木斋之招。

见琉璃书肆新收得《纂图互注重言重意周礼》，半页十二行，行二十一字，字体活软秀挺，当南宋刻印本也。（二十七日）

上午在家课聪。薄暮，子嘉来，同至琉璃厂，见《清明上河图》一临本，剧佳，索五十金。晚至叶师家饭。（二十八日）

晨起，至龙泉寺拜潘文勤师二周忌。至犟芙处，贻我章氏《文史通议》，以旧刻姚氏《长吉集》报之。午后至马积生前辈处，见袁文诚家藏古金二十馀种，无三四真者，手拓数种以归。见潘文勤一家藏器拓本，多至七百馀种，为自来收藏家所未有也。积生又出示旧拓三监本《皇甫君碑》，与余藏本字数无出入，惟渠拓浓而字细，不如余本也。见玻片影赵书《大洞经》，即袁文诚家物，波磔峭媚，丝毫不失神气，令人观之神往，然昨闻屺怀云此本非真迹，何邪？（二十九日、三十日）

【光绪十八年壬辰十一月】

晨起，吴润卿（大琳）来，徐仲虎（建寅）自南中解嗒乞开士枪三千枝至海军衙门来。得大哥第七次书。午后至江苏馆画社，黄昏归。（十一月初一日）

两怪一妖三女子，五龙九虎十先生。皆《四书》句。

仲虎在天津见德催琳税务司，云大沽海口挖淤沙两处，则船可以畅行无碍，其费可不用一款一钱，于轮船水脚每吨加银一钱，五年可得五十万金，则工费自足。因拦江沙有天险之设，则不深挖，惟专用一轮船，尾拖铁篦，乘潮水刷沙，寻常可深五尺，若五日不刷则平涨如旧，于防险亦无所碍。去年曾请于合肥，许之，而胡云楣前辈力主不可，遂至中废。德税务颇为惜之。仲虎亦以开刷为然，云海口通则畿辅之水灾可无，是亦不可不有之议也。

午在广和居请客，同坐有吴润卿、刘鉴明、陆稚芰。晚，鉴明、玉书、胜之、子嘉来谭。（初二日，为冬至夜）

午至南池。晚答仲虎。两日未作字。（初三日）

午进城拜陆凤石前辈太夫人常诞。（初四日）

午贺刘佛卿嫁女喜。竟日课儿。（初五日）

午贺李新吾世兄秉莽（国成）娶妇。薄暮至屺怀处，见赵书《福神观记》墨迹卷，字大方寸，腴而有骨，旧为许文恪物。又赵书《帝师胆巴碑》墨迹卷，字较《福神观记》略大，用已［按，当作以］退笔书，凝重厚拙而别具姿媚，始知世人作赵书用笔直拖皆野狐禅也。两卷用墨皆不甚浓黑光润，中有苍老之气，此赵书绝技也。两卷皆有篆额，作玉箸书，故是能品。《胆巴》墨迹在英煦斋家，前数年归费氏也。又赵书《妙法莲华经》墨迹一册，即世所称火烧本者，笔画较石刻本稍粗，计廿七页半，五千九百馀字，亦英煦斋物，后有成邸一题。今王廉生前辈以六百金质于屺怀，已付两年利银，尚未赎归也。

在新吾处见四王直幅：烟客设色本；廉州仿倪，用笔侧皴，几如六如；石谷系本来面目，中画竹两丛，极佳；麓台设色仿大痴，自是能品。（初六日）

竟日未出门。薄暮，鞠师、允之、胜之、子嘉来谭，夜半始归。（初七日）

借马积生前辈影本《大洞经》细观之，用直笔处皆非赵体，屺怀疑其伪品，所审不谬。

“曾闻颜母□□刻，合造汪家劳苦碑。”輓黄季度太夫人 节李年伯母。

竟日未出门，课聪读。（初八日）

竟日未出门，自课甚懒。（初九日）

上午课儿。午，屺怀来，仲弢前辈后至。得日本藤野真子女史手书，并贻其先德文集四册、真子小影一纸。真子能读书，善古文词，余曾乞其作《灵鹣阁藏书记》，甚古雅有法也。（初十日）[按，此页天头曰：得湛伯、晋峤书。]

午出门，祝邹咏春前辈太夫人寿。下午，熙吉甫来，云新借得朱修伯手批《简明目录》，拟过临一本也。（十一日）

竟日未为一事。（十二日）

上午未为一事。下午偕胜之至聚宝堂，为同年销寒第一集。暮至蔚若处观北宋拓《化度寺碑》，旧为缪文子物，后归成邸，值四百金。再后为吴荷屋所得，前年为吴观澜以六百元质得之。今观澜亡，又将易人矣。有覃溪七跋，极精，即《复初斋集》跋中所云五本之一也。（十三日）

今日约徐仲虎、志伯愚（锐）、文芸阁、曾重伯、季融、蒯厉[按，当

作礼]卿、李木斋、王胜之消寒，日暮始散。（十四日）

晨起，进城至郎师处，见警石先生《冷斋勘书图》册，画者甚多，首为戴文节册，首为姚伯昂、张叔未二题，皆隶书，李高阳师一题，篆书。（十五日）

竟日未出门。（十六日）

至木斋处久谭。见宋十□行、二十六七字本《周礼》，《春》《夏》二官下配以十□行、二十□行[按，当作字]本《纂图互注》，亦宋刻也。有宋商邱及苇萧草堂印，字画斩方，纸色绵洁可爱，索价六百金，旧为章硕卿物。又杨新吾二跋，用嘉靖本条校，夹于书中。（十七日）

竟日未为一事。（十八日）

两日课儿读。（十九、二十日）

晨，梁杭叔来，云藏有梅道人双绢大幅。双绢者，乃以绢两幅缝合而画之也，五代宋元皆有此等画法，董源江南半幅即就缝合处分存其一，非裁去其半也。今夏陆纯伯在琉璃厂得宋翟院昇山水大幅，亦用两绢连合写之。（二十一日）

祝心渊随芍农师岁试事毕，归。

晨起，课儿。午后谒若农师，出示余所译《中俄交涉记》，手为批注，字小如蝇头。又云为《元史释地》，将写定稿。出，赴段春岩同年之招，为消寒第二集。晚至子嘉处公请邹老伯，三鼓归。（二十二日）

竟日未出门，夜至广和居，为芍农师之招，同坐俞觐甫（□□，会稽，孝廉）、蒋兰史（子敏，东莞）、孙师郑（同康，常熟人）、麦晴峰（树荣，广东人）、李孔曼（之硕）世兄、汪伯唐、祝心渊、李驺选（之骐）、方谷（之庚）。（二十三日）

竟日未出门。晚与纯伯书、大哥第七次书。（二十四日）

上午未出门。晚至胜之处饭。（二十五日）

竟日未出门。（二十六日）

上午未出门。下午至南池。晚归。（二十七日）

竟日未出门，寄二哥书。（二十八日）

竟日未为一事。（二十九日）

晨起，写小楷。午后出门拜刘鉴明，交渠二十金，托带至上海交张炳华。见鉴明居停主人胡叔抟（鹏年，江西人）。（三十日）

【光绪十八年壬辰十二月】

竟日未为一事。至熊经仲处吊其母丧。拜梦花前辈五十寿。（初一日，十二月）

晨起至蒯厉卿处，同坐熟人甚多，见檀斗生（玑）、周伯俊（锡恩）、陈润甫（同礼）三前辈。又见湖南一谢姓孝廉，云读书甚多也。（初二日）

午赴张伯纳之招。晚赴柯巽盦（逢时）前辈之招。（初三日）

上午未为一事。下午偕胜之至大栅栏一观。（初四日）

午，木斋、芸阁、仲弢、子培、子封五人与余公请梦花，同坐蒯厉卿、王茀卿、志伯愚、徐仲虎，上灯始散。（初五日）

赵画东坡象并《赤壁赋》小楷书墨迹，今质于费屺怀处，旧为卓益州物也。

第六次画集，主人为彭子嘉、杨允之及余也。畅饮至子正始散。玉书竟成玉山颓矣，酒之醉人如此。（初六日）

心渊来课聪读。午后出门拜客，见孙师郑。日来欲识西字，晚灯自课，颇有“能识之无”之趣。（初七日）

午后赴陆笃斋（学源）刑部之招。出，见张燕农藏有石谷、南田、麓台三卷，须七百金，直为至精之品。晚于广和居自作主人。（初八日）

午后出门，拜陈崧山（田）、衡山（榘）昆季，谭书画收藏颇畅。云有董画《万研山房图》，有成邸二十六次题字。晚赴汪伯唐之招。（初九日）

下午进城见郎亭师，晚归。（初十日）

陈衡山来谭，云新得梦楼字册、伊墨卿诗册，剧佳。伊册余前在论古斋曾见及。午后赴张巽之招，为消寒第四集，晚归。衡山贻《黔

记》、《黔史》两册、石印梦楼小帖一本,普洱茶、茯苓、羊肚蕈,皆滇产也。(十一日)

午与我山公请芍农师,薄暮始散。(十二日)

陈衡山来,出示日本宋刻经卷,尚有元人题字。薄暮赴紫东招,子初始归。(十三日)

上午未为一事。午后候梁杭雪,以写经二种易渠旧藏王麓台画《良常山馆图》。晚至广和居,有胜之、允之、心渊在坐。(十四日)

午,公请芍农师,有樵野侍郎、伯愚詹事。灯下写春联。(十五日)

午,进城见荫轩师,又见郎亭师,二鼓始归。(十六日)

"尝见王梦楼《快雨堂临帖》手跋,云学书四十年,及见《灵飞经》墨迹,始恍然于古人用笔之意,唐人书之可贵如此。赵文敏书《莲华经》四五两卷,余曾屡见之,于用笔全学唐人,然古拙处不如矣。今日在贵阳陈衡山处见唐贞观间人书《大般若经》残卷,字体斩方,有六朝意,与此卷用笔相近。昔人云经生多学褚河南,此仅见晚唐人书耳。"跋日藏唐人书《莲花经》卷。

"刻板至佛经为极古,五代槧木,佛经先于儒书,见于记载甚详。贵阳陈衡山,至好,自日本携得宋嘉泰时日本刻经,来都门出示,属题语,以余曾游日本,且于此事亦酷嗜也。余在日本曾得宋绍兴二年归安《圆觉藏》刻《大般若经》九卷,然字体、墨色不如此卷之精。余又得唐写经五十种,内附刻经两行,古拙异常,好事者疑为孟蜀初刻,比较之,似胜此卷。余又得残宋刻本《广弘明集》,字体近大欧阳,宋藏《妙法莲花经》,字体近颜,精采奕奕,远胜宋书塾书棚所刻各本,然较此则神气索然,盖此卷即以唐经生写本覆刻。中国自宋坊刻以后,不知用此刀法矣。日本近来刻书尚用圆刀,收转极自如;中国则用直刀,往往刻波折书,多窒碍,有棱角。近日余与衡山皆喜刻影宋书,故皆知之最深,并记于此,所以告后来之刻书者。"跋陈衡山藏宋时日本刻经。

候陈崧山前辈昆仲，见项东井为吴孟举画《黄叶邨庄图》卷，墨笔工细异常，后有曹倦圃、高江邨、阎百诗诸家题诗，皆杰作也。又成邸二十九岁小像，自题曰《见我图》，配以小册，为二十七岁时书。又唐贞观时日本人写经，古劲似六朝。又王梦楼、伊墨卿自书诗册，合装两本，精妙绝伦。

晚赴麦姺峰之招。（十七日）

得李子华电，赠百金。

“眼前九万里风雷，上使曾经海外回。凿空君家成底事，班书空传使边才。

一夕衙斋笑语欢，良朋珍重画图摊。云台写像凌烟稿，他日还当一例看。

吾民生计困东南，天许荒洲渡海探。早岁已闻公建议，羁縻终笑汉家男。（汉朝治西域，以羁縻不绝为上策，此无可奈何之语也。方今颇重晁错徙远方以实广虚之义，足以关孟坚之口）

大地须弥等一家，职方旧纪笑浮夸。鲰生以负环游志，瀛海曾浮八月槎。（庚寅八月，曾请假游历日本诸郡国，拟东渡太平洋，以期促未果）”

右题张樵野侍郎《运甓斋话别图》，图为倪约堂中丞送侍郎出使美利坚而作。

十八、十九日未为一事，醉饱而已。

竟日写春联。（廿日）

午至木斋处，同游羊市，得陆朗夫中丞画册、张桂岩画册、丁南羽白描《兰亭》卷、赵仲穆《马伎图》卷。

得顾缉庭丈贻十二金。（廿一日）

竟日未为一事。借胜之照本画幅，剧佳。郎师贻五十金。陈松山昆季来谈。（廿二日）

竟日未为一事。午后至花市。晚，胜之、允之来谭。（廿三日）

仲虎贻四十金。芸阁、仲虎来谭。午后至郎师处，见初印《西清

古鉴》,至佳。(廿四日)

“王/原祁”,朱/白。“麓台”,白。“麓台”,朱。“王印原祁”,白。此两印上略小。“期仙庐”,白。“王原祁印”,白。“麓台”,朱。粗边细字。“西庐后人”,朱。“原祁之印”,白。“麓台”,朱。两印大小同。“王印原祁”,白。“苍润”,朱。“西庐后人”,白。“原祁”,朱。“石师道人”,白。“画图留与人看”,白。“麓台”,白。“麓台”,白。康熙乙酉。“苍润”。

午,潘文勤师释服,拜于龙泉寺。下午在家。(廿五日)

“王印时敏”。王时敏。“文征明印”。“衡山”。

竟日未为一事。(廿六日)

午赴曾重伯之招,在嵩云草堂,有诗钟之聚,同人廿馀,日晡犹未已也。(廿七日)

杨玉书来,同往胜之处。晚祀神。招胜之、玉书来谭,夜半始散。(廿八日)

开给节账,终日筹算,未为一事。(廿九日)

出门拜节各师门。宿逋未清,囊托已空,此等事非今年始也,可笑可怜。然自视坦然,但能了过目前,已为幸事,岂望积籯金哉!通宵未睡。(三十日)

【光绪十九年癸巳正月】

癸巳

晨起,贺慈亲新禧。出门拜客各处,至郎师处午饭,薄暮归。

占骨牌数,曰:“蹀躞平原屡见颠,看人飞鞚著鞭先。而今学得交衢舞,突过寻常一辈贤。”(癸巳正月朔日)

恩诏,为万寿特开科。

芸阁、木斋来谭。下午贺年,至斜街各处。(初二日)

午后为子嘉、子东、康民公请春酒,在邹寓。晚为骨牌之戏,半夜始散。(初三日)

下午至子嘉处聚戏，天明未已。复至鞠师处午饭，兼及竹戏，日晡始归。（初四、初五日）

上午写谢恩摺（为江苏蠲缓漕粮），下午招子嘉、胜之诸人，在斋作投子之戏，三鼓始散。（初六日）

是日遣阿聪出门拜年。

竟日未出门。暮赴端午桥之招，同坐皆熟人，惟涿州李公系初次见面，然闻收藏甚多，久想其人矣。午桥以千三百金购吴观澜所藏之《化度寺碑》，又见国朝诸家墓志墨迹，颇多佳品，三鼓归。

刻《鱼玄机集》成，分贻各人。（初七日）

公请苏府同乡。晚为投子之戏，半夜始归。

得徐积馀书，并所撰《南陵县建制沿革表》。

数日来非困于酒食，即迷于戏嬉。数日来未为一事，荒堕无有如今年者。

游火神庙，见王惕夫夫妇手写文稿四大册，索值八十金，许以三十金，不售。于茹古斋见王椒畦为阮文达画《琅嬛仙馆图》卷，甚工，惜无他题。刘文清小楷各种卷，旧藏卓海帆家，首书《沉香山子赋》。又张南华画《玉堂秋山图》幅，自题两诗，剧佳。

得释湛福小楷书《梅花百绝》，磁青纸，金书，学二王体，甚工。（初八日至十三日）

逐日困于酒食，并日记亦未记也。［按，此页天头曰：第八次大哥书。］

见国朝名人墨迹，书札诗翰并装十六大册，又明人四册，又闽人二册，多半为梁芷林、姚伯昂所藏。

于木斋处见翁覃溪、刘石庵各于贝叶上书《心经》一卷，副页翁附数诗，刘写小楷《阴符经》，精妙之至。又汪文端小楷《耕织图诗》小卷，丁观鹏书《衍庆图》小卷，装潢一色。汪卷有“养心殿鉴藏”印，丁卷有“重华宫鉴藏”印，大内物也，不知何时赐出。又郭兰石楷书《金刚经》册。

于凤石前辈坐中见歙县鲍松山，老将也，曾官吾苏，后戍黑龙江，旋谪于爱珲城，今年已八十七矣。声若宏钟，强健如少年。余于前数年曾见长白李云麟，其声可与匹，皆异人也。（十四日至十八日）

上午未出门。下午至琉璃厂。晚作函与晋峤。（十九日）

竟日未记日记，终日嬉戏，可愧。寄子华、大哥书。（二十日至廿七日）

【光绪十九年癸巳二月】

一月不记日记，此有记以来未有之事也，因此册遍检不得，因循至此，可愧可笑。（二月廿六日）

寄杨玉书、听珊叔祖、李佑三三函，又张炳华（托买铁床□、肥皂）、刘鉴明。

今日约菊师、木斋、芸阁、静皆、屺怀公请同人，共二十馀人，为王季樵（锡蕃）、缪筱珊（荃孙）、沈子培（曾植）、沈子封（曾桐）、王莲生（懿荣）、陈蓉曙（遹声）、丁叔衡（立钧）、左笏卿（绍佐）、宋允滋（育仁）、王笏卿（颂蔚）、袁爽秋（昶）、吴子修（庆坻）、冯梦华（煦）、陆蔚庭（继煇）、柯巽庵（逢时）、周伯俊（锡恩）、蒯荔卿（光典）、志伯愚（锐）［按，以下原缺］。未到者缪抽存（祐孙）、黄仲弢（绍箕）、叔颂（绍第）、盛伯兮（昱）、端午桥（方）、柯凤生（绍忞），于江苏会馆。（廿七日）

“湿墨淋漓画远山，几枝衰柳舞阳关。□灯复把闲情写，谁似飞鸿尽日闲。

决决流泉出涧新，萧疏古树略含春。幽人尽日难寻觅，写上生绡却似真。”题画。

至汉辅处，见北苑大帧，上有董思翁横题“魏府藏董元山水天下第一”数字，下有洪莹一跋。画绢心墨笔，近作一小坡，画苇草甚高，中画丛树，杂以楼屋、人物，皆极工。上段忽作平远，遥波层叠无际，奇观也。数十年来归冯展云，廉生前辈以五百金得之。（廿八日）

“往尝读阮文达公《送杨忠愍公墨迹归焦山记》，云：‘兹送卷归山，他日如入他人之手，皆能说所从来而贱之，恐世间无此伧父也。’此数语也，常往来于心，以为文达之语足以概后世之巧取豪夺者。又读《焦山藏书记》，云：‘焦山诗僧借庵因灵隐书藏事，遂议于焦山亦立书藏。’此数语也，亦常往来于心，谓释家好事无过于借庵者。冬岁抄[redacted]编修，在京师菜市之东冯姓裱背家得一破卷，有图有记，为焦山归石事，又有借盦之名，乃出囊泉易归。方将付装以庋几案间，适吴江翁印若中书（绶琪）过寓庐，见之，讶曰：‘辛卯之秋游焦山书藏，见五石俱在，而不知其所自来。若将此卷仿文达归杨卷事，还诸焦山，则君不负伧父之名，寺僧或尚有借盦其人者。’标闻之，颇然其言。适闻番禺梁星澥前辈复兴书藏，镇江太守则为我座主王可庄夫子，遂具函肃书以呈于我夫子，乞转付藏中。因附记于卷后，重述文达书杨卷之语曰：‘世家秘阁之藏，不如名山僧寮之寄。兹送卷归山事，元作记，存之拙集中，且当代贤卿名士亦多题咏，载之各籍，使海内知为焦山之物。’标专守此义，不敢赘私说，为文达之语足以概之矣，后生人来藏中观石且展此卷者，愿毋忘文达之语可也。借盦名巨超，秋屏名觉灯，皆诗僧也，各见文达记中。标闻近日焦山僧有名鹤洲者，善拓《瘗鹤铭》字，或亦秋屏、借盦之徒也，则此卷重归，亦可忻其有属矣。”送《焦山归石卷》归焦山书藏记。

至郎师处，上灯归。（廿九日）

【光绪十九年癸巳三月】

是日请陈松山、衡山、沈子封、黄仲弢、王胜之、丁叔衡、缪筱珊于寓中，各出书画相赏。石谷卷、赵文度《溪山无尽》卷、石涛僧诗、孟福卷为丁叔衡藏，《嵩洛访碑图》为屺怀藏，筱珊带来陈南楼山水十开册、蒋南沙水墨花草小册，唐人写经为陈氏昆季带来。（初一日）

是日己丑团拜。（初二日）

至长椿寺，为清莲长老画山水，屺怀、叔衡、胜之皆在坐。晚赴张鹿坪之招（荫桐，香山人，樵野弟）。（初三日）

午至江苏馆胜之之招。饮毕，偕静皆、子封、胜之至家，木斋、芸阁、陈蓉曙（遹声）适来。余见北墙一黄蝶，谛视之即太常仙蝶也。余亟取酒来，集余指而饮，伸须吮吸殊久。适胜之本亦见仙蝶者，谛之，即取纸笔，对写仙影。与余去年见于虎阜者无二，大翅中缺，四趺，翅正面黄质黑章，后面作枯灰色，而各有一白斑如新月，茸毛两须有珠，详谛绝不动，故审之墙也。写影毕，余承以指，送至庭间，始远飞北去，见其过邻家大树之顶，望之已大如飞燕矣。岂非奇哉。余与仙结缘两次，皆饮余酒，同人环观，绝不惊动，诚奇事也。时是日之酉刻。（初四日）

晚约陈衡山在广和居一谭。（初六日）

连日饮食，废时失事。（初七、初八、初九）

初七，约余易斋（思诒）、何秋辇（彦昇）、胡叔抟（鹏年）、陈伯才（恩梓）、沈振之（铎）、木斋、静皆小饮，为余、何、胡、陈饯三万里行。

上午唁秦佩鹤前辈断弦。下午拜客。（初十）

在菊师处写白摺竟日。（十一日）

徐积馀（乃昌）来谭。下午至会元堂赴志伯愚前辈之招，同坐沈子澄弟兄、韩立生户部（印）、高次圃孝廉（善继，江右人，戊子同年），高善相，所言皆验，言余今岁可得差，位至尚书，有子七八人，颇可称富翁，斯言验否，且俟异日。（十二日）

竟日未为一事。（十三日）

晨得凤石前辈书，属至渠处代篆拟皇太后宝六十方，皆四言，系拟百分、圈出此六十分者，午刻始毕。下午约沈篴伊（桓）、徐积馀、陆竺斋诸君小饮。（十四日）

腰疼，竟日未出门。（十五日）

腰疼略减。兴致索然，竟日未出门。（十六日）

晨，慎之师来，为荐吴念椿至师处随同办账，允可矣。竟日未出门。

“何事年未见忆仙，南船北辙两留缘。一杯醴酒亲斟奉，愿与仙家共他年。

入手欢将老道呼，还教重与写真图。戏翻《鸿雪因缘记》，并拟仁和戴氏歌。

三年杯酒真情洽，一夕听歌欲唱难。远道星移金马去，仙槎风引锦帆安。使君大事能知体，旧史编年已付刊。更喜庭阶兰玉盛，锦衣■■言多欢。

吾祖当年海外游，大■■本有书留。崎山重到收函■，京国新交忆唱酬。北极未探■隐憾，星洲远拓合周流。年来亦抱寰瀛志，期尔重来订北游。”送日本大鸟圭介星使回国。

今日为余生日，竟日在寓。（十七日）

是日出门至福寿堂，汉辅招饮。复至日本使馆。（十八日）

竟日未出门，因懒于冠带。（十九日）

日本人堤虎吉贻盐渍樱花一瓶，云可点茶水，入盌花即开如新，惟无色耳。

是日未出，郎亭师来。（二十日）

竟日未能出门，懒甚。（二十一日）

午赴张樵野侍郎之招，勉强饮，毕即归寓。（二十二日）

竟日未出门，亦无客来。（二十三日）

午后，伯纳、汉辅来谭。（二十四日）

张埜秋前辈云，近日懋勤殿检点书画，见董北苑《龙宿郊民图》，御题甚多，香光题犹在上方也。

午前进城，见吴广庵（承潞，江苏候补道）于郎亭师家。知陆存斋世丈已到，至城外往见，手贻自纂《仪顾堂续题跋》四册十六卷，又《小石山房丛书》一部，云家藏书有三阁，十分之八九欲统抄一分，送国子监，若得有成，真大举也。（二十五日）

竟日未为一事，木斋招饮，未往。（二十五日）

竟日在家。晚，纯伯来，存丈贻二十金。（二十七日）

竟日未出门。（二十八日）

竟日未出门。（二十九日）

下午答拜朱稚邨（同吴县人）。稚邨来京引见，出仕浙江，尚知碑版书籍等，是学而仕者也。（三十日）

【光绪十九年癸巳四月】

为陆竺斋跋《百石卒史》、《曹全》两碑旧拓本。

徐积馀招饮于广和居（乃昌），积馀所刻《积学斋丛书》颇为精美，年少而好学者。

寅刻至午门迎送圣驾至太庙行礼，辰刻归。午后，积馀来，同游厂肆，见汪文端篆书《御制盛京赋》小册，方不至四寸，篆大仅分馀，有“乾隆御览之宝”，不知何时颁赐臣工。[按，此条天头曰：此册后余购得之，当时分写四体，见《皇朝通考》金石门。]

积馀贻汉“亿年无疆”瓦当，或云莽妻陵瓦，恐未必也，然真汉物无疑。

于厂肆见古檀板一副，板三方，两方面刻人物，上题两绝句，极艳雅，当时必出豪贵家，或出汤临川、洪昉思诸老之手。余素不知音律，然因物怀人，不让玉鱼锦袜也，拟得之以为题咏。（初一日）

竟日未出门。下午，徐积馀、陆纯伯、徐仲虎来谭。晚招朱稚邨、徐积馀诸君饮于广和居。（初二日）

“康熙十六年丁巳，廉州先生卒，时年八十。此卷署乙卯，当为七十八岁所作。清凉精舍乃先生晚年之居，梁退庵《题跋》收一卷，署‘辛亥初夏画于玉峰之清凉精舍’，是七十四岁所作。又见陆氏《所见书画录》收仿董立轴，署‘丙辰仲春于来云馆之水边林下’，下有‘太原游之鉴藏’一印。丙辰后乙卯一年，为七十九岁所作。标按，廉州与烟客虽子侄行，少烟客仅六岁，廉州先烟客卒三年。烟客向极推重廉州，‘鉴藏’一印，当廉州卒后，收其遗墨而加此印记也，故有印记者皆晚年之作。此卷余与福山王汉辅茂才（崇烈）同游前门，得于山左书估，欢喜赞叹而为此跋。至于画笔苍老，题款雅洁，印记精湛，纸墨淳古，赏鉴家当一望而知，无待余赞美也。”跋王廉州仿大米画卷。

竟日未出门。（初三日）

午，汉辅来，携廉州卷，云非卅金不可，遂以赤牍（诸家与梅溪札）、王曹合璧文小楷《赤壁赋》、丁南羽《兰亭图》三卷托汉辅质之，以尝廉州卷直。下午赴鹿培之招，同坐徐积馀、汪叔芾、徐秋畦、江金坡、劳次芗（肇光）、潘燀廷（斯燎），徐以下皆粤人也。（初四日）

“易氏新图久寂寥，空知旧谱亦重描。真形已失胡卢押，此是蓬莱别样绡。

一笑居然赐普绯，李唐故事颇依稀。世人莫责孙供奉，尚识朱家伪主非。

动而弥寿山中■，慧亦称郎丞相奴。吾亦庚申初降日，不妨猨叟自名呼。”题《画猴图》。

“数日鹿鹿，未先畅谭，至叹。惟箸馔多福，起居万吉如祝。弟昨读祜弟四书文课，自《欲速则不达》题至《不念旧恶》前后五题，题似别有所指。初思吾兄生性爽直，当非有意，及读批尾，神味渊永，目光四射，弦外之音，几令人莫解，不觉始而骇，继而疑，终而哑然曰，先生误矣。念自半载以来，蒙就敝居，祜生第诸承训诲，弟亦时接■泽，钦佩之心，实非朝夕，断不致丧心病狂而有所开罪。再四思维，大约因三月廿三日弟自课祜生弟文而起，然此诚大误会事，今请为剖别言之。弟之所以谬然命题者，以是日兄正出馆，弟值小病，雨窗无事，欲以觇其学力之所向，验其文笔之迟速，察祜弟之勤惰，非察吾兄之勤惰也。今《欲速则不达》一题，若代祜弟以责我察课之非分者，其误会一也。既出题文成矣，则不能不改，然观其文笔，颇觉浅陋，故以改而易批，使其先知读书之道，及所以千里从师之意。当时但知有一祜弟而已，而不知其以为欺吾夫子也，此误会二也。学问之道无穷，博采通人，许君常语，■■识字，昌黎有言，故弟批祜弟之文有读书数语，兄恐祜弟因此而失彼，故有《舍学从吾》题，是诚爱吾祜弟，至以尽矣，然误会又一也。十日以来，每见课祜弟题，知必大有所误会，真如骨鲠在喉，欲哇不得，一恐明言之有所开罪，一恐兄误会而更无已时。昨见《不念旧恶》一题，始知所以藏身者尚非有所不恕也。然恶字何说，殊不可解，证以诂训则不合，例以经义则大非，断章取义，何为乎来？则兄又大误会矣。以此误会，竟成轇轕，笔墨往复，已于何时？即以祜弟观之，必窃笑曰，此非夫子与世兄文字交如此也？将来祜弟万一亦效法于他人，而曰有所师承，岂非又一大误会乎？然今日之主意，弟惟望祜弟之读书有成，想兄之意中当亦欲祜弟如此也。若徒以意气相尚，口舌为工，则非但不敢测吾兄，亦自信生平无此妄念。舍本而求末，指桑而说槐，此世间无用人为之，吾与兄当毋蹈此习也。辱承知爱，用敢直书，他日若以纸技示他人，以为大有辱于先生者，祈无信此误会可也。”

午，积馀招饮于西餐馆。下午即回。（初五日）

竟日未出门。（初六日）

作书与朱幼芗，因察祜生之课，疑其责己也，故辩之。积馀来，杨艺芳来谭。（初七日）

下午出门，见朱楚白（珩，广州举人）、徐仲虎，即归。（初八日）

楚白极究西北舆地，见余所译《中俄交涉记》，加注极详，所撰《中俄交界释地》亦颇该博，别以蒙古语蒙古地名以首一字分目，成书尚未也。

两日足病，未出门。（初十、十一日）

“虎阜一见因缘在，何事重寻到草堂。想是旧图真影失，故教画史细评量。（同年王胜之，画史也，曾于丙戌年见仙于潞河，未有图。余前见于虎阜吉勇烈公祠，图而不真。是日仙事旧图适在案头，胜之亦在坐，相与详证，乞仙暂驻，胜之伸纸执笔一再图之，无毫发异，仙始有去志，诚奇事也）

殷斋旧语颇诙谐，此是微词有别怀。清酒一杯留供养，居然仙子降寒斋。（张殷斋题罗浮蝶卷有云：尔来京师所称太常仙蝶者，颇往来于贵人家，干索酒饵，非复前日之高致矣。因题此卷，感慨系之。

此别有所指也）

独与文人大有缘，乾嘉诸老说蹁蜷。一堂小坐搜遗事，苦忆承平二百年。（是日在坐见仙来去始末者，为陈蓉曙（遹声）、沈子封（增桐）两前辈，刘静皆（世安）、李木斋（盛铎）、王胜之（同愈）三同年，文芸阁（廷式）同馆，皆各证旧说颇详）”

竟日未出门。灯下题太常仙蝶册七绝三首。

余自甲申四月起至今日，日记已有十七册，内阙而未存者只庚寅七八两月，其馀皆逐日录记。自谓十年来未能专志读书，于著撰无有成帙，惟此十馀册尚有录存者，他年增益如何，终本此旧记例也。（十三日）

“宣武坊南迹已陈，戴图潘记总前因。不才敢继诸贤后，再自题诗并写真。”又一首。［按，此条天头曰：戴文节公、潘玉泉先生私宅皆在宣武城南，屡见仙踪，各有图记。］

竟日未出门，晚灯即睡。（十四日）

一钟即起，二钟出门。三钟二刻至中左门，见来者甚少。四钟天已大明，人渐多。五钟二刻点名，自负考具，进中左门，至重，与熙吉甫同坐西殿。须臾题出，首《泽梁无禁》，经解《尚体要不惟好异》，诗《密林生雨意得林字》。十二钟，头篇正稿写完。三钟半，经、诗两艺草稿完，即誊写，六钟始毕。两艺皆三页，共六页半，写时颇费力也。方毕，忽闻叶师诗误高一格，写已十馀字，即代刮之，仅免纸穿，不能完美矣。又代沈子培刮四处，尚好。即偕吉甫出殿，先至南池，一坐即归。同场中楷书之工、文字之佳，不可枚举。自顾一技不足以胜人，安能望所得哉！记此自愧又自痛也。（十五日）

晨起，唁林梅贞。午请陆存斋、吴广盦、陆凤石、缪小山、菊师、茀卿、屺怀，下午始散。知咏春得第一名，为洪文卿所阅，胜之得第四名，为郎师所阅，余卷则志、洪、汪三公遍检不得，大约已入大海矣。灯下惘然，占牙牌数，曰“名已落孙山”，大约已为孙莱山年丈所弃矣。考而不得，分也。维日来景况日窘，万不能敷衍时日矣，如再不得差，

势将穷饿，奈何！（十六日）

“明知祸福不关君，奈此陈陈众说纷。各有因缘休别羡，过墙原不为香闻。

人间■细本寻常，何必真留色相忙。不待罗浮仙客醒，落梅早写寿阳妆。”

晨赴凤石前辈之招，云适奉命篆宝六十方，属为代笔。宝系大、小、方、长、圆五种，大至六寸，次四寸，次二寸，次一寸，长一寸五，次圆一寸五分。每宝篆阴阳二分，阳文原画边来，阴文则须双钩廓填，计算六十方宝须写样九百分，可云郑重矣。晚招纯伯、幼芗诸君饮于广和居。

王新之（叔铭，住常熟，苏州人）大令来，原在上海招商局文案处。（十七日）

竟日写宝文，未出门。（十八日）

竟日写宝文，未出门。（十九日）

竟日未出门，晚至广和居，招王新之饮。（二十日）

夜半一钟即起，出门径至东华门，步出西华门，至六项公所，尚未天明。久候，始在西苑门口排班，立有一时许，始进西苑门，直至勤政殿东绿门外，又立一时许，始进引见。余在头排，次七人，共八人。口奏履历，曰臣［江标］，江苏进士，年三十四岁。背毕即出，已七点钟矣。至南池小坐，知他人取者不少，而己独无闻，索然兴尽，归寓，仍篆宝文，未睡。（二十一日）

竟日未出门。晚知听珊叔祖来京，先止艺郛家，即过去谒见，并约明日搬至吾家。（二十二日）

是日，听珊叔祖来止吾家。晚招艺郛来寓小饮。（二十三日）

竟日未出门。（廿四日）

陈松山前辈招饮于陶然亭。

见罗两峰为丁龙泓画像，拄杖坐石，貌极奇古，颈长如鹤。此图两峰临别画像携去，下有丁送罗别诗一律，又罗赠掇鞋，报以一绝，上

有袁随园为两峰题五律一首。索值六十金，可云贵矣。（廿五日）

竟日写宝篆毕。晚至凤石处交写件毕。南斋公赠六十金，借可稍补过节之用。（廿六日）

上午出门，祝翁师寿。至颂阁总宪家，见藏砚，佳者甚少。见石谷七十八岁临云林大幅，层峦叠嶂，纯用侧笔，涩嫩若不善画者，上自一题，佳甚。（廿七日）

张受之（临吉，苏人，例用同知）自苏来，为王扞郑内兄，馈土物甚厚，尚未见及也。

午后至南池。晚，揖琴借余家饮听珊叔祖，子初始散。存丈贻二十金。（廿八日）

上午候印若，方自南方来也。下午未出门，画扇四柄。积馀来谭，以其年小于吾，以弟呼之矣，若论学则吾不如也。（廿九日）

【光绪十九年癸巳五月】

两日未为一事。（五月初一、初二日）

晨起，至洪文卿世伯处，见石谷《虞山十二景》册，绢本，极工，有恽跋半开。董文敏《燕吴八景》册，团扇本，后有自跋两开。中画大米及张僧繇没骨，甚奇古，旧为缪曰藻物。钱舜举《胡猎图》卷，有鲜于伯机一跋。大涤子花草册，有自书诗一开。宋拓《大观》《太清楼帖》，存三、四、七、八、九、十六卷，字体圆美如初写。屺怀云，与祁文恪家藏一卷本同，余亦见聊城杨氏残本，亦同。

下午至丁叔衡前辈家，见文、沈、唐、仇四幅，皆精，石谷三幅，廉州一幅，皆无上妙品。又明宣德帝仿宋徽宗《林禽鹦鹉图》，极工，有覃谿等题，原为张瘦铜物。（初三日）

竟日在家，以董文敏佘山诗画两卷、石谷仿贯道一卷、董仿大痴一卷质于陆存斋，得佰金，逐月子金一分。（初四日）

至南池。午后偕广盦观察至茹古斋，见董东山、金琮、张南华诸帧尚在。后至博古，见瑶华道人金书贡扇四柄，尚佳。（初五日）

以赵仲穆画马卷售于存翁，即将石谷及设色董卷赎归。（初六日）

招张受之、翁印若诸君饮于寓斋。

汪兰楣借余寓斋请客，竟日始散。（初七日）

午至钱子密年丈处祝七十寿，即归。（初八日）

竟日未出门，杨荫北来谭。荫北为艺芳先生子，知收藏。（初九日）

“百年人事花三日（建），白驹过隙留无术。一纸琳琅字万行（静），长生独让生花笔。开缄珍重芙蓉面（建），何年仙子红尘见。旧事苏台玉镜缘（静），新闻画史冰壶传。沧桑几劫■■地（建），锦䌸玉轴等闲弃。荒市怜将粉本看（静），仙坛讹认麻姑记。谁知此是崔徽卷（建），乾嘉诸老题诗遍。更爱鸥波舫子新（静），仙家伉俪簪花擅。几时得入平原第（建），柟檀香护重装丽。拂席珍教玉■新（静），徽词欲继芳兰态。侬家夫妇耽翰墨（建），启函心醉仙槎例。更忆当年■■箫（静），居然笔底留春色。题词聊学天真阁（建），晚灯联句檐花落。亦有灵鹣阁子国（静），新诗还向寰瀛索（建）。”题陆竺斋藏《冰壶夫人桃源春泛图》卷。

“夫子大人函丈：谨启者不事师门已经三载，衹以朽材■种，陋拙依然，桃李门墙，虚其栽植，因惭成畏，意钝无辞。惟处远望钧，时闻德政，欢心■■。标自去夏迎慈亲入都，全家北上，仍住城南。原宪之贫，朝无夕粟；管甯之居，客迹家人。每欲荅灯疾写，破箧聚宝，又复为食而废学，因穷而见拙，足牢如■羁，心转似辘轳矣。今年四月十五一试，臆决唱声，自知匪敌之，神劳心苦，不梦九天，固其宜矣。《焦山归石图》卷，旧得于菜市东肆，远送归山，欲存陈迹，名心犹在，夫子喻之。旧朱宫扇一柄，取以伴函，伏乞笑纳。谨肃，上请崇听，伏惟雅鉴，无任依驰。”上王可庄夫子书，并以《焦山归石图》卷送归焦山书藏，作记于后。（初十日）

数日来人事纷杂，意趣索然。晚灯欲思记事，实无一可对人对己

之语，因惭成畏，竟致搁笔。（十一日至二十二日）

杨玉书来订兰契。（十五日）

数日又如梦过，懒甚，可叹。（十六日至二十二日）

纯伯来住吾家。

竟日未出门。（二十二日）

午赴小山之招，同坐张玉山先生（鸣珂），湖上老词仙也，今随德中丞来京，出《海天琴话图》卷册，属各题篆首。

见小山藏《仓山月话图》卷，题词五六十家，多著名者。（二十三日）

午至广和居，招同乡诸人饮，有姚亦曾（景沂）、陶子青（霈），陶未到。（二十四日）

今日刻两印，尚佳，为钱子密年丈作也。

“人不可以无师，物常聚于所好。”新安程荔江（从龙）联语。见《退庵题跋》卷二，廿一页。

与徐积馀订兰谱。予长积馀者年耳，其学则逊之也。

四日来懒于出门，且天气酷暑，寒暑针升至八十八度，静坐犹挥汗不止。

杨彝卿（文骏）来京，已升观察，候补至粤东矣。（二十五日至二十八日）

至屺怀处祝其年伯寿。大雨初过，道途泥水深尺外，跋涉异常。见文待诏画钟道士，上题小楷一诗，精甚。又董山水一幅，上题“荒村建子月，独树老夫家”，款“思翁”二字。又丁云鹏、罗洪一幅。又汴浮白一幅，用干笔焦墨，趣甚。又石涛一幅，设色，画于一旧纸上，水渗犹如湿也。屺怀出文待诏小楷董氏阡表属题签，系新属吴中裱背名手张秋塘手装者。

谒翁师，不值。以纨摺两扇、《鱼玄机集》两册为呈。（二十九日）

【光绪十九年癸巳六月】

至南池，拜郎师生日，并呈一画扇。（六月初一日）

竟日未出门。（二日）

午答拜沈篴伊中枢（桓，湖州人）。谒翁叔平师，出示廉州仿《鹊华秋色》、《水村图》合卷，浓设色，绢本。山皆以石青绿染成，用石绿直笔点，再加浓赭点画。鹊华作正峰，荷叶皴。自记十馀行，前后有“梁莔林鉴藏”两印。梁跋见《退耷题跋》者，此则无之，系当日跋而未写上也。余前年读画于舅氏篴秋老人之荔雨轩，见廉州一矮卷，仿《鹊华秋色》、《浮岚远岫》合景，用高丽笺，浓设色，后有王异公一跋、瞿木夫一跋，与此可云合璧矣。舅氏卷，廉州六十岁作，翁师卷则后五年作也。（三日）

午祝再韩太翁寿。赴沈子培、子封、丁叔衡、吴子修、王旭庄五公之招，在畿辅先哲祠。祝心渊随芍农师归，仍止余家。（四日）

竟日在家。晚，慎伯约至景芬家，觉腹痛，即归。竟夜泻而身热。（五日）

竟日未能复原，未出门。旭庄世叔贻漳州印色二匣、唐《魏法师碑》拓本一种。（六日）

“画戟清香正退朝，锦囊诗句写云韶。天然富贵无雕琢，兴在心肠热处消。（读书所见，为钱寿格平孝廉诸诗）

夺席能将险句攻，韩潮苏海学兼通。广筵肆坐联吟罢，更向中闺斗韵工。（谓幼华公夫人）

■■多闲笔砚随，秋山写上扇头诗。焦桐竟入中郎赏，此是平生意外师。（公命画扇，附题小诗呈政，还■示读全■）

一函鸿宝拟前贤，招隐淮南别有篇。敢倖人间窥一过，已教凡骨几成仙。”题那幼农上公（苏图）《光鉴堂诗存》。

两日大雨，未出门一步。（初七、初八日）

是日晨，芸阁来，为冬寿内侄女结婚于徐仲虎四公子事。仲虎四子名西保，即于是日送定，女宅帖余书，男宅帖则皆芸阁书也。午刻至徐寓中。未初即约仲虎、芸阁在余家饮，有杨彝卿、杨荫北（寿枢），馀皆熟人，日晚始散。是日下午仍大雨。（初九日）

竟日雨，未能出门。（初十日）

竟日大雨，画扇消遣，未出门，亦无客来。（十一日）

竟日大雨更甚，墙坍屋漏，不一而作。差将放完，又一无所得，闷甚。为那公题其诗稿。（十二日）

“万里归舟亦壮哉，近时博望却多才。试思谁是探源手，莫道曾从绝域回。

徐侯少小相知久，不必开图始识君。尹侠田俫今已矣，墨家尚待补奇文。

宣武城南夜雨时，银荷灯小独题诗。伤心别下西州泪，墓草春来绿过祠。”题徐仲虎《归舟图》，为篴秋舅氏画，送其往德国参赞钦使。

竟日虽无大雨，尚觉墨云压庐顶。闻各友家倒坍墙壁不少，且有伤人者，敝庐虽漏，尚不致此。晚复大雨，恐有奇灾，杞人之忧，正无已时也。与叔赞书。（十三日）

竟日静坐。下午至胜之处一看，见所住房后壁皆倒，王年伯母床为乱砖所压，危险极矣。仲虎来辞行，贻二十金。得黎璧侯前辈书，贻十六金。（十四日）

竟日未出门，略看书。（十五日、十六日）

竟日未出门，宜昌王锡丞（赓夔）来谭。十年不见，前忽动念，函询周少璞同年，云适在京，岂佛家为之缘也。遂即函约相见，今日先来候我。忆相见时年仅二十，今已三十矣。此次解浙饷入都，引见即分浙省为大令矣。兰楣、印若、胜之诸君在寓，为骨牌戏。（十七日）

竟日未出门，兰楣诸君仍在寓中。（十八日）

天气稍晴，仍懒出门。（十九日）

竟日未出门。见改七芗书《玄机诗意图》，题云“秋室老人有此本，在百宋一椽”，“椽”不作“廛”，当误写。边绫有张诗舲集鱼玄机诗

句二首。（二十日）

下午至郎师处，薄暮归。（二十一日）

下午贺芸阁得江南主试之喜，不值。至木斋处，又不值。至凤石前辈处，坐久归。（二十二日）

竟日未出门。郎亭师、潘仲瑜（伟琛）来谭。（二十三日）

出门拜客。至荫北处坐，见毛文达家恽、王五大家扇册十二页，精劣各半。烟客一扇不真。又麓台卷一，用旧宣纸，是其本来面目。又王日初立幅一，设色，仿大痴，颇精。（二十四日）

数日无所事，亦不肯读书，无所记，可愧。

【光绪十九年癸巳七月】

彝卿贻二十金。（二十五至七月初一日）

晨起，至纯伯寓中，更偕纯伯至利德饭店。又至高洲处小坐，归。

曾重伯弟敬诒（广铨）员外（兵部）曾至英法十年，能各国语言文字。（初二日）

公请李仲约师。薄暮归。又值大雨。

祐生病已数十日矣，退[按，当作腿]肿兼及头目，医治不效，不服水土，欲托吴念椿送之归也。（初三日）

午至南横街观纯伯诸君新房，馀惟画扇一柄而已。（初四日）

王幼霞招饮，未往。赴重伯之招，见袁榆生、俞恪士。寄若溪、铁生、季友、晋峤各信。（初五日）

午至安徽馆，赴菊师、茀卿、佛卿之招。（初六日）

竟日客来，络绎不绝。王锡丞订兰谱，以补十年旧好重见之缘。（初七日）

王□□（树善）、柳□生（维泰）叔侄自南来。午后答锡丞，至翁师处谢步。见汪兰楣，畅谈而归。晚，胜之、印若来谭。

祐生病后发肿，自足腿渐至头面，拟送回南，托吴念椿同归，赠以盘费卅金。

今日为放差末次，未能得一省，可愧可窘。日来几有断炊之象，全在一差，今一无所得，奈何债台高筑，将为诸王攻破矣。清夜思之，汗流浃背。（初八日）

午后至日本使馆，答拜美术学校冈仓觉藏。渠云欲游历中州，至西安，至成都，至武昌，至沪回国。于中国古画古刻皆极究心。（初九日）

晨起，属肖石写一函与受之，又为写一函与陈衡山，一函与黎莼斋，皆托照料冈仓。又为代购武梁祠画像一分，又以后秦造象一尊赠行，属心渊刻数字于象侧。寄燕秋书，托其招一通中西文学生，许以十元一月，来时给盘川八元。（初十日）

至木斋家畅谭半日。何秋辇寄贻其尊人《悔馀庵全集》。

郎师来谭，木斋及静皆均来。（十一日）

为廉生前辈写楹帖四十馀副，扇十柄。（十二日）

下午至静皆处谈。（十三日）

上午料理各事，送祜弟南归。下午至东便门外二闸送念椿、祜生上船，船至通州，值京钱二十五千。至琉璃厂，得小轮船一，系进呈旧式。寄若溪各书。（十四日）

得王叔明《深柳书堂图》幅，虽伪而有古气。

日来事不多而乱，不能静坐读一卷书。岂米盐琐屑之累乎？抑心日放乎？十四日未寄［按，当作记］一事，可愧。（十五日至廿八日）

“正是开元全盛时，可汗犹子语堪思。阴阳气隔异君长，此是皇家得体辞。（阙特勤碑）

剥落残碑认短铭，舍人书体出天廷。吾从字画征旁刻，大泰山铭小《孝经》。（苾伽可汗碑）

大字先题登里啰，可汗名字曰毗伽。半从佛法治天下，莫怪年来景教多。（九姓回鹘可汗碑）

币施十六万五千，造此兴元阁子年。题字犹书臣学士，至元钞楮已云烟。（《许有壬勅建兴元阁记》）

梵书大刻是何时，碑是刘公记去思。曾拓中州伊阙石，一般唐突古时碑（碑半刻梵书，皆掩原文上）。（《和林兵马刘公去思碑》）

和林耆老各题名，四世同居好弟兄。至正四年春二月，大书合拟古田荆。（四世同居立石）

谁书总管收粮记，字字分明市雜篇。碑末附书新造字，顺宋皇帝妥欢年。（《岭北省右丞郎中收粮记》）

脱脱已罢巙巙卒，谁是平章至正秋。一记不传名姓在，朔方剩有断碑留。（大司农保厘朔方残石记）

和事睦民书姓氏，判官蛮子列头衔。和林仓与和林路，大小同官百字鑱。（和林仓碑）

和剂良方世尚知，三皇祖庙已无遗。世间谁信阴阳学，亦入医家共一支。（三皇庙残碑二）

祷雨而雨祈晴晴，庙记三灵语尚明。立石撰书人仿佛，和宁路字各题名。（《三灵侯庙记》）

青塚年年塞草青，汉家遗碣尚亭亭。纸灰吹起西风急，来读徐郎百字铭。（汉塚石）

不花札木各题字，岭北和宁省路碑。欲检史书征姓氏，文经三写校谁知。（岭北省和宁路题名二碑）

安阳五刻残张寿，汉石零星世尚珍。不意元朝存碎砾，亦从百字认残鳞。（渊潜胜槩残碑）”和李若农师《和林金石诗》十四首。

午赴博古斋主人刘少泉之招（学江）。晚，巽之招饮，未往。（廿九日）

【光绪十九年癸巳八月】

竟日未出门，熙吉甫来谈，云《盛京省图》已成，欲招振夫往刻铜版。（八月初一日）

晨，沈振之（铎）、孙逖先（亮祖）来。逖先，余识字业师念悭先生子也。犹忆十二三时喜刻印，不知篆法，逖先为余言须宗《说文》字，于是始知有小学。闻念悭师明年七十正寿，欲撰文以贺也。午答熙吉甫，不值。至郎师处谈。

见吴子苾《攈古录》钟鼎彝器款识八巨册，已有释文，多附丁小山（艮善）说。文为子苾先生孙（重憙）所摹，工致极矣，然笔致圆美处太多，半有与原拓不甚似者，将来刻成，大约与《筠清馆》无甚出入。其例以一字至多字排比，不分朝代，不分器具，与他书异。（初二日）

晨起，至纯伯处，同至便宜坊，同坐有唐纯峰（荣銮）。下午至广和居招钱念劬（恂）、曾敬诒、刘纪鹤（仁蔚，吴人，诸生）。（初三日）

竟日未出门。下午，徐叔鸿来谭。叔鸿于金石之学极深，曾得有子敬《鸭头丸帖》，名其斋曰“宝鸭”。（初四日）

竟日未出门，有人携廉州画幅来售，仿黄鹤山樵《溪山仙馆》，纸本，极精。（初五日）

今日为简房考之期，仍无所得，自惭又穷窘至甚也。午后偕心渊至厂肆。（初六日）

晨起，课阿聪读。自点章氏《文史通义》。章氏于书通《春秋》，于诗通□□，《言公》下篇用骈语，如《抱朴子外篇》也。兰楣来止吾家。（初七日）

晨起，至举厂送考，薄暮归。（初八日）

上午未出门。下午至顺德师处。屺怀、小山来谭。（初九日）

至举厂接考，即归。（初十日）

竟日出门，晚灯检书夜读。（十一日）

上午作字。下午至郎亭师处，陪景月汀饮，同坐铁保仁、端午桥、许子原，夜十二钟始归。（十二日）

竟日出门。（十三日）

竟日在家料理节事。（十四日）

上午出门拜节，至郎亭师处午饭。下午开节账。（十五日）

至举厂接场，薄暮归。（十六日）

徐松江（锡麟）内表兄、吴友石（鹗）内表侄同来谭。

王子献同年、刘幼丹前辈公请中岛雄，同坐洪右臣、吴华甫（光耀，湖北诸生，著有《尚书正辞》卅二卷，大致附和毛西河之学，又《五代史纂误补正》，皆已刻），吴年尚轻也。（十七日）

数日未记。（十八日至廿四日）

魏蕃室来谭（允恭），为槃仲先生子，颇知书也。

洪文卿世丈薨于位，往吊。午后至蒯荔卿处观收藏书画。有石田贺吴匏庵得进士小立幅，至佳。廉州仿山樵立幅，亦精。祝枝山小楷书二种，金笺，至妙。又文征仲篆、三桥隶、王雅宜楷、白阳草四体《千文》，后有文文肃跋，曾入御书房，有嘉庆御玺，不知何时流落人间。其馀佳品亦多。（廿五日）

午至聚宝堂，赴子嘉之招。下午，木斋来谭。

见吴渔山高邮小景立幅，纸色如玉，曾收《吴越所见书画录》。石谷仿山樵修竹远山立幅，亦佳。董书陆士衡溪连珠楷书册，年已八十，有覃溪、兰泉、墨卿诸老题，旧为潘文恭公物。又铁梅庵楷书秦娘子、虞美人两砖，系寄如亭夫人者，六十六岁时所书。王梦楼自书诗册，仅三页，系曹慕堂属书者。又明人字画、扇面，多吴中人笔墨，皆一旧家出售者。（廿六日）

季友来止吾家。（廿七日）

进城至南池，小坐即归。（廿八日）

竟日未出门，友竹解饷来京。（廿九日）

出门候友竹。晚同至广和居，同坐祝拟珊（□□）、沈藻卿（□□）。（卅日）

【光绪十九年癸巳九月】

上午至木斋处，见山樵卷，有乾隆御题，后跋石田不真。（九月初一日）

“两枝新柳倍缠绵，欲折长条似可怜。寄语楼头须护惜，莫教摇落任年年。

白门刚过又西湖，吕画灵芬绝世无。奈此晓风残月里，有人篷底写新图。

从今誓不过阳关，镵尽愁根恨亦删。一握柔荑春梦醒，不堪烟雨忆湖山。”

三日无事，未记。（初二、初三、初四日）

请客竟日。同坐曾慕陶伯爵、钱铭伯、麦晴峰、张鹿培、沈凤楼、王汉辅诸公。（初五日）

上午客来。薄暮至鞠师处，贻《安阳金石志》一部。又至纯伯处谭。（初六日）

上午未为一事。午后出门，至洪宅。又至郎师处，即归。（初七日）

上午赴罗笃甫之招，又至嵩云草堂赴段春岩之约，即归。晚至挺三叔祖处，不值。至印若处，见玉行，观其首场三艺，决其必中，惟二场太空泛，恐得副车。观鸣伯文，亦决其必得。（寄十三次大哥书，又炳华、子均、叔赞三函）（初八日）

午赴郎亭师之招。薄暮出城，同坐彭栽之，自山左来。晚偕同人薄游，丑刻始归。（初九日）

竟日未为一事。（初十日）

竟日听红录，知允之中三十明，大喜。孙师郑中南元。余所决二人皆不中，可见文无定评也。（十一日）

至胜之处，知唐纯峰中副榜第七。（十二日）

晨至礼部仪注司磨勘乡试卷，人得五本。例，有可议处，以竹纸条依误处帖出，卷面写“翰林院编修□□磨勘讫”，旁注几签“免议”及“应议”字样，无签则写“无签”。巳刻已毕，归。知庖人马贵（名永春）以疾亡，不觉为之泪下。马已随余十馀年，人朴诚而好酒，常熟人，家无妻子，为敛以棺，停灵于永乐寺，日内拟送之归也，以木板书其生卒年月、姓名以志之。（十三日）

竟日未为一事。（十四日）

竟日未出门。（十五日）

上午未出门。下午偕友竹至琉璃厂一游。晚赴子嘉之招。（十六日）

是日未为一事。（十七日）

赴志伯愚之招。（十八日）

至大草厂洪文丈开吊，撰輓联曰：“百叶校新图，遗恨真霾古。”“葱岭九重昭定论，馀悲谁传汉张骞。”

竟日未出门。（二十日）

至隆安寺送文丈停灵。至南池小坐，归。（二十一日）

晨闻叔鹏中南榜，大喜，作书贺之。又与硕卿、纯峰书。（二十二日）

下午出门，祝潘师母寿。至胜之处送行，向胜老借书箱六只。（二十三日）

数日未记，亦无可记也。（二十四至二十七日）

得纯峰、杰师书并汇纸。（廿八日）

至赞臣处，见景维行（贤，福利买办）。（廿九日）

【光绪十九年癸巳十月】

竟日未出门。（十月初一日）

午后至亨达利，见颂阁丈。晚赴维行之招，在西城。（初二日）

晨，景维行来，出示福利带来各种绸缎料子，有三百馀种之多，可见西人讲求蚕织之精，日益加甚。大致出法兰西、意大利两国。（初三日）

午后出门即归。访刘幼丹前辈、吴冏斋、姚翼堂（诒庆），皆不值也。（初四日）

午赴景维行之招。灯下临柳书三纸。（初五日）

午进城至南池，饭后归。（初六日）

午后至木斋处谭，薄暮归。（初七日）

竟日未出门。（初八日）

午后至维行处，见示《织绸公司章程》，拟为改易。晚，子嘉、允之、印若来谭。（初九日）

得王惕夫写自诗册十开，值三十金。

午后出门，为若农师招饮。（初十日）

午至署中，接见荫轩师，云少年所读之书，易记忆者往往多说部之书，此诚读书者之通病也。得大哥十五次、芳伯书。（十一日）

竟日未出门。晚至子嘉处谭。得听叔祖电，即函复，并与吴芳伯书。（十二日）

晨，凤石前辈书来，云太常仙蝶来小怀鸥舫，属携画具往图，即偕胜之、印若诸人往。见仙破翅茸毛，四目俱合，惟色作黑质黄章，与前见大异。翅背黑多而黄少，翅里则五色具备，不可逼视，如瑇瑁，如晚霞，如虹如花，如金如银，四足如银灰，尤奇观也。胜之、印若各为图之。余以掌承之，指沾以酒，即就余指吸饮良久。薄暮欲送仙去，余至庭中，仙集余指，徘徊不去，重复请入室，凤丈仍以花果供留之，同人遂出门别。至万松老人塔前访艳，作夜饮，三鼓出城，归。（十三日）

大雪竟日，不出门，写楹帖六十馀副。送驻中国参赞官桥口直右卫门领事美洲，赠以照相并红绿绉纱。（十四日）

竟日未出门，子嘉、稚霖、印若、允之来夜谭，作书画数件。（十五日）

午赴允之约，又候景维行，小谭归。（十六日）

送心渊、肖石随芍农师督学直隶。（十七日）

竟日未出门。子嘉、稚霖、印若来谭，晚始去。（十八日）

至江苏馆，印若补行书画会。有凤石前辈在坐，馀皆旧侣，竟日方散。（十九日）

静皆借余家请客，即为胜之饯行，并结兰契。余与胜之两人竟日始散。（二十日）

是日为曾敬诒（广铨）、王杉荩（树善）、王振夫、胜之、袁渭渔（宝璜）、

李少薇，皆出使东西洋者，馀则静皆、熙吉甫二人。（二十一日）

午为李少薇、袁渭渔、陈桂林、王胜之公饯于长吴馆，薄暮归。（二十二日）

竟日未出门。陈仁甫（同礼）、邹经甫（洪纬）来谭，余寿屏来谭。寄若溪、九如书，并大哥、二哥两书。（二十三日）

午赴寿平等五同年之招，为陪胜之。下午，胜之诒肴馔话别，到者十一人。（二十四日）

接署中知会，为乾清门内颐和园万寿殿等处对联，特派撰文五十人，余得列名焉，即进城谒麟掌院。出城公饯胜之于子嘉处。（二十五日）

晨起，送胜之南行，托带致大哥件。熙吉甫赠《好太王碑》拓本全分。午后，景维行招饮于大利饭店。谒徐掌院。（二十六日）

今日循去年旧例，为同年消寒第一集，在松筠庵，同人中去我山而入静皆，馀皆具同去年也。为少璞、木斋刻三印。（廿七日）

寄大哥、二哥、纯峰、《申报》馆四书。

“春痕院书相思字，春风定得相思谥。

春意总堪怜，丛芳无此妍。谁家新得种，化出相思梦。淞水老■流，春绡人影愁。”题改七芗《双红豆图》卷。

竟日未为一事。（廿八日）

晨起，赴熙吉甫之招，同坐刘静皆、锡远斋（恒）、熙敬甫、达甫兄弟。同至隆福寺，得《怀米山房吉金图》二册，见张金粟《石鼓文释文》，未购，为达甫所得。（廿九日）

晨起，至礼部磨勘山东、山西、河南、陕西四省卷。归，至龙泉寺，为潘文勤师三周忌。（三十日）

【光绪十九年癸巳十一月】

竟日未出门，心甚乱，不能坐定看书，为近日一大病。（十一月初一日）

昨宵梦中见蒋漱芸，欢喜如平时，若忘其已故，但觉久不相见耳。漱芸故已九年矣，何以忽来梦中，岂以故人得至今日，渠在九泉亦甚忻慰邪？欲记一诗，心乱不能下笔，甚愧。今日为消寒第二集。

木斋南中藏书皆付一炬，为之浩叹。渠贻新得《如肪墓志》，为天统时物，又唐先天元年马元卿造象，极精。

今日为寿平、静皆刻五石印。消寒第二集。（初二日）

饮于汇丰银行，为景维行主人，同坐徐颂老、凤石诸公。得听珊叔祖函，即寄回信。（初三日）

进城拜客。候锡远斋郎中，不值，即归。（初四日）

竟日未出门，灯下略检书读。（初五日）

午赴钱铭伯之招，见湘中吴雨川（永），为曾惠敏婿，久闻名而未见者，今已出山为直隶令矣。（初六日）

天寒甚，竟日未出门。汉辅、伯唐二君来谭。（初七日）

今日招锡远斋、刘静皆、沈振之、熙敬甫、吉甫、□甫、达甫四昆季饮，即于熙氏斋中。饮酣，以画为乐，间以习射，致足欢也，上灯始归。得二哥书。（初八日）

约徐颂老、陆凤石、费屺怀、刘静皆饮于吴幼舲处。幼舲，汇丰银行司账也。薄暮至屺怀家夜谭，出示新得刘泖生旧藏秦汉以来各拓本，唐墓志尤精，又石谷、南田、□□合作《渔隐图》册，为怡园物。

熙达甫藏钱梅溪手临各帖四大册，精美之至，可知名下无虚士也。闻尚有四册，未见，原有二十册，已不完矣。用各种旧纸临写，有潘三松题字、潘文恭公跋语。

熙氏兄弟各好目录之学，贵家子弟能如此，殊不易得也。

竟日未出门。（初十日）

今日为消寒第三集。（十一日）

下午赴子嘉之招。晚，印若、允之约作冶游，二鼓归。（十二日）

吴颖芝探花出示旧藏黄荛圃《问梅诗社课诗》第一册，题者甚多。又荛公《读未见书斋雅集诗画》册，亦有题者。旧归叶茗生先生得，后为颖芝之伯吴莲夫世伯重憙所得。

晨起，玉崙甫（昆）来见，胜之所授意也。进城至南池，久谭。候吴雨川，不值，归。（十三日）

为蒯荔卿前辈缩摹《天发神谶碑》文于所藏旧拓装大卷本之前，半宵而成。因知秦汉篆刻能知用笔起迄者，莫如此碑。然此碑不精拓不能知其妙处也，汉印中颇有此等字体，用笔非偏锋，正如悬锥，此虽篆字，然已开正书用笔之法，学书者不可不临此碑数通。

午后出门，饯吴雨川并贻画扇。晚至聚宝堂公祝翁印若。（十四日）

晨起，琉璃厂古玩铺人来，皆无精物。午后至鞠师处，因新迁居也。晚检书籍。（十五日）

午后，印若、中岛来谭。中岛携藤野贞子女士来函并照相一纸，重洋远寄，殊可感也。即作覆书，并寄薛涛笺、《鱼玄机集》。玉书来，云有丧明之痛，涕泣涟然，为之心苦。（十六日）

午，静皆招饮于锡远斋家。远斋贻文三桥刻青田石印“肺腑无寒温”五字，坚卓之至，今无此刻手矣，有边款。（十七日）

风大寒甚，不出门。下午，印若、子嘉来谭。上灯后，余出黄荛圃先生《问梅诗社图》册，爰仿其事，属印若画《来蝶仙堂诗画社图》册，余赋七绝四首，印若赋两首，子嘉成七律一首。《问梅诗社图》者，黄荛圃与尤春樊（兴诗）、彭苇间（希郑）三先生首倡于道光癸未正月，以后三十年来宾主递嬗，至咸丰壬子而渐散，自来诗社未有如此之盛且久也。故特仿之，且为我郡遗事，先辈风流犹可想见也。（十八日）

午后赴菊师之招。为巽之刻一印。晚，允之、印若、玉书约饮于广和居。（十九日）

两日未为一事。（二十、二十一日）

午后出门，偕印若至东城。暮作山水二幅。（二十二日）

天明至礼部磨勘江南、福建、湖南、湖北、广西、甘肃六省卷。午初至徐颂老处贺嫁女公子之喜。下午至凤石前辈家。薄暮，子嘉招

饮于万松老人塔西，二鼓归。（二十三日）

上午未出门。下午，木斋来谭。（二十四日）

赴锡远斋消寒之招，为刻二印，为熙俊甫刻一印。见介文夫人之画安鹑菊花大横幅，下笔苍老，英煦斋相国题一古诗，字学赵承旨，丰泽可爱，锡远斋所藏也。晚招子嘉、印若为诗画社第二集。子嘉画一佛像，临两峰本，为题三绝句。余又临两峰一小虫，又题二绝句，嘉、印各一和诗。（二十五日）

至松筠庵消寒，自作主人，上灯方散。（二十六日）

招远斋、吉甫饮于寓斋。晚间，彭畏蓉、子嘉来谭，即作画课第三集，题年大将军画竹垞太湖众船竹枝词诗意卷，三鼓方散。（二十七日）

午赴子嘉招，至安徽馆午饭，陪郎师。晚，孙师郑、子嘉、印若、允之来寓斋作画，诗会第四集。（二十八日）

是日晚间，子嘉、允之、印若来，补昨四集诗画，且约翌日至允之家为第五集。（廿九日）

见恽南田十万图画册，山水秀绝，索值至八百金，可云贵矣。晚至允之处，为画社第五集。（卅日）

【光绪十九年癸巳十二月】

晨出门。午赴中岛之招。晚归即睡。（十二月初一日）

晨赴敬甫、吉甫、俊甫昆仲之招，同坐沈振之太守世伯、先水部（善）、尚会臣太守（其亨）、增寿臣郎中（崇）、增仲修郎中（统）、耆少权比部（龄）、耆子鹤太学（康）、广少岩员外（润）、恩悦川员外（繶）、恩禹之令史（绩）、锡远斋、刘静皆及杨幼鸿（锡宸），二鼓始散。（初二日）

下午出门拜客。晚作鲁堂、大哥书。（初三日）

午赴少璞消寒第六集，于松筠庵。晚至子嘉处。（初四日）

午，揖乐、印若来谭。午后吊许星叔师之丧。晚至万松饭。（初五日）

今日为慈亲为外祖母释服之期，唪经一日于法源寺，僧七人，并祭菜一席，佛前五供三处，并香蜡各事，共银十二金，竟日方归。（初六日）

柯巽庵前辈来谭，言杨新吾在鄂中征刻宋本各书，甚精善。

竟日在家。晚，子嘉、允之、印若来，为画社第六集。（初七日）

黎莼斋贻廿四金，盛杏荪贻十二金，彭伯衡贻八金。时黎官川东道，盛官津海关道，彭官济宁州也。

竟日在家。（初八日）

上午写同乡京官谢蠲缓漕粮恩摺。下午赴杉蒅、韵春之招。晚，子嘉、玉书、允之、印若来，作诗社第七集，成柏梁体三江全韵诗。（初九日）

午贺钱鸿伯嫁女，候徐挚芙，方自蜀使归也。得大哥、积馀书。（初十日）

“南部烟花梦已阑，柔枝嫩叶付春寒。皕年收拾香橱蠹，喜有簪花妙格看。

想见衫舒钏重时，玉窗香茧界乌丝。独愁一事梅郎误，不誉能书只誉诗。

举举师师姓氏迷，飞琼仙迹近无稽。蚕眠小款珊瑚押，莫误杨家妹子题。（靳介人注梅邨诗，以《画兰曲》及《无题》四律皆指卞赛妹敏，然无塙证。今见此联，知即为玉京道人咏，并非指蒋家三妹也）

爱读琴河感旧诗，枫林霜信叹来迟。秋风红豆相思种，定为萧郎写折枝。

小叠琼笺墨未干，■波比目画谁看。青骢容易卢家别，莫抱瑶■下笔难。”题玉京画并赠小宝。

“春草蘼芜山上山，高楼飞絮去还还。柔毫拓得秋风影，■墙当头慎莫攀。

嫩叶娇芽著意摹，女郎名字称心呼。分明一片相怜影，莫当唐宫素女图。

六甲灵飞署小名，茧函香冷麝煤轻。问卿忏尽因缘未，如水年华海样情。

白袷乌巾忆胜朝，江南子弟陋金貂。一家春属空轻附，转问秦淮旧板桥。

学士风流出内家，睦亲旧宅冷霜华。荒摊拾得瑶清箓，珍重萧斋玉画叉。

写得群芳稿一丛，罗浮仙影亦匆匆。白门依旧秋风老，持赠谁家袖底中。

金粉南朝半寂寥，春灯燕子梦寒宵。歌阑舞歇闲窗坐，不共新枝斗楚腰。”

午后至木斋处，晚赴艺郛之招。（十一日）

晨起，赴熙俊甫之招，半夜方归。（十二日）

午后至南池小坐。晚灯成题画诗十二绝。（十三日）

午后至万松约锡远斋、孙文卿、陈哲甫、子嘉、印若诸君，半夜方归。（十四日）

竟日在家，未为一事。（十五日）

子嘉万松之招。晨先至莒正义学查课，以《南部烟花》画件贻小卞。（十六日）

晨至广和居请吕子明、汪伯唐诸君。下午赴刘衡甫、王镜泉（鉴）之招，为豫丰泰银号友也，见谢佩孜（庭芝），四年不见矣。（十七日）

午赴汉辅之招，同坐中岛雄、堤虎吉、高洲赞臣，皆日本人也。张君立（权）后至。中岛题壁于同兴楼。得王子常、袁爽秋二书。（十八日）

午赴杨荫北之招，见其藏石谷长卷、恽扇面十二叶、各家扇面二十叶、陈曼生写生册，皆极精妙。晚赴张巽之消寒第八集。（十九日）

午后出门，候锡远斋，招熙敬甫兄弟来，同至大和兴小饮，半夜归。顾缉庭贻十金。（二十日）

午赴梁舲院同年之招，薄暮归。（廿一日）

竟日未为一事。（廿二日）

晨赴国史馆，为新派协修，到馆书“某，字某，某处人，现官某，于某日到馆”，志传兼修一纸，与茶房四千文，即归。请哲夫、徐叔鸿、刘幼丹、缪小山、陈润甫、蒯励卿、王子献、徐孯芙饮，晚灯始散。（廿三日）

至德兴堂赴沈振之之约，同坐有字乐亭者，为喀拉亲王世子。（廿四日）

至灵清宫吊许■慎师。午后至葆处饮，半夜始归。（廿五日）

至万松饮，半夜归。（廿七日）

赴凤石前辈之招，晚归。（廿八日）

赴张君立之招，同坐中岛诸君，薄暮始散。（廿九日）

下午出门拜年，晚归。

汪芝房贻十二金，吴蔚若贻十二金。

［按，以下为第十七册末杂记］

大阪府川口本田町三十番地清商震记陈春波。

桑叶煎汤候冷，加盐少许入甕内，浸柿，没其头，隔二宿取食，鲜磊异常，可不涩。（见《陶庵忆梦》卷七《鹿苑寺方柿》）

长崎丰记朱辅清（丰记本号）。

长崎源昌陈礼华、苏道生（稼秋函）。

长崎德泰欧阳献典（唐式甫、苏梦渔）。

长崎新地鼎泰孙廷梁（朱季方）。

长崎三馀明记沈师敏（和昌成，泰记信。王轶夫，唐■）。

宜古斋，六两七钱，五两。

聚好斋，五千，清。

益文堂，一两，清。

征文馆，二两一钱，清。

泰来，二两七钱八分六厘，二两。

■古，二两，清。

□莲青，一两。

□,六两。

□,五两,清。

□,四两三钱,清。除洗皮。

□,廿两。

□,廿九千。

□,廿五两。

□泰,六十两。

□□,十五两。

合盛公,□十两。

何文华,■十两,合前■十四两二钱八分。

江苏同乡如有灵柩回南,请至天津城外紫竹林铁路公司旁江苏杨公馆,报明姓名、籍贯、住址,由天津招商局送上海招商局,每柩查具贴水脚费捌两。送到后,该局出有提单,该柩亲属凭单领柩。

江苏经理人:直隶候补道杨鸿典,号鹄山(公馆在紫竹林铁路公司)。

浙江经理人:直隶候补知州胡恩溥,号仲山(公馆在城内刘家胡同)。

灵柩在天津上轮船时,必须先行报关,否则洋人不答应。

此纸可向江浙印结局告知,或刻一张告白在江浙全省各处会馆遍贴,周知各同乡。[按,此页笺纸附于日记原稿第十七册中,原笺印花为“寄蛣庐”楷书三大字。]

笘謻日记第十八册甲午正月朔日始，光绪二十年

【光绪二十年甲午正月】

卯正三刻二分，内子举一男，拟小名曰正，拟大名曰正■，拟字曰卯君。（正字避家讳，丙申元旦改名曰新）

午至叶师、郎师处拜年，晚归。（甲午正月一日）

早出门拜西南城各家年，午归。薄暮至上斜街各家贺年，子嘉来订兰谱。（二日）

午约印若、再韩、允之、子嘉、畏若、仲午公请九县同乡，薄暮归。同人来，作投子戏，半夜始散。寄听珊、大哥、俊峰、友竹四函。（三日）

午后出门拜年。晚至子嘉处作投子戏，通晓未睡。直至午后，至琉璃厂一游始归。得若溪书。（四、五日）

午至江苏馆，为同乡公宴。午后至西城拜年。晚至艺老处，作投子戏，半夜归。得胜之书。（六日）

在允之处作竟日叙，半夜归。（七日）

至哲夫处谭，见其书画各种。下午至东城拜客。（八日）

郎师招饮，竟日始归。（九日）

出门拜年。（十日）

鞠师、颖芝招饮于安徽馆。薄暮至火神庙，得方大猷通景屏六幅。（十一日）

哲甫至余家借坐，饮君立、寿平诸君。（十二日）

同乡公请饮于江苏馆。（十三日）

玉书、畏蓉招饮于福兴居，晚归。（十四日）

午偕寿平、哲甫至君立处，同进顺治门，途遇吴(四)镜峰，至西苑门外一家，主人孔(六)润亭，即同至海屋小坐。又有主人李(七)润泉来陪，甚殷，出膳留饮。毕，出门至剧室后目迷五色，见一上坐者，一进食者而已。电光如昼，又见万树银花涌出水晶世界，奇观哉。初于剧室返后，途遇双灯来，急退避墙角，灯去始出，知为某主也。三鼓归。(十五日)

得王夔丞、沈葆卿、钱琴斋诸书。竟日未出门，亦未能为一事。(十六日)

午赴汪范卿之招，陪郎亭师。晚至印若处，为允之画两幅，题词一首。

见翁泽之(之润，为弢夫前辈子)《岁寒杂咏》十绝，清丽可诵，年仅十六七，美材也。(十七日)

朝唁叶茂如。午赴余寿平之招。下午赴张鹿陪之约，薄暮归。(十八日)

午赴孙问清之招。晚，寿平招访温如，娟静自好，如见松雪行书也。(十九日)

于问清处见成邸大楷书卷，刘文清行书卷，钱梅溪写《诒晋斋诗》一册、尺牍一册。又以宋藏经纸背界朱丝，临《黄庭经》全卷，小楷，尤精绝。与前所见熙达甫处四册相同，首有三松老人题字，刘文清卷后有王惕夫题字。又陈曼生写郭频伽诗册，行书，绝精洁。又乾隆各家书册，有梁山舟小楷一页，斩截秀雅，与晚年书大异。

午后赴汉辅之招，晚归，早睡。(二十日)

晨起，进城至郎师处，薄暮归。(廿一日)

午后携阿聪至厂肆一游，同至福兴居。晚，允之、子嘉同游于女闾。(廿二日)

晋古斋送来麓台册一本，进呈物也，绢心八页仿各家，以金签标题帖于边绫，绢色雪白如新。又梁诗正恭楷录《御制题画诗》一小册，绝精。[按，此页天头曰：诗册已收得，麓台册为李新吾所得。新吾旧有四页，真珠还合浦矣。]

头疼竟日，未敢出门，亦未能为一事也。（廿三日）

招哲夫、杉荪、少薇诸人饮。晚至印若处，为投子戏，大负而反。寄纯峰书。（廿四日）

“新柳诗成正此时，海王村市梦思之。寄情更写游丝篆，当谢渔洋校刻诗。（叶云谷曾与先生同刻渔洋五七言诗，事亦在乙丑年。云谷，花溪子也）[按，此条天头曰：叶花谿新柳诗册，覃溪有题句，曾见真迹于厂肆，亦同作于乙丑也。]

富春大岭祝耆年，同寄秋函岭峤边。试读复初斋一集，尚堪故事说蝉嫣。[按，此条天头曰：去年先生又为云谷题大痴《富春大岭图》寄祝花谿寿。]

汉石唐碑公独擅，峄山小篆未同称。如何绝似孙洪派，对此难猜老辈能。”题翁覃溪乙丑秋日为叶花谿书篆联。

下午至吴晴舫处，一坐即归。送王杉荪行，不值。（廿五日）

竟日未出门，课阿聪读，自圈读《芙蓉山馆诗》一卷。寄友竹、若溪书。（廿六日）

午偕子嘉至同和楼，见瑞鹤庄、延煦堂诸人，薄暮归。（廿七日）

为喀拉沁王世子费桑诺尔布（乐亭）画并头牡丹小幅，以记其家瑞也。

今日为伯愚前辈招，观剧于安徽馆，竟日而归。

卖画者呼姓送来覃溪手钩伪绛前本《兰亭》一册，附杂跋数纸。又《道因碑》一册，旧为陈伯恭藏本，印记累累，附一跋，云是宋拓本，未敢信也。（廿八日）

曾重伯招饮于聚宝堂，同坐刘毅吉粮储（肃）、龚怀西孝廉（心钊）。上灯后饮于万松，主人为王惠堂（云杰）户部，半夜归。见陈梅生（廿九日）

【光绪二十年甲午二月】

癸酉科团拜于湖广馆，凤老招往管理账务，半夜归。（二月初一日）

午后偕子嘉之万松，薄暮归，饮于广和居。（初二日）

竟日在家。胜之门生张彦儁（字朝一，枣强人）来，杨荫北、徐莹甫（仁镜）来谭。晚赴曾慕陶之招，在万松见王幼遐、查荫阶。（初三日）

初一日夜梦有人持示一书，名《羚羊角》，书中专述书画赏鉴收藏等事，颇有记忆，诚一奇事也。

今日为正儿剪髾，内外备菜二席，竟日未出门也。得晋峤书。（初四日）

“欧亚本连邦，所隔本无几。万里一帆轻，等是磨盘蚁。昨夜使星明，行装发华炜。送君出城堙，临风一长唏。男儿志四方，区域历美玮。高嘱古唐虞，盛事今实伟。流沙轻户枢，昆仑小脊尾。直过五印度，四读走亹亹。彼邦茁聪窍，致富敢芴菲。听声不察色，妬恶习予娓。友伦重远道，保身当后扆。言拙貌益■，似春到百卉。邮驿函投轻，飙轮速电焜。胜是梦颜色，情动月到朏。依依袂判胸，惘惘丛成苇。敢告使君前，陋辞意当韪。”送季友随使英法。

竟日未为一事。（初五日）

己丑团拜，听剧竟日。见吴雨川并生弟。（初六日）

晨起，送季友行，至子嘉处午饭即归。寄纯峰书。（初七日）

至远斋处午饭，同坐英菊垂侍郎（年），馀皆熟人。（初八日）

晨赴梁巨川之招，同坐那幼农公爵（图苏）、陆午庄同年（嘉晋）及幼农郎竹湘。下午，叔鹏及陆守默（清翰）自南来，叔鹏来赴礼部试，守默则为阿聪师也。（初九日）

竟日未出门，未为一事。得叶步瀛（之新，■■永安县）同年、罗督甫两书、徐仲孺书。（初十日）

吴仓石(俊卿)自江苏来,出示自画各件,有八大山人笔趣,自刻《缶庐诗》一册,清逸可诵。午后同游琉璃厂,晚归。(十一日)

午后至徐积馀处,同访万松,夜半始归。同坐王半塘、查荫阶诸老。(十二日)

曾慕陶招饮,同坐雨川兄弟、蒋树人,皆楚产也。

竟日未为一事。(十三日)

午赴万松,为子嘉之招。(十四日)

午后进城谒那幼农,不值。见梁巨川、景月汀。晚至允之处,画一帧。(十五日)

晨起,进城至郎师处,晚归。(十六日)

竟日未为一事。(十七日)

赴陈润甫前辈之招,在安徽馆。(十八日)

竟日未出门。(十九日)

晨,章□□来,为硕卿侄。午唁笃斋。下午拜客,至屺怀处久坐,薄暮归。晚赴刘毅吉之招,在韵秀,同坐张子饴(端本),馀皆熟人。左子翼。(二十日)

晨未出门。下午至南池,晚归。(二十一日)

午,大哥自南来,早遣车至于家汇迎得。赴徐霅芙之招。(二十二日)

竟日未出门,晚至广和居饮。(二十三日)

《礼器碑》侧"左叔虞"下有"河洛"二小字,字画极细,见翁覃溪《复初斋诗集》卷五十八。

"金萱树茂北堂深,王母琼筵启■琳。袍烂绣行诸子贵,训传班诫一家箴。断机旧德征前史,挟纩慈恩感众心。曾忆登堂亲拜母,丹觞敢■德留音。

江左清门旧令仪,扶风母系毓兰支。髫天福语平安镜,凤岭家书弟子规。绰楔恩■珠綍重,板舆■■锦樯迟。遥从北平窥南婺,敬献金樽呈寿诗。"祝朱母马太夫人七秩寿。

竟日未为一事。(廿四日)

晨至午门坐班,归。仓石来谭。午后,中岛来谭,去。即赴缪小山之招。晚赴张子仪之招,游厂肆,得《汉学师承记》一部,为郑小谷手批本。(廿五日)[按,此条天头曰:此书已赠王幼遐矣,因其同乡也。]

午赴潘仲午世叔之招,即归。(廿六日)

晨至湖南馆,为戊子团拜(分一两八钱)。午至聚宝堂,为徐积馀之招。又至安徽馆,为陈哲夫招。晚至炭儿胡同,为沈研传孝廉(瑞琳)之招,戌正归。(廿七日)

江苏全省团拜,薄暮即归。(廿八日)

午赴张吉人先生之招。晚灯未为一事。(廿九日)

午赴张君立招,在畿辅先哲祠,观杨忠愍公自书年谱手卷,首页中有画一[花瓶插花],上书嘉靖某年月日立,下书"付儿子应箕收"语,甚长,大致与刻本同。末云此纸在梱床,上书字小而甚款博,忠节之气凛然,语长,不及遍读一过为憾。

借潘仲午世叔覃溪响拓本《常丑奴墓志》,与余所见响拓《兰亭》同,皆用油纸双钩填实,用墨如漆。后有冯鱼山一跋,首有"东卿过眼"、"叶志诜"两印记。

"考证乾嘉老辈多,此盘得失究如何。微闻半夜荒园里,新拓浓煤上指螺。

孯经旧本留方印,钤认猩红骨董家。知否翻沙留别器,清仪阁子细摩挲。

一纸珍翰十万泉,锦赙玉轴镇缠绵。寒斋亦有新收本,破费重摹十样笺。"右题散氏盘。

"笑煞疁城钱叔子,居然放胆手重镌。吾家曾得模糊本,混沌犹存未凿天。

灵岩山馆付秋蓬,枉费英灵集子工。此鼎居然成大隐,还将遗事话青铜。"(三十日)

【光绪二十年甲午三月】

日来公车络绎，酬应纷集，并以囊空粟乏，殊无好怀。累日闷恼，懒于操管，已十馀日矣，可愧。

孙仲容（诒让）来谭，向未见及者也，于古金文审释极精塙，闻有《周礼正义》，已成书矣。（三月一日至三月十一日）

半塘赠新刊景宋鄂州本《花间集》，极工。

午约孟朴诸君饮于广和居，薄暮散。（十二日）

竟日雨，未出门，亦未为一事也。（十三日）

天阴，懒未出门，亦未为一事。（十四日）

午约吴仓硕、张吉人、高洲太助、王孝禹（瓘）、吴彦复（葆初）、江润生（云龙）、梅韵生（振瀛）饮，约郭君殷，不至。得振夫书。（十五日）

至举厂接场即归。（十六日）

竟日未出门。（十七日）

竟日未出门。下午忽知有大考事。晚见上谕，已定廿六日。钟西云侍御有言，翰林拥挤，欲变动章程故也。[①]（十八日）

自十八日闻有大考信，几至寝食不安。日课一赋，夜写摺子，竟日不见客，不出门，至廿五日。

廿五日两点钟由家中起身，至中左门天尚未明，略于上驷院蔚若寓中小坐。天明即开点，五钟二刻即题下，为《水火金木土谷赋（以大功之德皆可歌也为韵）》、《书贞观政要于屏风论》、《赋得杨柳共春旂一色得林字五言八韵》。赋完已十二钟，即写上，三钟始毕；做诗完即直书；论至六钟半方全完。同坐秦佩鹤、韵臣、沈子封、缪小山四前辈及叶鞠常师，皆代挖误字，出门归家已上灯后矣。（廿六）

---

① 《光绪朝上谕档》："光绪二十年三月十八日内阁奉谕：考试詹翰，自光绪元年后久未举行，著于本月二十六日在保和殿考试。所有应行预备事宜，著该衙门照例办理，钦此。"

是日薄暮，王幹臣探得等第，云在三等前列。派读卷十二人。（廿七日）

是此日起仍写二十格白摺以备考差，不敢多出门。

有人来言常熟师覆勘试卷，见余卷，欲拔置前列，为南皮所止，可见自有命在也。

【光绪二十年甲午四月】

至乾清门候引见，辰刻至乾清宫阶下，口奏履历曰“臣[江标]，江苏进士，年三十五岁”。是日为四月初七日也。

招会试者饮，以病胸不能陪。（初八、初九日）

赴保和殿考试差题，《论笃是与，君子者乎》，经题《南山有台，北山有莱》，诗《槐阴清润麦风凉得清字五言八韵》，未刻即完，未正四刻出场。（十五日）

十一日至城内听红录不得。饮于西番馆，大哥及沈兰台、孙燕秋三人也，薄暮归。戌正得燕秋中信，亥正得大哥中信，一家两得大喜，阖宅欢幸，惜叔鹏一人向隅耳。

十二日至师门各处叩头，为大哥座主例亦称师也。（十二日）

至中左门接大哥复试出场后归。（十六日）

至南池见郎师，云有喜信。（十七日）

数日碌碌，未为一事。（十八日至廿一日）

天明至乾清宫引见，即归。顾康民来，云薛叔耘年伯专摺保奏使材，余居其次，首曾重伯，三则胜之也，附摺一为曾莐臣世叔、黎莼斋丈二公，云即日由总署代递，托康民抄摺底一看。自念讲求外务已十有馀年，近来泛滥人海，反于此道相隔，今忽膺荐牍，颇深惭感，惭其于此道究竟未能通达，而感叔耘年伯不藉一语之求，竟许其重任。将来即未毕奉使，而有此一荐，亦足以慰我生平素愿矣。（廿二日）

寄胜之书。（廿三日）

鼻血不止，形神俱惫，在家静养而已。在乾清门听宣，知大哥列

二甲。（廿四日）

竟日未出门。下午凤石前辈来，开一方而去。（廿五日）

午赴芸阁之招，在嵩云草堂，同坐多熟人。（廿六日）

至允之处贺喜。至翁师处拜寿。馀未为一事。（廿七日）

至叶师处贺君宜新娶竟日。薄暮至东华门接考，途遇大哥、燕秋，同至大利饭店，至天黑出城。（廿八日）

竟日头胀，未出门，大约肝阳所致。午后以细故大怒，自不可遏，事后思之，尚属过分，古人“惩忿”二字，不易也。薄暮知大哥朝考一等第四十六，并燕秋二等。大哥大约可得庶常矣。（廿九日）

午后，重伯招饮，同坐康长素（祖诒）、黄小麓（传羲，为传郭仲苏兄，江西知县，通易学）、丁莜生（□□）、俞恪士（明震）、夏穗卿（曾佑）诸君，皆一时学者，薄暮归。得芾卿书，云薛年伯摺今日上递。得友竹书。（卅日）

【光绪二十年甲午五月】

竟日未出门。晚饭至重伯处谭，见薛年伯荐举摺底节略。又与重伯谭交涉事，云不能过泥交涉故书。见重伯诗词稿，才大可骇，携归读之，自惭形秽矣。振夫电汇百金。（五月初一日）

竟日出门拜客。至熙敬甫处小坐，见康长素《广艺舟双楫》，言钟鼎彝器皆出刘歆伪造，殊属可笑，人之好僻，一至于此。（初二日）

日来“忿”字所犯愈深，肝火大旺，动辄以气争，而头疼殊甚，颇自愧也。竟日未出门。下午，重伯来谭，亦毫无心得处。（初三日）

得振夫书，又从归凌乔处划付百金。良友惠我，至矣尽矣，如不能得此两数，其何以过节邪！（初四日）

上午出门拜节，下午未出门。寄振夫、黎璧侯书。（初五日）

数日未为一事。（初六日、初七日）

晨至慈仁寺公祭顾亭林先生，归。谒李芍农师。答硕卿、仓石书。（初八日）

竟日未为一事。（初九日）

午后知大哥点用庶吉士，燕秋点用知县。此次中书点用至五十三人之多，罕有之事也。（初十日）

午后至志伯愚师及昆师母处拜寿，冒雨归。（十一日）

上午至蔚若处，见其新收董仿李晞古卷，纸白如雪，与余所藏《东余山图》卷同。马湘兰花卉册八页，有王伯谷、张敉、冯梦桂诸家题诗，国朝则有王梦楼、潘三松诸题，精品也。白玉蟾书募聪及诗卷，有冯涿州题。汤雨生山水小册。钱箨石墨笔花卉册。翟琴峰《江南春》卷，有自题诗曲及同人题诗。徐俟斋、邵文庄书札卷二，皆佳品。又从吴颖芝处借得黄荛公《玄机诗思图》册，有自画镜中影小象，题诗极多，可补《年谱》也。徐积馀赠金青侪自书诗小册，系赠法诗龛者，金为吾郡人，故积馀购赠也。晚赴汪穰卿之招，同坐杨叔乔诸君。（十二日）

孝禹招饮于陶然亭，同坐有王念庭（王振声），馀皆熟人也。晚赴王半塘、况夔笙之招。

见莲生前辈，言近直南斋，命检阅书画，皆景阳宫御书房所贮藏者。（十三日）

十日未记，以境遇窘迫，室无储粮，见人得差络绎而去，不恨运之不利，而愁囊之久空也。（十四日至廿三日）

陈哲夫（明远，海盐人，诸生，至观察）来订兰契。

竟日未出门，以昨夜雨如倾盆，不能出门也。（廿四日）

午后至哲夫处，见其旧拟条陈，欲向日本索还琉球，以刘永福为总统，全权琉事，亦创论也。

日本之取琉球，动云因中国不为保护，恐为他国所得，有碍全局，故取之。如中国肯为整理，尽可归还也。实则日本取琉球以示天下以强，以慑高丽，以惊中国耳。其土地无所产，必借日廷为之接济饷费，渠意所不料也，今虽悔之已无及，故有仍还中国之计。

闻日来高丽东党祸起，日本借保护为名，约中国共往兵轮。现党

已散，日兵不撤，云须为高丽经营国事，否则恐有覆卵之危，是仍取琉球之故智也，不知中国当轴何以覆之。（廿五日）

因雨未出门。撰拟庆典联文，初次二十二副成，录稿送署。（廿六日）

消夏第二集，主人静皆，薄暮始散。（廿七日）

午后，孙师郑招饮于江苏馆。（廿八日）

书窸斋丈寿屏毕，篆书十二条，为郎师撰文。

午后至屺怀处，祝年伯寿。出，答潘经士（盛年）、刘荫柟、洪肇东。与盛杏荪书，极言津通宜造铁路，为荒政第一要著。又与晋峤、听珊叔祖书。

见凤石前辈近奉敕检理大内书籍字画草目，有《墨庄漫录》一书，抄本，唐六如手校，陆师道跋。闻有一宋本书，钉线于书口，此大奇事。（廿九日）

屠敬山云在上海见《渭南文集》，即荛圃藏宋本，系蝴蝶装，极精，索值百金，惜不能得之也。云字画斩方，有丰棱。

【光绪二十年甲午六月】

晨起，至南池祝郎师寿，以丁南羽白描《兰亭图》、陈刻《翰林学士集》为祝。午后大雨，出城赴柯巽庵前辈之招，在松筠庵。（六月初一日）

景阳宫有乾隆时翰林抄《文选》大小两种，皆有纯庙御容，现已另呈御藏矣。陆凤石前辈云，标■案此事详见《恩福堂笔记》。

竟日未出门。（初二日）

下午至葆良同年处一谈。

沈子培贻译署新印英教士兰士德《中亚洲俄属游记》，系南海杨兴垣（枢）所译，中地名人名须以粤音求之，所言一切可与余所译《中俄交涉记》参看。

日来高丽事颇有蠢动，检各书阅之，知俄人西比利亚铁道将成，

故日本有所畏惧,借东党之乱以动兵,知会中国以同作保护之计,或有疑日本心怀叵测者,似是而实非也。(初三日)

闻合肥相国于高丽事一无举动,实则真无可举动也。

午赴仲午之招,候李橘农,畅谭而反。(初四日)

竟日雨,未出门。(初五)

嘉庆甲午重编《天禄琳琅》,今年南斋诸公奉敕三编,亦值甲午,诚奇事也。

康熙葫芦器,云制成极难,见《西清笔记》。

竟日未出门。致晋峤、玉书、振夫、少芙四书。(初六日)

竟日未为一事。(初七日)

上午至江苏馆,为新科公请同乡。下午至郎师处谭。(初八日)

晨访沈友卿(同芳),小坐,候徐积馀,至嵩云草堂。赴徐孶芙、吴冏斋之招。(初九日)

晚拟日高策,大致宜和不宜战。

晨候李木斋,同至志伯愚师处(以兄之师),议日高事,颇以不战为非计,实则即战胜果足以保高乎?殊无以解此说也。且看后来。(初十日)

数日未为一事。略拟治高策,恐徒为杞人之忧也。(十一至十五日)

湖南章觐流(同)、曼仙(华)同请午餐,同坐吴镜斋[按,当作经才](纬炳),系戊子同年,十年不见矣。

竟日未出门,大雨不止。(十六日)

晨至郎师处午饭。归,作与马眉叔、陈哲甫处书、章硕卿书。(十七日)

天雨,竟日未出门。补论高丽事,似有肯中者在也。(十八日)

录一稿,交郎师转呈高阳师。(十九日)

得郎师书,云高阳师极言鄙说之善。又改写一分呈翁师。(二十日)

得木斋书，亦言高阳师甚赞条陈。往谒，未见。中岛来。（二十一日）

晨谒高阳师，云已将条陈存军机处，并属再拟一妥办之法。午后候中岛。此人至正经事语语脱卸，其滑可知。晚拟一条陈，仅两端而已：一以陆路进兵，一速遣专使。（廿二日）

晨起，写昨稿。午后知薛叔耘先生薨于上海旅次，为之怆然。（廿三日）

午后进城见郎亭师，云两次条陈皆为高阳师送军机处。（廿四日）

午后，芸阁、木斋来，云高王已至东京，则大有变动矣。（廿五日）

午后至中岛处，知海上已见战事，则已决裂矣，且看后来如何结局。（廿六日）

竟日未出门，画扇四柄。晚为王孝禹题旧拓各汉碑。（廿七日）

蔡鹤颀[按，当作卿]来(元培)谭。

邀锡远斋、熙氏昆仲、木斋、静皆饮于家，以书画为乐，为消暑第五集。（廿八日）

进城至郎师处。午后赴钱鸣伯之招，同坐许石生观察(湖南人，久居扬州)。（廿九日）

【光绪二十年甲午七月】

竟日未出门，天甚热。暮赴巽之招。拟兴钞币条陈。余谓钞币须与鼓铸并行，不用机器铸银饼则无分两为准，将来钞纸必受其害，必不能通行矣。议以先购机器铸银饼，将来俟各省解饷到京之银即付鼓铸局，发出之款即用银饼。（七月初一日）

竟日大雨，不能赴熙隽甫之招。（初二日）

上午偶因小故，夫妇以口舌大争，事后思之，觉甚无聊。

洪景蓌(禧，苏人，浙江知县)贻廿金为别。（初三日）

为《治日议》一篇，生四条，呈于高阳师。（初四日）

天甚热,竟日未出门。心甚乱,不能做一事。振夫属许升归,带来朝鲜舆图,系日本刻本,甚精也。(初五日)

至国史馆,分得忠义门《王瑞传》,咸丰朝广西初办发逆时事也。午后,贝达夫表叔(蕴章,浙江知县)来京。(初六日)

数日来心绪纷如,又闻人言交谪,谗口继起,不满于鄙人。大致为洞悉日本情事,与日人来往,即借此为题,实忌我得名于朝耳。自问行事正直,不惧人言,公道之明,久而自出,翻然思之,又觉哑然矣。(初七至十二日)

昨送许鹤巢先生出殡于长椿寺,同乡老辈又弱一个矣。

竟日与木斋谭,颇有识见,自问少渠一岁,而远出渠下,朽木无能,可愧可恨。

得胜之两次书甚详,即覆渠一函。

卜骨牌数,得"范丹灰里卜行藏,相对牛衣泣未央。秋圃黄花看晚节,太公八十遇文王"四语。

竟日未出门,略检书读之,殊觉心乱。人之废学,可畏如此。(十三日)

与大哥同作主人,约章曼仙、吴冏斋诸人。竟日未为一事。(十四日、十五日)

晨送燕秋南归。(十六日)

晨坐骑至东便门外,送大哥回南。稚鸭长芦,微波小艇,神往江南矣,别绪萦然,不怡竟日。(十七日)

晨至许鹤巢丈家,检其遗书磁件等,为评价值,竟日而归。因念人之一生,玩好收藏,实皆身外之物,己之所好,子孙未必好之,况无子孙乎?散翰零落,墨迹未干,怆然无已。

鹤丈手校《文选》、《四史》精勤无比。(十八日)

竟日天雨,未出门,亦未为一事,闷甚。(十九日)

天大晴,竟日未出门。下午,郎师来谭。

潘希郑(任),常熟诸生,子昭先生孙,来赴京兆试者,贻其自[刻]

丛书，名《希郑堂丛书》，或有讥之者，然终是读书有志之士。

心无把握，便有失检处，事过，悔之无及矣。或不悔而尚怦怦于心者，尚得为人乎？书以自戒。（二十日）

上午至上斜街检鹤丈遗书十馀种归。下午未出门。（廿一日）

晨起，王振夫自奉天回，即止余家。竟日大雨。晚二更见路灯上有蝶影，视之，仙也。旧缘重访，岂有慰故人乎？留以入室，合家瞻观，饮酒自若。念日来谗诼交诟，人方引避之不遑，而仙忽来慰我之寂寞，喜极记之。为生平见仙第五次，装［按，当作庄］严妙相，各个不同，然四跌破翅，一成不易，为奇事耳。明日拟对仙写影。（廿二日）

晨起，为仙写影，甚似。午后至郎师处，略坐即归。（廿三日）

竟日未出门。午后，木斋、芸阁来谭。（廿四日）

出门拜客。见龙伯鸾（凤镳，广州人）。午后至王孝禹家，贻金器拓本二册。（廿五日）

竟日未出门。灯下占骨牌数，似时运未必大通，恐仅得房差，然则窘甚矣。（廿六日）

数日来如坐愁城，一筹莫展，心境之劣，莫过于此数日矣。（廿七、八、九、卅日）

【光绪二十年甲午八月】

晨起，杳不得差信，意为成画饼矣，即作一函与郎师，声泪俱下。至九钟后，忽报来，奉旨为湖南学政。意外飞来，颇觉非分，然不能不有此一举也，天无绝人之路，信然。（八月初一日）

自初二日起，遍谒各师门，并来贺者络绎不绝，然绝无可记之事。夜阑人倦，懒于动笔已九日矣。（初二日至初十日）

昨晚宿郎师家中。二钟二刻起身，坐骑至西苑门，三钟到奏事处朝房坐，庞䌹堂前辈已到。候至天明，知召见三，起首钱子密年伯，次䌹堂前辈，次即余。即随奏事官径至勤政殿东小屋坐候。见麟、徐二掌院、徐小云侍郎。至六钟，候引见诸官毕，即传钱年伯进，有一刻之久。复传絅堂前辈进，有五分馀，即传余进。至勤政殿东窗门，进东次间外，内监揭帘，进见。皇上南坐，前安一御案，用黄团，进门稍退几步，即跪下去帽，口奏"臣[江标]叩谢天恩"，即叩头四五，起，戴冠立，进数步，跪御案右角，近天颜仅咫尺矣。上问："在翰林院当差？""是。""多少年纪？""三十五岁。""你是江苏人？""江苏苏州府人。""在衙门当差几年？""四年二个月。""曾经大考？""三等十七名。""曾经得过差没有？""两次考差皆未得。""此次学差是初次？""是。""江苏年岁如何？""较去年相同，为夏天旱而热。""京中雨水太多。""较去年稍好。""湖南文风还好？""近年极盛，考数亦多，武事亦多讲究。""闲来常看看书？""考据词章兼治，并于国朝掌故亦略讨论。""汝于板本晓得否？""略知宋元板并旧校旧抄各书，近日颇不易得。""近来兴洋板书。""现在盛兴石印各书，因近年物力不如以前，刻工皆贵，有此等新法，遂致风行。初兴于上海，近来广东、天津皆有。初仅墨印，近有印五采者。""其价闻甚便宜。""大约照刻本廉十分之九。""翰林院向有藏书。""闻多不全，大约年久未经编排之故。""《图书集成》石印尚未印成。""此书本多，惜《永乐大典》翰林院中已多缺失。""此书已无全帙。""闻尚有全分抄本。""曾经查过，并无全书。□□□乙千□□（此句听不清）。日来海面上不甚平静，外间谣言若何？""初尚有所闻，自屡降谕旨，人心渐定，近已寂然。""日本太无理。"其国甚小，兵力亦甚弱，似尚易制。""海军太无用。""中国海军本来创始仅十馀年，陆军则较各国为胜，因其能耐劳苦。""进兵太缓，海军提督太难。""大约胆小无识见。臣前曾坐过定远兵轮至台湾，以大风转至澎湖，可见毫无把握。实则日本兵轮仅三十只，其大者仅同经远、来远大，不如定远、致远之坚实。""朝鲜近亦依附日本，其情可恶。""彼国分两党，一从日本，一遵中国教化。朝鲜贫弱，国王又无识见，不能振作。现在诸军皆在平壤，实则釜山口与对马岛甚近，与长崎亦近，所有军火粮饷皆从此处调济，能设法截断并速了结此事方好。""中国办理各事迟缓，不肯用心。""即如海军一事，西洋各国及日本刊刻舆图极精，中国海军并未讲求此事。""中国各事皆敝玩。你当常看他们的书?""曾经考究,大约中国书重考古,西国书重考今,截然不同。""大约总在九月起程?""拟比前任起程日期略早,自带家人数名,驰驿前往,家眷由海道走长江至汉口前往。"皇上略点头,遂退出。已刻许矣。先见锡远斋,略坐,即至六项公所钱年伯处,小谈即归。给苏拉大众二十千,汪苏拉四千,司苏拉九千,又九卿朝房苏拉二千。此次召对,同人皆云未有如此久者,诚异数也。(十一日)

竟日奔走。至昆师处、太师母处奠敬二十两,馀拜客,至日暮归。

见吴渔川(永),篆刻酷嗜吴菖石,颇有神味。(十二日)

竟日在家,略检各物,来客不断。与荫北谭甚久。(十三日)[按,此页天头曰:汪借《中俄游记》。杨借《三续疑年》。费借抄本书画。蒯借宋刻经。子嘉借《皇甫》、猫卷。郎师,《公羊》、《龚定盦诗》。梅鋆,画册。问夔笙要仙蝶册子。]

上午未出门。戈镜涵同年(炳琦)来谭。下午至各师门拜节。

不敢求异于世,但求无愧我心。

赴王茀卿之招于江苏馆。(十五日)

晨起,出门拜客。赴徐古香(迪新,松江人)之招于江苏馆,竟日始归。(十六日)

竟日未出门,略检理各物。(十七日)

晨起,祝母亲寿。来客不绝,午两席,晚一席。(十八日)

是十九日起出门拜客,回家检行李,归来倦极,且思竟日无一毫有益事,因循自愧已十馀日矣。

【光绪二十年甲午九月】

初一日检行李,命孟升至通雇船,因兵差未得。初二日复托刘衡甫往雇,得之。计行李二,把手车十二辆,至通值廿五金。通至津,四舱船二、三舱船一,皆舿子,共值三十六金。至通单套车三,值六金,至东便门大车一(十六千)、小车(△六千),倒闸要仓场船票二、四轿

三，每乘五两，赏每乘酒钱一元。至通仅三时。（初四日）

送通州人马归，知一切安稳，晚即睡，因明日请训也。（初五日）

二点半钟起，三钟出门，四钟五分到西苑门，知有召见之命，少停即进至内小屋候。天微明即叫起，为首。起，进内，跪。

皇上问："几时起程？""十一二日。""到省走几天？""约四十馀天。由信阳州至武昌，由武昌坐江船，用小轮船拖带，五天可抵长沙。""弊端多否？""虽为七省通衢，人数较多，然弊尚不多。""文风如何？""颇多讲学问之事。""近日犹有讲理学人否？""湘省向多讲理学者，如大臣罗泽南、曾国藩，皆从理学入手，后遂能肩大事。近日闻湘乡人尚知守旧法，别府亦有。""湘军较淮军如何？""湘军气盛而守法，有一好统领，不拘何省人，皆可带。淮军非本地人带不可。""有一好统领能带，可见湘军之好。近来外事甚紧，李鸿章后路太空。""事起仓猝，亦想不到此地步。现在南洋亦吃紧，台湾将来恐有口舌，欲重提甲申之事，将来尚须坚持。""若提台湾，此万不能答应他的，必与力争。""若设法布告驻各国使臣或新加坡领事，命南洋各岛华人自办助防，直捣倭国，未必无法。越之战，刘永福其人大可牵制其势力。""能分其兼顾之力，牵制其势，此事甚好。学政有保举人才之责。""向例，三年后必保举本省教官士子，须择有用之才，方敢保举，不负皇上求才之意。""往往保一虚衔等事，毫无实际。须择可用者，在摺子上详细写明，可以送部引见。须自己见其人，察看一切方好，否则亦不知其人可用不可用。""臣到省后当细细察看，择国家有用之才，方敢保送，谨遵谕旨，送部引见，以备皇上采择。若能说不能做事，做事而不切实者，不敢保。""湖南人数多，防弊要紧。""文场既多，武场更多，闻弊端武场恐不免，臣当随时留心。好在前任学政规模已具，臣当事事悉本章程，不敢懒惰。文场人数太多，此次幕友多请几人，必择品行端方之士。""须先留心看其人品，近来想在拣选。""臣未达时，曾为幕友，故深知此中甘苦及一切利弊。今蒙皇上派往，虽曰初次，尚知一切情形。""汝亦曾做过幕友？""曾经七年。臣此次出京，行李、家眷、幕友已航海而去，驿路所带家人、幕友不多，一面骚绕[按，当作扰]。”“路上人少，省地方供应，甚好。跪安。”即起立，下数步，跪奏“臣[江标]跪请圣安”，即出，已刻许矣。

至南池少坐，即至后门，候陈少秋(鸿绶)，为兵步夫马事，云例有五马，今添三马二车，何日要何日知照可也。(初六日)

数日来为检理行李，酬应饮食，日不暇给，晚来倦极，尚为人书画。又为房屋事，已有售主，欲尽迁出，安置木器一切，大费踌躇。适住房主为彭向青前辈，本系熟人，遂商借屋三间，为安置各物。十二日始定，直至今日上轿时，尚内外检理各件，失东忘西，其形可掬。自恃镇定，至今日亦不能有动于中矣。轿一乘，四十两，夫八名，送至涿州，价九两，又灯一两，包杆旗子一两，原单未开有纱窗，又加一两馀。午正上轿，申正到长新店尖，小食，自给值。申正四刻行。酉正四刻至良乡，夜饭归。官送以一席，分两，半归幕友，家人自有两中席也。

轿中阅郭灵芬《江行日记》，句句雕琢，喜运典，此湖山清气人方得成此。(十五日)

晨起，大雨方止，候马不来，又以家人行李众多(自有衣箱两只，家人行李多至四五十件)，饬许顺雇驴(昨晚已与说定自雇，付过银二十两)，久候不来，方知仍饬办差，豫备昨命。今日六钟起身，七钟上马，候至午初，驿马不来，驴亦未至，不觉大怒，罚作随仆自将行李铺盖各件，雇驴即行。至窦店未尖，径至涿州，已九钟二刻矣。寄胜之函。舆人还京，赏银二两。

过琉璃河，石桥长亘，倚有巨铁若镊，云即王彦章铁篙，附会可笑。将至良乡，又过一石桥，少短于前，当即拒马河也。涿州住处系一公馆，甚高净。(十六日)

黎明即起，午至高碑店自尖。见壁间有二绝句，剧佳，命阿聪及徐世兄默记之。候至定兴县宿，录出之，句曰：“华严楼阁起微尘，布地金多不患贫。一例昆明随火劫，格天多室是何人？”“请剑无成殿槛修，虞廷何日放驩吺。安昌未死朱游老，京洛相逢亦自羞。”题西山灵

光寺天游阁二首。无题款，不知何人也。（十七日）

五更即起行，午至安肃县尖。县令胡恪三（宾周，癸未即用）来见，与谈甚畅。饭毕出门，忽舆人鞭晋估车夫，致车翻，夫哭诉于舆前，慰之。至城外，胡令送，即出舆换邢头来，托令传板笞之，令代缓颊，遂招西估来自作揖请罪，始罢，小人之难养如此。晚过漕河，步慈航寺，即方恪敏微时流寓处也，寺旁有恪敏祠。又有周太傅祠，不知何人。寺僧求楹联，与一联，系代笔，自题数语归之。寺僧名海泉，寺中方丈，甚修洁。戌正至保定城外北关宿。寄沪及京电。（十八日）

四钟即起，六钟行。午至方顺桥，有题壁诗曰："千里修程命驾来，高秋南望汴云开。幸从末路逢知己，敢诩狂生是隽才。""目送年华怜铁研，手镌词赋上金台。桂天新试神仙斧，约得吴刚作伴回。"款题"甲午八月下浣忆梁园诗，萧遇春倩王次楚书"。午后行三十里，至望都宿，住东关客店。托县令寄王爵棠、郎师两书并大哥书。（十九日）

四钟一刻出门，七钟至清风店，十一钟至定州午餐，行六十里。一钟起身，行五十里，至新乐宿，时五钟也。定州有行台。新乐住一店，极窄，离城五里。先过一庙，有明人题"羲皇圣里"四大隶书，碑在道旁。自定州至此，驿路平坦，两旁种树颇佳。惟一路住居皆以黄土为墙，间多新筑，大约今年为雨所苦，其流离可想矣。舆中阅唐维卿前辈《请缨日记》四卷，见其《攻宣光记》死命诸将事，不觉泪下，忠义之气，感人如此。维卿一书生耳，能激励将士效死用命，当时年仅四十四岁。鄙人已三十五矣，然奉命驰驿，路途供张具备，与维卿艰苦不可以道里计，所携家人止十三名，与维卿统帅各兵亦不可以道里计，然在途约束诸仆，左支右绌，已觉计无可施，日来稍稍安静，亦如新练各军，略知纪律耳，视维卿窃自愧也。（二十日）

天明行四十五里，至伏城驿尖。未到之时，先过一河，不知何名。午后马行四十里，至正定宿，府县差接，府陈鹤云（庆滋）、县严紫垣（暄）皆湖北江夏人也。府城修洁，有二方塔，又有天主堂一，双峙夷楼，不知何时所筑，此间当多传教者。在城外七八里即望见塔及楼矣。对门书帖铺送来各物，无一佳者。有《通鉴纲目》一部，云已三年无人问信，又有北监本《元史》，有修板，尘土掩书衣，可见彼处文风之陋。得小说数种，为舆中消遣之物。（二十一日）

天明行二十里，舆仆尖食。余坐骑行四十里，至栾城宿，正未正也。途中向有引马一人，以此引道，即驿夫坐一骑前行也。午后坐骑行，引马未来，前仆失途，及唤渠回，匆遽欲上高坡，即翻下，泥污满身，笑其愎而不用引马，致受此厄也。特记之，可见凡事无经历而欲自主张者，未有不败也。（二十二日）

四更即起，辰刻至赵州南五里大石桥尖。赵州有吴道子画壁，大小二水，今有描本，上盖赵州印，云可辟火。又石桥云极古，上有仙迹，乃三驴蹄、一车辙痕、一足迹痕，附会张果老、鲁班事，不知何据，要亦千年以前所造也。午后行五十里，至柏乡宿。赵州守孙传栻（寿州壬午举人）、柏乡令江南金（聘之，江西人，甲戌进士）差接。（二十三日）

四更起，行卅里。天明坐骑行二十里，至内邱县尖。县令张大中（□□）差接。午后舆行三十里，至顺德府宿一客店，甚大。府恩立、县令张桂芬（□□）、同知金厚生差接。日来午后热甚，舆中寒暑表升至八十五六度。涉一河。（二十四日）

五更出门，行七十里，至临洺关尖。关属永年县，当日之雄镇也。舆西山峦重叠，知与中州分界。古人分界不以山即以水，数年来今日方知之确也。渡沙河，可涉。午后行五十里，热甚。至邯郸县宿。县令吴焘，字子明，乙亥举人，丙子进士，子威前辈兄也，差接，云上省答一启。过黄粱镇，余梦未醒，不知卢生面目也。阿聪游卢生庙，云偶像巨目广颡，如世画天师像，有四池，有一亭，云新筑，可憩也。（二十五日）

于壁间见二绝句，款题“江左邹枚”，不知何人，诗极清雅，特录出之，以俟访其人：“清溪夹道水潺潺，隔岸人家竹树间。车里朦胧新睡觉，马头看煞夕阳山。（过淇县口占）”“凉意新侵白苎衣，客窗无赖又斜晖。帘前一阵西风过，满院槐花黄乱飞。（甲午七月阻雨邯郸题壁）”

三鼓即行，七十里至磁州尖。饭后行二十五里，过漳河。先过一河，坐骑可涉。再沙行里许，又过一河，须用船渡矣。夏间水大，当一片汪洋。过五里，至丰乐镇小坐，即骑行三十五里，至彰德府宿。行台甚大，厅上横额曰“蒋经”。是日适姚绩臣检讨视学云南，与之途遇，即同宿一处。幕友、家人皆系同乡，至熟，颇不寂寞也。

府陈桂芬、县董庆恩来见。托董令寄一函与吴次潇并银四两，寄电报至沪费也。

天明，出门答府、县，未见。行五十里，至汤阴。令为王紫翔前辈，同乡旧识，迎于城外行馆，即来见答拜，至署中少坐。与绩臣同游岳武穆祠，像前有硃漆函一，上刻武穆墨宝，询以守祠，欲开读。守祠者枝梧以对，不愿检示也。祠中石刻极多，有光绪七八年间越南诸人题诗石刻，岂有为而言欤？午后行二十五里，至宜沟驿宿，属汤阴。（廿七日）

天明行五十五里，至淇县尖。离县二十馀里，先过淇水，水流汩汩，卵石满河底，水浅而清澈可数。马涉车渡，不上船也。在旅店壁间见东昌女妓金声题壁诗，先后两题，初题仅存残字，再题甚可读也，为和两绝句，兹将原唱录后：

“□□结局问苍天，□□□□本自来。都向风□，谁垂青眼到尘埃。侬本良家女，幼曾问字□□，方期结姻□家□□倡和之乐，不意烽烟突起，为贼□□拐卖，陷入烟花，从此沉沦，难期超脱。道经此地，用赋二绝于壁，或有怜才过此，见诗访侬，未始非此生之幸也。东昌妓女金声题壁。（此初题，已残失）”“茅店题词已有年，往来谁不为侬怜。红颜薄命从来有，缺陷人间只问天。穷途敢自负清才，偶作悲歌寄后来。俗子无知乱与吠，更增惭愧在尘埃。侬昔游此，自伤沦落，偶留俚语于壁，后至此见诸君子赐和甚夥，有光风尘多矣。内有一二作稍逊，南阳某氏之作尤为不合，座中太原公子谓其作践名花，有伤雅道，立促再步前韵二首。侬本不敢作侮人之语，又恐违长者之命，后之见者谅能原侬之意，恕侬之狂也。金声再题。（此再题字，尚完好）”“江湖载酒已频年，薄命如卿我亦怜。好向莲台求忏悔，三生合住有情天。”“藏娇无屋枉怜才，空向章台走马来。寄语东风须著意，名花莫使堕尘埃。汉寿易虹舫倚壁和。”

“两首题词不记年，春花秋月问谁怜。世间缺陷寻常事，谁补娲皇炼石天。

红妆不信有奇才，难证当年手墨来。总是生成幽怨种，男儿一样走风埃。”此二首余和句也。

午后行五十里，高下泥泞，驿路已无异于田垄间，天黑始到汲县。令刘体恒（辛酉拔贡，渠子今年新中）出郭接到行馆，即来禀见，略谭始去。天黑不能答拜，遣人投启。卫辉府曾老前辈（培祺）差人请安，即答一启。

日来奴子经理各事皆无经纬，左支右绌，终日怒骂，自问不能约束，可愧可愧。日来于“惩忿”二字殊相背谬，奈何。（廿八日）

店壁尚有素珍女史一绝，剧佳，有人和句，云“都门青楼也，不知何日过此”，诗曰：“妾心似丝柔，郎情似酒热。酒热有寒时，丝柔终不绝。”有人题《金缕曲》一阕，绝妙，匆匆惜未录出也。

天明行四十里，午至新乡县尖。午后至元邦驿宿，属获嘉县县令差接。和壁间桂侬女郎诗二绝。（廿九日）

四更即行，辰刻至黄河边，即渡河。水阔三四里，四刻时即到彼岸，甚平稳也。行二十里，至草屯铺午饭。荥泽县令连魁来见。午后骑行四十里，至郑州宿，州牧邵□□来见，云浙人，与小村为兄弟行。天黑不能答拜矣。（三十日）按图，自荥泽至郑州须过二河，今日骑行未渡，不知何故。（三十日）

【光绪二十年甲午十月】

四更行，六十里至郭店尖。午后行四十里，至新郑宿。新郑令魁捷甫(联)出郭迓至行馆来见，即答拜久谈。此令向称不善酬应奉使过此者。在都时，庞絅堂前辈来谈，极言此邑办差家人之敝劣，故自出都后即兢兢此处。今日过此，觉一切酬应无一不周密，饮馔亦以此为最精，不知何以贻人口实至此，天下之但恃耳学者，不可不知也。(初一日，十月)

四更出门，行五里许，邑令候于道傍相送，自出京以来未有如此恭敬者，人言之不可恃如此。行六十里，至又地店尖，许州所属办差家人未来，即属铺中备午餐，蒸饼蔬菜大佳。食毕，马行二十三里，近城，先至一玉皇庙，少游，候轿来，即上轿至宿处，一客店也。州牧吕宪瑞差接。自郑州起，来接者多备仪从，卫辉府以上未有也。(初二日)

许昌疾甚，笔砚遂荒。行次溱洧，月光如水，触手生寒。摩挲壁上，读莲卿女史之作，感其流离之苦，动我幽愤之怀，时事虽殊，悲痛则一，勉步原韵，率成六章。“行程至此，胸臆日非，自幸不久于世，夜眠难稳，用录于此，如与莲相对也。嗟嗟莲倡我和，我作谁读，解意伊谁，天乎天乎？拯我者其在青林黄泉间乎？红羊劫后又红沙，错认桃枝竹外斜。自笑飞蓬搔首惯，惟馀清泪洗菱花。”“剧怜娇小冒风沙，闷对疏棂月已斜。回首乡园无限恨，有人夜夜卜灯花。”“多年破壁摸尘沙，字迹模糊淡墨斜。拂拭分明成诵后，惜他遭际此杨花。”“薰莸此似水抟沙，树正何妨日影斜。一事与君同不恨，只今犹是女儿花。”“一阵罡风送黑沙，芳心却羡玉钩斜。北邙山下无人处，省识何时葬落花。”“拚将病体辗成沙，不作随风燕子斜。博得冰霜清透骨，任人薄命说桃花。玉女峰侍儿桂侬。”“录前作于南壁后，嗽血盈尘，喜解脱之在今，幸白玉之无染，再依韵成二绝，慰莲卿即以自慰，不敢书姓，恐贻戚党之羞也，不详其事，恐以有投鼠之忌也。万斛清愁寄斛沙，终朝伏枕鬓云斜。从今解脱青春梦，护尽风尘阆苑花。”“冰雪聪明净不沙，芳踪望远斗横斜。人间天上如相遇，开作璇宫姊妹花。玉女峰侍儿桂侬再题。”

“红妆何事骯尘沙，尚爱题诗泼墨斜。可惜莲卿原唱失，教人想煞镜中花。”“此是恒河怨女沙，今宵梦断月夕斜。人间有此真才女，愿解金铃护落花。”此二绝余和句也。途中自过彰德府后，题壁诗绝少，佳者更少，然两日来初过淇县，继过元邦驿（属获嘉县），得见三女郎诗，皆绝佳。且审其字迹墨痕，先后不同，若为好事者假托，何壁上无他诗可诵，而独假托者特佳？若曰真有其人，何独萃于此处？殊觉动我三日之思。

金声素珍，莲卿固妓也，桂侬何人乎？谓倡妓则不似，谓姬侍则不合，云闺秀则更非。天上愁娥，人间怨女，此《西清散记》中第二双卿也。

晨起，行六十五里，至临颍县宿。县令鲁宗礼（秉堂，宣城附生）迎于郭外，少顷来谭，知与汪叔芾星署诸君习，且知好马，即以黄马赠之，以其老而不能行，此行逢伯乐也。送于写件，随笔挥答，十数日来笔研荒矣。（初三日）

四更即行，县令仍送于郭外，天黑列炬相送，至天明始去。至郾城县尖。县令涂景廉（荃颖，长沙人，乙亥年伯）出郭接送，出扇一柄属画，涂毕上舆。午后行六十里至西平县。县令程钟（□□，江西人，亦乙亥年丈）出郭迎，住书院。自临颍起，皆住书院也。涂土雨过，泥干不平，且有渡水处。今日出西平十里，渡溵水，有船如江湖蓬帆矣。十馀里未见村落，皆养牛马骡驴，小孩十馀岁尚双辫，女子皆裹足。入河南境后，幼孺皆眉目清晰，直隶境丑陋可笑。（初四日）

昨过许州，得两绢画，皆无款，尚旧也。

舆夫有佳有不佳，途中不如坐骑之适。昨为宝中香薰，今日晨起感风，鼻塞头胀，香能伤人，信然。

天明行，县令送于郭外。卅里茶尖，略坐。行卅里，遂平县知县郑昌运（照阶，武宁人，丙子举人，庚辰进士，癸未补殿）迎于郭外。进

城，即住署中西花厅，陈设皆备。自昨日起头重鼻塞，苦甚。晚与照阶谭之，有同道至好刘观察在湖南，属为致声。（初五日）

天明行四十五里，至驻马店尖。午后行四十五里，至确山县，宿一城隍庙中。县令达信（萃五，靖州驻防）云有堂兄文焕由内阁侍读简放衡州府，属为致声。郭外迎送皆差。（初六日）

五更即起，巳至同官店尖。午后至明港驿，宿一客店，颇陋而黑。（初七日）

韩助恺言，武强有卖解女子，为直隶著名，能于马上作种种戏法；能以两足转一大车轮，轮上舞四小女童；能以刀扎一梯，高四五丈，屈曲而上；能以一绳两女子推车相值，可对面过。且其人艳妆，固更以色招人者。窃闻炼气运力，以贞固为上，兹则不然，岂非奇事欤？武强离深州仅五十里，他日当一访之。云每一戏可五日，值二百金。

三更即起，天明至长台关尖。一药店主人怡斋出纸属书扇，小坐即行。午至信阳州，州牧盛元均（伯勋，秀水人，丙子优贡）迎于郭外，至北关外住一客店。州牧来谭，小停，往答之。过道署，未往揖，以渠未先旋，不便惊扰之也，观察为沈絜斋。

过长德关，渡淮河，用船出州城。过狮河，可涉，夏日必水弥满，须船渡矣。（初八日）

天明起身，行三十里，彭家湾茶尖。略坐，再行三十里，至李家寨宿。（初九日）

数日来，住宿之屋渐脱北气，然黑而不洁。

“□□年伯大人钧座：谨启者，仲秋曾肃寸函，亮尘记室。嗣于九月初五恭请宸训，随即束装，于十五日起程。沿途平适，于十月三日止宿临颍。闻长者有十八启节之说，计侄到鄂时，尚得一接钧仪，恭承清诲，如祷，欢忭无量。日来倭奴猖獗，万里劳师，或云盟敌之难摧，实在要领之未得，若再因循，恐难持久。昔游倭国，略晓彼情。器利气盛，此其长技；奇师苦力，则彼不如我。[按，此札天头曰：天下仰望长者如云霓，当必有以措施也。]自出都以后，几如已入桃源，寂无闻见矣。现计于十四日可抵武昌。家兄衡奉家慈由上海溯江，先在鄂渚相候，拟同坐江船，借鄂省中小轮径送长沙，现在湖水未消，当可如愿。家兄系今科庶常，到时当先以后辈礼进谒，一切或先详述矣。途中率布，尚乞鉴察，伏望雅爱。”①

晨行三十五里，至东王店尖。行三十里，至广水驿宿，属应山县，县令离此尚远也。（初十日）

晨行三十里，至郭家店尖。又行三十里，至小河溪宿。小河，一大镇，属孝感分县，县丞杨汉舟（诗，长沙人）来见。途中逢恺字炮队各兵沿路要人夫车辆，为运军火。中途夫役脱逃、军火遗弃者不绝。

舆行逢两夫肩火药箱，舆夫叱止之，前肩夫曰：“我肩者亦不小，此大人之大人也。”闻之不觉哑然，隽语数字，抵得一篇绝妙奇文。（十一日）

天未明即起，行三十里，至刘店尖。房屋陋劣。午后与聪坐骑，行不十里，途遇铁字营兵，马夫与彼兵口角，几致大祸，余约束己仆，始平安无事。行十馀里，见后营主章荫庭（明文彬）告其详要，其一差弁送吾行（弁凌南荣）。此事若争先行，必有奇祸，人之不可徒尚气者如此。宿杨店。（十二日）

铁字营者，熊溪珊（铁生）所部也，向著战名，何以军律不严至此，所行终日，未见一队整齐者。溪珊自坐玻璃大轿，余骑马过，已觉文武之倒置矣。

“□□仁兄军门大人阁下：久仰龙威，实深仪慕。昨午中途相遇，君舆吾马，未得一谭，回首风前，尚深企想。敬维勋功夙著，纪律精严，十载相思，欣兹一遇。方今海波东沸，万马南来，足使小丑惊逃，巨酋丧胆，金戈所指，自当直捣倭巢。在都屡与芍棠方伯谈，极盼吾公早日北上，以慰宸廑，而救万民于水火。今果相值，■慰无■。然昨日以弟处驭者误碰尊车，致触贵部健儿之怒，刀枪并举，竹木兼施。

① 此札当为致张之洞书。

仆辈受伤，自有应得之咎，小儿年十三，方在马背学骑，亦致面受刀痕，衣成破絮。弟方申饬己仆之不善语言，而忽欲勒令弟下骑，嗣以贵部中亦有知礼者属为速解。适遇章君荫庭告之以详，弟实不敢前行，恐再逢贵部，不得已，设法恳章君留凌弁同行，得以自壮。今日已至滋口，到鄂仅数十里，当可无妨，特属凌弁速归消差。两日来承渠照料，稳慎安详，极深感激，尚祈推爱擢用为幸。若谓欲吾公治若辈之罪者，非鄙人之意也，使吾公知凌弁不得不留随两日也。中途匆布，不查所言，敬请勋安，伏维垂察。”

晨起，行五十里，至双庙尖。行四十里，至滋口宿，房屋极小。至此知汉口仅四十里，不通陆路，因水未消。即换船，船有蓬，不大，两头通风。（十三日）

天明上船即开，河甚浅，可下篙。至午正到汉口，小坐一会馆，即过江至望山门外。即进城，至大公馆。复至斗箕营连元栈，见母亲及大哥、心渊、应榴、邹翰飞，知已到三日矣。（十四日）

晨，首府来见，李方稼（荆南，扬州人）、王之骞（汉槎，湖南人）、高长洪（善化人，汉镇都司）、候补县龚瑞清（差安，城外保甲局差）、江夏县徐士彦伯平（常州人）来见。午后拜客，见学政孔少霑前辈、臬司瞿赓甫（廷韶）、藩司陈右民年伯（宝箴）、抚台谭继洵（敬甫），至酉正始归。（十五日）

晨起，臬、藩、学、抚来答，均见及。又候补同知杨秀观（海帆，湖南乾州人）、赵子领（宏），均见并拜。若汀表兄及许奎垣（兆魁，黄陂附生）、汪穮卿，均见于自强学堂。候邹沅帆，不值；蔡毅若，不值。（十六日）

同乡彭如泉（溥孙，候补县，住水陆街）来见。汪隶圃来答，未见（承第，镇洋人）。梁衍吾（鼎蕃，候补县丞，住水陆街）来谭，星瀣前辈弟也。知还石图卷已到焦山书藏矣，闻张君立藏有洪北江书“还石山房”额，亦拟送焦山也。（十七日）

见朱盐道少桐（其煊，浙江人）。粮道岑馥庄（春萱）来谢步，未见及。两湖山长邓葆之（绎）来答，未见及。杨海帆子西伯（再奇）来见，其学问未必有胜人处。汤西侯（熊，补用县丞，住红墙角），管带湘帆轮船、广东补用守备吴兆祥（芳发，安徽人）来见。保甲局候补县丞龚（瑞清，湖南人）差安。（十八日）

至抚台处辞行，薄暮即来答拜。湖北候补府唐酌吾（准经，湖南人，住兰陵正街）来见，云欲乞乃故父祠堂匾联。同乡潘平朔（诵捷，督西首）来，未见及。马兰台来，未见及。周伯晋来，未见及。是日过江，偕邹翰飞至大英医院陈露裳（□□）处，属其为转运事也。（十九日）

孔少霑年伯（祥霖）来见。两湖山长杨惇甫裕芬（广东人，戊子同年）来谭。是日游两湖书院，规模颇大，书库用西洋屋式，书籍用玻璃门，作四面式，剧佳，可仿制也。（二十日）

瞿赓甫、陈右民年伯来送行。江夏徐伯平来送行（士彦，常州人）、李知府（方豫）差帖送行。汪穰卿携杨新吾宋元本各书来售，择其至顺本《广韵》及《礼部韵略》二书，许以百番，恐未售也。有新抄新撰《字镜》及《万象名义》二书，抄劣，且所引书不注出处，虽古无用也。

午后至望山门外马头下船，船四只，甚大，用湘帆、长庆、楚宝三船拖带。湘、长二船属湖南，楚宝则属湖北也。是日未开行，泊鲇鱼�。（二十一日）

天明即开。巳初过金口，有山，山麓石岸颇修整，新筑也，离省六十里。又行百里，至排洲泊。

借新吾《留真谱》补《宋元本行格表》，此书神往数年，今始得见矣。

日前见邹沅帆（代钧，湖南人），精舆地学，谭论亦通达。闻撰《各国沿革表》，方成英吉利一国也。（廿二日）

舟中作与若溪及木斋书，与沅帆、若汀。

天明开行，二鼓泊新堤。徐仲笣来接，渠在此间为督销总办已四年矣。（廿三日）

午初答拜仲笣，即留午饭，极丰盛。薄暮归舟，因已晚，不能开行

矣。(廿四日)

天明知风甚巨,无船行,停泊一日。问仲笣借书画消暇,送来七八件,佳者绝少。留钱箨石、郑岱及蒋墨林集嘉道诸名家画册三种,为写《焚香读书图》并题二绝,以仲笣所属也。(廿五日)

天明即开行,申初泊岳州城外。先过岳阳楼,以远镜窥之,额系隶书,楼左一阁,楼右一亭,楼下用砖砌极高,若城门然。对楼江中有一山,不高,馀则一望弥漫矣。(廿六日)

府钟英、县陈濬书(绂生,江西人)来见。

“看尽狂花万树红,自知无福祝东风。谁家尚有相思种,奈此湘波隔万重。

阿谁署款幽贞馆,此是人间怨女楼。欲整牙签三万轴,愿卿同上木兰舟。

絮果兰因事偶然,何人参透鬓丝禅。寒山自有灵均侣,深得香修亦是缘。

桃叶桃根打桨词,秋风团扇对人思。修词聊托微波寄,正是洞庭木下时。

不因帐底唤真真,欲乞崔徽写貌新。输与出关图一纸,休教错爱镜中身。

瑟瑟秋风过板桥,一枝弱柳易魂消。大堤还愿人先折,飞絮成窠更寂寥。”

天明开行过湖,风平浪静。戌刻至湘阴泊,适曹再翰、汪兰楣广西主试回,过船畅谭始别。(廿七日)

天明开行,晚泊,知离城卅里,因风小不能到也。两日皆以船路上供应。(廿八日)

九钟闻已到省城。到码头小停,教官始到,来见者府学教谕姚际虞(西园,衡阳人),训导吴定邦(斗枢,平江人),年不甚老,能谭;长沙县教谕洪燊(映青,道州人),训导伍仲美(镜川,新田人);善化教谕石昌荣(耀堂,永绥人),训导陈为鋆(守如,郴州人,能谈);善化县黎墉

(筑云,四川人),长同知裕林(杏农),长通判黄昆(兹孙);候补道况桂馨(颜山,江西人),系丙子前辈,盐道庄赓良(心安,常州人),系纫秋之叔祖,称太世叔。均来船见,即上岸至行台。善化张祖良(号少堂)来见。翁小珊方伯(曾桂)、李仲心臬司(经羲)、张子虞前辈(预)均来谭。薄暮至抚台王介挺前辈处投帖,行前后辈礼。未见长沙府,因请假未来。粮道但差人送喜。见李浑如巡检(深厚,四川人),与廖季平友。(廿九日)

【光绪二十年甲午十一月】

晨起,出门拜客。薄暮,护院王介挺前辈来谭甚久。见益吾师,谭久。(十一月初一日)

此数日间酬酢甚烦,毫无心得能入记事,不觉已十日矣。庄心安招饮,翁小山、李仲仙同招饮,见客甚多。

见淑彝(其懿),系宝山同乡,候补府,曾任沅州,沅水校经堂即其所创,议论滔滔,觉有不出中心之语,然已不易得见矣。见沈星海(莹庆,戊子年谊),候补府,为文肃公子,肃穆不苟言笑,闻坚卓自立,政而有威者也。

拟谢恩摺并观风各题。(十一日)

天明即起。七钟,前任用鼓乐送印来,打头点,打二点,换朝衣毕,三点至大堂,前行者二,捧敕印,朝北行三叩九跪谢恩,又至中座行三跪九叩拜印,毕即进内换花衣补褂,至公案,三学教官行三揖礼,离坐答之,即升坐。吏房请印钥,开印箱,印"上任大吉"、"开印大吉"二纸,又予到任公牍,即由稿房请用硃笔判画。行毕,教官再三揖,答之,即进内至穿堂,书吏拜贺。开印事毕,见长沙县学教官伍仲美([镜川],永州新田人),询以校经书院各事,以其为监院也。午后即至书院一看,监院候同为察看各处,斋房甚精而无人管理洒扫,即为定洒扫及看屋、看木器各执事而反。(十二日)

竟日未出门。子虞来谭。甲午同年、江苏知县周石夔(树谦)来

谈。为琐事震怒不安者半日，甚矣，“惩忿”二字不可忘也，戒之。（十三日）

至各学，先问起服，每学有人若干。

晨起，出门拜客。午赴王介挺前辈招。下午赴但少湘粮道招，竟日始归。黄昏看咨本房包题本，楚卿送来代写摺子，已代包矣。

晨起出门，不见轿头，而抬轿者又恶劣不堪。归来怒革轿头章福差，意为必有人为之乞罪，竟无一人来，只得革之，然此缺甚肥，以小过不能为之转圜，甚自愧也。（十四日）

天明即起，拜题本，复拜摺，行九叩首礼，并自捧匣交承差，即出门谒二庙。先至殿前，对楹行九叩礼，再至明伦堂，对上谕行九叩礼。礼生奉上谕宣讲毕，入座。诸生讲书毕，即出至厅事，招诸教官语。始出门至韩公祠拈香，韩公者，汉长沙太守韩玄也，墓即在祠后，颇著灵异。归署放告，不必出坐，亦无一人来告者。午后未出门。（十五日）

晨，伍教官来谈校经书院事，云敝病百出，须整顿，余允之。午后，抚饮两司，至首县公请于贾太傅祠，并饯前学使。与粮道但少湘谭，云昔曾佐胡文忠幕，于爹山遇贼，但、胡各坐一骑，但见前兵溃，贼来，■短视未见。但与胡云：“贼来若沙。”胡拂但马首云：“汝退，尚不合死。”但亦拂胡马云：“汝非守城邑者，亦尚不合死。”遂相偕返骑，贼枪及胡马臀，马跃而脱。因言曾文正于用兵时，尝得其封翁书云：“汝带兵，合殉节，然不合殉节于湖南。”真大丈夫语也。又言见曾胡来往手札，上下无称谓姓名，曾自称文节，胡自称文忠，曾于胡书则曰“文忠阁下”，胡与曾书则曰“文节阁下”，两任相约，有一先殉节者，后者为具奏，并为撰传记云。（十六日）［按，此条天头曰：爹山属湖北。］

竟日未出门。来客寻常，不记矣。

翰飞成四律，似黄仲则《都门秋思》，佳作也。（十七日）

两日未为一事。（十八、十九日）

晨起，至抚署赴鹰扬宴。先至署内厅，中丞候于中门，小坐茶罢，易朝服，须臾报齐，即同至大堂行三跪九叩礼，余与中丞并二垫，下排则司道诸员。行礼毕，立堂中，诸生行三叩礼，即揖答之，诸生又谢宴，更答，三揖。即入坐，坐二桌，余与中丞分东西。少坐，乐作，旋撤坐，群閧抢宴，桌盌皆飞，此故事也。至署厅少坐，即至城外官厅送子虞前辈行，知尚未下船，官厅中只陈幼梅观察一人。少坐，刘定夫观察来，旋知子虞改四钟下船。即归署午饭。午后知已下船，即重至船上送行。毕，至本署一看，已空空矣，即属略为修理，即迁入。（二十日）

竟日未为一事。拟手谕校经书院诸生示。（二十一日、二十二日）

上午未为一事。午后至书院一看，与住院诸生梁赓陶、郭彬、胡元倓、陈棠谈书楼收藏书籍事。梁生于书籍收藏门径颇通。（二十三日）

益吾师来谭。

竟日未出门。得大哥书。（二十四日）

叶焕彬来谭。

两日未为一事。略检各物，豫备入署。（二十五日、二十六日）

午进署，用全分执事接母亲入署，同署中略为裱糊，用洋花纸，价已不小矣。木器一切粗劣可笑。（二十七日）

晨起，任昂千（之驹）、庄心安、施稚桐（启宇）、张海楼（超南）来谭，李洛才（智俦）来谭。洛才在龙山，政声卓著，邑人为建生祠，可谓得民心矣。刻《颜氏学记》以贻邑中读书者，亦救当代之文人亟弊也。午后，黄福生（振鹏）招饮，同坐陈程初（海鹏）、曾荫南。（二十八日）

今日未出门。略检行李，到此始解装矣。（二十九日）

上午未为一事。午后拜客，见王护抚、王□□前辈（概），薄暮归。（三十日）

【光绪二十年甲午十二月】

来此得宣炉十三，颇有佳者。

晨起，谒庙归，拜客。见陶履谦（觐仪，中书，文毅公孙）。（初一日，十二月）

晨，焕彬、履谦、周郢生同年（彭洋，优贡同年）均来谭，云胡子威之弟系戊子优贡同年，今在省中，即托郢生写戊子同年各人住址来。焕彬来，云黄本甫在省中已中式矣，闻之狂喜。（初二日）

晨，周笠仙年伯（乐）来谭，云发案不可太速，速则易为人责其潦草，此语真金石也。

日来得胜之书，知蒙谗诼，不怡者数日矣。又思无事不可对人，何必因蚍蜉之撼便足动容。嗟嗟，世事尚可问乎！（初三日）

竟日未出门，李洛才来谭，云新刻《颜氏学记》欲借印以贻诸生。（初四日）

晨，黄本甫来谭（厚成），言再同前辈所著各书皆未刻，拟借以刻入丛书，借以报知遇之感。

日来心乱如麻，总以识见不定，无坚忍之心，便致外魔易扰。行年三十五矣，立定脚跟做事，正在此时，不可错过。（初五日）

竟日未出门，亦未为一事。略检书，因想集本朝为学政者嘉言懿行以自勖，恐力有未专也。（初六日）

叶焕彬、李幼梅招饮于李氏芋园，水木清华，大是佳景。幼梅为李文恭公孙。（十一日）

“众口悠悠姑听之，交情吾忆廿年时。惟当谨守书城钥，莫漫狂吟杜牧诗。

寄园小键本寻常，驿路传音万目张。第一关情荆楚记，休将新语说文场。

酒肆藏名事本难，我身清白任人看。须知影事能成录，冤煞唐家幕府寒。”此三书与瘦鹤者。

晨，庄心安来，坚欲订兰谱，以称之曰太世叔，必欲却此慊称也。胡子瑞同年（元玉，戊子优贡）来，携其所著书曰《镜珠斋杂著》，又《授经簃课集》、《辟沼集》，皆课士作也，于经学门径甚正。朱士黼大令来，亦名下士，可谈。午后拜客，皆未见。（十三日）

午后出门拜客，见葵园师（益梧师园名），馀皆未及见也。（十四日）

上午，同乡沈世培（壬午举人，寄籍善化）来谭。午后招胡梅寿（矩贤）、萧景霞（立炎）、熊秉三（希龄）、谭彦柏（绍裘，皆甲午庶常）、胡子瑞（元玉，戊子优贡）、黄本甫（厚成，再同前辈子，甲午举人）、叶焕彬饮，戌初始散。焕彬来，以余庚寅年终所售去各书内之元刻《列子》归于余，并题四绝句。（十五日）

数日未记，亦未为一有益事，终觉才具太短，诸事竭蹶，无从容雅静之致，殊可愧耳。（十六至十九日）

竟日未出门，亦无所事，痴坐而已。（二十日）

午请益梧师饮，陪者朱瀫卿、叶焕彬、熊秉三，晚始散。（二十一日）

余自京师带来一骑，到湘无所用，伏枥而已，欲赠熊秉三，闻之甚喜，先填一词以报，调寄《疏影》。词曰："天寒岁暮，正家书切切，逼人归去。落日西南，一段乡愁，飞入乱山深处。临源忽见桃花色，却赠与冷吟开府。也应怜游子行程，催送一鞭风雨。回首东方鼓角，又烽烟万里，和战都误。草泽孤臣，有意勤王，慷慨折冲樽俎。如何了却封侯志，借突骑立功千古。到年时，血战归来，记取故侯相遇。"时秉三欲从戎，自练数营，征倭人也。即和以一词，书于扇头，并骑赠之，词曰："乱山云暮，有碧騢款款，送君归去。难得进风，却爱权奇，共我六年相处。世无伯乐将谁寄，空冷煞齑盐衙府。愿自今千里相从，踏遍沅溪烟雨。正是海波东沸，遥天空，窃叹前事多误。如此中原，未必无人，铁骑化为樽俎。忍教万马喑风雪，漫勒辔、辽阳吊古。暂休提汗血酬功，总是家驹知遇。"

岁暮,凌九弟、孙伯南(宗弼)自家乡来。伯南为洨民丈子,能承家学,人亦笃实可敬。抱洨丈遗稿,零落不完,为选十馀篇,拟代刻之也。

今年岁暮无债台之苦,然人颇忽忽不乐,若有所警惧,处安思危,不忘古语可也。

身劳则下笔勤,身逸则懒,近日不能日日写日记,此明效大验也,危哉危哉。(二十二日至三十日)

[按,以下为第十八册末杂稿]

《中土西游纪事》,和西撰(北音)

《游亚美山佛法至盛之地记事》(传教),哈脱撰

《高丽稗史》,樫伦撰

《日英字典》(华字),掰并一司撰

《华英通语》(广音)

《食鸦片果报备记》

《学高丽语初步》

《高丽语字典》

《德人记中国诸事》

《开口以来上海历史》

《记亚细亚东部诸族》

《中英日用杂字》

《文明论》

《记台湾传教事》

《英文庄子》

《英译官话指南》

《岭南记事》

《记儒释道三大教》(书名曰龙)

《记禁鸦片乱事》

《中国文物与泰西关系论》
《中国历史》

发卖书目

《海军年报》

题目各出各卷。
书院四季加课，分六门。
劝息讼。

笘誃日记第十九册

【光绪二十一年乙未正月】

四鼓至万寿宫拜牌。毕，至圣庙行香，至韩公祠行香。毕，归署，初天明也，少停即出门拜客，午归。是日为正儿周岁，同幕公送戏一日，戏班名清华，颇佳也，子正始散坐。（正月初一日）

出门拜客，皆未见。王壬秋先生来（闿运）谭，闻名二十年，来一旦相见，颇契合，学本同源，则不在交之深浅也。（初二日）

忌辰，竟日未出门，亦无客来。（初三日）

晨起，客来，至午后不断。稍停，午饭毕即出门拜客，天黑始归。

今日见严秬芗教官（家鬯），笃行好学，蔼然儒者，可敬也。（初四日）

晨起见客，皆无可谈者。午后出门拜客，候瞿子久前辈，不值。（初五日）

见庄心盦，言有人诋余于某观察之前，观察信之，转告于人，实则其人无他，讋忮吾耳。夫人不义必自敝，请看将来。

"泥金粉蜡传宫样，纯庙诗笺旧著名。偶向石渠搜逸事，朱红小印尚分明。（此即阮文达《石渠随笔》所记梅花玉版笺也。上有'乾隆年仿澄心堂造'八字印）

故府飘零到楮箱，海王邨市亦沧桑。长安词客称宫体，小比西京贵洛阳。（纸出故定王府，共百馀幅，为人分购，数日即罄）

剪烛低吟一惘然，开函别自感云烟。琉球已失高丽远，难向天家例贡笺。"

题乾隆年内造蜡笺。

出门拜客即归。(初六日)

竟日未出门,亦未为一事。(初七日)

晨起,赴益梧师之召,观剧竟日。此间观剧,于开场时赏加官泉(十八)陌,于宴上烧烤时赏泉四缗或六缗。(初八日)

晨起,已午初矣,天雨阴寒。数年在京师,无此时也。午后约王壬秋、庄心盦、叶焕彬饮于署中。壬老谭吐略有郗气,殊不可解。(初九日)

天雪,殊冷,不能早起,正如恻恻轻寒到被窝也。午后,赴阖省官公请,在曾忠襄祠中,有剧,为清华、顺和两班合演,晚间灯戏颇新鲜。

坐中思东事未了,天下不能皆安乐,此间僻远神京,无从得确信。又念胜之、印若诸君效力戎行,铁骑钢炮,较此境如何?颇觉不乐,恐未能常乐也。(初十日)

朝起甚晚。午后,本甫来辞行,欲属于盐务中觅一馆,姑为某之。王壬老以《尚书大传补注》清稿见付,欲刻入丛书也,又贻所注《庄子内篇》。(十一日)

竟日不见客,略检书籍。(十二日)

日来欲刻丛书,检各种杂书刻之。(十三日)

忌辰,竟日在署。(十四日)

竟日未出门,未为一事。(十五日)

是日招清华班,公请合城当道,自抚道至首县首府,病[按,当作并]同通来,至三鼓始散。(十六日)

竟日未出门,未为一事。王仲兰(仁照)自江西来,数年不见矣,为谋李洛才大令处馆地竟成,可喜也。(十七日)

午后赴何棠孙、胡梅寿、周郢生之招,在李氏怀庐。(十八日)

晨起,开印。午以清华班请益梧师。晚间庄观察送新泰益灯戏,至二鼓始散。(十九日)

午后出门拜客即归,未为一事。到任摺归,奉硃批"知道了"。

（二十日）

谢幼梅太姑丈自衡山卸事回，见太姑母并沈秉之。有长沙附生钟祖绶，已瞽十年矣，来具禀，言素熟许氏书，欲仿何晏《集解》例成《说文集注》，求为筹款助之。招渠来谭，颇通达，楚材真未可量也。（廿一日）

晨起，为临行预备一切，直至日黑始了。即请谢太姑丈饮。（廿二日）

日来觉诸事竭蹶，无从容之度，大约才力不及之故，殊自愧也。

竟日在家检理各书。晚赴李幼梅之招，见益梧师，言武场重在刀，刀只须手花、面花、背花三项无弱，容得之矣。（廿三日）

出门辞行，见中丞，谭甚久，馀亦略坐。（廿四日）

晨起，诸事未了，直至午后始出门。行五六里，至蒋幼怀墓庐小坐，送者李洛才、沈吕生、谢幼眉太姑丈、强理问。暮至大头铺（一名大托铺），宿一人家，房室尚洁净。

幕中友人有在前任者，云自来出棚考宝庆第一日未有不雨者，今日居然晴暖，可喜之至。（廿五日）

天明行大道（不过河）三十里，至于团铺茶尖。再行四十里至湘潭，宿行台中。县令彭渭川（熊飞）来见，供应颇周备。晚见架中有《曾惠敏集》，即用集中题画诗画一箑，与渭川易之。（廿六日）

晨起，行十里，易马行二十馀里，至江车茶尖。午后行十馀里，知已到云湖桥。先访王壬秋，居在山坞中，土墙白屋，颇清雅，即晚餐。出《游仙诗》四律见示，为其女公子手录；又见其女公子十一岁时所写小篆檀台，无一讹字，可重也；日记一册，所写甚详；麓山寺诗僧《云圃诗集》稿本，清薄而已。晚宿一祝融庙，甚小，即在云湖桥下也。（廿七日）

晨起即行，午到湘乡，邑令赵璟玕来迎，至行台宿，陈设供应皆极周至。有来投状者，为生员童恕者包揽词讼事，即请两学官来，属其传令到案，详询即覆。二鼓后查点轿数，忽多四乘，亲自点验，知有一

马牌子私带两人，即将竹轿撤去布围，留明日交县。（廿八日）

晨起，请县令来，以二轿三人交彼押送回省，属其另派一人送至宝庆。凡事皆须目睹，始无逃遁，若徒托人为耳目，真虚言也。第五伦曰，以身教者从，以言教者讼。至哉言乎！

日来拦舆者纷纷，立意不收，以多妄言，且此风一开，徒增扰累，于国家无济，于彼无济，于己更无济，只得硬起肝肠听之而已。特不许随从人等呵叱，惟与语曰“上官向不收拦舆之状”，彼自退去也。然体察情形，亦有蓄心积虑以求此一收者，亦可怜矣。（廿九日）

【光绪二十一年乙未二月】

初五日子刻起，丑刻点名，试生经古，分经学、史学、掌故、舆地、算学、词章六门，新例也。旧分经义、治事、词章三门，各人所报子目烦多，徒敝使者精神而已，于学业无关也。兹每门六题，任自择。终日在堂，试者肃然。先牌示不准继烛，至天黑尚有数十人迫交卷始出，颇啧啧称不情，亦有所不顾矣。（初五日）

丑刻点名，试童经古，仍分六门。试者八百馀人，至天黑亦净场矣。（初六日）补岁考。（初七日）

丑刻点名，试正场。场六属府学，邵阳、新化、武冈、新宁、城步，人数以邵阳为最多，城步为最少。场中竟日安静，无一喧哗语，可云规矩极矣。（初八日）

覆生童经古，得好手甚多，生中尹湘琳、唐叔成、樊锥，童中石陶钧，皆翘楚也。（初九日）

试武冈、新宁、城步童正场，竟日在堂，二千馀人，无一哗语者。（初十日）

覆生员。（十一日）

试邵阳童三千馀人，点名未及二鼓即出，挨次而进，安静之至。（十二日）

提覆武、新、城三县童，排列长桌于堂下，自查各弊，即发案。（十

四日）

试新化童。（十四日）

提覆邵阳童。（十五日）

考教眷红。（十六日）

提覆新化童。（十七日）

合覆，大覆。（十八日）

武生内外场，并补武生考。内场仅一箭，补考加一箭，以次递加，诚具文也。（十九日）

试邵阳武童。（二十日）

又。（廿一日）

又。邵阳重名应试者甚多，查出枷号一人。（廿二日）

试武冈武童。（廿三日）

试新化武童。（廿四日）

又。（廿五日）

又。（廿六日）

试新宁武童。（廿七日）

试城步武童。（廿八日）

【光绪二十一年乙未三月】

试外场马箭。（三月一日）

试内场技勇。（初二日）

又。（初三日）

又。（初四日）

覆武童。（初五日）

覆一等前三名文生。（初六日）

奖赏文武生童。饮于府署。（初七日）

午后游双清亭，风景绝佳。双清名者，以资水、邵水合流处也。小船篾蓬排如蚁。亭在山角，四面可眺望。府学教授吴德襄称三赠双清亭石拓本。

吴称三藏有嘉道诸名贤与徐星伯先生札，为题五［按，当为六］绝句。

试间日为人题诗、作画、写字，日日不闲。留楹联于试院曰："齐之以礼，敏则有功。"内厅题曰"戒有暇日斋"，取《荀子》语也。

"缄札收藏颇自夸，钱陈专牍富诸家。谁知绝妙名贤迹，别载资江稿一车。（乾嘉诸老与钱梅溪札、道咸诸老与陈硕夫札，皆数十百通，具在敝箧，与此两册多同姓名，亦颇有关合也）

曾渡阴凌印尚红，新疆一赋夙称工。西陲六百年来事，考订还须仗此公。（先生《新疆赋》初刻本自印'曾渡阴凌'一记，系送当日诸同好者，后印本皆无之矣）

绝学当时各负名，一函相问剧多情。中原朝士今谁属，蠹尽松皮纸一籝。

公有奇才吾可知，公耽奇癖吾非之。寻常一样刊书卖，一负宏名一罪私。（公使湘中，以其刻书命诸生买读，被议去官，而祁文端使吴，亦刻书命诸生买读，而至今人颂之，何耶）

昨朝来踏魏公乡，已见奇才出异常。定有古微堂上客，自惭青眼尚茫茫。

石笋山房富录藏，一图聊与写苍茫。相期三百馀年后，亦共此书弟子行。（时为学博画《石笋山房图》）"

"姑妄言之姑听之，渔洋妙语吾曾知。晚灯笑听三蕉语，胜读秦嘉本事诗。

国子先生五柳孙，能将先集当寒温。揖青诗好寻常事，爱绝惊人古格言。

看朱成碧吾岂敢，以有为无事实难。差喜近来增见识，五更清梦到毡寒。"

试邵阳武童，重名沓至，爰枷号一，三次重来者数日。复有新宁教官陶笙陔（鼎铭）以其先世笙楼先生所著《三蕉馀话》及《揖青山人诗抄》见赠，中有报督学一事，与今日事略同也，即吟三绝，书一扇答之。

“空谷幽香种几年，嫩芽新茁尚含烟。何妨移作天家贡，绝品当居百卉先。”“不向丛榛披辣手，何从真处得奇葩。樵夫未必知名种，持向人前足自夸。”“何以居之竹石间，搴芳纫佩两无关。自然幽静天然好，尚嘱藏真少出山。”“湘波荡尽骚心未，总是灵根缔宿缘。生不当门真自爱，陋他梅柳占春先。”“校射馀闲写像来，戏将纨扇作诗媒。只能图入生绡里，不敢公然诩手裁。”

石生陶钧，余乙未春按试宝庆所得士也。童年若成人，以赵恭毅公期之。校射毕，灯下写扇头，为幽兰一丛，并题五绝句，石生愿一和之否。是不让阮文达《定香亭笔谈》中佳事也。

“为学贵成家，何论汉与宋。读书先立品，不在科名重。我生识字初，人笑非书种。跳荡为嬉戏，闭户倦弦诵。弱冠忽知文，自爱群儒从。渐熟通俗论，解撰河清颂。方信读书难，绝学有承统。今年已卅六，一事不异众。谬衡南国才，来选皇家贡。天生爱好心，卓荦时目送。惟兹三湘俦，固是人中凤。论文■旧征，习射善罄控。他日皆奇英，定不等闲用。因兹愧驽材，清夜返自讼。卓卓双江堂，独坐懔虚空。愿约诸生徒，负才莫狂纵。”宝庆试院示诸生，即用祁文端公原韵。

“三唐功令集麟角，制义成篇始废轻。谁识梅川蓝伯子，能将格律胜西京。”

“绝妙崔何应制诗，后人摹拟失沉思。河间已去圣征老，空读《瀛奎律髓》词。”

“馀兴能成墨戏来，万花齐向笔头开。楚材毕竟异常质，陋煞人间别体裁。”题古上梅蓝荣山(昺)《香岩赋诗钞》。

“文字具从辛苦出，行囊写遍远游诗。晚灯读罢生馀感，忆我童年茧足时。”

“议论不阿扶正直，世风因此感迁移。中原朝士能知否，糜尽天家养士赀。”

“阮公老去笔谭存，小子还思例一援。肯录盘山诗句否，不须无佛自称尊。”题欧阳俌诗文集(新化增生吴辅之)。

晨起出城，适大雨，送者不绝。诸生童有二百馀人，远至七八十里。猺生、武生童、贡生皆远道相送。自愧无益于诸生，尚得诸生见爱，颇自喜也。

行四十五里，至西岭饭。又行卅里，至利家坪宿。一路山色绝佳，颇似画图也。(初八日)

行七十里至文明铺，宿一书院中。县令金□□来见。竟日行徙[按，当作陡]壑高岭，初似大痴，继似倪迂诸本也。(初九日)

晨起，行十里至新铺子，十里至黄家铺，十里至丁家岭茶尖，屋小甚。又行十里至石硚铺，十里至祁阳，宿皇华馆，学官及巡捕等迎于郭外。竟日大雨，田陇间山石起伏，如蹲兽，如伏龟，奇形怪状，不可尽述。离城五里即峿溪，归来舟行可登访也。(初十日)

闻金县令谈光绢甫太守女公子孝烈事，成二绝：

“是否今生误读书，不知天道竟何如。居然孝烈成公谥，惭愧须眉饱五车。

临去从容百不回，忍将遗稿付寒灰。此行永遂承欢愿，不是伤心赴夜台。”

晨出驿马门，过河，县令送于道傍。行十里长流铺，茶尖未歇，十里富里铺，十里画锦铺，五里搭桥铺，十里孟公山宿。过孟公岭，绝高，不险。零陵县遣人来迎，有轿纤夫八名。湘中轿用纤，于此始。岭顶有一亭，方石柱一，极古，有字，或唐宋间物，惜匆匆未一看也。(十一日)

晨起，十里至冻井铺，十里至粮米铺，十里至画眉铺。县令姜昆山(□□)来接。十里至烟燉铺，七里至永州。考棚方新造，高大轩爽，大堂曰“大公堂”。府未来接，未见。(十二日)

午初谒庙，阅墙放告，无一人来者。拦舆纷纷，皆不收。继而思

之，殊非中庸之道，以后拟逢告必收，但谕以不合式者不批，愿则投之，不愿则收回可也，如是则无扞格之患。（十三日）

寅初点名，考生经古。天黑始净场。试者虽不如宝庆之安静，然终日在堂，彼亦无所犯规也。（十四日）

丑初点名，童经古。日暮净场，亦颇安静。（十五日）

是日补岁考，定生古卷，无舆地一门，馀亦无惬心者。（十六日）

子初点名，为九属生正场。提调托发案不来，县令亦杳不知其所至，遣巡捕请之点名毕，始来一揖。略诘数语，彼即大声力辩其无误，小人也，不能以真肺肠待之矣。（十七日）

寅正，覆生童经古百二十六人于堂（生八十一，童四十五）。（十八日）

亥正试宁远、承明、新田三县童二千三百馀人。（十九日）

晨六钟，覆生员乙百三十三人。有道州何氏昆季三人，皆列一等，其季仅十三岁，文字颇清通也。（二十日）［按，此条天头曰：兄何国■，何国玺。］

祁阳童生石端霖，于试日呈其《云吟仙馆诗稿》，诗笔清丽，略嫌薄耳，录其《咏镜》两首："一片冰心不染尘，往来窗下与谁亲。怜君几遇倾城色，似隔银河未到身。""笑对桃花几树开，那知窗下即天台。刘郎受尽神仙诀，别后仙姬带不来。"又《咏竹夫人》云："新粉初调节节工，桃花微衬一枝红。淇泉自羡儿夫好，九十诗人卫武公。"

试东安、道州、江华、宁远三［按，当作四］邑文童，在堂坐竟日。（廿一日）

提宁、永、新三邑文童覆试，即日出案。（廿二日）

试祁阳童生。（廿三日）

提东、道、宁、江文童覆试，即出案。（廿四日）

试零陵文童。（廿五日）

提祁阳童生，得幼童数人。（廿六日）

考贡誊红。（廿七日）

提零陵童，得幼童一，剧佳。（廿八日）

合覆各县童生。（廿九日）

武生岁考并补考。（三十日）

【光绪二十一年乙未四月】

试永明武童。（四月初一日）

试江华、新田武童。（初二日）

试东安武童竟日。（初三日）

日来忙而懒，各事皆高搁，未免近堕字，不自振作，徒消磨日月，可愧可愧。

晨起，试道州文童，薄暮停止，阅五百人。灯下阅板桥《寄弟书》，觉句句皆至理名言，人所不可不知、不能不知者。忆早年得《板桥集》重刻本，时在箧笥，阅之颇觉长识见许多。今已十馀年矣，得初印本偶一翻阅，觉反不如早年读时之趣，此系中年来利欲深，故觉真性汩耳。“有田不归如江水”，东坡诗千古至言，惜东坡亦未能如愿也。

日来颇觉诸事不适意，心神不固，便有此等魔道缠绕。凡事由天，但须正大无私，天亦不教人无路走也，奚必多虑。

尝与若溪书，云吾生做事，今日不想明日，若溪适与吾相背，故觉处处窒碍，今日思之，终觉短阅历，故出口即自夸也，以后戒之。（初四日）

数日考试武童，竟日不能作他事。晚倦极，即睡，直一蠢人矣。（初五日至十一日）

昨日忽仆从于屋后掘得一泉，涓涓不息，试烹之，洌而不甘，然较寻常供应之水已胜百倍矣。按此处志书，在万石山之西，志中有曰“绿井”，为唐时旧迹，久废，明万历中开濬后即湮，今日之泉正出此处，岂绿井之源邪？拟作诗告守土者护之，惜守令皆俗吏耳。

泉出石缝中，流甚急，顷刻可盈一甕，似有古人凿石痕，非新涌者。石中生石燕，可剔而出之。

“祥瑞呈图空自诩，无源甘醴亦成愚。一泓自有廉泉酌，却胜坡公调水符。

平生居水乡，夙嗜斗茶癖。屐履过溪亭，不酌意不怿。谒来试永昌，重门严晨夕。打鼓进鱼蔬，清泉先肉食。令严调水符，担石抵琼液。每忆白沙泉，涎流对幕客。晨起忽闻諠，奇事等天辟。云来屋后泉，涓涓流石隙。群奴剔泥沙，诸友扫藓积。须臾盈石窊，源流尚汩汩。龙团手自煎，清洌湛瓯白。试饮沁齿根，清风生两腋。甘醴岂无源，灵泉定有脉。吾闻万石山，绿井记古刻。有唐暨元明，旧迹久湮塞。艾圃仅留碑，空忆痕浮碧。安知此水生，不自前源滴。衙斋晚灯间，微吟四壁寂。活火蟹眼青，细沫乳花白。何处止境奇，竟自劳人得。明当告太守，下及弟子籍。愿勿等闲视，护此地盈尺。还宜证旧闻，此是土人责。使者去后来，一勺不求益。惟志绿泉名，螭匾署斋额。方今海波扬，蚁蛇动仓宅。征取竭民膏，泉府窘无策。等兹一线流，空自迸沙砾。既异在山清，又乏穿云力。世间憾事多，对此三叹息。”

竟日校祁阳武场，重名顶替，百弊丛生，无以止绝，可恨可惭。

得朱守函，云和议渐成，彼国要约太甚，据公法竟成一大辱，国何以一至于此，令人可叹。（十二日）

绿泉山馆。

“光绪乙未初夏，按试来此，于屋后掘得一泉，出石罅中，试之清洌可烹。证以图志，当即中唐时绿井也，湮塞久矣，爰题此额以张之。湘中督学使者元和江标题记。”

永州试毕，思无补于诸生也。清夜挑灯，深自惭悚。率吟六绝，以告诸生，并自讼也：

“转移无术词因拙，启导难成学本疏。绝代輶轩空自警，愧教负此受恩初。

文艺非居器识前，读书休负绝韦编。能将至理归忠孝，坐破寒毡亦任天。

画鼓沉沉昼闭门，朝来堂上卷空翻。亦知雪■盈衫客，尚对寒灯泪有痕。

少年赢得路人誉（用祁文端按试过耒阳诗句），敢引前贤证后车。学海无波空自沸，宵来写寄弇山书（近因补筹校经书院经费，致书吴愙斋世丈，比之以弇山尚书也）。

东海翻波炮火红，区区文字已无功。自惭画阁连朝坐，看尽重开两石弓。

语无奇诡方成品，学到精深大是难。定有遗珠沉碧海，何妨写与使人看（拟求才深器厚、不求闻达之士，愿诸生以告使者也）。”

今日覆一等前三名，竟日未为一事。诸生和诗佳者颇少。

东安廪生周晋墀，书兼欧柳，以吕庭丈《鹤缘词》及余《红蕉词》属渠写之，颇工也。（廿日）

今日发落文武生童，人贻《先正读书诀》一本、《四库全书提要类序》一本。有幼童七人，各给扇一柄，各赠一诗。（二十一日）

晨起，略检各物，即上船。太守诿痛不来送，非礼也。（二十二日）

天明开船，午初过冷水滩，有卡，卡员吴同登来见。滩石突兀，风景剧佳。晚泊一江湾，舟子云上岸有岩洞，秉炬入，可行二三里，惜天雨未往也。（二十三日）

天明开船，辰初抵浯溪，县令邓□□来接，即同至浯溪一游。山石重叠，十步异形如假山。石上唐宋题名重沓，近人无刻字地，磨前字刻之，古迹之易毁者如此。《中兴颂》在崖下，右为山谷诗，已重摹矣。《峿台铭》在崖之后，磨崖石平刻之。上石突出如屋檐，覆铭之半，故后半甚完好也。铭后有大中、开成、太和时人题名，字如新刻，因无人拓故也。《颂》前隔十馀丈崖石上刻《浯溪》、《唐亭》二铭，中有石，方尺馀，刻《浯庼》一铭，仅存数字矣。遂属寺僧拓之，随护健儿以桶水洗墨，积以佳纸，精拓一纸，较寻常者有天渊之别。《浯庼》一铭又人所未见，金石家皆不著录，拓工亦以字迹不清，不肯氊墨，今日用佳纸工拓，始得十馀字。《唐亭》、《浯溪》两铭虽清晰可诵，细审点画，定经后人重开矣，惟峿台则完好如新也。其馀唐宋人题名不可施氊椎者尚不少也。溪边为杨息柯太守墓(翰)，有宅一区，云即元漫郎故宅。太守筑室其上，不及二十年，今已倾败。太守第四子居于中，亦不甚知书矣。以番钱一得太守旧藏汉魏六朝拓本数十种，有极精者。日暮始归船。(二十四日)

《三吾解》："三吾者，浯溪、峿台、㾊庼也。庼本高字。有清光绪二十一年岁次乙未四月，督学湘省过此，流连半日，辨别次山，仅有溪、台、庼三吾，并手拓其铭而去。点画■误，后世不察，转写为亭，有宋以来，贤者不免。独段与钱能知其讹，乾嘉小学，卓绝千古。兹实旧形，循读遗文，台庼并峙，未有亭字。千载之疑，亟当辨正，刻石记之，以告后来。"

凌云刻
闰六月九日
年岁次戊申
有唐大历三
篆□此铭
忘悼庼旁石上
惬心自适于世
五十时有㾊庼
不耽水石年将
木土林野之客
□铭之□□得
之铭曰
曰㾊庼旌独又(有)
也冒猷爱也名
风呜呼冒不冒
日方暑冒者朝

□霜朝冒者寒
不冒者水声松
□远山淖水耳
□庼上目不冒(厌之省)
元都此可作若
竹周□瀛州记(周字下少一字)
上异木夹床疏
溪庴庼当虗石
临大渊南枕浯
东望峿台北面
步山面□江中
尺周围四十馀
石焉高夫(六)十馀
浯溪之口又(有)异

晨起开行。午后忽见仙蝶在船舱外,呼老道以手迎之,绕余手者再,急呼酒来,伸舌吮吸。集手掌上细视之,黄质黑章,毛背四趺,须有双珠,与前见无异,特两眼绿色,不同耳。此为生平所见第六次,数千里之隔,于烟波缥缈之中忽来相访,岂非奇事。遂为写图藏之。是日留舟中不去。(廿五日)

午后仙蝶始去,倏已不见,真神物也。(廿六日)

竟日风雨,船行甚迟。明日始可抵衡阳矣。(廿七日)

蝶来有喜。日来正大哥散馆,想已得编修矣。

《潜揅堂续跋》云庴亭乃庴庼之误,是矣。云[illegible]字不当从日,宜从甘,余手拓其铭,细审之皆作[illegible],确甘字也。大约潜揅所见之拓本不精耳。或铭已重洗,经后人改正,亦未可定。

午初至衡州。自道以下来见,府因扃试未来。大雨竟日。

得大哥书,云定作老虎矣。老虎者,俗称庶常散馆为县令也。且云谗余者多,大致谓不自俭约,此本性也。方今天下多事,不饿固好,饿亦命耳，何必想后来。且谗我者妒我耳，妒一时不能妒万世也。湘省中诸友书来，则誉者多谓考试宽严得中，去取公平，此亦但闻誉者，未闻毁者耳。（廿八日）

晨起开行，晚泊，行六十里。（廿九）

灯下读《虞初新志》，见小宛、曼殊诸传，若有所感。余生三十六年矣，无姬妾之好，不知何以触于中，岂情至即足动人邪？

“顾我翩然绕槛来，旧缘重与倒新醅。四千里外从头数，得见飞仙第六回。

金睛忽改胡儿碧，却喜黄衫尚俨然。试问侬心依旧否，敢将陈约负前缘。

拓得朝来粉本成，迟回似订后来盟。茜纱窗薄西风急，冷透袜衣自不惊。

蜂虿蝇飞事太奇，此心自许告天知。湖波皱绿衡峰碧，尚有卿来慰吾时。

时事纷纷一叹嗟，故园回首惜无家。朝来无语盟江水，看尽沿堤野菜花。

燕燕莺莺想别巢，漫提絮梦逐鞭梢。人间得证怜香约，故事还当教手钞。”题蝶仙第六图。

【光绪二十一年乙未五月】

行六十里，至小江口泊。两岸土作紫色，无高山，今日下午始略见远山。闻离耒阳尚百六十里。（五月初一日）

“《礼经汉读考》一卷，其他十六卷未成，后之人当有能踵为之者。嘉庆甲戌十二月茂堂识。”（《仪礼汉读考后》）

书院经费不足，准应于存公银内支用。奉天之沈阳书院于每学学田租银内酌量拨给，金台书院则每年动拨直隶藩库存公银四百两。后因不敷，府尹又会同直隶总督详议，请于丰坝营田杂粮变价馀银内，每年拨解银二百两，由布政司详请直隶总督报销。皆见《学政全书》。

竟日大风雨，略行数十里，泊。（初二日）

行竟日，尚未至耒阳也。（初三日）

上午至耒阳，县令於桐轩学翏来见，云杜陵书院系绅士借名敛钱，余未之信，自往看之。

书院以杜陵名者，以耒阳城北有杜工部墓，旧有祠宇塑像，其中祠后即墓，围以石，有景泰时题墓。石墓后五楹，有楼，即新建者。祠门内西有小屋，即谷朗碑，碑石完善，前后额皆有晕，后无刻字。向闻《集古录》云尚有朗子宁侯碑，同在祠中，闻之司祠者，皆云早失。内有一生，云有一碑额上晕与此碑同，已断，无字，余亟看之，在东墙角，仅存额，古晕宛然，量其宽，与前碑不差累黍，命健儿洗之，无字。爰属该生并下段访出之，如能得之，则出数百年隐而复见之物，且足为湘中金石添一掌故也。（初四日）

上午因水发丈馀，未能行。泊竟日。（初五日）

竟日行六十里，泊淝江书院前。（初六日）

晚灯泊船，忽幕友许奎垣来，云船中来一仙蝶，屡饮至醉，小停不去，出掌相示，集指头，栩栩未醒也。适采得百合花，即移止花上，为写一图。此次所见，色淡黄，有淡墨斑，翅从内阙，与昨见异，两眼则作金色，四足茸毛，双须则无异也。仙乎仙乎，何屡来亲余，岂有佳兆乎？

“岂为前缘竟再来，真教沉醉此香醅。春明旧梦犹酣否，遥恋觚棱首屡回。

淡黄衫子微痕黑，风度前朝更自然。岂是写真犹未肖，故教重认再来缘。”

竟日舟行，逆水不可上。（初七日）

水浅而狭，两岸山更秀。薄暮泊观音岩，即古所云八尺洪也（三字不知何义）。有石洞高岩顶，土人建杰阁于前。水中有石如伏狮，正对洞门。岩下石洞内有立象狮之尾、象之鼻，虽雕琢亦不能如是之工也。县令、教官、巡捕均来接见。（初八日）

天明欲游岩洞，约同人至岸登阁，则一无所见，远不如遥望之灵秀也。凭栏见对岸一山顶有石，如僧面江而坐，形容酷似。一岩中见像形者三，此物理之不可解者。

读《澄怀园语》，处处为宦者说法，未入仕途者不能知其蕴也，真仕宦中阅历之言。（初九日）

晨游后即开船。午后至城外对岸泊。所云城者，有名而已，云古已坍入水中矣。天热甚。（初九日）

天明坐舆陆行，道尚平。薄暮至郴州，宿书院中。（初十日）

天明行，午后至桂阳，离城一十里。过桂岭，亦不甚高。坐骑堕入泥田中，仅露一首也。（十一日）

晨起，谒庙。竟日无所事。（十二日）

试古学，竟日在堂上。（十三日）

试补岁，竟日未为一事，定卷而已。（十四日）

试桂、临、蓝、嘉四属生员。（十五日）

覆经古。有嘉禾童生李先畴成《小游仙词》，极佳，为阖州冠。（十六日）

临武、蓝山、嘉禾文童正场，竟日在堂。（十七日）

覆生员。有桂阳何岳立读书颇有门径，惜有嗜好，力劝戒之。（十八日）

桂阳童正场，有二千名。（十九日）

提头场童生。（二十日）

考教誊红。（二十一日）

提二场童。得省中书，云台湾已公举唐维卿前辈为台湾民主总统，以中国已允割地，台民不愿，故有此举，即余前日国会之说也。（二十二日）

晨起，有人于墙外投一匿名揭帖，言嘉禾李先畴文非己出。今日适覆试，即提于堂，亲询之，似人言之不确。午后以《太常仙蝶图》示之，命作诗，立成四绝，颇佳，益不信人言矣。盖李系巨室，而才又美

绝，人不能无疑也。（二十三日）

李先畴仙蝶诗：

“文庄往事说从头，记否当年院里游。海眼何劳分大小，嘉名自此播千秋。”“锦匣庄呈纯庙前，盘旋拜舞作奇缘。未容和相开函视，老道由来别有天。”“粉翅翩翩独去来，仙心恋我几多回。潇湘别浦重回首，佳酿相期醉一杯。”“太息庄周梦未醒，偏教奇事付幽冥。地坛绝少欺人语，爱读姚家竹叶亭。”四诗用典雅切，而句自跌宕。

【光绪二十一年乙未闰五月】

今日卯刻奖赏毕，午赴刘彦臣之招，有剧。饮游署中，后园有胡公祠，云东汉时人，有隧道可入，有朱棺悬于中，必有刻石，惜未能亲入一探也。（闰月初一日）

天明即行，辰刻饭尖，午后到郴。天热无风，舆中甚苦。（初二日）

谒庙放告，竟日无他事。（初三日）

生童经古，四百馀人，黎明封门。（初四日）

补岁考，竟日无所事。得都中书，知沈云□（同芳）、章曼仙（华）皆得庶常。沈系新以内人第五妹字之者，章昔亦有此约而未成，今皆双双入词垣矣，颇自负夙赏之不谬。（初五）

天下事固有一定，此理之不可强者。方去夏之有此议也，余初闻郎亭师言，爰访之于宣武门大街南通州会馆中，一见即心赏之，爰托刘葆良同年为之媒。而沈固却以家贫，非所偶，且云即欲出京，须禀命于堂上，允到家即电复。事隔数月，迄无音信，以为成画饼矣。适湘南章曼仙孝廉寓松筠庵，年少才富，乃兄觐瀛候选同寓，皆与大哥习，一见即甚心契。八月，曼仙出京，觐瀛得山西吉州知州，余亦奉使来湘，适同年王伯唐饯饮于松筠庵，云曼郎新断弦，昨方电报至也。余忽心动，告诸郎师。师允，属余作冰人，访觐瀛于松筠庵，告之故，欣然允可，云无须告曼郎，吾可作主，是日为九月十四日。翌日余出京，即以事托王胜之同年，以为事必偕矣。阅数月，胜之书来，云章处已有回书，事不成，颇讶前后之不符。适见胡眉寿同年，告以转询曼郎，三月中得复辞以齐大非偶，而郎师书适至，云已定沈进士矣。方知事有一定，不可强者。然初议之时，沈已进士，章仅孝廉，余尤心属章，以为必不久困。未几，章亦得进士，今皆同入词垣矣。自喜所识之不谬，而又知五姨之命定为翰林妻。章貌胜于沈，而才可劲敌，章系续昏，沈系元配，则沈胜于章矣。

"愙斋世伯大人钧座：谨启者，闰月九日郴州试院奉到五月廿八日赐书，教诲周详，莫名感佩。士风丕振，绝学当兴，边境胪欢，属史知省，政盛所布，实越寻常。昔以乾嘉毕、阮开府诸省，关中、学海，首植士类，以今方古，或有过之。沅水校经书院，事虽创始，成效已睹，若遽中废，岂仅可惜。前接诸生所禀，方惧力小任微，不足表率，今得长者启导，湘士之福，亦学臣之幸。松守处已遵示札饬，具咨钧禀，伏希鉴察。[标]历按数郡，见湘人建置书院，皆踊跃可敬。然往往为官吏所非，不为扶植，或竟阻挠。推其故，亦皆由绅士借端提用公存款项，又或摊派款目，经人投控，该吏即以此为口实。前月过耒阳，士绅中先有具稿，言杜陵书院近已颓废，兹合之五乡倡捐重建，奉赐札之后，已集有成数云云。[标]过耒阳询诸县令，即对言此举亦无意愿中废，爰亲履其地（谷朗碑即在院中，是日曾于东墙下搜得朗子永宁侯柏碑额，自赵明诚以来从未再见著录者也）。绅董出迎，并呈捐数，已得万二千缗，畚□方兴，大开广厦，似尚不致有名无实。[标]遂谕以筹款不易，力崇节省，多买书籍，以备讽诵。且宜将所捐之款先存公所，后事经营则量入为出，方不竭蹶，士绅诺诺，似皆首肯。然推县令之说，亦有自来。盖十年前该邑北乡有以二万余金造一书院，取名淝水，院方落成，经费已缺，迄今数年，未开一课，未住一士。该令有鉴乎此，恐蹈前车，故曰不如中辙[按，当作撤]也。然因噎废食，古人所戒，事无不■，全在得人。故仅饬以'惜浮费、戒勒派、严章程、多书籍'十二字而已。兹因沅水事，故特详告，想闻之当亦为然也。再，

[标]又以湘士好讼，按临所至，沿途投控，冠服泥途，乡人环观，毫不知耻。及以呈词阅之，半多影射，亦涉琐屑，于切己二字皆不体会。渠等只求收词，不问结案，已属可恨，又有村愚乡曲、老妇稚儿以钱财口角装点重情，牵涉衿士，纷纷投告，语不由衷，则皆由好弄刀笔者窜掇而成，一纸词准，恣壑已饱。狭路拦舆，竟有一手持钱，一手投呈。该邑所派来之民壮舆夫，故意迟顿，据为利薮。此风以祁阳、零陵为最，新化次之，言之实堪痛恨。故惟有以'拦舆不收'四字以断其利源，以绝其讼根。盖此等呈词实情颇少，即有二三确凿之案，亦多反复强辩，不涉陷害，即求脱卸。如有真情实据，早经地方官绅公断公评，万无覆冤不伸之理，而不必候学使一批也。故每逢下学讲书之日，即亲戒诸生息讼，严饬教官查访讼棍，将来此风或可少息。[标]遇事勇为，惟苦才短，兹得长者随时启导，欣幸曷极，当与三湘学者同声感颂也。前闻请假卅日，暂息尘坌，遇此暑热，尚祈颐养盅抱。安闲静舍，录成销夏，图写山居，初秋归来，当许饱读。"

读《礼记·玉藻》"孔子佩象环五寸"句，疑"孔子"二字有误。盖象环之饰既无旁证，而文句亦杂而不伦，继读"公子曰臣孽"句，始知"孔"字乃"公"字之误，且"孔子"句当在"士佩瓀玟"句上，则与下文大夫、庶子、公子、士文例相同。公子者，公之幼子也。何以知幼子？《公羊传》"臣仆庶孽"何休《解诂》曰："庶孽，中贱子，犹树之有孽生。"《汉书·韩王信传》集注引张晏："孺子为孽。"经曰"臣孽"者，乃臣孺也，故知庶子为长，公子为幼。何以佩象环？即童子佩觿，从角例也。世子与公子有长幼之分，而等则同，故同曰"綦组绶"也，否则孔子何以与世子綦组绶同制？以经证经，即以一篇中经例证经，不得云武断也。

生员正场，竟日在堂。（初六日）

覆生古学。得郴州陈为镒之掌故，于各国事皆极留心，有志之士也。（初七日）

宜、阳、东三县文童正场。（初八日）

天明挂牌，卯正提覆，午正发案。（初九日）

永、宁二县童正场。（初十日）

半夜挂牌，黎明提覆，午后发案。（十一日）

郴州童正场。（十二日）

卯初挂牌，辰正提覆，午后发案。（十三日）

考教誊红。合大覆。（十四日）

武生内外场。寄窓斋丈书。（十五日）

郴州廪生欧阳鼎善词章，誊红日云有江右之行，请不候奖赏日即去，允之，遂画一箑，并题两绝句送之："郴江赣水迢遥路，送尔征帆去几程。入蜀文章鹦鹉赋，过江名士究何情。""《七痛》篇成冠众曹（余因近日中倭议和事，曾以《七痛》命题，生作洋洋千言，为通场冠），飞书羽檄想枚皋。文章从此成知己，莫负秋江八月涛。"

泽存堂张氏重刻宋本《佩觿》后附《郭忠恕传》，与今《宋史》本传有异同。《宋史》最误者，"弱冠，汉湘阴公召之，忠恕拂衣遽辞去"两语令人不解，证之《谭苑》及《集古录跋尾》等书，皆不合。兹读《佩觿》后传，始知其中有脱文也。《佩》传曰："弱冠之年，汉湘阴公辟为从事。公在徐州，同府记室董裔与忠恕情意不叶，因争事，忠恕拂衣辞去。"《宋史》脱去董裔事，则上下文不属矣。又《佩》传曰："逢人无贵贱辄曰猫。"案，此楚人语也，至今湘人犹呼"无"为"猫"。方以智《通雅》："江楚、广东呼'无'曰'毛'。"《后汉书·冯衍传》："饥者毛食。"章怀注曰："衍集毛字作无，今俗语犹然者，或古亦通用乎？"毛、猫本同声，忠恕弱冠在湘阴，故习为此语，后不可改也。今《宋史》改作"苗"，则音又不合矣。一传之中，一脱一讹，读史之难如是。

骰子，今称曰色子。案，字当作"塞"。《楚词》曰："琨蔽象棋有六博。"王逸注："投六著，行六棋，故曰六博。"《后汉书·梁冀传》"六博"注引鲍宏《博经》曰："用十二棋，六棋白，六棋黑，所掷头谓之琼，琼有五采，刻为一画者谓之塞，刻为两画者谓之白，刻为三画者谓之黑，一边不刻者五塞之间，谓之五塞。"即今日骰子之滥觞，是"色"古当作"塞"也。

武童场。（十六日）
武童场。（十七日）
武童场。是日竟日在堂，阅至千三百人。（十八日）
武童场。（十九日）
武童外场，并技勇。（二十日）
武大覆。（廿一日）
文武奖赏。（廿二日）
天明起马，至永兴上船。（廿三日）
舟行。（廿四日）
舟行，水浅，船如岸上行。（廿五日）
舟行。（廿六）
舟行。（廿七日）
舟行。（廿八日）
舟行。是日下午寒热，至天明始退，苦甚。（廿九日）

【光绪二十一年乙未六月】

午后到衡州，即上岸。（六月一日）
谒庙，放告。（二日）
试生古学，四百馀人。（三日）
试童古，一千三百馀人。（四日）
补岁考。（五日）
生正场。（六日）
覆生童古学。（七日）
试衡山、安仁、酃县童生。（八日）
覆一等生员。

有府学附生刘焕辰，年仅十二，试词章及时文，皆楚楚可观。覆试日出扇乞书，为书五绝句与之：

“意气雄奇欺世易，文章渊雅少年难。胸中不饱五千卷，空负秋灯照影寒。

四录丛残孰证源，试寻家法得专门。灵扃无钥空翻箧，老尽寒窗雪上痕。

经济先从考证求，烂翻掌故历朝搜。不知一物儒生耻，欲记寰瀛画地球。

北朱南阮各分门，绝学乾嘉二老尊。大义先通新说立，实求仍守汉人言。

旷代奇逢举博通，煌煌天语饬臣工。诸生共抱擎天柱，都在回环万卷中。”

《别下斋丛书》刻《苏斋题跋》：“汉武梁祠画象初造王业。案，王业字是‘工’非‘王’，不待考辨而后知也，即石鼓‘吾车既王’之‘工’字，亦是如此。”标案，此正苏斋失于考辨处。石鼓“王”字明画作“工”，“王”乃石泐痕也。近日精拓本一望而知，岂苏斋当日反不见佳拓乎？同时金石家如张金粟其双钩《天发》、宋拓石鼓文刻入《随轩金石》者，亦误作王，皆不须审拓本，或氈蜡反不如近日之精耳。

《苏斋跋》中又云（卷上）：“参天两地而倚数。参天，勾也；两地，股也。勾股正历，舍矩不能从事矣。”此语似苏斋门外证，若苏斋语，则成勾三股二—锐角矣，拟质诸通算者。

安化陶文毅抚苏一疏请旌常州武、阳两县贞孝节烈妇女三千十八人，建总坊，朝廷仅费六十金，当时皆以此为法，苏州刻有《旷典辟[按，当作阐]幽录》一书，近湖南拟照此办法，须向陶少云先生处乞《阐幽录》刻本，少云即文毅公子也。

耒、常文童正场，约四千二百馀人。（初十）

提头场，分两排。（十一日）

清泉文童正场，三千馀人。（十二日）

提二场。（十三日）

衡阳文童正场，三千馀人。（十四日）

提三场。（十五日）

提四场，考教誊红。（十六日）

合大覆。（十七日）

武生内外场，并补考。（十八日）

武童衡阳试，四百馀人。（十九日）

衡童四百馀人毕。（二十日）

清泉一千一百馀人，一日毕。（廿一日）

衡山九百馀人，一日毕。（廿二日）

常宁七百馀人，一日毕。（廿三日）

耒阳七百馀人，一日毕。（廿四日）

安、酃共八百馀人，一日毕。是日花衣起。（廿五日）

外场马箭共二百六十馀人。是日恭值□寿，先于五更在大堂朝服叩贺。（廿六日）

试技勇，竟日毕。（廿七日）

合覆。（廿八日）

奖赏。下午合属公请于彭公祠。有剧。（廿九日）

【光绪二十一年乙未七月】

晨观书画于朱纯卿前辈署中，时为衡阳令也。唐宋元明四朝大家毕具，国朝诸家反不多，渔洋山人《蚕尾山图》卷、二苏合幅（一词一札）为至精。（七月初一日）

晨开行，竟日舟行，甚热。（初二日）

午到衡山上岸，至研经书院一看即归。以贫生彭慧荐邑令处。（初三日）

舟行。（初四日）

舟行，甚热。（初五日）

“瘦尽东风倦晓寒，永无霜信上红兰。湘帘一桁人何处，手挈银瓶出画栏。

日斜风暖自娉婷，不斗浓香上画屏。谈到无言人似否，自纫芳佩寄湘灵。

一角红槅证碧城，灵珠女伴侍琼英。尽教写上乌丝记，未惯瑶阶叩小名。

渺渺洞庭小小愁，雁书轻不过红楼。谢娘团扇空成影，又见潇湘水国秋。”题《幽贞馆图》。

天明大风，泊。薄暮雨起风息，开行，晚泊湘潭。县令彭来见。（初六日）

天明开船。午后风大，泊。仅行卅里。晚二鼓风息，开行。（初七日）

天明已近长沙，巳刻到，泊善化。令及学官来见，馀仅抚院投一接帖而已。到署后陆续来见，竟日未暇也。（初八日）

晨，心盦观察来谭，蒋幼怀来谭。稍息尘劳，至乐。

署后隙地，略盖廊庑，栽植花木，取名萱圃，为慈亲小游之地，颇可散步。（初九日）

“右文衡山先生小楷《赤壁赋》并补图，时嘉靖四年九月，先生已六十六岁。越年五月，又自跋两行，更小于蝇头，腕力精健异常。余尝按其行款，知先生乃临赵松雪本。此卷共廿九行，行二十字，与赵本同。赵本墨迹今尚在京师卓□□公家，装一直幅，去年曾出□钱。石刻则在焦山寺中，旧为文文水所刻，在嘉靖壬戌时，后先生临写已二十七年矣。按，先生晚年日书小楷《千文》一本自课，分贻亲友，无少吝，此亦一时兴到所作，以赠石民望者。民望亦吾郡一知名之士，尝与唐、祝诸君相往来。余得滕逸湖手录《所见书画录》，中见祝京兆书、石民望写叙，即索武进费屺怀同年以小楷录于后。屺怀尝得文氏小楷卷六段，中有《后赤壁赋》，而无《前赤壁》，字更小于此，欲易以为合璧，彼此皆有此意，而皆未能割爱也，嗜好之累人如此。赋中‘桨’误‘浆’，‘藉’误‘籍’，此未足为先生病，若以此疑之者，非也。”

批浏阳生员罗棠等拟改书院章程：

“据禀，浏阳城乡五书院，旧皆专课时文，近拟将南台书院永远改为算学馆，与四书院文课相辅而行。业有专长，学求实用，振今法古，事创功先，循览禀词，实深嘉尚。当即札饬浏阳县知县立案，准将南台书院改为算学馆，并会同公正明白绅耆董理经费，细定章程，慎选师儒，严精考核，妥为办理。本院事事核实，乐观厥成。如若有名无实，徒事更张，既失育才养士之心，必成立异矜奇之诮。不避艰难，力求振作，法不善则屡改，学不精则勿惰，后效无穷，本院尚有厚望焉。”

竟日略检理书籍。（初十日）

行香放告。午后愙丈来谈。（十一日）

生员经古，千馀人，竟日在堂。（十二日）

补岁考。（十三日）

府、长、善、阴、浏、潭生员正场。（十四日）

考教。（十五日）

茶、攸、益、乡、宁、醴、安生员正场。（十六日）

是日因生古不及覆，改空一日。（十七日）

覆生古。（十八日）

童生经古。（十九日）

覆生员。（二十日）

茶、宁、安文童正场。（廿一日）

考贡。（廿二日）

攸、乡文童正场。（廿三日）

覆童古。（廿四日）

提头场。（廿五日）

潭、醴文童。（廿六日）

提二场。（廿七日）

阴、益文童。（廿八日）

提三场。（二十九日）

善、浏文童。（三十日）

【光绪二十一年乙未八月】

提四场。（八月初一日）

长沙文童正场。（初二日）

提五场。（初三日）

提六场。（初四日）

誊红，合覆。（初五日）

武生内外场。（初六日）

步箭。（初七日）

步箭。（初八日）

步箭。（初九日）

步箭。（初十日）

步箭。（十一日）

步箭。（十二日）

步箭。（十三日）

步箭。（十四日）

步箭。（十五日）

步箭。（十六日）

马箭。（十七日）

是日母亲寿辰，停一日。（十八日）

技勇。（十九日）

技勇。（二十日）

合大覆。（二十一日）

奖赏。（廿二日）

出门拜客。（廿三日）

【光绪二十一年乙未九月】

一月以来见客拜客，忙碌殊甚，反不如考时之闲。欲思日日记日

记，亦因循至此，可愧可愧。（九月廿三日）

以二百三十二金属长沙廪生任元德至上海购书，为校经书院添设各种西学图籍，并与南泉、静涵、振夫、哲夫函。

晨起，得郢生书，送来书画十八件，皆何贞老物，有至佳者。午赴幼梅之招，时约胡琴庵画照。余到后方坐定，忽见窗上一蝶，审之老道也，急酌之以酒。忽又一蝶，比前稍小，亦仙影。主人出《鸿雪姻缘图》证之，知本有一大一小，亦奇缘也，为之写图，将题咏焉。（廿四日）

晨出门，吊龙氏丧。午后，左台孙念康来，为之作石鼓四幅。（廿五日）

数日未为一事，酬应之客无一可记者。（廿六、廿七、廿八、廿九、三十）

【光绪二十一年乙未十月】

上午出门，下午检书。（十月初一日）

以五百金押得书百箱，共七八百种，可云大观矣，限以廿三年八月十五日为满期，缴还本利六百两回赎，过期及短少等情断绝。（初二日）

竟日未为一事。至俞逸仙处，见其所藏板桥、南阜、八大、朱纶瀚各家册，皆真而佳。赵书《飞英塔诗》绢心，高四尺许，字如掌，押章已模糊，下有翁覃溪小隶书跋及曹慕堂后人一跋，装池极草草，然真迹也。（初三日）

竟日无事。至校经堂相度地址，为建书楼事。（初四日）

得胡致堂《读史管见》，宋刻宋印，可与宋本《通鉴》同装一箧，盖致堂即读《通鉴》而成此书也。（初五日）

得宋本《古文集成》，此书各家藏书目皆不载，邵批《简明目》据云袁漱六藏有宋本，余即所得袁氏本也。

数日未为一事。（初六、初七、初八、初九、初十日）

晨出门，迎新中丞陈佑民年伯（宝箴）。答拜熊秉三同年，不值。

（十一日）

上午出门。下午，陈佑丈来谭，极言吏治之宜整饬，矿务之当兴办，电报之须通接，书院之要整顿，贤者固自不凡。（十二日）

两日未为一事。（十三、十四日）

晨起谒庙。午后，曾庆榜（长沙新生）来，所议保护民教议语极通达，有用才也。魏诗铨（清泉，附生）年少而于时事极留心，属其拟一表，以各国各事分系，将来必有可观。（十五日）

午前，叶焕彬来。午后至幼梅家谈，见明殿本《明伦大典记》，即张璁、桂萼议嘉靖大礼事也。又言贺藕庚先生孙年已四十馀，久不考矣，今年忽来应童子试而得佾生，即幼梅妹婿也。幼梅之婿又为藕庚先生之曾孙，已入泮矣。又一王姓老人，年六十馀，亦为余取佾生，其门下得科名者已累累矣。出，至佑丈处谈，言到省即梦见曾文正，如平日，岂诚信之相感欤？（十六日）

竟日无所事。来谭者皆无惬心语。（十七日）

课校经诸生于萱圃，共四十五人，《通经致用论》、《喜雨诗》。（十八日）

佑丈来谭。何堂孙以旧书画金石一箧来，有一铜虎符似六朝或隋时物，一汉镜亦精。（十九日）

题李文恭公《沧浪小坐图》遗像：

“沧浪七老图犹在，文毅风流等散云。独展斯图征逸事，好凭小坐补遗闻。

虞山画格推胡史，笔底传神定是真。想见因缘记鸿雪，评量画稿亦斯人。

开卷何时证宿缘，可园风景尚依然。定当遗爱文孙续，合计新词再记年。”

“余百日而孤，为子之道皆得自母训，弱冠以前不知世间有酒肉征逐事，远行亦不过数十里。年二十三，应汪郎亭师之学幕之订，始渡海至山左。过芝罘时，蓬莱令郑君出贻两册，即此《课子随笔抄》

也，爱而读之，迄今已十二年矣。未尝肯一月离，以此自警自戒，即如对吾先待诏公也。今年乙未，余年已卅六矣，奉天子命视学湘中，方为臣子，惧陨越，适幼梅观察出示重刻本，属为叙之。余反复思，愿天下之为子者皆奉此一册以为师，即为父母者亦以此册训其子，天下治家室安[按，疑当作安室]胥在乎此，幼梅之功，岂浅鲜哉！”《课子随笔抄》序。

数日送行者络绎，自出酬应，辞行甚忙，记事特略，可愧。（二十日至廿四日）

午后上船，送至船上者首府以下。晚未能开。（廿五日）

午未开，因知壬秋来也。晚泊金子湾，离城三十五里。桂阳廪生萧象坤来送行。萧知矿学，家有矿洞，近拟讲求西法，欲大专其利，因水口不通，有旱道十里，余劝其造活铁路。

下船后清坐，无杂扰之苦。临赵书三纸，为到湘一载中第一次也。

以《文选》题作赋题，剧佳。（廿六日）

昨夜梦见一青衣，绝艳似内子，欲作蹇修而未仍未成，欲赋一小词记之，讫未妥也。

今日泊靖港，行三十里，风逆不得上，颇苦闷也。

阅校经卷三十本。（廿七日）

晨知慈航、长庆两小轮来，即属拖带。午后已至湘阴，计水程七十五里，其利溥哉。县令张赐侯（贵良）来见，一老书生也，相谈甚契。停泊两时，即开行，行十里泊。（廿八日）

得穰卿书，言赫德力劝中国改新政，不听，出而恸曰：不及五年，为各国瓜分矣。闻之竦然。

穰卿寄张□□《纤言》，皆纪鼎革时事，弘光事极详，主昏臣恶，不成世界矣。杨、左诸公岂见不到此耶？箧中适有黄忠端于甲申、乙酉间过淮上见内里建醮阵亡将士有感成七律二十首，迷离悲恨，与《纤言》事相印合，读之有无穷感慨矣。《纤言》一抄本，无刻传者。

又寄张叔未为翁宜泉看定古泉笔记，尚是真迹，有副本，无篆文，拟刻之，篆文非吾不能书也。

又抄日本残本《画一元龟》，乐、射御、旌节、兵制、将帅五门，皆引古经史。一大字本，题《类编群书画一元龟》丁部卷之□；一小字本，题《类编秘府图书画一元龟》乙部卷之□，当有两本也。

又胶州柯培元（字复子，号易堂）撰《噶玛兰志略》十四卷，皆记台湾中一隅之地，成书于道光十七年，首有武进吴尚璁（孝铭）一序，时吴为闽学使也。柯因署篆其地，故有是作，今沦为异域矣。书仅存稿本，不知将来能传布否。

又抄本净土三部经《音义》，如玄应书，为日本嘉祯年物，当中国宋端平时也。引书极多，惟誊写极草，率为杨新吾物。

又《历代职源》五十卷（见《书录解题》），仅一大册，盖删本也。亦抄自日本。

又抄本唐张鷟《游仙窟》一册，等于元微之《会真记》，中国无此本矣。

又抄本《碣石调·幽兰》下卷，《古逸丛书》只刻上卷，此犹抄本也，惜传写草率耳。

泊鹿角，有巡检。冬水消，湖仅一带，四望皆沙滩矣。此处离岳州四十五里。

致王芍棠、刘毅吉、谭敬甫书，皆为校经建书楼事。（廿九日）

【光绪二十一年乙未十一月】

午初到岳州，即进城。午后见《申报》，知郎师于十月十七日已有旨归田，时事可危、天威不测如此，忧惧之心不觉毛发俱竦。即电慰。（十一月初一日）

晨谒庙，午后写白摺半开。到湘一载，此初次也，颇有归去之思，特囊无俸钱，家无斗粟耳。（初二日）

临湘童生顾胥考试日呈其《古香斋诗草》，中有句云："（《道入昌江》）参天古树叶微脱，满地山茶花自开"，"（《和无题》）烛奴烟重柳眉浓”,“(《送弟之琼州》)庾岭秋高雁不过”,“(《赠熊鹤峰》)楚塞尘沙淹璞玉,隽州言语惜遗珠”。皆近宋人诗,风趣可诵。

是日生童经古,共八百馀人。(初三日)

是日补考。得报,知顺德李师之薨,怆痛无已。三日中生平知己之师一薨一罢,思之痛心,恐此间一席亦未能久居也。(初四日)

生员正场,共六百馀人。(初五日)

覆经古,童生在堂,生员在西号之下。(初六日)

得焕彬书,正言规劝,痛快淋漓,令人毛发尽悚,肝腑可倾。谓吾除考试美善外,馀事皆不足为训,好大喜功,轻诺寡信。以此八字相戒,亦正切平日之病。扶持友道至此,尚何言哉。

“佳石幽泉足胜游,新诗袖底自绸缪。谁知老境荒芜日,青鬓还应让白头。

不作穷愁老态词,此中心迹胜人时。雍门吟共荆庭咏,苦忆先生至性诗(先生尚有《哭女孙幼芬雍门吟》及《哭先樵叟荆庭咏■刻》)。

一乡群彦盛文章,使者观风到此奇。始信渊源无别派,师承终傍趣园篱。”题临湘李卓泉荧《趣园诗抄》,诗已刻,极佳,并书“趣园诗趣”四字赠之。

考武日有临湘廪生黎安呈诗六绝,即用余前日题趣园诗韵:“马齿徒加愧壮游,新书古籍互绸缪。岂知涂抹阿婆苦,镜里簪花不上头。(生因默写《圣谕》不合格,未入一等)”“西学东参制艺词,吾师孔子圣之时。逢人歌舞同人盛,不注吴山立马诗。”“抡才最重通儒选,时彦收书力购奇。风教主持精格致,益知道德是藩篱。”“回首胶庠卅载游,聚徒终日苦相纠。及门幸遇孙阳顾,联袂翩翩放出头(生有许、廖两徒,皆以经学进第二、三名)。”“供奉清平大有词,镌诗闻在少年时。遥传春色随人句,万口喧腾节使诗。”“一回昨皆斯文蔚,得示铅黄遇亦奇。天际望鸿飞缥缈,传书应有景横篱(生欲为其先人求撰墓志)。”第五首“春色随人”句殊不可解,或外间误传吾有此诗句耳。生年六十矣。

临湘廪生杨兴濂以其父警吾先生(忠铎)《证心堂诗稿》来,有《寻隐者不遇》一绝,极爱诵之,曰:“曲径上山仄复斜,岩扉静闭幽人家。数峰压屋挺青石,一树当门开白花。”又《夜雨》一绝:“眠初雨未来,雨来眠已稳。醒时寂无声,落花香到枕。”

“翰墨因缘信有之,天涯休恨识君迟。一函漫认冰斯体,为说唐家本事诗。

偶从金马入承明,■节还思白屋情。十驾空劳文字约,自搔青鬓悔浮名。

志铭唐代例丛残,此学真成贩古丹。愿诵清芬陈祖德,须知我本史书官。(生求为乃父志文)

洞庭西下波千尺,诗句临湘意更清。合借輶轩征近录,拟搜小集刻书棚。”四绝句答临湘廪生黎安。

“布衣终老缘何事,大地榛荆手自删。独有劳人多草草,深惭空入宝山还。

风风雨雨剧关心,矮屋低檐自苦吟。吾学陈思搜小集,江湖新稿不须寻。”题平江樵人陈玉泉《风雨楼诗稿》。玉泉家贫苦学,且樵且吟,闻吾知诗,特自呈稿,但求一弁言而已,不似世俗借端因求闻达者,故题二绝赠之。

“一函诗捧奚奴进,两字惊奇识姓名。犹道当年老名士,微闻嗟惜落花声。

同出渊源同受知,文勤宏奖想当时。六年分作天涯别,谁意同赓近事诗。

一物不知深自愧,三年使节更傍徨。但期自作天家事,君传名臣我儒林。”

平江、临湘童正场。(初七日)

覆生场。(初八日)

巴、华童正场。(初九日)

平、临提覆,在二堂内。(初十日)

巴、华提覆。(十一日)

童生大覆。(老童钟延年、幼童易少龄、吴瑞皆与言,询一切,经学童林昂霄有诗才)(十二日)

武童正场。(十三日)

巴陵、临湘童场。临湘未毕。(十四)

临湘、平江武童场。(十五日)

华容武童正场。(十六日)

武童外场技勇。(十七日)

武童合覆。(十八日)

奖赏。下午特挂牌见试者。(十九日)

午赴府县公请,在奎光阁,在岳阳书院之傍。(二十日)

晨开行,行三十里即泊。(廿一日)

船中与吴童子谈。童名瑞,为题字曰"应图",书《说文部首》与之。童子年仅十二,而于处世接物、修己为学之道无一不通。闻乃父名咼,得此子已五十矣,性好行善。因岳州有溺女风,特创民育婴堂,始议于癸未,开堂于去年之四月,今有百八十孩,皆仅二三月,无周岁者。而童子适于癸未生,迄今十二年,天之报应之速如是。

竟日行三十里,至鹿角,送童子上岸。童住同枰湖,离此仅七八里也。(廿二日)

两日来皆用轮船拖带,而船大风逆不得上。

天明开行,晚泊琴棋港。(廿三日)

行七十里,泊□□。(廿四日)

行五十里,泊白马司。是日寒暑针升至七十度。(廿五日)

天明忽大风甚巨,天亦骤寒,寒暑针降至四十五度。稍行十里,扯篷两叶,险甚,即止停泊。(廿六日)

天明开行,午后到百岁坊即浅,再过浅甚,泊。(廿七日)

晨起,以水浅舟胶,易一小船。幕友即易科房船,另觅麻阳船,载他人物。收拾方毕,行不半里,忽搁浅,且上下商船啣尾而来,邪许声相应答，独吾船不能进，半系船户懒惰，半亦为吃水太深，相呼竟日，叱扑兼施。至子初始过一滩，又值大雨，亦苦甚矣，行道之难如此。

舟中忽想，读书如饮食。如有人性好饕餮，见物不择美恶，必至撑肠鼓腹，轻则为人所笑，大则疾病随之。犹如人性好读书，而不择门径，不知美恶，毫无经纬，轻则为一身之累，大则且足以病天下。而不能不［按，此不字当衍］云不当饮食也，亦不能不［按，此不字当衍］云不当读书也，然其害人如是。（廿八日）

竟日行六十里，戌正至沅江泊。县令郭、教官许来见。（廿九日）

行六十里，泊羊角脑，已至大湖口矣。今日途中行湖角，见水野鹜成阵，大而肥，鱼亦绝美。（三十日）

【光绪二十一年乙未十二月】

划玻璃瓶。将油倾入器内，高至欲划之处，将铁杆加热至红，缓缓插入油内，则玻璃齐油处必断。

旧磋变快。将钝磋浸于淡硫强水，俟水浸入为度。

铁不生锈。将熟胡麻油拭一层，久不生锈。

假金。纯红铜百分，锡或锌十七分，镁养六分，淡轻四绿三分六厘，生石灰一分八厘，钾养果酸九分。配合之法：先镕铜，后加镁养与淡轻四绿与钙养与钾养果酸，掉和约半小时后，再以锡或锌渐添在面上而掉入其内，俟全镕化，将锡盖密。停三十五分钟，取尽面上之浮渣，倾入模内成形。此质点极细，能打薄，可磨光，不易生锈，如生锈则稍加酸水，仍能光亮，如用锡不用锌，更光亮。

日耳曼银。铜五十镑，锌二十五镑，镍二十五镑。

假银。锡三镑，铜四镑。

玻璃镜之料。锡六两，铅十两，铋二十一两，汞少许。

马口铁銲料。铅一分，锡一分。

余昨梦在场中考试，枯窘不能完卷，又恐为人所笑，一时匆迫求倩情形，惊醒不觉自笑。今日检《曾文正公日记》，亦云梦中事，与此相同。文正自谓，读书科第，官跻极品，而于学术一无所成，亦不能完卷之象也，愧叹无已。余日来颇有归田之思，而文章事业皆不足存于世间，故有此梦，能不痛自焠励哉！

读《岭南三大家诗》，屈翁山古诗多哀惨之词，适当逊国，目睹耳闻，故发之于声耳。

余有屈翁山《崇祯宫词》墨迹，又有顾云美《三吴旧语》手稿，自命为双璧，而不知翁山与云美本至交也。今日见《岭南三大家诗》，屈集七古开卷《御书歌》即为云美赋，因云美得明烈皇御书"松风"二字也。又《寿云美六十》有"遗民今日少，珍重鬓如丝"句。余于胜国遗民得此双璧，亦非偶然，或者两先生英灵至今尚欲同一室也，他日当作一箧贮之。

"明镜隐双龙，朝朝■媌妩。何时飞入云，洒作人间雨。锦带双鸳鸯，文采自成绪。可惜交颈难，一恨一丝缕。美人既解相思语，何必伤心托鳞羽。空房相对自葳蕤，独抱瑶琴紧珠柱。博山香袅嫌成云，枕函针锈将还杵。玉郎不归秋草黄，偷写新词祭牛女。

何意束纤腰，愿郎回身抱。何意着新鞋，愿郎衔杯小。妾身犹是未分明，空对春花又秋草。欧罗巴酒樱桃红，不教臙肢曼殊好。海兰烟净写真奇，不比张萱画草桥。劝郎莫爱新鸳鸯，鸳鸯飞去春蚕蠕。

郎似船头帆，风起不得落。妾似山头云，风过随所托。妾身尚可移，郎心不可摸。临江愁煞人，教郎莫情薄。

新月纤纤，娥眉蠉蠉。新月圆圆，我心婘婘。相思绵绵，道路悬悬。闻郎海上多风烟，闻郎海畔多婵娟。愿郎婵娟常伴眠，不愿风烟到枕边，妾守空房郎勿怜。

雨作愁痕风作怨，纱窗胆小惊无伴。炉烟烧断不成眠，独下金钩掩空幔。隔墙小语冷如丝，风里飞来风里散。牙牌谱碎空心烦，帐角流苏理还乱。方携明镜脱银簪，楼头忽自闻孤雁。

昨梦郎已归，示我婵娟影。婵娟比妾颜，心手分暖冷。何意却鸡啼，好梦忽然憬。朝起得郎书，写作不多整。上书苦思家，下言好风景。莫非郎枕边，真有娥眉靓。

蛛丝当户垂，喜鹊噪檐角。何意郎真归，荑苗尚羞握。先问郎行程，后看郎心貌。谁知三载别，语语仍真确。梦魂声■皆无凭，可怜骨瘦空棱棱。今宵镜里成双影，犹思泪结红绵冰。”

孤蓬听雨，愁思□然，忽写新声，聊托古意，非娓娓儿女语，乃人间至性文也。

泊处不知何所。（十二月朔日）

竟日行六十里，泊一沙滩，闻尚去安乡九十里也。

灯下作《朱伯勋遗稿序》，一小骈文，不甚惬意。（初二日）

读谭复生《兴算学议》，令人不能有萎靡之气，亦雄杰文字。

竟日行甚缓，所泊亦不知何所也。闻离安乡尚有二十馀里。（初三日）

“百花香雾团成云，牙床春梦方思君。侍婢金盆■泻红，玉锦娇息微声闻。西洋警钟忽机动，倦揉饧眼还■宠。须丝初掠不成鬟，欲上流苏手犹拢。轻寒小掩金诃紧，玉钗低压乌云鬓。脱鞋懒自束春绡，暖护蝤蛴嗔宿粉。小步朱窗数落花，斜凭曲槛嗽春霞。飞龙明镜开奁净，玳瑁新篦出内家。额黄微退留春褥，黛赢贡砚含秋绿。愁涴新红上口脂，却嗔鹦鹉催装束。静倚熏笼熨手温，金丝小管自含麘。天边那得长圆月，独对娥眉泪有痕。”《晓妆曲》。

“春风吹柳柳罥绵，柳绵入水生愁烟。胡姬十五劝客酒，双鬟小值黄金千。朝朝看尽柳枝绿，不借飞绵作香褥。尽歌金缕自伤春，莫说相思大堤曲。谁家年少黄金鞍，入门翻酒银瓶干。醉拂胡床解腰束，乌云结辫低头看。双绦忽落阑红袜，袖底珍珠制条脱。何事男儿学女妆，那知同作雌殗活。方今海上多烽烟，玉郎空乞侯门怜。乌纱牙笏不称意，铜符那敌双珠钿。春风入领暖云鬟，同向团栾镜里认。再束纤腰宛转歌，还当合写临邛信。”《少年行》。

晨泊安乡，县令徐诗、教官谭资来见，巡捕来迎。午后即开，泊一沙渚，已天黑矣。（初四日）

晨起，已午初。薄暮泊。离津市十五里。（初五日）

午泊津市，州牧郑立诚来见，为南洲事，颇因办差一切与厅倅不合，甚矣利之害人也。（初六日）

天明起，再坐轿陆行（土道）十里，有茶尖。再行十里，到城外。岳澧道桂及■镇春、副将某、州牧郑皆候于道左。午到试院，屋甚轩爽，考棚在东边，与岳州同。三堂有程春海先生书“濯缨”篆额犹存。考棚大堂又陈南园先生书《用严铭》木屏，大书深刻，拓痕重叠，气节之动人如此，对之凛然。二堂有仙迹，求药方术，休咎甚效，匾额重叠，亦奇事也。桂观察履真谭，冯梦花已简放凤阳府。（初七日）

晨起，谒庙。归祷于仙，问大兄选缺事，签语灵异之至。（初八日）

三鼓开点，颇迟滞，是卷袋不写姓名，不依牌次之故。试者生二百馀，童四百馀。（初九日）

七属生正场，丑正出题，申正净场，共八百馀人。南洲应试仅四人也。（初十日）

覆童古，共四十六人，佳卷殊少。（十一日）

安乡、慈利、南洲童正场，共乙千五百馀人。南洲五百人，不到者二百馀人。子正四刻出题，卯初出二题，尚未天明也。（十二日）

接省信，知大哥选得陕西城固县知县，属汉中府，临汉水。

提头场童，复生古。竟日未为他事，亦未睡。（十三日）

二堂仙座前制一楹帖，语曰：“愿施多士聪明药，乞写仙人福德方。”

子初二刻开点，丑正三刻毕，共二千人，可为快矣。造糊壁之花纸厂，每器十四马力，造成纸日可得一万丈，见《小方壶》第十一帙《欧游随笔》三十一，四百二十页。胶厂同，仅用食肆中牛羊碎骨及各兽骨。（十四日）

［按，以下为第十九册末各杂稿］

“书楼三大楹，上庋书籍，下储器皿及制造枪炮各件。器皿分电学、矿学、化学、声学、光学、水学、重学各器，每隔七日试验一类。如有人学习考究此事者，先二日函告管理之人，领一凭纸，届时持单入堂，挨次坐定，听试验之人申说其用处，日验其变化。如有人能会通其理，推广用法，即归而成说，录写成篇，送管理处，候会中人公同考究是否可行。枪炮则向军装局先借，每件一物，每月考察两次，如何装药，如何测角度，如何打靶，如何装卸，惟不发机。使人人皆知何炮何名，何枪何名，式样之不同，轻重之各异，或宜于陆，或宜于水。近日战事，尤重于炮，而炮之用，绝非付一愚鲁邨民便可取胜，第一须知角度之高低，装药之巧妙。若平日无人学习，一有事起，有炮与无炮等。去年用兵，半坐此病，言之痛心。近日各学■因皆译有成书，故不能不先考究读书，兹已向上海各处购得■书，一一完备。拟每日下午自一点钟起，四点钟止，即属在院诸生之专门者将书演说，任人观听，以各类分日。假如第一日电学，第二日化学，以次轮推，周而复始，则人不苦其烦。惟化学一门，其用甚大，其费甚巨，拟请分此学于求贤馆中，校经则略具小器皿，以便初学试验。再，近日译书中尚有公法、交涉、律例等学，亦拟属在院诸生各人分任一门，专心讲究，解释书义。若有读书人愿习各学者，准其自向管理处报名，届时听■抄录，每次若干纸，不准中辍。”

“敬再启者：校经书院旧有藏经阁，略庋书籍，制极卑小，实因创始之时经费不足，小具规模，以俟扩充。侄自去年出京，见前学使张燮钧前辈，竭力属以此事为重。到湘以后接见士子，皆以有志读书而不得图籍为憾。今年岁试毕后，到书院相度基址，见有西北杂房空地，大可改建书楼三大楹，藉得广购图籍，便士诵读。初次作工建造，约钱千串内外，兹择于十一月廿五日破土开工，而经费分文无着，不得已，于前日设法函告湘省继任诸绅士，劝各乐助，以成大举。现在各处虽尚未得覆，而诸绅中必能顾念桑梓培植人才，决不以此为多事。惟开工后一切费用不得不先行填给，兹将侄明年正月至六月养廉拟暂先借支，以付公款。如明年夏间回省后，款尚未齐，侄即以此为捐助之例，能否转告李仲仙观察，暂先提用养廉，支给■造校经书楼，并祈速为筹付。此事因支取养廉不合成例，故不得不上渎钧听，伏候转饬，至深感荷。其建楼后所有一切藏书看书章程，另立细例，随后录呈鉴定。”

“谕岳府诸生知悉：本院于发落事毕，尔等或欲面呈遗书，自来学业者许各具名单，至内号房挂号，听候挨次接见，略取古人出贽韦、从王业并■之义。本院不受贽敬，不收门包，如有人从中阻挠为难，不肯代为引进，及借端需索者，许尔等指名禀白，确查，惩治不贷。”

一、劝募书籍及书院经费。

一、晓谕诸生童戒除弊习事。本院来湘已及一载，按临已过七属，极重诸士子文章华实，心地朴厚，为他省所不及；然有好事希荣、不守本分、意图徼幸之辈，若或有胜于他省者。本院既有教督之责，即视之如子弟，有所见闻，必警必戒，亦师友切磋之道，愿尔等听之。

一戒干预公事。湘省士人，往往借公事为名，遍传揭帖，或称书■，或写同人，转相号召，一呼千至。初尚正直之士力主公平，继则刁劣之徒从中煽惑，缙绅退避，守令仓皇。偶或得行，转相夸耀，殊不知事不切己，已属非分，主谋国事，尤属妄为，既非泰西议院之时，足启前代朋党之渐。本院闻之惊心，言之□□，小流不塞，大患将成，噬脐何及。

一戒代作讼词。今日之所谓讼棍者，并非谙熟例律之徒，特不过文理稍通，依照旧状，描头画角，哄骗愚民，藉博现钱，不顾后事，而受其愚者已深累矣。本院访闻，城乡书院往往借作包讼之所，实深骇异。夫书院所以培植人才，非借以斮丧人才也，此等风气一开，人心习俗，关系匪浅，无怪湘士动辄为官长详革。视功名为儿戏，如不痛自戒改，将来必有奇祸。

一戒藉词干谒。读书人出入大小衙门，本干例禁，而湘省士子安分者固多，而犯此者亦不少。即如本院衙门关防严密，尤当禁绝往来，然亦有藉呈诗文，借词请见者，不一而足。此等伎俩皆早为本院看破，非但视若无睹，实开轻视之心。或有求见不得而往来于号房书役之所，尤属可耻。未犯者勿来，已过者自戒，本院实有厚望焉。

《读史不宜轻下论断说》
《张石洲与陈颂南书书后》（见《续经世文编》卷三）
《李次青答友人论异教书书后》（见《续经世文编》卷一）
《读古史当以今事相证说》
《论国朝补历代史表志之善》
《邹衍谈天论》
《湘中建设学堂书院筹画经费当以何法为善》
《洞庭湖创设浅水商轮利弊论》
《论讼棍之弊》《论铁路之益》
《论厘局之弊》《论开矿之益》
《郑君笺〈诗〉引汉礼考》（《稽古编》卷十五，六十二页）
《申〈左传〉杜注皋比为虎皮义》（《经义杂记》卷二十五，十五页）
《〈说文〉舍字从今声说》

“兹查得清泉童生正场名册，同姓同名者甚多，仰该学官速即督同书斗详检点名册，将同姓名者另造一册，传集■及认■两保当堂画押，以杜重名之渐。于十一日午后将册送进，以备本院查验，毋得疏漏迟误，致干咎戾。特谕。”

《唐颜秘书注〈汉书〉赋》（以曲核古本归其真正）
《通礼》

《说雅》

《禰正平于黄射席间赋鹦鹉赋》(愿先生为之赋)

《风鬟》《雾鬓》(七律两首)

《祭洞庭君文》(仿颜延年祭屈原文体)

《君山斑竹歌》(七古)

《洞庭橘枝词》(七绝)

《书〈经义述闻〉后》

《书〈水经注〉后》《开河用机器议》《行船知测绘说》

《跋〈山海经〉后》

《彝伦解》《三苗考》

《问伪孔传为何人所作》

《〈仪礼〉节目称名较〈周礼〉更繁密考》(《仪礼释例》之言)

一:《丛书赋》(古体)

二:《〈国朝汉学师承记〉后叙》(骈体)

经:《唐本〈说文〉考》(唐本《说文》仅见木部残卷,其馀能推各书,述其分部、标题、说解、篆体诸例否)

舆地:《〈汉书·地理志〉山名考》

三:《拟辑国朝词人传》(仿阮文达《畴人传》例,专述其深于词学者,如徐电发、万■友、戈顺卿诸家,仅著有成书、工赋物、泛填绮思、无议论考证者不入此传)

史:《汉匡衡阻封陈汤、唐宋璟不赏郝灵荃合论》

《拟自造各种机器遏洋人利权》

掌:《拟游历条例》

舆:《图们江考》《帕米尔考》

“怀挟为功令所至严,搜检乃成例所不废。然入场之时,按名搜索,必致久延时刻,衡府童场人数既多,恐因此有误出题之时。”

《〈仪礼〉诸记分系诸篇之末说》

临湘吴獬，弟熙，子景显、景嵩、景彝，治恺(父)
武陵唐右桢，子孝源、孝■、孝渊、孝沐
龙阳陈昌昙，子克墀，永豫(父)

“点名拥挤，流弊滋多。本院按试以来，久经晓谕在先，而昨试童生古学，拥挤喧哗，且有不候唱名，不候诸保，纷纷取卷者。本院按试四属以来，未有见及此种情形。正场在即，如仍不挨序次，不候唱名，不候诸保而进，喧哗无礼者，定将试卷扣除，驱逐出门，且将该认保降附示惩，言出法随，毋贻后悔。”

“各学廪生知悉:考试武童，向例认派两保随同入场，终日在大堂站立，于武童上堂时认保稽查，雁行鹄立，寒暑无异。本院为体恤起见，设法变通，不辞劳苦，仍如文场例，亲自于头门点名，每教师带领所保本童，按次鱼贯听点，认派两保，即于入场时诸保稽查，一有可疑，立即由众廪保驱逐出外，不准入场。点名毕后，即可各归寓所，以免终日站堂之苦。尔等皆读书明理之人，当能知本院体恤之情，认真查察。如入场时未经廪保举发，经本院查出枪替等情者，该廪生保有专责，不能诿曰不知。本院照例严办，决不稍存姑息之情，事到此时，勿贻后悔，切切。”

《桓公用管仲，设轻重以富国》(号为冠带衣履天下，《汉书·地理志》)

《触蛮》(国于蜗之左右角者)
《说铃》(好听而不见诸仲尼)
《海内大儒为师友》(《后汉》樊儵传)
《〈续皇清经解〉后序》(用骈体)

《湖南六朝以前石刻诸赞》(加骈体序)
《湘莲词》(七绝,不拘首数)
《老将》《老儒》《老工》《老商》(七律四首)
《马贵与撰〈文献通考〉赋》(以因杜佑《通典》而广之为韵)
《雪山》《冰海》《葱岭》《戈壁》
《红豆赋》(仿六朝体,不限韵)
《国朝骈体诸家赞》(加骈体序)
陈其年,吴锡麒,孔广森,孙星衍,洪亮吉,胡稚威,袁枚,王昙
《买书行》(七古)
《〈十七史商榷〉〈廿二史考异〉优劣论》
《问乾嘉诸儒谓国史宜立经学传,而阮文达在史馆仍修儒林传,不改经学之名,何故》
《治掌故之学,其难有几,试条列以对》
《书魏默深〈圣武记〉后》
《治舆地之学,其益有几,试胪举以对》
《书汪梅邨〈水经注图〉后》
《治经考订字义与引申大义孰为难易》
《书〈尚书大传〉后》
《龙须席》(八尺龙须方锦褥)
《拟鲍明远〈登大雷岸与妹书〉》
《小游仙词》(七律,不拘首数,或效宋人长短句亦可)

"谕各学教官知悉:凡各学有应贡,速将姓名、年岁另行造册详报,不得遗漏一人。限于明日午后一律送进,毋得后延贻误,致干记过,特谕。及曾经注劣、斥革、开复、降附之生员。"

《唐牛僧孺弃维州论》
《问以铜柱分界自汉以来有几》

《左太冲自以所见不博,求为秘书郎赋》(勤学兼善阴阳之术)

《怀素书芭蕉赋》(种蕉万馀以供挥洒)

《〈周礼〉今古书不同说》

《〈仪礼〉今古文互异说》

《有明以来台湾用兵考》

《〈周礼〉制军考》

《欲穷六经之旨,必自〈尔雅〉始说》

《〈史〉〈汉〉〈尚书〉今古文同引证》

《〈尚书大传〉存佚考》(南宋犹存,唐非足本,《续读书脞录》)

《奉席如桥横桥字释义》

《〈春秋〉上本天道、中用王法、下理人情论》(《公羊通义》序)

《〈春秋〉时楚地不到湖南辨》

《撤幕待经生》

《汉武帝诏令州郡吏民有茂材异等可为将相及使绝国者》

《谢灵运少好学博览群书赋》(文章之美,江左莫逮)

《胡安定立经义、治事斋以教实学赋》

一、此院宜仿广东学海堂例,有斋长而无院长。

一、斋长即由该书院诸生中拔取,须三次课在一二名内者,方准充作斋长。

一、斋长须住院管理书籍事。

一、斋长另筹膏火一分,不得谓之束脩。

一、斋长无管束在院诸生之权,而有管束在院诸生看书之权。如看书不循章程,不听斋长约束者,即由斋长将实在不遵约束之故详告监院,由监院转禀本院察核,罚去膏火,充公买书。如斋长不公,经诸生告发者,查实即扣去膏火充公。

一、在院诸生如有自己控人或被人控者,一经列名,不论事之曲直,立即出院,永远不准复补。

“禀具悉。事属美举，亟当举行。惟拘于一乡，曷若行诸通邑。补前法之未行，期良规之必立。除饬江华县招集绅衿速议安全之法，即以东乡为嚆矢，要知师道之宜尊，想该邑官绅当不以此自画也。切切。稿存。”

“据详，该学附生刘能纪愿任订补《海国图志》，深思好学，直继古微。舆图一门，尤非寻常纂辑可比，该生果能成书，岂可限以月日。尚望力肩钜制，步武乡贤，先睹为快，本院实有厚望焉。由该学传谕刘生知之，若能先成《释例》送院，得与商榷诸要端，尤深殷盼也。”

“谕承科知悉：如有众家人等向该房支用银钱，将来如有亏空拖欠等情，账房概不代为经理了结，特此谕知。四月十四日。”

“谕船户知悉：本院此次所经水路，除已经严饬书役家人不准携带私货等情外，特谕各船户知悉：本院下船后，不论何时，亲自到各船查察，如该船户胆敢私带货物，搭趁□人，一经查出，将该船户送交地方官重办，货物抛入水中，□人严行枷责，锁■船头，沿途示众。本院令出惟行，勿谓言之不早也。”

“谕祁阳教师及武童知悉：向闻湘省武事以祁阳为最，科第蝉联，蔚为国器；又闻湘省武试诸弊以祁阳为最，重名枪替，毫不知羞。本院心窃讶之，以为既有科名，人必敦品，岂有甘为此无耻之事？及来永州试武生日，有李攀元等公禀，为近闻海氛不靖，求请为武生设立学堂，讲求有用之学，其事虽一时难行允准，然足见祁邑诸生忠义之气冠绝湘省，岂有如此而甘为此不端事者？湘省向例待武生极严，考试禁弊至有剃发染手等事，查出重名滥保，则有斥革、注劣等事。夫志切观光，文武一体，岂可先以盗贼之心待人？重名滥保，尚不致如包揽词讼、武断乡曲，岂能遽加以革劣二字？是上不能以公道待人，故下必致横行无忌。本院事事躬亲，文武等视，片长必录，一介无私。该生童等如能体谅本院之心，严自约束，一切弊端，悉行蠲绝，在本院则倖得待士之名，在该生等则自受敦品之誉。且见重名顶替等人即能徼倖入场，仍属毫无把握，偶经指出，则亲友指摘，乡里耻笑，尤所难堪。本院待尔等如子弟，故不忍不教而诛，特此晓谕。诸生童等如仍视所具文，甘蹈恶习者，一经痛惩，莫怪不公，晓谕在先，毋贻后悔。”

“查道州旧详文，新生秦廷镜屡抗月课，恃刁逞蛮，著先以劣行注册，仰学勒传云云。现在事隔经年，该生是否果能悔过自新，仰学速覆。事非重大，辄以一劣了其终身，殊失国家待士之道。本院风闻各学往往藉端私雠以抗课，详请注劣，为挟制诸生地步者，不知凡几，实属荒谬糊涂，以后如有所闻，定将该教官参处不贷。”

“谕廪保知悉：武场稽查枪替重射，是尔等专责，向例站立案旁，逐名查验，雁行鹄立，寒暑无异，虽曰功令，实为酷政。本院在宝庆日，特设案坐于堂东，许廪保开点应名后，即退坐于此，候诸童门外点进，重复稽查。如有重名枪替等弊，即由尔等驱逐出外，不准进试。如该童及教师等不服稽查，有心混闹者，准即指明，按例重办，决不姑容。如尔等以为有此退息之地，藉图惰懒者，殊失本院体恤尔等之心。湘士多才，极守功令，谅诸生等当亦不待本院多言，早能办理尽善矣。”

“此是贤太守重兴，须知广厦万间补，使者观风，必有大名臣代出，正对重湖千里。”

“谕□□府属各学教官知悉：照约，各学详补廪生，例应奉批后方准出保，即各学已经详请，或驿递贻误，或本院尚未批发者，亦可于按临日面禀，立即批出。本院访闻湖南各属多有未奉批示，擅行出保，殊属有违功令。此事皆由已贡廪生霸恃不出，应补之生无缺可补，该学官意在回护旧廪，又恐应补之生不愿报此违法之事，若只有求免贿保等情者，非本院所能知，亦非本院所忍言。想此等不肖教官，湘省未必有之，为此特行牌示，仰各该学逐细查明，其有未详者，起速详报，未批者，立即面禀。如敢混行出保，朦混造册，一经查出，即将该生注作劣附生，教官记大过一次，决不从宽，切切，特示。”

“武生不安本分，教官有约束之权。武童考试，教习例不准上堂。如敢违法，借送考为名，径上大堂者，除将该教习立即枷号外，教官记过，为约束无能者戒。”

“如有闲杂人等敢进此门者，不论有无功名，立即枷号示众。

此门除武童过箭经此放出外，如有闲杂人等及教师敢进此门一步者，立即枷号示众。

量力请弓，不准更换，如敢故违，立即除名。”

“谕各属教习知悉：武童枪替，责任尔等稽查。如敢扶同朦混，教习褫革究处，决不宽贷。”

“童生考试，例由县送府，由府赍院，如未经府州县正考者，不准临场补考。如各学敢将武童藉词妄请补考、插卷入场者，即将该学教官记过。如该府兵房胆敢私行补名造册者，立即提拿重办，决不姑宽。

武生正场，仰各学教官督同门斗先行在仪门外点名查验，如有顶名过射等事，经本院查出者，即将该学教官记大过一次。武生县府考试认定廪保，如敢于本院考试临场更换者，即将该童扣考，该认保革廪降附，不准开复。

文武生员已经斥革报部者，不准遽请开复。如该学教官妄与申请者，立即批饬记过。

武生已经斥革，如敢仍充教师，领童入场者，即将该学教官记大过一次。

武生此次未经岁考，遽敢充当教师者，除将该生斥革外，即将学官记过。

佾生只准凭文挑取，及学官子弟随任者方准详充。如各学有凭空详请者，除批斥外，即将教官记过。”

“新化武童陈应奎、曾干松，雇人枪替入场，经本院查出，除立将该两童查拏到案、严加惩办外，先将教习刘丙寅、萧渐泉革去衣顶。认保袁华衮两次狡饰，情罪尤重，革廪降附，发学戒饬。认保钟士骥革廪降附。派保戴树人、颜燮勋，□其降附发学戒饬。以上各人皆经本院从宽发落，皆养尔等之廉耻，仍欲期以自新，所以体圣天子作育人材之至意。若误以为故意宽纵，后来人毫无畏惧，仍敢效法者，实失本院待士之心。本院才浅德薄，不能教化劝人，以致愚蒙仍复，锢兹积习，抚心自愧，咎亦难辞，尚望嗣后诸生童皆当体本院苦心，去此小□，勉成大器，父兄师友，互相劝戒，实亦本院所厚望者也。”

“本院挑取邵阳武童步箭，一秉至公，毫无遗漏，而教师□□□竟敢代其徒通禀，将不能开二号弓力之李□□，竟云曾开头号弓力、未得挑取，意图欺蒙，实属目无法纪。姑念年老，未即枷号，勒令交出其徒李□□重办。如再有欺蒙，求挑递禀禀之人，不论生童，概行枷号，即将该犯随棚，俟岁试毕后，再行释放，以为紊乱考政者戒。”

同看箭：

宝庆协副，黄高志
永州府游击，赵玉田
衡州协副，马鸿图
郴州参将，唐淦
桂阳参将，荣年

如有不合意者，或欲添补，请即示知。

沐浴：每礼拜洗浴一次，换着内衣服一套，以免身上不洁而生疾病，致有告假等事也。

起身：每日清晨七下钟务须起身。梳洗毕，即将所教之书诵读一番。至九下钟必定到馆。

时候：每日自九下钟起，至一下钟止。逢礼拜歇一天。每一下暂歇五分，此外不许出馆。

工课：九下至十下，英文。十下至十一下，文法。十一下至十二下，算学或地图，循环教习。十二下至一下，作论、言语，或拼法、习字，亦循环教之。其馀格致、天文等类，相时而教。

考试：每半年小考二次，大考一次，以七礼拜为一期。

分数：大小考以分数办[按，当作辨]上中下三等，小考二十五分为足数，大考五十分为足数。三次分数成一百分，七十分下为上等，五十分下为中等，三十分上为下等。

歇夏：如大考后天气大热，或书考上等，则宜歇夏而带教闲事闲书。如考下等，则于歇夏时将所读书集重复温理。

告假：如有要事或生病，须亲自当面请假，否则毋许不到。

玩耍：设下午服此有暇，习学泰西各种玩耍，以免读闷，养脑生而使肌肉强壮。[按，此页竖格稿纸附于日记原稿第十九册中，稿纸下方印“江氏塾课册”。]

《水经注》赵本《河水》篇末校语：

“河之入海，旧在碣石，今川流所导，非禹渎也。周定王五年，河徙故渎，故班固曰“商竭周移”也。又以汉武帝元光二年，河又徙东郡，更注渤海。是以汉司空掾王璜（横）言曰：往者王尝连雨，东北风，海水滥西南，出寖数百里。故张君云碣石在海中，盖沦于海水也。昔燕齐辽旷，分置营州，今城届海滨，海水北侵，城垂沦者半。王璜（横）之言，信而有征（据），碣石入海，非无证矣（理也）。”

聚珍版《禹贡说断》引此，无“所导”二字，戴本有；引作“三年”，“河”下有“又”字，“璜”从木，戴本作“二”，亦有“又”字，璜从玉。

“寖”作“浸”，无“故”字，“君”作“沂亦”，“海水”下无“也”字。其下后世云“录于下”，与此本下文不同，今本疑有夺文。自“昔燕”至“者半”，疑傅寅所节去。

“后世儒者，知求九河于平地，而不知求碣石有无，以为之证。王横之言，信而有据，碣石入海，非无理也。”

勤谓“后世”至“之证”二十三字，当补在“昔燕”上，盖宋本有之，而后人傅寅夺之也。光绪甲申海宁许克勤勉甫校补。[按，此页方格稿纸附于日记原稿第十九册中。许克勤，字澡身，号勉甫，海宁人，居苏州，好古学。湖南学政江标、四川学政吴郁生皆曾礼聘之，克勤“以亲老辞”。著有《读周易日记》、《经谊杂识》、《论语古注集笺补》、《淮南子斠注》、《西域帕米尔舆地考》等。勤于校勘，校有《说文解字》、《方言》、《释名》等。传见民国《海宁州志稿》卷十六、卷二十九。江标日记中所记与许克勤的交往在光绪十三年十一月。]

笘誃日记第二十册

覆生员，并提二场。李洛才昨晚自常德来谭，言奉抚札查澧州、石门教案事。余谓教案要结的快，结的净，偶有模糊拖延，必至贻人口实，宜仿义、德各国自行保护之法（此法初看之似与中国事不涉，实则可照办），或与约只准设立教堂，不准买作教堂产业，此事虽背旧约，然旧约之害人，即在“买作教堂公产”六字也。义、德事略见薛使《四国日记》。（十五日，乙未十二月）

考各国都城名，知非州、奥洲、美洲及土尔其之北小国甚多。

子初点名，千六百馀人，丑正毕。天不甚冷，不见冰雪，或此间地气本如此也。

乙未年日记只一册，读书不多，下笔又懒。窃自愧，今而后未知能稍振作否。（十六日）

晨起，发提覆案，七十二人。午提覆。忽查得一枪手，严诘之，不认，重扑以戒尺，传廪保来，一询而服，爰枷号于头门，是石门童而试澧州者。又有一孀妇江陈氏者控，夫死无嗣，旧嗣其侄，已经夫在时因其悖逆退继，该侄应考入学册亦仅书亲父名，今因妇夫死，即入其室、夺其产而自命为嗣子。妇控于县，县官袒其子，断不准退嗣，仅准给钱。而妇因子大于母，且种种忤逆，不愿继。子又控于县，以污蔑之事告其母。余察其情，衡其轻重，宜袒妇而斥子，否则恐有不测之变，遂毅然批准，许妇重行择嗣，且饬州于三日内结案。因思此两事也，一名累之也，一利害之也，为此二字而毫无顾忌，一至于此，夺嗣一节，情形尤可恶。［按，此条天头曰：此事据人云，其母大非善类，盖妇人年轻而为人惑耳，事之不可料如此。］

晨起，武陵杨教官来，言辰州至沅州例走驿路，若行水道，非二十日不可，亦使者所当知者。将前任考试日期计算，至丁未年二月初旬可一律考毕，在省有四月闲也。

合覆大覆，竟日无事。（十八日）

晨，武生岁试。午后，安乡、南洲两属童试。（十九日）

石门、安福、永定童试，共八百馀人，申初即完。（二十日）

澧州、慈利武童试，共七百馀人，酉初毕。（廿一日）

天明赴校场马射，午试技勇，酉初毕。（廿二日）

上午大覆，午奖赏，下午赴岳常澧道桂履真观察之招（中行）。同坐郑子惠司马（立诚）、参将春筱山（瑞，旗人）。

天明起程，自桂观察以下皆送于城外。行十里，过黄沙河（渡船甚小），十里过新渡河，皆澧水。十里至东山铺茶尖，十里至玉泉铺，十里至菱角桥，十里至清化驿，驿官杨迎于道左。宿行台，甚净。（廿四日）

自黄帝八年大挠，初作甲子，至本年为四千五百九十二年。

中国约计有四万二千万人。

普鲁太斯特文即表理文也，专言本国受他国之挟制，外虽允而心不然，以此普告各国之文。

在岳州时有人谓我于考事宽中有严，在澧州则有人谓我严中有宽，究不知宽严之用孰为然也。自思近日作事，有过严之处，颇觉伤和气，且动辄盛怒，亦大伤肝也。又有令人有难受之处，以后当痛自戒之。

二十五里至岩子冈，十里至朱氏祠，十里至鳌山铺，十里至十子铺，十里至马鞍铺，十里至火龙驿，共计七十五里。宿行台，亦净，属武陵办差。（廿五日）

五更即上轿，行四十里，县令王绍钧候于道左。再行五里，常德府文守杰及协镇以下均在一关帝祠相候，进城仅辰刻也。试院大堂内即住屋五楹，颇宽大，后屋五楹，即幕友所居。（廿六日）

晨谒庙，放告。毕，查墙内旧窦累累，属泥匠塞之，可见本来考政之不密矣。（廿七日）

试生员经古，子正即出题，试者百九十人。（廿八日）

试童生经古，试者四百馀人，子正出题。（廿九日，为大除夕）

得中丞四百里排递，属送各属知名士于求贤书院。

【光绪二十二年丙申正月】

子正即在大堂行三跪九叩礼，朝贺。竟日不启门。贺年仅属巡捕送帖而已。

占牙牌数，得“大开围场，射鹿得麈。顾盼自喜，中必叠双”四语。（丙申年元旦）

试生正场，共千三百卷，到者仅七百人。子正出题，申刻完场。（初二日）

覆童古。有沅江童生李钧鼐，年仅十六，于时事一切了然于胸，笔亦渊雅，美材也。生员中吴友炎亦佳。经学生员易豫鼎，通才也，为笏山方伯子。（初三日）

寄沅帆书，并《奉天图》，振夫所著书。

布谷

脱袴

脱却布袴

脱却破袴

脱了泼袴

割麦插禾

郭嫂打婆

一百八个

阿公阿婆

搏黍

获谷

拨谷
家家撒谷　　以上皆鸠言
驾犁
架架格格　　鸦鸣
姑恶
伯劳
苦苦　　鵙言
子规
子归
姊归
催归
不如归去　　杜鹃言
唤起　　反舌,一作鸦鸣
提壶
提壶卢
犁鹕
犁涂
涂饼焦　　山鸟
泥滑滑　　竹鸡
凤凰不如我　　鹖,夏声
得过且过　　鹖,冬声
怎么得过　　鹖鸣
归嬉
提扶
善哉
贺世　　并凤凰言
都获　　孔雀言
行不得哥哥

行不得也哥哥
钩辀格磔　皆鹧鸪言
郭公
佛现
啄木
拔笋
卖瓦
压油
狻儿
湿湿
哌哌
告天子
莫恼翁
蕲州鬼
亚婆词
车载板
月蹉跎
路不古
黄莺儿
湿古姑
咄咄怪
仆姑姑
鹁鸪鸪
勃哥哥
姑姑苦
呱呱呱
水鹁哥
春去了

春起也
春去也　　三名乃逸春鸟
情急了　　即秦吉了
儿回来
莫摘花果
钩割
钩钩割
甘
清明酒醉
著新脱故
打麦作饭
割麦过荒
麦熟鍜磨
短募把锄
食梅知酸
交交桑扈
各各作工
快快种禾
家家看火
摘桑看火
淮上好过
八风八火
麦姑麦姑
发稞发稞
发科发科
苦阿苦阿
蚕丝一百留
雨堕窠窠不得干

呷呷　《禽经》云鸭自呼名
朱朱
罞罞
祝祝
谷古孤　并鸡声
嘤嘤　《禽经》云莺名
哎哟
莫损花
勃果果
脱布衫
上火看火　蚕上山结蚕便有此声
都护从事　六名并见《花镜》
啈啈啧啧　雀语。《论语疏证》(公冶长能辨此)
兹缁䌽　雀声
如意如意　画眉语
谁似此　燕语
压油压油　海鸟语
以上见弇山孙枟《馀墨偶谭续集》卷六，皆禽言也。
桃、沅文童正场，二千人，实仅千七百人。(初四日)
覆童古。(初五日)
武、龙文童正场，二千九百馀人。(初六日)
覆生员，提头场。(初七日)
补考，提二场。(初八日)
誊红，合大覆。(初九日)
武生内场，沅江童武场。(初十日)
桃源武童，八百人。(十一日)
武陵武童，六百人。(十二日)
龙阳武童，三百人。(十三日)

技勇，百五十人。（十四日）

常德武场著名难考，且多枪替重名等弊，号称一县有一万八千人。此次经自己点名，只存数百人。可见凡事只须实心做去，无有不见效者，特人不肯为耳。

天明至校场，在小西门外。午初即毕，出案。申正合覆。（十五日）

晨起，奖赏。诸生中有人来见。杨性农大前辈来，年已九十矣，尚能以左臂作书。重游泮水之李鼎春年亦八十馀。戴惠卿（展诚）来，是乙未庶常。性农先生孙继之教授来呈其所著文，似国初侯朝宗诸家。陈伯陶（锐）来，言易笏山先生精神尚健。今晨由甫来（顺豫，一等第一），以一家所著书送读，知由甫实经生。（十六日）晚赴邓协镇、王大令之招，有剧，在禹王宫湖北会馆也。（十六日）

辰初行，十里至吕家铺，文武皆送于途。行十里南湖铺，十里高吾铺，十里陬市铺，尖于关帝庙。庭榭轩敞，花木错杂，文鱼皆佳种，异鸟鸣树间，令人忘行路，颇忆故乡也。饭毕，行十里至吕镇，十里至黄土铺，十里至古市铺，五里至桃源县，无城郭，宿一试院中。县令李梦莲、余良栋先后来见。桃源出文石，甚精好，惜不易购得。

舆中读易实甫《游梁诗剩》，与少作不同，《诗剩》皆绝句，多学龚定盦。[按，此页天头曰：姚、皇甫、丁、李皆新进生（桃源）。]

晚间，仆人来云明日如游桃花源，仅迂道三里馀，遂约幕友同游。时为县令余（良栋）重修，且刻有志书。（十七日）

晨行二十里，过一江，即沅水也，名白马渡。复行十里至其处，道傍有“桃源佳致”一石，护以亭。转右进门，题曰“古桃花源”，有堂，题曰“延致馆”。步至西，有八角亭，亭内外皆碑记，多唐人诗，皆后人补刻也。过八角亭即秦人古洞，有石，砌一洞，再上有石泉涓涓流略，有洞门题“渔人从入处”，此意造也。惟石皆作小斧劈，与宋元以来画桃源图本皆合，其来古矣。憩一方亭，余已喘不能立，目眩心跳，少停方起。循小径至靖节祠，门外一孤松，清绝可抚，坐蒲团，品山泉，清甘不易得。坐烦许，下山至白云山馆茶食。出门见道旁巨竹，皆刻人题名，余亦小刀刻三处，以证他日重来。出门坐舆行四十里，至郑家驿宿。有巡检周来见，一老髯，询以事，耳已聋，对非所问矣。

今日方上山，勇往直上，至半山，气喘而目眩，几晕绝，腰脚之不健，亦由安养之太隆也。复思年来强仕而已，如此将来安能阅历劳苦？人生日处放佚而不自知，今日自证，颇深内愧。（十八）

阮文达曰（《定香亭笔谈》卷四）："元潘昂宵《金石例》惟拘守昌黎一家之学，明王行《墓铭举例》虽兼取韩愈、李翱以下十五家，亦不过中唐以后体制，其于两汉南北朝制体修词一道，概未之闻也。余收获两汉六朝碑版甚多，思成一书，以复古式。"标尝谓墓铭之例，汉魏六朝皆大辂椎轮，略具规模而已，其例莫备于唐，唐以后则无例矣。然唐之例不能取各家文集为定例，须搜集天下墓铭拓本而编辑之。余尝有志于此，得墓铭拓本六百馀种，可云多矣，然按诸旧人藏目，遗佚者亦不少，欲求一同志者而共为之，数年中无人也。瞿木夫曰墓志之例乱于唐，是尚误信潘、王诸人书者。乾嘉以来，为金石例者多矣，独于墓铭例皆未画一，他日有暇，当辑此一书。

"犹说芙蓉尺五城，似闻芍药结双旌。桃花等是唐仙迹，何必纷纷考证明。

两三村落比朱陈，■■灵芝大似囷。正是上元真甲子，合书金诰进琼宸。

近闻仙尉探幽新，白马迎涛远渡津。翻忆故乡铜井路，魂消香雪海天春。

陶家自有菊松盟，笑绝劳人柳驿程。新竹留痕茶梦短，得逢仙境品题名。"和赓笙原韵。

"宦隐神皋漫较量，百年陈迹已茫茫。模糊事记迷西晋，确凿仙居笑李唐。山色绿团千树密，溪流红想一痕长。何妨借此歌桃叶，愿筑卢家玳瑁梁。"和雨时原韵。

杜樊川《长安送友人游湖南》诗"愚衷深褊狷"，以此五字刻一印自警。

今人生前预制棺，曰寿器，其名古矣。《后汉书·匽皇后纪》“敛以东园画梓寿器”，杜牧诗“才是孤魂寿器成”亦本此。

“鱼鸟笑人顽，仙居隐约间。乍辞陶令宅，看尽马头山。雁齿泥新渡，龙媒认故关。劳人终草草，羡煞野鸥闲。”和勉夫。

“红丝系定冰人足，湿蓬稳转前溪曲。双缠邪许互讴吟，一板伛偻如缚束。人生到此始知难，平地风波脚下看。尽笑一身同傀儡，几疑小节亦萦蟠。龙媒千尺唐朝驿，一溪下泻涵绀碧。两壁摩天峭入云，孤关插地低磨额。行人到此如蚁旋，何年巧设舆加牵。却恨风帆■不足，阴成行脚功无边。吁嗟乎海上飙轮日千里，欧洲铁道同电驶。一样人间智慧生，眼前笑煞黔驴技。”《舆纤行》。

今日晨起即用舆纤，乃以三绳缚舆底，八人负之，如船上水。午后山逾陡，近辰龙关，两山壁立，中开一线，仅容一舆马。道傍古大树五齐立，土人云吴三桂系马桩。关即古龙媒驿也，当再详考之。以形势论，临洺、武胜诸关皆不如此处之险，其关两旁石直削，不著寸土茎草，尤为奇险。宿一行台，即在界岭分司署之东。分司邓姓，安徽桐城人，寄籍大兴，一子年四龄，颇清秀可爱，与饼饵食之。（十九日）

“姹紫嫣红奈老何，春风无那影婆娑。蘼芜径里繁华曲，唱出唐家本事多。（紫藤、芍药）

晚风帘幙晓阑干，消得柔香耐得欢。爱是无言恩是怨，一生未解有新寒。（荷）

寥落关河瘦夕阳，消黄堕粉覆鸳鸯。板桥西去长干路，不是萧郎亦断肠。（残柳、芙蓉）

还他清净女儿身，不为凌波赋洛神。多恐相思容易惹，误看红豆奈何春。（南天竹、水仙）”题行馆壁间周如保画帧。如保，字雪舲，长沙歌童也，今已脱籍，以买[按，当作卖]画养母。

晨起，至楠木塘，尖一客店中。午后至马底驿，宿行馆。今日山路崎岖，舆夫纤负而上，颇劳苦也。县令丁道良来见。（二十日）

丁伯川为文诚公子，好收藏。

午尖于□□□。午后到城，一路山逾陡，上下颇不易，幸路尚宽耳。即日谒庙。（廿一日）

补考。（廿二日）

生童经古，共四百馀人。子刻点名，午后已纷纷交卷，申初净场矣。（廿三日）

生员正场，五百人。（廿四日）

覆生童古学。（廿五日）

溆浦、泸溪、辰溪童正场，共千五百人。（廿六日）

沅陵、乾州童正场。千四百名。（廿七日）

提五属覆，分两次。（廿八日）

合覆，誊红。（廿九日）

“奏为推广书院课额膏火援例请旨遵行，仰乞圣鉴事。窃谓书院之设，所以培养人才，学臣之职，所以录取人才。书院一月而一课，学臣三年两试。若无书院以辅学校之不及，则培植少而录取难，人才亦因兹而日少。窃查湖南旧有校经书院，仿古人成法，分经义、治事斋，专课全省通晓经史、熟习掌故之士。创始于前抚臣吴荣光，经前学臣朱逌然、张亨嘉先后扩充，规模大具，而人才亦因此荟起。惟长年经费仅取给于湘岸淮商及绅士捐款发商厘息，每年入不敷出。近年向学人多，往往限于课额，致摈门外，寒士咨嗟，学臣惋惜。续捐既难，集腋筹款，更无章程。臣到任一年以来，先自推广每季加课，捐廉给奖，兹复集款，建造藏书楼，广购书籍、舆图、仪器，俾多士诵习。惟常年经费支绌，寒士虽有志读书，而不能久居，相率观望。间有经臣拔取之士，询知家贫，略给膏火，俾于■诵读者，殊未可为永久之计。臣伏查《学政全书》，奉天沈阳书院于每学学田租银内酌量拨给，作为师生膏火；又顺天金台书院每年动拨直隶藩库存公银四百两，旋因肄业诸生日渐加增，不敷分给，又于丰霸营田杂粮变价馀银内每年拨解银二百两等因在案。仰见国朝嘉惠士林，无微不至。臣伏查各省学租原为给散各学廪生贫生之用，给散之馀，由学臣遵例扣交藩库充公，并将馀存仍交藩库造册报销。湘中每年除给散用款外，银馀五六百两一年不等。现在校经书院系课通省实学之士，而经费支绌，课额膏火不足，可否援照奉天沈阳、顺天金台两书院例，于每学学田租银内，除给发廪生、赈恤贫生之外，所馀藩库存公银两酌拨每年银五百两，作为推广额课膏火之费。由臣署每年发交校经书院提调支用，再将馀银两扣交藩库，一并造册报销。如蒙俞允，则该书院全省肄业之士，皆得共沾实惠，款不外求。事经久远，于藩库中一年短此数百金，固不觉其盈亏，而实于书院中一年足可培植数十寒士。臣愚昧之见，是否有当，伏乞皇上训示施行，谨奏。"

"为劝荒歉各邑被灾诸生安分守己手书告诫事。天灾流行，致成亢旱，被灾各属颗粒无收，此数十年以来湘省未有之事，而尤为我士人生平未遇之苦。本院不德，奉职无能，坐视诸生流离困顿，既不能一拯于倒悬，又任犯法罔上，设奸行诈，穷而走险，毫不顾闻者，尚能忝为诸士师乎？使者查自去年夏旱以来，衡山、醴陵等属尤甚，衡州府学文生衡山许润玉、许渐逵因灾旱，抬集男妇出境求食，经该县申请，详革衣顶，所以戒挟众为首，藉端生事者。其得咎也固宜，然使者衔情执法，未肯遽使□□，故仅予注劣。其馀各属因饥寒无路，未能恪守卧碑，借端生事者，不一而足，使者皆耳有所闻，笔有所记。揆诸法律，当早斥革，虽理有所当然，而情有所不忍。天灾所及，人实无能，现在各灾区虽获甘霖，耕犁可动，惟当青黄不接之时，仍恐有各处灾民推学中文武生员为首，造言生事，借公便私，或该生员引动愚民，阻难行诈，或竟无食可谋，代人包讼营私，欺孤害寡，出入衙门，结交蠹吏。种种作恶，为害地方，使者一经闻见，定当律以应得之罪。惟不告而罪，古人所戒，有过则改，事非所难。须知荒旱乃偶然之困苦，功名为难得之遭逢，若争一日之安乐，必致终身而废弃。况现在中丞已设法筹款，发粟散糜，平粜分振，无微不及，尔等自当悉心耐守，茹苦安贫，以迓天庥而回灾象。士乃四民之首，尤为一邑所观望，若能为乡里之式，安民息事，助振救灾，富者散财，贫者出力，使无一夫失所，一女无归，则今日之儒生，即为他日之名臣。使者固不仅愿诸士等闭户穷守、委身沟渎以为善士者也，如有才具优长之士，又能奉公守法，助理赈务，丝毫不苟，足为士表者，使者闻知，亦当优奖。特此手告，愿各闻知。”

【光绪二十二年丙申二月】

考生童古，八百馀人。（初一日）

生正场，七百人。提岁考前五名于堂。（初二日）

生童覆古，生共四十二名，童共廿五名。并补岁考。（初三日）

泸、辰、溆童正场，千四百馀人。（初四日）

沅、乾童正场，千四百人。（初五日）

提覆覆一等生。（初六日）

提沅、乾童、诸生。誊红。（初七日）

头场拔，寅正点名。共四十七人，一人不到。（初八日）

四书题二，经解题一。

阮文达跋宋拓《醴泉铭》，谓六朝唐人书碑，别有一种笔，今世笔工，便于松雪书耳，所论极是。然标犹有说：六朝人书，其工在刀非笔，书能如此，故有锋棱；唐人书，其工在书丹，故有含蓄；唐以后书，务在便易，不肯书丹于石，仅以佳纸良笔作书，任工人双钩上石，故与唐人书不同。六朝人书■不用笔，如始平公造象、《皇甫驎墓志》等，一望而知。唐人书皆亲书于碑，积朱厚，刻工佳，故自存神味。推而上之，汉晋各碑，皆书丹者，故《王基碑》出土，犹有朱字未刻者。汉人作隶，用绝软毫笔书，观《孔宙》等碑额即知。特不知秦篆用何种笔书耳。

试以刀仿六朝人书，易于用笔；朱临唐碑，易于用墨；双钩上石之字，胜于笔书。无论作何等书，皆如此也。

试辰府拔贡策题：

问：古人于天地万物皆有以名之，故《说文》曰：“名，自命也。”何以从口从夕？古人命名之义，任口耳者多，任目者少，能言其理欤？《易》六十四卦，《诗》三百篇，《书》百篇，苟非有名，何以记诵，能推广其说否？名著而数生，试证夫算。数交而文见，试原夫铭。《释名》："铭，名也。"何以许书无铭字？钟鼎多铭辞，语句多协韵，能举其文否？六朝至唐，志铭之例极变，能略举之欤？名字为古今天下公共之字，为士者亦当顾名思义矣。

人之得名皆在无意中，若有意求之，去名逾远矣。今日拟此策题，故牵连书之。

思将成裕堂老屋买作外祖母节孝祠，并附祀舅父母，当归里后为之。

屺怀得一玉画碟，底刻"阮谢雪"三字，当时以为一女史名，今检《揅经室集》，文达公妾谢氏即公子福之生母，此碟必阮氏物也，当与屺怀言之。

丁令为文诚公子，多搜藏。校阅之暇，问其借阅多种，记其目于后，以志一时墨缘：

马湘兰盆兰供石轴。兰作双钩，花画并头，盆以墨笔随意钩出，石亦枯秀，看殊草草，而雅韵独绝。右方自题小楷一绝："芳谷风翻香更幽，静含春色上融楼。昨朝石友携来伴，爱我花开总并头。乙酉花朝日饮梅花楼下，适黄墨庄先生至，喜甚，作此以赠。湘兰马守贞。""湘兰"，白文。

董文恪迭嶂回溪轴。高不三尺，宽尺四五寸，墨笔纸本。作两峦中开一溪，画远沙，无一树，山头仅作小墨点而已，幽秀绝伦。"迭嶂回溪。戊寅嘉平月摹范中立小景。东山董邦达。""董邦达"，白文。"东山"，朱文。

项墨林设色山水轴。高五尺许，阔尺七八寸。右方小篆题一诗并行书跋，绢本。"先生志上芸香阁，阁老新峨豸角冠。留取幽人卧空谷，一川风月要人看。庚子夏五月山中宿雨初霁，云东侍御过余草堂鉴赏古画。时静名斋壁上适悬董源《夏山图》，云东取以为冠，焚香鼓琴其下，不忍即去。因仿其意，赠之。昨先生有内台新命，即以此志别，并当异日招隐之赋云。墨林山人项元汴识。”“子京”，朱文。

金俊明梅花小幅。以墨作梅一枝，枝干用焦墨点苔，枝软，亦不类梅，下有沈承树补竹数枝。右方自题一诗，纸本。“屈子骚经遗不录，石湖芳谱漫具收。试凭西掖攀花手，提向百花花上头。壬子小春月写，并录冯海粟句。吴郡耿庵金俊明。”“索笑楼”，朱文。“俊明之章”，朱文。“石痳道人”，白文。

文衡山设色小幅。高二尺许，阔尺许，纸本。山石全赭，树多各色。上方题三绝句，皆小行楷书：“原树萧疏带夕曛，尘踪渺□一溪分。幽人早晚看花去，应负山中一段云。正德戊辰七月，文璧制并题。”“桑柘闲闲竹屿深，春花赞月树成阴。黄鹤紫燕鸣相和，此是云山韶濩音。王宠。”“王履吉氏”，白文。“尺楮相看二十年，子今腾踏我颓然。白头点笔闲情在，莫道聪明不及前。戊子十月三日，征明重题。”“征仲父印”，白文。“文仲子”，白文。左下留。

奚铁生设色山水立幅。纸本，淡赭色。惜纸已敝，接大痴道人《溪居静远图》，“乾隆癸卯腊月，铁生奚冈。”“奚冈之印”，白文。

王烟客设色山水立幅。高三尺，阔尺四五，纸本。浅绛，用笔若不经意，画沙浓墨作屈曲，远山用淡青，尖插一峰，后更以淡墨作一远山，画中罕见。题左方：“丙辰清和偶憩西田，仿一峰老人笔。王时敏。”“王时敏印”，白文。

郑板桥画巨石立幅。高三尺，宽尺七八寸，左方题诗一首。石不点苔，而苍老有棱，妙笔也。“片石崚嶒峭可扪，不须五岳自称尊。世间纵有秦皇帝，未敢鞭他下海门。板桥郑燮画并题。”“樗散”，朱文。“老画师”，白文。

钱箨石画兰幅。绢本已黑。作墨兰两丛，撇叶秀挺，花台重叠，如闻幽香。“东侯同年大兄清赏。乾隆甲申四月廿六日，年弟秀山钱载。”“钱载”，朱文。“壶尊”，白文。左下角。

二场拔，仅三十馀人。（初九日）

辰刻发拔贡榜。午后无事，少歇。（初十日）

武生岁考，仅步箭一技。午后，泸、辰、乾三县武童正场，仅二百人。（十一日）

沅、溆武童正场，共四百馀人。（十二日）

晨，外厂马箭，百三十人。午后技勇。（十三日）

覆武童，有幼童六人，皆有大力。（十四日）

奖赏。午后至丁伯川处一谭，同坐余廷笏（克谙），系丁处账房，与大哥习。（十五日）

见绍川《烟江叠嶂图》长卷，宋人画，石谷全从此卷脱胎。其馀挂幅，寻常之品而已。

赠吾马湘兰、项墨林、林秋香、廖织云画四幅，剧佳。马、项即前记之幅也。又鼻烟二，似旧物。（十五日）

至隆庆寺一游。大殿廊下金字大额“眼前佛国”四字，旁题“崇祯□年礼部尚书董其昌书”，曾载入志书者。案香光老人卒于天启五年，年八十二岁，岂有崇祯年间尚写此额，令人可笑，则所传慈胜袈裟者亦隐约词耳。登藏经阁观藏经，残破已甚，为明正统五年一陈姓为亡内官妙吉祥所施造，经后有年月记事。翻一卷，尾夹一纸，题“崇祯十二年僧了怀阅过”等字，墨迹如新，大约二百馀年以来未经人覆检者，取而归。丁令复检百馀册，备舟中诵讽。是日上船即开。（十六日）

新进生员章缵绪来送，云非吾不能得售，盖旧家子而于八股实门外也。

舟过小西山，欲一探古藏书处。适午睡未醒，泊舟问讯，已早过矣，欲回棹往，又以日暮天雨，固知山水因缘，亦有一定也。赋一诗解嘲：

“溪山窈窕烟悬绿，春风吹冷前滩曲。奇境真同古画看，异闻更证遗书足。吾昨轺车到五溪，先寻二酉插天齐。风廊万卷恣衡校，古洞千函待品题。今朝解缆城西路，牙签似簇千崖树。谁道真成梦想奇，孤蓬一枕黄粱雨。薄暮停舟醒后知，榜人已道起身迟。回头更望烟峦远，大错休论一字痴。晚灯自笑因缘浅，半生空诩知坟典。只解桂函剔蠹鱼，那能福地诃龙犬。却忆舫头写本奇，寰瀛小志进天墀。人生休信遗文古，汉武秦皇总不时。”

有人以刘襄勤临怀素《圣教序》石刻乞题，为赋一诗：

“金钩铁画论书史，硬黄浅碧分官纸。唐库双钩笑已无，玉堂响拓嗟谁似。自古文人习气深，开函先重临池技。晋写官奴茧本珍，宋装令史麻笺美。谁知书派等传经，却出通侯上将庭。一纸绿天寻祖本，百行白鹿认苏铭。唐宗御序开禅教，七佛碑头证列星。昭代临摹张□□，胜朝结构董华亭。将军有意开生面，朝朝自洗端溪砚。大字曾经勒燕然，馀情复见书鹅绢。绝塞身归解绶轻，三湘梦稳挥毫便。十年湖上学骑驴，一任凌烟重画图。自种芭蕉留妙迹，漫收柿叶当操觚。萧斋拓本装异锦，陕估新函抵匣珠。前年忽报牙山信，船头不肯奇书进。已看高丽失汉城，忍闻平壤虚雄镇。八方纷调羽书烦，宿将凋零等市骏。将军此日卧隆中，忽奉天书下九重。闻说廉颇能健饭，不教魏绛再和戎。玉音前后连三至，将军本有沙场志。重展征袍色尚红，笑焚铁砚痕飞翠。旧部方收常胜军，忠忱过激伤心泪。出师未捷武乡亡，一柱南天已陨地。忍教重见白旗降，更说书进鸭绿江。船坞早焚归棕晚，电函空寄出关忙。偿金借地思南宋，税船租马输邦贡。依样胡卢一纸书，汉唐翻本临摹痛。朝来对此一函开，仿佛英灵入坐来。自笑史官空有职，忍看上将未登台。怒猊渴骥空描写，铁马金戈认转回。今日五溪铜柱下，漫题诗句惜雄才。”

“清布衣黎君墓志铭

奉政大夫五品衔翰林院编修提督湖南学政元和江[标]撰

君讳□，字虞臣，岳州临湘人也。原夫绝地天通，官因姓著，式征寓卫，侯记诗传，其来尚矣。自九真望族，经术与苏氏同称；羌谷函真，风俗志流沙之义。谱牒绵远，可略言矣。祖□□，黉序蜚英，早著青衿之誉；世家旧式，一依白鹿之归。父□□，鼓箧横经，学通六艺；教胄国子，文备三长。君克劭菑堂，载扬弓冶；潜修儒业，淑郁家风。

耿直恺成，慕汲长孺之行；萧澹自好，得陶泉明之真。丛桂一山，园题就植；校书千卷，屋积成巢。童蒙诂训，四言著义；中庸脉络，一贯须知。守弟子之职，洒扫必恭；读治家之言，孝弟可信。岂知天不憖遗，歼良遽及；嘉谟方盛，隟马难留；薤露一歌，遗型千古。以□□□年□月□日撤瑟于私寝，春秋七十有六。有箦在床，犹抽翰牍；撰联自挽，尚哀诗书。岂非来去有因，清明在抱者乎？孺夫[人]巴陵孙氏，闺门有训，断织流慈，妇道礼仪，无亏晨夕，以□□□年□月□日卒，春秋七十有□，盖先公二年也。以□□□年□月□日合葬于梳齿垄之阳，礼也。有子七人，曰安，曰含英，皆名列胶序，学有渊源。一经分遗，确承庭训；孙枝繁衍，重英挺生。安诗学通家，礼门请业，既安德兆，恐坠芳仪，乞铭志幽，述德不废，爰砻贞石，有待斯文。铭曰：

洞庭之前，君山之麓，众原阴阴，吉宅是卜。青松千粒，黄壤万春，古人已矣，长此留真。启后光前，不欺是戒，川盛筠贞，休文匪暇。陵谷有变，石记是旌，久存令德，永颂英声。"[按，此墓志铭单独一纸，夹于日记此处。]

《佛说大方广十轮经》卷四曰：十轮罪等一淫舍，十淫罪等一酒家，十酒罪等一屠儿，十屠儿等一王。十轮者譬如压油之轮，一麻中皆生诸虫，以轮压取之，一日一夜压油千斛。如是乃至满于千年，是压油人得无量无边罪。以十轮譬之，其罪尚在一淫舍上。

《正法念处经》曰：阎魔罗取彼妇女，以利铁刷，刷其皮肉，肉尽骨在，而复更生，生则软嫩，而复更刷，刷已复生，生已复刷，极受苦恼。此所以戒淫女也。余忆《至正直记》言，元时兵乱，取人以沸水浇其身，以铁刷刷其皮而烹食之。世间真有此事，可知种种地狱苦恼皆在眼前，报施之道，丝毫不爽也。

今日午后，船过一滩，略险。（十八日）

天明开船，午初近凤滩，泊即上岸。坐椅轿至伏波庙行香，行至半途，径仄险甚，下轿步行。山石荦确，过一溪一坡，皆奇险。至庙门下视，见白浪喷雪，声如万马，奇观也。凤滩者，为永、辰中道极险之滩，相传有三大楠木横水底，嘉庆时经潘姓善人凿去之，今犹险为道中冠。庙中有祁文端二绝句轴墨迹，张子虞前辈和以二诗，即用文端韵，有程春海先生一联，皆前为学政者。闻尚有茨滩，离此十五里，明早可过之也。辰州以上，妇女皆赤足有力，背负一竹篓，能负重至二百馀斤，行走如飞。今日途中见一妇负一竹篮，中卧一小儿，至绝巘，置篮于山顶，自携锄至石壁垦枯树根，行步从容，亦见所未见也。近凤滩时，见一岩壁立，岩顶有屋，一径直上如线。闻上有庙，为比丘尼，中有仙尼，已缩小不及尺，亦不知其年岁，不言不食，尚能运动五官，岂鸡窠老人欤？一仆上视，未得见即下，不能履，蜎缩而滚下，亦云险矣。（十九日）

今日所过之山，皆作小斧劈或作礬头，绝似范宽画山林瓦屋。时有碧桃、雪梨花满树，令人有偕隐之心，忘此危滩之险也。

作诗词之用僻典欺人，犹作楷写古字，同一村夫子伎俩，学者当戒绝。

周草窗、周美成词，清婉而丽，如大家美人，不杂一分妖艳，自是正宗。后来填词者非铜琶铁板，即如淫舍荡女，动人伎俩，全无一丝真意，否则如优童上场，演闺情风月，仅足为俗夫妓女赏耳。词学之难如此。

晨起，知已至茨滩，浪涌过于凤滩，惟只有数十丈耳。各小舟皆行对岸，余舟大，不能过，遂坐一茨滩救生小划过河，命家人往前要一竹椅轿来坐而过。初行乱石间，皆具五色，继过一处，地下之石如满地白莲花，含苞初吐，真奇观矣。复行十许步，上一巡捕船，再行三小滩，如过铁门限，方至大船，见一木排下水，迅逾电车，险极快极。（二十日）

修桥补路，令人无危险之心，故功德莫大。

“此间真到楚头头，况有危滩万叠流。总是忠忱能化俗，不因铜柱得王侯。”

午到铜柱坪上岸，半里许见铜柱，出土仅六尺许，八楞，色褐而光润，字甚清矣。顶中空，旧传中实以钱，令水勇挖之，仅土石而已。上覆一亭，亭中一碑，光绪十五年程颂万为张曾敭立，纪建亭事也。土人云，旧有钱，已偷挖净尽，深至八尺时，不能得，以竹竿上粘餳出之，亦可云巧偷矣。柱略斜，云亦二三年来事，为雷雨所动。亭外一石顶，土人不能安盖，盖一夕即下，亦奇事也。柱顶■文三四寸许，一面有“天地”二字，一面有一“白”字，一面有“曲”字，皆旧凿者，不可考。竹汀谓此柱非唐五代物，按天禧去天福亦仅七十馀年耳。初刻及后凿字大异，决非一时所刻也。（廿一日，寒食）

行滩逾险，水逾流，所恃者一竹缆耳。此缆一断，下退顷刻可十馀里。是日午前抵王村，即上岸。往行台，自溪岸至平地有石级千百，颇陡而险也。

王村出一种小石，似土浆结成，或云岩中石乳，玲珑可玩。置水盆中，水能上行，可活小草，亦萧斋清供也，拟制凤溪绿石盆庋之。（廿二日，清明）

天明起，早行二十许里，尚平易。忽一山陡绝，先上下至极深处，一溪涧水绿色，上一小舟渡过，即石级层上，两旁柏树皆百年物，交荫其上，星月过此，不见日色，亦佳境也。过此至虎子坪宿。虎子坪后易名“抚字坪”，原永顺土司屋也。今日共行五十馀里。（廿三日）

天明行，上一陡坡，高下十馀里，馀略平。行十馀里。远见一城，如在釜底。共行五十馀里，进南门，即到试院，在南门也。号舍不多，屋尚轩敞，然敝甚矣。（廿四日）

途中投呈者纷纷，谕以明日放告呈递，始散。

见试者一砚上有金星成片，耀目如金刚钻，奇之，询以何来。云出乾州，名水冲石。

董文敏曾见司马温公画，大类李营丘，语见《画禅室随笔》卷三。

文敏曰：“日临树一二株，石山土坡随意皴染，五十后大成，犹未能作人物、舟车、屋宇，以为一恨。喜有元镇在前为我护短，否者百喙莫解矣。”标谓，山水、人物、花鸟各占一门者，此宋以后人之学也。古人作画，皆兼工各艺。近在丁百川大令斋中，见宋人《烟江叠嶂图》一卷，中各具画法，此宋人绝技。大至楼屋精舍，小至禽鸟供设，无一不精妙。余见唐宋人画幅多矣，皆如此者。南宋后分南北两宗，于是画者多矣，而古法亦湮废。画学岂易事哉！

文敏又云：仇实父作画时，耳不闻鼓吹阗骈之声，如隔壁钗钏，行年五十，方知此一派画殊不可习。譬之禅定，积劫方成菩萨，非如董、巨、米三家可一超直入如来地也。标谓画之分南北两宗，即喻禅理之有苦行、顿悟二派，北宗苦行，南宗顿悟，足以拟之。实则天下凡事无一不分两派，此阴阳相偶之理耳。

晨谒庙，午放告。告者仅十馀起，馀则不知何往矣。向例，学政放告，由巡捕收呈，往往为勒索递款，皆摒不与进，此次则人无用费而情皆得达。初欲行此而人皆阻之，以为必拥挤不堪，殊不知行此亦清讼之一法也，非过来人不知矣。（廿五日）

生员经古，二百馀人。（廿六日）

童生经古，五百馀人，挐获传递之人并稿八篇，可云胆大矣。（廿七日）

生员正场，四百馀人。（廿八日）

覆生童古。生六十四人，童四十馀人。（廿九日）

龙山、永绥童正场。（三十日）

永顺府学教官黄宗杰自呈《儒吏刍言》一篇，言购洋械之无用，自是塙论，惟于防御之策尚多隔膜而兼迂。说中有“洋人来，言路开；和议毕，言路塞”四语，颇有古谚之意。

简而肃，繁则慢，办天下事皆如此。

林文忠钦差粤中，龚定盦作序以送之，列三种决定义、三种旁义、三种答难义、一种归墟义。文忠复手书答之，极为信服。后文忠之在粤主持交涉，一切皆与龚说合。文见《定庵文集补编》。

【光绪二十二年丙申三月】

保、桑文童正场。（三月初一日）

提覆，覆一等。（初二日）

永顺童正场，千乙百人，自来所未有，旧仅八百人耳。（初二日）

得吴生墉熙书，言新造书院之楼宜添设平台及各种仪器，供人考究。渠拟自制各器置院中。

得任生元德书，真血性人也，习新学而根柢在《三通》《三礼》，故无堕慢气。

龙山童生李泽沄年仅十二，为余所取泮元，下笔为文苍老无稚气。今日招之来，与谭诸事，皆极有识见，措辞雅驯，试日曾以"读书不在求名利"七字命渠对，即握管书"应试原思报国家"，其胸襟可想矣。余与之言，汝经济家也，非词章家，渠亦微笑，云愿学经济。

"阮文达尝属吾郡周采岩作《修书图》，周本宋子京故事，极风鬟雾鬓之丽。文达云'非吾本意'，遂著其说于《定香亭笔谈》中，曰：'修书与著书不同。余在京师奉敕修《石渠宝笈》，校太学石经，又常[按，当作尝]纂修国史及《万寿盛典》诸书。自持节山左、浙江以来，复自纂《山左金石志》、《浙西金石志》、《经籍籑诂》、《淮海英灵集》、《两浙輶轩录》、《畴人传》、《康熙己未词科摭录》、《竹垞小志》、《山左诗课》、《浙江诗课》诸书，皆修也，非著也。学臣校士，颇多清暇，余无狗马丝竹之好，又不能饮，惟日与书史相近，手批笔抹，虽似繁剧，终不似著书之沉思殚精。'标少日读文达此记，辄有忻羡之意，然不敢冀先哲也。比入词馆，协修国史之暇，往往喜辑录之学，先成《声类考逸》四卷，继辑《黄荛圃先生年谱》二卷、《咸同两朝中俄交涉记》一卷。前年持节来湘中，适中东战事方炽，旋成和议，痛上下不知新学之理，致受欺于附国，遂专以新学启导湘士。自定条例，拟集诸士之好学者，仿马氏《文献》例，撰《西学通考》一书。又集录诸先辈及同时人手稿付梓，辑《灵鹣阁丛书》若干卷。又得南宋书棚陈思刻唐人小集四十九家，影写付刻，不失毫厘，为《元和江氏影南宋本唐人诗集》。[1] 又精

---

[1] 按，此处原稿勾去一句："又录湘士杂识为《湘水英才集》若干卷。"

写各藏书家宋元校钞本书目，汇而刻之，为《师鄦室目录丛刻》若干家。适吾郡吴愙斋世丈开府在湘，遂乞丈作图，亦名之曰《修书》，本文达意也。于使院坐室颜曰‘修书宧’，欲不废此意也。图而记之，恐后来之不知，犹采岩之为文达失此本意也。”①

提覆永顺童。（初四日）

合大覆。（初五日）

生童经古。（初六日）

生正场，提前三名于堂。（初七日）

覆生童古。（初八日）

龙、永文童正场。（初九日）

保、桑文童正场。（初十日）

提四县覆，覆一等。（十一日）

永顺童正场。（十二日）

提永顺童。（十三日）

头场拔贡，五十六人。（十四日）

“湘痕泻尽春波绿，柔枝拜倒瑶台玉。瑟瑟清风驻采毫，剡藤溪绢工装束。前代林文已失传，百年郑李空惊俗。何意开函忽眼明，风枝雨叶剧多情。砚池墨涌金丝饱，纸角青留碧干横。却似文章芒角露，还疑风月馆池清。吾家茂苑长洲路，芰荷十里薰风度。静护湘兰镇日看，难题修竹凌云赋。念我初生堕地时，已教乡里号孤儿。母年清节慈闱苦，竹柏新图旧有诗。周生少小承母教，能将意气通文窍。十丈琅玕写秀异，三升螺黛恣奇妙。衙斋夜对有清风，不在毫端在袖中。一样幽怀归笔底，与君同化葛陂龙。”题永顺周雅林茂才（正南）《竹谱》。

二场拔贡，较头场少一人。（十五日）

出拔贡榜，合大覆。（十六日）

---

① 按，此即江标《修书图》自序底稿。

武生正场，下午武童正场。（十七日）

童正场。（十八日）

上午技勇，下午骑射。校场即在试院东墙外。（十九日）

合大覆。（二十日）

奖赏，发落。（廿一日）

起马先出南门，游玉屏山。出城三里，道旁一泉自石龙口中喷出，下砌以石盆，水甚洁，上题“洗心池”，以勺饮之颇甘。自此处步行里许，见峭壁插天，中开一线，即玉屏山之不二门（此近人题）。步入，仅容一骑，如衖，凉风袭人，山花乱红，落瓣如雨。两壁刻前人题字，无古者。有陈[按，当作程]春海先生书四大篆并跋，时为提学时[按，当作使]也。有果勇侯杨芳大字、潘硕庭题名。再行里许，即观音岩，有寺。新拔贡诸生迎于门，入寺小憩，生等出纸笔求书节孝额，余更取纸书“玉屏”二篆，并同游者题名，属生等刻于石。出寺门，访温泉，属寺僧导行二里许。山路崎岖，登陟颇苦，至则见泉自地中涌出，与溪水相连，土人以石子围之，浴者甚多。僧驱闲人出，余与徐奎垣二人脱履坐石上，濯足甚适，复洗上身。见下水舟一一过。访前学使题诗，皆不可得（嘉庆年时事）。归途见隔溪一石洞，导者云名仙人洞，昔尝有人借洞中皿碗用之，书一纸置洞口，即有物在，用毕，甚反之。后有人不反其器，再乞，无有矣。此妄言也，姑妄听之。回寺小坐即下山，仍进南门，出东门，送者候于道。行五十里，宿虎子坪，土人讳虎字，称猫子坪。（廿二日）

晨起，行五十里，宿王村。舟中买小石乳，刻供瓶盎间。石为小奴所断，怅惘竟日。（廿三日）

天明开船，顷刻即至会溪，访铜柱。适有一拓工在，即教渠上纸用墨之法，字精湛，无一模糊者。闻此处拓工有某氏三女郎最精，招之不肯来。忆子虞前辈诗有“溪女数钱能打碑”句，是指浯溪者，殊不知此处亦如此也。再过，至凤滩宿，购砚三。（廿四日）

天明解缆，午至小西山一探藏书处。上山之径仄而险，至洞口，气喘不能语。再用一衣带缚树上，足踏一巨石，猱升而上。进洞门，广可容百许人，洞顶可扪。再进须携炬，蛇形而入，同游者入内亦无所见。土人传说有盂碟在石上者，视之，石涡如盂碟形耳。伯南携拓具拓其形而出。洞口有张燮钧前辈书“古藏书处”巨石四。午后泊辰州，丁令病，贻画扇一，属其署中友余克谙来（廷笏）。克谙湘人，在上海甚久，能作吴语。（廿五日）

起，旱行九十里宿。（廿六日）

行百馀里，宿辰溪。（廿七日）

行九十里宿。（廿八日）

行六十里宿。（廿九日）

行六十里至沅州，州守连云荪前辈、县令朱虎卿（士黻）皆迎于道左。（三十日）

【光绪二十二年丙申四月】

晨谒庙，午放告。（四月初一日）

试生童经古四百馀人，终日在堂。（初二日）

读陈子庄先生《庸闲斋笔记》，语多劝戒而令人乐其记事，忘为善书也。先生孙与余为乡榜同年，善人有后，信然。

昔尝劝人苦学，莫如自点书读，以为心得也，今知此本古人法耳。李济翁《师资录》云，谚曰“学识何如观点书”，点书之难，不惟句读义理，兼须知字之正音借音，真先得吾心矣。

试阖属文，六百馀人。（初三日）

覆经古，生童四十馀人。（初四日）

黔阳、麻阳、凤凰厅三属文童正场。（初五日）

芷江、晃州两属文童正场。（初六日）

苏稼秋之侄颖杰（名本铫）通方言，知算学，已入学。

叙沅陵章仁溥《道古堂遗稿》：

“昔阮文达视学粤、山左、两浙，皆有诗课，故得诗人极多，具见

《小沧浪》、《定香亭》两笔谈中。试嘉兴日，诸生中有献其父诗者，即吴澹川《南野堂集》也，文达录其诗而记之，使者采风职也，亦雅事也。标奉节来湘，自惭孤陋，惟事事以文达为师，试辞赋日，必郑重而校别之。三楚骚人，渊源可溯，故得士亦甚多。二月试辰州，沅陵章生瓒绪年已四十矣，应童生试，见其文皆脱俗。录取后来见，呈其大父章汝霖《道古堂遗稿》，诗境冲澹，卓然名家，携至辰溪舟中读之。章生求为记数语，余曰：此何异吴先生《南野集》乎？惜我学不如文达，或他日成《萱圃笔谈》，当缀记数诗，为輶轩之采，亦使者之职也。”

读《邓完白传》，见其称重于张皋文、包慎伯、曹文敏、刘文清、陆耳山诸公，而痛诋于翁覃溪、钱伯坰、钱献之，此当日门户之见。百年之后试论定之，覃溪隶分、伯坰之行楷、十兰之小篆，固足出完白上否？覃溪、十兰或多读几卷书，如伯坰者，直小人耳。

问：忠义之气出自天性，然博观史书，往往有平居若无能，而遇事则敢为者，亦有素日以此自励，而遇危急之际忽有改其初操者，岂根柢未深欤？抑不可预定邪？试摭举史事而论断之，以觇平日读书之益。

问：用兵之道，饷足则堕，饷绌则溃，自来忠臣烈士，往往误于饷者十之七八。故用兵，筹饷为第一义。试举其平日储备之策及临时挽救之法。此实事求是之学，非空言所可条对者。

胡文忠曰：兵之嚣者无不罢，将之贪者无不怯。观其将，知其兵；观其兵，亦知其将。此数语不仅用兵，凡一切治家用人，无不可从此悟者。

读《国朝先正事略·汤文端传》，因忆公逸事记之。前年谒掌院徐荫轩师，师即公门下士也，言公晚年门生往谒者直入寝舍，公杖而揖，然终年冠带。见室中朴素类农家，菜蔬瓶盎之属，皆陈于几卧榻幕上。燕巢已数年矣，春秋来往不避人。燕污积床下，公不去之，曰：任他自去自来。想见公当日从容镇静之度，为不可及矣。

题溆浦舒生（兆熊）《说文证是》：

“段桂严王各自尊，汝南流派久分门。若从大义勤搜讨，先拨三仓造字根。

舒生许学晓异同，四证分明有折衷。吾有一言休自苦，不须诗句擅雕虫（生通许学而拙于诗）。”

读《先正事略·冯文毅传》，忆前十年在山东学幕，至青州文毅旧第，有园，巨石奇秀，分植大石盆，“佳山堂”额尚存。有石室一，云当日藏书处。园中空地皆种桑矣。公后人出文毅小象卷，为禹鸿胪绘，郎亭师题观款及余姓名。又忆有一亭，栏槛阶砖皆玛瑙石，堂中几椅虽敝败，而皆紫檀镂银丝，工致绝伦，想系百年前旧物也。

读《宋牧仲传》，忆少时闻两佚事。舅氏篴秋老人云，宋商邱辨别书画，能于暗中摸绢纸便知真伪，辨古铜器，以手抚而嗅之，百不失一。吕庭芝先生云，袁文诚于兵乱时至商邱宋氏旧第，登一楼，即牧仲旧时憩息之处，所藏书画分列榻上，文诚皆收之而归。

早晨梦见画梅一幅，有一押章曰“草庐静坐笑梅鄂”。（十一日早）

覆一等，提五属覆。（初七日）

大覆，合覆。（初八日）

生童经古。（初九日）

生正场。（初十日）

覆生童古。（十一日）

黔、麻、凤童正场。（十二日）

芷、晃童正场。（十三日）

覆一等，提头、二场。（十四日）

合大覆，誊红。（十五日）

头场拔。（十六日）

二场拔。（十七日）

出拔案。武生正场，武童正场。（十八日）

武童正场。（十九日）

武童正场，技勇。（二十日）

马箭。（廿一日）

武合大覆。试校经书院肄业生。（廿二日）

奖赏。至校经书院一看，规模粗具。（廿三日）

起马，陆行九十里，至黔阳宿。道中多小岭，亦崎岖。（廿四日）

行四十五里宿。（廿五日）

行六十五里，宿会同县。（廿六日）

行九十里至靖州。试院尚敞，号舍矮小而少，院墙亦短。（廿七日）

谒庙，阅墙，见西墙一夹道，东墙则民房，院屋偏东向。（廿八日）

生童经古，只二百人。（廿九日）

【光绪二十二年丙申五月】

生正场。（五月初一日）

靖、会童正场。（初二日）

拟将历代改元月日成一表，以便检阅。

《魏韩显宗墓志》于光绪十六年出土于河南，今石存府学惜馀斋。余曾得一纸，未考也。兹从幕友刘辑唐处见一拓本，偶以《魏书》证之，赐爵一事，与志颇有关合。《传》云："景明初，追赭阳勋，赐爵章武男。"按墓志云卒于太和之廿三年四月一日，与史合，而志即云"有赭阳之功，追赠五等男，加以缯帛之赙"。案《文帝纪》，帝崩于四月丙子朔，武帝即于丁巳即位，赐赙已武帝事，故曰景明初也。又《律志》，高闾于太和十八年表举显宗曰，"又著作郎韩显宗博文强识，颇有史才，粗解音律，亦求令，时往参知"，"愿不以言废人，诏许之"。志中不书，略也。

覆生童古。（初三日）

绥宁、通道童正场，只五百馀人。（初四日）

覆一等，提覆。（初五日）

合覆。(初六日)

生童经古,一百九十馀人。(初七日)

生正场。(初八日)

童正场。(初九日)

覆古。(初十日)

童正场。(十一日)

覆一等。童提覆。(十二日)

拔头场。(十三日)

拔二场。(十四日)

合大覆。(十五日)

出贡案。考武。(十六日)

考武。(十七日)

考武。(十八日)

合大覆。(十九日)

奖赏。(二十日)

起马。(二十一日)

"鲤鱼风信不寻常,愁绝夭桃一夜霜。曾记绿衣歌宛转,忍教金约爽鸳鸯。一帘月冷方知恨,甲第门高空自伤。绝妙才华年十五,此生应悔嫁王昌。

窄袖弓靴细马装,内家新样出椒房。天生绝代宜南北,世有多情漫较量。银烛当筵欢有影,并刀如水恨难偿。人间亦有黄衫客,奈此重逢李十郎。

桃叶桃根枉自怜,此生未必果成仙。多情桑下空三宿,薄倖诗成已十年。湖上绿阴飞乳燕,春来红雨老啼鹃。年年事事消磨惯,识透凄凉画榻禅。

明知尘世笑啼难,难得此身当寄看。生性空能甘龌龊,托身也算遇团圞。人间怨女悲金屋,门外春明葬玉棺。不敢相期还入梦,忍拈湘管写纨澜。"

湘西梦恶，燕北书来，忽得苇间草堂函，言杨姬筱宝有紫玉之陨。姬生本南朝，来从北地；梢头荳蔻，早解新词；马上琵琶，亦工胡语。为汉明妃之赎，方脱牢笼；遇沙咤利而归，竟成怨耦。昙花不寿，娇影春伤，恨诔谁题，真愁永志。粤以丙申之春适某王孙，悒郁而死。仆生曾相识，死便缠绵，一纸书来，三生梦远。虽池泛春水，事不干卿；而缘寂人间，吾偏多事。聊以忏此生未了之因，悟往日多情之过矣。漫赋四章，幸世有再续《本事诗》者，或不遗之也。"

"上不在天下不地，飞身直上岩腰住。此是人间几代仙，眼前指点归真路。一舟溪洞小于瓜，轧轧双机已落车。雁齿重排方篋稳，龙鳞老皴一松斜。此中布置何人解，千年空许神惊骇。究竟身难寸土离，终教人笑非常駴。遗闻空说武乡侯，缪语相传达者羞。总是人间难托足，无端奇想结蜃楼。吾来正值江波涌，银涛直压船头重。远镜深窥辨莫明，晚灯细想神犹悚。朝来写上小齐纨，图画分明著意看。到此方知人境仄，莫嫌天地本来宽。"过机岩对写一纨扇并题长句。

补记。

天明起马，申刻至会同行台三江书院中。天气大热，不能夜睡。县令饶□□来见，言有门生丁若轩（寿彝），益阳人，是吾所进之生，现拟回省应试，书画皆妙，即属来一见，年仅弱冠，即约同行。（廿一日）

半夜即起，天明至腰站，午后至洪江。旧例此处须走两日，余仅行一日也，即上船。（廿二）

舟行百馀里泊。（廿三日）

舟行百馀里，泊辰谿。县令黄（国琼）来见。（廿四日）

行□□，泊□□。途中过机岩，见石壁千仞，初见一洞甚深，在岩腰，有一小舟尾搁洞口。又一岩穴有木楼阁，已残破，云旧有机在，今不可见。又一岩凹处以木横支，上安一柜，木色红，不残破，侧视之似有一门，疑人居之木屋，非柜也。又岩一缝中横木如梯，更不知施。人工真不可解。（廿五日）

早至沅陵，来见客有十馀起。余克谙以黄帖来，丁令贻字画五，

极佳(辛巳、戊戌、丁卯、戊子)。是日未开行。(廿六日)

开行后遇大风,仅行三十馀里。(廿七日)

余常见古人书画后人题记往往曰“传诸子孙”,又曰“贻某儿某孙以为永宝”,余窃为不然。书画、金石、碑帖一切玩好,人各不同,故同一收藏家,而各有所好,虽父兄子侄不相合,即偶嗜好相同,不过得一秘本珍藏,或视为手泽而已,决不能心心相印也。故好古者曰癖,癖岂能同哉?彼之重付子孙,以为吾之所好,子孙无有不同好者,直梦语耳。虽通人如乾嘉诸老,皆不能免,亦可慨矣。

薄暮泊龙阳,县令彭□□同年(献寿)来见,少谭即开行。(三十日)

【光绪二十二年丙申六月】

竟日北风,帆饱船驶,薄暮即至沅江。县令郭来见,即开。(六月初一日)

汉儒说经,一曰故,一曰微,一曰通。(见王谟《白虎通跋》)

太史公言史学,一曰深思,一曰深考。(见万氏《史表序》)

风不大顺,竟日仅行五十里。(初二日)

候轮船不来,舟过百岁坊,水稍深。忆去冬过此,胶浅犹如在目前也。(初三日)

【光绪二十二年丙申七月】

初四日至省。初七日开考。七月初六日考毕。十三日出棚。一月中皆未记一事,觉亦无事可记也。(七月十三日)

晨启轮,兹轮至湖口泊。适大风至,若不停,至湖心危矣。(十四日)

天明启轮,上午抵岳州,即进考院。(十五日)

行香,无他事。(十六日)

考生童古,八百馀人。寄克谙书(三百里排递)。(十七日)

生正场，五百馀人。（十八日）

覆生古。（十九日）

平、临童正场，二千二百人。天暑未退，略有风。初，头面生热疖，密如散珠，甚苦，至此渐痊可。寄中丞（四百里排递）。（二十日）

覆一等。大雨，仍不凉爽。（廿一日）

临湘余长城以诗稿相示，并赠三绝句，以上官昭容相比拟，戏答二绝："妙语连珠奖太过，频年空笑黛磨螺。长门不斗双眉靓，却恨尹邢避面多。""解赠明珠出汉皋，此情脉脉抵投桃。萧郎已去潘郎过，又得河阳金错刀。"

巴、华童正场。华容为南洲跨考事，临场阻考，势甚汹汹，然至辕门则寂然无声，尚守法而胆小者，实则提调所断不甚平允而致此耳。（廿二日）

提覆四属。（廿三日）

考头场选拔。竟日在堂。（廿四日）

考二场选拔。（廿五日）

"生不当门也被锄，问君何处托安居。空山寂寞尘寰俗，奈此《离骚》一卷书（为沈吕生画兰扇，时沈方被议也）。"

"一花一萼却寻常，难得樵夫识此香。瓯白官窑新位置，莫教空伴美人妆。"题画兰扇。

"清影潇湘莫太寒，奇芳多半托岩峦。嫩芽细叶还珍护，莫作寻常野草看。

樵夫采得出山来，爱此亭亭着露开。他日金瓯工位置，莫忘野客手亲栽（为李童子定煌画兰扇，李字眉孙，新入泮，拔贡定勋弟）。"

"昔年吾敬平江李，今日居然识后人。天岳山峰多峻突，拏云一树更轮囷。""一花一叶却寻常，难得湘英异众香。写上齐纨还自祝，拔根休负老樵忙。"画兰扇贻李生积璜，生为次青先生第四子。

发选拔案，合大覆。（廿六日）

晨奖赏，午后上船。吴凤荪同年来一谭（獬），布袜青衣，居然一

郇间父老，令人动归田之思。（廿七日）

天明开船出湖，风大，至万寿湖泊。（廿八日）

天明风息，开行。布帆微饱，舟稳如山。薄暮已过湖，至林子口泊。（廿九日）

【光绪二十二年丙申八月】

晨开船，午过十姊庙。去年仅一衣带水，今则汪洋无际矣。晚泊小河口。（八月初一日）

见人之胜我者，即以谈为师；见人之不胜我者，即以书为师。如是则终日无废学之时矣。

学赵吴兴行草书而不先习二王书者，是泛河不知有火敦脑儿也；习二王不见《大观》真本者，是见倚市门者皆与夷光、王嫱等也。无怪华亭六十岁后始知吴兴之妙。（董语，见《三希堂》赵帖跋）

致陈右丈书："敂别以来，已越两旬。岳州试院曾上一椷，恳饬轮船带送至安乡。俟因二十七日奖赏后，即日上船，二十八日北风正劲，两日已安渡洞庭，初二日已至沅江矣。一路水涨至二三丈不等，若用轮驶，皆可畅行，可知夏秋之交若兴商轮，则其利必重矣。在岳州时，有人控告浏阳矿务案，已控臬控府，故即发长沙府，提讯确凿以便斥革办理。舟中无事，因思今日天下之贫，若不以矿务为利源，则不可救药，若任上官办理而下民阻塞，亦不可救药。推源其故，皆因不知开矿之法，徒知冶矿之利，上之兴也为民，而民之谋也为己，不顾大局，不知利害，皆在于不知矿学。然今欲速化之一法，非兴学堂、购机器而民能信之也。西人欲兴一利，必开一报馆而专论之，以笔代口，知者易而改者速，此百不一失者。侄昔年游日本，见上至国政，下至厨婢，无一不有专门日报，故改变之速如此。无他，一有启导之功，一无偏私之见，人皆信之，而事实由此兴矣。兹拟请长者在矿局专设一《矿学报》，首论开矿之益及矿质之用，并引图书；次取近日各省开矿杂事及五洲开矿之近事，可集录各报语；继采湖南通省矿产，及已开、未开，及开而得利，及开而何以不得利之说而条列之，任人考究，如有所见，准其投函报局，采而登之，再任人研究；继则举阻挠矿务诸案及现在办法而直录之，则奸人不能行其私，胥吏不能握其权，州县不敢阳奉而阴违，绅商不得利私而害公。此报或每月出六纸，或十二纸，或用一小石印机，或购一活字机，随其款项为之，大约所费不多而所益甚大。不仅销湘省，而兼可销天下。然电报、小轮尤当并力行之，则相佐益得矣。侄明年回省，亦拟兴《湘学报》于校经书院，将来印字机可并用之，一切章程用再录呈鉴定。侄此次专为矿务起见，设此一法，以救目前无穷之利害，以为后来有益之凭证，如蒙采而行之，则湘民幸甚，天下幸甚。现在湘中之士民，仿佛一美国百年前之景象，新学之兴正在可信不可信之间，若不坚其识力，一见偶有挫顿处，必群起而非笑之，其事败矣。侄遍察通省，于诸士交接时观其文字，证其语气，故知之甚确，用敢附陈，非私度也。故矿报之兴，其益匪浅，正所以关读书者之口而使其受实在之益也。”

占牙牌三课。第一占澧州事，毛发竦然；第二占汉口事，主有大利；第三占浦市事，觉其妙尚有不尽，则不甚可解矣。（句有云：“此身莫向沟中殒，尚有良缘在目前。”）

申刻过沅江，县令郭来见。晚泊白莎荡。（初二）

日耳曼改德意志，在同治十年。

法国乱时，忽有名通用党者欲夺朝政，实皆穷而无赖之小民也，即近日欧洲之鸭捺鸡撕得党，似同于中国之哥弟会。

乾隆五十四年，法国公会人逐其王，遂改民政，至五十九年始定，其中杀戮无算，后即拿破崙出。

拿破崙之死于希利纳岛，在道光元年。

古人刻印之难，皆为不知篆书作如何写，故偶刻一印，必先踌躇其章法，配合匀净矣而仍有呆滞之病，以其不能用刀如使笔也。自完白以工篆刻印，遂觉奏刀非难事。近日刻印之佳者，无不工篆。刻印一事直骎骎乎驾两汉矣。或犹有守徽派、浙派、文派之说者，皆当唾弃之。

世间人机械变诈，吾不能穷其蕴也。然世间人机械变诈，我能察其先也。生平深恶机械变诈而能深知之，故有以此来尝试者，颇觉其心可耻。

“看尽湘波皱，问天涯、一春飞絮，化萍还又。几树垂杨青过岸，到底霜痕黄透。尽嘶破，寒蝉声瘦。小市残阳斜明处，定红楼一角偎罗袖。谁相伴，银灯后。怀人滋味听更漏，况孤身、湘云低袅，篆烟轻覆。梦里分明醒还未，叶底鸳鸯私守。羞远寄，成双红豆。但祝花朝芳讯近，者春江打桨相迎候。镇无奈，莫僝僽。

秋痕刻水，凉飔吹衿。袖底相思，新愁入握。倚舷细度，托此微波，调寄《金缕曲》。”（初四夜）

午睡，梦与一姬同榻，窗外笑声吃吃，皆诸姬所步窥也。天明，姬有别意，坐榻上送之，见其貌颇陋而肤作嫩绿色，莹如翡翠，梦中觉甚可爱。醒而思之，尚得似人哉？不禁骇且笑也。（此纪事与上首词意不相涉）（初四午）

上午泊羊角脑，北风劲，不能渡湖。（初三日）

西北风大起，仍不能解缆。午后作一函与中丞，乞饬小轮船来拖送。（初四日）

天明开行。午后泊，不知何处也。（初五日）

天明风略小，行里不知若干。午后泊，云离安乡尚有六十里。（初六日）

方密之《通雅·释诂》即为吴山夫《别雅》之祖。

“南部烟花，六朝金粉，何因重感深宵。十里秦淮，天教生此窈娆。宝弓细马黄金弹，任痴儿看尽柔腰。又朝朝九畹临风，着意轻描。当年风月今何处，剩画中爱宠，卷里藏娇。一样湘兰，教人两样魂销。板桥总是伤心史，到如今、梦也无聊。更飘摇燕子，春灯暮雨潇潇。”夜灯忆薛五事，刻烛成此，盖有感于南渡当年也。《高阳台》。

“昨夜西风水国凉，朝来无语倚船窗，剧怜娇影落银塘。到处有情随绿水，此生无福伴红妆，尽教花应老鸳鸯。”《浣溪纱·蓼》。

“元儿已老润娘归，胜国风流事已非。却记生绡双影在，一花一叶尚依稀。”“绝代名姝吊影单，素心虽小耐春寒。侬家拓得秦淮本，莫当烟花账簿看。”为赓生临马四娘扇头，题此两绝。

上午行二十里即泊。闻离安乡有四十里，对渡江面二十里。风大不得行。（初七日）

南风方转，午后已抵安乡，县令汪炳文来见。此日泊安乡，未开。江水大涨，垸堤皆破，乡人露宿者甚多。水皆及瓦檐，颇有荡析之苦，闻数十年来未有也。幸谷已登场矣。（初八日）

“十年长隐芝兰友，重湖梦冷金阊酒。旧事无聊托画图，新愁怅触伤蒲柳。回忆江乡尔汝交，布衣家衖尽诙嘲。银灯春月琼枝夜，香椀新茶荳蔻梢。何当转眼成离别，此心脉脉将谁说。风月消磨记已非，文章意气情犹结。玉楼何事要修文，瑟版无端撤锦纹。不信芝英空萎落，还疑兰性自煎焚。迢迢长碧葑溪水，船窗意想神犹似。脱手留真不算奇，相思入骨何如纸。朝来随意托柔翰，持赠君家阿弟看。一样交情新旧异，漫题诗句当进欢。”赓生为其亡兄晓生（与余有夙好）属写《芝兰长隐图》，并题此诗。

“天荒地老情何已，人间留得相思纸。娇影浓春似有香，柔痕瘦绿扶难起。谁写风枝露叶姿，连珠小印■瑶姬。分明南部烟花册，合赋唐家本事诗。红妆季布今何在，一函千刻留缣海。妙本传来尚似新，名心到此真难悔。胜朝遗墨世间多，奈此纤纤弱影何。漫说板桥新记好，似闻遗说葬祇陀（湘兰墓在江宁南城外瑞柏院）。宵灯开卷从头认，昆山徐氏留藏印（卷首有‘昆山徐氏鉴藏‘朱文印）。两字湘兰押角鲜，月娇小记红泥润。疏花瘦石自生怜，满地灵芝大是仙。三尺新篁迎碧月，一丛野棘出寒烟。溟阳谁是真知契，纪年尚是神皇帝。绝妙瑶姬是小名，诸家掌录空无系（款书‘辛巳中秋写似’。‘溟阳契兄湘兰马月娇’小印，‘瑶姬’二字为自来著录家所未见。款题辛巳为万历九年）。对此无端百感生，名臣自古总多情。健庵细认珊瑚押，煊赫犹存传是名。琅玕更刻兰坡字，英公早拜天储使。南北流传等弈棋，秦淮掌故真堪记。海王村市未荒凉，秘迹惊看出宝箱。胜得名姝随宛转，未■多事话兴亡。灵鹣阁子常珍护，此生艳福谁堪数。尽好香温墨妙时，玉钩细写同心句。”题自藏马湘兰画兰竹卷。

行七十里，泊一村落，未询其名也。（初九日）

竟日行二十馀里，离津市十里即泊。（初十日）

凡欲知一物之精恶，必当考其源流。源流何在？非证诸书籍不可。若凭己私而定美恶者，不失诸偏，即失诸滥。此犹集议院诸人而公论之，再当自行决断，安得有不是哉。

“伯子先生金石缘，每逢佳刻辄流连。浯溪旧约随毡蜡，铜柱新题释锦笺。潜孥文章勤著述，岱南家世守遗编。相期同出天山使，一访雄铭拓燕然。”赠孙伯南。

竟日行三十馀里泊。离澧则十许里。今日国忌。不能上岸。（十一日）

晨泊澧州南门外。州牧郑，提调官也，不来见，非礼也。舆进试院门，不声炮，亦非礼也，不能不申饬两巡捕。午刻谒庙。（十二日）

试生经古，三百馀人。点名毕，要童古册，不来，为永宁学官来以病辞，提学书来痛责之以示儆。（十三日）

闻云栖死矣，为之怆然。云栖姓王，名寿卿，为文勤公幼子、吕庭芷丈之婿。幼年得遗荫，以主事分户部，贫不能食，遂出为广东通判，到未一年而卒。无子女，一妻年仅三十馀。云栖生平爱诗，嗜余诗尤酷，亦幼年一知己也。惜无以传之，欲索其诗稿于其家，恐亦不易矣。

唐韩文公《将到韶州先寄张端公使君借图经》诗：“曲江山水闻来久，恐不知名访每难。愿借图经将入界，每逢佳处便开看。”可知韩公是真读书人，处处无不从考据入手也。

御刻《三希法帖》收《卫淑媛墓志》一种，此伪迹也。中云至元十五年戊寅，按至元只有六年，此一讹也。又云当至正二十三年，按至正二十三年已至元末，去松雪之亡已四十二年矣，岂能书此墓志，此二讹也。文前有“蕉林居士”印记，岂梁蕉林不考至此？字体剧佳，何以作伪者自不一考，殊不可解已。

松雪夫人仲姬当是继室。按《三希堂》刻松雪与中峰和尚第四札云：“孟頫得旨南还，何图病妻道卒。”松雪南还在延祐□年，年六十六，故札中又云“年过耳顺，罹此荼毒”。第五札云“平生得老妻之助整卅年”，第六札云“今世岁遂成卒年夫妇”，第七札云“卅年陈迹，宛若梦幻”，是松雪娶仲姬时，年已卅十六，虽值乱离之时，恐是续娶，惜行箧无书，未能一考也。

药品中五培子原名五构子，此必宋人避“构”字讳改写，犹宋刻医书丸药之“丸”皆改写作“圆”也。

试童古，七百馀人。（十四日）

试生员，五百馀人。（十五日）

覆古学生童，百二十余人。（十六日）

晨起，弹一雀而毙，事后颇觉不忍。

欲知真《定武》本之妙，细看松雪六十岁后行书，便可十得七八矣。

道光辛卯时，每洋银一饼，易大钱九百三十文，见清仪阁大棽钟题跋。

澧州石门教授傅基虞，字惕斋，以所定《天门书院学约》送阅，大约知宋学而不迂者，然吾犹恐其以头巾气教诸生也，画一扇并题四绝句赠之：“约言微旨参恒性，不使旁途走误车。此是儒家真学业，教人两字只无邪。”“独将经济劝儒生，不重虚声重至诚。脚底问谁能实地，人间空叹议纵横。”“文字榛芜大雅难，孤邨荒塾苦酸寒。还期一秉司文铎，赠与囊中饱学丹。”“蝴蝶飞阶大是闲，衙斋多半日常关。岂知此地非闲职，我忆西京校舍澴。”

澧州学正李瀚昌石贞，与傅同讲学，大略亦见《天门学约》，并书一扇与之：“汉宋分门太苦专，乾嘉诸老似成偏。谁知茶粥兰江夜，细辨枯灯两不眠。”“程朱迂绝陆王空，更有粗疏许郑同。界限分明皆自误，欲知真学在真通。”“天门小约发聋愚，抵得文章照乘珠。澧水自清兰自秀，十年吾许出真儒。”

澧州、永定、南洲童正场，二千馀人。（十七日）

覆一等生。（十八日）

今日为慈亲寿诞。早起至仙医殿，谢去年求方药，慈亲宿疴顿愈，诚神方也。仙一女郎，不知何时来此试院中。

安乡、慈利、石门、安福四县童正场，二千二百馀人。（十九日）

拟请复荀子从祀，当先查复康熙郑君疏如何措辞。盖荀之出祀亦嘉靖九年从张璁议也。杭秦亭有拟复卢植疏，大致亦同。

董文敏为楚中学使，在万历三十三年间，年已六十二矣。

去年李又梅观察爱余所藏陈曼生联（句曰：“每思先辈寻常语，愿读人间未见书。”），遂辍以赠之，观察以宋比玉刻竹臂搁为报，欲赋一诗答之，至今未成。

翁覃溪题桂未谷《思误书图》注云：“同年卢抱经学士精于考索，予辈小集谈艺，抱经仰而沉思，以手频摩其面，同人戏语，此省皂脂钱耳。”语颇新颖，可入今《世说》，亦可见老辈风流也。

《金石粹编》录《麓山寺碑》，误记碑在长沙衡山县岳麓书院。按王兰泉屡至湘中，亲摹碑拓，岂有此误？是代为编录者误记，兰泉亦未检及也。

提一二场童覆。（二十日）

考选拔第一场。（廿一日）

考选拔第二场。（廿二日）

澧州周、晏二生功力悉敌，而拔取只能一人，去晏而取周，心中殊歉然也。

唐宋人题名，以年月证史误，以结衔补史佚，以游过校史事，虽皆寥寥数十字，而有益如此。

“圣贤群辅泉明录，此是先生祖本夫？珠系绳穿归一贯，不教人笑作书府。

题序渊源百载风，红堂诗老静山公。文章一脉何曾断，又见孙枝长绿丛(首册有吾郡石琢堂先生赠诗及族祖静山公题序，今岁梅炎云、孙钟英为余拔取入学)。

稗贩诚为实学讥，须知皇览古无遗。词林衮衮夸新学，敢说操觚别有师?”题石门梅自馨《奇耦典汇》，此书体例与《小学绀珠》同。

出选拔案，合覆。以《修书图》属南州新进生王宗潮题诗，成二律，极佳。王年仅十八，以新刻丛书贻之。(廿三日)

奖赏，属慈利新进生朱芳型来见。朱年已四十三岁，自上《时务条陈》，尚不陋。覆试日《湘中兴利除弊策》试之，力主开矿，亦不为无见也。(廿四日)

晨起，马行二十里，遇岳常澧道陈六笙观察(璚)于尖站。陈年已七十，作书尚能小楷，且极工，贻余楹联，余以画扇报之。宿清化驿，行六十里，半日即到矣。(廿五日)

午刻至大垅，即宿。(廿六日)

天未明，行。卯刻至尖站。即坐船行二十馀里，至七里桥上岸。进城仅三里许，已午正矣。(廿七日)

辰刻行香，竟日无事。(廿八日)

澧州临行，叩仙女前，谢医腰疼愈。初在澧棚，腰大疼，坐久不能起立，伛偻半刻许始能步，大苦。祷于仙，得方，用大黄、芒硝、玉桂、当归，两剂而病若失，于此益信仙之灵。临行默祷，此去不知何时再来。求占后路如何，得二十二签，兹将原签附后，归省，博慈亲一笑：“福仙宫，第二十二千，解曰此:芰荷香里许良才，桂魄圆时印绶来。装就威名山岳重，光辉玉节位三台。显达为优，荣升在秋。出将入相，汾阳与侔。升官发财，婚得淑女，子贵孙贤。”

沈友卿自粤寄其乞假归娶同人和诗刻一册，曰《鸾箫集》。余与友卿为僚婿，读之不禁妒且羡矣，索题语，拟一叙寄之：“武进沈吉士哀其行婚礼时同人投赠之作，曰《鸾箫集》，分前后编，墨者雕，语者新。自粤数千里而寄其友婿元和江[标]序其指。[标]受而读之，始也睢睢然喜，继也慊慊然思，终也徊徊徨徨，懒惘而迷惑，盖有不能已于言者矣。古者男子三十而娶，女子二十而嫁，典礼文辞，男妇皆所服习，故本其门，素不相夺伦，燕婉良时，翕然而幼妙。迨至后世，男未及冠，女乍加笄，蹇修之礼，汾沄于高门，华质凋丧，中道姤嫮，耻矣。惟吉士举孝廉，成进士，入翰林，始议婚礼。应构之士以其事之多而礼之合于古也，于是奋其藻咏，粲然于青庐，卷轴连卷，斯文密尔，于今□□皇上二十一年乙未八月成嘉礼于京师。越一载，标诵诸君子赠词，矍然而起曰：有是哉，吾圣清二百馀年，以翰林归娶者，掌录可数，溧阳史文靖、吴县潘文恭为著，其次则钱塘袁■■《拟乞假归娶》一表著于《随园集》者，犹喔咿于文塾也。吉士步诸先生之后，逴踯而自喜，宜矣。然此皆诸同人之公言也，标与吉士为近戚，敢以其私言申之，所以宠吉士者，亦所以为鄙人勖也。[标]少孤，鞠于母氏，颠嫛蹶姗而至于独立，惵惵然足有躩，容有肃，佛悦而迈，特此与吉士所同者，始也。弱好弄，凡天下之一名一物，必筌绪而志之，喜别录，爱光诵，掎摭利病，为环舆痛而发之于长言，此与吉士所同者，二也。二十成秀才，三十入翰林，清秘■翔，家室欿歙，玄览中区，而发未丝，齞未脱，无堕窳之容，有旁魄之志，此与吉士所同者，三也。吉士之昏于汪也，为郎亭夫子之女弟。夫子与标为父执，而又列弟子籍，加以昏媾之好。吾娶其前，而吉士其后也，掎裳连襶，袚饰而蹑蹀，此与吉士所同者，四也。标有丈夫子□，女子子四，其孟也能别四部，通方言，说当世事，读吉士万物吹累室之文，颇能抉宗旨，动悱恻矣。两女亦颇好弄笔筹，能作旁行书，识欧洲文，次亦识《急就》《滂喜》之字，通李斯之书矣。吉士结褵甫一年，已举一男，与余得长子等，此与吉士所同者，五也。《诗》传之文曰，两壻相谓曰亚。亚者，并也。吾与君遇相亚，■相亚，昏亦相亚，异时共履綦，同簪笏，步弗敢迈越而为天下先，亦足以谓亚矣。独此《鸾箫》一集不能与吉士亚者，迟吉士六年耳。故我三复之，不能不怦然动，俙然感也，故初也睢睢然喜，继也慊慊然思，终也徊徊徨徨，懒惘而迷惑，有不能已于言者矣。”

生童经古，千一百人。（廿九日）

生正场，五百馀人。（三十日）

【光绪二十二年丙申九月】

覆生童经古。（初一日，九月）

童生第一正场，武、沅两县。（初二日）

覆一等。（初三日）

童生第二正场，桃源、龙阳两属，三千馀人。（初四日）

提一场覆。（初五日）

提二场覆。（初六日）

拔贡第一场。（初七日）

见《万国公报》“三湘喜报”一则，云余命题课士，古今并治，广学会书籍购者络绎，有通权达变之誉。自愧不足启导，以见此勖，益觉惶悚。惟愿湘人以后不以俗学相扞格，不以鄙陋之心待人，公求新学，为国家雪无穷之耻，则余之愿也。

又云拟在湘阴之荣田通商埠。

问：宋元明三朝书院规程及院长教法之最著者，试博综以对。

《纵横家出于行人之官论》。

读孙渊如《澄清堂稿》，古诗喜学长吉，《别长安诗》十七绝句当是生平最得意之作。

实甫易君，闻名已十年而未得相见者。比来武陵，乃弟由甫（顺豫）为余识拔士，询实甫踪迹，则故在家也。以新刻唐诗及丛书三集寄之，并属题《东邻》册子。三日后得复函，备极推许，亦云神契已久，属试毕过龙阳，至易园湘真馆一坐，并寄张梦晋画卷及柳河东马四娘扇头索题。文字之缘，非偶然也，故详记之。张梦晋画《岁寒三友》卷，旧藏伯兮前辈处，以实甫是梦晋后身，举以赠之，实甫属题。

“莫问前身并后身，多情自古属乔人。试看异代同心侣，即是三生未了因。并世有谁知国士，再来犹许识仙真。山塘七里春如海，忆否莲花唱破巾。""红柏山庄已夕阳，昭明阁子亦荒凉。人间夫妇归瑶岛，身后因缘落碧湘。漫说吴儿成楚客，再从画史想莹娘。我当结取乡园屐，约尔重探雪海香（实甫又得乩语，云前生是王仲瞿）。"[按，此条天头曰：仲硕又得仙语，云[redacted]百，此必仲瞿无疑也。仲瞿其乡人也，吾能说其前后，皆与仲硕合。]

"金台旧事怕重提，开卷还疑认旧题。总是痴儿误怨女，误他嫩叶与柔荑。

春草蘼芜山上山，高楼飞絮卷还回。谁家俗衲参情偈，瘦尽柔条是此媒。

幽花弱叶为谁春，衮衮名流马足尘。只有侍儿能解得，四娘眼底早无人。

黄金脱手买双钿，定是平生得意缘。触我情怀三日恶，人间偏有永离年（余亦藏有月娇画兰、河东画柳，装一小横卷，自题数诗，颇珍重。癸巳冬为燕姬索去。今夏闻姬殒去，此物当亦化云烟矣。今灵鹣阁中仅月娇兰竹长卷、同心兰直幅各一）。"

为王雨时题其亡室陈孺人镂牙扇柄遗拓。扇为孺人之姑手赐，因姑眼疾，百药不救，孺人以舌舐五日而愈，纯孝感天，非可意度也。孺人亡，雨时检箧得扇柄，刻铭于扇柄，复记语于上，自成四绝索和。

"红牙扇柄绿蒲葵，一样风来事可思。五日心诚新妇孝，十年手授老姑慈。华池自有长生药，苦口真成折肱医。奈此遗匳开独看，数行清泪忍镌词。

北堂萱萎臼烦伤，想是年来几断肠。尽许真情留骨子，只教诗句写心藏。奇闻定入琼瑶录，孝行还宜绰楔光。独坐题诗自悱恻，动人至性此文章。"

拔贡第二场。（初八日）

合大覆，有以枪替告者，扣除二名，再覆，佾生充之。（初九日）

重挑佾生，覆发案。（初十日）

奖赏。诸生来见。有蔡钟濬、何来保、蒋祖谊（知算）、于盘、沈

□□，多陪拔士。又黔阳杨春栋弟兄皆我所取士也。（十一日）

晨起，马行八十里，至龙阳县城东门龙池书院宿。易实甫来见，招饮渠家，即往谒笏山先生，并见实甫兄弟。笏丈精神充满，尚能健谈，言我乡事拳拳。先生本六如后身也，所居在园林中，极翛闲之趣。此次适由甫得拔，实甫于报到日得一子，实甫之侄新进，正值婚期，一门喜气，乐可知矣。（十二日）

蔡钟濬为余题三册子诗词，皆佳，渠明年来住省署。

余克谙住浦市唐家巷鼎新典铺对门。余彦湘是渠大世兄。

晨起大雨。行十馀里，过一河。再行二十里，至小塘铺，复过一大河。小塘市镇颇热闹，观者夹道。（十三）

"十里邮亭小市寒，丝丝细雨湿红阑，教人相见太无端。几树花开溪上冷，一痕春斗镜中欢，鸦青麋绿写谁看。"《浣溪纱·小塘铺书所见》

天明行，申初至益阳城内，行台即在县署。县令赵阔生为甲午即用，有年谊，其子乙未翰林，名炳麟，亦在署，畅谭。驻益阳统领贺长发（字西江）带队迎于道左送菜，并赵庶常亦送菜来。招幕友饮署中。房屋极大，有花圃荷池，省中抚、学两署皆不如也。

竟日行，午后至宁乡。（十五日）

半夜即行，午刻至省。（十六日）

是日在家，未出门。（十七日）

出门拜客。至葵园师处，谭极久。（十八日）

客来甚多。李慕莱招饮于葵园，有丝竹之盛。（十九日）

未出门，客来多。（二十日）

未出门，客来多。（二十一日）

午至校经堂观书楼，楼下以白漆通之，间颇畅。（二十二日）吊周啸仙，輓联云："故园真见存乔木，旧事无从问校经。"索字。（二十二日）

辰刻出省，酉初到湘潭宿。（二十三日）

舆中读《东洲草堂集》，中有纪四川视学被议后七律数十首，皆有自注，颇述川民爱敬之诚、试士规制之善。此老亦不免有头巾气。实则万事皆过眼云烟，何必孳孳永名于后世哉。集为何子贞先生撰。

宿鱼塘，仅行五十里。（二十四日）

半夜行，天明至湘乡，县令王桐轩见，谈傅黄氏案。余即命于日中结之。略述其案如左：（二十五日）

傅黄氏者，湘乡世家孀妇也。七月中于岳州时，妇之胞叔具状告其夫兄傅真棠屡调之不允，强之不可，投秽书诱之，妇故识字，见书，归，哭示其母。其叔闻之，欲控其夫兄于官，两族人出解息，命真棠抱其弟主誓于祖灵前。以是真棠恨入骨，日虐其弟妇，妇无以自明，将殉矣。其叔知事不可掩，控于学官，学官以空言覆之。继闻真棠已捐贡出学，大愠，控于余署，并抄秽书为证。余审黄家控学及傅生出贡，皆在一时，恐学官有袒护事，檄县追贡照，饬学斥革。傅真棠知之，捏词来告，云秽书系妇之父属造辱傅者，词大强，斥之，严追贡照，至九月始将照缴出。余欲按法惩之，两家求保全体面，且愿养孀妇无缺，即属邑令断结。傅氏愿将家产平分于黄氏，限八日清理，时闻黄氏已不食数日，云我心已白，可死矣。余亟属其族慰之，手书“苦贞奇节”四字额及“贞心已共湘波洁，劲节还期易代贤”联表之，此案遂无反覆。此事也，余不解两学官尚有人心否乎？以一淫凶无赖之生犯其胞弟孀媳，至强至逼，而尚有心为之出学脱罪，其所惧者傅真棠之父，一现任候补道耳。傅真棠一有财力之秀才耳，黄氏仅一读书之家，又无声势以压之，并其贞烈不问矣，律当参劾，然恐其所报于其身者尚不止此耳。

行六十里，宿鱼塘。（二十六日）

行六十里，宿永丰。（二十七日）

行六十里，宿界岭。（二十八日）

行七十里，宿洪桥。（二十九日）

【光绪二十二年丙申十月】

半夜即行，天明至宝庆城外，自府县以下皆迎于道左。即日行香。（十月初一日）

试生经古，六百馀人。（初二日）

试童经古，千六百馀人。（初三日）

试正场，千人。（初四日）

覆生童古，百七十人。（初五日）

试武冈、新化、新宁、城步童正场，四千三百馀人，号舍无隙地。（初六日）

试生员，覆一等。（初七日）

试邵阳童生正场，三千馀人。（初八日）

提覆。（初九日）

提覆。（初十日）

数日来无片刻闲，百事俱废，专心试事，夜眠亦不得安枕。

得新化老童唐鑅，年已六十二，所呈寄答诗稿极清适之致，文亦雅洁，字学香光，无一笔懈，特拔入学。

日前夜梦一人，出地图一幅，属修熊鱼山墓，言墓甚广，今皆杂民居，有寺守香火者亦废。出图见示后，复约同往勘之。忆初入一小巷，极秽芜，民居错杂。进一寺门，极小，从厨下过，见隙地，云即鱼山墓。又进一大殿，入方丈，极精洁。忆有大屏八扇，皆嵌折扇式玻璃，内即以古折扇未去骨者安之，极雅玩，多画兰扇。一僧出迎，步至方丈右室，见粥一盂，香扑鼻。再进忽见一垂髫女坐调丝，目不视人。进右室，有女仆数人侍，云此间住一女佛，心中思必宦家女修道于此者，然疑其偕僧居，不伦。复出，登一殿，有云板架，用玉刻纹极精，有字，不能记。步一石梯，屈曲，上有楼三楹，皆袭地锦，精致华美，亦无人居。望楹外甚了了，以后不能记，亦旋醒矣。惟忆梦中人云鱼山墓当时极大，左道四百馀步，所有民居大寺皆墓产，属收回云云。不知何以见托也。按鱼山本熊姓，名开元，以直谏周延儒，予杖不死，后入道，隐苏州之灵岩以终，为僧名正志，字蘖庵。吴梅邨有《过三峰蘖公话旧》及《题华山蘖庵和尚画像》诗。又梅邨《复社纪事》："熊鱼山流离南国，削发祝融峰下，携榔栗来吴中，传禅灵隐山寺。"则似与湘中有旧缘，岂药公墓在此间邪？又魏叔子《敬亭山房记》谓鱼山以持两端得罪，盖疏周延儒事不列款，多调人语也。余近为试事，不肯苛求，往往遇事多宽缓，岂以此为警耶？梦中事历历在目，记之以证后来。

考头场拔生，七十人，皆在堂上。（十一日）

江苏，丁、漕、盐税厘，一千万两以外

浙江，丁、漕、盐税厘，六百万

湖北，丁、漕、盐税厘，新设洋关税不在内，四百馀万

江西，丁、漕厘，加浔关税，四百馀万

四川，丁加津贴、加捐输、盐税厘，丁文诚改盐岁入加百万，四百馀万

湖南，地丁、漕折、厘金，二百五六十万

福建，地丁、盐课、厘金、茶税，三百四十万，加闽关税，三百馀万（关税由户部提拨，船政拨此）

广东，丁、盐税厘，六百万（沙田烟膏闱姓不在内）

直隶，地丁、旗租、盐课税厘，三百五六十万

陕西、安徽、广西，一百六七十万至一百二三十万

广西，无承拨京饷以前，藩库积存数十万金

山东、河南、山西，地丁为大宗，他项稍补之，各三百万

山西，全力供京饷

云南，六十馀万

甘肃，三十馀万

贵州，二十馀万

旧台湾，分闽关洋税三分之，一百万，丁、盐厘，二百万

各省岁入大数，见薛氏《海外文编》卷四(不足七千万)。

“大凡经世百务，机之已至，我一措注，推挽者四出而助之，非必恃权位之重也。机之未至，我极经营，龉龁者四出而挠之，不尽由权位之轻也。”(薛叙《拙尊园集》)

考二场拔。(十二日)

出拔榜，合覆。(十三日)

奖赏。饮于府署。(十四日)

晨起，起程，晚至□□宿。(十五日)

晨舆行，宿文明书院，县令林前辈(鉴中)来见。(十六日)

舆中阅鲍氏《金石屑》，刻极工；《赵松雪集》，新刻本。

宿祁阳。(十七日)

行四十里，宿□□。(十八日)

夜半即行，天明至永州。见客。五起，已中午矣。(十九日)

行香。奏请拨款充书院膏火摺拜发。(二十日)

试阖属生古，六百馀人；童古，千七百人。

天热，仅御夹衣。午后大风雨，稍凉，此间时候似粤中矣。(二十一日)

“明斋棐几天然雅，清舞还传旧日图。绝代风流比前辈，一花一叶未模糊。

待诏丹墀旧著名，周郎知己冠平生。玉兰堂上朝朝坐，解得同心腕底情。”题周公瑕画兰卷。

生正场。(二十二日)

覆生古，九十馀人。(二十三日)

东、道、宁、江童正场。(二十四日)

覆童古。(二十五日)

祁阳童正场，三千四百馀人。(二十六日)

覆生正场。(二十七日)

零陵正场。(二十八日)

提二场覆。（二十九日）

提三场覆。（三十日）

【光绪二十二年丙申十一月】

拔贡头场。（十一月初一日）

拔贡二场。（初二日）

［按，以下为第二十册末各杂稿］

“春间曾肃一函，具述湘中振兴新学及近来改变情形，由驿递发，想蒙钧鉴。前日任廪生（元德）携小儿（聪）游历，过鄂进谒，极承破格待士，宏奖新学，湘人闻之，无不奋起。湘中本来专守旧学，界限颇严，及见各省振兴，尚复委迤非笑。自长者创设两湖书院，而湘士方知学问之广；设立自强学堂，而湘士方知新学之精。然犹以重湖阻隔而知之者希，故标到湘以来，亟亟于校经堂加设季课，添造书楼，特欲小辟新规，渐移旧习。两载以来，湘中人士颇不以此事为非。然天下之大，时事之亟，区区动作，无足重轻，长者闻之，能勿莞尔。湘中丞陈年丈于振启新学极意佐助，获益非常，标所深感。日来长沙科试已毕，出试岳、澧、常、衡、永、宝、郴、桂八属，约于岁暮年初，岁、科两试皆可告竣。拟专意振兴新学，为湘士率，一切宗旨，具述前函，兹不赘陈楚功。轮船往返，极承雅意，感谢不尽。专肃，恭请钧安。”①

《传砚，选砚，斫砚，藏砚》

《帘钩》（七律）

《藏书，装书，校书，刻书，聚书，访书，跋书，借书，钞书》

---

① 按，此即江标致张之洞札底稿。

《校经书院新建书楼上梁文》

《弟子职》

《〈汉志〉儒家载荀卿书三十三篇》(诸子之中最为近正)

《理财之道不在节流而在开源论》

掌:《壬癸之际著议》(不限篇数。仁和龚定庵有《乙丙之际著议》,皆述近事,而文则学周秦诸子,其气味最近匡、刘,今则当学)

《论兴学会是否有益》

《湘民宜自开埠以制外人之利权议》

《机器制银钱宜自三库始平议》

舆:《说西南洋之民》

《说俄之茶》

《说印度之鸦片》

《说欧美之大书院》)(四题仅袭旧说而无新义者,皆不取)

史:《续龚定盦〈古史钩沉〉论》

《广万氏〈史表〉释例》

《三代以上无文章之士而有群史之官说》[按,此页天头尚有四题:《论公私》,《论情法》,《尊新》,《尊专》。]

《秦始皇遣齐人徐市发童男女求海中三神山赋》(以有三神山仙人居之为韵)

《岁暮祭书文》(骈体)

《梅影,梅魂,梅酱,梅羹》

《四梅花谱词》(或诗或词不拘,首数不限,均不得袭陈作)

《舟中五君子吟》(五君子者,因不相同而适济于公者也,故称之。曰君子、篙、橹、纤、柁、帆。不拘体韵)

《落花》

《补三十五举》

《〈论语〉乡人饮酒解》

《觐礼大行人》

麻阳滕树春，晃州杨士辉。均十二岁新进生，调沅水校经堂。

《既济、未济二卦皆定曳真轮》

经：

一、《郑注师氏保氏证义》(《过庭录四》)

二、《〈尔雅〉冬为上天广证》

三、《古书有一字误为二字者，除近人俞氏所举外，尚有能举而补之否》

史：

一、《议谏官》

二、《灭秦者秦，非六国，诛莽者莽，非汉兵论》

三、《广顾亭林言考前代史书中国不如外国义》

掌：

一、《中国以银钱购枪炮船只，与兴铁路、矿物、学校、耕农之事孰为有益论》

二、《〈易〉以乾坤坎离为四正，即近日西人水火气土曰类之证新义》

三、《兴算学以广实用说》

舆：

一、《禹会诸侯执玉帛者万国，至春秋则存数十，列国则存七国论》

二、《五洲各国都名及君主、民主、君民共主之国国名考》

三、《美国商务之富足在先兴铁道论》

《中国近现代稀见史料丛刊》已出书目

第一辑

莫友芝日记
汪荣宝日记
翁曾翰日记
邓华熙日记
贺葆真日记
徐兆玮杂著七种
白雨斋诗话
俞樾函札辑证
清民两代金石书画史
扶桑十旬记(外三种)

第二辑

翁斌孙日记
张佩纶日记
吴兔床日记
赵元成日记(外一种)
1934—1935中缅边界调查日记
十八国游历日记
潘德舆家书与日记(外四种)
翁同爵家书系年考
张祥河奏折
爱日精庐文稿
沈信卿先生文集
联语粹编
近代珍稀集句诗文集

第三辑

孟宪彝日记
潘道根日记
蟫庐日记(外五种)
壬癸避难日志　辛卯年日记
嘉业堂藏书日记抄
吴大澂书信四种
赵尊岳集
贺培新集
珠泉草庐师友录　珠泉草庐文录
校辑民权素诗话廿一种

第四辑

江瀚日记
英轺日记两种
胡嗣瑗日记
王振声日记
黄秉义日记
粟奉之日记
王承传日记
唐烜日记
王锺霖日记(外一种)
翁同龢家书诠释
甲午日本汉诗选录
达亭老人遗稿

第五辑

袁昶日记	东游考察学校记
吉城日记	翁同书手札系年考
有泰日记	辜鸿铭信札辑证
额勒和布日记	郭则沄自订年谱
孟心史日记·吴慈培日记	庚子事变史料四种(外一种)
孙毓汶日记信稿奏折(外一种)	《申报》所见晚清书院课题课案汇录
高等考试锁闱日录	近现代“忆语”汇编